异域新知与传统新探

陈水云 等 著

20 世纪以来中国古代文学研究史论集

NOVEL INSIGHTS FROM OVERSEAS AND LATEST ENQUIRIES OF TRADITIONS

Collection of Essays on Ancient Chinese Literature Research History Since the 20th Century

社会科学文献出版社
SOCIAL SCIENCES ACADEMIC PRESS (CHINA)

本书为武汉大学自主科研项目（人文社会科学）研究成果，
得到“中央高校基本科研业务费专项资金”资助

前　言

自20世纪90年代起，文史学界就开始谈论世纪回顾的话题，对于中国古代文学研究而言，则是出版了一系列回顾20世纪研究成就的学术史著作，诸如王瑶主编的《中国文学研究现代化进程》，赵敏俐、杨树增的《20世纪中国古典文学研究史》，董乃斌、薛天纬等主编的《中国古典文学学术史研究》。21世纪以来，关于这方面的研究仍在继续，并相继推出了一批新的成果，如陈平原主编的《中国文学研究现代化进程二编》，吕薇芬、张燕瑾主编的《20世纪中国文学研究》，傅璇琮主编的《20世纪中国人文学科学术史丛书》，黄霖主编的《20世纪中国古代文学研究史》，崔海正主编的《中国历代词研究史》，左东岭主编的《中国历代诗歌研究史》等。这些著作或按时代先后，或按学术专题，或按文体分类，较为全面地展现了20世纪百年时间里古代文学研究在各个领域所取得的主要成就。那么，在21世纪，特别是经过最近二十多年的发展，学界如何进一步开展古代文学学术史研究？

这是一个耐人寻味的话题。长期以来，人们研究学术史是为了回顾与反思，以推进下一阶段某一学科的发展，并指明方向。在我们看来，21世纪的学术史研究，既要继承过去学术思潮史或学术专题史的写法，把总结与回顾作为一个重要话题来看待；更要突破过去学术史研究的思路和思维局限，将20世纪以来的古代文学研究，作为一种现代知识形态来认识，从不同时代、不同地域、不同社会背景、不同研究对象入手，发掘新的知识点，并观察人们是如何运用这些知识的。过去的学术史研究过多关注思想与方法，实际上20世纪以来很多成果在今天已转化成生活常识。从知识史的角度看，每一时期所关注的理论话题及由此展开的学术论争，经过一段时间的沉淀和积累，很多在后来成了人们认识世界的重要知识。不仅如此，20 世纪以来的学术史研究，还把本土以外的研究经验介绍进来，开阔了我们的眼界，增长了我们的见闻，更转变了我们思考问题的方式，让我们的研究跟上时代前进的步伐与世界发展的潮流。从这一研究思路出发，我们不把研究对象的独立性和内容的系统性作为学术史研究追求的目标，而是透过一些特殊的“点”来展开更多的“面”。所谓“点”，指的是研究对象大多是一个个学术问题，或一个个学术名家；所谓“面”，就是一个学科的发展状态和关注的热点话题，如一个时代出现了哪些学术名家，他们做出了哪些学术贡献。

本书的研究对象是古代文学研究，从大的范围讲还是文学史研究。一般说来，文学史的研究任务，除了还原历史真相，寻找历史规律，还有一项重要内容是向当代读者介绍历史常识和文学知识，亦即在历史上出现了哪些作家和作品。将这方面的内容纳入文学史研究范围似无争议，但问题的关键是，大家并没有将它上升到知识学的高度去认识。在我们看来，文学史研究应该包括两方面内容，一个是知识层面的，一个是思想层面的。长期以来，我们比较看重思想层面的内容，而忽视了知识层面的内容。那么，如何把文学史研究从思想层面导向知识层面？过去也做了不少行之有效的工作，比如作家生平考证、作品的结集刊刻和作品的文体形态划分等，由此衍生出作家年谱、文集版本、文体形态等方面的重要研究成果。但这些还只是从还原文学史实的角度去看问题。我们认为从学术史学科史的角度看，也有一个关注知识层面的问题，亦即对于古代文学研究之研究，人们会把它归纳到学术史、思想史的范畴去认识。一个时期提出的思想和方法，确实为一门学科的发展贡献了新的内容，但一门学科在逐步发展过程中是通过这些思想和方法积累的知识铺垫起来的，也就是说，一门学科的发展在每一个时期都留下了前人探索的历史印记。这些印记在当时是思想，在后世则是知识，学术史不单单是思想史，更是知识史，因此，学术史和知识史是并肩前进的“孪生兄弟”。从这个角度讲，文学史研究是由学术史与知识史共构而成的，文学史、知识史、学术史是三位一体的关系，了解这一点对这门学科的体系建构有着至关重要的意义。

本书由三大部分组成，涉及历史、地域、文体、性别、民族、学者等内容。因为我们的研究领域为明清文学与文论，故聚焦的话题主要是明清诗词和女性文学。上编从地域角度进行研究，把眼光放在欧美地区的中国古代文学研究上。作为中国文化的“他者”，欧美的研究给我们提供了很多新的启示，让我们看到自己在思维和认识上的盲区。中编从专题角度考察一些过去不太关注的学术话题和一些不受重视的领域，如中国文学批评史研究的思想和方法、清词研究的学术范式、清代女性词研究的历史进程，特别是港台地区在研究清诗、清词、八股文等方面所取得的成就。下编从研究者角度对现当代学者的学术思想和方法进行归纳和总结，这是过去比较忽视的研究领域，而20世纪的学术成就正是由这些研究者贡献的，这是一种现代学案研究，我们这一研究带有发扬中国学术传统的意味。

需要说明的是，本书并不追求研究内容的完整性，在话题的选择上我们有自己的思考。上编引进海外视角，让我们通过传统文学研究中“他者”的眼光，看到“他者”所建构的“中国古代文学”与我们本土所建构的有什么样的差异，促使我们进一步思考如何让自己的研究与世界同步前行。中编则以内地（大陆）研究与港台研究相比对，探讨在同样的研究领域，内地（大陆）与港台学者又是怎样提出各自见解的。观察的角度，既有民族的，也有性别的；研究的文体，既有清代诗词，也有明清八股文。下编选择的名家名作则以当时有影响与后世有影响相区分，如王国维《人间词话》、顾宪融《填词百法》是在当时有影响，而刘永济《词论》、赵尊岳《填词丛话》、夏承焘《唐宋词人年谱》、唐圭璋《全宋词》是在后世有影响，他们的研究有一个共同特点：新旧交融。本书也不追求写作方法的一致性，有的内容适合以专题的方式叙述，比如北美“中国抒情传统”学说、清词研究的学术范式、中国文学批评史研究的现代品格等；有的内容则适宜以时间流程来描述，这是过去学术史研究运用比较多的方法，我们的研究也继承了这一学术传统，以时间分段的方式介绍了不同时期的研究热点和研究内容，着意给读者提供一些“历史知识”，亦即在学术史上曾经出现的一些研究热点和研究方法，让我们通过回溯历史找到今天讨论学术话题所使用的“知识”和“方法”。其实，无论是专题研究法，还是历史叙述法，都是为了更好地展现研究对象，真实地呈现“历史本相”，让我们在前人研究的基础上走得更远，看到更多，将学科发展向前推进一步。

学术史是由前人书写的，也是由我们来书写的，不同时代有不同的学术史。在我们看来，学术史研究其实就是一种知识再生产过程，即把学术界已经取得的成果进行归纳总结，然后开展相关成果的推广工作，使之成为下一步研究的理论基础。我们这部不太完整的“学术史”，是一部现代“学术片段史”，也是一部现代“知识生成史”。

目录

Contents

上编　他者眼光与异域新知

中编　学术变迁与现代品格

下编　学术名家与名家学术

上编　他者眼光与异域新知

欧美地区中国文学史研究及其特点、启示

文学史作为一种著述体裁，约兴起于19世纪末的英、法、德等欧洲国家。中国学者所写的文学史著作，是20世纪初受到海外学术的影响才出现的，一般认为林传甲在京师大学堂编写的讲义《中国文学史》和黄人在东吴大学堂编写的《中国文学史》教科书，是这一领域较早的代表之作。[①] 在这之后，中国学者撰写文学史才逐渐兴盛起来。

由于早期的文学史著作大多对"文学性"（literariness）本身有所忽视，故而20世纪六七十年代西方学界提出了"新文学史"的概念，主张文学史应体现文学的"文学性"，并倡导写作模式多元化。受国外"新文学史"观的影响，1988年陈思和、王晓明两位学者在《上海文论》上开设了"重写文学史"专栏。以此为起点，国内关于"重写文学史"的讨论热潮此起彼伏，促使学界展开了关于文学史写作和研究的深刻反思。

在"重写文学史"的热潮下，海外汉学家书写的中国文学史研究著作值得重视。其优势表现在两个方面：一是超越了国内学界的民族主义情绪与政治化倾向；二是异域的学术传统与理论视野能建构更为多元的考察角度，尽可能呈现中国文学史的多重面向。因而异域学术传统的文学史观与撰述模式，值得国内学界参考与借鉴。[②]

---

① 陈平原：《作为学科的文学史》（增订本），北京大学出版社2011年版，第34页。

② 参见李勇《"重写文学史"与〈剑桥中国文学史〉对中国文学史的重塑》，《长春工业大学学报》（社会科学版）2014年第5期。

一　综合类中国文学史

（一）“中国文学史”类著作

一般认为，欧美地区的中国文学史书写始于英国汉学家赫伯特·阿伦·翟理斯（Herbert Allen Giles）在1901年以英语出版的《中国文学史》[①]。此书首次将文学史作为独立的演化系统，以朝代为经，以文体为纬，系统、简明地叙述了中国文学的发展情况。全书由分封时代、汉代、三国两晋南北朝时期、唐代、宋代、元朝、明代、清代八个部分构成，呈现了中国古代文学史有序演进的完整脉络，建构了中国文学史写作的一般模式。该书注重文学在受众中的影响力，以宋代为分水岭，宋代及之前的文学史侧重于诗文，宋代之后的文学史侧重于小说、戏曲。还间有经典文论、小说、戏曲文本的翻译片段，供西方读者了解中国文学的细节及概貌。该书体例完备、选材恰当、行文简洁，符合西方人的阅读趣味，在欧美地区影响甚广，后多次再版和修订出版，其学术价值和生命力可见一斑。

之后的半个多世纪，欧美地区出版的“中国文学史”类著作屈指可数。直到1958年，外文出版社将陆侃如、冯沅君合著的《中国古典文学简史》翻译成英文出版，介绍给国外读者，受到欧美学者的关注。该书从中国文学的起源讲起，到五四运动为止，系统、扼要、有重点地叙述了中国古典文学的发展历程。此书后来在美国多次重印，1983年还由杨宪益、戴乃迭等学者再次翻译出版，改名为《中国古典文学史大纲》。

20世纪60年代，为满足教学需要，在英美高校任教的华裔学者开始新编中国文学史教材。1961年，华裔学者陈受颐（Ch’en Shou-yi）出版了一本英文版的《中国文学史略》[②]。该书是他在美国波莫纳学院所设东方学系讲授“中国通史”“中西文化交流史”“中国文学史”等课程时使用的教材，

---

① Herbert Allen Giles, *A History of Chinese Literature*, D. Appleton And Company Press, 1901. 后国内出版中译本：〔英〕翟理斯《中国文学史》，刘帅译，首都师范大学出版社2017年版。

② Ch’en Shou-yi, *Chinese Literature: A Historical Introduction*, New York: Ronald Press, 1961.

主要为了弥补翟理斯1901年所编《中国文学史》的不足[①]。1964年，林语堂的女婿赖明（Lai Ming）也出版了一本英文版《中国文学史》[②]，该书前有林语堂写的序，比较清晰地介绍了中国文学三千年的发展历程及辉煌成就。

21世纪以来，欧美地区的中国文学史书写取得重大突破。2001年，梅维恒（Victor H. Mair）主编的《哥伦比亚中国文学史》[③] 出版。该书达1342页，对上古时期到20世纪八九十年代的作家与作品都有探讨。但该书不以时间为叙述主线索，而以文类及次文类来进行架构，围绕七大主题——“基础”“诗歌”“散文”“小说”“戏剧”“注疏、批评和解释”“民间及周边文学”，细分为55个单元，由学有专攻的40多位汉学家共同撰写。该书从中国文学的语言与思想文化基础谈起，论述范围涵盖中国文学的主要文类（诗歌、散文、小说、戏剧、文论等）及相关领域，聚焦于前现代时期，兼顾民间文学、少数民族文学、边缘地区文学等，巨细无遗地呈现出华夏文学多姿多彩的风貌。康达维（David R. Knechtges）、宇文所安（Stephen Owen，本名斯蒂芬·欧文）等西方学者给予该书极高的评价，康达维认为这是“迄今西方语言中最好的一本”，宇文所安说它“为英语读者提供了丰富多样的中国文学最好的导引”，“周全详尽而不过度”，“既可满足好奇的初学者，也可满足有关专家”。[④] 季羡林评价梅维恒时也说：“他的眼光开阔，看得远一些。我们不注意的一些东西，他注意到了。”[⑤] 不过，也有学者指出这部文学史看起来更像是高质量的学术论文集，而缺乏文学“史”的逻辑。如柯马丁（Martin Kern）与何谷理（Robert E. Hegel）就曾批评说：“这是参差不齐的若干章节的大杂烩，未经系统化地编辑整理而显得支离散乱。”[⑥]

---

① 参见陈受颐、董璞《时人自述：大学教育与文化交流》，《新时代》1961年第9期。

② Lai Ming, *A History of Chinese Literature*, New York: The John day Company, 1964.

③ Victor H. Mair, *The Columbia History of Chinese Literature*, New York: Columbia University Press, 2001. 后国内出版中译本：〔美〕梅维恒主编《哥伦比亚中国文学史》（上、下册），马小悟等译，新星出版社2016年版。

④ 参见莫丽芸《英美汉学中的白居易研究》，大象出版社2018年版，第42~43页。

⑤ 参见《读书》，《艺术评论》2016年第8期。

⑥ Martin Kern and Robert E. Hegel, “A History of Chinese Literature?”, *Chinese Literature: Essays, Articles, Reviews*, No. 26, 2004.

2010年，孙康宜（Kang-i Sun Chang）和宇文所安主编出版了《剑桥中国文学史》[1]。该书为剑桥大学出版社“世界国别文学史”系列之一，是近年来备受瞩目的一部大型中国文学史。全书112万余字，以1375年为界分为上、下两卷，上卷由宇文所安主编，下卷由孙康宜主编，并由十几位美国汉学界的著名学者共同撰稿。该书以时间为序，介绍了从上古的口头文学、金石铭文一直到2008年的三千年中国文学发展历程，时间跨度极长，且没有截断中国古典文学与现代文学，体现了中国文学的延续性与生命力。此书的架构有两大显著特点：一是未分文类进行论述，而是在整体的文化史视角下探讨各时期的文学现象及其特点，将各种文类融合到一起叙述；二是未按朝代分期，而采取公元纪年来叙述某一时段的文学，更看重文学、文化的历史自主性。该书一经出版即受到多方关注，美国汉学家倪豪士（William H. Nienhauser, Jr.）称该书为“近十年最重要的中国文学史巨著”，徐志啸评价该书“不是一部传统规范模式上的文学史，而是一部有趣味的、可读性强的文学文化史”[2]，蒋寅也认为“这部文学史无论是视角、结构还是论述风格都大不同于现有的中国文学通史，其最明显的一个特点，就是跳出文学圈子，在文化学的视野中审视文学现象”[3]。

（二）“中国文学概论”类著作

欧美地区与中国文学史密切相关的“中国文学概论”类著作也颇为可观，这些著作虽不以“中国文学史”命名，但其具体内容也主要是介绍中国文学的发展概况及主要特点，有“中国文学史”的功能。

这类著作有偏于目录形式的，如英国汉学家、伦敦传教士伟烈亚力（Alexander Wylie）早在1867年就出版了一部《中国文学札记：附历史源流

---

① Kang-i Sun Chang and Stephen Owen, *The Cambridge History of Chinese Literature*, Cambridge University Press, 2010. 后国内出版中译本：〔美〕孙康宜、宇文所安主编《剑桥中国文学史》（上、下卷），刘倩等译，生活·读书·新知三联书店2013年版。

② 徐志啸：《别具一格——〈剑桥中国文学史〉特色简介》，《书屋》2010年第4期。

③ 蒋寅：《一个中国学者眼中的〈剑桥中国文学史〉》，《首都师范大学学报》（社会科学版）2014年第2期。

简介和中国文献西译记略》[1]。该书260页，是较早以目录形式介绍中国文学概况的知名著作。正文由经典（Classical）、历史（History）、哲人（Philosophers）和纯文学（Belles-lettres）四大部分组成，下面分小类罗列中国典籍书目的中文原名、发音拼写和内容简介。全书介绍了2000多部古典文学、数学、医学和科学技术等方面的中国古典文献，前言部分还附有一份当时已有的西译中国文献书目记略，是非常有价值的研究史料。美国汉学家倪豪士主编的《印第安纳传统中国文学指南》[2] 也偏于这种形式。该书1050页，正文分两大部分，第一部分为随笔结集，收录了10篇由不同作者撰写的随笔文章，论述了佛教文学、戏剧、小说、文学批评、诗歌、流行文学、散文、修辞学、道士文学、女性文学等方面的问题；第二部分为编写的中国文学词目，编者按音序列出了中国文学的重要作家、作品及文献资料，并对每一词条有简单的介绍和评价。1998年倪豪士又出版了该书的增补本，称《印第安纳传统中国文学指南》（第2卷）[3]，主要对第1卷进行内容补充和错误纠正，全为文学词条。两卷共收10篇综论和500多个文学词条，几乎涉及1911年以前中国文学所有的重要的方面，如文体、作家、作品、流派等。每一词条内容精练紧凑，既体现了知识性，又含有个性化见解，具有较高的参考价值。

有偏于归纳概述性的著作，如华裔学者柳无忌（Liu Wu-chi）的《中国文学新论》[4]，该书是作者在印第安纳大学教授中国文学史课程过程中编写的教科书，意在介绍中国作家与作品，归纳概述中国文学特征，以便西方读者理解和掌握。该书具有比较明显的东方思维，中国读者会感到比较亲切，但该书也因缺乏新鲜观点而显得并不出彩，其意义更偏重于知识传授。

---

① Alexander Wylie, *Notes on Chinese Literature: With Introductory Remarks on the Progressive Advancement of the Art; And a List of Translations from the Chinese Into Various European Languages*, Shanghai: American Presbyterian Mission Press, 1867.

② William H. Nienhauser, Jr., *The Indiana Companion to Traditional Chinese Literature*, Bloomington: Indiana University Press, 1986.

③ William H. Nienhauser, Jr., *The Indiana Companion to Traditional Chinese Literature* (*Volume 2*), Bloomington: Indiana University Press, 1998.

④ Liu Wu-chi, *An Introduction to Chinese Literature*, Bloomington & London: Indiana University Press, 1966. 后国内出版中译本：柳无忌《中国文学新论》，倪庆饩译，中国人民大学出版社1993年版。

伊维德（Wilt Idema）与汉乐逸（Lloyd Haft）1997年合撰出版的《中国文学指南》[①]，对于中国从古至今三千多年的文学史有一综合的概览。该书主要包括两个方面的内容，一是中国文学简介，介绍了中西文学观念的异同和演变，语言和写作、纸张和印刷、教育和文化，从汉朝到清朝的传统中国社会，西方的中国文学研究和翻译等；二是分五个时期论述了中国文学的发展和演变进程。该书曾被列入美国杰出学术书籍选单。

也有着重凸显中国文学精华的著作，如翟楚（Ch'u Chai）和翟文伯（Winberg Chai）父子1965年出版的《中国文学瑰宝》（或称《学思文粹》）[②]，分"一般散文""小说""戏剧"三个部分，以经典作品和重要文人为中心，介绍中国古典及现代文学概况，突出文学经典。刘若愚（James J. Y. Liu）的《中国文学艺术精华》[③]，是应出版社之邀而写的常识介绍性图书，为"亚洲文明系列"之一，篇幅不长，只有150页，但列举了一些最经典的中国文学作品，以其为文学技艺的精华所在，描述了最为显著的文学特色。该书体现了刘若愚极高的理论水平和创新意识，除了介绍中国文学的基本知识之外，在成书的体例结构、选材标准及分析方法等方面均能掌握得宜，其所涵盖的层面相当广博，而论述的范围亦极深广，非常值得阅读体会。

还有提要引导式的著作，如美国汉学家海陶玮（James Robert Hightower）的《中国文学提要：大纲与书目》[④]，该书只有141页，以"点"的形式介绍中国文学基础概念和知识，因而在"面"上稍显薄弱，仅起到提要式的引导作用。法国汉学家雷威安（Andre Levy）的英文版《中国古典文学》[⑤]，也试图提供中国古代文学的总体图景，以便读者了解各种类

① Wilt Idema and Lloyd Haft, *A Guide to Chinese Literature*, Ann Arbor: Center for Chinese Studies, The University of Michigan, 1997.

② Ch'u Chai and Winberg Chai, *A Treasury of Chinese Literature: A New Prose Anthology including Fiction and Drama*, New York: Appleton-Century, 1965.

③ James J. Y. Liu, *Essentials of Chinese Literary Art*, Duxbury Press, 1979. 后国内出版中译本：〔美〕刘若愚《中国文学艺术精华》，王镇远译，黄山书社1989年版。

④ James Robert Hightower, *Topics in Chinese Literature: Outlines and Bibliographies*, Harvard University Press, 1953.

⑤ Andre Levy, *Chinese Literature: Ancient and Classical*, Trans. by William H. Nienhauser, Jr., Bloomington: Indiana University Press, 2000.

型的文学形式是如何在中国古代发展起来的，以及为什么文学是中国古代文化和文明的重要组成部分。作品原以法文写就，后经倪豪士翻译成英文在美出版，篇幅较短，只有184页，根据文学体裁（经典、散文、诗歌、戏剧、叙事文学等）而非王朝政治划分来进行论述。美国学者桑禀华（Sabina Knight）也出版了一本《中国文学：简短的介绍》[①]。该书很薄，只有120多页，但时间跨度很大，从《诗经》一直写到现代文学，囊括了诗歌、诗学、叙事散文、戏剧、小说以及与文学文化密切相关的历史和哲学等多面向的内容，可谓具体而微，展现了中国文学的包容性。

此外，还有只涉及特定时段的文学概论著作，如华兹生（Burton Watson）的《早期中国文学》[②]，讨论了从远古到公元100年左右的中国文学发展历程，聚焦于三十几部著作，对经典文献，如《诗经》、《楚辞》和汉赋等诗赋，《左传》《国语》《战国策》《史记》《汉书》等历史散文，《论语》《庄子》《管子》等哲学散文，进行了分析讨论，重点论述了这些早期著作的写作风格与文体特点，间或煞费苦心地逐字对译了一些文献段落来加以说明。

（三）“中国文学作品选”类著作中的文学史内容

20世纪六七十年代以来，随着欧美汉学界中国文学研究的迅速发展和“新文学史”思潮的兴起，各种大型中国文学作品选类著作不断涌现。将这些作品选类著作中各章节的导言拼接起来，再结合所选作家作品来看，也不啻为一部完整的中国文学史。

首先，值得关注的是美国加州大学伯克利分校东方语言系的白芝（Cyril Birch），他于1965年主编出版了《中国文学选集：上古至十四世纪》[③]。该书是当时“中国文学在英语世界中最全面的选集”，选录的作品始于古代歌谣，终于14世纪的戏曲，其间各种主要的文学体裁无不纷呈并现。

---

① Sabina Knight, *Chinese Literature: A Very Short Introduction*, Oxford University Press, 2012. 后国内出版中译本：〔美〕桑禀华《中国文学：简短的介绍》，李永毅译，译林出版社2016年版。

② Burton Watson, *Early Chinese Literature*, New York and London: Columbia University Press, 1962.

③ Cyril Birch, *Anthology of Chinese Literature* (*Volume* 1): *From the Early Times to the Fourteen Century*, New York: Grove Press, 1965.

白芝挑选的作品容量适中，类型分布得宜，易于读者掌握中国古典文学的概貌。1972 年他又出版了该书的下卷本《中国文学选集：十四世纪至今》①，选录了中国 14 世纪到现代的文学作品。这两卷本大型中国古典文学选集，集合了当时汉学界精英的译作，由于其文体类型丰富、译作水平上乘，颇受青睐和好评，其成为美国不少高校的中国文学课程教科书。

其次，两位专注文学史写作的美国汉学家——梅维恒与宇文所安编选的中国文学作品选集也非常重要，他们的作品选与文学史著作相辅相成。梅维恒 1994 年主编出版了《哥伦比亚中国传统文学选集》②，该书 1376 页，收入中国上古至清代约 160 位作家的作品。正文分成五个部分：基础与解释、诗歌、散文、小说、口头语表演艺术。书中的选文既有耳熟能详的经典之作，也包括一些较为罕见的民间文学作品。2000 年他又主编出版了《哥伦比亚简明中国传统文学精选》③，该书 704 页，是对前书的补充，编选了新的有影响力的中国传统文学翻译作品。这两部选集在欧美地区颇受欢迎、影响广泛，也为梅维恒后来编撰《哥伦比亚中国文学史》准备了条件。宇文所安 1996 年编著的《诺顿中国文学选集：初始至 1911》④，篇幅超过 1200 页，以尊重中国文学传统为核心，内容按时代先后排列，分为上古（先秦西汉）、中世纪（东汉魏晋南北朝）、李唐、赵宋、元明、清代六个时期。每个时期以“简介”开始，简略陈述该时期的政治、社会与哲学等，再选择性地详述作品。此书选入了各种文体类型，内容丰富可观，从古至今的重要作品几乎无所不包。宇文所安在引言中强调自己并非简单地将各个“里程碑”作品按照时间顺序进行呆板的排列，而是要组成一个“文本家族”（a family of texts），在文本的相互关系中确认各自的身份和特性，从而体现文学传统。

---

① Cyril Birch, *Anthology of Chinese Literature* (*Volume 2*): *From the 14th Century to the Present Day*, New York: Grove Press, 1972.

② Victor H. Mair, *The Columbia Anthology of Traditional Chinese Literature*, New York: Columbia University Press, 1994.

③ Victor H. Mair, *The Shorter Columbia Anthology of Traditional Chinese Literature*, New York: Columbia University Press, 2000.

④ Stephen Owen, *An Anthology of Chinese Literature*: *Beginnings to 1911*, New York: W. W. Norton & Company, 1996.

同时，闵福德（John Minford）与刘绍铭（Joseph S. M. Lau）合编的大型中国文学选集《含英咀华集》（卷一：从上古到唐代）[①] 也值得重视。该选集共 1176 页，在体例上以时代为经、以文类为纬，从甲骨文到唐代的诗词，几乎囊括了所有重要文类：诗词歌谣、传记、戏曲、小说以及中国早期的哲学和历史作品等。收录了当时欧美最著名的汉学家的翻译作品，如阿瑟·韦利（Arthur Waley）、埃兹拉·庞德（Ezra Pound）、大卫·霍克斯（David Hawkes）、理雅各（James Legge）、华兹生、宇文所安、白芝、葛瑞汉（A. C. Graham）、宾纳（Witter Bynncr）、王红公（Kenneth Rexroth）等的翻译作品，且编排严谨，每一章都从经典汉学专著或论文中选取权威性的引言和简要介绍来作一评述，代表了当时海外中国古典文学研究和翻译的最高成就。

二　分体文学研究

除了上述综合类通体文学史及作品选外，欧美地区还有种类繁多的中国分体文学研究成果。丰富的文体类型是中国文学的显著特点，也是欧美汉学家首先关注到的中国文学现象，他们对中国文体的研究历史悠久、成绩突出。如白芝 1974 年主编的论文集《中国文学体裁研究》[②] 是较早系统研究中国文体的专书，收录了当时英、美、捷克等国著名汉学家关于中国文体的研究论文，对诗歌、词曲、杂剧、传奇、通俗小说、民间故事等文体进行了系统探讨。

（一）诗歌研究

诗歌是西方汉学界投入研究力量最多的文体，也是欧美汉学家最感兴趣、奋力耕耘的领域。在诗歌编译上，出现了一批引人注目的诗歌选集。

---

① John Minford and Joseph S. M. Lau, *Chinese Classical Literature: An Anthology of Translations* (*Volume 1: From Antiquity to the Tang Dynasty*), New York: Columbia University Press & Hong Kong: The Chinese University Press, 2000.

② Cyril Birch, *Studies in Chinese Literary Genres*, Berkeley: University of California Press, 1974.

如柳无忌和罗郁正（Irving Yucheng Lo）主编的《葵晔集：三千年中国诗歌》[①]，耶鲁大学傅汉思（Hans H. Frankel）教授的《梅花与宫妃：中国古诗选择漫谈》[②]，华兹生的《哥伦比亚中国诗之书：从早期至十三世纪》[③]，齐皎瀚（Jonathan Chaves）的《哥伦比亚中国晚期诗选：元、明、清》[④]，罗郁正与舒威霖（William Schultz）合编的清代诗歌选集《待麟集：清代诗词选（1644—1911）》[⑤]，美国汉学家托尼·巴恩斯通（Tony Barnstone）与华裔学者周平（Chou Ping）2005 年合编的《中国诗歌精选集：古今三千年传统》[⑥]，蔡宗齐（Zong-qi Cai）2008 年编的《如何阅读中国诗歌：作品导读》[⑦] 等。

在综合研究方面，首先值得称道的是华裔汉学家刘若愚，他是“内行公认自成一家言的中国诗学权威”[⑧]。早在 1962 年，他就出版了专著《中国诗学》[⑨]。该书是他的成名之作，旨在向西方读者介绍和阐释中国传统诗学，对英语读者了解与欣赏中国古典诗歌贡献巨大。他探讨了汉语作为诗歌表达之媒介的问题，强调了汉语诗歌的听觉效果而非通常被注意的视觉效果，并对中国诗歌理论进行了概述。他认为，诗歌的优劣应该用境界和语言双重标准来进行判断；伟大的诗必然含有从来未被发现的语言用法，带有表

---

① Wu-chi Liu and Irving Yucheng Lo, *Sunflower Splendor*: *Three Thousand Years of Chinese Poetry*, Bloomington & London: Indiana University Press, 1975.

② Hans H. Frankel, *The Flowering Plum and the Palace Lady*: *Interpretations of Chinese Poetry*, New Haven: Yale University Press, 1976.

③ Burton Watson, *The Columbia Book of Chinese Poetry*: *From Early Times to the Thirteenth Century*, New York: Columbia University Press, 1984.

④ Jonathan Chaves, *The Columbia Book of Later Chinese Poetry*: *Yuan, Ming and Ch'ing Dynasties*, New York: Columbia University Press, 1986.

⑤ Irving Yucheng Lo and William Schultz, *Waiting for the Unicorn*: *Poems and Lyrics of China's Last Dynasty, 1644-1911*, Bloomington: Indiana University Press, *1986*.

⑥ Tony Barnstone and Chou Ping, *The Anchor Book Of Chinese Poetry*: *From Ancient to Contemporary, The Full* 3000-*Year Tradition*, New York: Anchor Books, 2005.

⑦ Zong-qi Cai, *How to Read Chinese Poetry*: *A Guided Anthology*, New York: Columbia University Press, 2008. 后国内出版中译本：〔美〕蔡宗齐主编《如何阅读中国诗歌：作品导读》，鲁竹译，生活·读书·新知三联书店 2023 年版。

⑧ 夏志清：《东夏悼西刘——兼怀许芥昱》，载夏志清著，陈子善编《岁除的哀伤》，江苏文艺出版社 2006 年版，第 135 页。

⑨ James J. Y. Liu, *The Art of Chinese Poetry*, Chicago: The University of Chicago Press, 1962. 后国内出版中译本：〔美〕刘若愚《中国诗学》，赵帆声等译，河南人民出版社 1990 年版。

现、意义和声音的新结合，字句、意象、象征、联想的新样式。1982年，他又出版了《语际批评家：阐释中国诗歌》[1]一书，运用阅读现象学、翻译理论、诠释学、实践批评等元素，对中国诗歌展开批判性解读和评价。他先建构了一个概念框架，即世界、作者、作品和读者之间相互关系，任何文学或诗学理论都可以在这个框架中被分析；接着讨论了在不同语言背景下阅读、翻译、解释和评价中国诗歌所涉及的问题。在理论探讨之后，作者进行了实践批评的练习，从时间—空间—自我关系的角度分析中国诗歌的例子，并与西方诗歌进行比较。1988年，其弟子林理彰整理修订并出版了他的遗作《语言·悖论·诗学：一种中国观》（或称《语言与诗》）[2]。该书从语言悖论的现象入手，提出"如果诗是一种悖论，那么诗学就是一种元悖论"[3]。刘若愚试图用中国古代儒家、道家及禅宗等的语言观和哲学观来阐释"悖论诗学"的真实意蕴，并通过比较诗学的方法来探讨诗歌的境界。

宇文所安也是中国诗歌研究的佼佼者。他不仅在唐诗研究上取得了令人瞩目的成绩，他对中国诗学的奥秘也非常感兴趣。1985年，他出版了《中国传统诗歌与诗学：世界的预兆》[4]一书。该书由8篇非正式文章组成，介绍了4世纪至12世纪中国诗歌的艺术，致力于为西方读者提供一个阅读中国诗的理论框架。它聚焦于诗歌的不确定性，指出诗歌不仅依存于注释和正统解释，还依存于未言的假设、隐晦的暗示、未表的焦虑，由于时间、语言及文明的变迁，诗歌会被"移置"。1989年，他又推出《迷楼：诗与欲望的迷宫》[5]一书，以比较诗学为出发点，模仿"迷楼"[6]的架构，将中西

---

① James J. Y. Liu, *The Interlingual Critic: Interpreting Chinese Poetry*, Bloomington: Indiana University Press, 1982.

② James J. Y. Liu, *Language-Paradox-Poetics: A Chinese Perspective*, Princeton: Princeton University Press, 1988.

③ James J. Y. Liu, *Language-Paradox-Poetics: A Chinese Perspective*, Princeton: Princeton University Press, 1988, p. 38.

④ Stephen Owen, *Traditional Chinese Poetry and Poetics: Omen of the World*, Madison: University of Wisconsin Press, 1985.

⑤ Stephen Owen, *Mi-lou: Poetry and the Labyrinth of Desire*, Cambridge: Harvard University Press, 1989. 后国内出版中译本：〔美〕宇文所安《迷楼：诗与欲望的迷宫》，程章灿译，生活·读书·新知三联书店2003年版。

⑥ "迷楼"原指隋炀帝7世纪初建造的一座供其享乐的宫殿，其本义是"让人迷失的宫殿"。

不同历史时期的诗歌放在一起讨论，考察诗歌中与爱欲相关的问题。2006 年出版的《中国早期古典诗歌的生成》①，则研究了早期诗歌的内在运作机制。他将着眼点放在诗歌材料的文献来源及其性质上，探寻中国早期修辞等级低的诗歌是如何被保存下来并成为“经典”的，认为早期诗歌是一个存在于复制状态中并通过复制而为我们所接受的诗歌系统。

美籍华裔汉学家余宝琳（Pauline Yu）的中国诗歌研究成果也非常突出。1978 年，她发表了《中国和象征主义的诗学理论》② 一文，比较了中国形上批评家与西方象征主义及后象征主义批评家的异同。1981 年，她又发表了《隐喻与中国诗》③ 一文，阐释了西方的隐喻在文化传统和本体论上的独特之处，并讨论了它和中国诗歌中隐喻成分的基本差异。她认为中国比兴观念的性质和作用与西方的隐喻（metaphor）有若干相同点。1986 年，余宝琳更推出《中国传统诗歌中的意象读法》④ 一书，这是她关于中国诗歌意象理论的代表作。她以历史发展的眼光看待意象，先溯源，继而分别阐述《诗经》、《离骚》、六朝诗歌、唐诗中的各类意象，并用宏观的眼光将中国古代诗歌意象与西方的相关理论与方法进行横向的对比。

此外，法国汉学家程抱一（Francois Cheng）的《中国诗语言研究》（1977），以唐诗为研究对象，从中国文字的表意特征出发，探讨诗歌语言的魅力。英国华裔学者张心沧（H. C. Chang）的《中国文学之二：山水诗》⑤，探讨了中国“山水诗”和“田园诗”，论及陶渊明、谢灵运、王维、孟浩然、柳宗元五位诗人。还有宋淇（Stephen C. Soong）主编的《宋代兄弟：中国诗歌与诗学》⑥、叶维廉（Wailim Yip）的《中国诗歌：主要模式

---

① Stephen Owen, *The Making of Early Chinese Classical Poetry*, Cambridge: Harvard University Press, 2006. 后国内出版中译本：〔美〕宇文所安《中国早期古典诗歌的生成》，胡秋蕾、王宇根、田晓菲译，生活·读书·新知三联书店 2012 年版。

② Pauline Yu, “Chinese and Symbolist Poetic Theories”, *Comparative Literature*, Vol. 30, No. 4, 1978, pp. 291-312.

③ Pauline Yu, “Metaphor and Chinese Poetry”, *Chinese Literature: Essays, Articles, Reviews*, Vol. 3, No. 2, 1981, pp. 205-224.

④ Pauline Yu, *The Reading of Imagery in the Chinese Poetic Tradition*, Princeton: Princeton University Press, 1986.

⑤ H. C. Chang, *Chinese Literature 2: Nature Poetry*, New York: Columbia University Press, 1977.

⑥ Stephen C. Soong, *A Brotherhood in Song: Chinese Poetry and Poetics*, Hong Kong: The Chinese University Press, 1985.

与文体》[①]、缪文杰（Ronald C. Miao）编选的论文集《中国诗歌与诗学研究》[②]、海陶玮与叶嘉莹（Florence Chia-ying Yeh）合著的论文集《中国诗研究》[③] 等著作也值得关注。

在个案研究方面，关于先秦两汉的诗人诗作，王婧献（C. H. Wang）有《诗经》研究著作《钟与鼓——〈诗经〉的套语及其创作方式》[④]。海陶玮在 1954 年发表的《屈原研究》是北美汉学家在楚辞研究方面撰写的最早的相关论文之一。大卫·霍克斯 1955 年的博士学位论文《楚辞的创作时间与作者问题》（*On the Problem of Data and Authorship in Ch'u Tz'u*）和阿瑟·韦利的《九歌：中国古代巫文化研究》[⑤] 也是较早的楚辞研究专著。

关于魏晋南北朝的诗人诗作，孙康宜的《抒情与描写：六朝诗歌概论》[⑥] 探讨了五位著名的六朝诗人（陶渊明、谢灵运、鲍照、谢朓、庾信）及其作品，比较了这五位诗人的异同，从中勾勒了他们的关系，并致力于理清六朝时代五言诗发展的脉络。田晓菲（Xiaofei Tian）的《尘几录：陶渊明与手抄本文化研究》[⑦]，以陶渊明为对象，讨论了手抄本文化的特点和它对文学史及具体作家作品的巨大影响。

关于唐代诗人诗作，韦利有《诗人李白》[⑧]、《李白的诗歌与生平》[⑨]、

---

① Wailim Yip, *Chinese Poetry: An Anthology of Major Modes and Genres*, Durham: Duke University Press, 1997.

② Ronald C. Miao, *Studies in Chinese Poetry and Poetics*, San Francisco: Chinese Materials Center, 1978.

③ James Hightower and Florence Chia-ying Yeh, *Studies in Chinese Poetry*, Cambridge: Harvard University Asia Center Press, 1998.

④ C. H. Wang, *The Bell and the Drum: Shih Ching as Formulaic Poetry in an Oral Tradition*, California: University of California Press, 1974. 后国内出版中译本：王婧献《钟与鼓——〈诗经〉的套语及其创作方式》，谢濂译，四川人民出版社 1990 年版。

⑤ Arthur Waley, *The Nine Songs*, London: George Allen & Unwin LTD, 1955.

⑥ Kang-I Sun Chang, *Six Dynasties Poetry*, Princeton: Princeton University Press, 1986. 后国内出版中译本：〔美〕孙康宜《抒情与描写：六朝诗歌概论》，钟振振译，上海三联书店 2006 年版。

⑦ Xiaofei Tian, *Tao Yuanming and Manuscript Culture: The Record of a Dusty Table*, University of Washington Press, 2005. 后国内出版中译本：田晓菲《尘几录：陶渊明与手抄本文化研究》，中华书局 2007 年版。

⑧ Arthur Waley, *The Poet Li Po* (*A. D.* 701–762), Lodon: East and West LTD, 1919.

⑨ Arthur Waley, *The Poetry and Career of Li Po* (701–762 *A. D.*), London: George Allen & Unwin LTD, 1950.

《白居易生平及时代》① 等诗人传记类研究著作。程抱一的《张若虚诗之结构分析》，余宝琳的《王维的诗：新译及评论》②，柯慕白（Paul W. Kroll，或译为“柯睿”）的《孟浩然诗集》③ 和《中世纪道教与李白诗歌研究》④，刘若愚的《李商隐的诗歌：九世纪中国的巴洛克诗人》⑤ 等，都是唐诗研究的重要成果。

关于宋代诗人诗作，齐皎瀚的《梅尧臣与宋初诗歌的发展》⑥，Jeremy Seaton 的《爱与时间：欧阳修的诗歌》⑦，傅君劢（Michael A. Fuller）的《东坡之路——苏轼诗歌格调的形成》⑧，王宇根（Yugen Wang）的《万卷：黄庭坚和北宋晚期诗学中的阅读与写作》⑨ 和《写诗，生存战争：难民士大夫陈与义的作品》⑩，刘大卫（David Palumbo-Liu）的《诗的用事——黄庭坚的文学理论与实践》⑪，萨进德（Stuart H. Sargent）的《贺铸诗：体裁、语境与创作》⑫ 等值得关注。

---

① Arthur Waley, *The Life and Times of Po Chu-I* (*772 - 846 A. D.*), London: George Allen & Unwin LTD, 1949.

② Pauline Yu, *The Poetry of Wang Wei*: *New Translations and Commentary*, Bloomington: Indiana University Press, 1980.

③ Paul W. Kroll, *The Poetry of Meng Haoran*, Belin/Boston: Walter de Gruyter GmbH, 2021.

④ Paul W. Kroll, *Studies in Medieval Taoism and the Poetry of Li Po*, Farnbam: Ashgate, 2009.

⑤ James J. Y. Liu, *The Poetry of Li Shang-yin*: *Ninth-Centrty Baroque Chinese Poet*, Chicago: The University of Chicago Press, 1969.

⑥ Jonathan Chaves, *Mei Yao-ch'en and the Development of Early Song Poetry*, New York: Columbia University Press, 1976.

⑦ Jeremy Seaton, *Love and Time*: *The Poems of Ou-yang Hsiu*, Port Townsend, WA: Copper Canyon Press, 1989.

⑧ Michael A. Fuller, *The Road to East Slope*: *The Development of Su Shi's Poetic Voice*, Stanford: Stanford University Press, 1990.

⑨ Yugen Wang, *Ten Thousand Scrolls*: *Reading and Writing in the Poetics of Huang Tingjian and the Late Northern Song*, Harvard University Press, 2011. 后国内出版中译本：王宇根《万卷：黄庭坚和北宋晚期诗学中的阅读与写作》，生活·读书·新知三联书店2015年版。

⑩ Yugen Wang, *Writing Poetry*, *Surviving War*: *The Works of Refugee Scholar-official Chen Yuyi* (*1090–1139*), University of Cambridge Press, 2020.

⑪ David Palumbo-Liu, *The Poetics of Appropriation*: *The Literary Theory and Practice of Huang Tingjian*, Stanford: Stanford University Press, 1993.

⑫ Stuart H. Sargent, *The Poetry of He Zhu* (1052 - 1125): *Genres*, *Contexts*, *and Creativity*, Leiden: Brill Academic Publishers, 2007.

关于明清诗人诗作，孙康宜的专著《情与忠：陈子龙、柳如是诗词因缘》[1]由文学切入历史，采取专题方式探讨陈子龙、柳如是的诗词情缘，并兼论晚明情观与政治托喻的问题。该书最引人注目的是提出了“情忠合一”的诗学观。韦利出版的《十八世纪中国诗人袁枚》[2]，介绍了袁枚的生平及诗歌创作特点。

（二）散文研究

相对于中国诗歌翻译和研究的盛况来说，欧美汉学家对中国散文的关注和研究就稍显薄弱了。一方面，这是因为欧美学者对散文这种文体的理解存在偏差，在他们看来，散文没有诗歌值得研究，因为散文只是正常的交流语言，而诗歌更为凝练和充满变化，诗歌的研究魅力远远大于散文。[3] 另一方面，中国古代散文多以文言文写成，且一般篇幅较长，由于年代久远，中国人理解起来尚且吃力，欧美学者更难把握精髓，故而其研究队伍较小，成果也偏少。然而，欧美汉学家关于中国散文的研究仍有一些值得一提的成果。

在综合研究方面，值得关注的成果有浦安迪（Andrew H. Plaks）主编的论文集《中国叙事文：批评与理论文汇》[4]，该书收录了杜志豪（Kenneth J. DeWoskin）、李培德（Peter Li）、欧阳桢（Eugene Eoyang）、林顺夫（Shuen-fu Lin）、韩南（Patrick Hanan）、浦安迪、何谷理、芮效卫（David Tod Roy）、夏志清（C. T. Hsia）、王靖宇（John C. Y. Wang）、高友工（Yu-kung Kao）、翁开明（Kam-ming Wong）等知名汉学家的中国叙事文研究论文。美国斯坦福大学王靖宇教授的专著《中国早期叙事文论集》（*Early Chinese Narrative*）[5]，收录了他研究中国早期叙事文的 11 篇论文，如《中国

---

① Kang-I Sun Chang, *The Late-Ming Poet Ch'en Tzu-lung: Crises of Love and Loyalism*, New Haven: Yale University Press, 1991. 后国内出版中译本：〔美〕孙康宜《陈子龙柳如是诗词情缘》，李奭学译，（台北）允晨文化实业股份有限公司 1992 年版，陕西师范大学出版社 1998 年版；《情与忠：陈子龙、柳如是诗词因缘》，李奭学译，北京大学出版社 2012 年版。

② Arthur Waley, *Yuan Mei: Eighteenth Century Chinese Poet*, London: George Allen & Unwin LTD, 1956.

③ 这一观点参见 William H. Nienhauser, Jr., *The Indiana Companion to Traditional Chinese Literature*, Bloomington: Indiana University Press, 1986, p. 93。

④ Andrew H. Plaks, *Chinese Narrative: Critical and Theoretical Essays*, Princeton: Princeton University Press, 1977.

⑤ 〔美〕王靖宇：《中国早期叙事文论集》，（台北）中研院中国文哲研究所 1999 年版。后中国大陆又以《中国早期叙事文研究》为名再次出版该书，上海古籍出版社 2003 年版。

叙事文的特性——方法论初探》《从〈左传〉看中国古代叙事作品》《从〈刺客列传·荆轲传〉看〈史记〉的叙事特色与成就》《再论〈左传〉与〈国语〉的关系》《从帛书〈战国纵横家书〉看今本〈战国策〉与〈史记〉》等。作者从比较文学和叙事学的视角来探讨中国叙事文的特性，将叙事文分为情节、人物、观点、意义四个要素进行分析，并将中国叙事文与西方叙事文对比，提出了一些新颖的观点。柯马丁主编的《早期中国的文本与仪式》①，收录了戴梅可（Michael Nylan）、鲍则岳（William G. Boltz）、罗泰（Lothar von Falkenhausen）、耿幽静（Joachim Gentz）、柯马丁、史嘉柏（David Schaberg）、齐思敏（Mark Csikszentmihalyi）、白瑞旭（K. E. Brashier）8位汉学家关于文字考古学、早期汉语文本的复合性质、铭文与仪式语境、早期史学和仪式传统注释、出土手稿、规谏批判、黄帝形象、早期石碑等的研究论文。

何瞻（James M. Hargett）的《玉山丹池：中国传统游记文学》② 是英语世界首部专门研究中国古代游记散文的著作，该书介绍了上迄魏晋南北朝、下至晚明的诸多经典游记作家及其作品，如曹操的《观沧海》、郦道元的《三峡》、柳宗元的《永州八记》、袁宏道的《满井游记》、徐霞客游记等，勾勒了中国传统游记文学发展史，深挖了游记文学的文学史、文化史意义。

在个案研究上，研究先秦散文的汉学家最多、成果最丰富。在诸子散文方面，韦利的《方法和力量——〈道德经〉及其在中国思想史上的地位研究》③ 和《古代中国的三种思维方式》④，分别研究了《道德经》与《庄子》《孟子》《韩非子》。梅维恒的《道德经：正直与道的经典》⑤ 与《逍遥

① Martin Kern, *Text and Ritual in Early China*, Seattle: University of Washington Press, 2005.

② James M. Hargett, *Jade Mountains and Cinnabar Pools*: *The History of Travel Literature in Imperial China*, University of Washington Press, 2018. 后国内出版中译本：〔美〕何瞻《玉山丹池：中国传统游记文学》，冯乃希译，上海人民出版社 2021 年版。

③ Arthur Waley, *The Way and Its Power*: *A Study of the Tao Te Ching and Its Place in Chinese Thought*, London: George Allen & Unwin LTD, 1934.

④ Arthur Waley, *Three Ways of Thought in Ancient China*, London: George Allen & Unwin LTD, 1939.

⑤ Victor H. Mair, *Tao Te Ching*: *The Classic Book of Integrity and the Way*, New York: Bantam Books, 1990.

游：早期道教故事与庄子寓言》[①] 等，对老子《道德经》和庄子《逍遥游》进行了全面考察。王志民（John Knoblock）的《荀子：全集的翻译与研究》[②] 及其与王安国（Jeffrey Riegel）合著的《墨子：伦理政治著作的研究与翻译》[③]，分别对《荀子》和《墨子》进行了介绍和解读。苏源熙（Haun Saussy）的《引证：〈庄子〉内外》[④]，对《庄子》内外篇进行了系统论述。

在历史散文上，对《左传》文学、修辞学的系统研究始于 1977 年发表的两篇很有影响力的论文——艾朗诺（Ronald C. Egan）的《〈左传〉中的叙事文》[⑤] 和王靖宇的《中国早期叙事文：以〈左传〉为例》[⑥]。前者指出《左传》所采用的叙事方法是“无个性的叙述”（impersonal narration），指出构成《左传》的主要材料是以说教为主的历史掌故。后者借鉴当时颇为流行的《叙事文的特性》[⑦] 一书中关于情节、人物、观点、意义四要素的框架来分析《左传》的叙事特点。20 世纪 90 年代以来，对《左传》研究着力最多的学者是史嘉柏、李惠仪（Wai-yee Li）和杜润德（Stephen Durrant）。史嘉柏的《模式化的“过去”：中国早期史学的形式与思想》[⑧] 和李惠仪的《〈左传〉的书写与解读》[⑨]，对《左传》的意义和可读性进行

---

① Victor H. Mair, *Wandering on the Way: Early Taoist Tales and Parables of Chuang Tzu*, Honolulu: University of Hawaii Press, 1998.

② John Knoblock, *Xunzi: A Translation and Study of the Complete Works*, Stanford: Stanford University Press, 1988.

③ John Knoblock and Jeffrey Riegel, *Mozi: A Study and Translation of the Ethical and Political Writings*, Berkeley: University of California Center for Chinese Studies, 2013.

④ Haun Saussy, *Translation as Citation: Zhuangzi Inside Out*, New York and Oxford: Oxford University Press, 2017.

⑤ Ronald C. Egan, “Narratives in Tso-chuan”, *Harvard Journal of Asiatic Studies*, Vol. 37, No. 2, 1977, pp. 323-352.

⑥ John C. Y. Wang, “Early Chinese Narrative: the Tso-chuan as Example”, in: Andrew H. Plaks, *Chinese Narrative: Critical and Theoretical Essays*, Princeton: Princeton University Press, 1977, pp. 3-20.

⑦ Robert Scholes and Robert Kellogg, *The Nature of Narrative*, New York: Oxford University Press, 1966.

⑧ David Schaberg, *A Patterned Past: Form and Thought in Early Chinese Historiography*, Harvard University Asia Center, 2002.

⑨ Wai-yee Li, *The Readability of the Past in Early Chinese Historiography*, Harvard University Asia Center, 2008. 后国内出版中译本：〔美〕李惠仪《〈左传〉的书写与解读》，文韬、许明德译，江苏人民出版社 2016 年版。

了建构。杜润德与他们合著的《左传：春秋笔法》[1]《左传：中国最早的叙事史选集》[2]，对《左传》的春秋笔法和叙事特点进行了深入考察。而《战国策》的研究在很大程度上归功于柯润璞（J. I. Crump）的推动，他的《战国策读本》[3] 指出《战国策》中的逸事乃是修辞性劝说的例子。柯马丁和麦笛（Dirk Meyer）合著的《中国政治哲学的渊源：〈尚书〉的构成与思想研究》[4]，则是研究《尚书》的代表性专著。

在其他散文方面，柯马丁的《秦始皇石刻：早期中国的文本与仪式》[5]，探讨了秦始皇巡狩各郡时留下的石刻铭文，将其作为“中华帝国”史上第一个十年间留存下来的最具实质性的官方档案进行译注和研究，考察了石刻铭文的结构和语言特征以及其历史性意蕴。在《诗经》笺注的研究上，海陶玮于1948年在《哈佛亚洲学报》上发表的《〈韩诗外传〉和三家诗》属于该方面最早的研究论文之一，1952年他又出版专著《韩诗外传》[6]。在柯马丁看来，海陶玮对《韩诗外传》的精彩笺注和研究尚无人超越[7]。

关于两汉历史散文的研究成果也比较突出。关于《史记》的研究开始于20世纪五六十年代华兹生出版的《司马迁：中国伟大的历史学家》[8] 和

---

① Stephen Durrant and David Schaberg, *Zuo Tradition/Zuozhuan: Commentary on the "Spring and Autumn Annals"*, University of Washington Press, 2016. 后又修订出版：Stephen Durrant, Wai-yee Li and David Schaberg, *Zuo Tradition/Zuozhuan: Commentary on the "Spring and Autumn Annals" Volume* 1, University of Washington Press, 2017。

② Stephen Durrant, Wai-yee Li and David Schaberg, *The Zuo Tradition/Zuozhuan Reader: Selections from China's Earliest Narrative History*, University of Washington Press, 2020.

③ J. I. Crump, *Legends of the Warring States: Persuasions, Romances, and Stories from Chan-Kue Ts'e*, University of Michigan Press, 1998.

④ Martin Kern and Dirk Meyer, *Origins of Chinese Political Philosophy: Studies in the Composition and Thought of the Shangshu*, Leiden: Brill Academic Publishers, 2017.

⑤ Martin Kern, *The Stele Inscriptions of Ch'in Shih-huang: Text and Ritual in Early Chinese Imperial Representation*, New Haven: American Oriental Society, 2000. 后国内出版中译本：〔美〕柯马丁《秦始皇石刻：早期中国的文本与仪式》，刘倩译，上海古籍出版社2015年版。

⑥ James R. Hightower, *Han Shih Wai Chuan: Han Ying's Illustrations of the Didactic Application of the Classic of Songs*, Harvard University Press, 1952.

⑦ 〔美〕柯马丁：《学术领域的界定——北美中国早期文学（先秦两汉）研究概况》，载张海慧主编《北美中国学：研究概述与文献资源》，中华书局2010年版，第572页。

⑧ Burton Watson, *Ssu-ma Ch'ien: Grand Historian of China*, New York: Columbia University Press, 1958.

《司马迁〈史记〉》[1]。其后倪豪士和杜润德的研究成果也非常突出。倪豪士撰写了多篇关于《史记》的论文及中西方关于《史记》研究的回顾综述。杜润德的代表作是其专著《模糊的镜子：司马迁著作中的紧张与冲突》（*The Cloudy Mirror*：*Tension and Conflict in the Writings of Sima Qian*），该书从文学而非史学的角度对司马迁的作品进行研究，探讨了司马迁史传的叙事风格以及其历史叙述与自我生活叙述之间的关联。杜润德与人合著的《〈报任安书〉与司马迁的遗产》[2]，则着重讨论了《报任安书》这一著名书信的真实性问题及正确的文本解读方法。与《史记》相比，《汉书》受到的关注较少。柯马丁分析了《汉书》中诗歌的修辞手法。康达维的《汉书扬雄传研究》[3] 对《汉书》中的人物传记进行了研究。

关于汉魏六朝辞赋的研究，海陶玮和卫德明（Hellmut Wihelm）可称为两位奠基人。海陶玮 1954 年在《哈佛亚洲学报》发表了《陶潜赋》，1959 年又发表了《贾谊赋》，两文均属于具有示范性、引领作用的研究成果。卫德明在 1957 年发表了有关《士不遇赋》的文章，后文章被收入费正清所编的《中国的思想与制度》一书。其后康达维因发表系列研究成果被称为汉魏六朝辞赋研究专家，他的研究涵盖多位赋作家，如贾谊、扬雄等；涉及多种赋作，如刘歆《遂初赋》、谢灵运《山居赋》等；还有关于欧美赋学研究的综述性成果，如论文《欧美赋学研究概观》等。他先后出版了《汉赋研究二则》[4]、《扬雄赋研究》[5]、《赋学与选学：康达维自选集》[6] 等著作，代表了西方赋学研究的较高水平。

总体来看，欧美学者对中国早期散文的关注和讨论较多，对隋唐及以

---

① Burton Watson, *Records of the Historian*: *Chapters from the Shih Chi of Ssu-ma Ch'ien*, New York: Columbia University Press, 1969.

② Stephen Durrant, Wai-yee Li, Michael Nylan and Hans van Ess, *The Letter to Ren An and Sima Qian's Legacy*, University of Washington Press, 2016.

③ David R. Knechtges, *The Han Shu Biography of Yang Xiong* (53 *B. C. to A. D.* 18), Tempe, Arizona: Center for Asian Studies, Arizona State University Press, 1982.

④ David R. Knechtges, *Two Studies on the Han Fu*, University of Washington Press, 1968.

⑤ David R. Knechtges, *The Han Rhapsody*: *A Study of the Fu of Yang Hsiung* (53 *B. C. -A. D.* 18), Cambridge University Press, 1976.

⑥ 〔美〕康达维：《康达维自选集：汉代宫廷文学与文化之探微》，苏瑞隆译，上海译文出版社 2013 年版；《赋学与选学：康达维自选集》，张泰平等译，南京大学出版社 2019 年版。

后的散文探讨较少。值得一提的是，艾朗诺的《欧阳修的文学作品》[1] 和《苏轼之辞、象、事》[2]，分别对欧阳修和苏轼的文集进行了研究。白润德的《何景明丛考》[3] 与《伟大的复兴：何景明及其世界》[4]，从何景明的文集出发，对其生平事迹及复古文学思想进行了全面考察。韩若愚（Rivi Handler-Spitz）与人合译的《〈焚书〉与〈续焚书〉选译》及他独著的《不羁时代的症状：李贽与早期现代性文化》，从选译李贽的文集《焚书》和《续焚书》出发，探讨了李贽的现代启蒙思想及其影响。本杰明·艾尔曼（Benjamin A. Elman）的《经学、政治和宗族：中华帝国晚期常州今文学派研究》[5]，对常州今文学派产生、兴盛的"内在理路"和"外部环境"做了互动分析。

（三）戏剧研究

欧美汉学界很早就对中国戏剧产生了兴趣，因为戏剧在欧美历史悠久、非常流行，面对另一文化世界的戏剧作品，他们往往不自觉会用西方戏剧理论来研究中国戏剧。

在戏剧综合研究上，凯特·巴斯（Kate Buss）1922 年出版的《中国戏剧研究》[6] 是较早的代表性成果，该书介绍了中国戏剧的起源、剧本类型、戏剧文学、宗教影响、人物类型、演员、音乐、舞台设计、服装、剧场的习惯等。祖克（A. E. Zucker，或译为"朱克"）的专著《中国戏剧》[7]，比较系统地介绍了中国戏剧的早期历史及其在元、明、清和 20 世纪初的发展，

---

① Ronald C. Egan, *The Literary Works of Ou-yang Hsiu* 1007－1072, Cambridge University Press, 1984; Paperback edition, 2009.

② Ronald C. Egan, *Word, Image and Deed in the Life of Su Shi*, Harvard University Asia Center, 1994.

③ 白润德：《何景明丛考》，（台北）学生书局 1997 年版。

④ Daniel Bryant, *The Great Recreation: Ho Ching-ming* (1483－1521) *and His World*, Leiden: Brill Academic Publishers, 2008.

⑤ Benjamin A. Elman, *Classicism, Politics, and Kinship: The Ch'ang-chou School of New Text Confucianism in Late Imperial*, University of California Press, 1990. 后国内出版中译本：〔美〕本杰明·艾尔曼《经学、政治和宗族：中华帝国晚期常州今文学派研究》，赵刚译，江苏人民出版社 1998 年版。

⑥ Kate Buss, *Studies in the Chinese Drama*, Boston: The Seas Company Press, 1922.

⑦ A. E. Zucker, *The Chinese Theater*, Boston: Little, Brown, and Company Press, 1925.

并概述了中国剧场的各个方面、演员的表演程式等。与祖克的专著相比，刘易斯·阿林顿（Lewis C. Arlington）的《古今中国戏剧》[①]，则只是对中国戏剧的历史发展做了粗浅的概览。1964年出版的《中国遗产》一书收录了韩南的文章《小说与戏剧的演变》，该文指出城市发展、商业兴盛、大众娱乐中心的建立等对中国戏剧的发展与成熟起到了决定性的作用。杜为廉（William Dolby）的《中国戏剧史》[②]，将戏剧作为综合艺术来考察并论及相关的文学传统。伊维德和奚如谷（Stephen H. West）合编的《中国戏剧：1100—1450》[③]，介绍了中国12世纪初期到15世纪中期350年间的戏剧，包括诸宫调、杂剧、院本和南戏等，还提供了一些重要的戏剧史料。马克林（Colin Mackerras）编著的《中国戏剧：从它的起源到现在》[④]，叙述了中国戏剧从古至今的发展历程。马倩（Qian Ma）的《中国传统戏剧中的女性：女主人公戏剧》[⑤]，探讨了女主人公戏剧中的女性形象。

在不同历史时段的戏剧研究上，关于金代戏剧，奚如谷1977年出版的专著《通俗剧与叙事文学：金代戏剧面面观》指出，蒙古入侵和废除科举导致文人转入勾栏瓦舍，这促成了元杂剧的发展和兴盛，该书通过考证提出，复杂的戏剧表演在北宋时期已经出现。

关于元代戏剧，时钟雯（Shih Chung-wen）的《中国戏剧的黄金时代——元杂剧》[⑥]，在全面考察现存171部元杂剧的基础上系统探索了元杂剧，包括其中的抒情诗和人物塑造。柯润璞的《忽必烈时期的中国戏剧》[⑦]，

---

① Lewis C. Arlington, *The Chinese Drama from the Earliest Times until Today*, Shanghai: Kelly and Walsh Press, 1930.

② William Dolby, *A History of Chinese Drama*, Paul Elek, 1976.

③ Wilt L. Idema and Stephen H. West, *Chinese Theater, 1100-1450: A Source Book*, Wiesbaden: Steiner Press, 1982.

④ Colin Mackerras, *Chinese Theater: From Its Origins to the Present Day*, Honolulu: University of Hawaii Press, 1988.

⑤ Qian Ma, *Women in Traditional Chinese Theater: The Heroine's Play*, University Press of America, 2005.

⑥ Shih Chung-wen, *Golden Age of Chinese Drama: Yuan Tsa-Chu*, Princeton: Princeton University Press, 1976.

⑦ J. I. Crump, *Chinese Theater in the Days of Kublai Khan*, Tucson: University of Arizona Press, 1980. 后国内出版中译本：〔美〕柯润璞《元杂剧的剧场艺术》，魏淑珠译，（台北）巨流图书公司2001年版。

在仔细爬梳元杂剧历史及文本资料的基础上，详尽探讨了元杂剧的背景，并提供了元代三部著名杂剧的译文。

关于明代戏剧，白芝的《官吏选段：明代精英剧场》①，介绍和阐释了明代官吏中流行的六种经典剧目（《白兔记》《浣纱记》《蕉帕记》《牡丹亭》《绿牡丹》《燕子笺》）中表演频率最高、最精彩的选段，在文本细读的基础上对每个选段给予生动凝练的评论，帮助读者了解明代戏剧艺术的丰富内涵和表演背景等语境。在剧作家研究上，伊维德1985年出版的《朱有燉的杂剧》（*The Dramatic Oeuvre of Chu Yu-tun, 1379-1439*），对明初剧作家朱有燉的生平和杂剧创作做了系统研究，探讨了朱有燉的31个杂剧。夏志清的长篇论文《汤显祖剧作中的时间和人的处境》，系统讨论了汤显祖在其主要剧作中对“情”、时间和人的处境的文学和哲学思考。② 史恺悌（Catherine Swatek）的《〈牡丹亭〉400年演出史》③，从演出史角度探讨《牡丹亭》的艺术魅力。吕立亭（Tina Lu）的《人物、角色与心灵：〈牡丹亭〉与〈桃花扇〉中的身份认同》④，对《牡丹亭》和《桃花扇》进行了比较研究。

关于清代戏剧，毛国权（Nathan K. Mao）和柳存仁（Liu Ts'un-yan）在专著《李渔》⑤ 里，专门讨论了李渔的戏剧理论。韩南在其专著《李渔的创新》里专章讨论了李渔的戏剧创作。韩禄伯（Robert G. Henricks）1983年出版的《孔尚任的世界：一个清朝早期文人》，则是一本关于清代剧作家孔尚任的传记体研究著作。

此外，在特定剧种的研究上，关于南戏，波兰汉学家日比科夫斯基（Tadeusz Zbikowski）的《南宋的早期南戏》⑥，是国外第一本专门介绍和研

---

① Cyril Birch, *Scenes for Mandarins: the Elite Theater of the Ming*, New York: Columbia University Press, 1995.

② 参见张海惠主编《北美中国学：研究概述与文献资源》，中华书局2010年版，第673页。

③ Catherine Swatek, *Peony Pavilion Onstage: Four Centuries in the Career of a Chinese Drama*, University of Michigan Press, 2002.

④ Tina Lu, *Persons, Roles, and Minds: Identity in Peony Pavilion and Peach Blossom Fan*, Stanford: Stanford University Press, 2001. 后国内出版中译本：〔美〕吕立亭《人物、角色与心灵：〈牡丹亭〉与〈桃花扇〉中的身份认同》，白华山译，江苏人民出版社2014年版。

⑤ Nathan K. Mao and Liu Ts'un-yan, *Li Yu*, Boston: Twayne Publishers Press, 1977.

⑥ Tadeusz Zbikowski, *Early Nan-hsi Plays of The Southern Sung Period*, Wydawnictwa Uniwersytetu Warszawskiego, 1974.

究中国南戏的英文著作。作者分析了早期南戏作品与说唱文学的紧密联系，并将南戏置于世界古代戏剧史中，分析南戏与古希腊悲喜剧、印度梵剧、日本能剧的区别，使用西方戏剧理论分析早期南戏作品。孙枚（Sun Mei）的《南戏：最早的戏曲形式》[①]，首次从戏剧演出的角度对南戏进行研究，讨论了南戏的历史，现存的南戏剧本在题材、结构、语言诸方面的特征，南戏演出的音乐、人物类型划分、演员的表演、化装和舞台道具，写作南戏剧本的书会才人、南戏的演员和剧团以及南戏演出的观众等。关于散曲，施文林（Wayne Schlepp）的《散曲：技法与意象》[②]，以知名散曲作品为对象，系统论述了散曲的技法和意象。关于地方戏，陆大伟（David L. Rolston）的《京剧：晚清至今中国“国剧”的文本化与表演、创作与审查》[③]，对京剧的发展历程进行了系统研究。

（四）小说研究

小说因其摹写和反映社会现实的功用，成为欧美汉学家极为重视的文体之一。在小说综合研究上，首先值得称道的是美国汉学家夏志清和韩南，他们较早对中国古典小说进行了系统研究。夏志清的代表作《中国古典小说导论》[④]，以西方19世纪批判现实主义文学为参照标准，对《三国演义》《水浒传》《西游记》《金瓶梅》《儒林外史》《红楼梦》六部经典小说进行了分析和解读。他提出，若参照欧美小说美学评价体系来看，中国传统小说都不够完美。韩南则长于中国短篇小说研究，他的专著《中国短篇小说研究》[⑤]，分三个阶段论述了中国话本小说的发展历程。该书还参考当代西

---

① Sun Mei, *Nanxi: the Earliest Form on Xiqu (Traditional Chinese Theatre)*, Honolulu: University of Hawaii, 1995.

② Wayne Schlepp, *San-ch'u: Its Technique and Imagery*, Wisconsin: University of Wisconsin Press, 1970.

③ David L. Rolston, *Inscribing Jingju/Peking Opera: Textualization and Performance, Authorship and Censorship of the "National Drama" of China from the Late Qing to the Present*, Leiden: Brill Academic Publishers, 2021.

④ C. T. Hsia, *The Classic Chinese Novel: A Critical Introduction*, New York: Columbia University Press, 1968. 后国内出版中译本：夏志清《中国古典小说导论》，胡益民等译，安徽文艺出版社1988年版。

⑤ Patrick Hanan, *The Chinese Short Story: Studies in Dating, Authorship and Composition*, Harvard University Press, 1973.

方叙事学理论，提出分析文学作品的七个层次：说话者层次、焦点层次、谈话层次、风格层次、意义层次、语音层次和书写层次。他的另一部重要著作《中国白话小说史》[1]，则深入探讨了话本体裁、叙事观点、叙事形式及话本作者中的个体、独有的道德标准和世界观等问题，并对当时海外的话本小说做了详尽的梳理考证，勾勒出截至 17 世纪末中国话本小说发展的脉络。

浦安迪、何谷理等人是北美研究中国小说的第二代著名学者。浦安迪长于长篇章回小说研究，其代表作《明代小说四大奇书》[2] 在全面审视明代文化史的基础上，对《三国演义》《水浒传》《西游记》《金瓶梅》的结构和意义进行了详细解读。夏志清的门生何谷理则致力于短篇小说研究，代表作有《十七世纪的中国小说》[3] 和《明清插图本小说阅读》[4]。前者介绍了 17 世纪中国小说的概貌及相关情况；后者别出心裁地挑选“插图”作为论题的中心，试图梳理出中国小说的“绣像传统”，并沟通小说与印刷、绘画之间的相关讨论。

美国汉学家马克梦（Keith McMahon）和黄卫总（Martin W. Huang）是北美小说研究领域第三代学者中的佼佼者，他们均在明清白话小说研究上有专长。马克梦的《十七世纪小说中的色与戒》[5]，是关于晚明艳情小说的专题研究。后来出版的《吝啬鬼·泼妇·一夫多妻者：十八世纪中国小说中的性与男女关系》[6]，则探讨了清代小说中的性别和男女关系。黄卫总的

---

① Patrick Hanan, *The Chinese Vernacular Story*, Harvard University Press, 1981. 后国内出版中译本：〔美〕韩南《中国白话小说史》，尹慧珉译，浙江古籍出版社 1989 年版。

② Andrew H. Plaks, *The Four Masterworks of the Ming Novel: Ssu ta ch'i-shu*, Princeton: Princeton University Press, 1987. 后国内出版中译本：〔美〕浦安迪《明代小说四大奇书》，沈亨寿译，中国和平出版社 1993 年版。

③ Robert E. Hegel, *The Novel in Seventeenth Century China*, New York: Columbia University Press, 1981.

④ Robert E. Hegel, *Reading Illustrated Fiction in Late Imperial China*, Stanford: Stanford University Press, 1998. 后国内出版中译本：〔美〕何谷理《明清插图本小说阅读》，刘诗秋译，生活·读书·新知三联书店 2019 年版。

⑤ Keith McMahon, *Causality and Containment in Seventeenth-Century Chinese Fiction*, Leiden: Brill Academic Publishers, 1988.

⑥ Keith McMahon, *Misers, Shrews, and Polygamists: Sexuality and Male-Female Relations in Eighteenth-Century Chinese Fiction*, Duke University Press, 1995. 后国内出版中译本：〔美〕马克梦《吝啬鬼·泼妇·一夫多妻者：十八世纪中国小说中的性与男女关系》，王维东、杨彩霞译，人民文学出版社 2001 年版。

《文人与自我表现：十八世纪中国小说中的自传性情感》[①]，以《儒林外史》为代表，着重探讨了18世纪文人小说中的自传性倾向。其后出版的《中华帝国晚期的欲望与小说叙述》[②]，则梳理了明清小说从“欲”到“情”的发展脉络，作者不仅重读了《金瓶梅》《红楼梦》，还讨论了一些尚未获得关注的小说，如《痴婆子传》《姑妄言》《灯草和尚》等。2004年他主编的《蛇足：续书、后传、改编和中国小说》[③]，选录了10篇关于小说续书的研究论文。

此外，陆大伟的《如何阅读中国小说》[④]和《中国传统小说与小说评论：字里行间的阅读与写作》[⑤]，对小说阅读与评点进行了系统考察。骆雪伦（Shelley Hsueh-lun Chang）的《历史与传说：明代历史小说中的思想与形象》[⑥]，对历史演义小说有系统翔实的考证。美国汉学家艾梅兰（Maram Epstein）的《竞争的话语：明清小说中的正统性、本真性及所生成之意义》[⑦]，围绕“正统性”与“本真性”，重新解读了《醒世姻缘传》《红楼梦》《野叟曝言》《镜花缘》《儿女英雄传》五部小说，探讨了明清小说在社会性别的处理方式中所隐含的意识形态和美学意义。戴瑞·伯格（Daria Berg）的《阅读中国：小说、历史与话语动态》[⑧]，在历史语境下探讨小说的多重话语阅读及重构、改写问题等。

---

① Martin W. Huang, *Literati and Self-Re/Presentation: Autobiographical Sensibility in the Eighteenth-Century Chinese*, Stanford: Stanford University Press, 1995.

② Martin W. Huang, *Desire and Fictional Narrative in Late Imperial China*, Harvard University Asia Center, 2001. 后国内出版中译本：〔美〕黄卫总《中华帝国晚期的欲望与小说叙述》，张蕴爽译，江苏人民出版社2010年版。

③ Martin W. Huang, *Snakes' Legs: Sequels, Continuations, Rewritings and Chinese Fiction*, Honolulu: University of Hawai'i Press, 2004.

④ David L. Rolston, *How to Read the Chinese Novel*, Princeton: Princeton University Press, 1990.

⑤ David L. Rolston, *Traditional Chinese Fiction and Fiction Commentary: Reading and Writing Between the Lines*, Stanford: Stanford University Press, 1997.

⑥ Shelley Hsueh-lun Chang, *History and Legend: Ideas and Images in the Ming Historical Novels*, University of Michigan Press, 1990.

⑦ Maram Epstein, *Competing Discourses: Orthodoxy, Authenticity, and Engendered Meanings in Late Imperia*, Harvard University Asia Center, 2001. 后国内出版中译本：〔美〕艾梅兰《竞争的话语：明清小说中的正统性、本真性及所生成之意义》，罗琳译，江苏人民出版社2005年版。

⑧ Daria Berg, *Reading China: Fiction, History and the Dynamics of Discourse*, Leiden: Brill Academic Publishers, 2006.

在单部小说的研究上，关于明代小说，《水浒传》是欧美汉学家较早关注和研究的中国小说。欧文（Richard Gregg Irwin）于1953年就出版了《一本中国小说的演进：〈水浒传〉》[①]。2001年，葛良彦（Liangyan Ge）出版了专著《走出水浒：中国白话小说的兴起》[②]。金葆莉（Kimberley Besio）和董保中（Constantine Tung）合著的《三国和中国文学》[③]，以三国文化为研究对象，对小说《三国演义》进行了文化史角度的探讨。相对而言，《西游记》和《金瓶梅》更为西方学者所青睐。关于《西游记》，美国芝加哥大学的余国藩（Anthony C. Yu）有关于《西游记》研究的系列学术论文收录在《余国藩西游记论集》[④] 中。杜德桥（Glen Dudbridge）1970年出版的《〈西游记〉：16世纪小说的成书研究》（*The Hsi-yu chi：A Study of the Antecedents to the Sixteenth-Century Novel*），论及《西游记》不同版本的关系、吴承恩的作者地位、孙悟空形象的来源以及小说的象征意义等。李前程（Qiancheng Li）的专著《悟书：西游记、西游补和红楼梦研究》[⑤]，探讨了《西游记》及其续书的关系及影响。关于《金瓶梅》，韩南1963年刊发的论文《〈金瓶梅〉探源》是一篇功力深厚的考证文章，追溯了《金瓶梅》小说中那些从未被人指出的来源（小说、话本、散曲和戏曲等资料），并论述了小说作者如何受到这些资料的暗示和影响进而将其运用到小说中。柯丽德（Katherine Carlitz）的《论金瓶梅的修辞》[⑥]，从修辞学的角度细读和论述了《金瓶梅》。丁乃非（Naifei Ding）的《秽物：〈金瓶梅〉中的性政治》[⑦]，则从女性主义的角度对柯丽德的著作进行了激烈的批评。田晓菲的《秋水堂论金

---

① Richard Gregg Irwin, *The Evolution of a Chinese Novel：Shui-Hu-Chuan*, Harvard University Press, 1953.

② Liangyan Ge, *Out of the Margins：The Rise of Chinese Vernacular Fiction*, Honolulu：University of Hawaii Press, 2001.

③ Kimberley Besio and Constantine Tung, *Three Kingdoms and Chinese Culture*, State University Of New York Press, 2007.

④ 〔美〕余国藩：《余国藩西游记论集》，李奭学译，（台北）联经出版事业公司1989年版。

⑤ Qiancheng Li, *Fictions of Enlightenment：Journey to the West, Tower of Myriad Mirrors, and Dream of the Red Chamber*, Honolulu：University of Hawaii Press, 2003.

⑥ Katherine Carlitz, *The Rhetoric of Chin P'Ing Mei*, Bloomington：Indiana University Press, 1986.

⑦ Naifei Ding, *Obscene Things：Sexual Politics in Jin Ping Mei*, Duke University Press, 2002.

瓶梅》[1]，对《金瓶梅》进行了逐回评论。

在明代白话短篇小说的研究上，吴燕娜（Yenna Wu）的《改善的讽刺与中国十七世纪小说〈醒世姻缘传〉》[2]和戴瑞·伯格的《中国的狂欢：读〈醒世姻缘传〉》[3]，对《醒世姻缘传》展开了系统研究。

关于清代小说，《儒林外史》和《红楼梦》最受注目。在《儒林外史》的研究上，值得一提的是黄宗泰（Timothy C. Wong）的《吴敬梓》[4]和商伟（Shang Wei）的《〈儒林外史〉和帝国晚期的文化转型》[5]及《礼与十八世纪的文化转折：〈儒林外史〉研究》[6]等。黄宗泰论述了《儒林外史》的作者吴敬梓的生平及其小说创作特点。商伟通过对《儒林外史》进行文本细读，试图解释文人作品中的讽刺及儒家世界的危机。关于《红楼梦》的研究，引人注目的有浦安迪1976年出版的专著《〈红楼梦〉中原型和寓意》[7]，该书对《红楼梦》的解读从“原型”和“寓意”两个批评概念切入。王瑾（Jing Wang）的《石头的故事：〈红楼梦〉〈水浒传〉〈西游记〉中的互文性、中国古代石头传说以及石头象征》[8]，是第一本全面收集中国文化中的石头神话和石头传说的书，汇集了中国神话、宗教、民间传说、艺术和文学等内容。美国布朗大学教授多尔·利维（Dore J. Levy）的《石头记中的理想与现实》[9]，采用“反讽”来解读《红楼梦》，认为曹雪芹呈现给读者的是一种终极性的反讽。此外，余国藩的《重读石头记：〈红楼梦〉里的情

---

① 田晓菲：《秋水堂论金瓶梅》，天津人民出版社2003年版。

② Yenna Wu, *Ameliorative Satire and the Seventeenth-Century Chinese Novel Xingshi Yinyuan Zhuan-Marriage As Retribution, Awakening the World*, The Edwin Mellen Press, 2000.

③ Daria Berg, *Carnival in China: A Reading of the Xingshi Yinyuan Zhuan*, Leiden: Brill Academic Publishers, 2002.

④ Timothy C. Wong, *Wu Ching-tzu*, Twayne Publishers, 1978.

⑤ Shang Wei, *Rulin waishi and Cultural Transformation in Late Imperial China*, Harvard University Asia Center, 2003.

⑥ 商伟：《礼与十八世纪的文化转折：〈儒林外史〉研究》，严蓓雯译，生活·读书·新知三联书店2012年版。

⑦ Andrew H. Plaks, *Archetype and Allegory in the "Dream of the Red Chamber"*, Princeton: Princeton University Press, 1976.

⑧ Jing Wang, *The Story of Stone: Intertextuality, Ancient Chinese Stone Lore, and the Stone Symbolism in Dream of the Red Chamber, Water Margin, and the Journey to the West*, Duke University Press, 1992.

⑨ Dore J. Levy, *Ideal and Actual in The Story of the Stone*, New York: Columbia University Press, 1999.

欲与虚构》[1] 及《〈红楼梦〉、〈西游记〉与其他》[2]，米乐山（Lucien Miller）的《〈红楼梦〉中的小说面具：神话、虚构和人物》[3]，萧驰（Xiao Chi）的《作为抒情天地的中国花园：〈红楼梦〉通论》[4] 等著作也值得关注。

清代文言小说研究中，关于《聊斋志异》的研究成果也不容忽视。艾伦（Alan Barr）1984 年在《哈佛亚洲学报》上发表论文《〈聊斋志异〉的文本传递》，1985 年又在该刊上发表论文《〈聊斋志异〉早晚期故事的比较研究》。蔡九迪（Judith T. Zeitlin）的《异史氏：蒲松龄与中国古代小说》[5]，探讨了《聊斋志异》的作者蒲松龄及其在中国古代小说史上的贡献。她在 2007 年推出的《幽灵女主角：十七世纪中国文学中的女鬼与性别》[6] 中，以《聊斋志异》为对象阐述了 17 世纪小说中的鬼魂与女性形象，论及其对中国文化的影响。

此外，有关明清小说续作的研究也值得注意。如林顺夫 1978 年翻译出版了《西游补》，后又与舒来瑞（Larry J. Schulz）合作修订了该译本。[7] 魏爱莲（Ellen Widmer）1987 年出版了《乌托邦的边缘：水浒后传与明忠文学》[8]，考察《水浒后传》的价值。

三 专题类中国文学研究

除综合性文学史著作和分体文学研究成果之外，部分学有专攻的欧美

---

① Anthony C. Yu, *Rereading the Stone: Desire and the Making of Fiction in Dream of the Red Chamber*, Princeton: Princeton University Press, 1997.

② 〔美〕余国藩：《〈红楼梦〉、〈西游记〉与其他》，李奭学编译，生活·读书·新知三联书店 2006 年版。

③ Lucien Miller, *Masks of Fiction in Dream of the Red Chamber: Myth, Mimesis, and Person*, University of Arizona Press, 1975.

④ Xiao Chi, *The Chinese Garden as a Lyric Enclave: A Generic Study of the Story*, The University of Michigan Press, 2001.

⑤ Judith T. Zeitlin, *Historian of the Strange: Pu Songling and the Chinese Classical Tale*, Stanford: Stanford University Press, 1993.

⑥ Judith T. Zeitlin, *The Phantom Heroine: Ghosts and Gender in Seventeenth-Century Chinese Literature*, Honolulu: University of Hawaii Press, 2007.

⑦ Shuen-Fu Lin, *The Tower of Myriad Mirrors: A Supplement to Journey to the West*, Berkeley, 1978；修订本：Shuen-fu Lin and Larry J. Schulz, *The Tower of Myriad Mirrors: A Supplement to Journey to the West*, University of Michigan, 2000。

⑧ Ellen Widmer, *The Margins of Utopia: Shui-hu hou-chuan and the Literature of Ming Loyalism*, Harvard University Asia Center, 1987.

汉学家对唐诗、词学、文学批评、女性文学、通俗文学等中国古代文学命题表现出了浓厚的兴趣，出现了一些专业、细致、深入的专题类文学研究成果。

（一）唐诗研究——以宇文所安为中心

唐诗是中国文学的一座高峰，也受到了欧美汉学家的重视，他们表现出了极高的研究热情。在唐诗研究上最受人瞩目的是号称“为唐诗而生”的美国汉学家宇文所安，他出版了关于唐诗研究的系列专著——《初唐诗》[①]、《盛唐诗》[②]、《中国“中世纪”的终结：中唐文学文化论集》[③]、《晚唐：九世纪中叶的中国诗歌（827—860）》[④]，这四部著作构成了宇文所安唐诗研究的“四部曲”。

《初唐诗》是宇文所安唐诗研究的发端，他从诗歌发展史的角度，分析和探究了“宫廷诗”的创作规则及其与初唐、盛唐诗歌风格发展的关系，并将初唐诗的演进分为“宫廷诗”“脱离宫廷诗”“到盛唐的过渡”三个阶段。全书由五部分组成，第一部分“宫廷诗及其对立面”指出隋末唐初的诗歌主流为宫廷诗，与宫廷诗相对立的是当时反对宫廷诗的诗论。宇文所安认为，宫廷诗及对立诗论是初唐两种主要诗歌趋势，众多诗人在两者之间摇摆。第二部分“脱离宫体诗：七世纪六十及七十年代”以初唐四杰诗及京城诗为对象，论述了7世纪六七十年代的诗人对宫廷诗创作传统的脱

① Stephen Owen, *The Poetry of the Early Tang*, New Haven: Yale University Press, 1977. 后国内出版中译本：〔美〕宇文所安《初唐诗》，贾晋华译，生活·读书·新知三联书店2004年版。

② Stephen Owen, *The Great Age of Chinese Poetry: The High Tang*, New Haven: Yale University Press, 1981. 后国内出版中译本：〔美〕宇文所安《盛唐诗》，贾晋华译，生活·读书·新知三联书店2004年版。

③ Stephen Owen, *The End of the Chinese "Middle Ages": Essays in Mid-Tang Literary Culture*, Stanford: Stanford University Press, 1996. 后国内出版中译本：〔美〕宇文所安《中国“中世纪”的终结：中唐文学文化论集》，陈引驰、陈磊译，生活·读书·新知三联书店2006年版。

④ Stephen Owen, *The Late Tang: Chinese Poetry of the Mid-Ninth Century (827-860)*, Cambridge & London: Harvard University Press, 2006. 后国内出版中译本：〔美〕宇文所安《晚唐：九世纪中叶的中国诗歌（827—860）》，贾晋华、钱彦译，生活·读书·新知三联书店2011年版。

离。第三部分“陈子昂”则将陈子昂作为彻底否定宫廷诗的先锋，以其《感遇》组诗为例探讨了他对宫体诗的反叛和改造。第四部分“武后及中宗朝的宫廷诗：680—710”，介绍了武后及中宗朝宫廷诗的形式、诗体、题材及代表诗人等。第五部分“张说及过渡到盛唐”从张说平稳流畅的诗风以及张九龄对初、盛唐风格的兼备来说明当时的诗歌已渐渐过渡到了盛唐。宇文所安以时代为序，对初唐诗的演进规律做了系统梳理和深入探求。

《盛唐诗》沿用《初唐诗》的研究方法，在历史过程及时代风格的框架下重新探讨盛唐诗歌，力图展现盛唐诗持续变化的复杂过程以及盛唐作为中国诗歌黄金时代神话的缘由和表现。宇文所安以盛唐第一代、第二代和第三代诗人为代表，分两个阶段纵向描述盛唐诗歌发展演进史；又以“宫廷诗人”“京城诗人”“东南诗人”等诗人群体为依托，横向展开对盛唐诗坛的审视。全书分为两个部分，第一部分“盛唐的开始和第一代诗人”论述了初唐与盛唐的演进关系及过渡时期的诗人，并以王维、崔颢、储光羲、孟浩然、常建、王昌龄、李颀、李白、吴筠、高适等为例，探讨了前期盛唐诗的革新和超越。第二部分“‘后生’：盛唐的第二代和第三代”以岑参、杜甫、元结及《箧中集》诗人、诗僧皎然、顾况、韦应物等第二代和第三代诗人为例，讨论了盛唐诗后期的转变。宇文所安还对唐代诗人的社会地位及当时的审美标准进行了重新评定。

《中国“中世纪”的终结：中唐文学文化论集》是宇文所安研究中唐诗歌及文学文化的成果结集。他认为，中唐诗在风格、主题及范式上都远比盛唐诗纷繁复杂，且诗歌范围扩大与变化的方式与其他话语形式中发生的变化紧密相关，即诗歌、古典传奇及非虚构性的散文享有共通的旨趣，所以他将诗歌与这些内容放在一起探讨。宇文所安指出，中唐诗虽少了一份“诗味”，但其广度超越了先前的诗歌，打破了文体的统辖与局限，其短处恰好成就其长处。

《晚唐：九世纪中叶的中国诗歌（827—860）》是宇文所安唐诗研究的终篇。全书十五章，探讨了晚唐的政治文化、制度、文学景象、诗歌保存方式，元和时代的长寿诗人白居易、刘禹锡、李绅等在晚唐的继续创作及对诗坛的影响，姚合、贾岛、朱庆馀等巧匠诗人对律诗的精心雕琢，李贺诗歌的重新发现和传播所产生的影响，杜牧其人其诗的特点，李商隐诗歌的阐释问题以及其朦胧诗、咏史诗、咏物诗、应景诗的特点——隐喻性和富于联想，以及晚唐诗人温庭筠的诗与词等。宇文所安指出，晚唐诗人常常迷恋过去的诗歌和文化，站在过去的大诗人和过去辉煌的阴影里，有一种文化上的迟到感。他们既以沉迷的形象将诗歌作为独立活动的领域，致力于构造完美对偶句的技巧，视诗歌为一种使命、一种积累和“遗产”；又表现出对刚刚过去时代的遗产的一种排斥，不愿以纯“诗人”自居，表现出浪漫伤感的情怀。

宇文所安之外，还有一些唐诗研究成果也值得注意。如吴经熊（John C. H. Wu）的《唐诗四季》①，将唐诗的发展与时令的更替相类比，提出春、夏、秋、冬的分期法，并分别将李白、杜甫、白居易、李商隐视为春、夏、秋、冬四季的灵魂诗人，以他们为轴心勾勒唐代各时期的诗坛景观。高友工、梅祖麟合著的《唐诗的魅力——诗语的结构主义批评》②，收录了二人合撰的三篇唐诗研究论文（《杜甫的〈秋兴〉——语言学批评的实践》《唐诗的句法、用字与意象》《唐诗的语意、隐喻和典故》），运用西方当代语言学的结构主义理论阐释唐诗的语言特征。林庚（Lin Geng）的英文版两卷本《唐诗综论》③，对中国诗歌“黄金时代”（618—907）的唐诗经典进行分析，围绕唐代著名诗人和诗作，论述唐诗的题材、艺术手法、语言特点及影响等，并收录了十多篇关于唐诗佳作的随笔，按爱情与友情、渴望与隐居、旅行与怀旧等主题进行分类。

（二）词学研究——以叶嘉莹为中心

词是从诗中分离出来的一种独特的文体，其表现出的艺术魅力也为欧美学者所看重。加拿大华裔学者叶嘉莹在词学研究上用力最深，她的研究融古代与现代、东方与西方、感性与理性等多种元素于一体，基本建构起了中国词学批评理论体系。

---

① John C. H. Wu, *The Four Seasons of Tang Poetry*, Charles E. Tuttle Company, 1972.

② 〔美〕高友工、梅祖麟：《唐诗的魅力——诗语的结构主义批评》，李世耀译，上海古籍出版社 1989 年版；后修订再版为《唐诗三论：诗歌的结构主义批评》，李世跃译，商务印书馆 2013 年版。

③ Lin Geng, *A Comprehensive Study of Tang Poetry I*, Routledge, 2021; *A Comprehensive Study of Tang Poetry II*, Routledge, 2021.

1980 年，她出版了论文集《迦陵论词丛稿》[①]，该书收录了其早期词学研究的多篇代表性论文，如《温庭筠词概说》《从〈人间词话〉看温韦冯李四家词的风格——兼论晚唐五代时期词在意境方面的拓展》《大晏词的欣赏》《拆碎七宝楼台——谈梦窗词之现代观》《碧山词析论——对一位南宋古典词人的再评价》《说静安词〈浣溪沙〉一首》《谈诗歌的欣赏与〈人间词话〉的三种境界》等。她尝试运用西方文艺理论重新解读词，运用了新的研究视角。1988 年，她又出版了《中国词学的现代观》[②]。该书是关于“批评之批评”，即词学理论研究。书的前半部分是一篇长文《对传统词学与王国维词论在西方理论之观照中的反思》，深入研究了词的审美特质；后半部分是作者在《光明日报》《文学遗产》副刊上陆续发表的 15 篇“迦陵随笔”，是用比较诗学研究中国词学的具体范例。此后，她陆续出版了多种词学研究专著，借鉴西方文论中的阐释学、符号学和接受美学等理论对中国传统词学进行反思，触及词学的核心问题，在中国词研究领域有极其广泛的影响力。

总体来看，叶嘉莹的词学研究立足于唐宋词及清词研究，向整个中国词史延伸。关于唐宋词，她出版了《唐宋词十七讲》、《唐宋词名家论稿》、《南宋名家词讲录》以及《唐五代名家词选讲》、《北宋名家词选讲》、《南宋名家词选讲》等[③]，论述了温庭筠、韦庄、冯延巳、李璟、李煜、晏殊、欧阳修、晏几道、柳永、苏轼、秦观、贺铸、周邦彦、李清照、陆游、张元幹、张孝祥、辛弃疾、姜夔、吴文英、王沂孙等知名词人及其词作。关于清词，她出版了《清词丛论》《清代名家词选讲》《人间词话七讲》[④] 等，探讨了清词的复兴、清代词史观念的形成与晚清的史词、《人间词话》研究等话题，阐释了云间派、浙西词派、常州词派等流派及其影响，论述了李

---

① 〔加〕叶嘉莹：《迦陵论词丛稿》，上海古籍出版社 1980 年版。

② 〔加〕叶嘉莹：《中国词学的现代观》，（台北）大安出版社 1988 年版；岳麓书社 1990 年版。

③ 〔加〕叶嘉莹：《唐宋词十七讲》，岳麓书社 1989 年版，北京大学出版社 2007 年版；《唐宋词名家论稿》，河北教育出版社 1997 年版，北京大学出版社 2014 年版；《南宋名家词讲录》，天津古籍出版社 2005 年版；《唐五代名家词选讲》，北京大学出版社 2007 年版；《北宋名家词选讲》，北京大学出版社 2007 年版；《南宋名家词选讲》，北京大学出版社 2007 年版。

④ 〔加〕叶嘉莹：《清词丛论》，河北教育出版社 1997 年版，北京大学出版社 2014 年版；《清代名家词选讲》，北京大学出版社 2007 年版；《人间词话七讲》，北京大学出版社 2014 年版。

雯、吴伟业、陈维崧、朱彝尊、纳兰性德、张惠言、林则徐、邓廷桢、蒋春霖、王鹏运、郑文焯、朱祖谋、况周颐、王国维等词人的词作或词学批评成果。关于词的整体研究，她主编了《历代名家词新释辑评丛书》[①]，出版了《我的诗词道路》《叶嘉莹说词》《迦陵说词讲稿》《词之美感特质的形成与演进》《词学新诠》《小词大雅——叶嘉莹说词的修养与境界》[②] 等，基本涵盖了创作论、本体论、价值论和方法论等各个方面。

此外，还有一些值得关注的词学研究者和代表性著作。如白思达（Glen W. Baxter）1956年出版的《钦定词谱》是当时北美唯一的词谱译著。余宝琳主编的《宋词的声音》[③]，则专门探讨了历来词集综辑编选方面的问题。关于特定时代的词人词作，孙康宜的《晚唐迄北宋词体演进与词人风格》[④]，采用西方诗学理论阐释唐宋词的发展历程，由“文体研究”入手探讨词体演进和词人风格的密切关系。刘若愚的《北宋主要词人》（或称《北宋六大词家》）[⑤]，将晏殊、欧阳修、柳永、秦观、苏轼和周邦彦作为研究对象，用英美新批评的方法对各家词作的遣词、用典、句构、格律、章法、托喻等进行一一解说，着眼于北宋词家境界之探索，同时论及北宋词对南宋词的影响。麦大伟（David R. McCraw）的《中国十七世纪词人》[⑥]，以陈子龙、吴伟业、王夫之、陈维崧、朱彝尊、纳兰性德六位词人为例，论述词在17世纪的复兴。此外，白润德的《南唐词人冯延巳与李煜》[⑦]、林顺夫的《中

---

① 〔加〕叶嘉莹主编《历代名家词新释辑评丛书》，中国书店2001年版。

② 〔加〕叶嘉莹：《我的诗词道路》，河北教育出版社1997年版；《叶嘉莹说词》，上海古籍出版社1999年版；《迦陵说词讲稿》，北京大学出版社2007年版；《词之美感特质的形成与演进》，北京大学出版社2007年版；《词学新诠》，北京大学出版社2014年版；《小词大雅——叶嘉莹说词的修养与境界》，北京大学出版社2015年版。

③ Pauline Yu, *Voices of the Song Lyric in China*, University of California Press, 1994.

④ Kang-I Sun Chang, *The Evolution of Chinese T'zu Poetry: From Late Tang to Northern Sung*, Princeton: Princeton University Press, 1980. 后国内海峡两岸出版了中译本：〔美〕孙康宜《晚唐迄北宋词体演进与词人风格》，李奭学译，（台北）联经出版事业公司1994年版；《词与文类研究》，李奭学译，北京大学出版社2004年版。

⑤ James J. Y. Liu, *Major Lyricists of the Northern Sung, A. D. 960-1126*, Princeton: Princeton University Press, 1974.

⑥ David R. McCraw, *Chinese Lyricists of the Seventeenth Century*, Honolulu: University of Hawaii Press, 1990

⑦ Daniel Bryant, *Lyric Poets of the Southern T'ang: Fengyen-Ssu*, 903-960, *and Li Yu*, 937-978, University of British Columbia Press, 1982.

国抒情传统的转变——姜夔与南宋词》[1]、方秀洁（Grace S. Fong）的《吴文英与南宋词艺术》[2] 等著作也值得注意。

（三）文学批评研究

对很多欧美汉学家来说，中国古代文学批评是一个比较艰深的领域，但正因为此，也引发了一些汉学家“攀爬高山”的征服欲望，出现了一批关于中国文学批评方面的研究成果。

在综合研究上，首先值得关注的是刘若愚 1975 年出版的《中国文学理论》[3]。该书突破了传统文论的形式窠臼，将零散的评论综合处理，对中国文学理论进行分析、归纳和总结。因内容丰富、阐述精辟，获得美国学术界的高度评价，被时人称为一部采用现代西方研究方法分析中国文学理论首屈一指的新著。

浦安迪对中国叙事文学理论的建构值得重视。他在 1996 年出版的《中国叙事学》[4]，是“北大学术讲演丛书”之一。全书七章，第一章导言从西方现代文论和中国古代文学两重背景中厘清并界定了叙事和叙事文的概念；并通过中西文化、文学传统的比较，归纳出明清长篇章回小说既有与西方的 novel 类似的一面——都随都市社会、商业文化和市民阶级的兴起而滋长、繁盛，更有从先秦史籍和宋元俗文学的渊源里糅合、提升而来的文人化或所谓“奇书文体”的一面。第二章至第六章，围绕《三国演义》《水浒传》《西游记》《金瓶梅》《红楼梦》《儒林外史》等明清“奇书”的代表文本，分别从神话原型、结构类型、修辞形态、寓意内涵及思想史通观各角度，展开面面观式的周详剖析。第七章结语，将话题引向了传奇剧、白话短篇小说等与“奇书”同时代并存或前后相继兴盛的其他文类，延展出

---

① Shun-fu Lin, *The Transformation of the Chinese Lyrical Tradition: Chiang K'uei and Southern Sung Tz'u Poetry*, Princeton: Princeton University Press, 1978. 后国内出版中译本：林顺夫《中国抒情传统的转变——姜夔与南宋词》，张宏生译，上海古籍出版社 2005 年版。

② Grace S. Fong, *Wu Wenying and the Art of Southern Song Ci Poetry*, Princeton: Princeton University Press, 1987.

③ James J. Y. Liu, *Chinese Theories of Literature*, Chicago: The University of Chicago Press, 1975. 后国内出版中译本：〔美〕刘若愚《中国文学理论》，杜国清译，（台北）联经出版事业公司 1979 年版。

④ 〔美〕浦安迪讲演《中国叙事学》，陈珏整理，北京大学出版社 1996 年版。

从文体更替和思想史变迁的联系中进一步深究“奇书”精神品质的思路。2021 年，他又主编出版了《中国叙事：批评与理论》（*Chinese Narrative: Critical and Theoretical Essays*）[①]，召集高友工、芮效卫、欧阳桢、何谷理等十二位汉学家，系统考察了中国从《左传》、六朝志怪，到《水浒传》《三国演义》《西游记》《儒林外史》《红楼梦》等的叙事作品，用叙事学中的各种概念、理论、视角来考察与剖析中国叙事文学的结构特点、视角特点与深层的中国审美精神及宇宙观的内在联系。

而陈世骧（Shih-hsiang Chen）、高友工对中国抒情文学理论的建构也不容忽视。陈世骧自 20 世纪 50 年代开始陆续发表关于中国抒情传统研究的论文，后论文大多被收录于其论文集《中国文学的抒情传统：陈世骧古典文学论集》[②] 中。他通过考证和溯源，提出中国文学有一个“抒情传统”的新观点。高友工的《中国美典与文学研究论集》[③]，采用中西学术资源对陈世骧提出的“抒情传统”进行理论奠基和体系搭建，提出了中国抒情美典理论，并重构了中国历史上各个时期、各种艺术体类的抒情美典。

同时，宇文所安、孙康宜的研究成果也值得注意。宇文所安的《追忆：中国古典文学中的往事再现》[④]，是基于个人感受对中国古典诗文的印象式批评。他以十余篇诗文作品为对象，通过阅读、想象、分析与考证，阐明中国古典文学中存在的一个经典意象和母题：追忆。他的《中国文论：英译与评论》[⑤]，是其早年为耶鲁大学比较文学系编著的“中国文论”课程的教材，后来作为哈佛大学东亚系和比较文学系的权威教材正式出版。此书包括早期文本、《诗大序》、曹丕《典论论文》、陆机《文赋》、刘勰《文心

① 〔美〕浦安迪主编《中国叙事：批评与理论》，吴文权译，上海远东出版社 2021 年版。

② 陈世骧著，张晖编《中国文学的抒情传统：陈世骧古典文学论集》，生活·读书·新知三联书店 2015 年版。

③ 〔美〕高友工：《中国美典与文学研究论集》，（台北）台湾大学出版中心 2004 年版；《美典：中国文学研究论集》，生活·读书·新知三联书店 2008 年版。

④ Stephen Owen, *Remembrances: the Experience of the Past in Classical Chinese Literature*, Harvard University Press, 1986. 后国内出版中译本：〔美〕宇文所安《追忆：中国古典文学中的往事再现》，郑学勤译，生活·读书·新知三联书店 2004 年版。

⑤ Stephen Owen, *Readings in Chinese Literary Thoughts*, Harvard University Press, 1992. 后国内出版中译本：〔美〕宇文所安《中国文论：英译与评论》，王柏华、陶庆梅译，上海社会科学院出版社 2003 年版。

雕龙》、司空图《二十四诗品》、严羽《沧浪诗话》等内容，在中国古代文论的材料选择、英语翻译和理论阐释三个方面体现了它的价值。《他山的石头记：宇文所安自选集》（*Borrowed Stone: Stephen Owen's Selected Essays*）① 中也包含其文学批评研究成果。

孙康宜的《文学的声音》②，以文本细读的方法来诠释中国古典诗词，从性别、经典、抒情三个方面来考察文学，探讨了面具美学、文本中的“托喻”与象征、阅读情诗的偏见、经典化与读者反映、明清才女诗歌的经典化、西方性别理论与汉学研究等议题。后来出版的《文学经典的挑战》③，分四辑探讨了与“经典的阅读”“诗歌·政治·爱情”“性别与声音”“从解构到重构”等主题相关的问题，其中关于性别批评的文章非常精彩，如《阴性风格或女性意识？》《女子无才便是德？》《何为男女双性——试论明清文人与女性诗人的关系》《寡妇诗人的文学“声音”》《末代才女的乱离诗》等。其《孙康宜自选集：古典文学的现代观》④ 中也收录有文学批评研究成果。

还有一些通论性或专题性文论研究成果也值得注意，如王靖献的《从仪式到寓言：早期中国文学七论》⑤，从仪式、寓言的角度探讨早期中国文学。李又安（Adele Austin Rickett）主编的论文集《中国的文学观：从孔夫子到梁启超》⑥，以散点的形式论及前现代中国的各种文学观念，如黄庭坚的“直觉”说、王夫之的“情景”说、常州词派的理论、《红楼梦》脂砚斋评语等。蔡宗齐的《比较诗学的结构：对中西文学批评的三种透视》⑦，则以比较诗学为核心，从跨文化、跨语际的对话视角出发，系统论述了中西文学批评传统的轮廓。林顺夫的《透过梦之窗口：中国古典文学与文艺

① 〔美〕宇文所安：《他山的石头记：宇文所安自选集》，田晓菲译，江苏人民出版社2006年版。

② 〔美〕孙康宜：《文学的声音》，（台北）三民书局2000年版。

③ 〔美〕孙康宜：《文学经典的挑战》，百花洲文艺出版社2002年版。

④ 〔美〕孙康宜：《孙康宜自选集：古典文学的现代观》，张健等译，上海译文出版社2013年版。

⑤ C. H. Wang, *From Ritual to Allegory: Seven Essays in Early Chinese Poetry*, Hong Kong: The Chinese University Press, 1988.

⑥ Adele Austin Rickett, *Chinese Approaches to Literature from Confucius to Liang Ch'i-ch'ao*, Princeton: Princeton University Press, 1978.

⑦ Zong-qi Cai, *Configurations of Comparative Poetics: Three Perspectives on Western and Chinese Literary Criticism*, Honolulu: University of Hawaii Press, 2002.

理论论丛》[1]，收录了其跨度36年的15篇文学理论研究论文。

个案研究上，有蔡宗齐的《中国文学心灵：〈文心雕龙〉中的文化、创作与修辞》[2]、魏世德（John Timothy Wixted）的《论诗诗：元好问的文学批评（1190—1257）》[3]、韩若愚等的《反叛者李贽：晚明中国小说、批评与异议》[4]、王靖宇的《金圣叹的生平及其文学批评》[5]、哲罗姆·西顿（J. P. Seaton）的《我不向佛低头：袁枚诗话选注》[6] 等著作值得关注。

（四）女性文学研究

19世纪末20世纪初，英、美等西方国家掀起了女权主义运动。女权主义者试图通过学术建立自身的理论体系和方法，改变人们的性别意识和思维方式。受到此种思潮的影响，欧美汉学家亦格外关注中国女性文学。

在女性文学作品编译上，王红公与钟玲（Ling Chung）合编的《兰舟：中国妇女诗集》[7] 是以英文出版的第一部中国女性诗集，该书选择了自公元3世纪到现代的54位女诗人的作品。孙康宜和苏源熙合编的《传统中国的女性作家：诗歌与评论选集》[8]，收录了130多位女性作家的作品，全面地呈现了20世纪初之前中国女性作家的诗歌概貌。伊维德和管佩达（Beata Grant）合编的《彤管：中华帝国的女作家》[9] 是一部女性文学史教材，也

---

① 林顺夫：《透过梦之窗口：中国古典文学与文艺理论论丛》，台湾清华大学出版社2009年版。

② Zong-qi Cai, *A Chinese Literary Mind: Culture, Creativity and Rhetoric in Wenxin Diaolong*, Stanford: Stanford University Press, 2002.

③ John Timothy Wixted, *Poems on Poetry: Literary Criticism by Yuan Hao-wen*, 1190 - 1257, Steiner, 1982.

④ Rivi Handler-Spitz, Pauline C. Lee and Haun Saussy, *The Objectionable Li Zhi: Fiction, Criticism, and Dissent in Late Ming China*, Seattle: University of Washington Press, 2021.

⑤ 〔美〕王靖宇：《金圣叹的生平及其文学批评》，谈蓓芳译，上海古籍出版社2004年版。

⑥ J. P. Seaton, *I Don't Bow to Buddhas: Selected Poems of Yuan Mei*, Copper Canyon Press, 1996.

⑦ Kenneth Rexroth and Ling Chung, *The Orchid Boat: Women Poets of China*, New York: McGraw Hill, 1972. 该书后来由New Directions出版社命名为《中国女诗人》再版：Kenneth Rexroth and Ling Chung, *Women Poets of China*, New York: New Directions Publishing Corporation, 1982。

⑧ Kang-I Sun Chang and Haun Saussy, *Women Writers of Traditional China: An Anthology of Poetry and Criticism*, Stanford: Stanford University Press, 1999.

⑨ Wilt L. Idema and Beata Grant, *The Red Brush: Writing Women of Imperial China*, Harvard University Press, 2004.

是一部全面反映中国古代女性文学创作面貌的英译女性作品选。此外，管佩达的《中国尼姑诗》[①] 和伊维德的《两个世纪的满族女诗人选集》[②] 也值得关注。前者是欧美地区首部专门针对尼姑这一群体的选集，编选了16世纪48位尼姑诗人的作品，从中可以窥见中国尼姑的生活状态及其诗歌的思想内容。后者是首部有关满族女性的诗歌选集，选译了18~19世纪20位满族女诗人的作品，探讨了满族女诗人的创作实践、民族与性别等问题，并与中国南方女性诗歌及清朝男性诗人作品进行了比较。

在女性及作品研究上，综合研究成果中最引人关注的是孙康宜的《古典与现代的女性阐释》（*Feminist Readings：Classical and Modern Perspectives*）[③]，该书展示了作者对于女性主义和各种性别观的新阐释。全书分两辑，辑一集中探讨了女性如何想象情、体验情与描述情；辑二主要论述了妇女诗歌相关的议题，其中《妇女诗歌的“经典化”》《走向“男女双性”的理想——女性诗人在明清文人中的地位》《阴性风格或女性意识——柳如是徐灿的比较》等文章发人深省。还有一些女性文学研究论文集也值得注意，如牟正蕴（Sherry J. Mou）的《出现和呈现：中国文学传统中的女性》[④] 等，是关于中古时期妇女文学的论文集。魏爱莲与孙康宜合编的论文集《明清女作家》[⑤]，收录了13位美国学者的论文，分为书写歌伎、模范与自我、文脉中的诗、《红楼梦》四大主题探讨明清女作家的相关问题。游鉴明、胡缨（Hu Ying）、季家珍（Joan Judge）主编的《重读中国女性生命故事》（*Beyond Exemplar Tales：Women's Biography in Chinese History*）[⑥]，收录有钱南秀（NanXiu Qian）、卢苇菁、季家珍、胡缨、姚平、柏文莉（Beverly Bossler）、

---

① Beata Grant, *Daughters of Emptiness: Poems of Chinese Buddhist Nuns*, Wisdom Publications, 2003.

② Wilt L. Idema, *Two Centuries of Manchu Women Poets: An Anthology*, Seattle: University of Washington Press, 2017.

③ 〔美〕孙康宜：《古典与现代的女性阐释》，（台北）联合文学出版社有限公司1998年版。

④ Sherry J. Mou, *Presence and Presentation: Women in the Chinese Literati Tradition*, Palgrave Macmillan, 1999.

⑤ Ellen Widmer and Kang-I Sun Chang, *Writing Women in Late Imperial China*, Stanford: Stanford University Press, 1997.

⑥ 游鉴明、胡缨、季家珍主编《重读中国女性生命故事》，（台北）五南图书出版股份有限公司2011年版；江苏人民出版社2012年版。

柯丽德、伊维德、魏爱莲等学者关于女性传记研究的文章。

综合研究成果之外，还有很多分时代的研究成果。关于唐宋女性及文学，如美国汉学家伊沛霞（Patricia Buckley Ebrey）的《内闱：宋代的婚姻和妇女生活》[1]，从内外之别、祭祀庆典、包办婚姻、侍奉公婆、养育后代、与侍妾相处、守节再嫁等方面呈现了宋代女性形象及其生活。还有丁淑芳（Dora Shu-Fang Dien）的《小说和历史中的武则天：儒家时代中国女性的反抗》[2]、艾朗诺的《才女之累：李清照及其接受史》[3] 等个案研究专著。

关于明清女性及文学，研究成果十分突出。如高彦颐（Dorothy Ko）的《闺塾师——明末清初江南的才女文化》[4] 叙述了 17 世纪中国闺阁才女的文学活动与精神世界，大量运用女性作品来展示妇女的生活状况及其自我定义。戴瑞·伯格的《近代中国早期的女性与文坛（1580—1700）》[5]，将明末清初女性文学放在世界史大语境中进行考察，以云阳子、叶小鸾、冯小青等为例，探讨才女的新变及其对文坛的影响。曼素恩（Mann Susan）的《缀珍录——十八世纪及其前后的中国妇女》[6]，是关于 18 世纪上层社会女性的生活和文学活动的研究专著，分八章探讨了 18 世纪妇女的人生历程、写作、娱乐、工作、虔信等内容，附录部分还统计了清代女作家的地域分布情况。李惠仪的《明清文学中的女子与国难》[7]，聚焦于风云变幻的中国

---

① Patricia Buckley Ebrey, *The Inner Quarters*: *Marriage and the Lives of Chinese Women in the Sung Period*, Berkeley: University of California Press, 1993. 后国内出版中译本：〔美〕伊沛霞《内闱：宋代的婚姻和妇女生活》，胡志宏译，江苏人民出版社 2004 年版。

② Dora Shu-Fang Dien, *Empress Wu Zetian in Fiction and in History*: *Female Defiance in Confucian China*, Nova Science Publishers, 2003.

③ Ronald C. Egan, *The Burden of Female Talent*: *The Poet Li Qingzhao and Her History in China*, Harvard University Asia Center, 2014. 后国内出版中译本：〔美〕艾朗诺《才女之累：李清照及其接受史》，夏丽丽、赵惠俊译，上海古籍出版社 2017 年版。

④ Dorothy Ko, *Teachers of the Inner Chambers*: *Women and Culture in Seventeenth-Century China*, Stanford: Stanford University Press, 1994. 后国内出版中译本：〔美〕高彦颐《闺塾师——明末清初江南的才女文化》，李志生译，江苏人民出版社 2005 年版。

⑤ Daria Berg, *Women and the Literary World in Early Modern China*, *1580-1700*, *Routledge*, *2013.*

⑥ Mann Susan, *Precious Records*: *Women in China's Long Eighteenth Century*, Stanford: Stanford University Press, 1997. 后国内出版中译本：〔美〕曼素恩《缀珍录——十八世纪及其前后的中国妇女》，定宜庄等译，江苏人民出版社 2005 年版。

⑦ Wai-yee Li, *Women and National Trauma in Late Imperial Chinese Literature*, Harvard University Asia Center, 2014. 后国内出版中译本：〔美〕李惠仪《明清文学中的女子与国难》，李惠仪、许明德译，台湾大学出版中心 2022 年版。

17世纪，侧重于由妇女主导的话语和想象空间，探索明末清初的作者如何采用与性别有关的书写策略来表达混乱政治中的经历和感想。魏爱莲的《晚明以降才女的书写、阅读与旅行》①，分“晚明以降才女的文本世界”“研究方法与批评视角”“出版、小说文类与才女的文化实践”“新媒体与新空间里的现代才女”“重审‘五四’话语中的明清才媛”五辑，探讨了晚明以降才女生活的相关问题，其话题与高彦颐的《闺塾师——明末清初江南的才女文化》可谓前后呼应，有异曲同工之妙。

明清女性作家综论方面，加拿大麦基尔大学东亚学系的方秀洁出版了研究18~19世纪女作家诗歌、游记、文学活动的专著《卿本作家：中华帝国晚期的性别、团体和写作》②。该书以明清时期的女性诗歌和散文为素材，讨论了在家庭和社会系统中处于从属地位的妇女的处境。方秀洁认为，中国封建社会晚期有文化的女性通过写作和阅读创造了文学和社会群体，超越时空和社会的限制，把自己描绘成自己人生历史的缔造者。随后，方秀洁与魏爱莲合编的论文集《跨越闺门：明清女性作家论》③，收录了方秀洁、马兰安、魏爱莲、华玮、李惠仪、管佩达、胡晓真、曼素恩、雷迈伦等学者关于明清女性作家研究的文章。

明清女性诗歌研究方面，李小荣（Xiao-rong Li）的《明清女性诗歌：内闱的转化》④，以女性诗歌为研究对象，考察了“内闱”隐喻的演变，认为晚期王朝女性在闺房主题的扩展和复杂化中是文学变化的推动者。Yan-ning Wang的《幻想与现实：明清中国女性纪游诗》⑤，专门考察了17世纪至20世纪初中国封建士绅女性的纪游诗，包括女性在内闱之外的足迹、满族妇女的短途旅行、晚清妇女的国际旅行等内容。

① 〔美〕魏爱莲：《晚明以降才女的书写、阅读与旅行》，赵颖之译，复旦大学出版社2016年版。

② Grace S. Fong, *Herself an Author: Gender, Agency, and Writing in Late Imperial China*, Honolulu: University of Hawaii Press, 2008.

③ Grace S. Fong and Ellen Widmer, *The Inner Quarters and Beyond: Women Writers from Ming Through Qing*, Leiden & Boston: Brill Academic Publishers, 2010. 后国内出版中译本：〔加〕方秀洁、〔美〕魏爱莲编《跨越闺门：明清女性作家论》，北京大学出版社2014年版。

④ Xiao-rong Li, *Women's Poetry of Late Imperial China: Transforming the Inner Chambers*, Seattle: University of Washington Press, 2012.

⑤ Yan-ning Wang, *Reverie and Reality: Poetry on Travel by Late Imperial Chinese Women*, Lanham, Maryland: Lexington Books, 2013.

明清女性小说研究方面，魏爱莲的《美人与书：19世纪中国的女性与小说》[①]，着重研究了19世纪中国女作家参与小说（特别是章回小说）创作的相关情况，对19世纪女性、出版、小说的真实情况以及女性的读写能力、对小说的接受等情况进行了细致论述，具有较大的参考价值。

明清女性文人个案研究方面，曼素恩的《张门才女》[②]，通过对清代常州张氏家族三代文学女性的诗歌和回忆录进行研究，重建了这些女性的亲密关系、个人抱负、价值观、思想和政治意识等，揭示了19世纪清朝政治、常州地域文化、女性文学价值、上层社会家庭模式与婚姻策略、社会地位与性别角色关系等问题。加拿大汉学家孟留喜［Liuxi（Louis）Meng］的《诗歌之力：袁枚女弟子屈秉筠（1767—1810）》[③]，探讨了女诗人屈秉筠及其与同时代人的动态互动。罗溥洛（Paul Stanley Ropp）的《谪仙：寻找贺双卿——中国农家女诗人》[④] 与 Elsie Choy 的《祈祷的树叶：18世纪农妇贺双卿的生活与诗歌》[⑤]，则是关于农妇诗人贺双卿的研究成果。

关于晚清民国女性及文学，胡缨2000年出版的《翻译的传说：中国新女性的形成（1898—1918）》[⑥]，探讨了晚清民初的"新女性"形象。钱南秀与方秀洁、宋汉理（Harriet Zurndorfer）合编的《超越传统与现代性：晚清中国的性别、文体和世界主义》[⑦]，收录了关于吕碧城、薛绍徽等晚清女

---

① Ellen Widmer, *The Beauty and the Book: Women and Fiction in Nineteenth Century China*, Harvard University Press, 2006. 后国内出版中译本：〔美〕魏爱莲《美人与书：19世纪中国的女性与小说》，马勤勤译，北京大学出版社2015年版。

② Susan Mann, *The Talented Women of the Zhang Family*, University of California Press, 2007. 后国内出版中译本：〔美〕曼素恩《张门才女》，罗晓翔译，北京大学出版社2015年版。

③ Liuxi（Louis）Meng, *Poetry as Power: Yuan Mei's Female Disciple Qu Bingyun (1767-1810)*, Rowman & Littlefield Pub Inc, 2006. 后国内出版中译本：〔加〕孟留喜《诗歌之力：袁枚女弟子屈秉筠（1767—1810）》，吴夏平译，江苏人民出版社2020年版。

④ Paul Stanley Ropp, *Banished Immortal: Searching for Shuangqing, China's Peasant Women Poet*, University of Michigan Press, 2001.

⑤ Elsie Choy, *Leaves of Prayer: The Life and Poetry of He Shuangqing, a Farmwife Poet in Eighteenth-Century China*, Chinese University Press, 1993.

⑥ Hu Ying, *Tales of Translations: Composing the New Woman in China, 1989-1918*, Stanford: Stanford University Press, 2000. 后国内出版中译本：〔美〕胡缨《翻译的传说：中国新女性的形成（1898—1918）》，龙瑜宬、彭姗姗译，江苏人民出版社2009年版。

⑦ Nanxiu Qian, Grace S. Fong and Harriet Zurndorfer, *Beyond Tradition and Modernity: Gender, Genre, and Cosmopolitanism in Late Qing China*, Leiden & Boston: Brill Academic Publishers, 2004.

性的研究论文。钱南秀、方秀洁、司马富（Richard J. Smith）合编的《众声喧哗：清末民初社会性别与文体之嬗变》[①]，从新报刊与文体之间的互动上探讨了清末民初女性社会角色的重构。魏爱莲的《小说之家：詹熙、詹垲兄弟与晚清新女性》[②]，从家族角度探讨晚清新女性。个案研究上，胡缨的《葬秋：诗歌、友谊与失落》[③]，从秋瑾"秋风秋雨愁煞人"的遗言和葬礼出发讲述了其与吴芝瑛、徐自华之间的友谊。

（五）通俗文学研究

通俗文学是中国文学和文化的重要组成部分，也是欧美学者关注和研究的重要方面，出现了一些值得重视的研究成果。在通俗文学作品编译上，引人注目的是梅维恒与马克·本德尔（Mark Bender）合著的《哥伦比亚中国民间和通俗文学选集》[④]，它比较全面地展示了中国的口头文学作品，其中包含汉族、彝族、苗族、土家族、壮族、侗族、藏族、维吾尔族、哈萨克族等多个民族的作品，内容涵盖了民间故事、歌曲、仪式、戏剧、讲史、说书等多种类型，如花木兰的故事、满族的萨满仪式、壮族和侗族的对唱歌曲、船民的出海歌、蒙古史诗、河北当地戏剧等。编者将不同民族文化、风格、体裁的作品放在一起，便于读者直观地感受中国民间和通俗文学及文化的异彩纷呈。

在通俗文学研究上，梅维恒、伊维德、易德波（Vibeke Børdahl）等汉学家的研究成果引人注目。梅维恒对敦煌变文有深入研究，先后出版了《敦煌通俗叙事文学作品》[⑤] 和《唐代变文：佛教对中国白话小说和戏剧兴起的贡献研究》[⑥]，前者是对敦煌所存的四篇中国白话故事的权威翻译，后

---

① Nanxiu Qian, Grace S. Fong and Richard J. Smith, *Different Worlds of Discourse: Transformations of Gender and Genre in Late Qing and Early Republican China*, Leiden & Boston: Brill Academic Publishers, 2008.

② Ellen Widmer, *Fiction's Family: Zhan Xi, Zhan Kai, and the Business of Women in Late-Qing China*, Harvard University Press, 2016.

③ Hu Ying, *Burying Autumn: Poetry, Friendship, and Loss*, Harvard University Asia Center, 2016.

④ Victor Mair and Mark Bender, *The Columbia Anthology of Chinese Folk and Popular*, New York: Columbia University Press, 2011.

⑤ Victor H. Mair, *Tun-huang Popular Narratives*, Cambridge University Press, 1983.

⑥ Victor H. Mair, *T'ang Transformation Texts: A Study of the Buddhist Contribution to the Rise of Vernacular Fiction and Drama in China*, Harvard University Asia Center, 1989.

者深入考察了唐代变文对小说、戏剧兴起的影响。

伊维德在民间故事和宝卷译注及研究上成果突出。他编译出版了《江永的女英雄：中国女性书写中的叙事诗》[①]、《个人救赎与孝道：观音及其侍者的两种宝卷》[②]、《包公与法治：1250—1450年词话八种》[③]、《化蝶：梁山伯与祝英台传说的四个版本及相关文本》[④]、《甘肃河西〈平天仙姑宝卷〉及其他宝卷五种》[⑤] 等著作。并且与李海燕（Haiyan Lee）合编《孟姜女哭长城传说的十个版本》[⑥]，与Shiamin Kwa合著《木兰经典传说的五个版本及相关文本》[⑦]，与管佩达合译《脱离血海地狱：目连故事和〈黄氏女宝卷〉》[⑧]，颇多创获。

易德波则比较关注口头文学与书面文学的互相作用。他与玛格丽特·温（Margaret B. Wan）合著的《中国民间文学中的口传和书面传统的相互影响》[⑨]，从明代白话小说到流行版画，再到当代的故事和民谣，从跨学科的角度考察了中国口头和书面传统的相互作用。他独著的《武松打虎：中国小说、戏曲和讲唱文学中的口传和书面传统的相互影响》[⑩]，以武松打虎的故事为例，探讨了口述故事与书面文学之间的关系及其相互作用。

---

① Wilt L. Idema, *Heroines of Jiangyong: Chinese Narrative Ballads in Women's Script*, Seattle: University of Washington Press, 2009.

② Wilt L. Idema, *Personal Salvation and Filial Piety: Two Precious Scroll Narratives of Guanyin and Her Acolytes*, Munshiram Manoharlal, 2009.

③ Wilt L. Idema, *Judge Bao and the Rule of Law: Eight Ballad-Stories from the Period 1250—1450*, World Scientific Publishing Company, 2009.

④ Wilt L. Idema, *The Butterfly Lovers: The Legend of Liang Shanbo and Zhu Yingtai: Four Versions with Related Texts*, Hackett Publishing Company, 2010.

⑤ Wilt L. Idema, *The Immortal Maiden Equal to Heaven and Other Precious Scrolls from Western Gansu*, University of Cambridge Press, 2015.

⑥ Wilt L. Idema and Haiyan Lee, *Meng Jiangnu Brings Down the Great Wall: Ten Versions of a Chinese Legend*, Seattle: University of Washington Press, 2008.

⑦ Shiamin Kwa and Wilt L. Idema, *Mulan: Five Versions of A Classic Chinese Legend with Related Texts*, Hackett Publishing Company, 2010.

⑧ Beata Grant and Wilt L. Idema, *Escape from Blood Pond Hell: the Tales of Mulian and Woman Huang*, Seattle: University of Washington Press, 2011.

⑨ Vibeke Børdahl and Margaret B. Wan, *The Interplay of The Oral and The Written in Chinese Popular Literature*, Nordic Inst of Asian Studies, 2010.

⑩ Vibeke Børdahl, *Wu Song Fights the Tiger: The Interaction of Oral and Written Traditions in the Chinese Novel, Drama and Storytelling*, Nordic Inst of Asian Studies, 2013.

此外，丁乃通的《中国民间故事类型索引》（1978），借用芬兰学派的AT分类法来处理中国民间故事，依据580多种故事资料，归纳出843个类型，涵盖故事7300余篇。马幼垣（Y. W. Ma）与刘绍铭合编的《中国传统故事：主题与变奏》[①]，是关于中国传统故事主题的研究。马阑安（Anne E. Mclaren）的《中国蛇蝎美人：明代故事》[②] 和《中国通俗文化与明代寓言》[③]，对明代故事进行了考察研究。陈威（Jack W. Chen）与史嘉柏合编的《闲言碎语：传统中国的八卦和轶事》[④]，开创性地讲述了传统中国的八卦和轶事的文化史，通过10篇随笔连同引言和后记介绍了从汉朝到清朝的文学和历史中对闲话和逸事的验证、传播和解释。

四　欧美地区中国文学史研究之方法与特点

由上文可知，欧美地区中国文学史著作和研究成果非常丰富，且这些成果在体例、内容、风格上各不相同，呈现出多样化的发展态势。分析和总结欧美地区中国文学史研究的方法及特点，可以帮助我们更好地认识异域学者对中国文学史的把握和理解，也更利于我们汲取精华、扬长避短。

（一）秉持多元的文学史观

文学史观在文学史书写和研究上起决定性作用。由于欧美地区各种文艺思潮的兴盛，欧美学者大多非常注重文学史观的表达，以彰显其独特的文学思想和文学观念。宇文所安认为，“一部新的文学史，是一次重新检视各种范畴的机会”[⑤]，故理想的状况是一部新文学史能体现新的文学史观或文学史思考。

---

① Y. W. Ma and Joseph S. M. Lau, *Tradition Chinese Stories: Themes and Variations*, New York: Columbia University Press, 1978.

② Anne E. Mclaren, *The Chinese Femme Fatale: Stories from the Ming Period*, Wild Peony Pty Ltd, 1994.

③ Anne E. Mclaren, *Chinese Popular Culture and Ming Chantefables*, Leiden: Brill Academic Publishers, 1998.

④ Jack W. Chen and David Schaberg, *Idle Talk: Gossip and Anecdote in Traditional China*, Global, Area, and International Archive, 2013.

⑤ 〔美〕孙康宜、宇文所安主编《剑桥中国文学史》（上卷），中译本封面推荐语。

与中国文学界进化论的文学史观占主导地位的情况不同，欧美学者的文学史观表现出多元化的倾向，不同学者的文学史成果呈现不同的面貌。如早期学者翟理斯，由于肩负传播中国文化的使命，他贯彻了一种百科全书式的综合文学史观，其《中国文学史》、文学作品编译等成果均涵盖范围很广，但内容多点到为止。梅维恒坚持全景式的文学史观，希望展示“中国文学的多样面相，它流变的轮廓以及万花筒般的转化，它的微妙以及持久的生命力”①。他主编的《哥伦比亚中国文学史》、《哥伦比亚中国传统文学选集》及其他研究著作，均不仅关注文学本身，还关注和探讨与中国文学密切相关的问题和内容，如语言、文字、哲学、经学、社会、政治制度、宗教、艺术、民俗、民族、周边地域等，试图全景式立体地展现中华民族文学与社会文化的方方面面，深入反映中国文学的复杂性。宇文所安和孙康宜则是文学文化史观的践行者。他们反复强调应该在历史文化背景下探讨中国文学，将文学看作整体而不是文类的结合体，反对以文体文类割裂文学史；也反对将文学史等同于政治发展史，主张将文学从政治历史中解放出来，凸显文学文化发展的独立性。《剑桥中国文学史》即是按时间而非文类也非朝代的顺序进行架构。宇文所安在其唐诗研究“四部曲”中，也常常强调应该在时代背景下探讨诗人诗作，他反对将盛唐等同于李白和杜甫，因为文学史的目标不是用主要天才来界定时代，而是用那一时代的实际标准来理解其最伟大的诗人。

（二）作品译介体现主观倾向性

作品译介是欧美地区中国文学史研究不可或缺的内容，因为汉学家们必须通过译介作品来支撑其观点，而读者必须借助译介作品来了解中国文学的概貌和特点。由于学识背景不同，欧美学者在译介中国作品时主要表现出三种不同的主观倾向。其一，部分在中国取得学历后赴欧美高校工作的华裔学者，他们对国内学界的文学研究情况非常了解且认可度较高，故其在译介中国文学作品时与国内文学界差别不大。如蔡宗齐的《如何阅读中国诗歌：作品导读》，其在挑选作品时眼光毒辣，所选基本是名篇或名家

---

① 〔美〕梅维恒主编《哥伦比亚中国文学史》（上卷），马小悟等译，新星出版社2016年版，中译本第Ⅵ页。

的代表作，与国内文学史著作及研究成果中涉及的经典作品几乎一致。其二，部分学者未受中国学界的影响，其以异域的学术眼光、按照个人的兴趣与喜好来译介中国文学作品，没有随大流，与中国国内文学史著作和研究中涉及的作品存在较大出入。如傅汉思编选的《梅花与宫妃：中国古诗选择漫谈》，他所选之诗皆出于个人偏好，喜欢的入选，不喜欢的不选，故而其中有一部分诗作并不是公认的名篇或代表作。其三，部分学者对中国文学界的情况比较了解，其在译介中国作品时与中国学者存在一定的契合性，但由于受西方学术的影响较大，其选择与中国文学界并不完全一致，有时会译介国内学者关注较少或忽视的作品。如伊维德、管佩达合编的《彤管：中华帝国的女作家》，除了译介国内学界述及的才女作家卓文君、蔡琰、李冶、薛涛、鱼玄机、李清照、朱淑真、徐灿、秋瑾等的作品外，也花大量篇幅介绍了班昭、左棻等宫廷女子的作品，尼姑（修道女性）及其相关的作品，高级妓女及其相关的作品，以及用“女书”写成的特殊作品等。这些作品在国内的文学史著作中几乎没有一席之地，国内读者并不熟悉。这些不同倾向性的海外译介成果会反推国内学者对不同的文学作品进行关注和研究。

（三）作家研究彰显个人色彩

作家研究也是文学史书写和研究不能回避的问题，因为作家及其作品是文学史最基本的构成要素。与中国文学史关注的作家及研究方式相对固化的情形不同的是，欧美学者在作家选取及研究方式上表现出因人而异的个人色彩。部分汉学家选取的作家及研究方式与中国文学史著作基本一致。如伊维德、汉乐逸主编的《中国文学指南》，其提到的许多作家和作品基本都可以在中国的文学史及作品选著作中见到，其对作家的书写处理方式基本是点到为止，以介绍为主。部分汉学家选取的作家及研究方式与中国文学史著作差别很大。如伊维德、管佩达合编的《彤管：中华帝国的女作家》用较多的笔墨阐述宫廷女子、尼姑、高级妓女、知识女性、梨园女子等群体的写作特点和文学形象，以群像而非个体勾勒中国女性文学发展脉络：早期宫廷女性在女性文学领域起主导作用；11 世纪开始宫廷女性在女性文学领域的中心地位丧失，尼姑、高级妓女和知识女性统治了女性文学领域；

16世纪晚期至17世纪中期，由于出版高潮的到来以及相对宽松的社会环境，女性创作达到了第一次高潮；18世纪前半叶，女性文学达到了第二次高潮，这时尼姑、高级妓女几乎绝迹文学领域，女性精英知识分子主导了文学创作，她们视写作为武器去表达她们的社会呼声。这种研究处理方式在中国女性文学研究中十分罕见。再如孙康宜、宇文所安主编的《剑桥中国文学史》，除了关注中国文学史上的名家外，还介绍了若干边缘化的文人，如“杜笃与冯衍”“桓谭与王充”“两位南方人：王逸与王延寿”等。且编撰者对名家和边缘作家几乎“一视同仁”，涉及个体的篇幅均较短，未给予名家以格外的重视。同时，该书对作家个体叙述较少，而对历史语境、写作方式、文学团体等着墨较多，注重表现某一时段文学的有机整体性。编者指出，“这部文学史不可避免地也会讨论不同时代的伟大作家，但是我们在大多数情况下更关注历史语境和写作方式而非作家个人，除非作家的生平（不管真实与否）已经与其作品的接收融为一体”①。

（四）著述方式多样且可读性强

欧美地区中国文学史研究成果的著述方式各不相同，与国内偏于固化的文学史风格形成鲜明的反差。首先，不同的文学史成果有不同的著述体例，如倪豪士的《印第安纳传统中国文学指南》，采取随笔结集加目录词条的方式进行架构编写，便于读者了解中国文学常识并进行延展阅读。而梅维恒主编的《哥伦比亚中国文学史》是按专题编写的大型综合类中国文学史，兼取年代与主题，并以文类及次文类来进行架构。其次，欧美地区的文学史成果多采用叙事式的表述方式而非感悟式、描述式、评论式的表述方式，故而生动有趣，可读性强。如孙康宜、宇文所安主编的《剑桥中国文学史》就采取了一种讲故事的叙述方式，涉及大量的文人逸事，很容易引发读者的阅读兴趣。宇文所安讲到关于李白的种种传闻，如让太监总管高力士为他洗脚、宫女们在寒冬的日子里向他的冻笔呵气好让他为皇帝写诏书，以及他喝得酩酊大醉来见皇帝等。② 艾朗诺提到苏轼是一位出色的书

---

① 〔美〕孙康宜、宇文所安主编《剑桥中国文学史》（上卷），中译本第7页。

② 〔美〕孙康宜、宇文所安主编《剑桥中国文学史》（上卷），中译本第348页。

法家，他的手稿——无论诗歌、便笺，还是他在他人画作或书法卷轴上题写的题跋——同样受人追捧，可以卖出好价钱，并且苏轼自己也意识到了这一点。[①] 编者孙康宜说："我们希望读者能够从头到尾地阅读《剑桥中国文学史》，就像读一本小说一样。我们的目的是阅读，而非提供参考。"[②]

（五）专题探讨深入、有见地

欧美学者在部分文学专题的探讨上比国内学界更为充分、深入。如叶嘉莹在词学研究上的成果，她的《迦陵论词丛稿》、《中国词学的现代观》、《唐宋词十七讲》、《唐宋词名家论稿》、《清词丛论》和《清代名家词选讲》等系列成果，已基本完成了现代词学批评理论体系的建构，涵盖了创作论、本体论、价值论和方法论等各个方面。再如浦安迪在《中国叙事学》与《中国叙事：批评与理论》等成果中，援引西方的叙事学理论对中国叙事文学进行专门讨论，考察了从《左传》、六朝志怪，到《水浒传》《三国演义》《西游记》《儒林外史》《红楼梦》等中国叙事作品，剖析了中国叙事文学的结构特点、艺术风格与深层的中国审美精神等。从"叙事"的视角考察中国文学，能梳理出一条不同的文学发展史脉络。而陈世骧、高友工等学者对中国抒情文学理论的建构和完善，使得"中国抒情传统"学说引发广泛关注和讨论，学者也纷纷援引此论对中国文学进行研究，梳理中国文学的"抒情"传统，与西方的"叙事"传统相对应，展现了中国文学的另一面向以及中国文学研究的新思路、新面貌。

五　欧美地区中国文学史研究的启示

欧美地区的中国文学史研究值得国内"重写中国文学史"的倡导者及文学史学研究者们关注，国内的中国文学史书写不应僵化、固定、程式化，也应该呈现丰富多彩的面貌。

（一）开阔的学术视野

欧美地区的中国文学史书写和研究表现出了开阔的学术视野。欧美汉

---

① 〔美〕孙康宜、宇文所安主编《剑桥中国文学史》（上卷），中译本第 459 页。

② 〔美〕孙康宜、宇文所安主编《剑桥中国文学史》（下卷），中译本封面推荐语。

学家擅长站在全球视野中对中国文学进行研究，能够从独特的角度看问题，提出发人深省的观点。他们深谙诠释学或解释学（Hermeneutics）、新批评（New Criticism）、现象学（Phenomenology）、象征诗学或符号诗学（Symbolic Poetics）、结构主义与解构主义（Structuralism & Deconstructionism）、读者反应理论与接受美学（Reader's Response Theory & Aesthetic of Reception）、女性主义文学批评（Feminist Literary Criticism）、比较文学方法（Methods of Comparative Literature）、符号学或记号学（Semiotics）、叙事学（Narratology）、译介学（Medio-translatology）等理论方法的要义，并能将这些理论方法运用到中国文学研究中。因而，他们的研究基本可摆脱中国传统学术思想的思维定式，避免翟理斯所说的“中国的学者们无休止地沉湎于对个体作家、作品的评论和鉴赏，一直没有成功地从一个中国人的视角，展开过对中国文学历史的总体研究”[①] 的现象。

在开阔的学术视野下，欧美汉学家往往会得到新的研究思路。如刘若愚引进西方的批评观念和方法对中国古代文学、诗学进行新的建构和阐释，摆脱了传统中国学者的印象式、感悟式、描述式、寓言式的阐释方式以及零散、模糊的言说方式，建立了中国诗学体系和文学批评范式。且他虽然援引西方的批评观念和方法，但他并不套用西方术语，而是尝试建构自己的诗论和文论语言系统。如他在归纳中国古代诗论类型时，使用了“道学主义者”“个人主义者”“技巧主义者”“妙悟主义者”等带有中国语言文化意蕴的称呼，而避免采用“古典主义者”“浪漫主义者”“形式主义者”“象征主义者”等西洋术语，体现了他的自主意识及对中国文学语境的尊重。再如高友工、梅祖麟在《唐诗的魅力——诗语的结构主义批评》一书中采用语言学批评的方法对唐诗进行微观分析，启发中国学者从语言学的微观视角研究唐诗。

（二）多样化的著述风格

欧美地区的中国文学史著作和研究成果在著述风格上表现出了多样化

① Herbert Allen, *Giles: A history of Chinese Literature*, New York & London: D. Appleton And Company, 1901, Preface.

的特点。因为欧美汉学家各自的学术背景及研究兴趣不尽相同，其关注对象、研究方式、语言表达特点等的不同均会导致著述风格的变化多样。如同样是华裔女性学者，叶嘉莹与孙康宜的著述风格就有较明显的不同。相对而言，叶嘉莹的“海外”色彩并不浓厚，西方文艺理论的借鉴只是在方法论上赋予她的研究以现代立场和知性色彩。她的词学研究系列著作，结合了传统的诗词赏析与西方的文本细读方法，形成了融现代与古代、西方与东方、感性与理性等多种元素于一体的独特视角和话语方式。而孙康宜在美国取得学历并留任高校，受西方文艺理论思想的熏陶和影响较大，擅长采用诠释学、女性主义文学批评、比较文学方法等开展中国女性文学与明清文学研究。其《情与忠：陈子龙、柳如是诗词因缘》《古典与现代的女性阐释》《文学的声音》《文学经典的挑战》等著作，均以女性的细腻与敏感来爬梳资料和细读文本，于全球化视野下探讨不同主题的核心特质，在经典阅读、性别与声音、闺秀文学等话题上多有创见。

在多人合撰的文学史著作中，不同学者的著述风格也是不同的。如孙康宜和宇文所安主编的《剑桥中国文学史》由十几位学有专攻的汉学家共同撰写完成，这些学者的研究各有专长，行文风格也各不相同。其中，柯马丁的“早期中国文学：开端至西汉”一章行文比较严谨，颇多关注考古发现对早期文学发展的重要作用；宇文所安关于“文化唐朝（650—1020）”一章的书写则贯彻了他所擅长的通俗晓畅、诙谐幽默的行文方式；孙康宜“明代前中期文学（1375—1572）”一章的书写则体现了她作为女性学者的细腻和敏感。

（三）注意平衡性别文学

与国内的文学史书写和研究相比，欧美汉学家给予中国女性文学更多的关注和探讨。他们试图将女性文学纳入文学史的框架之中，修正以往文学史书写和研究中的性别偏见。“通过比较与重新阐释文本的过程，把女性诗歌从‘边缘’的位置提升（或还原）到文学中的‘主流’地位”①，努力改变以往中国文学史著作中只有薛涛、李清照、朱淑真等寥寥几位女性文

① 〔美〕孙康宜：《改写文学史》，《读书》1997年第2期。

人的清冷状态。

首先，欧美地区中国文学史著作中关于女性与女性文学的内容篇幅在不断增加。如倪豪士编著的《印第安纳传统中国文学指南》中“随笔”部分有一篇《女性文学》，介绍中国女性与文学的相关情况，由 Sharon Shih-jiuan Hou 撰写。梅维恒主编的《哥伦比亚中国文学史》设有“文学中的妇女”专章，由白安妮（Anne Birrell）撰写，主要探讨了上古时代男性作家笔下的女性、中古时代男性笔下的女性、从古至今女性作品中女性的自我呈现、戏剧和小说中的女性形象四个方面的内容。孙康宜和宇文所安主编的《剑桥中国文学史》则有“女性形象之重建”“闺秀与文学”“女性弹词创作”“女书文学”等专节，探讨了中晚明时期才女文化的兴盛及女性文学的蓬勃发展、清代的闺秀及其文学活动、女性弹词的兴盛与衰落、女书及其女性意味等话题。

其次，从《兰舟：中国妇女诗集》《中国尼姑诗》《彤管：中华帝国的女作家》《两个世纪的满族女诗人选集》等女性文学选集中，可以看出欧美汉学家对中国女性文学的关注范围极广。从作家范围看，不仅有国内文学史著作提及的蔡琰、鱼玄机、薛涛、李清照、朱淑真、秋瑾等女性文人中的佼佼者，还有很多国内文学史著作较少涉及的女性作家及群体，如何氏（韩凭妻）、刘细君、左棻（左思妹）、宫廷女诗人、尼姑诗人、妓女作家、少数民族女诗人等，数量庞大。从作品类别看，不仅有诗歌、散文，还有信件、戏曲、小说、说唱、弹词、女书等，类型多样。欧美汉学家对这些还未进入国内研究视野的女性文人及作品给予关注，填补了女性文学史的空白。

最后，从孙康宜、高彦颐、魏爱莲、曼素恩、苏源熙、管佩达、方秀洁、李惠仪等欧美学者关于女性文学研究的成果中，可以看到欧美汉学家对中国女性文学的研究进入了纵深期，尤其在明清女性文学研究上取得了骄人的成绩，她们对女性群体的关注、女性生活状态的考察、女性文学题材的细分、女性形象的分析以及女性文学特点的把握等都值得国内学界重视。

（四）重视雅俗文学的发展交融

欧美学者在研究中国文学时并未将雅文学与俗文学泾渭分明地区分开

来，未忽视俗文学的价值和影响，而是给予俗文学相当程度的关注，重视雅文学与俗文学的发展交融。在欧美文学史著作中，俗文学所占的比重虽不如雅文学多，但也不算少，基本都有专章或专题论述。如梅维恒主编的《哥伦比亚中国文学史》有“幽默”“谚语”“佛教文学”“道教作品”“敦煌文学”“地区文学”“少数民族文学”等专章论述俗文学的概况和特点。孙康宜、宇文所安主编的《剑桥中国文学史》上卷中的“佛教写作”“敦煌叙事文学”“佛教与诗歌”等节与下卷第五章“说唱文学”整章等，考证和阐述了变文、宝卷、道情、词话和俚曲、鼓词、子弟书、弹词、清曲、山歌、木鱼书、竹板歌、女书、民间传说等种类繁多的俗文学发展情况。在文学作品选集中，俗文学作品也并未缺席，如梅维恒不仅在《哥伦比亚中国传统文学选集》的“口头语表演艺术”一章中译介了一些关注较少的俗文学作品，还与人合作编译了《哥伦比亚中国民间和通俗文学选集》。在俗文学研究上，欧美学者对民间故事的成型过程、民俗艺术对文学创作的影响、民间文学与精英文学的相互作用等问题表现出了极强的兴趣。如易德波与人合著的《中国民间文学中的口传和书面传统的相互影响》及其独著的《武松打虎：中国小说、戏曲和讲唱文学中的口传和书面传统的相互影响》等，着重探讨了民间口传文学与书面文学的互相作用。他们也愿意花费大量时间和精力去研究国内学者不太看重的俗文学作品及相关议题，如梅维恒对敦煌变文的关注和研究，伊维德对民间知名故事和宝卷的译介及研究等。

（五）关注作品的动态流传过程

欧美学者多受到读者反应理论与接受美学的影响，有意识地将文学作品的传播与接受视作动态的过程，避免给作品定性，强调作家及文本的不确定性，关注作者归属、文本改写、读者对作品评价的变化等问题。如《剑桥中国文学史》指出，“一个文本文化的历史不是单凭那个文化的伟大就能赋予的；它是动机与材料的历史，为了某种当下的需要而不断再造出文化的往昔”①。人们通常认为《汉宫秋》《梧桐雨》是元朝作品，但很少

① 〔美〕孙康宜、宇文所安主编《剑桥中国文学史》（上卷），中译本第13页。

人知道，这些作品的定稿大部分并不在元朝，许多现在的元杂剧版本乃是明朝人“改写”的。[①] 宇文所安的《中国早期古典诗歌的生成》在“作者和代言的问题”“模拟、重述和改写”等章节中专门探讨了作者归属及作品改写等相关问题。他指出，“我们习惯把‘作者’看作一个历史事实”，但“有时候不妨把作者归属当作文本的一种属性”，因为“价值观的历史演变……使一些作者失去了他们所获得的作品”[②]；“每种‘版本’都与它自己独特的传播渠道相应”[③]。

（六）重视物质载体和传媒手段对文学发展的影响

受西方工业革命的影响，西方人重视科学技术对社会发展的作用，因而在文学研究中十分重视物质载体和传媒手段对文学发展的影响。如伊维德、汉乐逸合撰的《中国文学指南》，以上古至纸张发明时代、纸张发明时代至印刷时代、印刷时代至西方印刷方法传至中国的近代等来对中国文学发展进行分期论述，足见其对纸张、中国印刷术、西方印刷方法等物质载体和传媒手段的重视。孙康宜、宇文所安主编的《剑桥中国文学史》经常提到手抄、印刷等传媒手段对文学作品传播的影响，并设“白话章回小说与商业出版”“（戏剧）表演与出版”“（说唱文学）表演与文本”“印刷文化与文学社团”等节论述出版、文本载体、报刊等对文学发展的影响。关于具体的文本载体，柯马丁的《秦始皇石刻：早期中国的文本与仪式》，考察了早期官方档案——秦始皇石刻铭文的结构和语言特征及其历史意蕴；他主编的《早期中国的文本与仪式》收录了 8 位汉学家关于早期中国文本的研究论文，涉及对铭文、出土手稿、石碑等早期文本载体的探讨。而田晓菲的《尘几录：陶渊明与手抄本文化研究》，则以陶渊明为对象探讨了手抄本文化对文人作品及文学史的巨大影响。

当然，欧美地区的中国文学史研究也存在一些问题。部分中国文学史著作对文学作品的分析和阐述不够深入，这可能是翻译的障碍造成的难点，一些汉学家们拿中国文学作品中那些难以理解的特定词汇、含义丰富的意

---

① 〔美〕孙康宜、宇文所安主编《剑桥中国文学史》（上卷），中译本第 4 页。

② 〔美〕宇文所安：《中国早期古典诗歌的生成》，中译本第 259~260 页。

③ 〔美〕宇文所安：《中国早期古典诗歌的生成》，中译本第 398 页。

象毫无办法，故而尽量回避。部分汉学家由于不了解中国的历史事实和文学的复杂性，表达出来的观点存在错误或者过于武断，值得商榷。还有部分汉学家的中国文学史成果虽可促进我们对问题进行深入思考，但有时由于被推至极端而走向偏至，因此不甚合于中国文学实际，有隔靴搔痒之嫌。

总而言之，欧美汉学家从外部看中国文学，没有传统观念的束缚，能致力于探索新观点和新方法，对中国文学予以新的诠释。他们的中国文学史著作学术蕴涵相当丰富，其编写体例、内容、风格等的多样化、个性化特征，都值得国内文学史编撰者和研究者留心探讨和参考借鉴。

北美“中国抒情传统”学说及其反响

1971年旅美华裔学者陈世骧在美国亚洲研究学会比较文学讨论组上以《论中国抒情传统》为题进行致辞，明确指出与欧洲文学的叙事传统相比，中国文学有一个“抒情传统”，他的观点引起广泛关注，从此“中国抒情传统”[①]这一命题正式进入中外学者的研究视野，并因众多追随者的努力阐发而形成了“中国抒情传统”学说与学派。

一 北美“中国抒情传统”学说的建构

“中国抒情传统”是20世纪70年代建构起来的一个学术命题，但其建构并非偶然，其中蕴藏有特殊的时代背景、深厚的学术积淀和美籍华裔学者陈世骧、高友工的努力探索。

（一）时代背景

自晚清西方列强用坚船利炮打开国门，中国文人学者就被迫在中西比较的视野下重新检视自己的文化传统。为克服自卑心理，探索中国文化的价值，文人学者们将目光投向了中国古典文学，试图从中寻出中国文化独特性和优秀性的例证。这种愿望一直延续着，到美籍华裔学者陈

① 本文所讲“中国抒情传统”不是指研究对象，即不进行中国文学中的抒情传统研究，而专指作为一种学说的“中国抒情传统”，该学说由陈世骧、高友工建构起来，曾一度在北美、中国台湾等地区非常流行，有一批追随者和认同者采用该学说的理论和方法重新审视中国文学发展史和进行文学研究，在学术界产生较大影响。本文写于2018年，发表于《中国诗学研究》第15辑。2021年香港学者陈国球先生出版了《中国抒情传统源流》一书，也对“中国抒情传统”进行了系统梳理和探讨，可供参考阅读。

世骧首倡“中国抒情传统”论终于找到一个突破口。虽然有的学者认为“中国抒情传统”论是“文化民粹主义”的产物，“是为了寻找能够同西方艺术文化分庭抗礼的‘中国特色’，而殚精竭虑发明出来的一个概念”[①]，但在当时却自有其特定的价值和意义。面对几乎压倒一切的西方价值观念，陈世骧孜孜以求地建设“中国抒情传统”，使之与西方文学传统进行对话，是为了替本民族文学进行辩护。当时中国文学在世界文学中境地尴尬，迫切需要“中国抒情传统”论这样直接有力的话语来为中国文学发声。

（二）学术积淀

当然，陈世骧倡导“中国抒情传统”，并非凭空“发明”，而是有着深厚的学术渊源和文化积淀。此论的破土而出实有赖于前辈学者如梁启超、王国维的先导，陈独秀、胡适、周作人、朱自清等的铺垫，以及朱光潜、闻一多、林庚等的指引。

梁启超是近现代中国文学史上最早的觉醒者之一，早在1900年，他就宣称“今日不作诗则已，若作诗，必为诗界之哥仑布、玛赛郎然后可”[②]，主张从“欧洲之意境、语句”中发现诗的新大陆，预设了西方文学观念作为文学批评的标准。后来他又将目光转向情感美学，提出“天下最神圣的莫过于情感……情感教育最大的利器，就是艺术。音乐、美术、文学这三件法宝，把‘情感秘密’的钥匙都掌住了”[③]，认为中国韵文（《诗经》、《楚辞》、乐府歌谣、古近体诗、词曲乃至骈体文）的主流是表现情感。而王国维则是引进西方理论研究中国古典文学的第一人，其《〈红楼梦〉评论》（1904）是第一篇完全引用西方哲学和文学理论写成的中国文学批评专著。他在《文学小言》（1906）中也最先阐明了中国文学长于抒情、拙于叙事的特点：“上之所论，皆就抒情的文学言之（《离骚》、诗词皆

① 徐岱：《代序：抒情作品与审美伦理》，载徐承《中国抒情传统学派研究》，中国社会科学出版社2015年版，第6页。

② 梁启超：《夏威夷游记》，载《饮冰室文集点校》第3集，云南教育出版社2001年版，第1826页。

③ 梁启超：《中国韵文里头所表现的情感》，载《饮冰室文集点校》第6集，云南教育出版社2001年版，第3430~3431页。

是)。至叙事的文学(谓叙事诗、史诗、戏曲等,非谓散文也),则我国尚在幼稚之时代。”① 梁启超、王国维所论对后世抒情传统论具有重要的导向作用。

承梁启超、王国维所论,“五四”学人们继续耕耘。先有陈独秀在《文学革命论》(1917)中倡导“建设平易的抒情的国民文学”,推崇“抒情写事”“抒情写世”“抒情写实”。② 再有胡适在《建设的文学革命论》(1918)中指出“一切语言文字的作用在于达意表情;达意达得妙,表情表得好,便是文学”,崇尚“表情”的文学,并表明中国文学“以体裁而论……韵文只有抒情诗,绝少纪事诗,长篇诗更不曾有过”③ 的特点。还有周作人在《中国新文学的源流》(1932)中认为“诗言志”和“文以载道”两种潮流的此消彼长造就了中国古代文学史,而“诗言志”的主张才符合文学的本质——“文学只有感情没有目的”④。再有朱自清在《诗言志辨》(1947)中对“诗言志”的原始含义及其发生转义的轨迹进行谨慎的辨析和梳理,指出“‘抒情’这词组是我们固有的,但现在的涵义却是外来的”⑤,“诗言志”和“比兴”这两个批评概念虽原始含义不同于后世所谓的“抒情”,但其在发生转义之后却最终导引出一条接近于“抒情”的线索。他们的研究对后来者的抒情传统论有巨大的铺垫作用。

朱光潜、闻一多、林庚等人与陈世骧有直接或间接的师承关系⑥,他们的研究对“中国抒情传统”论的提出有指引价值。朱光潜曾撰写多

① 王国维:《文学小言》,载《王国维文集》第1卷,中国文史出版社1997年版,第28页。
② 参见陈独秀《文学革命论》,载《胡适文集(2)》,北京大学出版社1998年版,第15~18页。
③ 参见胡适《建设的文学革命论》,载《胡适文集(2)》,第46、55页。
④ 周作人:《中国新文学的源流》,华东师范大学出版社1995年版,第13页。
⑤ 朱自清:《诗言志辨》,载《朱自清古典文学论文集》(上册),上海古籍出版社1981年版,第230页。
⑥ 据陈国球考证,陈世骧早年在北京大学读书至担任讲师期间,曾与朱光潜过从甚密,他是当时在北平慈慧殿3号朱光潜家中进行的“读诗会”的常客,出国后也仍然与朱光潜有学术交往(参见陈国球《代序:“抒情传统论”以前——陈世骧早期文学论初探》,载〔美〕陈世骧《中国文学的抒情传统:陈世骧古典文学论集》,生活·读书·新知三联书店2015年版,第2页);而林庚与陈世骧则有同学关系和师友渊源[参见陈国球《诗意的追寻——林庚文学史论述与“抒情传统”说》,《北京大学学报》(哲学社会科学版)2010年第4期]。另据学者徐承考证,陈世骧与林庚的文学史观虽有类同,但其思想方法却与闻一多有更多相似之处,鉴于林庚曾为闻一多之学生与助教,故陈世骧亦极有可能直接或间接受教于闻一多(参见徐承《中国抒情传统学派研究》,第51页)。

篇文章对中国文学和文化进行重新体认[①]，希望通过不离“现代”关怀的“传统”研究，把中国传统放在多元的西方理论中来确定其位置。[②] 闻一多被誉为“中国抒情传统”论的“思想先驱”[③]，他的很多学术观点和思路后来也体现在陈世骧的论述中。例如，他说“印度、希腊，是在歌中讲着故事……而中国、以色列则都唱着以人生与宗教为主题的较短的抒情诗”，这与陈世骧将中西文学传统并举对照的思路几乎一致。再如，他谓“《三百篇》的时代……文化定型了，文学也定型了，从此以后二千年间，诗——抒情诗，始终是我国文学的正统的类型，甚至除散文外，它是唯一的类型”，也与陈世骧确定《诗经》为“抒情传统”源头之论如出一辙。[④] 而他通过字源学考证“诗”字之字根的方式也被陈世骧所承袭，陈世骧在《寻绎中国文学批评的起源》（1951）中论“诗”字之字根时就直陈“有两位权威人士的中国古代文学论著，可以证实我们的观点。一是晚近的闻一多教授”[⑤]，言明闻一多对他的启发。林庚则很有可能“使陈世骧与闻一多建立起了思想联系”[⑥]，他在中国文学史撰述上贡献颇大[⑦]，对陈世骧的影响可能正体现在其文学史观上。他提出的“中国的文学传统不是戏剧性的，而是诗意的”[⑧] 和“中国的诗歌一开始就走上了

① 包括朱光潜《中西诗在情趣上的比较》（1934）、《长篇诗在中国何以不发达?》（1934）、《诗的隐与显——关于王静安的〈人间词话〉的几点意见》（1934）、《从“距离说”辩护中国艺术》（1935）、《从生理观点论诗的“气势”和“神韵”》（1935）、《从研究歌谣后我对于诗的形式问题意见的变迁》（1936）、《中国诗何以走上“律”的路?》（1935）、《乐的精神与礼的精神》（1942）、《诗的普遍性与历史的连续性》（1948）、《诗的意象与情趣》（1948）、《朱佩弦先生的〈诗言志辨〉》（1948）等文章。

② 参见陈国球《代序：“抒情传统论”以前——陈世骧早期文学论初探》，载〔美〕陈世骧《中国文学的抒情传统：陈世骧古典文学论集》，第 11 页。

③ 徐承：《中国抒情传统学派研究》，第 51 页。

④ 参见闻一多《文学的历史动向》，载《闻一多全集》第 10 卷，湖北人民出版社 1993 年版，第 16~18 页。

⑤ 〔美〕陈世骧：《寻绎中国文学批评的起源》，刘倩译，载《中国文学的抒情传统：陈世骧古典文学论集》，第 17 页。

⑥ 徐承：《中国抒情传统学派研究》，第 71 页。

⑦ 林庚以大半个世纪的时间写成了三部中国文学史，分别是 1947 年《中国文学史》（厦门大学出版社）、1954—1957 年《中国文学简史》（上海文艺联合出版社、古典文学出版社）、1995 年《中国文学简史》（北京大学出版社）。林庚以语言诗化的策略来酝酿经营全书的论述模式，故而他的文学史显得与众不同。

⑧ 林庚：《谈文学史研究》，载《林庚诗文集》第 9 卷，清华大学出版社 2005 年版，第 276 页。

一条抒情的道路，而不是叙事的道路”① 等观点，与陈世骧所论大同小异；且陈世骧从中国文学史中追述“抒情传统”的思路可能也正源于林庚的启发。

此外，陈世骧的美国老师艾克敦的学术思路，以及陈世骧旅美后在西学浸润下逐渐习得的比较文学研究理论和方法，也对其日后提出“中国抒情传统”论有重要作用。正是在这些前辈同人的导引和启迪下，陈世骧关于“中国抒情传统”的学术思路才日渐成形，有了破土而出的契机。他从中西比较的视野，从字源学、人类学的视角，通过考证和溯源，正式提出中国有一个“抒情传统”的新观念。

（三）陈世骧和高友工的努力探索

在推出“中国抒情传统”论之前，陈世骧已经为此努力探索了多年。从英译陆机《文赋》开始，他就站在中西比较的视野下进行中国古典文学研究。在 1951 年发表的《寻绎中国文学批评的起源》一文中，他就指出“最早的古代中国文学批评观念，建立在对《诗经》（*Book of Odes*）中简短得多的抒情诗、美刺诗的审视之上”②，并从字源学的角度考察了“诗”“志”“情”等批评关键字词的原始含义及其批评启迪。在 1953 年发表的《中国文学的文化要义》一文中，他又从考证“文”字的本义及其所代表的审美观念出发探讨中国文学的文化特质，指出“同质性（homogeneity）无疑是中国文学中起最大作用的价值观之一的起源”③。在 1959 年撰写的《中国“诗”字之原始观念试论》中，他进一步“援引较可适用的比较文学，和比较文字学的方法”深入探求“诗”字之原始构成因素，得出这样的结论：“诗”字与西方的“life”一样，其字根含有两面性，从原始构成上就有一个明确的意象，即“蕴止于心，发之于言，而还带有与舞蹈歌咏同源

---

① 林庚：《漫谈中国古典诗歌的艺术借鉴——诗的国度与诗的语言》，载《林庚诗文集》第 7 卷，清华大学出版社 2005 年版，第 171 页。

② 〔美〕陈世骧：《寻绎中国文学批评的起源》，刘倩译，载《中国文学的抒情传统：陈世骧古典文学论集》，第 12 页。

③ 〔美〕陈世骧：《中国文学的文化要义》，石旻译，载《中国文学的抒情传统：陈世骧古典文学论集》，第 34 页。

同气的节奏的艺术”。[1] 到 1969 年撰写的《原兴：兼论中国文学特质》，又从人类学的角度考察了“兴”字的原始意义及其意涵发展，指出“兴”字的基本意义起源比“诗”字早，“乃是初民合群举物旋游时所发出的声音”，“是初民合群歌乐的基础”，脱颖而出的领唱者“回溯歌曲的题旨，流露出有节奏感有表情的章句……决定此一歌诗音乐方面乃至情调方面的特殊形态。此即古诗歌里的‘兴’，见于《诗经》作品的各部分”。[2] 这些论述均体现出他在中西比较视野下对中国文学特质的苦苦探寻，为后来推出“抒情传统”学说打下了思想基础。

陈世骧正式推出“中国抒情传统”这一命题，是在 1971 年发表的《论中国抒情传统》一文中。该文开门见山地指出，“与欧洲文学传统——我称之为史诗的及戏剧的传统——并列时，中国的抒情传统卓然显现”。这一命题源自他对中西文学“文类”的比较研究，他认为中国文学虽然取得了毫不逊色于欧洲文学的成绩，却没有类似史诗的作品，戏剧也出现得很晚，只有诗这一核心“文类”可以代表中国文学，而中国诗自一出现就表现出了强烈的抒情特质，所以“中国文学的荣耀别有所在，在其抒情诗”。随后，陈世骧在追述中国文学发展脉络的过程中进一步论证了中国文学的抒情精神。《诗经》和《楚辞》作为中国文学传统的源头，将“歌——或曰：言词乐章（word-music）所具备的形式结构，以及在内容或意向上表现出来的主体性和直抒胸臆（self-expression）”这两大定义抒情诗的基本要素结合了起来，确定了中国文学创作的主要航道，“从此以后，中国文学注定要以抒情为主导”。汉代两大文类——乐府和赋“拓宽并加深了以抒情精神为主导的中国文学传统的主流”。抒情文学为主导的局面“贯穿六朝、唐代甚至更久远，而其他方面如叙事或戏剧的发展，都只能靠边站，长期萎弱不振，或者是被兼并、淹没”，甚至“当戏剧和小说的叙事艺术极其迟缓地登场以后，抒情精神依然继续主导，渗透，甚或颠覆它们”。通过上述回顾，他得出的结论是：“如果说中国文学传统从整体而言就是一个抒情传统，大

---

① 〔美〕陈世骧：《中国“诗”字之原始观念试论》，载《中国文学的抒情传统：陈世骧古典文学论集》，第 83、99 页。

② 〔美〕陈世骧：《原兴：兼论中国文学特质》，载《中国文学的抒情传统：陈世骧古典文学论集》，第 115~117 页。

抵不算夸张。"并进一步指出，"可以将中国文学的传统……摆放在一个聚焦点下，与欧洲文学传统并置、区辨"，以便理解中西迥异的文学批评传统——欧洲古典批评传统"讲求客观分析情节、行动和角色，强调冲突和张力"，中国古典批评传统则"关注诗艺中披离纤巧的细项经营，音声意象的召唤能力，如何在主观情感与移情作用感应下，融和成一篇整全的言词乐章"。[①] 陈世骧此文犹如宣言一般具有纲领性作用，可谓"一鸣惊人"，引起了广泛关注。

高友工是"陈世骧之后最重要的抒情论者"[②]，可谓"一代宗师"。他从陈世骧"中国抒情传统"论薄弱的理论环节入手，利用中西学术资源对"中国抒情传统"学说进行理论奠基和体系搭建，提出中国抒情文学美典论，使陈世骧所论"获得进一步的论题化，更加的知识系统化，扩大为中国抒情美学这样的论题，而把论述拉高到哲学的抽象层次"[③]。

高友工借用西方哲学及美学资源[④]，在共时态上对"抒情传统"进行理论建设，并引用中国哲学[⑤]及文学艺术资源在历时态上对"抒情传统"进行体系搭建，"重构"中国历史上各个时期、各种艺术体类的抒情美典。他的著述不算多[⑥]，但却体系严明、极有分量，被台湾学者柯庆明称为"就个人阅读所及应是廿世纪以中文撰述的最为深入又最为周密的文学研究的理论分析"[⑦]。

---

① 〔美〕陈世骧：《论中国抒情传统》，杨彦妮、陈国球译，载《中国文学的抒情传统：陈世骧古典文学论集》，第 4~8 页。

② 龚鹏程：《成体系的戏论：论高友工的抒情传统》，（台湾）《清华中文学报》2009 年第 3 期。

③ 黄锦树：《抒情传统与现代性：传统之发明，或创造性的转化》，载陈国球、王德威编《抒情之现代性："抒情传统"论述与中国文学研究》，生活·读书·新知三联书店 2014 年版，第 692 页。

④ 主要包括分析哲学、心理学美学、英美"新批评"、意象派与象征主义诗论、结构主义诗学、语言学、符号学、原型批评、意识批评等思想方法与阐释工具。

⑤ 主要指台湾新儒家学派方东美、徐复观、牟宗三等人的思想理论。

⑥ 高友工在中文世界只发表过几篇论文，后来这些论文被结集出版。其中，与梅祖麟合著的三篇唐诗研究论文被辑为一册，题为《唐诗的魅力——诗语的结构主义批评》（上海古籍出版社 1989 年版）；另外一些关于抒情美典的论文被收集编校，在中国台湾以《中国美典与文学研究论集》为题出版，后来又在中国大陆以《美典：中国文学研究论集》为题增订出版。

⑦ 柯庆明：《导言》，载〔美〕高友工《中国美典与文学研究论集》，（台北）台湾大学出版中心 2004 年版，第 1 页。

在理论建设上，《文学研究的理论基础——试论“知”与“言”》一文相当于导论。高友工将“现实之知”和“经验之知”分别对应“分析语言”和“象征语言”，并认为“现实之知”和“分析语言”是现代西方文学批评的主要对象和工具，而“经验之知”和“象征语言”则是中国古代文学批评的主要对象和工具，指明文学研究应借用西方的分析方法来处理由“经验之知”和“象征语言”构成的批评传统。[①]《文学研究的美学问题（上）：美感经验的定义与结构》和《文学研究的美学问题（下）：经验材料的意义与解释》两文则沿着此思路，试图以西方的分析方法勾勒一个“能兼容中西文化中的美学范畴与价值”的理论蓝图。前者隆重推出了“美感经验”一词，指出美感经验的本质是在“自我感”与“现时感”作用下的“再经验”。[②] 后者则从经验材料出发，认为美感经验的对象——感象，由“直觉印象”“等值通性”“延续关系”“外缘语境”四类情境产生，而“直觉印象”处于最低层次，“等值通性”和“延续关系”处于较高层次，“外缘语境”处于最高层次。据此，他将话题转移到“抒情传统”上面，指出“抒情传统”和“描写、叙述传统”的根本区别在于前者作品中的经验“本体”、“代体”及创作主体在对“个人心境”的体验中融合了；而后者作品中作为“外在物境”的“本体”与模拟它的“代体”，以及作为描述者的主体却是各自独立的。且从“外缘语境”的角度来看，“抒情传统”是中国文化的理想精神，因此可以吸纳抒情诗及以外的所有艺术体类。[③] 这三篇论文论证严密、逻辑完整，完成了高友工对“抒情传统”的理论奠基。

在体系搭建上，《中国文化史中的抒情传统》一文论述最为完整。高友工在此文中不仅以对举的方式明确定义了“抒情美典”和“叙事美典”：抒情美典是以“自我现时”的经验为创作品的本体或内容，其目的是保存“自我现时”的经验，保存的方法是“内化”（internalization）与“象意”（symbolization）；而叙事美典以艺术品为对象本身，以交流为目的，交流的

① 参见〔美〕高友工《文学研究的理论基础——试论“知”与“言”》，载《中国美典与文学研究论集》，第1~20页。

② 参见〔美〕高友工《文学研究的美学问题（上）：美感经验的定义与结构》，载《中国美典与文学研究论集》，第21~43页。

③ 参见〔美〕高友工《文学研究的美学问题（下）：经验材料的意义与解释》，载《中国美典与文学研究论集》，第44~103页。

方式始于“外观”（display）而终于“代表”（representation）。他还以时间顺序梳理了中国文学艺术史上的抒情美典，认为先秦乐论中所包含的音乐观已经具备了抒情美典的主要特征；汉魏六朝出现的《诗大序》《文赋》《文心雕龙》等既是代表性文论，也于抒情美典的意涵有充分体现；而隋唐兴起的律诗和草书则是最具代表性的抒情美典；宋元绘画是体现了融合之美的抒情美典。[①] 他的《试论中国艺术精神》一文是对徐复观《中国艺术精神》的致敬和对其前文《中国文化史中的抒情传统》的补充。他的《律诗的美学》一文专门对律诗美典进行了更深入详尽的论述。而《小令在诗传统中的地位》《词体之美典》《中国叙述传统中的抒情境界——〈红楼梦〉与〈儒林外史〉读法》等文则接续《律诗的美学》所论，讨论律诗之后的词（小令、长调）、小说等文体的抒情美典意义。至此，他关于“中国抒情传统”的各代、各体抒情美典的架构已经搭建起来了。

由陈世骧开创、高友工搭建的“中国抒情传统”体系，“深深地影响了大陆地区以外不止一代的中国文学研究者”[②]，并在北美和中国台湾等地掀起热潮，也直接促成了一个学术流派——“中国抒情传统”学派的积聚成形。

二 “中国抒情传统”学说的发展深化

陈世骧、高友工关于“中国抒情传统”的学术体系建构完成之后，在北美、中国台湾、新加坡等地引起广泛回应。先是高友工在普林斯顿大学指导的两位高足——孙康宜、林顺夫在中国诗词研究上继续发扬其师的学说，在北美形成相当的影响力；接着在中国台湾出现了探索“中国抒情传统”的热潮，主要由蔡英俊、吕正惠、张淑香、郑毓瑜等学者“扬其波”；再有任教于新加坡的萧驰和美籍华裔学者王德威分别从古典诗学研究和中国现当代文学研究上自觉接续“中国抒情传统”论。

---

① 参见〔美〕高友工《中国文化史中的抒情传统》，载《中国美典与文学研究论集》，第104~164页。

② 陈国球：《陈世骧论中国文学——通往“抒情传统论”之路》，台湾《汉学研究》2011年第2期。

（一）北美地区：孙康宜、林顺夫的推动

高友工从美感经验的角度创设“抒情美典”，并搭建“中国抒情传统”美学体系的学术思想和治学思路，直接影响到他在普林斯顿大学指导的两位高足——孙康宜和林顺夫，两人先后撰写中国诗词研究方面的著述来声援和发扬其师的抒情美学思想。

孙康宜的著作《抒情与描写：六朝诗歌概论》① 和《晚唐迄北宋词体演进与词人风格》② 可看成是高友工《律诗的美学》一文的前奏和后续。前者通过陶渊明、谢灵运、鲍照、谢朓、庾信五位诗人的个案研究“来标示六朝诗歌中‘抒情’和‘描写’渐趋接近的漫长里程”，从而关注“传统与个人创作的相互作用”③；并表明六朝诗对“抒情”与“描写”（尤其是“抒情式描写”）的探索已经穷极诸般可能，对诗歌格律形式的探索也已臻高峰，几乎预示了律诗的出场。后者同样从个案研究入手，以温庭筠、韦庄、李煜、柳永、苏轼五位词人为例，通过分析具体词作来展示文人词在晚唐至北宋年间的演进轨迹，指出词因为高度文人化、形式化而取代诗的地位成为“纯抒情最佳的媒介”④；且律诗依靠平行性描写取得的情景交融的意境在词体中演变成了“弦外之音”和“直言无隐”等风格，成就了不同于律诗美典的新的抒情美典。

林顺夫的著作《中国抒情传统的转变——姜夔与南宋词》⑤ 也从姜夔的

---

① Kang-I Sun Chang, *Six Dynasties Poetry*, Princeton: Princeton University Press, 1986. 后国内出版中译本：〔美〕孙康宜《抒情与描写：六朝诗歌概论》，钟振振译，（台北）允晨文化实业股份有限公司2001年版；上海三联书店2006年版。

② Kang-I Sun Chang, *The Evolution of Chinese Tz'u Poetry: From Late Tang to Northern Sung*, Princeton: Princeton University Press, 1980. 后国内出版中译本：〔美〕孙康宜《晚唐迄北宋词体演进与词人风格》，李奭学译，（台北）联经出版事业公司1994年版；《词与文类研究》，李奭学译，北京大学出版社2004年版。

③ 参见〔美〕孙康宜《抒情与描写：六朝诗歌概论》，钟振振译，（台北）允晨文化实业股份有限公司2001年版，第7~8页。

④ 〔美〕孙康宜：《晚唐迄北宋词体演进与词人风格》，李奭学译，（台北）联经出版事业公司1994年版，第200页。

⑤ Shun-fu Lin, *The Transformation of the Chinese Lyrical Tradition: Chiang K'uei and Southern Sung Tz'u Poetry*, Princeton: Princeton University Press, 1978. 后国内出版中译本：〔美〕林顺夫《中国抒情传统的转变——姜夔与南宋词》，张宏生译，上海古籍出版社2005年版。

个案研究切入，见微知著地反映南宋词史和中国抒情传统在姜夔时代的转变，而这种转变与咏物词在姜夔手上的发展成熟密切相关。林顺夫采用结构分析法对姜夔词的正文与序进行了剖析，认为其多数词的正文着力表现“抒情主体的当下经验”，而其多数词的序则是对词人创作行为的背景描述，对正文所表现的情境有补充参照作用。但这种情形在姜夔咏物词上发生了变化，“序和词两不相关”，这是“重‘物’的必然结果”，揭露出“‘咏物’这一新的形式本身就是更大规模的艺术整体，而不必依赖于序与词的互补”。①

作为高友工的嫡系门生，孙康宜与林顺夫皆在著述中不时回顾和阐发高友工的抒情美学思想，并直接继承了高友工在分析哲学、结构主义诗学、意识批评等方面的研究方法。孙、林二者的研究进一步扩大了陈世骧及高友工“中国抒情传统”学说在北美的影响力，并且得到很多在北美地区从事中国文学研究者的积极回应。如林毓生说：“中文是世界上最优美的文字之一，它特别能够表达具体的感情与丰富的意象，所以它特别适合抒情。有人说，中国文化是诗的文化，中华民族是重情的民族，如只看这句话所要表达的重点所在，它不是没有道理的。”② 叶嘉莹也在其著作中说：“中国之韵文一向是以抒情为其主要之传统的。”③ 除此之外，美国学者宇文所安也被认为对此说有感应和可堪比拟的思考④，并有一定的推动和贡献⑤。

（二）中国抒情传统学说在台湾落地生根

20世纪下半叶，陈世骧、高友工都曾受邀赴中国台湾讲学，并在台湾学术期刊发表论文，其建构的“中国抒情传统”学说在台湾“影响了一个

① 参见〔美〕林顺夫《中国抒情传统的转变——姜夔与南宋词》，张宏生译，上海古籍出版社2005年版，第47~65页。

② 林毓生：《中国传统的创造性转化》，生活·读书·新知三联书店2011年版，第3页。

③ 〔加〕叶嘉莹：《进入古典诗词之世界的两支门钥》，载《我的诗词道路》，河北教育出版社1997年版，第128~129页。

④ 参见陈国球、王德威编《抒情之现代性：“抒情传统”论述与中国文学研究》，生活·读书·新知三联书店2014年版，第317页。

⑤ 参见王德威《引言》，载陈国球、王德威编《抒情之现代性：“抒情传统”论述与中国文学研究》，第3页。

年轻世代，刺激生产了一批重要的研究成果”①。在蔡英俊、吕正惠、张淑香、郑毓瑜等学者的努力下，“中国抒情传统”学说迅速在中国台湾落地生根。

蔡英俊是最早接受“中国抒情传统”学说的中国台湾学者之一。早在20世纪80年代，他就组织青年学者撰写以“中国抒情传统”为主题的论文，回应陈世骧、高友工所论，编为《抒情的境界》和《意象的流变》两本文集②。前者“选择若干主题来勾勒中国文学所呈示的若干面向”；后者是小规模的重写文学史，关切的是语言形式所显现的心灵倾向。③后来蔡英俊又独立撰写了相关著作，集中对“中国抒情传统”论的核心诗学观念进行阐发。《比兴、物色与情景交融》④是蔡英俊的成名作，其旨在“清楚而完整地说明‘情景交融’的历史发展与理论架构”。蔡英俊认为，“‘比、兴’、‘物色’与‘形似’等观念的提出，清楚地说明了宋代以前的批评家为‘情、景’问题找寻最合适、最确当的术语的努力”，将“比兴”“物色”“形似”等概念都纳入“情景交融”概念的发展轨道上，从而建构起一个专以抒情为目的的批评观念史。《中国古典诗论中“语言”与“意义”的论题：“意在言外”的用言方式与“含蓄”的美典》⑤一书则继续探讨与“情景交融”相关的另外两个批评概念——“意在言外”与“含蓄”。蔡英俊认为，“含蓄”的美典具体体现了中国古典诗学传统中一种整合性的审美价值或审美理想，可以包括“意在言外”所展现的各种特定而具体的表现手法，如“寄托”与“神韵”等。据此他完成了“情景交融”—“意在言外”—“含蓄”这一组批评概念的逻辑轨迹搭建。

---

① 参见黄锦树《抒情传统与现代性：传统之发明，或创造性的转化》，载陈国球、王德威编《抒情之现代性：“抒情传统”论述与中国文学研究》，第695页。

② 即刘岱总编、蔡英俊编《中国文化新论文学篇一：抒情的境界》［（台北）联经出版事业公司1982年版］和《中国文化新论文学篇二：意象的流变》［（台北）联经出版事业公司1982年版］。

③ 参见黄锦树《抒情传统与现代性：传统之发明，或创造性的转化》，载陈国球、王德威编《抒情之现代性：“抒情传统”论述与中国文学研究》，第695～696页。

④ 参见蔡英俊《比兴、物色与情景交融》，（台北）大安出版社1986年版。

⑤ 参见蔡英俊《中国古典诗论中“语言”与“意义”的论题：“意在言外”的用言方式与“含蓄”的美典》，（台北）学生书局2001年版。

吕正惠也是较早认可“中国抒情传统”论的中国台湾学者之一。他对“中国抒情传统”学说的声援主要体现在其论文集《抒情传统与政治现实》[①]中。其中《物色论与缘情说——中国抒情美学在六朝的开展》一文尤为值得关注。在该文中，吕正惠修正了陈世骧的抒情传统起源论，把《古诗十九首》所表现的“感物”“叹逝”而“缘情”的诗歌经验作为中国抒情传统的新起点：“早期五言诗，尤其是《古诗十九首》，成为中国抒情传统的真正‘源头’，而更早以前的《诗经》和《楚辞》则只能算是‘远祖’……对于这一新形成的文学现象所作的全盘的理论反省，可能始自于陆机。他正式铸造‘诗缘情’一语，并以‘叹逝’和‘感物’来笼括‘物色’问题……到了刘勰跟钟嵘……对于诗所下的定义，已经把‘情’‘物’两者都涵摄进去了……‘物色’与‘缘情’，是中国独特的抒情美学的初步开展。”[②]

台湾大学的张淑香也对“中国抒情传统”学说阐发有功，她的论文集《抒情传统的省思与探索》[③]当时在华语世界很有影响力。文集卷首的两篇理论文章——《论“诗可以怨”》和《抒情传统的本体意识——从理论的“演出”解读〈兰亭集序〉》令人耳目一新。前者从中西比较哲学的视野出发对孔子“诗可以怨”的命题进行思想阐发，认为“‘怨’作为中国悲剧意识的独特表现，与西方悲剧意识的表现对照……是一种温和节制的悲剧情感而非强烈的生命力与意志力之奔迸激扬……所以‘怨’的悲剧意识之表现于中国文学中便自然形成一种接近于‘诗’的特质，一种抒情的传统……故单从生命的悲剧意识之表现一端看，中国文学之重诗，言‘诗可以怨’；西方文学之重戏剧史诗或小说，谓悲剧可以使人之情绪得以发散，正足以说明反映中西文艺精神之不同”[④]。后者则试图“追寻隐藏在现象背后的根源，从发生学与本体论的观点来思考构成抒情传统的此一特质的因

① 吕正惠：《抒情传统与政治现实》，（台北）大安出版社 1989 年版。

② 吕正惠：《物色论与缘情说——中国抒情美学在六朝的开展》，载《抒情传统与政治现实》，第 33~34 页。

③ 张淑香：《抒情传统的省思与探索》，（台北）大安出版社 1992 年版。

④ 张淑香：《论“诗可以怨”》，载《抒情传统的省思与探索》，第 33~34 页。

缘”，即所谓的“抒情传统的本体意识”。[①] 张淑香认为，这个抒情的本体意识，在王羲之的《兰亭集序》中已经有了自觉的理论性的表达，俨然成为抒情传统正本清源的宣言。这篇被张淑香自认为对“中国抒情传统”研究补充了一个“最根本的理论环节”的文章被称为“最具野心”[②] 的论文。此外，文集中论小说的两篇文章《从惊天动地到寂天寞地——〈水浒传〉结局之诠释》[③] 和《顽石与美玉——〈红楼梦〉神话结构论之一》[④] 延续了高友工《中国叙述传统中的抒情境界——〈红楼梦〉与〈儒林外史〉读法》一文的研究思路，对《水浒传》和《红楼梦》这两部小说的抒情意境进行了阐发。论现代作家台静农散文集的文章《鳞爪见风雅——谈台静农先生的〈龙坡杂文〉》[⑤] 则昭显了抒情传统对中国文人的影响历经“文学革命”犹然存在，并得到了新的发扬。

台湾大学的郑毓瑜则是延续“中国抒情传统”学说的“后起之秀”[⑥]，她在此说上有很多新的创见。其《诠释的界域——从〈诗大序〉再探“抒情传统”的建构》[⑦] 一文最能体现她的学术见解。在该文中郑毓瑜回顾了陈世骧、高友工、蔡英俊、吕正惠、张淑香等的一系列研究成果，指出这些抒情传统论可以上溯远古，也可以自六朝往下发展，但中间这一大段时期相形之下就受到了忽视，因此她着眼于论述被忽视的历史时段，主张从《诗大序》中去探寻抒情传统论的存在空间。经过研

① 张淑香：《抒情传统的本体意识——从理论的“演出”解读〈兰亭集序〉》，载《抒情传统的省思与探索》，第41~42页。

② 黄锦树：《抒情传统与现代性：传统之发明，或创造性的转化》，载台湾《中外文学》2005年第2期。

③ 张淑香：《从惊天动地到寂天寞地——〈水浒传〉结局之诠释》，载《抒情传统的省思与探索》，第195~222页。

④ 张淑香：《顽石与美玉——〈红楼梦〉神话结构论之一》，载《抒情传统的省思与探索》，第223~251页。

⑤ 张淑香：《鳞爪见风雅——谈台静农先生的〈龙坡杂文〉》，载《抒情传统的省思与探索》，第271~322页。

⑥ 柯庆明：《序》，载柯庆明、萧驰主编《中国抒情传统的再发现——一个现代学术思潮的论文选集》（上册），（台北）台湾大学出版中心2009年版，第4页。

⑦ 郑毓瑜：《诠释的界域——从〈诗大序〉再探“抒情传统”的建构》，载台湾《中国文哲研究集刊》2003年第23期；后以《〈诗大序〉的诠释界域——“抒情传统”与类应世界观》为题，收录于郑毓瑜《文本风景：自我与空间的相互定义》，（台北）麦田出版社2005年版，第239~292页。

究，她发现《诗大序》在“诗言志”的论述上有刻意剪接或错接《乐记》、荀子《乐论》甚至《虞书》等资料的嫌疑，可见所谓“自我（表达）”的产生其实与资料出处原本充满社会性的语境有着某种程度的拉锯或歧异，因此她并不认同前人预先设定了抒情传统本来就“应该”是个体自我的发展过程的观点，而认为自“引诗为比”以来所触连起的世界关系网才是“抒情传统”最具深广的存在背景。她推翻了“抒情自我”以表现“内在、主观”为重的观念，转而认为“引譬连类”的思维实际参与了抒情传统的建构。这种思路在其《身体时气感与汉魏“抒情”诗——汉魏文学与〈楚辞〉〈月令〉的关系》[①]和《从病体到个体——“体气”与早期抒情说》[②]两文中得到了贯彻。在前者中，她指出从《楚辞》和《月令》所提供的气化宇宙观来看，汉魏抒情诗中的自然意象联系着一个在古人知识记忆中被给定的时气物候系统，诗人在类应原则下加以联想触引并应和通感，便能在气化感通中感知天与人交涉互动的整体情绪场域，因此“一直以来着重‘抒情自我’的发现，强调内在、主观的优位性；如果是从相感相应的角度看待……那么个人自我在‘感物’这件事情上就不必具有绝对主动或先发性”。在后者中，她通过对《左传》《礼记》《楚辞》等文献的考察，指出“抒情”并不完全反映作者个人的内心自觉，而更可能是一种舒放体气的方式，以便解决人体的病痛问题，“由于是在‘体气’的基础上谈‘应（物）（兴）感’，气态的张弛、缩放正具体化了情思意绪的起落、起伏……所谓‘抒情’应该可以容纳各种不同向度的体气震荡，这不拘限于任何题材（声色万物或情志个性）或目的（如群己关系或天人关系），而是体现一个动情荡气的世界”。

---

① 郑毓瑜：《身体时气感与汉魏“抒情”诗——汉魏文学与〈楚辞〉〈月令〉的关系》，载台湾《汉学研究》2004年第2期；又载郑毓瑜《文本风景：自我与空间的相互定义》，第293～343页；又载柯庆明、萧驰主编《中国抒情传统的再发现——一个现代学术思潮的论文选集》（上册），第89～128页。

② 郑毓瑜：《从病体到个体——“体气”与早期抒情说》，载杨儒宾、祝平次主编《儒学的气论与功夫论》，（台北）台湾大学出版中心2005年版，第417～459页；又载柯庆明、萧驰主编《中国抒情传统的再发现——一个现代学术思潮的论文选集》（上册），第53～88页；后以《“体气”与“抒情”说》为题，收录于郑毓瑜《引譬连类：文学研究的关键词》，（台北）联经出版事业公司2012年版，第61～103页。

此外，柯庆明的研究也值得关注。他虽未能成为“抒情传统”学说的忠实粉丝，但却被认为对此说在台湾的发展起到串联作用[1]。他早年曾撰文追踪抒情传统的线索，认为肯定存在一个“抒情传统”，但他“通观衢路，不偏执于一”，故并不吝惜指出此说的偏颇之处。如他在《悲剧情感与命运——陈世骧先生〈中国诗之分析与鉴赏示例〉一文若干论点之再思》[2]中就对陈世骧的中国悲剧论进行检讨。在讨论中国诗歌时，他也不局限于“抒情”论，会探讨“叙事诗”，提出抒情诗外别有“叙事诗的传统”。他在后来发表的《从“现实反应”到“抒情表现”——略论〈古诗十九首〉与中国诗歌发展》[3]一文中仍表现出对“抒情传统”论存疑的态度。[4]他在此学说牵动热潮的情况下始终保持客观冷静。

台湾地区的这一批论者虽然继承了陈世骧、高友工的主要观点，但大多舍弃了西方哲学及美学理论和方法，而着重从中国古代哲学和文学批评中寻找养分，使“中国抒情传统”学说走上了本土化之路。

（三）近20年来“中国抒情传统”学说的最新进展

20世纪末、21世纪初，“中国抒情传统”学说在中国台湾以外继续壮大发展，这主要归功于萧驰和王德威。

出生在中国大陆、游学美国、任教于新加坡的学者萧驰从1998年开始调整学术思路，自觉向“中国抒情传统”靠拢。他先将自己的古典诗学论文集命名为《中国抒情传统》[5]，并撰写自序追述了陈世骧、高友工、孙康宜、林顺夫、蔡英俊、吕正惠、张淑香等学者的抒情传统研究成果，还指出自己文集中各篇论文与上述诸人的研究有不谋而合之处。2003年他又出

---

① 参见陈国球、王德威编《抒情之现代性：“抒情传统”论述与中国文学研究》，第450页。

② 柯庆明：《悲剧情感与命运——陈世骧先生〈中国诗之分析与鉴赏示例〉一文若干论点之再思》，载台湾《中外文学》1976年第2期。

③ 柯庆明：《从“现实反应”到“抒情表现”——略论〈古诗十九首〉与中国诗歌发展》，载《纪念许世英先生九十冥诞学术研讨会论文集》，（台北）文史哲出版社1999年版；后收入柯庆明《中国文学的美感》，（台北）麦田出版社2000年版，第153~180页。

④ 参见陈国球、王德威编《抒情之现代性：“抒情传统”论述与中国文学研究》，第455~457页。

⑤ 萧驰：《中国抒情传统》，（台北）允晨文化实业股份有限公司1999年版。

版《抒情传统与中国思想——王夫之诗学发微》[①]，以王夫之的诗学观念为研究对象，旨在“重现抒情传统与中国思想间一座天桥”[②]。2005 年出版《佛法与诗境》[③]，对中国诗学中佛禅思想导引的纯感性的清净直观进行体认。2009 年他与柯庆明合编《中国抒情传统的再发现——一个现代学术思潮的论文选集》[④]，对“中国抒情传统”学术谱系进行全面追认和检阅，界定“中国抒情传统”承陈世骧、高友工的学术思路而来[⑤]，并以收录自己文章[⑥]入选集的做法使自己作为该谱系成员的身份合法化。2011~2012 年，他相继出版了“中国思想与抒情传统”三部曲——《玄智与诗兴》、《佛法与诗境》和《圣道与诗心》[⑦]。其中，唯第一卷《玄智与诗兴》为新著，第二、三卷分别是旧作《佛法与诗境》和《抒情传统与中国思想——王夫之诗学发微》改头换面的再版。这三部曲从标题名称到时段安排上都效仿了牟宗三的中国哲学史三大名著——《才性与玄理》[⑧]、《佛性与般若》[⑨]、《心体与性体》[⑩]，体现出萧驰由明末清初（王夫之对宋明理学诗学观念的总结）至晋唐五代（受佛教影响的诗学观念）再至汉魏六朝（受玄学影响的诗学观念）进行逆向研究并最终形成相对完整的中国诗学观念史的治学路径。

王德威是研究中国现代文学的知名学者，他援引“中国抒情传统”学

① 萧驰：《抒情传统与中国思想——王夫之诗学发微》，上海古籍出版社 2003 年版。

② 萧驰：《重现抒情传统与中国思想间一座天桥（代序）》，载《抒情传统与中国思想——王夫之诗学发微》，第 1~7 页。

③ 萧驰：《佛法与诗境》，中华书局 2005 年版。

④ 柯庆明、萧驰主编《中国抒情传统的再发现——一个现代学术思潮的论文选集》（上、下册），（台北）台湾大学出版中心 2009 年版。

⑤ 萧驰：《导言》，载柯庆明、萧驰主编《中国抒情传统的再发现——一个现代学术思潮的论文选集》（上册），第 6 页。

⑥ 指萧驰《论阮籍〈咏怀〉对抒情传统时观之再造》和《从“才子佳人”到〈红楼梦〉：文人小说与抒情传统的一段情结》两文。

⑦ 萧驰：《玄智与诗兴》，（台北）联经出版事业公司 2011 年版；《佛法与诗境》，（台北）联经出版事业公司 2012 年版；《圣道与诗心》，（台北）联经出版事业公司 2012 年版。

⑧ 牟宗三：《才性与玄理》（与《名家与荀子》合为一册），（台北）联经出版事业公司 2003 年版。

⑨ 牟宗三：《佛性与般若》（上、下册），（台北）联经出版事业公司 2003 年版。

⑩ 牟宗三：《心体与性体》（上、中、下册），（台北）联经出版事业公司 2003 年版。

说研究中国现代文学，撰写系列论文并四处演讲①，在华语学界引起震动。他考察“抒情传统”在现代文学中的新境况并非突发奇想，而是兼受“陈世骧—高友工—台湾学者”的中国抒情传统论述谱系与“普实克—夏志清—李欧梵”的中国现代文学研究统绪之双重沾溉的结果。② 他不纠结“中国抒情传统”论的逻辑起点，而是沿述两大学术统绪的文学史观预设“中国抒情传统”的合法性，认同“抒情一直是文学想象和实践里的重要课题之一”，并从“抒情”的面向上探讨“现代抒情主体”是怎样被一一建构的。他研究的出发点是不满于以往的现代文学研究过多关注革命、启蒙主体的倾向：“五四以来中国的文学论述以启蒙、革命是尚，一九四九年之后，宏大叙事更主导一切。”③ 因此他援引“抒情”论去研究沈从文、江文也、台静农、蒋光慈、瞿秋白、何其芳、陈映真、白先勇、李渝、钟阿城、海子、闻捷、施明正、顾城等在现代性境遇下地位颇显尴尬的抒情主体，尝试在革命、启蒙之外将“抒情”作为中国文学现代性的又一面向。

经过这三个发展阶段，“中国抒情传统”学说形成强大的学术谱系。从此，“中国文学文化具备‘抒情精神’的讲法，已成为大陆以外华文地区的共识”④，“在大陆以外的中国文学研究，或多或少都曾受这个论述传统影响”⑤。

---

① 指王德威《史诗时代的抒情声音——江文也的音乐与诗歌》（《台湾文学研究集刊》2007年第3期）、《“有情”的历史：抒情传统与中国文学现代性》（台湾《中国文哲研究集刊》2008年第33期）、《抒情与背叛：胡兰成战争和战后的诗学政治》（《台湾文学研究集刊》2009年第6期）、《国家不幸书家幸——台静农的书法与文学》（《台大中文学报》2009年第31期）等论文，以及在北京大学陆续发表的关于“抒情传统与中国现代性”的相关演讲。这些论文和演讲内容后来结集为《抒情传统与中国现代性：在北大的八堂课》（生活·读书·新知三联书店2010年版）、《现代“抒情传统”四论》[（台北）台湾大学出版中心2011年版]、《史诗时代的抒情声音：二十世纪中期的中国知识分子与艺术家》[（台北）麦田出版社2017年版] 出版。

② 参见徐承《中国抒情传统学派研究》，第213~214页。

③ 王德威：《现代“抒情传统”四论》，（台北）台湾大学出版中心2011年版，第i页。

④ 陈国球：《从律诗美典到中国文化史的抒情传统——高友工“抒情美典论”初探》，台湾《政大中文学报》2008年第10期。

⑤ 陈国球：《“抒情传统论”以前——陈世骧早期文学论初探》，台湾《淡江中文学报》2008年第18期。

三 “中国抒情传统”学说的反思检视

当“中国抒情传统”学说不断壮大、声势渐隆，“大家几乎以此说为理所当然、不辩自明的事实”① 之时，一些批判和质疑的声音也随之出现，台湾、大陆相继有论者对这一学说进行冷静反思与检视。在批判与质疑上，表现最为明显的是曾应和过“中国抒情传统”学说的台湾学者龚鹏程、颜昆阳，他们走上了与此说“渐行渐远”的研究之路；大陆学界也出现了一些反对的意见。在检视和总结评价上，香港学者陈国球对此学术谱系中的重要个案展开深入考察与研究，还有诸多大陆学者对此学说进行全面研究和总结评价。

(一)批判与质疑

台湾学者龚鹏程与颜昆阳早年曾参与过有关“抒情传统”的定期讨论会与集体撰著。但不久之后，他们就渐渐脱离了“抒情传统”学说，并开始撰文对此说提出正面质疑和批判。其中，龚鹏程的表现尤为引人注目。他早年的论文《从〈吕氏春秋〉到〈文心雕龙〉——自然气感与抒情自我》②，提出汉人以气感论性从而塑造了感性主体亦即抒情自我的观点，是关于抒情传统起源的又一说法。但当其发表《论李商隐的樱桃诗——假拟、代言、戏谑诗体与抒情传统间的纠葛》③ 一文时，就开始对“抒情传统”论提出正面质疑。他从语言文字本身的形式构建入手，指出假拟虚构才是文学的本质，古人的抒情言志往往并不“如实”，因而在抒情言志传统之外或有另一相对的美学典范在成长着。这一美学典范就是他后来提及的“文字传统”。他在《文化符号学：中国社会的肌理与文化法则》一书的大陆版本中提到“我们其实也可在‘抒情传统’之外，再建构一条‘文字传统’的脉络”④。后来他更是陆续发表《不存在的传统：论

① 陈国球：《陈世骧论中国文学——通往“抒情传统论”之路》，台湾《汉学研究》2011年第2期。

② 龚鹏程：《从〈吕氏春秋〉到〈文心雕龙〉——自然气感与抒情自我》，载《文学批评的视野》，（台北）大安出版社1980年版，第47~84页。

③ 龚鹏程：《论李商隐的樱桃诗——假拟、代言、戏谑诗体与抒情传统间的纠葛》，载《文学批评的视野》，（台北）大安出版社1980年版，第193~219页。

④ 龚鹏程：《文化符号学：中国社会的肌理与文化法则》，上海人民出版社2009年版，第412页。

陈世骧的抒情传统》[①] 和《成体系的戏文：论高友工的抒情传统》[②] 等文章，直斥陈世骧首倡的"抒情传统"是一个不存在的传统、高友工的"抒情传统"论述体系只是一套权说或戏论，言辞犀利，毫不留情。在《中国文学史》[③] 中，龚鹏程也不时批评"抒情传统"说的各种"错谬"，并一再否定抒情言志传统是中国文学的主流，指出"中国文章的大传统，其实不是抒情言志，而是说理叙事"[④]，完全推翻了"中国抒情传统"学说。

颜昆阳早年也是"抒情传统"学说的热心论者，但在深入反省此学说的来龙去脉之后，他先后发文《从反思中国文学"抒情传统"之建构以论"诗美典"的多面向变迁与丛聚状结构》[⑤] 和《混融、交涉、衍变到别用、分流、布体——"抒情文学史"的反思与"完境文学史"的构想》[⑥] 等对"抒情传统"的偏蔽和盲点做出批判。他指出该说的缺陷："当我们脱离中西比较文学的框架，回到中国文学的本身，如果仍然被绝对普遍性的'抒情'本质占据所有的诠释视域……仍旧将一切中国文学都涵摄在绝对普遍性的'抒情'本质去诠释，则中国文学在经验现象层次所呈现的多元性，将被这种一元的'覆盖性大论述'遮蔽无遗。"[⑦] 他建议抛开抒情传统论而建立新的中国"诗美典"的历史，使之呈现"多面向变迁"与"丛聚状结构"。[⑧] 他关于"覆盖性大论述"的批判可谓"击到了软肋"[⑨]。

---

① 龚鹏程：《不存在的传统：论陈世骧的抒情传统》，台湾《政大中文学报》2008年第10期。

② 龚鹏程：《成体系的戏文：论高友工的抒情传统》，台湾《清华中文学报》2009年第3期。

③ 龚鹏程：《中国文学史》（上册），世界图书出版公司2009年版；《中国文学史》（下册），世界图书出版公司2012年版。

④ 龚鹏程：《中国文学史》（下册），世界图书出版公司2012年版，第450页。

⑤ 颜昆阳：《从反思中国文学"抒情传统"之建构以论"诗美典"的多面向变迁与丛聚状结构》，载台湾《东华汉学》2009年第9期；又载柯庆明、萧驰主编《中国抒情传统的再发现——一个现代学术思潮的论文选集》（下册），第727~772页。

⑥ 颜昆阳：《混融、交涉、衍变到别用、分流、布体——"抒情文学史"的反思与"完境文学史"的构想》，载台湾《清华中文学报》2009年第3期。

⑦ 颜昆阳：《从反思中国文学"抒情传统"之建构以论"诗美典"的多面向变迁与丛聚状结构》，载柯庆明、萧驰主编《中国抒情传统的再发现——一个现代学术思潮的论文选集》（下册），第739~740页。

⑧ 参见颜昆阳《从反思中国文学"抒情传统"之建构以论"诗美典"的多面向变迁与丛聚状结构》，载柯庆明、萧驰主编《中国抒情传统的再发现——一个现代学术思潮的论文选集》（下册），第771~772页。

⑨ 萧驰：《导言》，载柯庆明、萧驰主编《中国抒情传统的再发现——一个现代学术思潮的论文选集》（上册），第14页。

随着“中国抒情传统”学说不断被介绍到大陆，学界在消化思考该说的过程中也出现了一些反对的意见。如浙江大学徐岱教授就撰写专文《抒情作品与审美伦理》严厉批判此说，认为“中西文学分别起源于‘短篇抒情诗’和‘长篇叙事诗’”的观点其实经不起进一步的讨论。他指出若仅仅因为自《诗经》以来的诗歌甚至绘画、戏曲等中国古典艺术大多具有“诗性叙事”的特色而归纳出一个“抒情传统”，这种做法“不仅有违历史经验的事实，同样缺乏逻辑方面的合理性”。他强调“这个概念预设的前提——西方艺术重‘叙事’而中国艺术重‘抒情’这个‘二元说’本身，就存在着严重的思想偏见”，故而抒情传统作为“一家之言”自有其一席之地，但若置于二元对立的境地，则存在顾此失彼的片面性。他进一步犀利指出，抒情传统论有“与西方一争高下的意图”，该命题背后有无法遮蔽和难以抹除的“文化民主主义”因素，暴露出我们由来已久的“文化自恋主义”情结。[①]

（二）检视和总结评价

香港学者陈国球近年来“对抒情传统情有独钟”[②]，他是全面深入研究“中国抒情传统”学术谱系最重要的学者之一。他先后发表系列论文[③]对“抒情传统”学术谱系中的重要成员进行个案研究，并在《情迷家国》[④]、《抒情中国论》[⑤]和《抒情之现代性：“抒情传统”论述与中国文学研究》[⑥]

---

① 徐岱：《代序：抒情作品与审美伦理》，载徐承《中国抒情传统学派研究》，第1~25页。

② 王德威：《引言》，载陈国球、王德威编《抒情之现代性：“抒情传统”论述与中国文学研究》，第3页。

③ 指陈国球《陈世骧论中国文学——通往“抒情传统论”之路》（载台湾《汉学研究》2011年第2期）、《从律诗美典到中国文化史的抒情传统——高友工“抒情美典论”初探》（载台湾《政大中文学报》2008年第10期）、《“抒情传统论”以前——陈世骧与中国现代文学及政治》（载台湾《淡江中文学报》2008年第18期，《现代中文学刊》2009年第3期）、《诗意的追寻——林庚文学史论述与“抒情传统”说》[载《北京大学学报》（哲学社会科学版）2010年第4期]、《抒情的中国——普实克论中国诗歌》（载《现代中文学刊》2018年第1期）等。

④ 陈国球：《情迷家国》，上海书店出版社2007年版。

⑤ 陈国球：《抒情中国论》，香港三联书店2013年版。

⑥ 陈国球、王德威编《抒情之现代性：“抒情传统”论述与中国文学研究》，生活·读书·新知三联书店2014年版。

等著作中追述“抒情传统”的发展理路。他从细致的考证出发，补充了很多翔实可靠的材料，使得该学术谱系的原始面貌日渐清晰。王德威评价他：“以一己之力对现代文学的抒情传统展开考掘工作。他对陈世骧去国之后转向古典研究的来龙去脉、普实克出入抒情与史诗模式的前因后果，都曾作过最精辟的分析，并由此展开庞大的谱系学研究。”①

大陆学者中程亚林、张节末、张宏生、季进、张春田、徐承、沈一帆等是较早关注和研究“中国抒情传统”学说的重要学者。他们的研究著述②对介绍新说和启迪后续研究有重大导向作用。其中，徐承成体系的研究成果③最值得关注，他参照台湾新儒家学派回溯性建构的做法将“中国抒情传统”这一传承有序、谱系清晰的学术共同体追认为“海外华人中国抒情传统学派”。他对该学派进行研究检视后给出了总体评价：“海外华人学者所倡导的这一中国抒情传统学说，本质上是对中国古代文学艺术及美学史的一种现代性建构。其现代性体现在，通过中西比较，以西方现代时期某种特定的文艺理想为中国文艺的普遍理想，以西方现代的学术研究方法为中国文学艺术史普遍适用的研究方法。正是这美学上和方法上的双重现代性，造成了海外华人学者的中国抒情传统论说在总体上表现出一元论的、覆盖性的特征。”④

纵观“中国抒情传统”学说的反思历程，关于它的争论主要体现在三个方面：其一，该不该“以西律中”地提出“中国抒情传统”；其二，“抒

① 王德威：《引言》，载陈国球、王德威编《抒情之现代性：“抒情传统”论述与中国文学研究》，第3~4页。

② 参见程亚林《从形式角度切入发掘中国抒情美学——论高友工的中国美学研究》［《暨南学报》（哲学社会科学版）2002年第5期］、张节末《中国美学史研究的新途之一——海外华人学者对中国美学抒情传统的研寻》（《江西社会科学》2006年第1期）、徐承《在比较语境中发明中国美学——域外华人学者揭橥的中国抒情传统谱系》（《文艺理论研究》2007年第5期）、张宏生《形式的张力——读林顺夫〈中国抒情传统的转变——姜夔与南宋词〉》（《国际汉学》2007年第1期）、季进《抒情传统与中国现代性——王德威教授访谈录》（《书城》2008年6月号）、徐承《高友工中国抒情传统研究》（浙江大学2008年博士学位论文）、沈一帆《中国抒情传统的海外建构及其影响》（暨南大学2008年硕士学位论文）等。

③ 徐承不仅发表了系列论文，更出版了两本专著——《高友工与中国抒情传统》（中国社会科学出版社2009年版）和《中国抒情传统学派研究》（中国社会科学出版社2015年版）。

④ 徐承：《中国抒情传统学派研究》，第223页。

情传统”在客观事实上能否被称为中国唯一或主流的文学传统；其三，“抒情传统”学说在当下该何去何从。这些问题也依然值得我们审慎思考。

首先，“中国抒情传统”论与“五四”前后梁启超、王国维、胡适、闻一多、林庚等人体认的中国古典文学长于抒情的特征虽有密切联系，但又十分不同。中国文学长于抒情的体认只是直观的、印象式的概括，缺少深入的、理论化的论证，而“中国抒情传统”则是北美学者在借鉴和反思 20 世纪西方文学美学理论和研究方法的基础上建立起来的一套完整的“学术话语”，带有“以西律中”的强烈痕迹。在陈世骧那里，“中国抒情传统”是以西方抒情诗为模型来诠释的，故而其所论之“抒情”与传统所谓“发愤以抒情”的“抒情”有很大的区别。在高友工那里，“抒情”的西学内涵更为丰富，代表了 20 世纪后半期西学对抒情诗及其美学典范的新思考，故而“抒情”已不再只是抒情诗的特征，而是跨越文类的具有普遍意义的抒情精神、抒情美学。所以客观来说，“以西律中”确实是北美“中国抒情传统”学说得以建构起来的基础。然而，当时的“以西律中”却有不得不为之的历史背景。在当时西学独大的世界学术界，为了推广中国文化和文学，不得不用西方的学术资源来解释中国文学和文化，用中西对举的方式来试图与西学对话。当然，“以西律中”也不失为对中国文学进行反思和审视的一种路径，用西学的理论和方法来探讨中国文学问题，是一种全新的视角和思路，这也是北美“中国抒情传统”学说能在台湾迅速落地生根的原因。陈世骧采用字源学、人类学的方式探讨“诗”“志”“情”“兴”等汉字的原始含义及其文学批评启迪，高友工以中西学术资源创设“抒情美典”及抒情美学体系，以及“抒情传统”观带来考察中国文学发展史的新路径，都令人眼前一亮，产生空谷足音之感。

其次，“中国抒情传统”确然是 20 世纪建构的中国文学传统，是“发明”而非“发现”，故而试图用一个“抒情传统”来概括和容纳中国古典文学的方方面面显然是不合适也不能成立的。其实，就“中国抒情传统”学说的发展而言，各论者对“抒情传统”完全概述中国文学这一观点的信心底气确实存在着“弱—强—弱”的动态变化。早期，陈世骧讲“中国抒情传统”时用的仍是“如果说中国文学传统从整体而言就是一个抒情传统，大抵不算夸张”，“回到古代中国的，或者说泛东方的立场，即从‘精纯’

之意义来看，所有文学传统都是抒情传统。我肯定这是夸张的”[①] 这样谨慎的口吻和语气。但在其追随者那里，“抒情传统”渐渐变得“霸道”起来。高友工说抒情传统“是一个绵延不断的支脉密布的主流……触及了文化的根本”，他试图打造“可以放诸四海而皆准的”普遍、抽象的理论架构[②]，其雄心可见一斑。后续论者中也不乏“信心爆棚”者，如蔡英俊言“我们可以说整个中国的文学传统……它们在本质上都是抒情的”[③]。但越往后，面对质疑，论者又表现出底气不足的一面，如王德威就曾坦言自己并没有信心如前辈学者一样笃定中国文学的传统就是抒情的传统。因此，该说相关论者对于“抒情传统”可完全概述中国文学的看法也是因人而异的。大抵王德威的态度最值得学习，他不言“抒情传统”就是中国文学唯一的传统，并认为“20 世纪的文学，很难用一个抒情的传统，一个写实的传统，或者任何其他的传统来界定”[④]，“事实上，我们还有很多面向有待探问”[⑤]，他只是看到“抒情”能在革命、启蒙等研究面向之外提供一种新的研究思路，而沿着这条新思路可以打开现代文学研究的新局面。

最后，“中国抒情传统”学说于我们的文学史研究依然具有重要的启示和借鉴作用。该说虽然是“以西律中”建构起来的学术命题，但其理论深度和体系完整性等都确实是中国传统文学研究所不及的。叶嘉莹曾直言“中国人忽视客观的抽象法则之建立，乃是中国文学批评缺乏理论精严之著述的一个重要原因”[⑥]。故而该学说的引进和讨论无疑大大开阔了我们文学研究的视野，在理论性、体系性上给予我们启发。而该学说涉及的“抒情”“再经验”“感象”“美典”“内化”“象意”“多面向变迁”“丛聚状结构”等概念也大大深化了我们对文学本质的思考。以抒情为切入面来探讨中国文学现象、解说具体文本、阐述文学发展脉络，也不

---

① 〔美〕陈世骧：《论中国抒情传统》，杨彦妮、陈国球译，载《中国文学的抒情传统：陈世骧古典文学论集》，第 6、9 页。

② 〔美〕高友工：《中国文化史中的抒情传统》，载《中国美典与文学研究论集》，第 104 页。

③ 蔡英俊：《抒情精神与抒情传统》，载陈国球、王德威编《抒情之现代性：“抒情传统”论述与中国文学研究》，第 405 页。

④ 王德威：《抒情传统与中国现代性：在北大的八堂课》，生活·读书·新知三联书店 2010 年版，第 348 页。

⑤ 王德威、季进：《抒情传统与中国现代性——王德威教授访谈录》，《书城》2008 年 6 月号。

⑥ 〔加〕叶嘉莹：《王国维及其文学批评》，北京大学出版社 2014 年版，第 110 页。

失为一个绝好的思路和方向。不过，该学说也确实存在不足，如脱离中国文学实际、过多仰赖西学资源等，但这不足也恰好值得我们借鉴和进行更深入的思考。王德威就曾明言应该回到“中国传统文学或文论里面”去讨论“抒情”问题[①]。萧驰也说“正像任何理论皆不可涵摄所有文学现象，甚至愈具棱角，则愈会有偏颇一样，此一学术形态也有其不可避免、不必讳言的局限。或许将来自学术史更大的脉络来看，该学术形态所能引发的挑战，即是其对学术事业的最重要贡献罢”[②]，该说的偏颇和局限也是进一步思考的出发点。

四　小结

北美“中国抒情传统”学说是站在中西比较的立场上提出来的，其标举的中国“抒情”与西方“叙事”二元对立的思路，在当时的时代背景下有其必要性和迫切性，代表了海外华人学者为本民族文学和文化进行辩护的立场，在宣传和推广中国文学和文化上功不可没。

然而，时过境迁，如今再以一个“抒情传统”去与西方文学进行对话，则不免片面和狭隘。先不论中国文学是否只有一个“抒情传统”，西方文学也不再能以“叙事传统”一概论之，随着研究的深入，中西文学的多面性和复杂性日渐被体认。所以“抒情传统”学说只能作为中国文学研究诸多面向中的一个切入面，不能夸大其说，也不应小视其价值。无论如何，“中国抒情传统”学说在今天依然有其生命力和成长的空间。

在当今全球化与现代性的语境中，中国文学研究依然不能避开中西比较的视野，反而必须与西方文学研究进行交流、对话。但我们已无须像“中国抒情传统”学说提出的时代那样小心翼翼地仰西学之鼻息，“以西律中”地解说中国文学，而可以站在全球化视野下进行自由平等对话与交替参照，客观正视中国文学的特质以及我们学术研究的优缺点，不妄自菲薄，也不狂妄自大，重视全球化过程中学术的流动性、交互性与杂合性。北美

① 王德威、季进：《抒情传统与中国现代性——王德威教授访谈录》，《书城》2008年6月号。

② 萧驰：《导言》，载柯庆明、萧驰主编《中国抒情传统的再发现——一个现代学术思潮的论文选集》（上册），第14页。

学者孙康宜曾言，“目前所谓东西方文化的影响，大多是单向（one-way）的，而非双向（two-way）的”，“正确的交流必须建立在‘双向’的交流过程（two-way process）上”[①]，她自己就逐渐走上了“全球化”的学术道路。吴绍全教授也建议放弃比较文学而采纳 20 世纪 90 年代德国学者韦尔施提出并倡导的“跨文化”理念来进行中西文学研究。他认为多年来出尽国际风头、占据世界学术文化中心的比较文学、比较诗学近年来在全球化浪潮语境中逐渐式微、风光不再，就因为它追求的是各为一体的文化之间的交流和互动，相对于“跨文化”这一更具现代性、更具合理性的先进理念来说，其自我文化与他者文化的界限显得过于分明了。[②] 这些都是公允之论，值得参考。

① 〔美〕孙康宜：《从比较的角度看性别研究与全球化》，载《孙康宜自选集：古典文学的现代观》，第 21、34 页。

② 参见吴绍全《序》，载纪燕《刘若愚跨文化诗学思想研究》，中国社会科学出版社 2017 年版，第 2 页。

北美地区中国文学性别研究概观

北美地区的中国文学研究，对于中国内地（大陆）、港台地区而言，有开风气意义的应该是性别研究。在过去，传统研究多是把这方面的内容纳入歌妓或闺秀文学中进行讨论，或者是从传统的道德与才华的标准入手进行评判。但是，自“二战”结束以来，随着西方汉学研究的繁荣，以及女性主义思潮的兴盛，关于中国女性文学与文化的研究也逐渐成为一个专门的研究领域，不但从重视文本译介的欧洲汉学传统中超越出来，提出了许多富有开创性的学术见解和研究方法，还直接影响到中国内地（大陆）、港台关于古代女性文学的研究方向，从性别文化角度开辟出女性文学研究的新天地。

一 北美地区性别研究溯源

女性主义思潮于19世纪中后期兴起。在此后的一百多年，先后经历了自由主义、马克思主义、存在主义、后现代主义和全球女性主义等重要发展阶段。①

19世纪末20世纪初，英、法、美等西方国家掀起了女权主义运动。这一阶段的女权主义者要求女性在政治、法律、教育等方面享有与男性平等的权利，其形式主要表现为妇女解放运动，其意义是在一定程度上提高了妇女在社会生活中的地位。易卜生的《玩偶之家》是这一时期呼喊女性独立意识的代表作品。然而，女性在社会上被不平等对待的现象并没有也不

---

① 〔美〕罗斯玛丽·帕特南·童：《女性主义思潮导论》，艾晓明等译，华中师范大学出版社2002年版。

可能彻底消除。一个典型的例子就是直到20世纪50年代哈佛大学图书馆还拒绝女学生进入，原因是她们会分散男学生的注意力，影响他们的学习。到60年代，女性主义思潮再度兴起。这是一场与学生运动、工人运动相伴而生的社会潮流。当时的妇女特别强调女性与男性的性别差异，明确地表达了在思想、文化、社会等方面的自我诉求。值得注意的是，这一场女性思潮还进入学术领域，开始尝试建立自身的理论体系和方法，逐渐发展为一种独立的专门学科，并改变了人们的性别意识和思维方式。先后有西蒙·波伏娃《第二性》、凯特·米丽特《性政治》等理论著作问世。学者们开始从女性主义的视角重新审视历史、文学、社会学、政治学、人类学等传统学科。到90年代，女性主义思潮进入了一个新的发展阶段：性别研究（社会性别）逐渐代替了妇女研究。前者主张消解男性和女性二元对立的研究模式，着重两性（或者不止两种性别）之间的关系；后者以批判父权制为目的，认为妇女无论在何时何地都是受迫害的群体。可以说，从女权运动到女性主义（英文都是 feminism），从妇女研究（women studies）到性别研究（gender studies），显示了女性意识产生、发展的各个阶段的特点和趋势，即从社会层面走向思想文化层面，从单一化、类型化走向多元化、科学化，从改变当下妇女状况走向追溯历史中的性别文化。

北美地区的汉学研究无疑也受到女性主义发展的影响。对中国女性的关注，早在晚清的中西方文化交流中就已显露。彼时，中国女性是西方人窥探东方文化的一面有趣的镜子。处在儒家伦理道德中的中国女性被西方人视为落后的、保守的中华民族的象征。他们戴着一副好奇、高傲的有色眼镜观看可怜的中国女性，这使他们的种族优越感得到极大的满足，也使他们产生自觉拯救世界的心理。所以他们对中国女性的关注和研究最初带有明显的殖民主义色彩。同时，这样的研究视角也符合女性主义最初的特点。孙念礼（Nancy Lee Swann）对班昭的研究成果《班昭：中国最早的女学者》，就主要集中在《女诫》上，这本书提倡男强女弱，女子应恭顺谦让。①

---

① Nancy Lee Swann, *Pan Chao: Foremost Woman Scholar of China*, Ph. D., New York: The Century Company, 1932.

这样的研究视角到20世纪60年代发生了转变。人类学家卢蕙馨(Margery Wolf)出版了《林的房子：一个中国家庭的研究》[①]，讲述了一个正在分家的台湾家庭，特别是女性成员在日常生活中的情况。此后她又撰写了《台湾农村的妇女与家庭》[②]，提出了"子宫家庭"(uterine family)的概念，指出古代中国妇女即使在父权制的社会里，也能以自己独特的方式维护自己的权利。在文学领域，北美学者首先关注的是当时仍有创作或者在世的女性作家。比如夏志清在《中国现代小说史》[③]中对张爱玲、丁玲的开创性研究。而薛爱华(Edward Hetzel Schafer)的《神女：唐代文学中的龙女与雨女》[④]可以算最早研究中国文学中女性形象的著作。

20世纪90年代以后，北美进入了中国文学妇女研究和性别研究的新时期。研究女性作家、作品中的女性形象，运用女性主义理论阐释中国文学的专著和论文大量涌现。而且学者不再局限于近现代的女性文学。得益于新材料的发现，越来越多的学者注意到了19世纪以前的中国女性文学。有些论者对小说中两性之间的权力关系颇感兴趣，有些论者对女性作家与家庭管理、国家命运的关系关注较多，还有些论者偏好研究某类固定的群体，如女尼、妓女、贤媛、悍妇等等。课题的选择和研究的视角呈现出跨学科、多元化的特征。

二　性别研究的学术活动

北美地区的性别研究是从学术活动开始的，其余波渐及中国学术界。关于妇女问题的学术活动，初期以三五人的座谈为主，后来逐渐发展为专业的学术会议，有的还因成员的增多进一步发展为专门性的学会。

1992年，哈佛大学、麻省理工学院与韦尔斯利学院联合召开了一次以"女人、文化、国家"为主题的学术会议，内容涉及18世纪的中国才女、

---

① Margery Wolf, *The House of Lim: A Study of A Chinese Family*, Prentice Hall, 1960.

② Margery Wolf, *Women and the Family in Rural Taiwan*, Stanford University Press, 1972.

③ C. T. Hsia, *A History of Modern Chinese Fiction*, Yale University Press, 1961.

④ Edward Hetzel Schafer, *The Divine Woman: Dragon Ladies and Rain Maidens in Tang Literature*, University of California Press, 1973. 后国内出版中译本：〔美〕薛爱华《神女：唐代文学中的龙女与雨女》，程章灿译，生活·读书·新知三联书店2014年版。

当代中国农村妇女的地位、女性写作、计划生育等多个方面，特别探讨了性别关系的建构对中国现代化的意义。这也是第一次有中国学者参与的美国汉学性别研究学术会议。此次会议的论文集后题为《性别化的中国：女人、文化、国家》[①] 出版。

1993年，在耶鲁大学召开的“中国明清时期女性与文学”国际研讨会，是北美第一次召开的大型中国文学性别研究学术会议，与会者来自中国、美国、加拿大、日本、法国、新西兰等国家和地区。会议由孙康宜和魏爱莲主持，并编撰了论文集《明清女作家》[②]，收有论文13篇，涉及四个方面的话题：“歌妓写作”“规范与自我”“诗歌文本”“红楼梦”。各篇作者均是从事历史学、东亚研究、比较文学等领域的知名学者。这次会议在深入开拓女性文学和性别研究上具有里程碑式的意义。

在孙康宜的倡议下，张宏生于2000年5月16日至19日，在南京大学主持召开了“明清文学与性别研究”国际学术研讨会。世界各地的60余位专家与会，会议促进了海内外学者关于中国文学性别研究的双向交流。会议论文集《明清文学与性别研究》[③] 收录了方秀洁、柯丽德、袁书菲、罗开云、蔡九迪、罗溥洛、艾梅岚、康正果、吴燕娜、王玲珍、钱南秀、孙康宜等北美学者的论文。

2000年8月10日至12日，美国哥伦比亚大学东亚系与北京大学中文系、北京大学20世纪中国文化研究中心共同举办“晚明与晚清：历史传承与文化创新”国际学术研讨会，会议在北大勺园举行。会议论文集《晚明与晚清：历史传承与文化创新》[④] 也专列了“性别视角”一章，收有袁书菲、马克梦、钱南秀等北美汉学家的文章。

2001年6月5日至9日在北京大学召开的“唐宋妇女史研究与历史学国际学术研讨会”，也涉及唐宋女性文学与性别研究的话题。

加拿大麦吉尔大学和美国哈佛大学燕京图书馆从2005年起共同实施

---

① Christina K. Gilmartin, et al., *Engendering China: Women, Culture, and the State*, Harvard University Press, 1994.

② Ellen Widmer and Kang-i Sun Chang, *Writing Women in Late Imperial China*, Stanford University Press, 1997.

③ 张宏生编《明清文学与性别研究》，江苏古籍出版社2002年版。

④ 陈平原等编《晚明与晚清：历史传承与文化创新》，湖北教育出版社2004年版。

“明清妇女写作”数字化计划。这一计划最终在麦吉尔大学方秀洁和哈佛大学伊维德的主持下建立了“明清妇女著作数据库”[①]。这一数据库的建立对明清女性文学研究具有极大的文献价值。为祝贺这一数据库的建立，2006年6月16日至18日，哈佛大学组织召开了“由现代视角看传统中国女性”（Traditional Chinese Women Through a Modern Lens）的学术会议。此次会议提交的23篇论文，均与此数据库所收作家作品有关。钱南秀、方秀洁、魏爱莲等人参加了此次会议。[②] 截至2020年12月，该数据库收藏了414本女性诗集和其他作品集，包括5225名女诗人以及与此相关的2241名男性作家。这些资料主要来自哈佛大学燕京图书馆、北京大学图书馆、中山大学图书馆、中国国家图书馆、华东师范大学图书馆、香港中文大学图书馆、香港浸会大学图书馆等。

学术期刊也是学术活动的重要表征之一，美国的《明清研究》（*Late Imperial China*）、《美国中国研究杂志》（*American Journal of Chinese Studies*）、《亚洲研究杂志》（*Journal of Asian Studies*）、《哈佛亚洲学报》（*Harvard Journal of Asiatic Studies*）、《中国文学》（*Chinese Literature：Essays，Articles，Reviews*）、《美国东方学会杂志》（*Journal of American Oriental Society*）等期刊是北美中国文学性别研究的主要宣传阵地。考察北美地区的中国文学性别研究，还需关注非北美地区的学术期刊，如荷兰的《男女》（*Nan Nu：Men，Women and Gender in China*）、中国台湾的《近代中国妇女史研究》等。

北美许多大学专门开设的相关课程也不容忽略。如韦尔斯利学院中文系曾开设“中国文学中的女性形象”课程，授课者是牟正蕴。这门课的内容涵盖了三千多年中国文学的历史。曼荷莲女子学院开设了“中国文学中的女性”课程，通过阅读中国文学作品，包括诗歌、小说、戏剧等，学生能重新认识与性别研究有关的问题，如女性形象在整个中国历史上是如何变化的，中国作家喜爱哪些类型的女主人公等。[③]

---

① http：//digital. library. mcgill. ca/mingqing/chinese/index. php.

② 〔美〕孙康宜、钱南秀：《美国汉学研究中的性别研究——与孙康宜教授对话》，《社会科学论坛》2006年第11期。

③ 刘霓、黄育馥：《国外中国女性研究：文献与数据分析》，中国社会科学出版社2009年版，第125~126页。

三　作品的译介

北美的汉学研究，初期受欧洲大陆学风的影响，特别注重对中国文化经典的翻译。在女性作品的译介上，由白芝、柳无忌、梅维恒、叶维廉、宇文所安编选的中国文选或诗选都选有李清照等女性作家的作品。第一部专门的中国女性诗选是由王红公与美籍华人钟玲合编的《兰舟：中国妇女诗集》[①]。与本书涉及的其他学者不同的是，王红公并非来自专业院校的女性文学研究专家。他自学了多种语言，除从事诗歌、散文等文学创作外，还翻译过大量日文、中文、希腊文、拉丁文和西班牙文诗歌，尤以翻译中、日古典诗和现代诗闻名。《兰舟：中国妇女诗集》选译了从公元3世纪到现代的中国女性（如皇宫后妃、道姑，以及生活在东方和西方的当代华裔女性），包括何氏（韩凭妻）、蔡琰、鱼玄机、薛涛、李清照、朱淑真、秋瑾等的诗作，译者特别注意诗歌内容的多样性，该书既有政治诗、爱情诗，也有应景诗和其他类型的诗，可以说是对普遍认为的女性只写闺阁诗的观点进行了有力的批驳。[②] 书末附有选诗注释、诗人简介、参考书目等。编者在注释中对中国古代女性的地位做了简要的分析。

1980年被《时代》评为"杰出的、具有开拓性的诗集"的《古今女诗人》（*A Book of Women Poets from Antiquity to Now*）收有24名中国女诗人的诗作。这本书搜集了四千年以来世界各地女诗人的作品，于1992年再版。编者是美国诗人、学者、翻译家阿丽奇·巴恩斯通（Aliki Barnstone）和威利斯·巴恩斯通（Willis Barnstone）。

1999年，孙康宜和苏源熙合编的《传统中国的女性作家：诗歌与评论选集》[③] 出版，该书是一部大型的英译中国女作家诗集，并且已成为欧美各大学的必备教科书。这部翻译巨著全面展现了20世纪前中国女性作家的华丽诗篇。

---

① Kenneth Rexroth and Ling Chung, *The Orchid Boat*: *Women Poets of China*, New York: McGraw Hill, 1972.

② 刘霓、黄育馥：《国外中国女性研究：文献与数据分析》，中国社会科学出版社2009年版，第100页。

③ Kang-i Sun Chang and Haun Saussy, *Women Writers of Traditional China*: *An Anthology of Poetry and Criticism*, Stanford: Stanford University Press, 1999.

编者希望中国女性诗歌能够步入世界女性文学经典的殿堂，反驳了那些认为女性在中国古代文学中贡献甚微的看法，进而达到“改写文学史”的目的。正如孙康宜所说：“希望通过考古与重新阐释文本的过程，把女性诗歌从边缘的位置提升到文学中的主流地位。”[①] 在选择的时候，编者也注意了“多样化”的原则，从各个女作家群体中选取代表性人物，以便发掘出各种声音。该书还非常巧妙地设置了“评论”部分，将男性评女性和女性评女性进行对比分析。但是伊维德认为这本书只包含“诗”这一种体裁，所选的也基本是诗人，有所不足。所以他与管佩达合编了《彤管：中华帝国的女作家》[②]，既收录有诗歌，又有散文，也有说唱文学、弹词、戏曲等，并且包括尽可能多的作者类型，如后宫妃嫔、尼姑、妓女等，还有一些江永妇女用女书写成的民间文学。伊维德希望给读者一个更全面的视野，让他们体会到中国女性文学体裁和主题的多样性，同时注重将作品还原至当时的文化背景、作者的生平经历中考察，所以在书中花了大量的笔墨介绍女作家的生活。

伊维德特别关注中国民间的女性故事。他翻译了江永女书《江永的女英雄：中国女性书写中的叙事诗》[③]，以及花木兰、观音、孟姜女、白蛇等民间故事，如《木兰经典传说的五个版本及相关文本》[④]、《孟姜女哭长城传说的十个版本》[⑤]、《个人救赎与孝道：观音及其侍者的两种宝卷》[⑥]、《白蛇和她的儿子：雷峰宝卷的翻译及相关文本》[⑦]。卡伦·格南特（Karen Gernant）的《想象女性：福建民间故事》[⑧] 也是关于民间故事的翻译成果。

---

① 〔美〕孙康宜：《文学经典的挑战》，百花洲文艺出版社 2002 年版，第 99~100 页。

② Wilt L. Idema and Beata Grant, *The Red Brush*: *Writing Women of Imperial China*, Harvard University Press, 2004.

③ Wilt L. Idema, *Heroines of Jiangyong*: *Chinese Narrative Ballads in Women's Script*, Seattle: University of Washington Press, 2009.

④ Shiamin Kwa and Wilt L. Idema, *Mulan*: *Five Versions of A Classic Chinese Legend with Related Texts*, Hackett Publishing Company, 2010.

⑤ Wilt L. Idema and Haiyan Lee, *Meng Jiangnu Brings Down the Great Wall*: *Ten Versions of a Chinese Legend*, Seattle: University of Washington Press, 2008.

⑥ Wilt L. Idema, *Personal Salvation and Filial Piety*: *Two Precious Scroll Narratives of Guanyin and Her Acolytes*, Munshiram Manoharlal, 2009.

⑦ Wilt L. Idema, *The White Snake and Her Son*: *A Translation of The Precious Scroll of Thunder Peak*, *with Related Texts*, Hackett Publishing, 2009.

⑧ Karen Gernant, *Imagining Women*: *Fujian Folk Tales*, Interlink Books, 1995.

编者选择的这些故事反驳了欧美学界对中国妇女的传统认识，他认为中国妇女是坚强的、独自的、自信的。这些故事包括形形色色的人物形象，有神仙，也有鬼怪，有英雄，也有恶魔。其中大部分是被父母扼杀了欲望的年轻恋人。书中也不全是悲剧，亦有充满正义感、令人开心的故事。不过译者的目的并不是专门研究“女性”，而是研究福建的民间文化。

由贝尼·周（Bannie Chow）与托马斯·克里瑞（Thomas Cleary）合编的《秋柳：中国黄金时代的女性诗歌》[①]，翻译了李冶、鱼玄机和薛涛三位女性的诗作。译者认为她们三人的诗歌虽然都充满了与情人、朋友的生离死别，但因其地位和身份的不同，所表现的处境和感情自然不同，而种种情感的细腻之处正是中国诗歌的价值所在。珍妮·拉森（Jeanne Larsen）翻译的诗集《柳、酒、镜、月：中国唐代的女性诗歌》[②] 收录了 44 位唐代女诗人的 106 首诗歌，并按她们的社会地位分类，分为后宫女性、家庭妇女、妓女、歌女和宗教女性等。

管佩达的《中国尼姑诗》[③] 是专门选录佛门女性诗作的作品集，翻译了 48 位中国女尼的诗作，包括六朝的慧绪、唐朝的海印等。这本诗集还提供了每一位女尼的生平简介，为读者展现了这一特殊群体的精神世界。

除了上述选集，别集方面则有王红公与钟玲翻译的《李清照诗词全集》[④]。该书第一次完整地将李清照的诗词翻译成英语，并在书后介绍了李清照的生平。李清照作品的翻译还有《一剪梅：李清照词选》[⑤]、《李清照词全编》[⑥] 等。中英双语对照本的《唐代名妓薛涛作品选》[⑦] 由珍妮·拉森翻

---

① Bannie Chow and Thomas Cleary, *Autumn Willows: Poetry by Women of China's Golden Age*, Story Line Press, 2003.

② Jeanne Larsen, *Willow, Wine, Mirror, Moon: Women's Poems from Tang China*, BOA Editions, 2005.

③ Beata Grant, *Daughters of Emptiness: Poems of Chinese Buddhist Nuns*, Wisdom Publications, 2003.

④ Kenneth Rexroth and Ling Chung, *Li Ch'ing-Chao: Complete Poems*, New York: New Directions Publishing Corporation, 1979.

⑤ James Cryer, *Plum Blossom: Poems of Li Ch'ing-Chao*, Chapel Hill: Carolina Wren Press, 1984.

⑥ Jiaosheng Wang, *The Complete Ci-poems of Li Qingzhao: A New Translation*, University of Pennsylvania Press, 1989.

⑦ Jeanne Larsen, *Brocade River Poems: Selected Works of The Tang Dynasty Courtesan Xue Tao*, Princeton University Press, 1987.

译，她选译了薛涛现存诗歌的四分之三，对原作进行了仔细的研读，并在汉语和日语资料的基础上对薛涛的诗歌在中国文学及文化中的地位做了深入分析。拉森认为薛涛不仅创作出优美的诗歌，也是一位道教女信徒，她保持着独立的生活和审美情感。书后的注释详细解释了诗中出现的典故，并介绍了薛涛不平凡的一生。该书使薛涛进入了当代英语读者的视野。此外，David Young 与 Jiann I. Lin 所译的《行云北归：鱼玄机全诗》① 是鱼玄机诗歌的全译本。Elsie Choy 的《祈祷的树叶：18 世纪农妇贺双卿的生活与诗歌》② 则翻译了贺双卿的诗词。

明清时期女性涉足的文学领域由诗歌逐渐扩大到戏剧、小说。《繁华梦》③是武庆云（Edna Wu）翻译的乾隆年间才女王筠所作的传奇。清代戏曲家吴藻的《乔影》，因其独特的女性意识被西方学界所重视，英译版本有两种，一种是袁书菲翻译的《饮酒读骚：吴藻的〈乔影〉》④，收录于曼素恩与程玉茵（Yu-Yin Cheng）合编的《以儒家的眼光：中国历史中的性别书写》中；另一种是伊维德的翻译，收录在《彤管：中华帝国的女作家》中⑤。

四 女作家研究

北美汉学界对中国女作家的研究，最早是孙念礼的《班昭：中国最早的女学者》。书中对班昭的生活和文学创作进行了研究，并完整翻译了《女诫》，分析了《女诫》的经典化过程，以及这本书对建构中国妇女典范的意义。康达维的论文《班婕妤诗和赋的考辨》⑥ 也是有关班家女性的研究

① David Young and Jiann I. Lin, *The Clouds Float North*, Wesleyan University Press, 1998.

② Elsie Choy, *Leaves of Prayer: The Life and Poetry of He Shuangqing, A Farmwife Poet in Eighteenth-Century China*, Hong Kong: Chinese University Press, 1993.

③ Edna Wu, *A Dream of Glory (Fanhua meng): A Chuanqi Play by Wang Yun*, The Chinese University Press, 2008.

④ Sophie Volpp, "Drinking Wine and Reading 'Encountering Sorrow': A Reflection in Disguise by Wu Zao (1799-1862)", in Mann Susan and Yu-Yin Cheng, *Under Confucian Eyes: Writings on Gender in Chinese History*, University of California Press, 2001, pp. 239-252.

⑤ Wilt L. Idema and Beata Grant, *The Red Brush: Writing Women of Imperial China*, Harvard University Press, 2004, pp. 171-180.

⑥ 中国文选学研究会、郑州大学古籍整理研究所编《文选学新论》，中州古籍出版社 1997 年版，第 260~278 页。

成果。

20世纪60年代以后，北美汉学界关于中国女作家的研究集中于宋代女词人李清照上。这方面的代表著述有胡品清（Hu Pin-Ching）的《李清照》和王红公、钟玲合译的《李清照诗词全集》。前者由四部分组成，介绍了李清照的生平及时代，翻译了部分词作并做了分析和评价。后者分为两部分，第一部分为李清照诗词的英译，第二部分为钟玲所写的李清照评传及年谱。关于李清照研究比较重要的论文有钟玲的《李清照人格之形成》[①]、密西根大学教授魏世德的《李清照的诗歌：女性作者和女性作家》[②]、加州大学圣塔巴巴拉校区教授艾朗诺的《才女的重担：李清照〈词论〉中的思想与早期对她的评论》[③] 等。

20世纪90年代以后，受孙康宜、苏源熙编《传统中国的女性作家：诗歌与评论选集》以及伊维德等编《彤管：中华帝国的女作家》等书的影响，北美汉学家对明清大量涌现的女作家尤为关注。方秀洁的专著《卿本作家：中华帝国晚期的性别、团体和写作》[④] 就分析阐释了其中的部分文本和作者。该书研究了不同社会地位的作者，包括正妻和侍妾；不同的文体，有自叙性的诗歌、旅途中的写作以及对其他妇女创作的评论。该书的最大贡献在于介绍了许多从未被人注意的女性作家，如甘立媃、邢慈静、王凤仙等，并将其文学作品首次翻译成英文。方秀洁还从晚明以来的女子绝命诗中揭示了女性自杀行为的主动力意义，认为自杀是她们自觉争取社会认可的途径，而不能简单地归因于等级和性别制度的压迫。[⑤] 她与魏爱莲合编的《跨越闺门：明清女性作家论》[⑥] 收录了北美学者的13篇

---

① 钟玲：《李清照人格之形成》，台湾《中外文学》1984年第5期。

② 参见 Pauline Yu, *Voices of the song Lyric of China*, University of California Press, 1994。本书专列“男女之声：性别的问题”一章，收有孙康宜、方秀洁、魏世德的3篇论文。

③ 〔美〕艾朗诺：《才女的重担：李清照〈词论〉中的思想与早期对她的评论》，郭勉愈译，《长江学术》2009年第2、4期。

④ Grace S. Fong, *Herself an Author: Gender, Agency, and Writing in Late Imperial China*, Honolulu: University of Hawaii Press, 2008.

⑤ 〔加〕方秀洁：《明清女性创作绝命诗的文化意义》，载张宏生编《明清文学与性别研究》，江苏古籍出版社2002年版，第92~126页。

⑥ Grace S. Fong and Ellen Widmer, *The Inner Quarters and Beyond: Women Writers from Ming Through Qing*, Leiden & Boston: Brill Academic Publishers, 2010. 后国内出版中译版：〔加〕方秀洁、〔美〕魏爱莲编《跨越闺门：明清女性作家论》，北京大学出版社2014年版。

论文。其共同关注的是女性作家生活的空间——闺阁，研究者希望提醒读者注意“闺阁”这一空间是如何对明清女性的写作实践与儒家性别意识形态发生作用的。

孙康宜是北美中国文学性别研究的领军人物，她对明末名妓柳如是的研究比较引人注目。她的著作《情与忠：陈子龙、柳如是的诗词因缘》[①] 以陈子龙为晚明诗坛的代表，认为“情与忠”的统一是此时诗歌的一大特点，并以此出发考察了晚明的歌妓形象和陈、柳的爱情。她发表的相关论文有《柳是和女性在17世纪中国诗歌中的地位》[②]、《柳是和徐灿：阴性风格或女性意识?》[③] 等。

她与魏爱莲合编的《明清女作家》收录了罗溥洛、李惠仪、高彦颐、罗伯逊·莫琳等人的论文。这些文章对明清时期的女性写作（涉及名妓、村妇、才女）进行了深入的研究，展现了长期以来被忽视的中国女作家的成就，提供了大量珍贵的从未被研究过的资料。孙康宜对于性别研究在全球化背景之下东西方文化互补上的作用也有自己的看法。她指出，虽然中国的学者受到西方女性主义研究的影响，已经在这方面取得了开拓性的成果，但这很少引起西方批评家的注意。[④]

魏爱莲在明清女性文学研究上也颇有建树。在《美人与书：19世纪中国的女性与小说》[⑤] 一书中，她认为，在商业化背景下，明代以后小说开始大量出版，并出现半职业化的小说家。清代后期，女性不仅是小说的普通读者，而越来越多地成为作者和编者。该书的第一部分考察了19世

---

① Kang-I Sun Chang, *The Late-Ming Poet Ch'en Tzu-lung*: *Crises of Love and Loyalism*, New Haven: Yale University Press, 1991. 中文版有（台北）允晨文化实业股份有限公司1992年版、陕西师范大学出版社1998年版。

② Kang-I Sun Chang, "Liu Shih and the Place of Women in 17th Century Chinese Poetry", *East Asian Studies*, Rutgers University Press, 1991, pp. 78-88.

③ Kang-I Sun Chang, "Liu Shih and Hsu Ts'an: Feminine or Feminist?", in Pauline Yu, *Voices of the Song Lyric in China*, Berkeley: University of California Press, 1994, pp. 169-187.

④ 〔美〕孙康宜:《性别理论与美国汉学的互动研究》，叶舒宪译，《清华大学学报》（哲学社会科学版）2002年增1期；《从差异到互补：西方与中国研究的互动》，傅爽译，《中山大学学报》（社会科学版）2009年第1期。

⑤ Ellen Widmer, *The Beauty and the Book*: *Women and Fiction in Nineteenth Century China*, Harvard University Press, 2006. 后国内出版中译本：〔美〕魏爱莲《美人与书：19世纪中国的女性与小说》，马勤勤译，北京大学出版社2015年版。

纪早期的女性读者和相关读本，包括《红楼梦》和《镜花缘》的女性读者，以及侯芝和女性弹词，梁德绳、汪端、恽珠三位女性作家生活中的小说等。第二部分着重考察了《红楼梦》的续书，特别是顾太清所作的《红楼梦影》。

新文献的发现也为妇女史与社会性别研究提供了宝贵资料。如高彦颐所著的《闺塾师——明末清初江南的才女文化》① 以表现女性形象的作品（如《牡丹亭》）以及女性创作的诗歌、文学评论为主要资料，研究了明末清初的“才女文化”，指出她们有着才、德、美并重的特征，并对男性文人肯定女性才华、让她们走出家庭、获得最大自由给予表彰，重构了这些妇女的社交、情感和智力世界。受她的影响，曼素恩的著作《缀珍录——十八世纪及其前后的中国妇女》② 对18世纪前后长江下游地区的女性自身的作品（以完颜恽珠的《国朝闺秀正始集》、完颜妙莲保的《国朝闺秀正始续集》及《补遗》为代表），与男性撰写的纪传碑铭、地方史志和官方文献进行比照，考察了这一时期江南妇女从生到死的人生历程。与长期以来认为中国女性受压迫的看法不同，曼素恩用福柯的权力理论说明，一个在某处失去了权力的人，经常能在另一处重建权力的优势，她认为这些处在社会上层的女性在一定程度上影响着当时的经济、政治和文化变迁。她的另一本著作《张门才女》③ 依然遵循这样的路径，通过考察常州张家三代女性（包括汤瑶卿、张纨英、王采苹等）的诗歌、文章、回忆录，以及其他历史文献，用女性的眼光对时代和历史做出了不同的阐释。作者的观点是这些妇女利用教育和写作指导、协助丈夫和儿子，维护自己在家庭中的地位和权威。她还与程玉

① Ko Dorothy, *Teachers of the Inner Chambers: Women and Culture in Seventeenth Century China*, Stanford: Stanford University Press, 1994. 后国内出版中译本：〔美〕高彦颐《闺塾师——明末清初江南的才女文化》，李志生译，江苏人民出版社2005年版。

② Susan Mann, *Precious Records: Women in Chinas Long Eighteenth Century*, Stanford: Stanford University Press, 1997. 后国内出版中译本：〔美〕曼素恩《缀珍录——十八世纪及其前后的中国妇女》，定宜庄等译，江苏人民出版社2005年版。

③ Susan Mann, *The Talented Women of the Zhang Family*, University of California Press, 2007. 后国内出版中译本：〔美〕曼素恩《张门才女》，罗晓翔译，北京大学出版社2015年版。

茵合编有《儒家的眼光：中国历史中的性别书写》[1]，该书搜集了唐至清代文人有关妇女或性别关系的诗歌、小说、书信等记录，在每篇译文前还有译者对文章的介绍和分析。但是需要注意的是，高彦颐与曼素恩的研究是站在史学的角度进行的，文学作品只是其研究材料。

在国内，随园女弟子是古代女性文学研究较早被关注的一个群体。其在海外同样被学者所重视。孟留喜在读博期间就开始研究袁枚的女弟子屈秉筠，而后出版了《诗歌之力：袁枚女弟子屈秉筠（1767—1810）》[2]。孟留喜将屈秉筠视为当时女性文学的代表，认为她正是以文学才华为力量进入家庭、社会，并受到他人（包括男性）尊崇的。该书展示了这位女诗人的成长经历、家庭和社会背景，叙述了她是如何进入文学领域，以及如何与同时代作家进行交往的，特别考察了她作为领导者在随园女弟子群体里的活动。

关于18世纪的村妇贺双卿的研究则不得不提到罗溥洛的《谪仙：寻找贺双卿——中国农家女诗人》[3]。学者们对历史上有无其人进行了长期而无果的讨论，因此罗溥洛决定自己去探寻。该书第一部分总结了先前的学术研究成果，并表明了作者的观点；第二部分带有自传性质，以回忆录的形式描述了一个探寻的故事，即作者在台湾和贺双卿的故乡——金坛、丹阳的行程。作者认为如此优秀的诗歌以及典型的女性特质——清纯、脆弱、苦楚——都是史震林自己的创作。这种叙述形式能够充分融合回忆录和学术专著，将复杂性、深度性与趣味性恰当地糅合在一起。方秀洁的论文《解构/建构一个18世纪的女性典范：〈西青散记〉与双卿的故事》[4] 认为史震林可能将想象与现实杂糅：也许是史震林凭空虚构出一位女性及其创作；也许史震林把另一位

---

① Susan Mann and Yu-Yin Cheng, *Under Confucian Eyes*: *Writings on Gender in Chinese History*, University of California Press, 2001.

② Liuxi (Louis) Meng, *Poetry as Power*: *Yuan Mei's Female Disciple Qu Bingyun* (*1767-1810*), Rowman & Littlefield Pub Inc, 2006. 后国内出版中译本：〔加〕孟留喜《诗歌之力：袁枚女弟子屈秉筠（1767—1810）》，吴夏平译，江苏人民出版社2020年版。

③ Paul Stanley Ropp, *Banished Immortal*: *Searching for Shuangqing*, *China's Peasant Women Poet*, University of Michigan Press, 2001.

④ Grace S. Fong, "De/Constructing a Feminine Ideal in the Eighteenth-Century: Random Notes of the West-Green and the Story of Shuangqing", in Ellen Widmer and Kang-I Sun Chang, *Writing Women in Late Imperial China*, Stanford: Stanford University Press, 1997, pp. 264-281.

女性与一位惹人怜爱的农妇相混淆；抑或是双卿及其诗作确实存在，史震林将其搜集整理。关于贺双卿的研究成果还有耶鲁大学康正果的《边缘文人的才女情结及其所传的诗意——〈西青散记〉初探》[1]。

陈季同的弟媳薛绍徽是晚清时期的才女，对其进行深入研究的当属钱南秀。在2000年的"明清文学与性别"研讨会上，钱南秀提交论文《清季女作家薛绍徽及其〈外国列女传〉》。在同年的"晚明与晚清：历史传承与文化创新"国际学术研讨会上，她又提交论文《清季女诗人薛绍徽与戊戌变法》。她认为以薛绍徽为代表的戊戌之际的女性，具有"积极自主，乐观向上，敢思考，有创见"的特点。钱南秀还与方秀洁、宋汉理合编《超越传统与现代性：晚清中国的性别、文体和世界主义》[2]，收录了4篇论文，包括方秀洁对吕碧城的研究、钱南秀对薛绍徽的研究，以及魏爱莲与季家珍的论文。另一本论文集《众声喧哗：清末民初性别与文体之嬗变》[3]由钱南秀与方秀洁、司马富合编。这两本论文集探讨的都是戊戌变法前后女性意识的萌芽。

与薛绍徽同一时期的秋瑾，其女英雄的形象得到海外学者更多的关注，但是大部分研究都侧重于她的事迹或者文化意义等方面，真正从文学角度阐释的并不多。较早的如英国人翟林奈（汉学家翟理斯之子，因此又被称为"小翟理斯"）的《秋瑾：一个中国女英雄》。胡缨也发表过相关论文，如《秋瑾九葬》[4]、《书写秋瑾的一生：吴芝瑛和她的家学》[5]。

对女性作家的研究，一个重要的目的就是将其纳入文学史的框架中，修正以往文学史的性别偏见，完善现有的文学史。北美学者编纂的文学史

---

① 参见康正果《交织的边缘——政治和性别》，（台北）东大图书公司1997年版，第171~202页。

② Nanxiu Qian, Grace S. Fong and Harriet Zurndorfer, *Beyond Tradition and Modernity: Gender, Genre, and Cosmopolitanism in Late Qing China*, Leiden & Boston: Brill Academic Publishers, 2004.

③ Nanxiu Qian, Grace S. Fong and Richard J. Smith, *Different Worlds of Discourse: Transformations of Gender and Genre in Late Qing and Early Republican China*, Leiden & Boston: Brill Academic Publishers, 2008.

④ Ying Hu, "Nine Burial of Qiu Jin: Building Public Monuments and Historical Memory", *Modern Chinese Literature and Culture* Vol. 19, No. 1, 2007.

⑤ Ying Hu, "Writing Qiu Jin's Life: Wu Zhiying and Her Family Learning", *Late Imperial China*, Vol. 25, No. 2, 2004.

正在努力改变以往有关女性文学书写的清冷的状态。

梅维恒主编的《哥伦比亚中国文学史》中有“文学中的妇女”一章[①]，由白安妮撰写。不过这部文学史也因其缺乏“连续性和整体性”受到了学界的尖锐批评。[②] 由孙康宜和宇文所安主编的《剑桥中国文学史》也十分注意女性文学方面的书写，有“重构女性形象”[③]、“闺秀与文学”[④]、“女书文学”[⑤]、“社会性别与生理性别”[⑥] 等节。

五 热点话题

北美汉学界的性别研究，从初期译介起步，到 20 世纪 60 年代走上研究之路，并出版了一些传记性作品，80 年代后研究日益深化，无论是研究领域、学术观念还是研究方法都有新的拓展。纵观这 40 余年中国文学性别研究的论著，它们主要围绕文学作品中的女性形象、性别与宗教、权力与欲望的表现、女性创作与国家命运等热点话题展开讨论。

（一）被言说的女子及其生活

在早期中国，妇女没有受教育的权利，也没有自我言说的能力。“她”的形象往往是被男性塑造出来的。例如诗经的卫姜，楚辞中的婵娟，汉乐府中的罗敷、刘兰芝等都是这样的女性形象。那么男性文人对女性形象的塑造有什么意图？

罗吉伟（Paul Rouzer）的《被言说的女子：早期中国文本中的性别与

---

① Victor H. Mair, *The Columbia History of Chinese Literature*, New York: Columbia University Press, 2001, pp. 194-220.

② 田晓菲、程相占：《中国文学史的历史性与文学性》，《江苏大学学报》（社会科学版）2009 年第 5 期。

③ “Reconstructing Images of Women”, in Kang-i Sun Chang and Stephen Owen, *The Cambridge History of Chinese Literature*, Cambridge University Press, 2010, pp. 47-50.

④ “Gentry Women and Literature”, in Kang-i Sun Chang and Stephen Owen, *The Cambridge History of Chinese Literature*, Cambridge University Press, 2010, pp. 331-334.

⑤ “Women's Script Literature”, in Kang-i Sun Chang and Stephen Owen, *The Cambridge History of Chinese Literature*, Cambridge University Press, 2010, pp. 397-398.

⑥ “Gender and Sexuality”, in Kang-i Sun Chang and Stephen Owen, *The Cambridge History of Chinese Literature*, Cambridge University Press, 2010, pp. 686-687.

男性社会》[1] 对这一问题进行了深入而富有创见的分析。他选择了秦朝到宋初文学中男性作家以女子的身份、口吻、角度进行的创作，如宋玉的《神女赋》、《史记》中与王昭君有关的记载、《世说新语》和《玉台新咏》中的部分篇章等。作者认为男性利用女性的声音，是一种政治行为。因为男性作者将自己定义在社会和政治领域，所以对男女关系、浪漫和欲望的叙述可能是男性作家对权力的抗辩和痛苦的哭号，或是持不同政见及其困惑的表达。罗吉伟还认为，在文学史中，女性作家们仅仅是“作为文人”而进行写作，或者是“像文人那样以女性的口吻进行写作”，也就是说，女性的创作挣脱不出男性社会的法则和话语体系。

牟正蕴的专著《文人笔下的女性生活：中国女性传记一千年》[2] 就史书中有关女性传记的问题进行了专门的探讨。她追溯了公元10世纪以前中国官方史书中女性生平的书写，如《列女传》《后汉书》《隋书》《新唐书》等。通过对这些文献的细读，她考察了受儒家思想影响的男性学者如何描述女性的社会地位。此外，她主编的《出现和呈现：中国文学传统中的女性》[3] 是“国际中古研讨会”（International Congress on Medieval Studies）从1992年到1998年的有关中古时期妇女问题的论文集。

历史上真实存在的女性也常常被后世加以言说，甚至重新塑造成言说者需要的形象。一些学者就比较了这些女性在历史文本与文学文本中的异同之处。丁淑芳的《小说和历史中的武则天：儒家时代中国女性的反抗》[4] 对武则天在文学与史学领域中的形象做了对比研究。她认为中国女性的地位在发生变化，同时又具有明显的延续性。她分析了在儒释道影响下，武则天如何协调社会中的种种问题，治理一个庞大的帝国，并总结了这种状况对现代中国性别平等的意义。以同样角度研究古代女性的还有王安（Ann

---

① Paul Rouzer, *Articulated Ladies: Gender and the Male Community in Early Chinese Texts*, Harvard University Asia Center, 2001.

② Sherry J. Mou, *Gentlemen's Prescriptions for Women's Lives: A Thousand Years of Biographies of Chinese Women*, Armonk, NY: M. E. Sharpe, 2004.

③ Sherry J. Mou, *Presence and Presentation: Women in the Chinese Literati Tradition*, Palgrave Macmillan, 1999.

④ Dora Shu-Fang Dien, *Empress Wu Zetian in Fiction and in History: Female Defiance in Confucian China*, Nova Science Publishers, 2003.

Beth Waltner）的论文《书写走出困境：历史与小说中的李玉英》[①]。

（二）文学作品中的女性形象

文学中的人物形象是我们深入了解历史文化的“万花筒”。在传统文化视野中，女性大多以柔弱的或逆来顺受的受害者形象出现。然而，实际情况较常态认识要复杂得多。北美学者从探寻中国历史出发，发现了女性形象的复杂性，进而对彼时的性别文化进行深入探寻。

李又宁（Bernadette YuNing Li）的《中国文学中的女性形象》[②] 便是这样一部展示中国文学中妇女形象多样性和多元化的力作。该书由7篇文章组成，分别分析了不同文学体裁（包括民间传说、小说、戏剧、诗歌等）中的女性形象，并且打破了人们对中国女性软弱、顺从的普遍看法，也说明了传统与现代、文学与社会结构之间的密切关系。不论在中国还是北美，这本书都是对这一主题的开拓性研究。

吴燕娜谈到的中国文学中的“悍妇形象”在她之前几乎未曾受人关注。她的《中国悍妇：一个文学的主题》[③] 一书从心理学入手，分析了中国妇女产生嫉妒心理的原因，即中国古代普遍存在的一夫多妻制。作者的研究视野从汉代延续到19世纪，从文学作品到笑话野史，她发现晚明以后悍妇形象的塑造往往含有浓厚的教化意义，而这类作品的叙述模式一般是“谴责—警告—改正”。在该书的前言中她提到自己受到了韩南的影响，还编有一个悍妇故事的翻译选本《河东狮吼：中华帝国后期的悍妇故事》[④]。此外，她曾与新西兰梅西大学语言学系教授菲利普·F.威廉姆斯（Philip F. Williams）合编有《中国妇女与文学论集》（两卷本），其中第二卷集中探讨了中国文学传统中常见的“弃妇”和“思妇”两种形象，并解析了这类

---

① Ann Beth Waltner, “Writing Her Way out of Trouble: Li Yuying in History and Fiction”, in Ellen Widmer and Kang-I Sun Chang, *Writing Women in Late Imperial China*, Stanford: Stanford University Press, 1997.

② Bernadette YuNing Li, *Images of Women in Chinese Literature*, University of Indianapolis Press, 1994.

③ Yenna Wu, *The Chinese Virago: A Literary Theme*, Harvard University Press, 1995.

④ Yenna Wu, *The Lioness Roars: Shrew Stories from Late Imperial China*, Cornell University Press, 1995.

文本形成的社会文化和文学原因。该论集还讨论了现当代作家（如吴组缃、陈若曦）笔下的女性形象。她认为无论是研究哪种女性形象类型，都有必要审思文化生产场域、主导文化和文学生态等因素。

胡缨的《翻译的传说：中国新女性的形成（1898—1918）》[①] 则是从翻译的视角，分析了傅彩云、罗兰夫人、茶花女等晚清流行女性的形象。作者认为这些形象的产生、流传离不开当时中西方文化交融的复杂背景，而且其成为建构“新女性”的重要资源。

中国的古典戏剧中也有不少引人入胜的女性形象。马茜（Qian Ma）在《中国戏剧中的女角》[②] 一书中就向西方读者介绍了中国妇女如何在戏剧舞台上被塑造，并首次翻译了从14世纪到20世纪的6个戏剧。每个故事前都有对情节的简要说明，以及对其主题和意义的分析。其选择的妇女形象代表了中国文学中最流行的女性原型，如美德的典范、忠贞的妻子及蛇蝎美人等。

（三）性别与宗教

20世纪90年代后，北美学者对传统中国文人笔下女性形象的认识，已从多愁善感、楚楚可怜的受压迫者，或者泼辣彪悍、妒忌成性的河东母狮中超脱出来，开始关注那些游离于上述二者之外的非主流群体，比如文学作品中的女性神仙和皈依宗教并有文学创作的女性等。

最早关注到这一群体的学者，是加州大学伯克利分校的薛爱华。她在《神女：唐代文学中的龙女与雨女》一书中，探讨了唐代文学和神话中的女娲、洛神、龙女（她们掌管着江河湖海）等形象，揭示了诸多经典作品中蕴含的女性与水之间变化多样且易于联想的关联，对中国神话中的女神原型及其变迁和唐代文学中女神形象的文学意义进行了研究。

师从薛爱华的柯素芝（Suzanne Cahill）重点研究了道教中的女性。她

---

① Hu Ying, *Tales of Translations: Composing the New Woman in China, 1898-1918*, Stanford: Stanford University Press, 2000. 后国内出版中译本：〔美〕胡缨《翻译的传说：中国新女性的形成（1898—1918）》，龙瑜宬、彭姗姗译，江苏人民出版社2009年版。

② Qian Ma, *Women in Traditional Chinese Theater: The Heroine's Play*, University Press of America, 2005.

的博士学位论文是《中国中古时代文学中西王母的形象》。其《宗教超越与神圣激情——中国中古时代的西王母》① 一书就是在博士学位论文的基础上完成的。唐朝是道教和诗歌都十分繁盛的时期，柯素芝以《墉城集仙录》和大约500首唐诗为资料，将道教、唐诗、女性三者联系起来，揭示了唐代男性文人对西王母身份及其行为的看法，考察了西王母文本中所反映的唐代社会状况，认为西王母是中国人将家庭和国家纳入等级化体系的一个产物。此时的道教将西王母视为“极阴”（强大的女性力量）的化身，认为她创造了世界并维持宇宙间的和谐，她可以超越（transcendence）诸如死亡等人类的限制，可以沟通人类和神灵（divine passion）。她的形象代表了中国人关于爱情和死亡的普遍看法。柯素芝还在“唐宋妇女史研究与历史学国际学术研讨会”（2001年在北京召开）上提交了《“自恨罗衣掩诗句”——唐代女冠诗作中女性的声音》② 一文。作者通过对李冶、元淳、卢眉娘、鱼玄机四位唐代女冠诗人的考察，指出唐代的女冠虽然在规模上远不及女尼，但是和女尼一样，她们也用文字表达了独立思维、独立行动的自我意识。

管佩达也是将性别与宗教结合起来进行研究的学者之一。《名尼：17世纪中国的禅门女大师》③ 考察了17世纪中国江南地区的7位禅门女大师，将“语录”作为主要的研究资料，从她们自己创作的文本中考察这类特殊人群的生活。作者发现，通过宗教，女性的地位逐步向男性靠近，她们因为在寺庙中出色的工作而得到与男性同等的社会地位，受到僧人和信徒甚至普通民众的尊重，这是一般女性无法取得的。但是作者也注意到这并不能代表中国社会在此时已经出现女性主义的意识，因为尼姑们的地位是以“去女性化”为代价的，她们常常被称作“大丈夫”“伟人”等带有浓厚男

① Suzanne Cahill, *Transcendence and Divine Passion: The Queen Mother of the West in Medieval China*, Stanford University Press, 1993. 有学者翻译为《升迁与殉道：中国中古时期的西王母》。

② 参见邓小南主编《唐宋女性与社会》，上海辞书出版社2003年版，第519~566页。

③ Beata Grant, *Eminent Nuns: Women Chan Masters of Seventeenth-Century China*, University of Hawaii Press, 2008.

性色彩的称呼。管佩达在《男女》上发表的文章《大丈夫》[①]，进一步阐释了男性作家对禅门女性的态度。他们从一开始的公然反对，到持怀疑态度，再到最后的衷心拥护和钦佩，这个过程反映了男性对宗教妇女的矛盾心理。

昙阳子是明代一个独特的女性人物。王安在对昙阳子的研究中，除参考《弇州山人续稿》《万历野获编》等一般材料外，还发掘出很多新的文献资料，为她的研究提供了新的角度。2000年她出版了《晚明的一个神奇世界：昙阳子和她的追随者》[②]，从昙阳子的故事切入，对当时的历史、社会、文化进行了全面而深刻的研究。

此外，神鬼狐仙的故事也吸引着北美学者的眼球。蔡九迪的《异史氏：蒲松龄与中国古代小说》[③]一书，开创性地分析了《聊斋志异》这本搜集了大量狐鬼爱情故事的小说集。其2007年出版的《幽灵女主角：十七世纪中国文学中的女鬼与性别》[④]结合了医学、艺术史、人类学、宗教、戏剧、表演等多学科，对《聊斋志异》《牡丹亭》《长生殿》等文本进行研究。她认为明清之际，人们将对“鬼”的想象与对“情”的重视相结合，使“女鬼”成为有怨气而又多才的女性的代名词，“鬼诗”中表现出的“鬼气”成为一种独特的文学和美学概念。康笑飞（Xiaofei Kang）的《狐仙崇拜：帝国晚期与近代中国的权力、性别与民间宗教》[⑤]和韩瑞亚（Rania Huntington）的《异类：狐狸与中华帝国晚期的叙事》[⑥]，都研究了狐狸精传说的发展以及清代文言小说中的狐狸精形象。

---

① Beata Grant, “Da Zhangfu: The Gendered Rhetoric of Heroism and Equality in Seventeenth-Century Chan Buddhist Discourse Records”, *NAN NÜ* 10, No. 2, 2008, pp. 177-211.

② Ann Beth Waltner, *The World of a Late Ming Visionary: T'an-Yang-Tzu and Her Followers*, University of California Press, 2000.

③ Judith T. Zeitlin, *Historian of the Strange: Pu Songling and the Chinese Classical Tale*, Stanford: Stanford University Press, 1993.

④ Judith T. Zeitlin, *The Phantom Heroine: Ghosts and Gender in Seventeenth-century Chinese Literature*, Honolulu: University of Hawaii Press, 2007.

⑤ Xiaofei Kang, *The Cult of the Fox: Power, Gender, and Popular Religion in Late Imperial and Modern China*, Columbia University Press, 2005.

⑥ Rania Huntington, *Alien Kind: Foxes and Late Imperial Chinese Narrative*, Harvard University Asia Center, 2003. 后国内出版中译本：〔美〕韩瑞亚《异类：狐狸与中华帝国晚期的叙事》，籍萌萌译，中西书局2019年版。

(四)权力与欲望

性别研究绝不仅仅是对作品中的妇女形象进行研究，重要的是要能从社会性别的立场分析一些社会现象及其文化内涵。北美学者尝试运用现代女性主义理论，分析明清时期的世情小说，并通过对男女社会关系的考察，发现潜藏在其中的性别意识和欲望的表达。

美国堪萨斯大学东亚系的马克梦，对明清色情文学中男女的性格特征、中国帝制晚期文化中的社会性别和晚清小说中的卖淫现象等尤为关注。1995 年出版的《吝啬鬼·泼妇·一夫多妻者：十八世纪中国小说中的性与男女关系》[①]，运用后结构主义、精神分析学说和女性主义批评等理论方法，对小说中各类人物的生活状态进行了深入剖析和思考。他认为一夫多妻制并不完全证明了男尊女卑的传统观点，而是在一定程度上否认或补偿了男人的无能和缺陷，女人实际上参与了这一制度的运行，具有能动性，甚至操纵男人。因此，马克梦对小说中塑造的那些远胜于男子的女性颇感兴趣。他早先出版的《十七世纪小说中的色与戒》[②]，将研究集中于 1620 年至 1660 年的短篇小说、《金瓶梅》、《肉蒲团》和两篇并不出名的小说——《禅真逸史》和《禅真后史》。这一时期被视为小说最繁盛也是最具颠覆性的时期。他认为这种颠覆性的变化源于此时小说对色情的关注，传统叙述者无休止自我抑制的论调必然遭到这些看似偶然出现的小说的破坏，于是晚明小说就在抑制和放纵之间摇摆徘徊。马克梦还认为这些色情描写极具创造性，而且恰好说明了男性文人对女性的关注。其论文《古代“才子佳人”与佳人的优越性》[③]分析了“才子佳人”小说模式中对欲望的表达。

---

① Keith McMahon, *Misers, Shrews, and Polygamists: Sexuality and Male-Female Relations in Eighteenth-Century Chinese Fiction*, Duke University Press, 1995. 后国内出版中译本：〔美〕马克梦《吝啬鬼·泼妇·一夫多妻者：十八世纪中国小说中的性与男女关系》，王维东、杨彩霞译，人民文学出版社 2001 年版。

② Keith McMahon, *Causality and Containment in Seventeenth-Century Chinese Fiction*, Leiden: Brill Academic Publishers, 1988.

③ Keith McMahon, “The Classic ‘Beauty-Scholar’ Romance and the Talented Woman”, in Angela Zito and Tani E. Barlow, *Body, Subject and Power in China*, The University of Chicago Press, 1994.

李惠仪的《幻境与祛魅：中国文学中的爱情与幻想》① 深入分析了《红楼梦》《聊斋志异》等小说中的爱情谱系，认为狐仙形象正是男性欲望的虚幻体现。这类形象使男性恋慕者得到了精神上的满足。② 李惠仪 2014 年出版的《明清文学中的女子与国难》③，研究了清代文学中有关“创伤”的书写，研究的角度既有男性作家的“女性化修辞”，如王士禛的诗歌《秋柳》；也包括女性作家的“男性化修辞”，如徐灿、朱中楣对丈夫仕清的批判。

此外，艾梅兰的论文《红楼梦中的性别政治》④、《〈镜花缘〉的结构、性别和意义》⑤，丁乃非的著作《秽物：〈金瓶梅〉中的性政治》⑥ 都研究了明清小说中两性之间的权力关系。丁乃非选择了张竹坡评点本《金瓶梅》为研究对象，认为此书的“厌女情绪”（misogyny）展示了中国传统的性别偏见，并质疑了这种性别观念和等级意识下的传统批评，分析了其与现代批评之间的区别。

六　小结

通过以上考察，我们发现北美中国文学性别研究有如下几个特点。

第一，研究呈跨学科融合、多学科交叉的特点。文学研究往往和其他学科，特别是史学杂糅相交。女性研究或者说性别研究，最早就始于史学，而后逐渐延伸至其他学科，所以文学的性别研究常常和历史学、社会学相互融合。大多数情况是史学家以文学为研究的材料，去研究女性的生活、社会地位，或者从宏观上把握性别意识的发展状况。通常史

---

① Wai-yee Li, *Enchantment and Disenchantment: Love and Illusion in Chinese Literature*, Princeton University Press, 1993.

② 〔美〕孙康宜：《文学经典的挑战》，百花洲文艺出版社 2002 年版，第 260 页。

③ Wai-yee Li, *Women and National Trauma in Late Imperial Chinese Literature*, Harvard University Asia Center, 2014. 后国内出版中译本：〔美〕李惠仪《明清文学中的女子与国难》，李惠仪、许明德译，台湾大学出版中心 2022 年版。

④ Maram Epstein, "Reflections of Desire: The Poetics of Gender in Dream of the Red Chamber", *Nan Nü* 1, No. 1, 1999.

⑤ Maram Epstein, "Engendering Order: Structure, Gender, and Meaning in the Qing Novel Jinghua yuan", *Chinese Literature: Essays, Articles, and Reviews*, No. 18, 1996, pp. 105 - 131.

⑥ Naifei Ding, *Obscene Things: Sexual Politics in Jin Ping Mei*, Duke University Press, 2002.

料执笔者为男性，其对女性书写的真实性值得商榷，有些内容反映的并非真实情况而是理想状况，或者有夸大吹捧之嫌。而借助女性文学的资料，则能帮助研究者打开一条新的道路：以女性自身的书写为研究材料，这样的研究更接近历史的真实，对以往男性视角的研究所产生的偏颇有所矫正和补充。

第二，研究者的性别以女性为主。本文涉及的学者中女性学者占了大约 2/3。1995 年至 2003 年美国亚洲研究协会年会上发表的有关女性研究的论文作者有 78%是女性。[①] 无疑，女性学者在体悟同性作家的心路历程等方面比男性更具优势，但如果这一工作的执行者长期都以女性为主，难免陷入另一个极端，好像是一个群体内部的自娱自乐。所以应该吸引更多的男性学者涉足这个领域。其实，中国大陆地区有许多男性学者研究女性文学，但是北美汉学界对中国大陆的研究关注度并不高。此外，研究者以华人居多，有些是在中国成长后至美国留学任教，也有些是华裔。诚然，华人的特殊身份使他们拥有多元的语言和文化研究能力，如他们对中英文的熟练运用，对中西方文化的深刻理解，是其研究中国文学的优势。但是，如果要让中国女性文学进入全球视野，在世界文学中取得应有的位置，这样的力量显然是不够的。

第三，随着近年来文献的发掘和整理，北美汉学家对明清时期的女性作家、性别意识的研究占到大多数。女权主义理论家肖瓦尔特（Elaine Showalter）认为，历来通行的文学史正是通过突出几个伟大的女作家，有意埋没其他女作家，使人对女性文学史失去全面的认识。中国文学史总是大书薛涛、李清照等人，而实际上明清两代的女性作家数量之多，是过去任何时代都无法媲美的。而且清末民初，中国社会经历了巨大转变，“新女性”与“新文学”的出现，与整个社会的政治、文化背景都密切相连，所以学者们也常常将女性文学研究放置于国家政治、社会变革的大背景之中。

第四，北美学者的观点多和国内的传统观点有所不同。他们挖掘了许多被人忽视的女性形象、女性作家，比如文学作品中的悍妇妒妻，比如女

---

① 黄育馥：《从性别的视角看美国的中国学研究》，《国外社会科学》2003 年第 4 期。

尼、女冠、妓女、村妇的文学创作。并且，他们对“五四”以来所强调的中国妇女受压迫的观点进行了反思，认为这种观点将历史简单化。而通过对女作家诗歌、小说、自传、书信的深入分析，他们向读者展示了中国妇女在父权社会下如何拓展自己的活动空间，如何发出自己的声音，逐步走向新女性的过程。

北美地区中国词学研究综述

中国词学是北美汉学研究中的新兴学科，起步于20世纪50年代。1953年海陶玮《中国文学提要：大纲与书目》一书专门探讨了词的起源问题，1956年白思达翻译了《钦定词谱》，二书堪称北美词学研究的拓荒之作。然而一直到70年代，北美词学研究成果都比较零散，不成阵势，这是政治、外交、经济等多方面因素造成的。随着70年代初中美关系改善，加上美国上下对亚洲研究的支持，中国文学研究及其子项词学研究，伴随着东方文化热而逐渐发展起来。随着越来越多的词人词作被译介，北美地区的词学研究也成体系地在词体、词史、词人、词文化、词学批评等方面铺展开来，涌现出一批词学专家和经典著作，并朝着更加多元化的方向发展。本文将对北美地区的中国词学研究进行考察，侧重于20世纪90年代以后的研究成果。

一　词籍译介与编选

作品翻译与推介是海外读者接受中国文学的基础。起步较早、水准较高的选本与译作能够有效地推动相关研究的开展，甚至影响研究格局的形成。北美词学研究在20世纪70年代之前只有零星成果，除了政治、历史、财政等客观条件的限制外，词家词作编选与译介太少也是重要原因。70年代以来，白芝、柳无忌、罗郁正、傅恩（Lois Fusek）等学者相继推出多部高质量的中国文学作品选，唐宋词也随之进入更多读者和专家的视野。刘若愚先生集选、译、评于一体的名作《北宋主要词人》，更成为北美词学家的“启蒙”读物。进入90年代，随着《哥伦比亚中国传统文学选集》《诺顿中国文学选集：初始至1911》等重量级作品选的问世，中国古典文学作为世界文学的精华之一已为西方所承认，温庭筠、李煜、苏轼、周邦彦、李清照、辛弃疾、纳兰性德等大家及其词作也已为中国文学爱好者和汉学家们所熟知，相关研究也日益增多。特别是伴随着女性主义思潮的发展，20世纪70年代后，相当一批编译中国女性作家作品的著作在北美出版，极大地推动了女性词人研究，李清照研究就是一个突出的例子。此外，对西方汉学家来说，中国文学尤其是“要眇宜修”的词的翻译，既是研究的起步，也是很困难的学术工作。故而北美研习中国文学的师生，往往像中国学者重视笺注和校勘一样，非常重视翻译和注释的训练，并由此展开文本细读。是以越来越多的优秀译作包孕在学术论著之中，翻译家本身往往也是批评家。

（一）大型中国文学作品选

1965年，白芝集合葛瑞汉、陈世骧、海陶玮等20余位翻译名家之作，编成《中国文学选集：上古至十四世纪》①，1972年又推出下卷《中国文学选集：十四世纪至今》。该选集是第一部在美国出版的中国古典文学选集，文体类型丰富、译作水准上乘，影响十分深远。该书在处理词史时所采用的于唐选诗、于宋选词，将唐宋两代词史合为一体，特别重视李煜、李清照等一系列做法，为后来相当数量的选家所继承。尤其展现出编者之卓识的，是在全书中给予清词一席之地。陈子龙、吴伟业、今释、王夫之、陈维崧、朱彝尊、纳兰性德等清初词人，蒋士铨、左辅、蒋春霖、王鹏运等晚清词人的入选，基本符合清词发展“两头大”的史实。然而该书也存在明显的缺失，如虽然宋代被认为是词体繁荣的时代，但宋代词人只有苏轼（3首）、李清照（8首）入选，表明编者对中国词史还缺乏较全面、准确的认识。

柳无忌和罗郁正集合50多位翻译家之作编成的《葵晔集：三千年中国诗歌》② 是又一部里程碑式的中国文学选集，出版后大受欢迎，次年即推出了中文版对照本，并为多所高校采用为中国文学讲授教材。该书选词首尾

① Cyril Birch, *Anthology of Chinese Literature* (*Volume* 1): *Form Early Times to the Fourteenth Century*, New York: Grove Press, 1965.

② Wu-chi Liu and Irving Yucheng Lo, *Sunflower Splendor*: *Three Thousand Years of Chinese Poetry*, Bloomington & London: Indiana University Press, 1975.

完备，格局均衡，且有所侧重，符合词史实际。唐宋两代主要词人皆囊括于内，又突出温庭筠、李煜、李清照三人。不过清词方面只有朱彝尊、纳兰性德、黄遵宪等词人的少量词作入选，反不及白芝的选集全面，当与编者自身的审美眼光有关。

刘若愚是中西比较诗学的旗帜性人物之一，其于1974年出版的《北宋主要词人》[①]，是一部集选、译、注、评、论于一体的词学著作。该书选译了晏殊、欧阳修、柳永、秦观、苏轼、周邦彦等6位大家的28首词作，每一首都附有中文原文及注音，还提供了简易词谱。刘氏运用风行一时的新批评理论分析各家词作在章法、句法、修辞、用典等方面的技巧，并评论其在开拓词境上的贡献。该著通常被视作研究专书，但其选本与译本属性不容忽视，其在译介北宋词人方面贡献卓著。

进入80年代后，中国文学作品选译成果越来越多，规模更加庞大，类型也愈加丰富。一些断代诗词选、词籍译作也涌现出来。最令人瞩目的成果无疑是几部“哥伦比亚文学”系列和“诺顿文学”系列的巨著，包括梅维恒主编的《哥伦比亚中国传统文学选集》[②]，诺顿公司的《诺顿世界文学名著选集》（扩展版）[③]，宇文所安编译的《诺顿中国文学选集：初始至1911》[④]，闵福德、刘绍铭合编的《含英咀华集》[⑤]。这几部著作出版于不同年代，在编选规模和整体学术水准上保持着后出转精的发展态势，对词作的收录和翻译也愈加全面精准，堪称英译中国文学最高水平的集中体现，也是西方汉学界已有成果的集中展示。闵福德和刘绍铭合编的《含英咀华集》更是上升到中西文化合璧的新高度。宇文所安以一人之力编译的《诺

---

① James J. Y. Liu, *Major Lyricists of the Northern Sung, A. D. 960 – 1126*, Princeton: Princeton University Press, 1974.

② Victor H. Mair, *The Columbia Anthology of Traditional Chinese Literature*, New York: Columbia University Press, 1994.

③ Maynard Mack, et al., *The Norton Anthology of World Masterpieces* (*Expanded Edition*), W. W. Norton & Company Press, 1995.

④ Stephen Owen, *An Anthology of Chinese Literature: Beginning to 1911*, New York: W. W. Norton & Company Press, 1996.

⑤ John Minford and Joseph S. M. Lau, *Classical Chinese Literature: An Anthology of Translations* (*Volume 1: From Antiquity to the Tang Dynasty*), New York/HongKong: Columbia University Press/The Chinese University Press of HongKong, 2000.

顿中国文学选集：初始至1911》最具特色。

1995年，诺顿公司推出《诺顿世界文学名著选集》（扩展版），译介亚非拉文学，唐宋诗词部分主要由宇文所安负责。次年，宇文所安以一人译一国文学，推出《诺顿中国文学选集：初始至1911》，展现出惊人的学识与才华。他在引言中强调自己并非简单地将各个经典作品按照时间顺序进行呆板的排列，而是要组成一个文本家族（a family of texts），在文本的相互关联中确认各自的身份和特性，从而体现文学传统。

以词为例。首先，宇文所安将唐宋词视作一个整体，置于“宋代”集中讨论。这样做的好处是避免将词史割裂，有助于读者整体观照词的发展，也是编者所持之北宋早期文学是中晚唐文学的延续这一文学史观点的体现。其次，他将词作按主题分类，并且打破时代局限，进行阅读上的纵向延伸。这样做既可以提示读者当时词坛的流行主题，还原词坛生态，又可以让作家在横向比较中凸显各自风格，还可以将词纳到整个诗歌史中，与诗、曲、民歌等不同文体进行纵向比较，以呈现词体的特性和文学语言雅化或俗化的轨迹。[①] 在具体作家的评介上，宇文所安能够要言不烦地点出词家的创作特点，如柳永在填制慢词、用词体写景和在词中抒写对异性的情欲等方面的开拓，苏轼的“以诗为词”等。受益于宇文所安西方文学与思想背景，其评论时有新意。如其论王国维在词体的文体特性上的理解超出同时代人，与其受西方文学与思想的浸染有很大关联。

（二）词籍及诗词选

相比以上几部全面收录中国古典文学作品的大型选集，断代作品选、主题作品选、分体作品选、个人作品选等卷帙精简、编选灵活的中国文学

① 比如宇文所安拈出“丈夫醉归”“宴会词”“浪漫词”等类别，在“丈夫醉归”下选了来自敦煌文献的两首无名氏词以及韦庄、薛昭蕴、尹鹗的词，还有明代的一首《挂枝儿》。从敦煌词的通俗直白，到文人词的精致婉约，词体的作法、语言和风格发生了很大变化，而敦煌词的传统又在明代民歌中得到了延续。在“浪漫词”中，他花了相当大的篇幅介绍宋词中孜孜不倦叙说着的文人与妓女间的爱情是怎样发生的，并与西方“罗曼司”文化进行比较；他强调，在11世纪的词体中，男性走到爱情舞台的中心，表达自己对异性的感觉，这是中国爱情诗歌发展史上的重要新变。

译介成果更多，特色也更鲜明。[①]

傅恩是首位英译全本《花间集》[②] 的词学家，尽管因为没有充分利用前人成果（如青山宏《花间集索引》，以及欧洲学者对敦煌词的研究）而遭到批评，但其开创之功还是受到词学界的一致肯定。在导言中，傅氏介绍了《花间集》的编纂背景和词体的发展史，重点分析了温庭筠词的艺术特征，并将其与波德莱尔、马拉美等诗人的作品进行比较，颇多灼见。最引人注目的是，傅恩在充分体会词体体制的基础上，于翻译时采用了“结构对等翻译法”（使译作在空间布局上与原词保持一致），以求读者能够更好地体会词作者的匠心。然而这种做法固然可以让刚开始接触词的读者尽快把握词体体制的特色，却容易产生词调样式从一开始就固定不变的误解，也使得句中的节奏更难把握，故而颇受訾议。其实，几乎每一位译者在面对词体的“长短句”时都有自己独特的处理方式，这源于他们对词体体制的不同认知。

早在 1979 年，魏世德就翻译出版了《韦庄词》[③]。其后叶山（Robin D. S. Yates）的《浣纱：韦庄生平与诗选》[④] 详细介绍了韦庄的生平经历，选译了韦庄 1/3 的诗，并通过文体风格的考察确认属于韦庄的词作。叶山参考了刘金城《韦庄词校注》等大量文献，文风严谨。白润德《南唐词人冯延巳和李煜》[⑤] 选择了冯延巳的《阳春集》，全译了《南唐二主词》。他在

---

① 选词较多的中国文学选本还有华兹生《哥伦比亚中国诗之书：从早期至十三世纪》（*The Columbia Book of Chinese Poetry*：*From Early Times to the Thirteenth Century*，New York：Columbia University Press，1984），齐皎瀚（Chaves，Jonathan）编译《哥伦比亚中国晚期诗选：元、明、清》（*The Columbia Book of Later Chinese Poetry*：*Yuan*，*Ming*，*and Ch'ing dynasties*（*1279－1911*），New York：Columbia University Press，1986），温伯格（Eliot Weinberger）编《新指南中国古典诗歌选集》（*The New Directions Anthology of Classical Chinese Poetry*，New York：New Directions，2003），郑文君（Alice W. Cheang）编《中国诗歌宝库》（*A Silver Treasury of Chinese Lyrics*，The Chinese University of Hong Kong Press，2003），巴恩斯通、周平合编《中国诗歌精选集：古今三千年传统》（*The Anchor Book of Chinese Poetry*：*From Ancient to Contemporary*，*the Full* 3000-*Year Tradition*，New York：Anchor Books，2005）以及《中国艳诗》（*Chinese Erotic Poems*，Rondom House，2007）等。

② 傅恩，*Among the Flowers*：*The Hua-chien chi*，New York：Columbia University Press，1982。

③ John T. Wixted，*The Song Poetry of Wei Chuang*（*836－910 A. D.*），Tempe：Center for Asian Studies，Arizona State University，1979.

④ Robin D. S. Yates，*Washing Silk*：*The Life and Selected Poetry of Wei Chuang*（*834？－910*），Cambridge：Harvard University Press，1988.

⑤ Daniel Bryant，*Lyric Poets of the Southern T'ang*：*Feng Yen-ssu*，*903－960*，*and Li Yü*，*937－978*，University of British Columbia Press，1982.

底本选择与词作甄辨上十分认真，对于伪作一一注明出处。词别集翻译的重要成果还有华兹生的《苏东坡》①，Jeremy Seaton 的《爱与时间：欧阳修的诗歌》② 等。

朱丽叶·兰道（Julie Landau）的《春之外：宋代选集》③ 是英语世界的第一部宋词选集。作者选取了宋代15位词人（包括李煜）的155首词作，在格局上侧重于北宋，南宋词人只有辛弃疾、姜夔、陆游3人入选。其中以苏轼作品（28首）入选最多，其次是辛弃疾（16首）、李清照（15首）、柳永（15首）、晏殊（13首）、欧阳修（13首），总的来说还是全面而均衡的。作者还在序言中专门介绍了词中常见的意象与典故，以方便欧美读者阅读。

舒威霖、罗郁正合编的《待麟集：清代诗词选（1644—1911）》④，选择了清代72位诗人的作品，由近40位译者合作翻译，使清代诗词之面貌较清晰地呈现出来。书前有长篇导言，论及清诗分期、历史背景、社会经济背景、清诗特征、清诗与政治、清诗理论的兴盛、清末批评家以及清词的复兴等重要问题。在“词的复兴”这一部分，编者详细论述了清词发展的历程，介绍了主要词派的代表人物和核心理念，并提出了清代咏物词之兴盛这一问题。其中王国维《人间词》被推举为晚清最优秀的作品，王国维被称为理解词之特质最为透彻、深入的词人，其词作所包含的哲思将词境扩大至儒释道思想之外，编者认为《人间词》的成就足以说明词史在晚清并没有停滞。

哈米尔（Sam Hamill）在自己编译的《渡过黄河——汉诗三百首》⑤中，选译了56阕词，基本上都是五代北宋时期的作品，李清照一人就入选

---

① Burton Watson, *Su Tung-po: Selections from a Sung Dynasty Poet*, New York: Columbia University Press, 1976.

② Jeremy Seaton, *Love and Time: The Poems of Ou-yang Hsiu*, Port Townsend, WA: Copper Canyon Press, 1989.

③ Julie Landau, *Beyond Spring: Tz'u Poems of the Sung Dynasty*, New York: Columbia University Press, 1994.

④ Irving Yucheng Lo and William Schultz, *Waiting for the Unicorn: Poems and Lyrics of China's Last Dynasty, 1644-1911*, Bloomington: Indiana University Press, 1986.

⑤ Sam Hamill, *Crossing The Yellow River: Three Hundred Poems From the Chinese*, New York: BOA Edition LTD, 2000.

了16首（相比之下李煜仅有1首词入选）。其中固然有编者本身的因素[①]，实际也反映了李清照词在北美读者心目中的崇高地位。

蔡宗齐的《如何阅读中国诗歌：作品导读》[②] 是一部后出转精的中国古代诗歌选本，它集合了相关领域的一流学者，吸取了以往各家选本的优长，又在体例上做出了重大创新。[③] “词”的部分按体裁分为小令、慢词和咏物词三类，小令以唐五代词为主，慢词则选了柳永、苏轼、李清照、辛弃疾4人6阕词，咏物词选了姜夔、吴文英3首词。每种体裁皆由权威学者进行导读，介绍词史历程及作家风格，反映最新的研究成果；每首词作都有意译和直译（以英语词汇逐字翻译），并以带有汉语拼音的原文做对照，韵脚注有平仄，鉴赏也力求详细透辟。

相比词家词作的编译，词学理论著作的译介要少很多。白思达的《钦定词谱》[④] 至今仍是北美唯一一部词谱译著。词话方面，王国维《人间词话》独受青睐，早在70年代就有两部译作问世，分别是涂经诒（Ching-I Tu）的《人间词话》[⑤] 和李幼安（Adele Austin Rickett）的《王国维的〈人间词话〉》[⑥]。值得一提的是宋淇（Stephen C. Soong）主编的《无乐之歌：中国词》[⑦]。该书一部分是刘殿爵（D. C. Lau）、梁丽芳（Winne Lai Fong Leung）、朱丽叶·兰道、米杰（James P. Rice）等八位翻译家的译作，另一

---

① 哈米尔另编译有《爱莲的人：子夜与李清照》（*The Lotus Lovers: Tzu-yeh and Li Ch ‘ing-Chao*, St. Paul: Coffee House Press, 1985）。

② Zong-Qi Cai, *How to Read Chinese Poetry: A Guided Anthology*, New York: Columbia University Press, 2008. 后国内出版中译本：〔美〕蔡宗齐主编《如何阅读中国诗歌：作品导读》，鲁竹译，生活·读书·新知三联书店2023年版。

③ 该书的编选有三个维度：体裁、时代和主题。全书首先将中国诗史划分为先秦、汉代、六朝、唐代、五代与宋、元明清等六期；在不同时期的诗史框架中，将同一体裁（如乐府）、不同时代的作品放在一起，以见其演化轨迹；蔡氏又拈出中国古典诗歌弃妇、游子、山水等十一大主题，以之为纲目，将不同时代、不同体裁的作品另编一目。通过以上多重路径，读者可极为方便地了解中国古典诗歌的广博、多样与衍变。

④ Glen William Baxter, *Index to the Imperial Register of Tz'u Poetry*, Cambridge: Harvard University Press, 1956.

⑤ Ching-I Tu, *Poetic Remarks in the Human World: Jen Chien Tz'u Hua*, Taipei: Chuang Hwa Book Company, 1970.

⑥ Adele Austin Rickett, *Wand Kuo-Wei's Jen-Chien Tz'u-Hua*, Hong Kong University Press, 1977.

⑦ Stephen C. Soong, *Song Without Music: Chinese Tz'u Poetry*, Hong Kong: The Chinese University Press, 1980.

部分是缪钺、叶嘉莹、顾随、俞平伯等现当代词学家八篇论著的选译。[①] 编者希望该书能增强中西词学研究的交流。

（三）女性词人

20世纪60年代，女性主义思潮在欧美地区再度兴起，性别意识普遍渗入学术研究之中。随着北美东方女性研究的升温，相当一批中国女作家的作品被选译出版。

王红公与钟玲合编的《兰舟：中国妇女诗集》[②] 是第一部专门的中国女性诗选，选译了从公元3世纪到现代的中国女性诗歌，入选者身份驳杂，诗作内容多样。入选的女词人有魏夫人、李清照、朱淑真、聂胜琼、孙道绚、王清惠、贺双卿、吴藻、吕碧城、秋瑾等，不少词作都是首次被英译，加上附录的诗人小传与参考书目，该书提供了研究中国女性词人的基本线索。

阿丽奇·巴恩斯通和威利斯·巴恩斯通合编的《古今女诗人》[③] 是一部划时代的巨著，1980年出版，1992年再版，搜集了上下四千年、世界各地著名女诗人的作品，中国有24位女诗人入选。

进入90年代，北美汉学界关于中国古代女作家的研究成果渐丰，需要出版新的大规模选集与之相应。1999年，由孙康宜和苏源熙合编的《传统中国的女性作家：诗歌与评论选集》[④] 是一部英译中国女作家诗集的巨著，已进入欧美高校的课堂。就词学方面来说，该书囊括了古代尤其是明清时期的绝大部分知名女词人，格局极为开阔。书后将分别来自男性和女性批评家的对女性作品的评论并置，以相互对照，也是编者有意为之。伊维德

---

① 包括缪钺《论词》、张宗橚《词林纪事》、叶嘉莹《晏殊词欣赏》、安露丝（Ruth W. Adle）《儒者与词人：欧阳修词中的浪漫主义和情欲》、郑骞《柳永、苏轼与词的发展》、顾随《倦驼庵东坡词说》、俞平伯《词的赏析》、梁铭越《词乐之于姜夔：姜夔词的风格与创作手法》。

② Kenneth Rexroth and Ling Chung, *The Orchid Boat: Women Poets of China*, New York: McGraw Hill, 1972.

③ Aliki Barnstone and Willis Barnstone, *A Book of Women Poets from Antiquity to Now*, New York: Schocken Books, 1980.

④ Kang-I Sun Chang and Haun Saussy, *Women Writers of Traditional China: An Anthology of Poetry and Criticism*, Stanford: Stanford University Press, 1999.

与管佩达合编的《彤管：中华帝国的女作家》[1]，是一部可以与《传统中国的女性作家：诗歌与评论选集》相辅相成的巨著。鉴于后者所收录的作品以闺秀诗人的诗词为主，《彤管：中华帝国的女作家》则扩大了作者的身份类别和作品体裁，举凡闺秀、妃嫔、尼姑、女冠、歌妓所作之诗、词、文、说唱文学、弹词、戏曲皆选录书中，并且更详细地介绍了女作家所生活的时代与生平经历，以求尽可能地还原历史。

中国女词人别集的译介，以李清照和贺双卿二人最受关注。从20世纪60年代起，李清照及其诗词就被反复译介，胡品清、克莱尔（James Cryer）、哈米尔都翻译过李清照的词。[2] 王红公与钟玲合作翻译的《李清照诗词全集》[3]，以中华书局1962年版的《李清照集》为底本，将李清照的诗词按照其创作时间和主题分为青春、寂寞、流离等七组，每首词还加上了概括性的题目，译文之外该书还包括钟玲撰写的评传与年谱。该书因为译诗的优美而产生了广泛影响。王椒生（Jiaosheng Wang）于1989年出版了《李清照词全编》[4]，吴兆明（Siu-Pang E. Almberg）译注了《李清照：投翰林学士綦崇礼启》[5] 这篇与李清照生平有着重大关联的文献。Elsie Choy 的《祈祷的树叶：18世纪农妇贺双卿的生活与诗歌》[6] 先对贺双卿名下的诗词进行了编目，然后为读者提供了一幅长江下游地区（苏、皖、浙交界处）的简易地图，还翻译了史震林《西青散记》中有关贺双卿的部分并分节加上标题，成为北美地区贺双卿研究的奠基之作。罗溥洛在《谪仙：寻找贺

---

① Wilt. L Idema and Beata Grant, *The Red Brush: Writing Women of Imperial China*, Harvard University Press, 2004.

② 胡品清《李清照》（*Li Ch'ing-chao*, New York: Twayne, 1965）；克莱尔《一剪梅：李清照词选诗词》（*Plum Blossoms: Poems of Li Ch'ing-chao*, Chapel Hill: Carolina Wren Press, 1984）。

③ Kenneth Rexroth and Ling Chung, *Li Ch'ing-chao: Complete Poems*, New York: New Directions Publishing Corporation, 1979.

④ Jiaosheng Wang, *The Complete Ci-poems of Li Qingzhao: A New Translation*, University of Pennsylvania Press, 1989.

⑤ Siu-Pang E. Almberg, *Li Qingzhao: Letter to the Academician Qi Chongli*, Reditions 41/42, 1994.

⑥ Elsie Choy, *Leaves of Prayer: The Life and Poetry of He Shuangqing, a Farmwife Poet in Eighteenth-Century China*, Hang Kong: Chinese University Press, 1993.

双卿——中国农家女诗人》[①] 一书中也对《西青散记》进行了节译。

此外值得一提的是方秀洁与伊维德合编的《美国哈佛大学哈佛燕京图书馆藏明清妇女著述丛刊》[②]，该书影印了明清女作家 72 人的 61 种别集，其中有词 30 卷，分属冯思慧、左锡嘉、席佩兰等 26 位女词人，该书成为明清女性词文献整理的重要成果。

二 文学史中的“词史”书写

20 世纪 70 年代之前，北美地区出版的中国文学史著作很少。著名汉学家海陶玮出版过一本《中国文学提要：大纲与书目》[③]。1958 年，陆侃如、冯沅君合著的《中国古典文学简史》由北京外文出版社翻译，将中国文学史介绍给国外的读者，后来该书在美国多次重版；直至 1983 年还由杨宪益、戴乃迭等学者易名为《中国古典文学史大纲》再次翻译出版，遗憾的是其涉及词的部分只有关于李清照和辛弃疾的简略介绍，局限了北美读者对词的认知。1961 年，陈受颐出版了《中国文学史略》[④]，包含“词的黄金时代”和“词的变态与衰落”两章。1966 年出版的柳无忌《中国文学概论》[⑤]，受到美国学界好评，曾多次印刷。该书第八章“词的起源与繁盛”对词的起源、词体体制、词与音乐的关系等做了介绍，并重点评论了李煜、苏轼、周邦彦、李清照和辛弃疾。柳氏的一些观点，如宋代文学的主要成就在词、最优秀的词作都集中在两宋、改革词体是苏轼最大的文学贡献所在等，经常能在随后的北美中国文学史著作中听到回响。

八九十年代以来，随着北美汉学界中国文学研究的迅速发展和重写文学史思潮的兴起，各种导论、文学史著作层出不穷。其实，将《诺顿中国

---

① Paul Stanley Ropp, *Banished Immortal*: *Searching for Shuangqing*, *China's Peasant Women Poet*, University of Michigan Press, 2001.

② 〔加〕方秀洁、〔美〕伊维德主编《美国哈佛大学哈佛燕京图书馆藏明清妇女著述丛刊》，广西师范大学出版社 2009 年版。

③ James Robert Hightower, *Topics in Chinese Literature*: *Outlines and Bibliographies*, Harvard University Press, 1953.

④ Ch'en Shou-yi, *Chinese Literature*: *A Historical Introduction*, New York: Ronald Press, 1961.

⑤ Liu Wu-chi, *An Introduction to Chinese Literature*, Bloomington & London: Indiana University Press, 1966.

文学选集：初始至1911》《如何阅读中国诗歌：作品导读》等大型作品选各章节的导言拼接起来，也不啻一部文学史。

伊维德与汉乐逸合撰有《中国文学指南》，其雏形是伊维德在荷兰莱顿大学讲授中国文学时的讲义，由汉乐逸大幅增补后，在美国翻译出版。该书对词史进行了大致准确的梳理，并按时代顺序介绍了各大词家（主要是宋代词家）的创作特征与贡献，还特意提到了清代词话的繁荣。

梅维恒主编的《哥伦比亚中国文学史》集合了当时各领域的权威学者，按照西方文体四分法，将中国古代文学分为诗、文、小说、戏曲四大块，每一体裁按时代先后线性叙述，再加上基本特征、笺释与批评、文学传播等部分，整合成书。全书看起来更像是着眼于历史发展的文学论文集，而不像文学史，对普通读者来说很有阅读难度。书中收有两篇论词的长文，分别是萨进德的《词》和麦大伟的《清词》。萨进德才力惊人，将千年词史放在一篇文章中娓娓而道，通过不断提出话题（如早期词的表演性、慢词的兴起、印刷业的兴旺对使事用典的影响等）勾连上下文，亮点频现；麦大伟则从17世纪词的复兴谈起，以主要词家为纲目，从陈子龙一直讲到晚清四大词人，还特意论述了徐灿、吴藻、顾太清等女词人。

孙康宜和宇文所安主编的《剑桥中国文学史》是近年来备受瞩目的一部中国文学史巨著。全书以1375年为界分为上下两卷，以时代为序，注重反映文学与文化的关系，在考虑普通读者的阅读水平和需要的基础上，力图呈现中国文学研究的最新成果。词史在该书的晚唐五代、北宋、南宋、清初等部分呈现，分别由宇文所安、艾朗诺、林顺夫、李惠仪执笔，不同撰述者的切入角度和叙述侧重点各不相同。宇文所安在论述词的初生时特别强调其表演属性和娱乐功能，认为不能把词中人物的口吻和事迹与词人的事迹或情志混为一谈。艾朗诺关于北宋词的论述则一直围绕着词之地位的提升与功能的扩大，他认为在柳永、苏轼等人的努力下，词最终成为诗歌之外新的抒情文体，并为大多数文人所接受。林顺夫将南宋前期词和后期词分开来谈，前者从战争与政治对文学的影响切入，引出李清照的创作与辛弃疾等“豪放”词人，后者则强调词进入一种职业化（professionalism）创作状态并引发对技艺（craft）的讨论。李惠仪从新的典范和正统（new canons and orthodoxies）的树立入手，谈到《乐府补题》的“发现”与浙西词派的兴起，顺及陈维崧、纳兰性德等词人。当然以上只是管中窥豹，远不能涵盖几位汉学家的精彩论述。

三　词体研究

70年代以来，文体（genre studies）逐渐成为文学批评的核心范畴。文体与文学密不可分，“作家风格或时代文风常常会左右文体的形成”，“任何文学史都可谓文体与风格综合发展过程”。[①] 词之文体的形成与发展、其所包含的要素与体制的特殊性、各词家对词体的贡献等，引起北美词学家的普遍关注。

（一）词的起源

词的起源是词体研究的基本问题，也是持久不衰的研究热点。早在1953年，海陶玮就在《中国文学提要：大纲与书目》一书中专门探讨了词的起源，提出词起源于唐代的歌诗。同年，北美词学研究的另一位先驱白思达在《词律的起源》一文中也表达了相近的观点，他认为中唐时期近体律绝诗在音乐的影响下产生变异，成为词体最直接的原型。70年代，Shih-Chuan Chen 发表《敦煌词的创作时间》《词之起源再探》[②] 等论文，运用敦煌文献和《教坊记》，驳斥了词起源于中唐和词起源于近体诗的说法，证明词在开元、天宝年间即已开始流行，其与声诗可能并行于世。单就文体与音乐来说，关于词体起源的研究已经相当成熟了。

魏玛莎（Marsha L. Wagner）1984年出版的《莲舟：唐代流行文化与词的起源》[③] 一书，从社会学和文化学角度对词的起源问题展开了探讨，倡立了词起源于唐代通俗文化之说，该书被推为北美研究词体起源问题的成熟

---

① 〔美〕孙康宜：《北美二十年来的词学研究——兼记缅因州国际词学会议》，载刘扬忠等主编《词学研究年鉴（1995~1996）》，武汉出版社2000年版，第199~200页。

② Shih-Chuan Chen，“The Rise of the Tz'u，Reconsidered”，*Journal of the American Oriental Society*，Vol. 90，No. 2，1970.

③ Marsha L. Wagner，*The Lotus Boat*：*The Origins of Chinese Tz'u Poetry in T'ang Popular Culture*，New York：Columbia University Press，1984.

之作。作者认为，虽然中国传统文化重雅轻俗，但俗文化常常对文体的形成和发展产生重要影响，六朝的吴歌西曲在形式、修辞、主题等方面都深深影响了词的形成。诞生期的词，离不开文人与乐工的合作，已经难分雅俗，唐玄宗时的教坊就是沟通民间俗乐和宫廷雅乐的媒介。安史之乱后，南方地区文人与歌伎的交往更加频繁，词的创作很快取得了重大进展。所以，欧阳炯为标榜花间词而鄙夷的“莲舟之引”正是促成词体的原动力之一。

（二）词体体制与词史研究

北美词学家善于从文体切入，通过对词体特性的发掘，推进词史的研究。孙康宜的《晚唐迄北宋词体演进与词人风格》[①] 是为学界所熟知的唐宋词史研究名作。该书择取温庭筠、韦庄、李煜、柳永、苏轼五位大词人，运用文体学理论研究其词作体制，以探讨词体演进和词人风格的密切联系，取得了很大成功。杨宪卿（Hsien-Ch'ing Yang）的博士学位论文《宋代“咏物词”的美学意识》[②] 通过对苏轼、周邦彦、姜夔、吴文英、王沂孙五位词人各自作品特点的分析，从传统与美学意识角度来重估咏物词。林顺夫《词作为一种独立文体类别的形成》[③] 则从词与音乐的关系出发，描述了词的起源和演进过程，讨论了词的经典化历程。他指出，词在宋初就显现出不同于诗的独特美学特质，到了苏轼的时代，词的地位逐渐确立起来。[④]

---

① Kang-I Sun Chang, *The Evolution of Chinese Tz'u Poetry: From late Tang to Northern Sung*, Princeton: Princeton University Press, 1980. 该书有李奭学译本《晚唐迄北宋词体演进与词人风格》，（台北）联经出版事业公司 1994 年版。该译本 2004 年由北京大学出版社增订再版，易名为《词与文类研究》。

② Hsien-Ch'ing Yang, *Aesthetic Consciousness in Sung "yung-wu-Tz'u" (songs on objects)*, *Ph. D. Dissertation*, Princeton: Princeton University, 1988.

③ Shuen-fu Lin, "The Formation of a Distinct Generic Identity for Tz'u", in Pauline Yu, *Voices of the Song Lyric of China*, University of California Press, 1994.

④ 林顺夫探讨词体体制的文章还包括《南宋长调词中的空间逻辑：读吴文英〈莺啼序〉》（"Space-logic in the Longer Song Lyrics of the Southern Sung: A Reading of Wu Wen-Ying's 'Ying-t's-hsü' ", *Journal of Sung-Yuan Studies*, Vol. 25, 1995）、《透过梦之窗：宋词中的真实与虚幻》（"Through a Window of Dreams: Reality and Illusion in the Song Lyrics of the Song Dynasty", *Hsiang Lectures on Chinese Poetry*, Vol. 1, Montreal: McGill University Center for East Asian Research, 2001）等。

宇文所安的文章《情投“字”合：词的传统里作为一种价值的真》①，对诗词中作为一种价值的“真”提出了疑问。他认为歌伎的演唱是否表达了真情、文人的创作又是不是出于真情实感都很成问题，而且语言能否表达真情也不能确定。实际上，宇文所安始终认为词中的角色与词人自己、词中的感情与词人的事迹或情志不能轻易地画等号。在《华宴：十一世纪的性别与文体》② 中，宇文所安借由“宴会”这一11世纪（北宋前期）普遍存在的话语空间，来说明传统的诗是怎样被抬高成为“雅正”文学，而新兴的词又是如何公开而合法地成为表达情欲和隐秘心理的载体的。“诗庄词媚”的组合就此变得牢靠起来——作者在诗里表达一种统治和社会需要的公共价值，而在词中宣泄“剩余价值”，两者互为前提，相互协调，相互平衡。

高友工的《美典：中国文学研究论集》③ 中收有《小令在诗传统中的地位》和《词体之美典》两篇文章，这体现了其“美典”理论在词体体制研究上的运用。作者认为词体之兴起，是对近体诗律的极大拓展。小令中产生了一种“层进结构”（incremental structure），即当句间关系不再像近体诗一样局限于并列与延续，词的结构层面就变得复杂起来，文人在填词时的情感心态也随之发生改变。高友工还对长调的铺叙和领字做了分析，认为其比小令有更多变化，是抒情美典在中国诗体发展史上的一种更深刻的形式。高友工对词体体制的研究，某种程度上可说是龙榆生词体声调学对词体结构与声情研究的发展④。

四　词的文化学研究

对于中国传统诗词，北美学者始终是“外行人”，因此他们习惯于将诗词放在更广泛的文化背景中进行考察，以理解其来龙去脉和因果关系，而很少做纯粹的文学研究。同时，受西方学界思想活跃、理论更新快的影响，北美词学家也很擅长借助其他学科的理论来治词。文化或者说跨学科视野，是西

---

① Stephen Owen, “Meaning the Words: The Genuine as a Value in the Tradition of the Song Lyric”, in Pauline Yu, *Voices of the Song Lyric of China*, University of California Press, 1994.

② 〔美〕宇文所安：《华宴：十一世纪的性别与文体》，《学术月刊》2008年第11期。

③ 〔美〕高友工：《美典：中国文学研究论集》，生活·读书·新知三联书店2008年版。

④ 类似的文章还有麦大伟《以空为重：宋词的阕间转韵》（《宋元研究》1994年第24卷）等。

方词学家普遍具备的一种研究视野。不过从整体上看，由于北美词学家队伍比较单薄，词学研究的文化学展开还不充分，唯有性别研究一枝独秀。

（一）词与音乐

词乐研究因文献的匮乏和极高的知识门槛，向称绝学，在北美汉学界更少有人问津。著名华裔学者赵如兰（Rulan Zhao Pian）的名著《宋代音乐文献及其诠释》[①] 是这一领域的扛鼎之作。该书以文献精审翔实著称，是有关于姜夔《白石道人歌曲》曲谱的专门研究。

（二）词与性别

女性主义思潮显赫一时，历久弥新，其观点与研究方法已渗透到人文科学的各个领域。北美词学家大多理论背景深厚，他们运用女性主义观点与方法研究本就与女性密不可分的词，取得了显赫的成果。首先要提到的是叶嘉莹的花间词研究，代表性文章是《花间词的模糊与女性声音》，收录在与海陶玮合著的《中国诗研究》[②] 一书中。在该文中，叶氏援引西方批评中女性形象、女性言说、雌雄同体等理论，以《花间集》为例，来阐释词体幽微隐约、富于言外之意的美学特质，在北美与中国都产生了巨大影响。

在余宝琳所编的《宋词的声音》[③] 这部词学论文集中，特辟有专章“男女之声：性别的问题”，收录了方秀洁、魏世德、孙康宜等人的共三篇文章，呈现了90年代北美词学性别研究的新成果。方秀洁《词的性别化——她的形象与口吻》一文认为词体的声音、陈述、文体和批评都离不开“女性”，而这一“女性中心”的建立者和操控者都是男性，这就构成了一对矛盾。女性作家的创作同样屈从于这一传统，由女词人所塑造的词中女性仍然是男性眼中和价值观世界中所要求的女性形象；从李清照到秋瑾，历代女词人的创作构成了一条探索在词中表现女性主体和女性声音的道路。魏

① Rulan Zhao Pian, *Song Dynasty Musical Sources and Their Interpretation*, Harvard University Press, 1967.

② James Hightower and Florence Chia-ying Yeh, *Studies in Chinese Poetry*, Cambridge: Harvard University Asia Center Press, 1998.

③ Pauline Yu, *Voices of the Song Lyric of China*, University of California Press, 1994.

世德《李清照的词：一个女作家与女性创作》一文通过对宋代以后批评文献的梳理，发现李清照是中国古代所有女作家的典范与标准，也是众多男性词人的比较对象。然而李清照的创作并没有对后来的女作家产生什么实质性影响，与之相似的是李清照自己也并没有汲取前代女作家的创作营养。李清照一直被批评家们视作一个“例外”。孙康宜的文章《柳是和徐灿：阴性风格或女性意识?》认为，在明清之际，柳如是和徐灿分别代表了歌妓与名媛这两大中国女作家的传统身份。柳如是的词呈现出明显的女性气质，但显然与女权思想有别；徐灿作为“女遗民”，其词风近于“豪放”，反而体现出一种女性意识。柳如是与徐灿，不管她们是多么的不同，都构成了女性词的多元性，推动着女性词从词史边缘走向中心。

Maija Bell Samei 的《性别化角色与诗意的声音：早期中国词作中的弃妇》[①] 撇开了对词进行女性主义解读这一近来比较流行的视角，而认真思考词作中性别的模糊性，围绕着“谁在说话”这一核心话题，展开关于词体代言——特别是为弃妇代言——现象的研究。作者考察了中国文学的“弃妇”传统，指出词体在初期的代言写法是对乐府和民歌中相应内容的继承和发展。运用文本细读法和解构主义理论，作者将词作中的角色（persona）从言说方式和言说画面进行两方面解构，不仅研究“谁在说话”，而且研究“什么在说话”和“怎样说”。尤其值得玩味的是，作者指出词体中代言式的写法在表现上类似口技（ventriloquism），在功能上则与异装（cross-dressing）相近。性别的非单一性，不仅存在于词体中，也存在于中国文学的其他文体中，该书的研究方法和观点足资参考。

（三）词与宗教

词与宗教关系的研究相对冷清，著名汉学家柯素芝写于20世纪80年代的一篇文章——《中国中世纪的性与神：〈临江仙〉词》[②]，堪称凤毛麟角。这也是一篇词调研究的典范之作。作者通过对唐五代《临江仙》词进行形

---

① Maija Bell Samei, *Gendered Persona and Poetic Voice: The Abandoned Woman in Early Chinese Song Lyrics*, New York: Lexington Books, 2004.

② Suzanne Cahill, “Sex and the Supernatural in Medieval China: Cantos on the Transcendent Who Presides over the River”, *Journal of the American Oriental Society*, Vol. 105, No. 2, 1985.

式、词汇和主题的归纳分析，对这一词调进行母题溯源，认为其源于神女的传说，并且与道教以男女交合而达到长生的思想有关。尽管柯素芝对词作的解读有穿凿比附之嫌（五代时期词作内容与词调名的原始意义早已出现偏离），但其研究的开创性不容忽视，其视角具有启发性。

（四）词与传播

在贺铸研究之外，萨进德同时是研究词体传播，尤其是词与印刷出版文化之间关系的权威学者。他采用文学社会学方法分析词作的生产、流通与消费，关注词作印刷与意识形态、词人地理位置的流动与分布之间的关系，探析印刷文化对词体风格的影响。其代表成果有《词在宋代的背景：传播技术、社会变迁与道德观念》[①]、《罗伯特·海立克（1591—1674）与辛弃疾（1140—1207）的比较：词、用典与印刷文化》[②]。萨进德研究了宋词的发展与词之传播媒介及传播方式的关系，认为宋词的流行离不开印刷业的发达，甚至苏轼对词体的创新也与他明白词作会以印刷本形式流传不无关系。作为表演文学而存在的词，在印刷本上进行传播，就形成了某种道德隔离（moral distancing），这就使得词也能为政客甚至僧尼所接受。

五　词人及作品研究

词家、词作研究是北美词学研究成果最集中的领域，出现了很多研究某一词人的权威学者和经典著作，以及对某些典范词篇的深刻解读。

（一）晚唐五代词研究

晚唐五代词研究可以分为温、韦研究，南唐词研究和花间集研究三部分。

---

① Stuart Sargent, "Contexts of the Song Lyric in Sung Times: Communication Technology Social Change Morality", in Pauline Yu, *Voices of the Song Lyric of China*, University of California Press, 1994.

② Stuart Sargent, "Points of Comparison between Robert Herrick (1591-1674) and Hsin Ch'i-chi (1140-1207): Lyric Poetry, Allusion, and Print Culture", *Chinese Literature: Essays, Articles, Reviews*, Vol. 26, 2004.

温庭筠作为词史第一位专力填词的大词人和“花间鼻祖”，一直受到北美词学家的关注。前文所述叶嘉莹《花间词的模糊与女性声音》一文之观点亦以温词为例来观照。20世纪80年代以来，以温庭筠研究而闻名的是保罗·鲁泽（Paul F. Rouzer），他先后著有《温庭筠的诗与晚唐唯美主义的发展》[1]、《书写他人之梦：温庭筠的诗》[2] 等论著。他的研究以温庭筠的诗作为主要对象，其著作并非词学专书，但不失为研究温庭筠词的重要参考。[3] Mou Huaichuan 的《重新发现温庭筠：一把解开诗人谜团的历史钥匙》[4] 是一部深入考证温庭筠生平的力作，作者面对温庭筠的家族、生年、婚姻、继承人、改名与应试情况以及在代宗朝的声名等谜团重重的棘手问题，做出了自己的探索，还首次翻译了不少有关温氏生平的文献。近年来颇有影响的是宇文所安提出的关于温庭筠词的新看法。他在《晚唐：九世纪中叶的中国诗歌（827—860）》[5] 第十五章谈到温庭筠的词，认为与其在温庭筠所预见不了的词史中读温词，不如在当时的诗歌背景下读温词；作者正是在对比温庭筠词与李商隐诗的时候，发现了其中意象与写法的一致性。欧阳炯《花间集序》提到温庭筠有《金荃集》十卷，宇文所安认为其中有可能全是词（长短句），也可能全是声诗，也可能各种诗体都有，而其中的长短句来自歌者的改作。韦庄词研究专著则有 Raymond Nai-Wen Tang 的《韦庄的诗》[6]、NaiCheng Gek 的《探索韦庄词的世界》[7] 等。

白润德很早就对李璟、李煜和冯延巳的绝大部分词作进行了翻译，并

---

① Paul F. Rouzer, *The Poetry of Wen Tingyun (812? –866?) and the Development of Late Tang Aestheticism*, Ph. D. Harvard University, 1989.

② Paul F. Rouzer, *Writing Another's Dream: The Poetry of Wen Tingyun*, Standford: Stanford University Press, 1993.

③ 类似的论著还包括 Fusheng Wu 在《颓废时代的诗：南朝与晚唐时代的中国诗歌》（*The Poetics of Decadence: Chinese Poetry of the Southern Dynasties and Late Tang Periods*, State University of New York Press, 1998）一书中关于温庭筠诗的论述。

④ Mou Huaichuan, *Rediscovering Wen Tingyun: A Historical Key to a Poetic Labyrinth*, Albany: State University of New York Press, 2004.

⑤ Stephen Owen, *The Late Tang: Chinese Poetry of the Mid-Ninth Century (827–860)*, Cambridge & London: Harvard University Press, 2006.

⑥ Raymond Nai-Wen Tang, *The Poetry of Wei Chuang (836–910)*. Ph. D. Dissertations. Stanford University, 1982.

⑦ NaiCheng Gek, *The World of Wei Chuang's Lyrics: An Exploration*, Asian Culture Quarterly, 1994.

对其时代背景、词人生平与创作特点进行了深入探析。在其《南唐词人冯延巳和李煜》(1982) 一书的导言[①]中，白润德强调对李煜词进行毫无根据的系年是极其有害的；被认为是李煜生平经历和当时心态之反映的词作如《菩萨蛮》(花明月黯笼轻雾) 等，可能只是一种填词技巧和写作成规的体现。因此白润德不赞成在研究词作时过分重视词人生平。在对冯延巳的词作进行词汇与结构上的归纳分析后，作者深刻指出，尽管词中所写人物形象与精神极为有限，甚至所使用的字句也是陈词滥调，但词之美感实在于声调和表演时带给人的瞬间感受，包括渴望、伤心、喜悦、烦恼等，这些都是人生的普遍感受，而这正是冯词最擅长的地方。白润德很重视版本、辨伪等文献工作，撰写了《李煜〈谢新恩〉残句与〈临江仙〉词》[②]、《来源不确的信息：〈南唐二主词〉的版本系统》[③] 等文章，后者尤以通过计算机建立版本谱系来辅助研究而为人所称道。

田安 (Anna M. Shields) 的《精雕一集——〈花间集〉的文化语境与写作实践》[④] 是一部赢得了广泛声誉的花间词研究专著。该书第一部分“文化背景”论证了《花间集》与晚唐文化以及西蜀宫廷文化的密切联系，第二部分“诗学实践”则通过对同调词的比较与归纳，探讨花间词的风格与形式。作者强调，温庭筠式的密集的、描述性的风格和第三人称、窥视者的角度在描写弃妇时被大量运用，有相当多的词作使用了第一人称的表达，其中很大一部分可以视作男性第一人称的声音。这一点与李煜词是一致的。此外田安还发现花间词在使用道教意象、语言上，体现了明显的世俗化转变。在词调名与宗教有关、例写道教仪式场景的词作（如《女冠子》）中，男女情爱的表现与其他词作没有本质不同。作者继承了柯素芝的研究方法，刷新了人们对词与宗教关系的认识。

---

① 该导言曾被巩本栋教授译成中文，收入莫砺峰编的《神女之探寻》(上海古籍出版社 1994 年版) 中。

② Daniel Bryant, “The ‘Hsieh hsin en’ Fragments by Li Yü and His Lyric to the Melody ‘Lin chiang hsien’ ”, *Chinese Literature: Essays, Articles, Reviews*, Vol. 7, No. 1/2, 1985.

③ Daniel Bryant, “Messages of Uncertain Origin: The Textual Tradition of the Nan-T’ang erh-chu Tz’u”, in Pauline Yu, *Voices of the Song Lyric of China*, University of California Press, 1994.

④ Anna M. Shields, *Crafting a Collection: The Cultural Contexts and Poetic Practice of the Huajian ji (Collection from Among the Flowers)*, Harvard University Press, 2006.

（二）北宋词人研究

北宋作为词体初步建立并取得繁荣的“黄金时期”，一直受到北美词学家的关注，关于主要词人如晏殊、柳永、欧阳修、苏轼、秦观、周邦彦、李清照等都有不少研究成果问世，其中又以苏轼和李清照的研究成果较多。前文已经提到，刘若愚《北宋主要词人》和孙康宜《晚唐迄北宋词体演进与词人风格》都对北宋主要词家进行了评述；叶嘉莹论述晏殊、欧阳修词之感发性的一系列文章在北美与中国都产生了很大影响，且已为学界所熟知，故此处不做赘述。

艾朗诺《欧阳修的文学作品》[①] 是欧阳修研究的一部力作。此书分别对欧阳修的散文、诗、赋、词进行了深入分析。在词的部分，艾朗诺将欧阳修与同时代词人晏殊进行比较，分析出欧阳修词带有叙事性和戏剧性的特点。该书还对欧阳修词作的真伪问题进行了讨论。关于欧阳修词的论著还有安露丝（Ruth W. Adle）的《儒者与词人：欧阳修词中的浪漫主义和情欲》（收入《无乐之歌》）等。

海淘玮于20世纪七八十年代撰写的研究柳永和周邦彦的两篇文章——《词人柳永》和《周邦彦的词》，最初发表于《亚洲中国学刊》，后来收入其与叶嘉莹合著的《中国诗研究》。《词人柳永》探讨了柳永更名、柳永词的内容与语言风格、安葬柳永之人三个话题。《周邦彦的词》对周邦彦的生平和词作风格做了详细介绍。这两篇文章以今天的眼光来看无疑显得很浅显，但其资料翔实、叙述平易，更对柳、周二人的词作进行了高质量翻译，其传播、开创之功值得重视。

苏轼词的研究成果较多，水准也较高，近三十年来更是名作迭出。这与他是宋代文学文化的最高代表而受到欧美汉学界的极大重视有关。傅君劢于1983年以《苏轼的诗》[②] 取得博士学位，该著于1990年出版时改名为《通向东坡之路：苏轼诗歌格调的形成》[③]。该书按照年代顺序对苏轼谪居黄

---

① Ronald Egan, *The Literature Works of Ou-yang Hisu (1007-1072)*, Cambridge University Press, 1984.

② Michael A. Fuller, *The Poetry of Su Shi (1037-1101)*. Ph. D. dissertation, Yale University, 1983.

③ Michael A. Fuller, *The Road to East Slope: The Development of Su Shi's Poetic Voice*, Standford University Press, 1990.

州之前的诗词进行探讨，重点不在于苏轼黄州时期作品的特点，而在于这些特点的形成过程，即“东坡之路”。该书虽没有专论苏词，但仍值得苏词研究者参考。类似的名著还有管佩达的《重游庐山：佛教对苏轼生活与创作的影响》①。艾朗诺的《苏轼生活中的言语、意象和事迹》② 是研究苏轼文学艺术成就最全面的著作。作者论述了苏轼的生平、政绩和思想，力图将其文学创作还原到其生活环境和时代中进行考察。该书第十章“一洗绮罗香泽之态”专论苏词，包括苏词的编年问题、人格面具问题和苏轼对词体的贡献。③

前文已经提到，北美李清照研究起步很早。在诸多李清照诗词译作中，不乏精彩的评论。如胡品清在《李清照》一书中指出，在李清照的词作中，很少有儒家道德观念、道家神秘主义和佛教虚无主义的影响，她就是一个个人主义者，自己永远是作品的中心。80 年代以来，北美学者不断从新的角度对李清照及其作品进行解读。魏世德《李清照的词：一个女作家与女性创作》是李清照的女性主义研究成果。谭大立（Dali Tan）的博士学位论文《发掘性别与文化的交汇：从比较视角重读李清照和艾米丽·狄更生》④ 则从比较文学和文化学的角度解读李清照的创作。宇文所安的《回忆的引诱》⑤ 一文没有涉及任何一首易安词，却是一篇研究李清照的必读之作。该文通过对《金石录后序》一文的精彩细读，揭示了李易安的隐秘心理：夫妻二人的价值观出现龃龉，赌书泼茶的快乐很快就被丈

① Beata Grant, *Mount Lu Revisited: Buddhism in the Life and Writings of Su Shi*, Honolulu: University of Hawaii Press, 1994.

② Ronald Egan, *Word, Imge, Deed in the Life of Su Shi*, Havard University Press, 1994.

③ 关于苏轼的论著尚有：Benjamin B. Ridgway《想象的旅行：苏轼词中的行迹、景色与文人身份》（*Imagined Travel: Displacement, Lanscape, and Literati Identity in the Song Lyrics of Su Shi, 1037-1101*, Ph. D. dissertation, University of Michigan, 2005）, Xu Long《苏轼：主要创新、批评洞察与理论》（*Su Shi: Major Creative and Critical Insights and Theories*, Ph. D. dissertatio, University of Nebraska, 1986）, Vincent Yang《自然与自我：苏东坡与华兹华斯诗歌比较研究》（*Nature and Self: A Study of the Poetry of Su Dongpo, with Comparisons to the Poetry of William Wordsworth*, New York: Peter Lang, 1989）等。

④ Dali Tan, *Exploring the Intersection between Gender and Culture: Rereading Li Qingzhao and Emily Dickinson from a Camparative Perspective*, Ph. D Dissertation, University of Maryland, 1998.

⑤ 〔美〕宇文所安：《回忆的引诱》，载《追忆：中国古典文学中的往事再现》，郑学勤译，上海古籍出版社 1990 年版。

夫重利的眼光和收藏的激情冲刷掉；同时也正因为对金石文物的过分嗜好，这些文物成了“主人的主人”，成了逃亡时的巨大累赘。该文显示了宇文所安对文言文本的良好语感与细读功力，以及历史学、心理学等多学科的知识背景，也示范了如何在看起来已经难以创新的地方取得突破。细读并没有动摇作者“旁观者”的客观立场，文学性很强的行文也没有掩盖批判的锋芒。近年来集中研究李清照且成果斐然的学者首推艾朗诺教授，其相关论文多数在中国发表[①]，当有希望与中国词学家积极交流的意愿在内。艾朗诺认为词中的感情与词人的心迹不能等同，认为因为李氏某一首词中表达了相思（如《一剪梅》），就认为赵明诚曾离家远游是很牵强的，为了强行佐证这一观点而去寻找史料往往会出现失误。他认为必须放弃李清照（其实也包括所有女作家）只要写词就一定是自传式的观点。艾朗诺还探讨了宋代女性的写作环境、李清照的评价与接受以及《词论》的写作动机等问题。

北宋词人研究中，Hilary Josephs 的秦观研究、萨进德的贺铸研究也值得研究者参考。前者有博士学位论文《秦观词》[②]，后者的代表作有《贺铸词的实验模式》[③]、《贺铸诗的体裁、语境和创意》[④] 等。

（三）南宋词人研究

南宋词人研究集中于吴文英、姜夔、辛弃疾三人。叶嘉莹《谈梦窗词之现代观》（1969）一文一直被认为是运用西方文学理论解说宋词的开山之

---

① 这部分论文包括：《赵明诚远游时为什么不给他的妻子李清照写信?》（《中国文学研究》2008 年第 1 期）、《才女的重担：李清照〈词论〉中的思想与早期对她的评论》（郭勉愈译，《长江学术》2009 年第 2 期）、《李清照的调情词》（王尧、季进编《下江南——苏州大学海外汉学演讲录》，复旦大学出版社 2011 年版）、《李清照的传记：明清时期》（《荆楚理工学院学报》2011 年第 3 期）、《散失与累积：明清时期〈漱玉词〉篇数增多问题》（载 2011 年唐圭璋先生诞辰 110 周年纪念暨词学研究国际学术研讨会论文集）、《李清照谈读书与写作》（蔡丹君译，《国际汉学研究通讯》2012 年第 6 期）。

② Hilary Josephs, *The Tz'u of Ch'in Kuan (1049-1100)*, Ph. D. Dissertation, Harvard University, 1974.

③ Stuart Sargent, *Experimental Parterns in the Lyrics of Ho Chu (1052-1125)*, Ph. D. Dissertation, Stanford University, 1977.

④ Stuart Sargent, *The Poetry of He Zhu (1052-1125): Genres, Contexts, and Creativity*, Leiden: Brill Academic Publishers, 2007.

作，文章对吴文英词时空交揉手法的精彩解读，让西方读者很早就了解了这位“晦涩难懂”的大词人。方秀洁的《吴文英和南宋词的艺术》① 在其师叶嘉莹的研究基础上更进一步，系统介绍了吴文英的生平，比较了《乐府指迷》和《词源》对其相反评价的成因与背景，并总结了吴词的创作技巧，尤其是“质实”风格的表现与成因，最后还梳理了后代批评家对梦窗词的评价。对中国读者来说，吴文英的《莺啼序》（残寒正欺病酒）是一首既熟悉而又陌生的词作。尽管人人都知道此词是梦窗之名作，却少有人认真去读，只是将其充作梦窗才雄力大的证明。然而宇文所安却从解析此词入手，探讨了文学书写回忆的大问题。在《绣户：回忆与艺术》② 一文中，作者鉴赏、评论的既是《莺啼序》这首词，同时也是吴文英执着于也擅长于精心雕饰的回忆词风，更是“回忆”这一主题与词这一文体甚至整个文学的互动。

姜夔词的研究论著首推林顺夫《中国抒情传统的转变——姜夔与南宋词》③。作者分析了姜夔词小序之美和格律之美，并着重探讨了姜夔在南宋树立的词坛新风。其导论部分是对姜夔词创作背景（包括政治、经济、社会生活、思想、诗学等各个方面）的全面介绍，受到程千帆先生的高度评价。

辛弃疾研究起步较早。罗郁正的《辛弃疾》④ 是较早出版的一部专著，影响很大。该书分为六章，详细介绍了词的诞生与发展历程，辛弃疾的生平经历与时代背景，辛词对史料的运用和对历史的反映，辛弃疾的爱国主义思想、英雄主义思想和隐逸思想等，并探讨了儒释道三种价值观对词人的影响。叶嘉莹的《论辛弃疾的词》（收入《中国诗研究》）强调辛稼轩以英雄豪杰之志意与理念突破了词之内容传统、意境传统和写作传统，同

---

① Grace Fong, *Wu Wengying and the Art of Southern Song Ci Poetry*, Pinceton University Press, 1987.

② 〔美〕宇文所安：《绣户：回忆与艺术》，载《追忆：中国古典文学中的往事再现》，郑学勤译，上海古籍出版社 1990 年版。

③ Shuen-fu Lin, *The Transformation of the Chinese Lyrical Tradition: Chiang K'uei and Southern Sung Tz'u Poetry*, Princeton: Princeton University Press, 1978. 该书有张宏生译本《中国抒情传统的转变——姜夔与南宋词》，上海古籍出版社 2005 年版。

④ Irving Yucheng Lo, *Hsin Ch'i-chi*, New York: Twayne Publishers, Inc, 1971.

时又保有词的曲折内蕴之美。连心达（Xinda Lian）的《豪放与狂傲：辛弃疾词中的自我表达》[1] 突破了对辛弃疾其人其词的传统认识，认为辛词中不仅有爱国情怀和英雄意识，更有强烈的自我意识，他渴望实现自身潜能，热衷于歌颂自己独特的品质，并且享受自我表现的过程。作者指出，辛弃疾的词作中存在着大量的抗议、自夸、怨愤、不满等情绪，且通常直接以自己的声音向读者言说，散文化的句法正可以辅助其表达。辛弃疾在词中对儒家道德传统——温柔敦厚和自我克制进行了极大的反抗。

（四）清代词人研究

清代作为词的复兴时代，也受到北美学者的关注，尽管其成果与唐宋词相比要少很多。首先值得一提的是女词人研究。明清时期妇女作家大量涌现，并逐渐从文坛的边缘走向中心地带，这是明清文学的一大特点，也是世界文学史上罕见的现象，引起欧美学者的极大兴趣。前文已简述明清女性词的译介情况，个案研究则多集中在清代女词人柳如是、徐灿、贺双卿、吴藻、顾春、秋瑾、吕碧城等人身上。孙康宜比较柳、徐二人的文章《柳是和徐灿：阴性风格或女性意识?》已见前文所述。其另一部力作《情与忠：陈子龙、柳如是诗词因缘》[2] 分为三编，分别探讨情与忠之主题，陈、柳诗词中情的体现和忠的表达。孙康宜认为柳如是激起了陈子龙对词的兴趣，并帮助其实现词体的复振。其采取的途径是重拾“感性写实主义”（emotional realism）这一词史传统，陈、柳词中的浪漫爱情则是当时士子与名妓文化的回响。

贺双卿的研究成果主要有前文提到的Elsie Choy《祈祷的树叶：18世纪农妇贺双卿的生活与诗歌》、罗溥洛《谪仙：寻找贺双卿——中国农家女诗人》，以及方秀洁《解构/建构一个18世纪的女性典型：〈西青散记〉和双

---

① Xinda Lian, *The Wild and Arrogant: Expression of Self in Xin Qiji's Song Lyrics*, New York: Peter. Lang Publishing, 1999.

② Kang-I Sun Chang, *The Late-Ming Poet Ch'en Tzu-lung: Crises of Love and Loyalism*, New Haven: Yale University Press, 1991. 后国内出版中译本：〔美〕孙康宜《陈子龙柳如是诗词情缘》，李奭学译，（台北）允晨文化实业股份有限公司1992年版，陕西师范大学出版社1998年版；《情与忠：陈子龙、柳如是诗词因缘》，李奭学译，北京大学出版社2012年版。

卿的故事》[1] 和康正果《边缘文人的才女情结及其所传的诗意——〈西青散记〉初探》[2] 等。各家探讨的焦点，是贺双卿究竟是一个历史人物还是史震林虚构出来的一个形象。Elsie Choy 认为贺双卿实有其人，罗溥洛则通过自己的实地考察认为贺双卿及其诗词皆出于史震林之手，方秀洁则认为史震林的叙述糅合了想象与现实。吴藻与顾春词作研究，可参考麦大伟在《走出清代闺房：商人阶层女同志与高攀满人的女子之歌》[3] 一文中的论述。关于吕碧城词的研究论著主要有方秀洁的《另类现代性或现代中国的古典女性：吕碧城（1883—1943）生平与词作的精彩轨迹》[4] 与吴盛青（Shengqing Wu）的《吕碧城词中的"旧学"与现代空间的重新女性化》[5]。

女性词人之外，Madeline Men-li Chu 的《词人陈维崧》[6] 是北美第一篇陈维崧研究专论。全文分为四章，包括家族背景、生平与思想、陈维崧与词体之复兴和陈维崧的词。作者指出，陈维崧为词体复兴建立了一个新的、积极的理论基础，他要求词应当成为抒发个体情感、思想和社会批判的工具，应该与诗同等看待。作者认为陈维崧的词拥有一种英雄气质和不受约束的风格，生机勃勃而又十分自然。Men-li Chu 还撰写了《抒情性的拓展：陈维崧的词》[7]。麦大伟《十七世纪中国词人》[8] 是系统研究清初词的重要著作。作者继承了其导师刘若愚《北宋主要词人》的研究方法，选取了陈

---

① Grace Fong, "De/Constructing a Feminine Ideal in the Eighteenth-Century: Random Notes of the West-Green and the Story of Shuangqing", Kang-I Sun and Ellen Widmer, *Writing Women in Late Imperial China*, Stanford: Stanford University Press, 1997.

② 参见康正果《交织的边缘——政治和性别》，（台北）东大图书公司 1997 年版，第 171～202 页。

③ David McCraw, "Out from Qing Boudoirs: Songs by a Mechant-Class Lesbian and a Hypergamous Manchu", Cristina Bacchilega and Cornelia N. Moore, *Constructions and Confrontations: Changing Representations of Women and Feminism, East and West, Selected Essays*, Honolulu: University of Hawaii Press, 1996.

④ Grace Fong, "Alternative Modernities, or a Classical Woman of Modern China: The Challenging Trajectory of Lü Bicheng's (1883–1943) Life and Song Lyrics", *Nan Nü*, Vol. 6, No. 1, 2004.

⑤ Shengqing Wu, " 'Old Learning' and Refeminization of Modern Space in the Lyric Poetry of Lü Bicheng", *Modern Chinese Literature and Culture*, Vol. 16, No. 2, 2004.

⑥ Madeline Men-li Chu, *Ch'en Wei-sung, the Tz'u Poet*, Ph. D. Dissertation, The University of Arizona, 1978.

⑦ Men-li Chu, *Expanded Lyricism: Ch'en Wei-sung's (1626 – 1682) Tz'u Poems*, University of Massachusetts at Amherst, 1988.

⑧ David McCraw, *Chinese Lyricists of the Seventeenth Century*, Honolulu: University of Hawaii Press, 1990.

子龙、吴伟业、王夫之、陈维崧、朱彝尊、纳兰性德等六位与清初词体复兴紧密相关的大词人，首先择其词作进行翻译，然后分析其在词汇、意象、句法、用典、用韵等方面的特征，继而推论其于清词发展的贡献。麦大伟还将他们与前代词人进行比较，以见出其独特成就所在。

王国维的《人间词》在晚清词人研究中最受青睐。叶嘉莹之外，比较有代表性的学者是周策纵。周氏论王国维词的文字主要见于《论王国维的诗词》（香港中文大学出版社1972年版）和《论王国维的〈人间词〉》[（台北）时报文化出版公司1981年版]。作者用随感的方式记录下其对王国维词的体悟，类似于词话。其论说的核心是《人间词》对人生悲剧和时间悲剧的表现。如作者认为“人生虚妄无常”是王国维词悲剧感的焦点，而王国维之所以能够表达出时间的悲剧，在于其能够赋予时间以感觉和感情。随感虽不及论文严谨完备，却利于提供思考的火花，周氏的一些观点如王国维之自沉受屈原的影响就颇有启发性。

六　词学理论研究

在北美汉学界，词学理论研究专著很少，远不如词家研究、词与文化研究那样繁荣。但这并不是说北美词学家忽视词论，只是其相关论说往往包蕴在文学研究之中，鲜见专研词学理论与词学批评的著作。至于王国维的《人间词话》独受青睐，当与其本身中西比较的特点有关。涂经诒的《人间词话》（1970）应当是最早的英译本。此本仅翻译了原本发表于《国粹学报》的64则词话，大致反映了王国维的词学思想。1977年，李又安译介的全本《人间词话》出版，带有详细的导读与注释，译文的完整性与准确性均超过涂本，成为经典译本之一①。

艾朗诺《美的困扰：北宋中国的美学思想与追求》② 是一部系统研究11世纪中国美学思想新变的著作，涉及诗歌、金石学、赏花（花谱）、收藏

① 关于涂经诒、李又安两种《人间词话》译本在词学范畴与术语理解与翻译上的得失比较，彭玉平教授《〈人间词话〉英译两种平议——以李又安译本为中心》（《社会科学战线》2012年第9期）一文有详细论说，可以参看。

② Ronald Egan, *The Problem of Beauty: Aesthetic Thought and Pursuits in Northern Song Dynasty China*, Harvard University Press, 2006.

和词等五大领域。该书论词的部分分为两章——“情爱的困扰”和“一种新的批评讨论，一种新的男性的声音”，其研究对象主要是几篇五代北宋时期的词集序跋，包括欧阳炯《花间集序》、晏几道《小山词自序》、黄庭坚《小山集序》、张耒《贺方回乐府序》、李之仪《跋吴思道小词》和李清照的《词论》。作者认为，欧阳炯的序言是对人工之美可以胜过自然之美的宣告，是对中国传统美学的反拨；苏东坡的词体现了男性的声音，与之前的女性化倾向完全相反；李之仪和李清照的两篇文章代表着词学批评走向自觉，二人都看到词体逐渐发展的过程，李之仪强调了填词的困难和处理“情”与“意”之间关系的重要性，李清照则强调词“别是一家”，与诗不同，词也是值得付出努力的一种文体。总的来说，艾朗诺通过对上述文献的分析，明确了词体在北宋中后期逐渐被文人接受的过程。

赵晶晶《清空的浑厚——姜白石文艺思想纵横》[①] 是一部尝试架构姜夔文艺思想体系的专著。全书分为五章：第一章追溯了白石文艺思想的儒释道渊源；第二章论析了白石求全统“一”、环周折衷和以“负”求正的思维方式，以及主体诗歌理论的构成；第三章以白石之诗词验证其审美理想；第四章探索其音乐思想；第五章研究其画作与画论。显然集中论说白石诗歌理论体系的第二章是全书之重心，包括论说文艺思维方式、诗之组成论与审美理想、诗原论、体裁论、创作论等。作者认为，姜夔虽然没有专门的词论著述，但历代批评家如谢章铤、刘熙载、夏承焘等都认为其《诗说》可作词论而读，那么以白石之诗论作词论也未尝不可，白石之词论一下子丰富起来了。此外，作者特别拈出白石“尊词体”之思想。白石自名其词集曰《白石道人歌曲》，而以《铙歌鼓吹曲》和《越九歌》压卷，当是以词上承《风》、《骚》及汉魏乐府之意。特别注意向上追溯其根源、向下沿寻其流衍和平行考察其时代性，是该书在论说时的一大特点。

加拿大学者段炼《诗学的蕴意结构——南宋张炎的清空词论及其雅化意象研究》[②] 以对张炎《词论》的重新阐释，提出诗学中的“蕴意结构”

---

① 〔美〕赵晶晶：《清空的浑厚——姜白石文艺思想纵横》，上海文艺出版社 1997 年版。

② 〔加〕段炼：《诗学的蕴意结构——南宋张炎的清空词论及其雅化意象研究》，湖南师范大学博士学位论文，2007 年。该文 2009 年由（台北）秀威资讯科技股份有限公司出版，易名为《诗学的蕴意结构——南宋词论的跨文化之境》。

之说。作者认为张炎《词论》的中心概念“清空”包含形式、修辞、审美、观念四个层次，综合起来就是“蕴意结构”，反过来又可以通过这一结构看待文学作品和文学现象。

七 小结

本文从词籍译介与编选、词史书写、词与文体、词与文化、词人词作以及词学理论等方面，检视了 20 世纪 50 年代以来北美地区的词学研究成果，限于学殖，难免挂一漏万。总的来说，虽然北美词学在学者队伍、成果数量、研究格局等方面不能与中国词学界相比，但其水准之高、方法之新是很惊人的。综观北美词学研究，有以下几个特点足资借鉴。

首先，北美词学家普遍以翻译为研究的第一步，并由此形成对文本的细读。“无翻译则无研究”是西方汉学界的一条铁律。对普通读者来说，没有翻译就无法阅读诗词，也无法形成理解与研究的兴趣；对学者来说，没有翻译就无从证明对文本的理解，甚至可能导致对文本的忽略。如果没有白芝、华兹生、罗郁正、刘若愚、海淘玮、宇文所安等著名学者大量的、上乘的编选译介作品，北美词学发展会缓慢得多。更重要的是，翻译“逼迫”研究者逐字逐句地对文本进行“亲密接触”，使得文本细读这一本就为欧美学者所擅长的基本研究方法在词学研究中大放光彩。宇文所安、艾朗诺等学者就是凭借对《金石录后序》和《词论》的细读，在看似已经难以创新的领域取得了新的突破。

其次，北美词学家习惯在宽泛的文化背景下展开研究。这种宽广的文化视野似乎是欧美学者与生俱来的。毕竟他们对于中国传统文化和诗词来说是“外人”，不得不先将研究对象置于大的历史文化背景下进行理解和考察。然而这一“劣势”同时也可能是优势。文化视野可以让学者居高临下地审视词史之发展，如田安的《花间集》研究；也更容易催生跨学科的深入研究，如萨进德关于南宋词与印刷文化的探讨；同时也利于转移学术阵地，拓展研究格局，如艾朗诺从欧阳修的文学创作研究到苏轼的所有文学艺术门类研究。历观几十年来的北美词学家队伍，很少有固守某一领域的学者，反而诞生了不少通才、大家。虽然这与其特殊的从教、研究环境有关，但宽广的文化视野也是重要因素。他们未必做到了“深”，但确实做到了“博”。

最后，常用常新的理论武库，能帮助词学研究不断取得突破。欧美地区文学理论发展日新月异，北美词学家或耳濡目染，或本身即是理论家，通常善于使用新兴理论革新研究方法。其采用文体学、解构主义、女性主义、母题溯源等理论在词学研究中取得成功的例子已见上文所述。当然，套用西方文学理论解读中国古典诗词也容易陷入偏颇与猎奇，这就需要国内外词学界加强交流与合作，取长补短，共同进步。

中编　学术变迁与现代品格

20世纪中国文学批评史研究的现代品格

回顾20世纪中国文学批评史这一学科的发展历程，有以下三个重要发现不可不提。一是20世纪末提出的“中国古代文论的现代转换”这一命题，是对肇始于20世纪初期的中国文学批评史学科的创建和发展的现代化转型这一历史进程的回应与反思。中国文学批评史学科的创建与发展脉络，实质上与古代文论研究的现代转型进程如影随形。二是学科研究的现代化进程，以中国文学批评史研究具备了现代品格为标志，“学术与思想”与“学术与方法”可以作为考察这种现代品格的两个基本维度。三是对20世纪以来的中国文学批评史的学术研究史进行研究，应以“存往之真，启鉴将来”为目的，即对过去的学科史及学术史力求还原存真，对将来的学科发展起到启示镜鉴作用。

一　学科发展史略

以1927年陈锺凡《中国文学批评史》的出版为起点和标志，中国文学批评史这一学科已走过近百年的历程。20世纪末期，“中国古代文论的现代转换”的提出，如石击水，惊波动澜。它流布学界之广，涉及问题之复杂，使它必然成为一个跨世纪的重要命题。这一命题事实上肇始于中国文学批评史的学科创建期，当“中国文学批评史”被以某种理论模式或较成体系的框架来书写时，“中国古代文论的现代转换”就已经开始了。在学科发展过程中，这个转换进程始终没有停止过。用这一宏通的视野来检视学科的发生与发展，我们认为它大致经历了开创奠基期、沉潜分化期和反思拓展期三个阶段：开创奠基期，大体上确立了学科创建的基本原则、方法和基本理论构架；沉潜分化期，学科的现代化进程遭遇挫折，但在文献史料的整理与研究方面则取得了瞩目的成就；反思拓展期，主要解决学科研究如何才能融入当代中国文论的总体建设并健康发展的问题。三个阶段都不可避免地受到现代社会中的主流意识形态、主要社会思潮及文化思潮的影响，呈现出鲜明的现代转型特点。

（一）开创奠基期：用科学方法整理国故

中国文学批评史学科的创建是中国的传统学术研究面临种种现代思潮的冲击，要求现代转型的必然结果。20世纪初期的“整理国故”运动是孕育中国文学批评史学科的温床，“科学方法”则是学科创建的根本方法。

“整理国故”是1919年5月《新潮》杂志针对“国故”“国粹”研究提出的主张，即胡适所谓“研究问题”“输入学理”“整理国故”“再造文明”。[①] 从学术研究的角度上来说，“整理国故”是民族文化传统仍然具有顽强生命力的体现。它所体现的学术氛围，对学术研究的具体问题的考察，如史料的保存与挖掘等，都以传统文化为根基，坚守了学术研究的民族特色。在这种文化运动思潮的影响下，对中国古代丰富的文学批评及理论资源进行现代整理，也成为“整理国故”运动的重要构成部分。

“科学方法”是中国文学批评史学科创建的根本方法。胡适认为，“整理国故”就是“把三千年来支离破碎的古学，用科学方法作一番有系统的整理”[②]。胡适所谓的科学方法，是指“大胆地假设，小心地求证”，但在中国文学批评史学科创建的过程中，学者们对科学方法的渴求，实质上已突破了胡适的认识，而更多地指向西方现代科学和学术研究的多种理论体系中的新思维和新方法。“整理国故”的主将们正是在借鉴西方现代学科研究的新思路、新方法的过程中，反思中国传统学术的文化精神、运思方式和研究方法，尝试创建新的学术研究体系，从而取得了奠基性的研究成就。

“整理国故”文化思潮的影响和“科学方法”的广泛运用，合力开启了中国文学批评史的学科创建工作。20世纪20年代至40年代末，以陈锺凡、

---

① 胡适：《新思潮的意义》，《新青年》1919年12月1日，第7卷第1号。

② 胡适口述，唐德刚注译《胡适口述自传》，安徽教育出版社2005年版，第219页。

郭绍虞、罗根泽、方孝岳、朱东润、傅庚生等为代表的第一代学者，差不多都受到了“用科学方法整理国故”这一文化思潮的影响。譬如陈锺凡曾在其自述中说：“1921年8月至1924年11月，任东南大学国文系主任兼教授，对当时的学衡派盲目复古表示不满，乃编国文丛刊，主张用科学方法整理国故。”① “用科学方法整理国故”，正是中国文学批评史这一学科开创期的突出特点，它具有与传统学术研究迥然不同的现代化特质，这说明中国古代文论研究的现代转型从此时就开始了。

在“用科学方法整理国故”的学术语境中，郭绍虞的《中国文学批评史》结合西方的“文学观念”，将中国文学批评史的进程划分为演进、复古、完成等三个阶段，并围绕文学观念上的“复古”与“新变”思潮，对中国古代文学批评与理论的发展历程进行了梳理。罗根泽的《中国文学批评史》也是在考察西方的文学观念的基础上，在文学的“广义”“狭义”“折中义”之间选择了“折中义”。其《周秦两汉文学批评史》中的长篇“绪言”，明确指出文学批评的目的“固在了解批评者的批评，而尤在获得批评的原理”与“文学原理”。② 这本著作充满学科建设的自觉意识，在理论上明显带有受西学影响的痕迹。方孝岳的《中国文学批评》重视“横推各家的义蕴”，对先秦至清代的重要文学批评和理论思想钩玄提要。朱东润的《中国文学批评史大纲》，无论是宏观体例的建构，还是微观问题的讨论，都在一定程度上受到了西方哲学、美学和文学理论的影响。如他认为殷璠、高仲武、司空图是“为艺术而艺术”，元结、白居易、元稹是“为人生而艺术”等，就是用西方现代文艺理论来研究古代文学思想的尝试。③ 傅庚生的研究旨趣特别明显地指向文学批评原理与理论问题，他的《中国文学批评通论》共分三编，上编“绪论”共四章，论文学、文学批评之义界，论创作与批评的关系，还对中国文学批评的历史进行简介，并提出“感情、想像（象）、思想、形式四者，为构成文学之四要素”④；中编“本论”，进

---

① 高增德、丁东编《世纪学人自述》，北京十月文艺出版社2000年版，第1~2页。

② 罗根泽编著《周秦两汉文学批评史》（《中国文学批评史》第一分册），商务印书馆（重庆）1944年版，第7页。

③ 朱东润：《中国文学批评史大纲》，上海古籍出版社2001年版，第93~94页。

④ 傅庚生：《中国文学批评通论》，商务印书馆（上海）1947年版，第8页。

一步从感情论、想像（象）论、思想论、形式论四个方面展开；下编“结论”，以“个性时地与文学创作”、“文学之表里与真善美”及“中国文学之文质观”三章研究问题。全书鲜明的理论性和系统性，正是“用科学方法整理国故”的典型体现。

除以上述史型著作颇受“用科学方法整理国故”的影响，该时期的一些主要研究专题和具体问题的精彩论著，同样具有这种特点。如蔡正华的《中国文艺思潮》（上海世界书局1935年版）、许文雨的《文论讲疏》（南京正中书局1937年版），朱维之的《中国文艺思潮史略》（合作出版社1939年版）、钱锺书的《谈艺录》（上海开明书店1948年版）等，都接受了西方哲学美学、现代社会思潮和其他学术思想的影响。

所以，20世纪上半叶的中国学者，在总体上是尝试借鉴西方现代学科研究的新方法，以一种更为逻辑化、体系化，更具理论色彩的思维方式，来建构中国古代文学批评史的学科体系的。但同时，第一代学者们并没有因为采用了“科学方法”而放弃自己的文化母体，他们尝试用新的观念和方法来研究传统文化，这就是所谓的“昌明国粹，融化新知”。

（二）沉潜分化期：学术研究的两极分化

20世纪50年代初至70年代末，受当时“文艺为政治服务”的社会思潮的影响，中国文学批评史研究的现代化转型进程较为缓慢，并且呈现出两极分化的趋势。

一个趋势是学术研究的政治化倾向明显。不少学者在研究中用政治标准取代文艺标准，学习“苏联文艺理论”模式在当时的文艺界极其流行。在这种历史文化语境中，纯粹以文艺标准进行研究的理论著作较少，文艺与政治相结合成为常态。如黄海章在《中国文学批评简史》中说：“清代盛行的桐城派，直到五四运动以前，在文坛还有相当的力量。他们专门讲求文章的神理、气味、格律、声色，内容非常空洞，脱不了形式主义的窠臼。然而五四运动，由于李大钊同志等的领导，马列主义文艺理论的输入，却把它摧毁得干干净净。在新民主主义革命的阶段，毛泽东的文艺思想，更如旭日东升，资产阶级的文艺思想，已经被打垮了。到了现在，在毛泽东文艺思想照耀之下，走向革命的现实主义和革命的浪漫主义紧密地结合的道路，吐露出无限的光芒。回顾过去，有不少优秀的文学理论，可以供我们吸收，来丰富我们现代文学的内容，同时也感到了在毛泽东文艺思想指导之下，要积极地发挥创造性，才能够在世界上开出奇异的鲜花。”[1] 这说明文学研究的倾向会随着政治环境、社会思潮的变化而变化，学者会跟随政治的指挥棒来开展学术研究。

郭绍虞在这段时间的体验，大概代表了这个时期的学者们的学术心态。在“马克思列宁主义的文艺理论思想”[2] 的影响下，郭绍虞对 1934 年和 1947 年出版的《中国文学批评史》上册和下册进行改写，于 1955 年出版一卷本《中国文学批评史》，之后又出版改写的《中国古典文学理论批评史》上册。由于用政治意识形态的立场和标准来研究中国古代文学批评及理论，体现出明显的时代局限性，郭绍虞遂放弃了对下册的改写。1979 年，上海古籍出版社重新出版 1955 年的改写本。在“再版前言”中，郭绍虞说：“我总想把这部旧著改得差强人意，使它多少有利于具有民族形式的马克思主义文艺理论的建立，有利于社会主义文艺的发展；但是目标愈高，愈觉畏缩，未能如愿，直到今天，还只能把这部资料性的作品贡献在读者面前，这是非常抱歉和惭愧的。”[3] 郭先生的这种心态，不是个别，也不是偶然，而是反映了一个时期的学术研究状况，说明中国文学批评史研究在这段时期的确处于困境。

另一个趋势是学术研究出现“述而不作”的倾向。可能是浓厚的政治氛围使一部分学者发生了研究目标的转向，披沙拣金的文献整理成为此期研究的唯一亮点。其积极的结果是使基础性的史料之学得到了重大推进，一批古代文学理论史料的耙梳、整理之作相继出版，为 20 世纪后期的学科发展提供了较为充足的研究资源。在这方面做出重要贡献的代表人物仍然是郭绍虞。早在 20 世纪 30 年代，郭绍虞就开始下功夫整理古代文学理论的文献资料。[4] 他的文献整理的工作重点放在“诗文评”方面，尤其他是对古

---

① 黄海章编著《中国文学批评简史》，广东人民出版社 1962 年版，第 5 页。

② 其实那并不是真正的马克思列宁主义的文艺理论思想，而是苏联模式影响下的文艺理论思想。

③ 郭绍虞：《中国文学批评史》“再版前言”，上海古籍出版社 1979 年版，第 1 页。

④ 如《陶集考辨》（《燕京学报》第 20 期，1936 年 12 月）；《明代的文人集团》（《文艺复兴》1948 年中国文学研究专号）。

代诗话的整理，用功甚勤。除了《宋诗话辑佚》（哈佛燕京学社1937年版），其又相继推出了《沧浪诗话校释》（人民文学出版社1961年版）、《诗品集解·续诗品注》（人民文学出版社1963年版）、《杜甫戏为六绝句集解·元好问论诗三十首小笺》（人民文学出版社1978年版）、《宋诗话考》（中华书局1979年版）。此外，郭绍虞还先后主持选编了《中国历代文论选》一卷本、三卷本，1979年该书修补增订为四卷本，它至今仍然是高校中国文学批评史课程使用频率极高的选本。

1958年至1979年期间，由郭绍虞与罗根泽牵头主编，人民文学出版社陆续出版了“中国古典文学理论批评专著选辑”丛书中的一部分，除郭绍虞自著的上述校注辑本之外，还包括各家或注释、或点校考订的《文心雕龙注》《饮冰室诗话》《白雨斋词话》《介存斋论词杂著·复堂词话·蒿庵论词》《论文偶记·初月楼古文绪论·春觉斋论文》《中国中古文学史·论文杂记》《文则·文章精义》《随园诗话：十六卷补遗十卷》《渚山堂词话词品》《汉魏六朝百三家集题辞注》《蕙风词话·人间词话》《昭昧詹言》《四溟诗话·姜斋诗话》《诗品注》《六一诗话·白石诗说·滹南诗话》《文章辨体序说·文体明辨序说》《苕溪渔隐丛话》《词源注·乐府指迷笺释》《瓯北诗话》《带经堂诗话》《文镜秘府论》等。[①] 此期在台湾也出版了一批诗话类文献的整理书籍，如《清诗话访佚初编》《中国文学批评资料汇编》等，惜两岸未通之前，大陆学者不易得见。

此期，中华书局、上海古籍出版社也先后出版各种诗话、词话、文话、赋话的校注本和标点本。有一些则是大规模的文献辑本，如唐圭璋主编的《词话丛编》、中国戏曲研究院编的《中国古典戏曲论著集成》。[②]

此期大陆的述史型著作，在学科发展史上影响最大的是由刘大杰主编、复旦大学中文系古典文学教研组编辑、1964年出版的《中国文学批评史》（第一册）。该书为80年代以后王运熙、顾易生接手出版中册和下册打下了

① 由人民文学出版社出版的“中国古典文学理论批评专著选辑”丛书，20世纪80年代以后仍然在陆续推出，已达三十余种之多。

② 唐圭璋主编的《词话丛编》1934年出版，收词话60种，1986年由中华书局重新修订出版，增25种，共收词话85种。中国戏曲研究院编《中国古典戏曲论著集成》于1959年由中国戏剧出版社出版，1980年重印，全书10册，收录了唐、宋、元、明、清五个朝代的戏曲论著48种。

基础。这本著作多次再版，影响及今。该时期的其他论著乏善可陈，但在台湾、香港和域外，则颇有一些佳构。

（三）反思拓展期："失语"与"重建"背景下的古代文论研究

20 世纪 70 年代末期以来，随着社会政治意识形态的松动和思想界的逐步解放，中国文学批评史研究进入了反思拓展期。以王文生、徐中玉先后主编，上海古籍出版社 1979 年 12 月开始推出的《古代文学理论研究》辑刊（第 1~18 辑）为起点，至 20 世纪末，大量述史型著作（包括通史类和断代史类）和专题型论著应运而生。①

从 80 年代开始，学者们就发现中国现行的文艺学研究与学科建设，并不能真正解决中国文学的实际问题。学界首先寻求在研究方法上的突破，从而掀起 80 年代中期的"方法论"思潮，以 1985 年 4 月出版的《文学研究新方法论》为代表，其力求研究方法的革新，也影响了中国文学批评史的研究，但是其路径仍然主要是从西方借鉴。除了所谓"老三论"（系统论、控制论、信息论）盛行之外，还有所谓"新三论"（耗散结构论、协同论、突变论）也渐渐向古代文论研究渗透。强调研究的新方法，突破了社会科学疆域，一些自然科学研究方法也被借鉴。研究方法的革新的确为学术研究带来了新面貌，但方法的滥用也会导致文学理论研究偏离本位，其直接后果就是在"方法的迷信"中，中国文论变成了话语游戏，失去了它的本土适应性和现实针对性，这就是所谓"失语症"现象。90 年代中期，以曹顺庆为代表的学者们提出中国文论患上了"失语症"，并呼吁"重建"

---

① 述史型的通史类著作如敏泽《中国文学理论批评史》（人民文学出版社 1981 年版），复旦大学中文系古典文学教研组编撰《中国文学批评史》中册和下册（上海古籍出版社，中册 1981 年出版，下册 1985 年出版），周勋初《中国文学批评小史》（长江文艺出版社 1981 年版），蔡钟翔等《中国文学理论史》（北京出版社 1987 年版），朱恩彬主编《中国文学理论史概要》（山东文艺出版社 1989 年版），杨星映《中国古代文学理论批评纲要》（重庆大学出版社 1999 年版），张少康、刘三富《中国文学理论批评发展史》（北京大学出版社 1995 年版），王运熙、顾易生主编《中国文学批评通史》（七卷本，上海古籍出版社 1996 年版）。除通史类著作外，还有一批有影响的断代史著作，如叶易《中国近代文艺思想论稿》（复旦大学出版社 1985 年版），罗宗强《隋唐五代文学思想史》（上海古籍出版社 1986 年版）、《魏晋南北朝文学思想史》（中华书局 1996 年版），张毅《宋代文学思想史》（中华书局 1995 年版），许结《汉代文学思想史》（南京大学出版社 1990 年版）等。专题型著作则更多。

可以发出自己的声音的中国文论。而中国文学批评史的研究，也基本上是被置于“失语”和“重建”的背景之中进行反思和拓展的。

中国文论患上“失语症”的观点，到目前为止仍然存在诸多争议，但是它的确形象地说明了中国文论在百年发展历程中存在诸多问题。“失语症”的提出，使大批文艺学学者，特别是那些以擅长西学著称的学者，开始思考如何从传统文化和文论中借鉴理论资源。在这种背景之下，学界将启动“重建中国文论”这一巨大工程的期许目光，投向了古代文学理论，“中国古代文论的现代转换”这一命题也就被鲜明地提了出来。曹顺庆、李思屈的《重建中国文论话语的基本路径及其方法》一文，系统地提出了重建中国文论话语体系的基本步骤：首先，对传统话语进行发掘整理；其次，在对话中凸现与复苏传统话语；再次，在广取博收中重建话语体系；最后，在批评实践中检验其有效性与可操作性。[①] 如果说“失语症”只是一种文论研究的症候，“中国古代文论的现代转换”所承载的就是用来改善“失语症”症候的“期许之心”。

在学界取得一定共识的基础上，古代文论的价值被重估。对它的现代转换，以及如何转换，从观念到实践操作，都在20世纪末、21世纪初开始走向自觉。如曹顺庆、王超在《论中国古代文论的中国化道路——对“中国文学批评”学科史的反思》一文中写道，“五四”以来的古代文论研究基本上都是在西方思维模式的影响下进行的，具体而言，主要经历了“学科化”“体系化”“范畴化”三条西化之路。要使中国文论从“失语症”中解脱出来，就要经过四个步骤：第一，承认中国文论较之西方诗学的异质性和话语独立性，避免“以西释中”或“以中注西”的倾向；第二，在“中国古代文论的现代转换”这个命题中进入“古今对话”的现代阐释性理论视域；第三，在“古今融会”的同时进行“中西化合”，以中国文论的话语规则为本，融合或化用西方的理论资源，最终达到中西跨文明对话语境下的“中国化”研究；第四，在承认中西方文论异质性因素的前提下，进行跨文明对话，中西文论思想的交流、互补和超越，最终达到“中西化合”的无垠之境。[②] 这些建设性的意见，如何落实到操作层面，还需要更多的学

① 曹顺庆、李思屈：《重建中国文论话语的基本路径及其方法》，《文艺研究》1996年第2期。

② 曹顺庆、王超：《论中国古代文论的中国化道路——对“中国文学批评”学科史的反思》，《中州学刊》2008年第2期。

者共同努力。

二　学术与思想：中国文学批评史的学科生态

学术与思想的关系问题，是考察学科发展的进程是否具有现代品格的一个重要维度。从这一维度出发，又涉及两个基本问题：一是在中国文学批评史研究的过程中，学者们是如何认识和处理学术与思想的关系的？二是在中国文学批评史研究中，学术研究受思想影响的情况是怎样的？

在学术研究中如何认识和处理学术与思想的关系？首先应追溯到 20 世纪初期的“问题”与“主义”之争，它始于“中国文学批评史”创建的前夕。从学术研究的角度上来看，可视为“学术”与“思想”的关系问题的发生语境。“问题”与“主义”之争本来是社会意识形态领域里自由主义知识分子与马克思主义知识分子之间的一次交锋，但却与学术研究有着关联。在学术界，“问题”指具体的学术性论题，而“主义”则可以理解为各种形态的思想。

在“问题”与“主义”的发生语境中，对“学术”与“思想”的关系问题有两种基本的观点。一是主张学术与思想分离。以学问家自命的学者认为，学术是学术，思想是思想，学术与思想并不是必然联系在一起的。中国的传统学术研究，如清代朴学，专注于训诂考据，受其影响，中国文学批评史研究中的文献搜集、整理与考据研究，是学术研究，但并不致力于阐释思想。这是从学理上来思考学术与思想的关系，为二者的分离寻求客观存在的依据。更多的学者是从主观意识上就排斥思想对学术的影响，认为由于思想的复杂性和主观性，它的介入会导致学术研究的纯粹性和客观性失效。但不论是从哪种角度出发，主张学术研究摆脱思想的影响并不现实。根本的理由有二：一是中国文学批评史这一学科研究的对象本身就是古代各种思想的载体，对批评和理论文本中包含的思想完全没有感觉是不太可能的；二是任何一个学者，既不能完全脱离社会意识形态，也总是处于各种社会思潮交汇的文化场域。在进行学术研究时，这些思想因素都有可能构成他的研究“前见”或“期待”。所以，希望将学术与思想完全分开，是一种学术理想上的“乌托邦”。

二是主张学术与思想结合。郭绍虞在《中国文学批评史》上册第一篇

《总论》中就已经探讨了这一认识，他认为："中国文学批评之演变蜕化，也自有其可以注意的地方。何以故？盖文学批评所由形成之主要的关系，不外两方面：一是文学的关系，即是对于文学之自觉，二是思想的关系，即是所以佐其批评的根据……由后者言，文学批评又常与学术思想发生相互联带的关系；因此中国的文学批评，即在陈陈相因的老生常谈中也足以看出其社会思想的背景。这固然不同欧西的文学批评一样，一时代有一时代所标榜的主义，而于各时代中似均可有明划的区分；然亦不能谓中国文学批评全没有其思想上的根据。"[①] 王元化的一个极有影响力的著名论断也主张学术与思想结合。1994年7月，他针对李泽厚所说的"学术家凸现，思想家淡出"，提出："学术和思想的关系，不是东方压倒西风，或西风压倒东风的关系，我们应该提倡有学术的思想和有思想的学术。"1996年1月，《文史哲》发表了许纪霖对王元化的访谈，许纪霖问："作为主编（指王元化主编的《学术集林》），您是以一种什么样的关怀或追求来主持这一文丛的？"王元化说："我想，《学术集林》大概是颇不合时尚的读物。我们不想遵循目前流传起来的说法，把学术和思想截然分开。《学术集林》发表的文字，希望多一些有思想的学术和有学术的思想。"[②] 如果说"有学术的思想"是希望通过"学术"的研究来使思想具有科学性和有效性，以避免思想的盲目主观性的话，"有思想的学术"则是主张将思想渗透在学术研究中，以提升学术研究的理论品质。事实上，在研究文艺理论和中国古代文学批评及理论时，王元化也在不断地反思自己的思想历程，将学术与思想融为一体，达到了非常高的理论研究水平。

在中国文学批评史的研究中，学术与思想相互影响的情况是怎样的？通过反思中国文学批评史的学科发展进程，可以发现它不仅仅是一部20世纪的学术史，同时也是一部20世纪的思想史。一些主要的意识形态（尤其是政治思想），以及各种与学术可能产生关联的社会思潮中的观念、意识、立场、态度等，都或多或少地渗透在学术研究的过程

---

① 郭绍虞：《中国文学批评史》上册，商务印书馆（上海）1934年版，第1~2页。

② 王元化、许纪霖：《追求有思想的学术》，《文史哲》1996年第1期。

中。也正因为有种种思想的介入，中国文学批评史的研究才会具有鲜明的现代品格。不过，也要注意到现代品格并非都是积极的、正面的，因为思想自身也存在正确的思想和不正确的思想。这种情况使得受思想影响的学术研究的情况异常复杂，在此仅按中国文学批评史学科发展进程的主要脉络做一个简明勾勒。

在学科的创建奠基期，学者们大多以一种新的文学观念为基础，在历史绝对主义观念的影响下展开他们的“述史”研究。[①] 虽然学者们处于动荡不安、战火纷飞的时代，但大体上来看，学者们的思想并没受到统一的意识形态的控制，于是能够致力于钩稽耙梳，考镜源流，从文学史自身的发生发展情况，来研究批评史发生和发展的历史逻辑。还原文学史的真相，还原批评史的真相，在此基础上提炼出批评史发生发展的基本脉络，是这一时期学者的普遍诉求。这一时期的学者，在思想上并没有一个统一的规范，但并不能说这些学者在进行学术研究时没有自己的思想。除了他们持有自己的文学观和文学批评观之外，他们也不能不受社会思潮与时代意识的影响。比如在 1957 年版的《中国文学批评史》第一册“新版序”中，罗根泽反思了自己早期的研究情况，认为自己的研究也“不能完全摆脱当时的时代意识，也难以超越当时的时代意识。例如对‘载道’和‘缘情’的问题，我虽希望不沾沾于一种观念，但事实上仍接受了‘五四’时代认为文学是感情产物的影响”[②]。

新中国成立至“拨乱反正”之前，“教条主义”和“路线斗争”的话语体系对文学批评史研究产生了较大影响。黄念然指出：“个体的写作让位于时代的政治意识，时代政治意识对历史事实进行穿凿附会，是这一时期批评史撰写的主要特点”，以郭绍虞的《中国古典文学理论批评史》黄海章的《中国文学批评简史》为代表。[③] 而罗根泽的《现实主义在中国古典文学及理论批评中的发生和发展》（《文学评论》1959 年第 4 期）一文，也体现出这样的时代特征。由于这一时期的中国文学批评史研究表现出明显的政

---

① 代表者有陈锺凡、郭绍虞、罗根泽、朱东润、方孝岳等。

② 罗根泽：《中国文学批评史》“新版序”，古典文学出版社 1957 年版，第 1 页。

③ 参见黄霖主编、黄念然著《20 世纪中国古代文学研究史·文论卷》，东方出版中心 2006 年版，第 254 页。

治化倾向，不受学界认可，故其往往被故意忽略或一笔带过。这一时期产生的一些理论文本也已经从学界的研究视野中淡化，部分文本甚至成为稀见材料。由于学术史研究要求“存史明鉴”，故而仍有必要对这些理论文本进行系统整理和再出版，以完整保存中国文学批评史的历史真相。

“拨乱反正”之后，由于政治环境及社会思潮的变化，学界的思想得到较大解放。在各种思想的交锋中，人们对马克思主义的理解进一步深化，“实践是检验真理的唯一标准”得到普遍认同。在此基础上，中国文学批评史的“述史”研究，主要坚持了马克思主义的唯物主义历史观，注重运用历史唯物主义的联系和比较的方法来梳理古代文学和理论批评发展史，追求历史与逻辑的统一，在整体上对新中国成立至70年代末期的学科研究进行了反思，取得了丰硕的成果。代表性的通史类著作有敏泽的《中国文学理论批评史》、复旦大学三卷本的《中国文学批评史》、蔡钟翔等人编撰的五卷本《中国文学理论史》、复旦大学七卷本《中国文学批评通史》等；断代史著作有罗宗强的《魏晋南北朝文学思想史》《隋唐五代文学思想史》《明代文学思想史》、张毅的《宋代文学思想史》、许结的《汉代文学思想史》等。在这些著作中，可以明显地感受到此期大陆学界的学术研究主要受马克思主义的影响，自觉地运用马克思主义相关原理来研究中国古代的文学批评和理论。

随着“全球化”时代的到来，世界以及中国进入了一个新的“文明冲突”期。在这种多元化的社会和文化语境中，中国文学批评史的研究已经不可能只是固守传统思想，它不可避免地会受到更多外来思想的冲击，这对于当下和未来的学术研究而言，有可能产生积极的影响，从而酝酿出一个百家争鸣的学术生态。

综上所论，20世纪的中国文学批评研究的学术史，始终与各种思想相纠葛，没有哪个学者能够真正摆脱思想对学术的影响。

三　学术与方法：中国文学批评史的内在逻辑

中国文学批评史学术研究的现代品格，也与学者们积极地探索并采用新的研究方法密切相关。尤其是当中国古代文学批评及理论的研究不太容易寻求到新的思想资源时，研究方法的重要价值和意义更为明显。

20世纪80年代以来，中国文学批评史与当代文艺学在研究方法的采用方面的情况是一致的。学界经历了80年代中期“方法年”的强力冲击，自然科学新的方法论与人文社科新的方法论纠缠在一起，产生了一些重要的文化讨论热点，比如80年代的“主体性”讨论、李泽厚的“积淀说”、刘再复的“人物性格二重组合论”、文艺界的“对人性的呼唤”等，它们都影响了中国文学批评史的研究。研究者们从不同的研究角度和研究领域，借用现代哲学、心理学、语言学、人类学、符号学等方法，来研究文论和文学史现象，对古代文学批评和理论进行多层次多维度的阐发。

研究方法的重大变革往往带来研究范式的转型。或者说，当某些研究方法对于中国文学批评史的研究模式产生确定和转型的重要作用时，范式的创建或范式的转型也就开始了。这种因方法革新而带来的范式转型，在中国文学批评史研究的现代转型过程中意义重大。“中国古代文论的现代转换”是中国文学批评史学科创建以来的一个最为根本的范式转型，即从古典形态向现代形态转变，可将它命名为中国文学批评史研究中的“总体性范式转型”。在这一总体性范式转型的进程中，究竟有哪些重要的研究方法创造了学科研究的新范式呢？胡晓明曾于1999年在中国古代文学理论学会的保定年会上发表《出新何术得陈推》，把中国古代文论研究几个常见的范式用形象的说法概括为造楼式、掘进式、造桥式、隧道式和高架式五种。①为了更简洁明晰地说明这一问题，笔者在此将它们归纳为文史互证、史论结合、跨文化比较、跨学科贯通四种基本的研究范式。这些范式都属于方法型的研究范式，在“古代文论的现代转换”的总体性进程上，发挥了重要的作用。

文史互证，是指在充分搜求、考证、辨析大量文献及史料的基础上，按照现代学科构建的要求，来提炼中国文学批评史的基本述史模式、宏观的研究体系和主体内容。文史互证的研究范式，发挥了传统学术研究的实证精神，强调从材料出发，在“述”和“作”之间，更倾向于“述”。这种研究范式的重大贡献为学科的创建及系统化发展夯实了基础。陈锺凡、郭绍虞、罗根泽、朱东润的批评史撰述和王运熙、顾易生等的《中国文学

① 胡晓明：《出新何术得陈推》，《文艺理论研究》2000年第2期。

批评通史》，在研究范式上均主要为文史互证。

史论结合，是指 20 世纪 20 年代由鲁迅开创，80 年代由罗宗强等倡导并实践的文学批评理论与文学史研究相结合的研究范式。胡晓明在《出新何术得陈推》中认为，“这一派强调批评、理论、学说及观念运动底下错综复杂盘根错节的地层”。这个地层，就是文学批评理论所赖以生成的文学史及其历史文化语境，结合文学史及其历史文化语境的情况来研究文学批评及理论，就必须注意在研究中结合文学思潮中自然形成的时间段落，重视社会政局对士人心态的影响，重视哲学思想、社会生活习俗及文化交流等诸多因素对文学史及文学批评理论史的影响。罗宗强史论结合的研究路向，是将研究中国文学批评史和研究中国古代士人心态史结合起来，强调学科研究的历史还原和求真求实，这使他的研究出现了文学思想史研究的转向。《隋唐五代文学思想史》《玄学与魏晋士人心态》《魏晋南北朝文学思想史》《明代后期士人心态研究》等都是这种研究路向的代表性著作。史论结合的研究范式，也在一定程度上催生了文论史观的研究范式转型，其主导精神是究古今之变，主张文化精神的传承与变迁。事实上，中国古典学术的研究要达到求真求实，达到透彻了解的程度，采取史学的手段与达到史学的境界都是必然。

跨文化比较，指从王国维、钱锺书、王元化以来侧重于中西文化和诗学比较的研究范式。王国维是近代中国最早运用西方的哲学、美学、文学观点和方法来剖析评论中国古典文学的开风气者，被誉为“中国近三百年来学术的结束人，最近八十年来学术的开创者”。他的此类文论代表著作有《宋元戏曲考》《人间词话》《红楼梦评论》。钱锺书的治学特点是用贯通中西、古今互见的方法，融汇多种学科知识，探幽入微，钩玄提要，在当代学术界自成一家。《管锥编》是钱锺书最重要的研究成果，该书用典雅的文言写成，但又引用了大量英、法、德、意、西原文。《谈艺录》被称为中国最后一部集传统诗话之大成的书，也是第一部广采西方人文、社科新学来诠评中国古典诗学诗艺的著作。该书征引或评述了宋代以来的诗话近 130 种，中国诗话史上的重要著作几乎都被涉及，举凡作者之心思才力、作品之沿革因创、批评之流弊起衰等都涵盖其中。各节论述具体入微，多有创见，行文则或兼综、或条贯、或评点、或专论，长短自如，不拘一格。该书采“二西”而反“三隅”，引述西方论著500余种，内容包括曾作为思想理论界显学的佛学、精神分析学、结构主义、文化人类学、新批评和较新起的流派如超现实主义、接受美学、解构主义等。王元化与钱锺书并称“北钱南王”，著有《文心雕龙创作论》[①]，此书既对《文心雕龙》全书的理论体系做了严肃精湛的思辨分析，同时又第一次将这部古典名著所包含的思想和观念，以西学理论为参照系，细加审析，在本土资源与外来观念之间，创造出一种沟通对话的可能性。宗白华的《中国艺术意境之诞生》，借用德国古典哲学和西方浪漫主义思想，来研究中国古老的诗画艺论。朱光潜用西方美学的“高贵的静穆”来诠释陶渊明的“平淡冲粹”，极具跨文化比较的视野。跨文化比较的研究范式，在当代比较文艺学研究的催化下，获得了极大的发展空间，这种研究不再简单地削中国古代文论之足来适应西方文论之履，而是更多地立足于差异性，以发现中国文论的特质。当代学者曹顺庆的专著《中国比较诗学》《中外比较文论史》《中外文学跨文化比较》及大批编著，对于中国文学批评史学科研究最大的贡献也在于较系统地建立起当代中国的中外比较诗学的研究体系，并带动了一大批学人在这方面深入拓展。

跨学科的贯通研究范式，主要着眼于跨学科比较研究，打通文学和其他艺术门类、其他哲学社会科学和人文社会科学的界限，甚至打通文学与理学、工学等的学科界限，具体的研究比较倾向于微观层面，以个案研究，起到举一反三的学科研究示范作用。如饶宗颐的禅宗语汇与元明清画论的研究，徐复观的道家思想与文人画传统的研究，周策纵揭示古巫与古代医学、神话、祭祀以及浪漫文学，尤其是“诗六义”的理论之间的隐秘关联，朱良志关于理学与中国古典美学的相通性等，用传播学理论来研究中国古代文论的接受与传播等，都属于跨学科的贯通式研究。

除了上述四个基本的研究范式与研究方法关联密切之外，中国文学批评史从语言学转向文化学及人类学，从宏观研究转向微观研究，从研究“说什么”到研究“怎么说”[②] 等，都是在研究方法上有重大革新意义的范

---

① 上海古籍出版社 1979 年初版；1992 年新版增添四篇新论，易名为《文心雕龙讲疏》。

② 李建中：《中国文论：说什么与怎么说》，《长江学术》2006 年第 1 期。

式转型。而且，从更宏观的角度来看，20世纪以前的古代文论研究方法主要是史志目录、纂辑与汇编、考证或校注、经籍批点、解题与提要；20世纪以来，从“照着讲”转向“接着讲”，学界引入了大量新的研究方法，这也是研究范式的重大转型。所以，中国文学批评史作为一个学科的现代品格，很大程度上体现为研究方法的不断丰富和革新。

四　小结

历经百年创建和发展，中国文学批评史获得了它在中国文学学科中的合法地位。但是，几乎与中国20世纪以来所有的人文社会科学研究一样，中国文学批评史在现代转型的过程中也走了不少弯路。盲目地服从于社会意识形态与不加选择地拿来域外的理论与方法，对文学批评史研究造成了一定的消极影响。在政治环境的影响下，一些学者的研究表现出明显的政治化倾向，甚至歪曲了古典文论的历史面目，使文学理论变成政治的附庸。

对于导致这种研究弊端的原因，并不能简单地将其归结为一个时期的特殊性。如果深挖其病根，还是因为在延续两千多年的中国传统文化精神中，太缺乏自觉的怀疑精神，这使那些植根于传统文化土壤中的多数学者缺少理性的学术批判意识。同样，也是因为这一根本性的原因，中国学者在面对西方的各种思想体系和研究方法时，出现了几乎是不加怀疑地全盘照搬的情形，其后果就是中国古代文学批评自身的性质和特征，被西方思想体系“格式化”，“被肢解”得面目全非。如果学科研究始终不能树立起怀疑精神，学者们始终缺少学术批判意识，那么在将来的任何一个非常的社会时期，我们的学术研究仍然会重蹈覆辙。

这是我们在学科建设反思过程中感受最突出的，也是最根本的问题，唯有解决了这一问题，中国文学批评史才能迎来全面发展和更新。至于21世纪如何开展中国文学批评史研究，以下为初步思考，谨略献浅见，以抛砖引玉：第一，利用目前高度发展的数字化技术，充分挖掘国内和海外的各类文学批评材料，从方志、族谱、科举文献、书札笔记、档案史料、出土文献等方面入手，以改变目前已经固化的思维和思想；第二，从文体视角入手拓展批评史研究的领域，将批评史研究从断代史转向文体批评史研究，如杜诗批评史、乐府诗批评史、八股文批评史等；第三，引进新的研究视角，开展中国文论发生史、民间文学批评史、女性文学批评史、地域文学批评史、民族文学批评史、古代文学批评的海外研究史等的研究；第四，受新方法启迪而引出新的领域，如物质性、图像批评、关键词研究、有声材料（批评史教育与批评史学科）等，使中国文学批评史成为一门生生不息的学科，不断为人类文明的发展贡献新思想和智慧。

20世纪以来清词研究范式的演进

在《二十世纪清词研究史》（丽文文化事业股份有限公司2007年版）一书中，我们把20世纪清词研究史划分为1904~1918年、1919~1929年、1930~1949年、1950~1979年、1980~2000年五个时段。如果将1919年五四新文化运动作为清词研究的现代起点，那么从1919年到2020年刚好也是一百年的时间。这一百年的清词研究，不但在文献整理上取得了显著的成绩，而且在理论研究上也为整个词史研究开辟了一个新的领域，清词研究成为21世纪以来词学研究中发展最快也较为成熟的领域。过去，我们从历史演进的角度，对20世纪清词研究观念和研究方法进行了初步探索，这里拟从清词研究范式的形成与发展的角度入手，进一步探讨最近一百年来清词研究的内在理路及演进轨迹。①

一 以人为本位的研究范式：词人、词派、词人群体

一般说来，清词发展经过了从清初顺治、康熙的百派回流，到雍正、乾隆年间浙派一家独大，再到嘉庆初年常州派崛起，并在道光以后迅猛发展，影响大江南北达百年之久这一历史进程。其中涌现出不少总结清词创作成就的大型选本，像清初的《倚声初集》《瑶华集》《百名家词钞》，清中叶的《国朝词综》《国朝词雅》，清末的《国朝词综续编》《国朝词综补编》《箧中词》，直到民国时期也有《全清词钞》《词综补遗》《清名家词》

① 词学研究当包括文献、创作、理论三大知识板块，这里所说清词研究专指创作而言，至于清词文献和清代词论研究，因为研究对象与清词创作有别，研究方法也有差异，当另作文评述。

《近三百年名家词选》等。这些选本大体上遵照朱彝尊编《词综》的体例，以年代为序选录不同时期不同词人的代表作品，还附有词人小传和词作品评，较为全面地反映了词史的发展进程和词人的创作特色。这实际上是在词史意识尚未成熟的条件下建构清代词史的重要模式。

受这种历史传统之影响，20世纪对于清代词史的建构形成了两种模式：以选代史或选评结合。像徐珂《清词选集评》、胡云翼《清代词选》、张伯驹《清词选》、沈轶刘《清词菁华》、钱仲联《清词三百首》①，即是以选代史的代表；而吴梅《词学通论》、王易《词曲史》、龙榆生《中国韵文史》、汪中《清词金荃》、黄拔荆《中国词史》等②，在研究模式上则采用选评的方式构建词史，较之以选代史模式来说，它的历史意识更为显著，对后世的影响也更大。相对说来，前一种模式受传统影响较大，后一种模式则具有鲜明的现代气息，值得注意的是，选评结合的词史建构模式逐步发展，衍变为以人带史、史论结合的现代词史写作模式。

在以上述史模式基础上，现代词学形成了词人研究的范式。这是一种最基础的文学史研究范式，即通过对不同时期词人生平、创作的系列研究，勾勒词史变迁，揭示词史发展规律。它通常由三种形态组成：一为词人小传，二为词人评传，三为词人年谱。其中，词人小传多是从词选或方志中摘录小传缀合而成，像《蜀词人评传》《两宋词人小传》《历代两浙词人小传》即是③，清词研究方面，徐兴业《清词研究》、徐珂《清代词学概论》也采取了这样的写作模式④；词人评传通常是对词人生平、思想、交游、创作的评述，较词人小传，不但内容更全面，而且论述更充分，因此受到现代学者的推崇，像龙榆生有《清季四大词人》、刘樊有《清末四大词人》、

① 徐珂：《清词选集评》，商务印书馆（上海）1926年版；胡云翼：《清代词选》，亚细亚书局1934年版；张伯驹：《清词选》，中州书画社1982年版；沈轶刘：《清词菁华》，安徽文艺出版社1986年版；钱仲联：《清词三百首》，岳麓书社1992年版。

② 吴梅：《词学通论》，商务印书馆（上海）1933年版；王易：《词曲史》，神州国光社（上海）1932年版；龙榆生：《中国韵文史》，商务印书馆（上海）1934年版；汪中：《清词金荃》，（台北）学生书局1965年版；黄拔荆：《中国词史》，福建人民出版社2003年版。

③ 姜方锬：《蜀词人评传》，成都协美公司1934年版；季灏：《两宋词人小传》，民治出版社1947年版；周庆云：《历代两浙词人小传》，周氏梦坡室1922年刻本。

④ 徐兴业：《清词研究》，《蕙兰》第3期，1934年；徐珂：《清代词学概论》，大东书局（上海）1936年版。

唐圭璋有《纳兰容若评传》《蒋鹿潭评传》、黄华表有《清代词人别传》等[①]；词人年谱以系年方式对词人生平、家世、交游、创作进行全方位呈现，相对于词人评传，它更为客观真实，也更为细致周详，是词人一生活动的行年录，如张任政《纳兰容若年谱》、戴正诚《郑叔问先生年谱》、郑炜明《况周颐年谱》、朱德慈《近代词人行年考》等[②]。从理论上讲，这是一种传记批评方式，传承了自孟子而来的知人论世传统，强调对作品意义的把握必须从了解作者及其时代开始。这种研究方式往前发展，就成了词人专题研究，它不像传记批评以词人生平为主，而是根据研究对象的实际，采取比较灵活的处理方式，或论其人，或评其词，或结合其人其词，探讨某一特殊的词史现象，甚至可以结合研究对象论及一个时代的词风变迁，像黄天骥《纳兰性德和他的词》、刘德鸿《清初学人第一：纳兰性德研究》、丁惠英《陈维崧及其〈湖海楼词〉研究》、苏淑芬《朱彝尊之词与词学研究》、卓清芬《纳兰性德文学研究》、刘勇刚《水云楼词研究》、周策纵《论王国维人间词》等即是。[③] 这一研究长处在于其研究对象明确，研究内容较为全面，因而在20世纪后半期成为研究成果最丰硕的领域；但也存在只见树木而不见森林的不足，看不出一个时期词史发展的整体风貌。

在词人研究之外，词派研究也是现代词学研究的重要方向。自从张綖倡导婉约、豪放正变两体之论起，词坛上出现了将流派作为认识唐宋词派与

① 龙榆生：《清季四大词人》，《暨大文学院集刊》第1集，1931年；刘樊：《清末四大词人》，《国立武汉大学四川同学会会刊》第2卷第1期，1935年；唐圭璋：《纳兰容若评传》，《中国学报（重庆）》第1卷第3期，1944年；唐圭璋：《蒋鹿潭评传》，《词学季刊》第1卷第3期，1933年；黄华表：《清代词人别传》，《民主评论》第4卷第3~13期，1953年，第7卷第26期，1956年。

② 张任政：《纳兰容若年谱》，《国学季刊》第2卷第4期，1930年；戴正诚：《郑叔问先生年谱》，《青鹤杂志》第1卷5~19期，1933年；郑炜明：《况周颐年谱》，齐鲁书社2015年版；朱德慈：《近代词人行年考》，当代中国出版社2004年版。

③ 黄天骥：《纳兰性德和他的词》，广东人民出版社1983年版；刘德鸿：《清初学人第一：纳兰性德研究》，中国社会科学出版社1988年版；丁惠英：《陈维崧及其〈湖海楼词〉研究》，（高雄）复文书局1992年版；苏淑芬：《朱彝尊之词与词学研究》，（台北）文史哲出版社1986年版；卓清芬：《纳兰性德文学研究》，（台北）“国立”编译馆1999年版；刘勇刚：《水云楼词研究》，辽宁师范大学出版社2008年版；周策纵：《论王国维人间词》，（台北）时报文化出版公司1981年版。

词史进程的理论现象。在清初高佑釲有雄放豪宕、妩媚风流、冲淡秀洁三派说，清代中叶郭麐有花间、婉约、豪放、雅正四派论，但其立派依据主要还是词风的差异。直到嘉庆、道光以后，才开始出现将地域性词派作为词史认识的新理据，这在晚清谭献《箧中词》、谢章铤《赌棋山庄词话》、陈廷焯《白雨斋词话》中表现得尤为突出。进入民国，地域性词派是现代学术考察词史的重要依据。徐珂说："有清一代之词，有二大派别，一浙派，一常州派，亦犹散体文之有桐城、阳湖二派也。"[①] 张德瀛也说："本朝词亦有三变，国初朱、陈角立，有曹实庵、成容若、顾梁汾、梁棠村、李秋锦诸人以羽翼之，尽祛有明积弊，此一变也。樊榭崛起，约情敛体，世称大宗，此二变也。茗柯开山采铜，创常州一派，又得恽子居、李申耆诸人以衍其绪，此三变也。"[②] 因此，从 20 世纪 30 年代到 50 年代，清词流派研究是现代学术的核心议题，但在词派划分上却存有分歧，以胡适、胡云翼为代表的现代派学者立论依据是婉约、豪放二分法，而吴梅、叶恭绰、龙榆生、唐圭璋等则接受的是以地域划分词派的做法。

因为胡适、胡云翼、冯沅君等现代派学者对于清词多持否定态度，故而在清词流派研究上取得突出成就的是以吴梅、叶恭绰、龙榆生、唐圭璋等为代表的传统派学者，其成果有刘宣阁《浙派词与常州派词》、龙榆生《论常州词派》、任二北《常州词派之流变与是非》等。[③] 这一趋向在后来由单篇论文逐渐繁衍为格局宏大的学术论著，有贺光中《论清词》、吴宏一《常州派词学研究》、叶恭绰《清代词学之摄影》等成果。[④] 20 世纪 60 年代以来，词派研究不但是清词研究的重要领域，而且成为清词研究中成就最高的领域，出现了大量以清词流派为研究对象的著作，有姚蓉《明清词派史论》、金一平《柳洲词派》、陈雪军《梅里词派研究》、严迪昌《阳羡词

---

① 徐珂：《清代词学概论》第二章"派别"，大东书局（上海）1926 年版，第 3 页。

② 张德瀛：《词征》卷六，载闵定庆点校《张德瀛著作三种》，南京大学出版社 2017 年版，第 124 页。

③ 刘宣阁：《浙派词与常州派词》，《微音月刊》第 2 卷第 2 期，1932 年；龙榆生：《论常州词派》，《同声月刊》第 1 卷第 10 期，1941 年；任二北：《常州词派之流变与是非》，《清华中国文学会月刊》第 1 卷第 3 期，1931 年。

④ 贺光中：《论清词》，（新加坡）东方学会 1958 年版；吴宏一：《常州派词学研究》，嘉新水泥公司文化基金会 1970 年版；叶恭绰：《清代词学之摄影》，《暨南校刊》第 67 期，1930 年。

派研究》、侯雅文《阳羡词派新论》、黄志浩《常州词派研究》、沙先一《清代吴中词派研究》、徐枫《嘉道年间的常州词派》、迟宝东《常州词派与晚清词风》、刘红麟《晚清四大词人研究》、陈慷玲《清代世变与常州词派之发展》等[①]，沈松勤《明清之际词坛中兴史论》中专设"中编"论及柳洲、云间、阳羡、浙西四派。相较词人研究而言，这些词派研究成果涉及的词人更多，内容也更为丰富，以严迪昌《阳羡词派研究》为例，它包括词派形成的时代背景、词派的形成及其兴衰、词派的词学观及其理论建构、词派创作成就总论、阳羡词人群传论等，更能反映一个时期一个地域的词史全貌。因此，词派研究范式对于词人研究范式，既是一种补充，更是一种超越。从补充的角度而言，它展现了一个时期众声齐奏的局面；从超越的角度而言，它走出了个体，反映出词史全貌。

值得一提的是，从龙榆生的论文《论常州词派》，到晚近出版的黄志浩《常州词派研究》、朱德慈《常州词派通论》、陈慷玲《清代世变与常州词派之发展》等专著，常州词派一直是清代词学研究的热点话题，何以会出现这样的学术史现象？这是因为常州词派的理论与创作特别契合现当代的审美诉求。一方面常州词派产生在清代的衰世社会，在后来的发展过程中始终伴随的是巨大的"世变"，后期出现的"词史"说、"柔厚"说、"重拙大"说，都是立足于社会现实而提出的创作主张，这些主张与20世纪以来的社会语境特别契合，经过现当代学者的进一步完善和提升，逐渐转化为符合现代审美诉求的新理念，比如吴梅的"沉郁"说、龙榆生的"诗教"说、唐圭璋的"雅婉厚亮"说等；另一方面则是现当代词坛主要作者为常州派传人，他们在思想上潜移默化地接受了常州词派的理论与主张，这些主张不但体现在他们的研究上，而且也体现在他们的教学上。经过他们培

① 姚蓉：《明清词派史论》，广西师范大学出版社2007年版；金一平：《柳洲词派》，同济大学出版社2002年版；陈雪军：《梅里词派研究》，上海古籍出版社2009年版；严迪昌：《阳羡词派研究》，齐鲁书社1993年版；侯雅文：《阳羡词派新论》，（台北）学生书局2019年版；黄志浩：《常州词派研究》，中国社会科学出版社2008年版；沙先一：《清代吴中词派研究》，人民文学出版社2004年版；徐枫：《嘉道年间的常州词派》，云龙出版社2002年版；迟宝东：《常州词派与晚清词风》，南开大学出版社2008年版；刘红麟：《晚清四大词人研究》，湖南师范大学出版社2012年版；陈慷玲：《清代世变与常州词派之发展》，国家出版社2012年版。

养的学术传人也必然打上常州词派的鲜明烙印。比如在吴梅影响下，任中敏撰有论文《常州词派之流变与是非》，唐圭璋《唐宋词简释》以“重拙大”理论为全书之指南，沈祖棻《宋词赏析》以“比兴寄托”的观念解读唐宋词等。从以上两个方面可看出，常州词派在现当代具有非常浓厚的承传色彩。

从词人到词派，清词研究越来越趋向成熟，到90年代以后又有进一步发展，开始出现新的研究范式——词人群体研究。所谓“词人群体”，是指生活在同一时期，或同一地域，有一定的社会交往，相互之间有共同的诗词活动，但审美趣味并不一定完全相同，因此形成的自觉或不自觉的文学群落。率先提出这一范式的是王兆鹏《宋南渡词人群体研究》，其倡导研究共时态的群体关系，包括群体意识和群体特征，这一范式在一定程度上弥补了词人词派研究的局限性，因而得到学术界的普遍认同，并在宋、元、明、清等研究领域全面开花，出现了徐玮《北宋仁宗词坛研究》、彭国忠《元祐词坛研究》、诸葛忆兵《徽宗词坛研究》、金国正《南宋孝宗词坛研究》、张潆文《南宋理宗词坛研究》、丁楹《南宋遗民词人研究》、李艺《金代词人群体研究》、牛海蓉《元初宋金遗民词人研究》、张仲谋《明代词人群体和流派》等成果，在清词研究领域也有诸如周焕卿《清初遗民词人群体研究》、刘萱《清初贰臣词人研究》、林宛瑜《清初广陵词人群体研究》、张玉龙《群体活动与清初词体复兴：以唱和为中心的考察》、刘东海《顺康词坛群体步韵唱和研究》、王雨容《明末清初词人社集与词风嬗变》、万柳《清代词社研究》、李惠玲《清代岭西词人群体研究》、汪梦川《南社词人研究》、袁志成《晚清民国词人结社与词风演变》等相关成果。①

如果对这些成果进行归类分析，会发现群体研究大致包括地域词人群

① 周焕卿：《清初遗民词人群体研究》，上海古籍出版社2008年版；刘萱：《清初贰臣词人研究》，中国社会科学出版社2014年版；林宛瑜：《清初广陵词人群体研究》，（台北）文津出版社2009年版；张玉龙：《群体活动与清初词体复兴：以唱和为中心的考察》，香港浸会大学博士学位论文，2012年；刘东海：《顺康词坛群体步韵唱和研究》，上海古籍出版社2013年版；王雨容：《明末清初词人社集与词风嬗变》，贵州人民出版社2015年版；万柳：《清代词社研究》，中州古籍出版社2011年版；李惠玲：《清代岭西词人群体研究》，广西师范大学出版社2015年版；汪梦川：《南社词人研究》，上海古籍出版社2015年版；袁志成：《晚清民国词人结社与词风演变》，湖南师范大学出版社2015年版。

体、结社唱和群体、特殊身份词人群体三类。这三类群体互有交叉，不可截然分开，但从作者命名看还是各有侧重的，如地域词人群体重在地域特色，结社唱和群体重在文学活动，特殊身份群体重在词人身份。然而无论它们有怎么样的侧重，作为一种共同的研究范式也有其一致性，如词人交往活动情况，特别是结社唱和情况，群体共有的创作特征，或是群体共有的审美趣味和理论主张，都是群体研究范式所共同关注的内容。这些内容看似与流派研究出入不大，其实不然，群体研究比较关注共同点，对于词人不同身份、不同理论主张乃至不同创作特征，取兼容并包态度，这是它与流派研究的第一个不同；第二个不同则是流派研究重视相同的审美倾向，而群体研究更重视共同的社会活动，比如共同的交游、唱和、编书活动等，这些社会活动是他们作为一个群体存在的依据，也是清词研究的重心所在。

二　以文化为本位的研究范式：地域、家族、性别

当代学者蒋寅曾指出："文学史发展到明清时代，一个最大特征就是地域性特别显豁起来，对地域文学传统的意识也清晰地凸显出来。"[①] 著名词学家刘扬忠也说过："在词的'中兴'期——清代，词的地域性特征更加突出，甚至成了划分和识别词派的主要标志。"[②] 无论是清初云间派、西泠派、柳洲派，还是中期影响较大的阳羡、浙西、常州三大派，直到晚清在扬州、吴中、粤西、闽中、湖湘、岭南、沪上等地出现的众多词人群体，在创作和理论上都有比较鲜明的地域性特征，他们既承继了这一地域的固有传统，也适应时代的需要，对旧有传统做了改造和发展。张宏生《清代词学的建构》、孙克强《清代词学》对这一特征进行了比较深入的探讨，如张宏生指出，"清词流派都带有地域名称，而且，其成员的聚集，创作的繁荣，往往都在其地展开"，"词坛领袖的开宗立派，往往受到特定的地域文化氛围的影响"，"地域性的文学群体，彼此之间本来就有很深的关系，像阳羡词派

① 蒋寅主编《中国文学通论》（清代卷），辽宁人民出版社2005年版，第290页。

② 刘扬忠：《略谈对词史的地域文化研究》，载《刘扬忠学术论文集》，江西教育出版社2016年版，第976页。

的成员，不仅是朋友，许多还是亲戚。这无疑使他们的开宗立派有良好的基础；而唱和则更明确了词风的趋向”。[①]

从清词的地域性出发，当代学者尤为重视地域词派形成的人文传统，比如严迪昌为了撰写《阳羡词派研究》，“曾先后数次跋涉于太湖西岸的溪山之间，对阳羡（今江苏宜兴）的山川、历史、人文，对陈维崧及阳羡词人的遗迹及影响等作深入的实地考察”[②]。而且还追溯了阳羡派形成的历史渊源，指出阳羡派豪放词风的形成受益于苏轼的“楚颂”神思和蒋捷的“竹山”情韵，他们爱国忧民、心存社稷，却耻于屈志求荣，于是对当政者持“一种离心趋向和不合作态度”，并深植于阳羡这一方地域且影响了在这块土地上成长起来的词人。[③] 金一平也认为柳洲词派的形成，得益于嘉善地区特有的家族文化背景和江南深厚的历史文化积淀，作为一个政治性很强的词人群体，他们对亡明有眷恋之情，对清廷持抵斥态度，因此他们的作品多多少少带上了追悼故国的色彩，风格上具有悲怆苍凉的特征。[④] 而活跃在嘉庆、道光时期的常州词派和吴中词派，虽然有着共同的时代背景，可是因为地域风尚不同，其词论和词风迥然有别。黄志浩指出，常州词派的形成乃是经学发展的产物，这是研究常州词派形成之原因时不可不察的一个重要因素，“清中叶的乾嘉时代，以庄存与、张惠言为代表的常州词派……以兴学校、崇科举，继两汉、盛经学为号召，摆落今文、古文师承之争，摒弃汉学、宋学门户之见，并将这样的思维特点折射到文学上，从而形成了它颇具特色的文学观念和创作面目”[⑤]。沙先一认为，吴中词派的形成则与吴中地区向来推重文学的音乐体性有关，从六朝的吴声歌曲，到南宋姜夔在范成大的石湖创作咏梅的《暗香》《疏影》，吴中地区已然形成了一种深厚的音乐文化积淀，在晚明也有以沈璟为代表的吴江派对戏曲艺术形式美、音乐美的追求和恪守，这样的传统反映到词学领域就是对外在形式、声律美的推重。[⑥] 很显然，他们都一致提到了地域人文风尚对于一个

---

① 张宏生：《清代词学的建构》，江苏古籍出版社 1998 年版，第 143、144、147 页。

② 马兴荣：《〈阳羡词派研究〉序》，载《马兴荣词学论稿》，上海古籍出版社 2013 年版，第 239 页。

③ 严迪昌：《阳羡词派研究》，齐鲁书社 1993 年版，第 40~54 页。

④ 金一平：《柳洲词派》，同济大学出版社 2002 年版，第 49 页。

⑤ 黄志浩：《常州词派研究》，中国社会科学出版社 2008 年版，第 16 页。

⑥ 沙先一：《清代吴中词派研究》，人民文学出版社 2004 年版，第 4~5 页。

词派形成和创作格局的直接影响。

正因为如此，在词人、词派、词人群体研究之外，地域、家族、师承的研究范式在20世纪后半期得到快速发展。其首先表现在清代诗文领域，相关成果有江庆柏《明清苏南望族文化研究》、罗时进《地域·家族·文学：清代江南诗文研究》、路海洋《社会·地域·家族：清代常州古文与骈文研究》、朱丽霞《清代松江府望族与文学研究》、邢蕊杰《清代阳羡联姻家族文学活动研究》、凌郁之《苏州文化世家与清代文学》、王德明《清代粤西文学家族研究》等。在这一时代风气影响下，清词研究也特别关注地域词派中的家族性因素，如严迪昌《阳羡词派研究》特地提到世家大族对阳羡词派形成所做出的贡献，描述了任氏、徐氏、陈氏、万氏、曹氏、蒋氏的创作情况；金一平《柳洲词派》讨论的是钱氏、魏氏、曹氏、陈氏、夏氏等五大家族及其他家族词人群；沙先一《清代吴中词派研究》第六章专门探讨了“吴中潘氏词人群”；值得一提的是陈雪军《梅里词派研究》一书设立专章专节，讨论血缘、地缘、学缘与梅里词派的内在关联。

对家族研究的重视不仅表现在词派研究上，更表现在对整个清词的认识上。饶宗颐以吴江沈氏、山左王氏、宜兴陈氏、无锡顾氏为例，指出：“清初词独盛于江浙，文学之士，大抵出于宗族、父子、兄弟以至夫妇，咸擅倚声。”“至于师友渊源，更有足述，毛奇龄、陈维崧，皆问业于陈卧子，沈雄从游钱牧斋，曾王孙学于朱彝尊……咸传灯有自，词学振兴，殆非偶然。”[①] 可见，家族与师承在清词发展史上扮演着十分重要的角色，故严迪昌《清词史》结合社会、经济、文化、师承、家族、乡邦、地域等，“多角度和全景式描述清词发展的历史过程”[②]，为最近30年的清代词史研究提供了一种新的研究范式。曹旭指出：“从这一着眼点出发，对亲友、师承、家族的考察，不仅涉及同乡同邑、师生关系，还深入到家庭内部父与子、祖与孙、叔与侄、兄与弟、姊与妹、妯与娌、姑与嫂、婆与媳等亲属渊源的关系。从地理文化上看，包括‘京华三绝’在内的京华、广陵、阳羡、浙西、常州、无锡、太仓，乃至杭嘉湖地区，都是人口稠密、商业繁荣、经

① 饶宗颐：《论清词在词史上之地位》，载《饶宗颐二十世纪学术文集》卷十二，中国人民大学出版社2009年版，第292、293页。

② 刘扬忠：《新中国五十年的词史研究和编撰》，《文学遗产》2000年第6期。

济文化十分发达的富庶锦绣之邦，有的还是商业、政治的中心。如京华作为全国的政治经济中心；扬州是水陆交通枢纽、盐商关饷的中心；作为阳羡词人群体发祥地的宜兴，地傍太湖，人文荟萃，不仅是富庶的鱼米之乡，且是政治上敏感的地区，旧为东林党和复社的根据地。人口、经济、文化、地理，成了词再度萌发和勃然中兴的要素。这使人口、经济、文化凝聚起来的家族群体与词学结下不解之缘。”[①] 这样的研究范式以词人群体为立足点，以亲友师承和家族网络为轴心，既勾勒了一代词史之轨迹，又展现了有清一代的文化演进。很显然，严迪昌《清词史》这一研究范式，是对历史学“三缘”说理论的具体运用，也为在词人众多、头绪纷繁背景下如何合理解释清代词史现象提供了一个范本。在其启示和影响下，最近 30 年来的清词研究论著大都聚焦于家族词人和师承关系，如金一平《柳洲词派》、陈雪军《梅里词派研究》、沙先一《清代吴中词派研究》、王纱纱《常州词派创作研究》[②] 等书，多设有专门章节讨论地域性词派中家族词人和师友群体之著述、创作、唱和等。

20 世纪以来清词研究另一个重要范式是性别研究。据胡文楷《历代妇女著作考》的统计，中国古代女作家有近 4000 人，而明清时期就高达 3750 人，其中清代女作家数量尤盛，约有 3500 人，关于女性词作的结集有《众香词》《林下词选》《闺秀词钞》《小檀栾阁汇刻闺秀词》等。其实，对于女性词的关注在晚清已现端倪，郭麐《灵芬馆词话》论女性词已达 9 处之多，李佳《左庵词话》也谈到陆蓉佩、钱瑗、钱孟钿等女词人的作品及风格，陈廷焯更是一位对女性词人抱有极大热情之词学批评家，他不仅在《云韶集》和《词则》里选有为数不少的女性词作，而且在《白雨斋词话》中对明末叶小鸾，清代徐湘蘋、贺双卿、吴藻的词发表过比较精当的评论。进入近现代以后，由资产阶级改良派和资产阶级革命派创办的各类报刊，多载有肯定妇女才华和主张男女平等的言论，反映了资产阶级革命派变革现实、倡导女权的思想和心声。在这样的舆论背景下，对女性作品的关怀亦成为现代文学批评活动的重要议题，学界出版了一批以“闺秀”或“女

① 曹旭：《全景式的清词流变观照——评严迪昌新著〈清词史〉》，《文学遗产》1991 年第 3 期。
② 王纱纱：《常州词派创作研究》，南京大学出版社 2011 年版。

性”命名的词选或词话，发表了一系列以“女词人”命名的论文，在女性诗词研究中引入了来自西方的性别视角，对女词人的恋爱、婚姻、家庭等问题关注尤多，揭示了清代女词人题材选择的独特性，也反映出清代知识女性生活范围的有限性。

较早对女词人做系统探讨的是谭正璧的《女性词话》和曾迺敦的《中国女词人》[①]，它们虽然是对自宋以来女词人做传记式批评，但能结合女词人的家庭身世、爱情婚姻、社会经历分析其创作风格，做到知人论世，言之有理，持之有据。值得一提的是，《中国女词人》一书不但把写作重心放在清代，而且还具有强烈的现代意识。一是关注女性词人的家族性、群体性和结社情况[②]；二是从女性身份出发分析其创作特征，指出：“女性的性情是温柔的，她们的痛苦又是深刻的。她们在重重生活的桎梏的压迫之下，身为弱女子，又兼懦怯成性，自然是不敢明显地反抗，却只好在暗地里哀号、怨恨、泣诉，以发泄胸怀积愫。于是，女性温柔的性情，受外界给予特殊的环境，苦乐交融，便产生了这妇女婉约的文学。”[③] 从章节的设计到内容的安排，该书亦可视作一部古代女性词史初编。

进入70年代以后，随着西方女性主义观念的系统引进，先是港台地区部分学者开始把目光转向了女性作家，而后是在内地（大陆）出现了全面深入研究清代女性词的繁荣局面。如果对这些研究成果进行归纳，可知它们在研究方法和学术特色上有如下几点。第一，继续沿用传记批评方式，以时代为经，以词人为纬，描述了不同时期代表词人的创作特征。比如严迪昌《清词史》第五编“清代妇女词史略”，以7位女词人为清代妇女词人的代表，分析了她们各自的创作特色，并描述了有清一代妇女词的整体品格：家族性和群体性。邓红梅《女性词史》以六章篇幅勾勒了清代女性词史，介绍了近40位女词人的创作情况，同时又以四章篇幅深入探讨了徐灿、吴藻、顾春、秋瑾的思想、性情、创作。相对于前文提到的《中国女词

---

① 谭正璧：《女性词话》，中央书店（上海）1934年版；曾迺敦：《中国女词人》，女子书店1935年版。

② 女性词人的家族性，如祁家四女二妇、毗陵四女、姊妹词人；群体性，如王派女词人、袁派女词人、陈派女词人；结社情况，如谈到当时盛有影响的“蕉园词社”。

③ 曾迺敦：《中国女词人》，文化艺术出版社2018年版，第232~233页。

人》，其论述的内容更深入，涉及的女词人更多，对女性词的认识更具现代意识，即不只是从欣赏才华的角度看待女性词人，而是从思想的先进性、表现题材的广泛性、艺术创作的审美性立场肯定女性词。第二，有的论著对部分女性词人展开专题研讨，如钟慧玲《清代女作家专题：吴藻及其相关文学活动研究》、王力坚《清代才媛沈善宝研究》、黄嫣梨《清代四大女词人：转型中的清代知识女性》、吴永萍等《清代三大女词人研究》等。[1]这几部论著有一个共同点，就是把研究重心放在女词人的文学活动上，像钟慧玲对吴藻交游对象的考证、王力坚对沈善宝前后期文学交游的探讨、吴永萍等对吴藻词中文学交游活动的分析等。但是，他们并不满足于进行简单的历史还原，还试图对这些女词人的性情和思想展开意义阐释，如钟慧玲对吴藻作品中自我形象的分析，王力坚对沈善宝家庭性别角色的分析，黄嫣梨对徐灿作品中所表现的传统妇德观念的分析，对吴藻《花帘词》、《香南雪北词》及《乔影》中女权观念的分析等，都体现出从性别视角阐发新义的尝试。第三，有的论著则从女词人群体性角度出发，试图对一个时期某一地域某类女性展开整体研究，如张宏生《清代妇女词的繁荣及其成就》、王力坚《清代才媛文学之文化考察》、赵雪沛《明末清初女词人研究》《清中叶浙江女词人研究》等。[2]他们从大量作品读解或史事搜寻中，归纳或总结出了某一具有普遍性的现象或规律，比如才德观念、生命寄托、"闺音雄唱"、变调别声等，赵雪沛的著作尤其表现出对一个地域或一类人群创作共性与个性进行总结的努力。

从性别视角对女词人展开专门研究，虽然是一个文学传统，但因为时代和文化的不同，这一研究在学术理路上是存在差异的。有过海外生活经历的学者往往会从性别与女权立场去认识清代女词人；受传统治学观念影

---

① 钟慧玲：《清代女作家专题：吴藻及其相关文学活动研究》，（台北）乐学书局2001年版；王力坚：《清代才媛沈善宝研究》，（台北）里仁书局2009年版；黄嫣梨：《清代四大女词人：转型中的清代知识女性》，汉语大词典出版社2002年版；吴永萍等：《清代三大女词人研究》，甘肃文化出版社2010年版。

② 张宏生：《清代妇女词的繁荣及其成就》，《江苏社会科学》1995年第6期；王力坚：《清代才媛文学之文化考察》，（台北）文津出版社2006年版；赵雪沛：《明末清初女词人研究》，首都师范大学出版社2008年版；赵雪沛：《清中叶浙江女词人研究》，人民文学出版社2017年版。

响的学者，则明显表现出学术理念与方法的传统性，偏重于内容分析和艺术研究，对于清代女词人的身份意识及其表现关注不够。

三　以文学为本位的研究范式：题材、经典、文体、接受

作为词史的两个高峰，清词和宋词一样，都为词体文学贡献了新的品质。钱仲联在《全清词序》中谈到清词对宋词有五大超越，其中特别提到清词具有的三大新品质：一是“拓境至宏，不拘于墟”，二是“学人之词与词人之词合”，三是“清人词论之邃密高卓”。沙先一、张宏生也说：“清词对唐宋词既有继承，又有超越，为词体创作注入了新的时代因素和美学因素，在词的题材、创作手法、词境等多方面都有开拓，创造出一定程度上堪与宋词比肩的词体文学经典。”[①] 在这样的思想启迪下，张宏生《清代词学的建构》将政治词、咏物词、艳词作为论述的重心，沙先一有《推尊词体与开拓词境：论清代的学人之词》，朱惠国有《论清代学人之词与词人之词的离合关系》[②]，还有孙克强《清代词学》、张宏生《清词探微》、陈水云《清代词学思想流变》等[③]，在探索清词题材和创作思想方面开启了新的研究范式。

较早从题材角度探索清词创作的，是部分关于词人、词派、词人群体的研究论著，如黄天骥《纳兰性德和他的词》、李惠霞《纳兰性德及其词研究》、徐照华《厉鹗及其词学之研究》等[④]，涉及某一词人在创作题材上的具体类型，如咏物、咏史、写景、抒怀、爱情、悼亡、友情、边塞等。21世纪以来，对于题材的探讨已突破了一家一派的格局，从词史演进的角度考察，涉及面更广，研究内容更深，理论意识也更为明确。一般说来，唐宋词所表现的主题，无非是花间、尊前的卿卿我我。虽然也有李煜、苏轼、周邦彦、辛弃疾等人的开拓，表现相思、惜别、悼亡、羁旅、怀古、咏史、

---

① 沙先一、张宏生：《论清词的经典化》，《中国社会科学》2013年第12期。

② 沙先一：《推尊词体与开拓词境：论清代的学人之词》，《江海学刊》2004年第3期；朱惠国：《论清代学人之词与词人之词的离合关系》，《文学遗产》2011年第6期。

③ 孙克强：《清代词学》，中国社会科学出版社2004年版；张宏生：《清词探微》，上海古籍出版社2008年版；陈水云：《清代词学思想流变》，社会科学文献出版社2018年版。

④ 黄天骥：《纳兰性德和他的词》，广东人民出版社1983年版；李惠霞：《纳兰性德及其词研究》，（台北）中国文化大学出版部1982年版；徐照华：《厉鹗及其词学之研究》，（高雄）复文图书出版社1998年版。

咏物等内容，然始终未能摆脱一己之悲欢的狭小格局，正如谢章铤所说："词之兴也，大抵由于尊前惜别，花底谈心，情事率多亵……故赵宋一代作者，苏、辛之派不及姜、史，姜、史之派不及晏、秦，此固正变之推未穷，而亦以填词为小道，若其量之只宜如此者。"[①] 在清代，词的表现内容得到极大拓展，像清初阳羡派表现亡国之悲和生民之苦；中叶郑燮状写百姓之四时苦乐，黄仲则、蒋士铨抒发盛世环境下之个体悲辛；到晚清，列强的入侵、外侮的加重，更激起了词坛对于现实的关怀，或导扬盛烈，或慨叹时艰，出现了林则徐、邓廷桢、周星誉、张景祁、叶衍兰等书写海防题材的作品，从而极大地拓展了词的表现空间，使词从"小我"走向了"大我"，所谓"大我"，就是一个时代的兴衰、一个民族或国家的命运。因此，当代词学研究特别着意抉发清词这些独特的题材类型，即有关于边塞词、海防词、战争词、题画词、咏物词研究的新成果，如许博《清代边塞词研究》、蔡雯《清代咏物词专题研究》、兰石洪《清前中期题画词研究》、董继兵《晚清战争词研究》等[②]，张宏生、沙先一、刘东海等在相关论著中也有涉及题材问题的章节，这些探索大体上是对钱仲联"拓境至宏，不拘于墟"观点的落实和展开。

这些清词研究成果，相对于一家一派之题材研究而言，其重心已由词人词派转到了文学本体上，着眼于文学文本的内容及其表现艺术。也就是说，某家某派在表现题材上的特点已不是其关注所在，它所关注的是清词题材及其表现艺术的自身特色。当代学者在探索过程中注意到，清词题材不是对传统题材的重复，而是在唐宋词题材的基础上有所开拓，并在发展过程中对自身也形成超越。它表现在三个方面：一是重视传统题材到清代如何发生新变，比如张宏生《艳词的发展轨迹及其文化内涵》、叶嘉莹《当爱情变成了历史——晚清的史词》[③]，将艳词或史词放在千年词史演进的大

---

① 谢章铤：《与黄子寿论词书》，载陈庆元主编《谢章铤集》，吉林文史出版社 2009 年版，第 49 页。

② 许博：《清代边塞词研究》，南京大学博士学位论文，2011 年；蔡雯：《清代咏物词专题研究》，南京大学博士学位论文，2011 年；兰石洪：《清前中期题画词研究》，南京大学出版社 2017 年版；董继兵：《晚清战争词研究》，四川大学出版社 2019 年版。

③ 张宏生：《艳词的发展轨迹及其文化内涵》，《社会科学战线》1995 年第 4 期；〔加〕叶嘉莹：《当爱情变成了历史——晚清的史词》，《南开学报》（哲学社会科学版）2004 年第 6 期。

背景中考察，注意到艳词或情词自身的发展变化，也注意到艳词或情词是怎样与时代与历史相绾合的，进而使专写艳情的小词变成了反映世变的史词；二是清词在哪些方面有新的开拓，如咏物词中的咏猫、咏自鸣钟、写烟草，或是咏边塞风光、题名人字画、叙战争时事，这些都是在唐宋时代所没有或少见的题材，因而也就成为当代学者关注的中心内容，相关成果有许博《清代"新"边塞词及其文化内涵摭论》、蔡雯《论清初咏物词的新题材及其时代意义》、张宏生《重理旧韵与抉发新题——雍乾年间的咏物词及其与顺康的传承和对话》等[①]；三是由题材研究转入主题研究，注意到某些词人或词派表现某些主题的一致性，例如司徒秀英把厉鹗词归结为人生、自然、伤逝三类主题，赵雪沛把清初女词人作品归纳为爱情离别、伤春悲秋两类主题，主题学方法的引进极大地拓展了题材研究的空间。特别值得一提的是当代学者关于清代学人之词的讨论，最早提出"学人之词"概念的是晚清学者谭献，他将清词分为才人之词、词人之词、学人之词三类，而后钱仲联进一步将其明确为清词创作的主要特色。90年代以后，先由陈铭展开初步论述，而后是沙先一、朱惠国、夏志颖等从不同角度进行全面论述，使得"学人之词"的观念走进了当代学术视野，产生了李睿、鲍恒《从〈梅边吹笛谱〉看清代学人之词的新变》、陈铭《论近代学人之词的基本特征》、曹辛华《论南社诸子的词学宗尚与学人之词》、谢永芳《近世广东词坛的学人之词群体》等研究成果。[②] "学人之词"作为一种新概念，既是对清词创作特色的总结，也逐渐成为今后清词研究的发展方向。

从比较清词与宋词的异同，到探索清词自身的创作特色，清词研究的总体趋向是回到文本。由"人"到"文"，表征着当代学术理念的转向，也意味着清词研究新范式的形成。过去，人们关注著名词人、词派或词人群

① 许博：《清代"新"边塞词及其文化内涵摭论》，《东南大学学报》（哲学社会科学版）2016年第5期；蔡雯：《论清初咏物词的新题材及其时代意义》，《西南民族大学学报》（人文社科版）2017年第6期；张宏生：《重理旧韵与抉发新题——雍乾年间的咏物词及其与顺康的传承和对话》，《南京大学学报》（哲学·人文科学·社会科学版）2018年第4期。

② 李睿、鲍恒：《从〈梅边吹笛谱〉看清代学人之词的新变》，《安徽农业大学学报》（社会科学版）2013年第5期；陈铭：《论近代学人之词的基本特征》，《学术月刊》1991年第2期；曹辛华：《论南社诸子的词学宗尚与学人之词》，《中国诗学研究》2006年第5辑；谢永芳：《近世广东词坛的学人之词群体》，载《广东近世词坛研究》，上海古籍出版社2008年版，第187～235页。

体，其重心在“人”，如今却转向了“文”，“文”被视为核心内容，“人”则退居其后，那么最近二十年来人们又讨论了哪些学术话题？

首先，是清词的经典化。据《全清词》编纂研究室的统计，目前已出版的断代词总集，唐五代有词人 170 余人，词作 2500 余首；宋代有词人 1430 余人，词作 28600 余首；金代有词人 70 余人，词作 3570 余首；元代有词人 210 余人，词作 3720 余首；明代有词人 1390 人，词作 20000 余首。而清代，目前已出的“顺康卷”有词人 2105 人，词作超过 5 万首；“雍乾卷”有词人 959 人，词作近 4 万首；“嘉道卷”有词人近 2000 人，词作约 75000 首。初步估计，有清一代，词人约有 1 万人，作品数量预计超过 25 万首。唐宋词经过时间的检验，精品得以保留，劣质之作也大体上被淘汰，而清词因为近现代印刷技术的发展，优劣之作皆得保存，如此巨量的词人词作实有经典化的必要。晚清民国时期已有部分学者在这一方面做了相关尝试，这些年来张宏生、沙先一、曹明升等对这一领域的相关成果做了初步探索和总结，指出：“清初以来，特别是晚清以迄民国，词学家们借助选本、词话、评点、论词绝句、点将录、模仿、唱和、文学史著述、文献整理、专题研究等多种方式，从不同层面建构着清词中的经典。这一经典化的建构过程，既表现了人们对清词的认识，也从不同侧面体现出清词的价值，对于思考明清以来传统文学体裁的价值，具有重要的意义。”[①] 他们撰有《论清词的经典化》《论词绝句与清词的经典化》《统序的建构与清代词坛的经典化进程》《晚清词坛的自我经典化》《从清词总集看“清词三大家”的经典化生成》《论贺双卿的经典化历程》《钱仲联先生的清词研究与清词经典的体认》《严迪昌先生的清词研究与清词经典的建构》等系列论文。[②] 通观这些研究成果，可知其分别从创作模仿、选本编纂、词集评点、作品传播、

---

① 沙先一、张宏生：《论清词的经典化》，《中国社会科学》2013 年第 12 期。

② 沙先一：《论词绝句与清词的经典化》，《江苏师范大学学报》（哲学社会科学版）2013 年第 3 期；曹明升、沙先一：《统序的建构与清代词坛的经典化进程》，《文艺理论研究》2016 年第 5 期；张宏生：《晚清词坛的自我经典化》，《文艺研究》2012 年第 1 期；孙欣婷：《从清词总集看“清词三大家”的经典化生成》，《南京师范大学文学院学报》2017 年第 4 期；沙先一、杨楚楚：《论贺双卿的经典化历程》，《中国韵文学刊》2018 年第 1 期；沙先一：《钱仲联先生的清词研究与清词经典的体认》，《江苏师范大学学报》（哲学社会科学版）2014 年第 4 期；赵玉民、沙先一：《严迪昌先生的清词研究与清词经典的建构》，《中国诗学研究》2017 年第 1 期。

学术研究等不同角度，分析了清词经典化的不同路径，对今后开展清词的经典化工作具有指导意义。目前学术界在选本编纂、学术研究、词集笺注等方面也做了相关探索，出版有《清词选注》《清词之美》《清百家词录》《新译清词三百首》《纳兰词笺注》《弹指词笺注》《张惠言〈茗柯词〉笺注》《水云楼词笺注》《龚自珍词笺说》《顾太清词校笺》《况周颐词集校注》《王国维诗词笺注》《清代最美的词：词蒴》等。[①]

其次，是清词的文体研究。所谓文体研究，指是的关于文学形体的研究，如体性、体态、体貌等，就词这种文体而言，包括词调、词律、词韵、词法、形态等。[②] 一般说来，词调创始于唐宋，南宋以后基本上是对前代的袭用，当然也有部分熟于音乐的作家制作了少量的“自度曲”，因此关于词调的研究大致有用调研究和自度曲研究两类。前者如吴晓亮《论陈维崧词对稼轩词的继承与创新》，通过迦陵词与稼轩词用调、选韵、内容、风格的比较，找出他们之间的异同，探讨陈维崧在用调、选韵上是如何变古求新的[③]；后者如刘庆云《对“自度曲”本原义与演化义的回溯与平议》、刘深《清词自度曲与清代词学的发展》、查紫阳《论词乐恢复视野下的清词自度曲创作》、陈祖美《选调赏词卮见：纳兰成德自度曲解读暨其他》等[④]，对清代自度曲的情况做了初步探索。当然这方面的研究还可继续深入下去，

① 汪泰陵选注《清词选注》，贵州人民出版社1992年版；贺新辉主编《清词之美》，中国华侨出版社2010年版；周大烈选辑《清百家词录》，华东师范大学出版社2019年版；陈水云等注译《新译清词三百首》，（台北）三民书局2016年版；张秉戍编著《纳兰词笺注》，北京出版社1996年版；张秉戍：《弹指词笺注》，北京出版社2000年版；莫立民笺注《张惠言〈茗柯词〉笺注》，线装书局2009年版；刘勇刚笺注《水云楼词笺注》，上海古籍出版社2011年版；杨柏岭：《龚自珍词笺说》，黄山书社2010年版；胥洪泉笺注《顾太清词校笺》，巴蜀书社2010年版；秦玮鸿校注《况周颐词集校注》，上海古籍出版社2013年版；陈永正笺注《王国维诗词笺注》，上海古籍出版社2011年版；朱德慈校笺辑评《清代最美的词：词蒴》，浙江大学出版社2018年版。

② 如郑绍平《纳兰性德词体初探》一文（载卫汉青、易海云主编《说不尽的纳兰性德》，开明出版社2012年版），探讨了纳兰词的结构美、音律美、长调的赋化等，包括了篇章结构、所用曲调、所用词法等内容。

③ 吴晓亮：《论陈维崧词对稼轩词的继承与创新》，《文学遗产》1998年第3期。

④ 刘庆云：《对“自度曲”本原义与演化义的回溯与平议》，载《词学》第32辑，华东师范大学出版社2014年版；刘深：《清词自度曲与清代词学的发展》，《南京大学学报》（哲学·人文科学·社会科学版）2015年第6期；查紫阳：《论词乐恢复视野下的清词自度曲创作》，《兰州教育学院学报》2016年第12期；陈祖美：《选调赏词卮见：纳兰成德自度曲解读暨其他》，载卫汉青、易海云主编《说不尽的纳兰性德》，开明出版社2012年版。

不但对清代著名词人的用调情况进行统计分析，还应该对其自度曲情况做合理的解释。关于清词守律和选韵情况，民国时期吴梅、夏承焘、龙榆生、冒广生等已有初步探索，进入70年代以后，更出现了张世彬《清代诸家词韵之得失》、杜玄图《论清代词韵与旧词用韵的深层差异》、曹明升《清人对宋词用韵研究的得失与意义》、叶桂郴《清代临桂词人的用韵研究》等论著[①]，将词律和用韵拓展成一个专门的研究领域。关于词之作法的研究，也是90年代以来清词研究的一个新方向，诸如张仲谋《释钩勒》、彭玉平《词学史的上"潜气内转"说》、杜庆英《词史上的"钩勒"说探源》、曹明升《清词作法论中的钩勒之笔》、黄伟《略论清词的开篇艺术》等。[②] 这些成果不但对词体作法有总结和分析，而且还注意到词法对诗法、文法乃至书画之法的移用，如李连生《书画论与清代词学理论关系发微》、杜庆英《碑学背景下的词学批评话语生成——"逆入平出"》《况周颐"重、拙、大"与晚清碑学》等。[③] 至于清词创作中某些特殊形态，如回文词、隐括词、集句词也是近年来学界比较重视的内容，这些形态在唐宋时期已开始萌生，但大部分在清代才得到充分展开，诸如张宏生《清代的回文词及其传承与发展》《阅读与重构——论清代的隐括词》、曹明升《论清代中期的集句词》等。[④] 这些研究成果将词体文学独有的创作形态，进行了一般性的总结和提升，是清词文体研究走向深化的标志。尤值得一提的是张明华的《集句词研究》（中国社会科学出版社2016年版），该书对19位清代词人的

---

① 张世彬：《清代诸家词韵之得失》，《中国学人》1973年第5期；杜玄图：《论清代词韵与旧词用韵的深层差异》，《湖南工业大学学报》（社会科学版）2018年第6期；曹明升：《清人对宋词用韵研究的得失与意义》，《江西师范大学学报》（哲学社会科学版）2008年第1期；叶桂郴：《清代临桂词人的用韵研究》，载《广西2016年哲学社会科学规划研究优秀成果汇编》，广西人民出版社2018年版。

② 张仲谋：《释钩勒》，《文学遗产》2007年第5期；彭玉平：《词学史上的"潜气内转"说》，《文学评论》2012年第2期；杜庆英：《词史上的"钩勒"说探源》，《中南大学学报》（社会科学版）2016年第6期；曹明升：《清词作法论中的钩勒之笔》，《社会科学家》2008年第6期；黄伟：《略论清词的开篇艺术》，《中国韵文学刊》2006年第6期。

③ 李连生：《书画论与清代词学理论关系发微》，《中国书法》2018年第10期；杜庆英：《碑学背景下的词学批评话语生成——"逆入平出"》，《古代文学理论研究》2019年第2期；杜庆英：《况周颐"重、拙、大"与晚清碑学》，《文艺研究》2016年第10期。

④ 张宏生：《清代的回文词及其传承与发展》，《复旦学报》（社会科学版）2017年第1期；张宏生：《阅读与重构——论清代的隐括词》，《北京大学学报》（哲学社会科学版）2018年第4期；曹明升：《论清代中期的集句词》，《文学遗产》2016年第5期。

集唐诗、集唐句、专集一家唐诗、集宋词、集词词、集曲词、集古词等分类研讨，并总结了清代集句词的阶段性、类别性、地域性三大特征，探析了集句词在清代发展繁盛的原因，是当前清词文体研究唯一之专著。

最后，是清词的接受研究。20 世纪 90 年代以来，在古代文学史界较早关注接受问题的有容世诚、陈文忠、莫砺锋等，有陈文忠《中国古典诗歌接受史研究》（安徽大学出版社 1998 年版），尚学锋、过常宝、郭英德等《中国古典文学接受史》（山东教育出版社 2000 年版）。在词学研究领域有陈福升《繁华与落寞：柳永、周邦彦词接受史研究》、邓子勉《两宋词集的传播接受史研究》、李冬红《〈花间集〉接受史论稿》、甘松《明代词学演进研究》等成果。[①] 清词研究关注接受问题最早在如何接受唐宋词影响上，如张璟《苏词接受史研究》、朱丽霞《清代辛稼轩接受史》、陈水云等《唐宋词在明末清初的传播与接受》、顾宝林《清代晏欧三家词研究与传承史论》等。[②] 近年来逐渐转向清词自身的传播与接受研究，张宏生在这一领域发表系列论文，如《师承授受与浙西立派——曹溶与吴陈琰》《咏物：朱彝尊与乾隆词坛——从〈茶烟阁体物集〉到〈和茶烟阁体物词〉》《雍乾词坛对陈维崧的接受》等[③]，其他相关论文有林传滨《晚清词坛与纳兰词的接受》、李睿《论陈维崧词在清代的接受》、邢蕊杰《论宜兴储氏家族对迦陵词的接受与反思》、曹明升《论朱彝尊在清代词坛的接受及其经典化过程》《纳兰词在清代的接受及其经典化要素》等[④]。这些成果大都聚焦于“清初

① 陈福升：《繁华与落寞：柳永、周邦彦词接受史研究》，北京大学出版社 2016 年版；邓子勉：《两宋词集的传播与接受史研究》，华东师范大学出版社 2015 年版；李冬红：《〈花间集〉接受史论稿》，齐鲁书社 2006 年版；甘松：《明代词学演进研究》，安徽大学出版社 2018 年版。

② 张璟：《苏词接受史研究》，光明日报出版社 2009 年版；朱丽霞：《清代辛稼轩接受史》，齐鲁书社 2005 年版；陈水云等：《唐宋词在明末清初的传播与接受》，中国社会科学出版社 2010 年版；顾宝林：《清代晏欧三家词研究与传承史论》，北京大学出版社 2018 年版。

③ 张宏生：《师承授受与浙西立派——曹溶与吴陈琰》，《古典文献研究》2008 年第 11 辑；《咏物：朱彝尊与乾隆词坛——从〈茶烟阁体物集〉到〈和茶烟阁体物词〉》，《兰州大学学报》（社会科学版）2011 年第 6 期；《雍乾词坛对陈维崧的接受》，香港《中国文化研究所学报》2013 年第 57 期。

④ 林传滨：《晚清词坛与纳兰词的接受》，《中国韵文学刊》2011 年第 3 期；李睿：《论陈维崧词在清代的接受》，《中国韵文学刊》2012 年第 3 期；邢蕊杰：《论宜兴储氏家族对迦陵词的接受与反思》，《绍兴文理学院学报》（哲学社会科学）2010 年第 1 期；曹明升：《论朱彝尊在清代词坛的接受及其经典化过程》，《南京大学学报》（哲学·人文科学·社会科学版）2015 年第 6 期；曹明升：《纳兰词在清代的接受及其经典化要素》，《四川大学学报》（哲学社会科学版）2013 年第 6 期。

三大词人”朱彝尊、陈维崧、纳兰性德，或强调他们作为一派领袖对于后世词坛的影响和示范意义，或强调其作品自身的艺术魅力及其典范意义，当然也注意到后世接受过程中对于这些典范词人的修正。不过，当前研究大多停留在一家一派层面，还未能上升到对整个清代词史层面的考察。

近二十年来清词研究在题材、文体、经典化、接受史上虽然取得了一定的成绩，但相比唐宋词研究而言，仍处于起步状态。其原因是多方面的，比如文献的不完整、研究队伍的缺乏，主要原因可能还与研究的积累不足有关。因此，清词研究还是今后努力的方向。

四　小结

通过对近百年来清词研究范式的简略回顾，我们发现每一种范式的形成都有一两个重要节点，标志着这种范式的形成与成熟。比如以词人、词派研究为主的范式，如徐珂《清代词学概论》、龙榆生《中国韵文史》、王易《词曲史》；以地域、家族和师承为主的范式，如严迪昌《清词史》；以经典、文体、接受为主的范式，如张宏生《清代词学的建构》《经典传承与体式流变》。在这些标志性著作的引领下，近百年来的清词研究形成了三大范式——以人为本位的范式、以文化为本位的范式、以文学为本位的范式。尽管这些范式之间也存在交叉，但每一种范式都有其独特的研究重心和研究路向。这三大范式不是一种取代另一种的关系，而是一种范式在一个时期比较流行，另一种范式也在逐渐萌发，并对旧有范式有所超越，其研究重心也会自然地发生转向。它有点类似长江后浪推前浪的关系，尽管后浪必然以前浪为其形成之基础，但前浪也必然被后浪所取代。

清词研究从“人”到“文”的变化，一方面是和整个古代文学研究思潮同步发展的，另一方面也和人们对清词自身价值认识的变化有关。过去，特别是在五四新文化运动以后，人们多持一代有一代之文学观，词学研究侧重在作为“一代之文学”的宋词，对于清词的评价也以唐宋词标准来衡量。尽管清词与宋词有一样的形式和称谓，但清词与宋词却有着本质化的差异，一个是音乐文学（唐宋），另一个是格律文学（明清）。清词相对于宋词来说是一种全“新”的文学，它与宋词最大的不同有两点：律化和雅化。从律化的角度看，清人基本上是以格律诗的观念来填词，本来宋人并没有什么词律或词韵，其律其韵都以词乐曲谱为依据，是清人为其整理出所谓的格律规范——《词律》《词谱》，因此，在清代康熙以后逐渐形成了律词的观念。从雅化的角度看，清词与宋词最大的不同是，北宋词以美听为其努力方向，对字声腔调要求比较高，而南宋词虽然也有雅化的倾向，但仍然以美听为其前提，强调诵唱的现场效果；而清词则以意义表达为其重心，在意义表达上不能如唐宋词那样浅白直露，前者多用赋法，而后者更重比兴，讲求意在言外，神余言外，以诗之含蓄为其努力方向，更加重视文本的结构和表达的技巧。因为追求意义优先，所以题材必然走向多元化，而不像大多唐宋词那样只偏重于相思惜别的爱情主题；因为追求艺术创新，所以风格必然走向多样化，而不像唐宋词那样只有婉约和豪放两种风格；因为对于文学性的讲求优先于音乐性，所以经典化成为人们所努力的方向，于是编辑选本、笺注词集、评点词籍等得以推广和普及。

今后清词研究如何展开或朝什么方向发展，又会形成什么样的研究范式，虽然无法准确预测，但可以通过确立一种新的价值观念，来超越它作为宋词对待物存在的认识局限。首先，把它作为一种文学遗产看待，其对于今天诗词创作有哪些借鉴意义？今人填词都是学唐宋，那么清人是如何学习唐宋的？其经验和教训何在？这当是今后努力的重要方向。其次，它还是一种文化遗产，是我们了解清人的一种心灵文本，因此从文化学角度去研究清词，把清词作为了解清人所思所想的历史文本，以陈寅恪所发明的“以诗证史”之法来研究清词，也是今后又一可能的发展方向。最后，它还是一种思想遗产，清人总结出来的词学理论，对于今人学习研究唐宋词仍有重要的参考价值，今后在理论研究上还要加大力度，或是总结清人的创作经验，以清人的创作指导今人的创作；或是对清人的理论进行新探索，以提升当下唐宋词研究的水平，为词学学科建设贡献新的思想和方法。

20世纪以来的清代女性词研究

从明末万历、崇祯年间开始，女性的创作活动已为世人所关注，公安派、竟陵派更是把女性创作推到前所未有的高度，并带动了明清女性文学的兴盛和繁荣。但是，受封建礼教观念的制约，虽然人们也看到了女性作家的天赋才华，但对女性身份的体认却难以跳出“德、容、言、功”的价值标准，这直接影响到他们对女性文学价值的认识和评价。不过，这一观念和标准在鸦片战争以后逐渐有所松动，特别是经过戊戌变法、辛亥革命、五四运动等一系列社会变革，废缠足、倡女学、兴女权成为清末民初妇女解放的重要内容。随着近代社会商业化的发展和女性参与社会机会的增多，女性在经济上渐以自立并在能力上日渐增强，她们亦有强烈地表达自身诉求的渴望和要求，陈独秀、胡适、鲁迅、周作人等现代思想启蒙的先驱，也表示过对女性创作行为的支持和呵护，认为“女子应当利用自由的文艺，表现自己的真实的情思，解放几千年来的误会与疑惑”[①]。随着五四以来女性地位的提高，女性的才华和能力亦在开放的社会环境里得到全面释放，特别是五四以来妇女作家非同凡响的创作业绩，引起当时学术界对女性文学研究的热潮，出现了谢无量《中国妇女文学史》、陶秋英《中国妇女与文学》、梁乙真《中国妇女文学史纲》《清代妇女文学史》等重要著作。这一时期的词学研究亦引进性别研究的视角，采取现代科学的研究方法，对古代词史上的女性创作现象做了初步而富有开拓性的研讨，成为20世纪以来中国词学性别研究的现代起点。

---

① 周作人：《女子与文学》，《晨报副刊》1922年6月3日。

一 20 世纪初的研究起步

20 世纪清代女性词的研究，发轫于徐乃昌对女性词的文献整理。从光绪二十一年（1895）到宣统元年（1909），前后历经十五载，他共辑得闺秀词十集 100 家，汇编成《小檀栾室汇刻百家闺秀词》，其中除了沈宜修、叶纨纨、叶小鸾为明末女词人外，其他 97 位作者皆为清代女词人，从这个角度讲它实际上可被视作一部清代女性词的大型丛刻。丛刻的体例固然能将某些名家作品完整保留下来，但这种体例自身的局限性也使得它必然要舍弃大量存作不多但词艺甚高的作者。为克服《小檀栾室汇刻百家闺秀词》这方面的不足，徐乃昌又花了数年功夫搜集和整理《小檀栾室汇刻百家闺秀词》所不能涵盖的部分，在宣统元年编成《闺秀词钞》16 卷、补遗 1 卷、续补遗 4 卷。民国三年（1914）吴灏以徐氏上述两书为蓝本再编为《历代名媛词选》16 卷，其中清代多达 331 人，为全书入选女词人的 3/4。是书之前还有吴氏所撰题辞 10 首，其中 3 首是论述清词的，评述了徐灿、吴藻、顾太清三位著名的闺秀词人的作品，虽然没有提出多少新的见解，但却是首次以论词绝句的形式来评述清代女性词，有重要的史料价值。

从 1919～1929 年，女性词的研究较清末有了较大发展，这不但表现为出版了《燃脂余韵》（1918）、《玉栖述雅》（1921）、《闺秀词话》（1925）等传统诗话词话，而且还有胡适《贺双卿考》、张寿林《贺双卿》、储皖峰《关于清代词人顾太清》、梁乙真《清代妇女文学史》等现代性学术论著发表出版，这些传统的或现代的女性词研究论著的刊印，昭示着 20 世纪女性文学研究的高潮即将到来。

首先，应该介绍的是况周颐《玉栖述雅》和雷瑨、雷瑊合编《闺秀词话》。《玉栖述雅》是况周颐未刊之遗著，写作时间在 1920～1921 年，直到 1940 年才由其弟子陈运彰刊印行世。全书论述清代女词人 20 位，其中著名者有关锳、顾春、席佩兰等，所下评语既有对她们总体风格的评价，也有对某些词句的点评，这些评语虽然不多，却有助于后代研究者加深对清代女性词的了解。《闺秀词话》凡四卷，1925 年由上海扫叶山房出版，是雷瑨、雷瑊在汲取前代词话论女性词的成果基础上，掺入自己阅读女性词的体会而编撰成的一部女性词话。尽管该书论述对象是从宋到清的百余位女性词人，但重点的论述内容还是清代的女性词，讨论的内容有男性作者所写的女性词，更多的还是女性作者所写的女性词，涉及作者的生平事迹、创作活动、作品情况及作品评论诸多方面，其中对女性词所作的评语有较高的学术价值，这是目前所见最完整的研究女性词的“闺秀词话”。

其次，关于贺双卿的研究引起了大家的关注。关于贺双卿其人的真实性，迄今仍是一个有争议性的话题，但她的词却以凄婉之音出以温厚之旨，在清代女性词史上占有相当重要的地位。在这期间张寿林致力于贺双卿作品的整理工作，辑成《雪压轩集》一书，1927 年由北平文化学社出版。由他所撰写的《贺双卿》一文，是这一时期比较重要的女性词研究论文，该文简要介绍了贺双卿的生平和创作，分析了《雪压轩词》含蓄蕴藉的审美特点，并在文章最后总结说：“我觉得双卿的词有可以注意的两点：第一，顾颉刚先生说：‘双卿诗词，喋喋絮絮，似小心谈情诉苦，极悲哀。’这几句话确是双卿词的评。在中国的诗词中，很不易找到真情流露的文字，而双卿的词，全是她自个儿深蕴的浓挚的实感，从心底流出的声音，所以没有一首不使我们感动。第二，双卿没有受中国文学的流毒，她不是想传名的文士，更不是虚伪的诗人，她只知道写好自个儿内心所不得不写的情绪，所以她不知道去模仿，更不知道去雕饰。但这样反使她的诗词成功，而且不朽也。”[1] 这一评价直接影响到后代的研究者对贺双卿的基本认识，研究者在此基础上做进一步的开拓。

最后，在当时盛有影响的三部女性文学史，即谢无量《中国妇女文学史》、谭正璧《中国妇女的文学生活》和梁乙真《清代妇女文学史》，以《清代妇女文学史》的清代女性词研究成就最为显赫。该书论及清代女诗人女词人百余家，比较著名的有贺双卿、吴藻、顾春，还有专章专节论述“清代妇女词学之盛”，介绍了常州词派和浙江词派阵营中的女词人，被列入常州派的有清初顾贞立、王朗、浦映绿，清中叶庄盘珠、伍兰仪、吕采芝、杨芬若、胡智珠、刘婉怀、徐元瑞等；被列入浙江派的有赵我佩、李

① 张寿林：《贺双卿（下）》，《晨报副刊》1926 年 1 月 23 日。

婉、钱斐钟、孙秀芬、吴蘋香、关锳等，在评价各家词时作者注意其师友交往、社会背景及艺术风格，颇具手眼。如评吴藻云："其《花帘》一集，嗣响易安，几如有井水处，必歌柳七词矣。"评秋瑾云："其诗词，多慷慨激昂之音，凡欢愉忧愤之情，身世家国之感，一寄之吟咏，思有所寄，援笔直摅。而生平志节，又隐然言表，殆所谓自能发抒其性灵者欤。"评顾春云："太清诸词，精工巧丽，备极才情，固不仅为满洲词人中之杰出，即在二百余年文学史上，其词之地位，亦不屈居蘋香、秋水下也。"[①] 这为推动下一阶段的女性词研究做了铺垫性的工作，1934年谭正璧《女性词话》（又名《中国女词人故事》）的出版即是这一时期女性词研究的深化。

二　20世纪三四十年代的初步发展

1930~1949年的女性词研究，较1918~1929年的十年更为全面和深入，在清代女性词的研究方面有谢秋萍《吴藻词》、谭正璧《女性词话》两部专著出版及杨式昭《读闺秀百家词选札记》、启功《书顾太清遗事》、苏雪林《清代女词人顾太清》《清代男女两大词人恋史的研究》等论文发表，对吴藻和顾太清的研究是这一时期女性词研究的热点。

众所周知，吴藻为清代道光年间一位气质卓越、作风豪迈的女词人，当时文学史及研究著作只要是论清词的必然会论及吴藻的词。如胡云翼《中国词史略》论述清词提及的女性词人唯吴藻一人，他说吴藻的词颇受厉鹗的影响，是以温婉之女性风度出之，趣味为之一新，"当时词誉遍大江南北，为清代女词家中第一人"[②]。谭正璧《女性词话》对吴藻的词也有精辟的分析，作者认为，吴藻生活在父夫双方为商的家庭环境，"但是她，恰好有天生成的豪迈的性格，是只不甘牢闭在笼中的鸟儿，一有机会，她便要冲天而去"。一方面她无法挣脱婚姻的牢笼，另一方面她又是位富有天才的人，工诗词，善弹琴，通音律，她便将自己的全部精力投身于艺术的创作。"因了她的丈夫的俗不可耐，于是对于一切男性俱加鄙弃。她想将这个文艺的世界，统治在女性的威权下，使一切男子俱来拜倒。可是这个时代离她

① 梁乙真：《清代妇女文学史》，中华书局（上海）1927年版，第175、248、259页。

② 胡云翼：《中国词史略》，大陆书局（上海）1933年版，第229页。

很远，迎头痛赶也不是一时三刻所能赶到。于是，她茫然了，她更懊丧了，在狂歌当哭百无聊赖之余，画出她的男装小影，写成她的《饮酒读骚》，以寓她的深刻伟大之志。”①当时研究吴藻词成就最高的当推陆萼庭的《〈乔影〉作者吴藻事辑》和谢秋萍的《吴藻词》。《〈乔影〉作者吴藻事辑》（《文史杂志》第 6 卷第 2 期，1948 年）对吴藻的生平和创作情况做了钩沉和辑略，实为 20 世纪的第一部清代女性词人年谱。《吴藻词》为胡云翼主编“词学小丛书”之一种，前有谢秋萍所撰序言《吴藻女士的白话词》，比较全面而系统地介绍了吴藻的生平和创作情况，其中对吴藻词创作特点的分析颇有学术价值，谢秋萍说：“吴藻是浙人，而且历居厉鹗之旧馆，其词应该很有‘浙派’的风味。乃事实上她的词完全与‘浙派’的作风不合，没有半点姜、张的风味，反接近苏、辛一派……可是，我们之所以要说吴藻接近苏、辛一派，并不是重视‘豪放’这一层，我们是觉得吴藻能够用白话来写真性情。”第一，吴藻词与同样是写真性情的苏辛词的不同在于，苏、辛是用活的话语来写壮健的男子的真性情，吴藻则是用活的话语来写一个温柔的女子的真性情。从她留下来的三百篇词来看，大部分都是表示一个美的女性的作品，至于豪放的词，只是她一时的感慨而发，在她的作品集中不能算主要的部分。第二，基于以上认识，谢秋萍进一步将吴藻放在清代词坛进行考察，认为清代的词，无论浙派与常州派，都以模拟、雕琢、刻画为能事。“除了纳兰性德，我们只看见吴藻女士用这样轻巧、活泼、流畅的白话，来抒写自己美丽的心情，自然怪不得她要名噪大江南北了。”②

顾太清的诗词集钞本长期流落民间，直到辛亥革命后，黄陂陈士可（毅）才于厂甸觅得钞本《东海渔歌》残卷，几经辗转，得入况周颐之手，但况氏却将这个钞本进行了大量删改，这一删改本在 1914 年由西泠印社刊出。必须指出的是，况周颐所刊之《东海渔歌》残卷仅存卷一、卷三、卷四，后来朱祖谋又从绍兴诸宗元处得《东海渔歌》钞本之卷二，1933 年卷二由龙榆生刊布于《词学季刊》第 1 卷第 2 期，1941 年王佳寿森将况氏刊

① 谭正璧：《中国女词人故事》，（台北）庄严出版社 1982 年版，第 112~113 页。

② 谢秋萍：《吴藻词》，上海文力出版社 1947 年版，第 10~12、16 页。

本与朱祖谋钞本铅印合刊。但是，《东海渔歌》在日本有完整钞本，1929年储皖峰曾于《国学月报》第2卷第12号发表《关于清代词人顾太清》的论文，介绍了日本学者铃木虎雄所见内藤湖南所藏《天游阁集》钞本诗词集之事，首次披露了《东海渔歌》凡六卷的重要消息，至此《东海渔歌》的实际情况始大白于天下。太清词的研究发端于况周颐的《东海渔歌序》（撰于1915年），况氏从两个方面论述了太清词的创作特色。第一，它不染宋以后之积习，取法宋人周邦彦、姜夔，所谓“太清词得力于周清真，旁参白石之清隽。深稳沉着，不琢不率，极合倚声消息”。第二，是与太清取法宋人相联系，其词之妙在体格而不在字句，所谓“太清词，其佳处在气格，不在字句，当于全体大段求之，不能以一二阕为论定，一声一字之工拙，此等词无人能知，无人能爱，夫以绝代佳人而能填无人能爱之词，是亦奇矣”。著名学者苏雪林于1930年、1931年先后撰写了《清代男女两大词人恋史的研究》（《国立武汉大学文哲季刊》第1卷第3、4期）、《清代女词人顾太清》（《妇女杂志》第17卷第7期），前者批驳了流行于学界的丁香花案，后者侧重介绍了顾太清的生平，也谈到太清词的两个特点：一是多用长调，动辄百余字；二是和宋人诸作，“其魄力之雄厚，气度之醇雅，措词之新清秀丽，甚至突过原作”。应该说，这一时期的顾太清研究主要在文献整理上，关于文本的研究尚未全面铺开，这一任务需要后代学者来完成。

这里还应该特别提及谭正璧的《女性词话》，这是作者编写的一部普及性通俗读物。《女性词话》1934年由上海中央书店出版，1982年由台北庄严出版社作为“古典新刊”第56种重印，更名为《中国女词人故事》。全书介绍了自宋至清59位女词人，其中宋代13位，元代2位，明代1位，清代43位，清代著名女词人如徐灿、关锳、纪映淮、顾贞立、沈善宝、吴藻、赵我佩、熊琏等皆包罗在内，可以说它是一部文笔流畅、文风明快、结构自由的通代女性词史话。该书一个最大的特点是它的通俗性，它用故事的形式叙述各家生平、经历及创作，没有一般学术著作那种死板的面孔，多了一份平易近人的清新自然，但并不是说它没有多大的学术性，相反它在平实、简捷、明净的叙述中发表了许多精辟的学术见解，三言两语即揭示了作者的性情气质和其作品的风格。《女性词话》的学术价值有两点值得注意。第一，它是20世纪第一部全面介绍女性词的专著，在这之前虽然也有过不同形式的女性文学史，但从来没有哪部学术著作能把女性词作为独立部分来介绍，尽管它对女性词的梳理也不是很全面，如清代著名女词人顾太清就未纳入其论述范围，但它作为第一本系统介绍中国女性词的著作，开创之功不可抹杀。第二，它注意结合作者身世，如家庭、爱情婚姻、社会经历分析其创作风格，做到知人论世，言之有理，持之有据，绝不是纯粹的感性分析之作。比如分析徐灿的词，就介绍了她所处的时代、她与陈之遴的婚姻及她在陈之遴坐罪之后的遭遇，在此基础上才论及社会离乱对她创作的影响，使她的词有了杜甫“诗史”一样的认识价值。可以这样说，谭正璧《女性词话》把学术研究的学理性和知识传授的普及性有机地结合起来了。

三　20世纪八九十年代走上学术研究正轨

从20世纪50年代到70年代，内地（大陆）的女性词研究基本处于停滞状态，只有夏纬明发表过一篇《清代女词人顾太清》（《光明日报》1962年9月20日），倒是港台地区的女性词研究较三四十年代有了长足的发展，这一时期发表的相关论文有琦君《芭蕉叶上听秋声——吴藻》（《青溪》第3卷第6期）、闻汝贤《贺双卿其人其词》（《实践家政学报》1964年第1期）、黄兆显《苦命女词人贺双卿》（载《中国古典文艺论丛》，香港兰芳草堂1970年版）、少翁《女词人吴藻饮誉文坛》（《浙江月刊》第8卷第3期）、褚问娟《略论满籍女词人》（《浙江月刊》第10卷第5期）等，但这些论文多有罗列生平、介绍作品和评论资料而缺乏学理分析的弊端，即使有些论文也有作品的感性分析，但又很少进行理论的提升。直到进入80年代才迎来了女性词研究的全面发展期，但真正取得丰硕成果也是世纪末最后十年的事，即关于女性词的宏观研究和分析著名词人徐灿、顾贞立、贺双卿、吴藻、顾春的研究论文逐渐多了起来；词史研究也把女性词研究作为其重要组成部分，如严迪昌《清词史》专门辟有“清代妇女词史略”一编，邓红梅《女性词史》更以2/3的篇幅论述清代的女性词，这些皆标志着最后十年的女性词研究进入了一个新的发展阶段。其具体成绩主要表现在以下几个方面。

（一）女性词史的研究有了好的开端并初结果实

严迪昌《清词史》是新时期出版的第一部用较多篇幅论述清代女性词的词史，因为词史体例的限制，作者只论述了徐灿、顾贞立、熊琏、吴藻、贺双卿、顾春、秋瑾七位女词人，但却比较准确地揭示了各家的创作特色和清晰地勾勒了清代女性词发展的基本脉络。邓红梅的《女性词史》是迄今为止所见的唯一一部女性词通史，但全书却用近 2/3 的篇幅论述清代女性词，作者以花事的开放和凋谢比喻清代的女性词，将清代女性词分为前期、中期、后期三个阶段，论述了约 35 位女词人的创作特征，全面地揭示了清代女性词发展变化之轨迹。该书最大的特点是作者充分发挥其作为女性学者重感兴、重细腻分析的优势，重点分析了徐灿、顾贞立、熊琏、庄盘珠、吴藻、顾春、秋瑾七位作家，对她们的分析往往结合其时代、家庭、身世、学养合力考量，对作品意蕴的分析则从抒情方式、体制、措辞等方面综合考察，这些分析往往先从宏观提起，然后进行微观分析，最后把自己的感兴分析升华为理性的认知，达到宏观与微观、感性与理性、时代与个人的有机结合，因此，能够比较准确地揭示作家的创作特征和作品的审美意蕴。如果将其中论述清代的部分独立出来，那么完全可称为一部线索分明、文笔细腻的清代女性词史。

（二）女性词的宏观研究有了新的突破和较大改观

在 20 世纪的前八十年时间里，关于女性词宏观研究的论文几成空白，这一时期发表的论文有王细芝《论清代闺阁词人及其创作》（《中国韵文学刊》2001 年第 1 期）、张宏生《清代妇女词的繁荣及其成就》（《江苏社会科学》1995 年第 1 期）、纪玲妹《论清代常州词派妇女词的题材》［《河海大学学报》（哲学社会科学版）2001 年第 3 期］和《论清代常州词派女词人的家族性特征及其原因》［《聊城师范学院学报》（哲学社会科学版）2000 年第 6 期］等。这些论文对清代女性词创作特征做了比较全面而系统的总结，如张宏生的论文通过比较女性词的发展，从题材、风格、表现手法等方面，归纳出清代女性词的三个主要特征。一是清代以前的女性词基本上局限在一个较小的范围，而清代的女性词反映的生活层面大大拓展。

二是清代之前的女性词大多不出闺闱之事，风格也相对比较单一；到了清代，词人的创作意识更加鲜明，所以在风格上也开始多样起来，有豪放之作，也有清雅之音。三是清代富有才华的女词人，不仅敢于向妇女词的典范——易安词挑战，而且还敢于向整个文学传统挑战，积极地表现她们的创新意识和创造精神。这样的几点分析无疑是对清代女性词的正确归纳和总结，而纪玲妹的系列论文则以清代常州派妇女词为考察对象，揭示了清代女性词在题材上的独创性和在构成上的家族性两大特征，亦颇有新意。如《论清代常州词派妇女词的题材》一文，从三个方面论述了常州派妇女词对前代妇女词的重大突破；《论清代常州词派女词人的家族性特征及其原因》一文，分析了常州词派独有的女性词人群体，她们与常州词派男性作家互有唱和，并深受以张惠言、周济等人为代表的常州词派的影响，这些闺秀词人之间又多是姐妹词人、母女词人、妯娌词人、姑嫂词人等，具有很明显的家族性特征，这一分析显然为清代女性词的研究找到了一个新的视角。

（三）女性词的微观研究在文献整理、生平研究、作品分析上皆有新的创获

在文献整理方面，这一时期出版有杜芳琴编《贺双卿集》（中州古籍出版社 1989 年版）、张钧编《顾太清诗词》（吉林文史出版社 1989 年版）、金启孮、乌拉熙春合编《天游阁集》（辽宁民族出版社 2001 年版）及张璋编《顾太清奕绘诗词全集》（上海古籍出版社 1998 年版）。在生平作品研究方面，主要是顾太清生平研究取得了很大成绩，出版有金启孮《顾太清与海淀》（北京出版社 2000 年版）、张钧《顾太清全传》（长春出版社 2000 年版）等著作，以及金启孮《满族女词人顾太清和〈东海渔歌〉》（《满族文学研究》1982 年第 1 期）、赵伯陶《“留得四时春，岂在花多少”——太清及其词略论》（《宁夏社会科学》1986 年第 4 期）、张钧《清代杰出的词媛顾春和她的〈子春集〉》（《社会科学战线》1989 年第 3 期）、董淑瑞《顾太清及其词作的审美特色》（《满族研究》1990 年第 2 期）、黄世中《“清代第一女词人”：满族西林顾春漫论》（《文学评论丛刊》1989 年第 31 辑）、柯愈春《读顾太清手稿兼及顾太清与龚自珍的情恋》（《社会科学战线》1996 年

第5期）、张璋《“八旗有才女，西林一枝花”——记清代满族女文学家顾太清》（《文学遗产》1997年第3期）、卢兴基《“尘梦半生吹短发，清歌一曲送残阳”——清代女词人顾太清和她的词》（《阴山学刊》第14卷第1期）、张菊玲《为人间留取真眉目——论晚清满族女作家西林春》（载《海峡两岸少数民族文学研讨会论文集》，历史文学学会1998年版）等研究论文。关于贺双卿的研究则有杜芳琴《痛菊奈何霜：双卿传》（花山文艺出版社2001年版）和她的系列论文《贺双卿和〈雪压轩集〉》《史震林〈西青散记〉与双卿》《农妇的声音：十八世纪江南农村妇女的生活和精神世界》（均收入杜芳琴编《贺双卿集》）；其他研究论文则有李金坤的《贺双卿考辨》（《中国韵文学刊》2000年第2期）、《“田妇薄命，词苑奇葩”——贺双卿其人其词初探》[《辽宁大学学报》（哲学社会科学版）1999年第5期]，姚玉光的《论女诗人贺双卿作品的独特价值》（《学海》1995年第2期）、《旧中国劳动女性的自塑：论贺双卿词展示的女性生存状态和精神品格》[《山西师大学报》（社会科学版）1996年第2期]，卢心竹的《贺双卿其人其词漫谈》[《苏州大学学报》（哲学社会科学版）1984年第1期]等，这些研究论文亦有较高的学术价值。这些研究论文有一个共同特点，就是走出了生平介绍加作品分析的陈旧模式，进入结合时代思潮与女性意识的觉醒来分析女性词审美意义的新阶段。

四　21世纪以来渐现繁荣并结出硕果

进入21世纪，在此前研究的基础上，清代女性词研究又取得了更多开创性的成果，具体表现为文献整理、词史研究、个案研究等方面都有新的收获。

首先，文献整理成果丰硕。在别集整理方面，有卢兴基《顾太清词新释辑评》（中国书店2005年版）、胥洪泉《顾太清词校笺》（巴蜀书社2010年版）、金启孮与金适《顾太清集校笺》（中华书局2012年版）、黄嫣梨《月痕休到深深处：徐灿词注评》（上海古籍出版社2004年版）、李兴盛主编《浮云集·拙政园诗馀·拙政园诗集》（黑龙江大学出版社2010年版）、邓红梅《梅花如雪悟香禅：吴藻词注评》（上海古籍出版社2004年版）、段晓华《吴藻词集辑校》（华东师范大学出版社2020年版）、江民繁整理《吴藻全集》（浙江人民出版社 2020 年版）、珊丹《鸿雪楼诗词集校注》（中国社会科学出版社 2012 年版）、谭勤整理《沈善宝集》（浙江古籍出版社 2019 年版）等，这些女性别集的整理，或是笺校，或是选注，有的还附录相关序跋、师友唱和、诗话词话评论等资料，对了解作家的生平、交往、创作均有助益，对深入开展个案研究亦有重要意义。在总集整理方面，由华东师范大学胡晓明、彭国忠教授主编的《江南女性别集》已经出版至第五编（黄山书社 2008、2010、2012、2014、2019 年版），入选者多为较稀见之刻本、稿本和抄本，整理者对此都做过精心的校对，利用价值较高。徐燕婷、吴平编选《民国闺秀集》（上海古籍出版社 2019 年版），则以影印的方式呈现，收录初次结集或出版时间在 1912～1949 年且作者于民国年间尚存世的女性作家别集、合集等，约 50 种，包括所有排印本、石印本、油印本、稿本、抄本等。此外，还有肖亚男主编的《清代闺秀集丛刊》（国家图书馆出版社 2014 年版）、《清代闺秀集丛刊续编》（国家图书馆出版社 2017 年版），李雷主编的《清代闺阁诗集萃编》（中华书局 2015 年版），孙克强、杨传庆主编的《历代闺秀词话》（凤凰出版社 2019 年版）亦相继面世，小型选本也有如赵雪沛的《倦倚碧罗裙：明清女性词选》（人民文学出版社 2013 年版）、张觅的《明清闺秀诗词小传》（黄山书社 2020 年版）等。近年来随着数字化技术的广泛应用，女性文学电子资源库的建置亦被提上日程，如加拿大麦吉尔大学与美国哈佛燕京图书馆合作，由麦吉尔大学方秀洁教授负责的“明清妇女著作”数据库从 2007 年起陆续上线，累计已收录 400 多种古代女性著作。上述各总集中收录的清代女性词集、词话以及其他词学研究资料，对推进 21 世纪清代女性词研究均有重要意义。

其次，词史研究朝纵深方向发展。一是由通史转向断代史，分期更细，研究也更加深入，比如赵雪沛《明末清初女词人研究》（首都师范大学出版社 2010 年版）、赵宣竹《顺康女性词研究》（人民出版社 2020 年版）、韩荣荣《雍乾女性词人研究》（南京师范大学博士学位论文，2015 年）、赵郁飞《晚清民国女性词史稿》（时代文艺出版社 2019 年版）等，即是这方面的代表性成果。二是地域研究成果逐渐增多，出版有赵雪沛《清中叶浙江女词人研究》（人民文学出版社 2017 年版）等，另外在高峰《江苏词文化史论》（凤凰出版社 2011 年版）、宋清秀《清代江南女性文学史论》（上海古籍出版社2015年版）、赵厚均《明清江南闺秀文学研究》（上海古籍出版社2020年版）等著作中，也有不少涉及女性词的内容。其他相关研究论文，如马大勇《论清代苏州女性词界的构成》（《词学》2009年第1期）一文，以《全清词钞》《小檀栾室汇刻百家闺秀词》《闺秀词钞》中收录苏州女性词人的情况，说明苏州在清代为词学及女性词学重镇，在详述徐灿之外，还讨论了一位长期为论者所忽视的苏州女词人——吴绡，同时罗列了张蘩、王韵梅、郭慧英等多位清代苏州女性词人。宋秋敏在《晚清至民国时期广东女性词的发展及新变》（《中国韵文学刊》2020年第4期）中，探析了晚清民国时期广东女性词繁盛的成因，揭示了女性词的发展对于研究岭南词的重要意义。三是女性结社的现象也引起了人们的关注，像沈善宝等人的"清溪吟社"、顾太清参与的"秋红吟社"等，都有相关研究论文发表，但历来研究者都偏向于其中的诗歌唱和，词社研究常常被略过。万柳的《清代女性词社初探》（《南阳师范学院学报》2012年第8期）是第一篇明确提出对清代女性词社进行宏观研究的论文，文中介绍了沈善宝等闺秀参与"清溪吟社"的填词活动，提及顾春在"秋红吟社"中的填词痕迹，还考察了周琼、吴蕊仙社，张学典社，东湖消夏社等女性词社。此外，如袁志成的《女性词人结社与晚清民国女性词风演变》（《贵州社会科学》2015年第2期），还重点考察了秋红吟社、南社、梅社、寿香社等女性词社，认为女性词人结社将生活视野拓展至自然与社会，扩大了词的题材，进而推动了女性词风的转变。

最后，个案研究正在逐步走向繁荣。一是出版了相关的研究专著，如钟慧玲《清代女作家专题：吴藻及其相关文学活动研究》、张菊玲《旷代才女顾太清》、王力坚《清代才媛沈善宝研究》、吴永萍等《清代三大女词人研究》等。此外，张菊玲进行的顾太清研究将另有专文介绍，钟慧玲的《清代女作家专题：吴藻及及其相关文学活动研究》和王力坚的《清代才媛沈善宝研究》则放在港台地区研究部分专门讨论，兹不赘述。二是除了在20世纪已经发展起来的顾春、吴藻、徐灿、贺双卿研究之外，沈善宝在21世纪成为一个新的研究热点，这从前文提到的作家别集整理现状亦可看出。她所编《闺秀诗话》使其成为道咸年间名副其实的才媛领袖，故其研究价值无须多言。张宏生《才名焦虑与性别意识——从沈善宝看明清女诗人的文学活动》[《阜阳师范学院学报》(社会科学版)2001年第6期]一文认为，沈善宝因抱负无法施展而流露的不平以及对于不朽文名的期盼，是嘉道以后知识女性的缩影，这一观点正是看到了沈善宝闺中文学领袖的特殊身份。其他相关论文如聂欣晗、王晓华《女性词的时代转型——以豪宕悲慨的沈善宝词为考察中心》(《船山学刊》2010年第3期)及徐燕婷《沈善宝〈鸿雪楼词〉的情感体验》[《宁波大学学报》(人文科学版)2013年第6期]，均能从文本层面发掘词作的情感内涵和审美特征，较之以前研究更为深入。三是一些此前不太受关注的女词人也进入了研究者的视野，如熊琏、庄盘珠、黄婉璚、赵我佩、叶小纨、钱斐仲、薛琼、孙云凤、孙云鹤、归懋仪、高景芳、顾贞立等，均有研究成果发表。但总体而言，个案研究的研究布局仍不够均衡，研究重心仍集中于少数著名的女词人，对清代其他更多女词人的深入研究将是21世纪有待开拓的新方向。

近二十年来的清代女性词人研究，无论是宏观还是微观，无论是成果数量还是内容深度，或视角的开拓范围等，都较之前有了较大进步。从个案研究看，涉及词人的家世、生平、交游、创作等方面。从宏观词史研究看，则关注到通史之外的地域、家族、断代等因素，研究的内容更深入，角度也更为新颖。在某些研究领域还表现出新的动向，一是接受研究受到重视，比如清代女词人接受李清照的影响，在之前的研究中也出现过，但大多是在个案研究中提及，刘立杰《明清词对易安的审美接受》(《北方论丛》2013年第5期)、徐梦《清代女词人对〈漱玉词〉的接受研究》(陕西理工大学硕士学位论文，2020年)，则对明清女词人对易安词接受之状况、原因、具体表现、接受方式与特征做了非常详细的论述。二是题材研究的多样化。有题画词研究，如赵艳洁《清代女性题画词的审美探析》(华南理工大学硕士学位论文，2017年)提出，题画是清代才媛聚会、结社唱和常见题材，清代女词人最擅长题画文学样式，题画词拓展了清代女性词的题材与风格。邢伟伟《清顺康时期的题画词研究》(河北大学硕士学位论文，2017年)虽非专门研究清代女性词，亦给出了专门的篇幅介绍“大放异彩的女性创作群体”。此外，如张宏生《清代女子的七夕词及其传承》(《古籍研究》2007年第2期)，从文学史的角度考察了清代女子七夕词创作的新思路；王瑶《清代七夕词研究》(安徽大学硕士学位论文，2014年)在此基础上又做了更加细致的词史阐述与内容梳理。张宏生还有《论清代女词人的艳情咏物词》（台湾《清华学报》2018年第48卷第3期），将清代女词人的创作纳入词坛尚雅的大背景中加以考察，指出她们有意识地突破女性词原有的创作传统，而向男性词人建构的传统靠拢，但更加注重直观性，在一定程度上带有女性生活的痕迹。许博在《清代“新”边塞词及其文化内涵摭论》一文中还提出了“清代女性边塞词”的概念，颇有新意。三是出现了一些针对20世纪清代女性词学的研究成果，如王玉媛在《论雷瑨、雷瑊〈闺秀词话〉的价值》一文中指出，《闺秀词话》最大的价值有三，即地域与家族文学价值、清代女性词史价值、清代女性词对词境的开拓价值。张榕颖的《雷瑨、雷瑊〈闺秀词话〉研究》（集美大学硕士学位论文，2015年）则对《闺秀词话》的选录标准以及词学旨归进行了深入探讨。此外，这一时期对《燃脂余韵》《小檀栾室汇刻百家闺秀词》等也都有研究，只是未能形成较大规模。

五　港台地区的女性词研究成就述略

最近四十年来，港台地区的女性词研究成果不是很多，主要论文有万子霖《清代闺秀四家词述》（《铭传学报》1986年第23期、1987年第24期）、陈美《伤逝工愁的女词人：徐湘蘋》（《中华文化复兴月刊》1986年第19卷第8期）、周婉窈《绡山传奇——贺双卿研究之检讨与展望》（《新史学》1996年第7卷第4期）、钟正道《“愿掬银河三千丈，一洗女儿故态”：吴藻〈花帘词〉中女性作为“他者”之愁评析》（《中国文化月刊》2001年第259期）和钟慧玲《清代女作家专题：吴藻及其相关文学活动研究》［（台北）乐学书局2001年版］所收的系列论文《吴藻作品中的自我形象》《吴藻与清代文人的交游》《吴藻与清代女作家交游》《吴藻与清代女作家交游续探》等，这些论文在研究方法上明显地体现出两种研究思路：一种是传统的闺秀词研究思路，以万子霖、陈美等学者为代表；另一种是受西方女权主义思想影响的女性词研究思路，以王力坚、钟慧玲等学者为代表。这两种研究思路也代表着当前女性诗词研究的两个基本方向。

万子霖先后任教于台湾淡江、中原、北医诸校，至20世纪80年代始任教于铭传女子学校，因教学对象多为女性，故比较关注清代的闺秀词，所撰《清代闺秀四家词述》一文，开篇称赞清代闺秀词创作之盛，然后评述了清代四位著名女词人吴藻、贺双卿、顾春、秋瑾的创作，所论颇能点明各家隐微，惜其正文大多征引前人资料，论者自己之论太少。戚宜君和陈美也是恪守传统治学路数的两位学者，他们分别对徐灿、吴藻的创作进行了研讨。陈美的论文主要从两个方面论述徐灿词的创作特征，一是从徐灿的身世看其词风的变化，二是根据徐灿闺思、乡魂旅思、故国感旧三类题材，概括《拙政园诗余》的审美风格："大抵用语清新要眇，遣情含蓄婉转，得北宋婉约派风格，而尤其神似于朱淑真的《断肠词》与李清照的《漱玉词》。除了清新婉约的风格以外，他的感怀故园与忆叹旧游诸作，间也有'跌宕沉雄'近豪放派者。"① 戚宜君的论文也有两点值得注意，一是为吴藻争取词坛地位，认为其词在数量和内容上比李清照精彩。二是结合吴藻的家庭、身世、性情分析其词风的变化，认为吴藻在未出嫁前，生长在父母的呵护之下，衣来伸手，饭来张口；于归以后，在丈夫的优容下，为所欲为，了无挂碍，锦衣玉食，得其所哉。这种观点与内地（大陆）学者是截然不同的，作者认为优裕的物质环境，为吴藻精神上的自由提供了极大方便，使她能毫无顾忌地与志同道合的朋友相交往，特别是她在丈夫去世以后，生活品质与内容发生了巨大变化，经常在词中感慨自己处境的凄怆悲凉，所以作者说："如果说她是因为得不到爱情的慰藉，转而向艺术领域来填补心灵上的空虚的话，对她的黄姓丈夫来说，实在是有欠公平的。"②

王力坚、钟正道、钟慧玲是另一种治学路径的三位代表。王力坚是近年来致力于清代女性文学研究的学者，在《清代"闺词雄音"的二难困境》一文中，他提出了清代女性文学"闺词雄音"的特别现象。所谓"闺词雄音"是指女性词中所表现的男性化风格，作者认为与一般男性豪放词不同的是，清代女性词的"闺词雄音"往往融注着性别遗恨的感情抒发。但这并非表明女性意识的觉醒，它只不过是才女不满自身的女性社会定位，以

① 陈美：《伤逝工愁的女词人：徐湘蘋》，《中华文化复兴月刊》1986年第19卷第8期。

② 戚宜君：《吴藻为清代词坛放一异彩》，《中华文艺》1983年第26卷第2期。

“僭越”的方式争取男性身份为标志的“名士声誉”，是一种自觉或不自觉的生理性别的“错位转移”（男性化）。这一错位，使清代女性词始终处于一个尴尬的两难（paradox）境地——在实现目的（男性化）的同时，也就失去了其女性文学的特质。[①] 这显然是对清代女性词的深层次思考，是站在性别立场审视女性词，而不只是对女性词的题材内容和表达形式发表意见。钟正道也从性别对立的角度来考察吴藻《花帘词》的“愁”，认为吴藻之“愁”不能归因于内在，而应该归因于外在的“愁境”。但吴藻却能以女权的大纛去打破男性捏造的女性神话，把自己描绘成一个“瘦弱不支的病者、百无聊赖的失眠者、心事无人问的孤独者”的综合体，以至于认同男性，抛弃女性身体的捆绑，成为一个“在幻想中弃守女性身体”的“男性”。“从今日的角度看，吴藻《花帘词》固然谈不上具有什么样的女性意识，但却真实呈现了一名女性在压抑情境中愁懑的心理状态，它不但可看出是传统女性作为‘他者’所遗存的幽暗之本，也是企图以文学想像（象）逾越‘正常’女人樊篱的一次发音。”[②] 钟慧玲则是从女权主义的视角探索了吴藻的内心世界，指出吴藻在《乔影》中大胆地表露了自己对性别的牢骚怨愤，她借谢絮才的形象表现了一种对性别的抗拒意识，把自己塑造成一个男性化的自我。在《香南雪北词》中，吴藻的心绪已“由早年的愤懑转而为闲澹悠远，现实中人生的挫折感也倾向于宗教的追寻，这里所展现的自我是饱经忧患后，解脱了情感上的不平，而更趋于淡泊宁静，不与世俗争，甚至不与命争的了悟与宽怀”。通过考察吴藻作品中自我形象的变化，作者得出这样的结论：“吴藻的作品不仅呈现了她个人的命运，也呈现了传统父权下，备受压抑、摆布而又无能抗争的女性共同的命运。”[③]

在21世纪之初，香港浸会大学历史系黄嫣梨博士推出她的新作《清代四大女词人——转型中的清代知识女性》，这是一部探讨清代妇女思想演变过程的历史学著作，但因为所讨论的对象是清代女词人，所采用的论证材

---

① 王力坚：《清代“闺词雄音”的二难困境》，载《中华词学》第3辑，东南大学出版社2002年版。

② 钟正道：《“愿掬银河三千丈，一洗女儿故态”：吴藻〈花帘词〉中女性作为“他者”之愁评析》，《中国文化月刊》2001年第259期。

③ 钟慧玲：《吴藻作品中的自我形象》，《东海学报》1996年第37卷第1期。

料大都是她们的诗词作品，实际上是想通过清代女性作家作品的考察来达到把握其思想变化轨迹的终极目的。

作者指出，明末清初的社会仍是保守的封建社会，徐灿的行事和思想典型地表现了守旧社会环境下古代名媛的风范，她的吟咏大多是怀人寄远、抒愁自伤之作，但她在书写中也开始表达时代沧桑、家庭变故、国家不幸和反对“女子无才便是德”等的深刻感受；到清代中叶如顾太清、许云林等女词人，则开始吟咏社会及史事，并与各方词人交流；晚期的熊琏、吴藻、赵我佩等女词人更超出了闺闱与伉俪的空间，而与各方词人频繁唱咏，“于是，在她们的作品中，遂屡屡有反抗传统妇女观念思想的出现”。在分析顾太清的思想和性格时，有一点值得重视，即对顾太清社会观念的评价，作者认为顾太清生活在封建贵族大家庭里，但她的思想却是开明的：其一，注意民情、史情和关怀社会国家的盛衰起跌；其二，洞悉社会艰辛，体恤民间疾苦；其三，襟怀磊落，无社会等级观念；其四，打破妇女深闺的迂腐观念，拓宽社交圈子，与当代异性学人时有酬唱；其五，有豪迈坚强、矢志克服社会困难的“人力胜天”的观念，并不如以往一般充满懦弱与被动。在分析吴藻的思想和性格时，部分观点也能发前人所未发，作者指出：“蘋香性情复杂，既有小儿女的风情万种，亦有女中丈夫的豪情壮志。她工诗词、善弹琴、能作画、通音律，可惜她的才华，未有得到从事商贾的夫婿的欣赏，同时，亦因为时代的限制，未能给予她更大的发展机会。因此，在怀才难伸、知音不遇的情况下，她只有更恣意的寄情于文艺的创作中，以求一抒内心的抑郁。又由于她看到丈夫的庸俗，于是，对于大部分男性俱加鄙弃。她想将这个文艺的世界，统治在女性的权威之下，使一切男子臣服，然而，她了解这种想法在当时尚难实现。于是，她的作品常有速变男儿，以图改转现实环境，或借酒消除愤怨之意。”① 然而，吴藻的时代只是妇女觉醒的初期，妇女的社会地位改变仍少，社会对妇女的束缚仍多，故吴藻关于妇女解放的要求难以实现，“但是，这一个中国妇女界的觉醒分子，给后来的影响是深远而巨大的”。作者将这几位女词人置诸当时社会的

① 黄嫣梨：《清代四大女词人——转型中的清代知识女性》，汉语大词典出版社 2002 年版，第 99～100 页。

大背景中考察，试图揭示她们在社会观念、婚姻观念、社会地位、经济能力、教育机会、国家观念、宗教观念等方面的转变。该著眼界开阔，认识深刻，是清代女性词的文化学或社会学研究方面的力作。

最近十多年来虽未见相关研究专著问世，但关于女性词的专题论文却不曾间断，代表性的有曾慧仙《徐灿作品中的夫妻之情探析》（香港《中国文化研究所学报》2009 年第 49 期）、卓清芬《清代女性自题画像意义探析》（《人文中国学报》2016 年第 23 期）、刘静《太清词中女性故事的取材及其意义》（《东吴中文研究集刊》2012 年第 18 期）等。

六　小结

通过对 20 世纪以来清代女性词研究历程的初步考察，我们认为研究既有成绩，也有不足。从成绩来说，主要是对女性词的文献整理基本形成规模，大致摸清了明清女性作家词作的存世情况，对部分著名词人的生平及创作情况有了初步探讨，在某些问题上也基本达成了一致性认识；从不足来讲，则是研究方法仍比较传统，或是基本文献的简单梳理，或是生平与创作的平面描述，还不足以反映女性词人创作的全貌和价值。

那么，今后如何将清代女性词研究推向深入？第一，在已有文献整理的基础上，对女性作家的生平活动展开深度探讨，如为某些著名词人编制年谱，为清代女性创作进行系年，如果条件成熟的话，还可以制作女性作家编年系地谱。第二，尽管当前的研究改变了对女性创作的轻视态度，但在思想上还是没有摆脱传统文学观念的束缚，还是认为女性作家创作题材重复，艺术手法单调，总体成就不高。其实可以通过转变研究视角，从历史学中借鉴观念和方法，把女性创作这一现象与整个封建社会对女性轻视的态度联系起来，进而分析女性作家在创作上出现类似情况的社会原因，也就是说应该把女性文学与女性文化联系起来，使女性词研究走出一片新天地。第三，目前海外汉学界在中国古代女性文学与文化研究上取得了较好的成绩，比如高彦颐的明末清初江南才女文化研究，曼素恩关于江南女性诗人家庭文学活动的研究，孟留喜对于清代女诗人屈秉筠参与男性文学创作交往活动的研究，这些成果对于开拓今人的研究视野有着重要的启示意义，所以要注意吸收海外学者研究的视角、观念和方法。

总之，20 世纪以来的百余年时间里，清代女性词的研究取得了一定的成绩，特别是对徐灿、吴藻、贺双卿、顾太清、吴藻、沈善宝等著名词人的研究有了重大收获。但在文献整理、词史描述和宏观研究方面还有很大的开拓空间，许多在创作上颇有特色的女性词人还未能进入研究者的视野，有些重要的女性创作群体也未能引起学界的足够重视，对女性文学的研究还停留在其价值肯定的层面，如何将其置于人类文明演进史上进行观察，这些都是 21 世纪清代女性词研究应该努力的方向。

20世纪以来的满族诗学理论研究

众所周知，中国是一个统一的多民族国家，各民族共同创造了辉煌灿烂的中华文化。满族作为中华民族大家庭的重要成员，其文学艺术在长期的历史进程中也有了很大发展，对中国文学发展产生的推动作用不可忽视。从目前已经发现和整理的资料来看，满族作家数量可观，他们创作的作品可谓浩如烟海，涵盖了诗、词、散文、戏曲、小说等各个领域。在此基础上发展起来的满族文艺理论，更是丰富多彩，其中的诗论和词论尤为引人瞩目。

长期以来，学界对中国古代诗学理论的研究，几乎可以说全部集中在汉族诗学理论方面，很少对其他少数民族的诗学理论进行研究。庆幸的是，新时期以来已有学者注意到这一问题，并尝试提出解决方案。早在20世纪80年代，李德君就指出："现行文学史未能把少数民族文学的光辉成就反映出来，少数民族文学在中国文学史上的地位和作用也没有得到应有的阐述，这同我国是一个统一的多民族国家的状况是不相称的。"① 因此有必要对现行文学史进行改造，以提高其科学性，并使之更为充实和丰富。无独有偶，李晓峰等也认为，"民族、地域、国家等元素和概念在既往文学史观中的缺失，是中国文学史书写中少数民族文学被弱化甚至被遮蔽、忽视、边缘化的主要原因"，因此，中国文学史仍然未能打破"汉族文学史"或者"汉语文学史"的范式，这是长期以来一直存在于中国文学史研究中的主要问

① 李德君：《谈包括少数民族文学的〈中国文学史〉的建设问题》，《中央民族学院学报》1981年第3期。

题。[①] 为了改变这一现状，李晓峰等认为应尽快构建“中华多民族文学史观”，并将之付诸中国文学史书写的实践。在这个意义上，对满族诗学理论进行研究，便有了重要的学术价值。其不仅有助于了解满族的文学传统和民族特色，也有利于完善中国文学批评史和中国文学史的学科体系，从而进一步充实和丰富整个中华民族的文艺宝库。

回顾 20 世纪以来的满族诗学理论研究，其发展历程按时间顺序可分为三大阶段：1901~1948 年为第一阶段，1949~2000 年为第二阶段，2001 年至今为第三阶段。以下将分别梳理各个阶段的研究状况，总结其成就，并介绍部分重要成果。

一 1901~1948 年满族诗学理论研究的初始

1901 年至 1948 年，是满族诗学理论研究的初始阶段。这一时期，现代的学科体系还未完全建立，学者们主要沿袭古代传统的方法开展研究工作。这一时期的主要成就，在于一些大规模的资料性成果和笔记诗话类成果，包括盛昱和杨锺羲选辑的《八旗文经》、杨锺羲编著的《雪桥诗话》、震钧的《天咫偶闻》《八旗诗媛小传》等，它们在保存满族诗学理论原始文献方面有着重要意义。

《八旗文经》是一部八旗文人的文章选集，初刻于 1901 年，其中所收录的大量序文及题跋，包含着八旗文人对诗词等文体的诸多看法，是研究满族诗学理论的重要文献。如其中所收铁保的《白山诗介自序》就是一篇典型的具有鲜明民族特色的满族文论，读后可以清晰地理解满族文学和汉族文学之间的基本区别，这对我们研究满族文学有着重要的启示意义。震钧的《天咫偶闻》成稿于 1903 年，刊于 1907 年，其中卷四记载了鲜为人所知的满族文人成书（字倬云），并录其诗作和文论，该书成为后来研究成书诗论的重要资料。此外，震钧的《八旗诗媛小传》记载了关于满族妇女诗人的著述，为研究满族妇女诗人的诗学思想提供了重要参考。

---

① 李晓峰、刘大先：《中华多民族文学史观及相关问题的研究》，中国社会科学出版社 2012 年版，第 2~9 页。

此期产生了众多的诗话类作品，专门著录清代八旗文人诗词评论的，仅有《八旗诗话》和《雪桥诗话》两部。其中，法式善的《八旗诗话》侧重于保存、记录诗人诗作，理论方面涉及较少。首刻于1914年的《雪桥诗话》，则是研究满族诗学理论不可多得的珍贵文献，该书不仅详细收录了八旗作家的诗歌作品，而且记载了大量满族文人和汉族作家交往的资料，对研究满族诗歌发展原因及满汉诗学思想的关系有着重要意义。不仅如此，杨锺羲在《雪桥诗话》中对满族诗人的评论，也反映出其作为满族文人的诗学思想和审美趣味，这一点，民国时期由云龙在其著作《定庵诗话》中已经涉及："汉军旗辽阳杨子勤锺羲撰《雪桥诗话》十二卷，诗话中捃摭最富者……盖君本辽河旧家，隶籍尼堪，居京师者九叶，食德服畴，固宜其熟于京沈掌故，纪载详晰，亦犹刘京叔《归潜志》、元遗山《中州集》之意向已。论诗颇推重清初之朱、王、叶、沈，悉取正声，不甚扬袁、蒋、赵之流波。"[①] 由云龙在此明确指出，杨锺羲诗学的旨归是推崇朱彝尊、王士禛、叶燮、沈德潜诸人的诗学主张，对于袁枚、蒋士铨、赵翼等人的诗论比较排斥，这一观点对于研究杨锺羲的诗学思想有一定参考价值。此外，杨锺羲《白山词介》一书，收录八旗词人50家，不但初步厘清了满族词坛的发展状况，也为后来开展满族词学的研究提供了必要的文献资料。

这一时期另一部值得关注的研究成果，是恩华纂辑的《八旗艺文编目》，该书分经、史、子、集四部，共辑入清代八旗满洲、八旗汉军和八旗蒙古共计1034位作者的1775部作品，其中辑录入集部的作品最多，且十分详尽，是研究满族文学不可忽视的重要工具书，为研究满族诗学理论提供了极大便利。

应该说，1949年以前的满族诗学研究还处在起始阶段，研究成果在数量上不多，且大多以记录和保存满族诗学原始文献为主，尚未触及理论思想的探讨，但却为此后满族诗学研究的全面展开奠定了文献基础，其意义不容忽视。

---

① 张寅彭主编《民国诗话丛编》第三册，上海书店2002年版，第598~599页。

二 1949~2000年满族诗学理论研究的多元发展

新中国成立以后，随着现代科学研究方法的广泛运用，满族诗学理论研究也有了新的发展。这一时期的研究不再仅仅局限于上一阶段的文献留存和整理，而是在文献整理、资料发掘、理论思想研究等多个方面齐头并进，且均取得了突出的成就。

不过，1949年至1978年却是满族诗学研究的空白期。此期，满族文学尚未被学界重视，各种文学史中有关满族文人的记载仅限于纳兰性德和郑文焯，相关内容往往一笔带过，满族诗学理论更是无人问津。从1979年到2000年，随着改革开放政策的推行，很多学术研究的禁区被打破，少数民族文学研究成为一个欣欣向荣的研究领域。满族诗学理论的研究也逐步走上了兴盛繁荣的道路，大量研究成果急剧涌现，形成了一个研究的高潮。先是由辽宁省民族事务委员会主办的《满族文学研究》于1982年创刊，接着是辽宁省民族研究所主办的《满族研究》在1985年创刊，此后，《民族文学研究》《社会科学辑刊》《承德师专学报》《黑龙江民族丛刊》《北方民族》等二十多种刊物，都刊登了大量满族文学研究方面的文章，其中包括不少研究纳兰性德、铁保、马长海等人诗学理论的成果。可以说，这些刊物的创办和专栏的设置，为开展满族诗学理论研究提供了交流的平台，也进一步激发了学界在该领域的研究热情。

从总体上看，和前一阶段相比，这一时期的研究成果在数量和质量上都有了极大发展，研究的理论性、系统性、民族性也有了大幅度的增强。综观这一阶段的研究，主要围绕以下三个方面展开。

（一）理论文献的发掘与整理

满族文人的创作别集浩如烟海，要研究其诗学理论和主张，首先要解决的问题是对原始资料的搜集、整理和发掘，这是开展大规模、深层次研究的坚实基础和必要前提。不少学者在这项基础性的工作中付出了大量心血，成绩突出。

在文献资料整理方面，1987年新疆人民出版社出版的《中国历代少数民族文论选》[1] 是第一本综合性的少数民族文论选。在满族文论部分，该书收录了纳兰性德、铁保等满族文人的诗论和词论，其中包括《原诗》、《渌水亭杂识》（节选）、《〈梅庵诗钞〉自序》等重要的满族诗学理论文献，并且有详细的注释和说明。尽管这一选本不可避免地存在选文不够全面、注释与解读略显粗糙等缺陷，但它的价值和贡献却是不容忽视的。1993年，新疆人民出版社又出版了续编，即《少数民族古代文论选释》[2]，该书收录了满族文人允礼、常安、敦诚、恒仁及多隆阿等人的序跋或诗话作品，在一定程度上弥补了上一选本的缺陷。

1994年，王佑夫主编的《清代满族诗学精华》[3] 出版，该书是第一部专门以满族文论为对象的选本，是对满族诗学遗产进行专门整理的首次尝试。全书共收录清代著名满族文人的理论作品36篇，包括玄烨、纳兰性德、岳端、马长海、常安、允禧、恒仁、铁保、斌良、盛昱、杨锺羲等人的诗词评论，并附有详尽的注释和说明。可以说，该书为满族诗学理论的研究工作打下了良好的基础，具有重要的参考价值。此外，在古籍专书的整理上，《八旗文经》和《雪桥诗话》的现代点校本在80年代末也陆续出版[4]，这无疑为满族诗学理论的研究提供了极大便利。

在文献资料的发掘上，马清福《多隆阿的〈毛诗多识〉》一文对正白旗人多隆阿所撰诗论专著《毛诗多识》做了介绍。[5] 马清福注意到，《毛诗多识》在理论上颇有见地，但其在诸多文学批评史著作中均无记载，不为人所知。在论文中，作者对该书进行了简要说明，并总结了多隆阿的诗论观点，有助于我们进一步了解满族文人的诗学思想。在词学方面，刘崇德《关于郑文焯批校本〈清真集〉》一文介绍了研究者所藏过去未见著录的一部郑文焯批校本《清真集》[6]，这一文献的披露对于研究郑文焯的词学思想意义重大。

---

① 买买提·祖农、王弋丁主编《中国历代少数民族文论选》，新疆人民出版社1987年版。

② 王弋丁、王佑夫、过伟主编《少数民族古代文论选释》，新疆人民出版社1993年版。

③ 王佑夫主编《清代满族诗学精华》，中央民族大学出版社1994年版。

④ 盛昱、杨锺羲编，马甫生等标校《八旗文经》，辽沈书社1988年版；杨锺羲撰集，石继昌点校《雪桥诗话》，北京古籍出版社1989年版。

⑤ 马清福：《多隆阿的〈毛诗多识〉》，《满族研究》1986年第2期。

⑥ 刘崇德：《关于郑文焯批校本〈清真集〉》，《河北大学学报》（哲学社会科学版）1996年第3期。

（二）满族诗学理论内容的研究

随着文献资料发掘与整理的深入，更深层次的研究工作逐渐展开。以文献解读为基础，探究满族诗学理论的内容与主题，是新中国成立以后满族诗学理论研究的重点。总的来看，此类研究普遍采取个案研究的形式，对单个满族作家的诗学思想进行细致探讨，并且首先在纳兰性德和郑文焯这两位成就最高的满族文人身上展开，进而逐步扩展到其他满族作家。

这一阶段的重要研究成果主要包括林玫仪《晚清词论研究》《论晚清四大家在词学上的贡献》、姜书阁《满族文学家纳兰性德和他的词（上、下）》、张佳生《清代满族诗词十论》、徐照华《纳兰性德与其词作及文学理论之研究》、马清福《八旗诗论》《常安的文艺理论》《爱新觉罗·玄烨的诗文理论》等。[①] 此类研究所涉及的满族作家数量众多，且身份各异，但从总体上看，大多聚焦于纳兰性德和郑文焯的诗词理论。值得一提的是马清福的《八旗诗论》，该书充分关注了“八旗文人”这一群体在诗学理论上的总体成就，是一部以介绍满族文学理论为主体的诗学专著。作者在该书中对数量庞大的满族宗室文人、仕宦文人、布衣文人、妇女文人以及八旗汉军籍文人的诗学思想均做了不同程度的概括和论述。可以说，《八旗诗论》是一部具有开创意义的满族诗学史，尽管该书以介绍性研究为主，且对部分满族文人诗学理论的论述较为粗浅，但它在满族诗学研究史上仍应占有一席之地。

根据满族诗学的理论构成，大体而言，这一时期的研究成果可以分为本质论、风格论、主客关系论、继承创新论四个部分，兹分述如下。

本质论是满族诗学理论的核心，是这一时期的研究重点。李金希在《清代满族诗人铁保》一文中，总结了铁保在其所作诗集序跋中表达的诗学思想，认为其诗歌理论从总体上看是一种力主性情的理论。论文还具体分

① 林玫仪：《晚清词论研究》，台湾大学博士学位论文，1979 年；林玫仪：《论晚清四大家在词学上的贡献》，载《词学》第 9 辑，华东师范大学出版社 1992 年版；姜书阁：《满族文学家纳兰性德和他的词（上、下）》，《满族文学研究》1982 年第 2 期、1984 年第 1 期；张佳生：《清代满族诗词十论》，辽宁民族出版社 1993 年版；徐照华：《纳兰性德与其词作及文学理论之研究》，大同资讯图书出版社 1988 年版；马清福：《八旗诗论》，延边大学出版社 1989 年版；马清福：《常安的文艺理论》，《满族研究》1989 年第 3 期；马清福：《爱新觉罗·玄烨的诗文理论》，《民族文学研究》1990 年第 2 期。

析了铁保“诗以道性情”的诗学观与袁枚诗论的异同，认为铁、袁二人诗论主张的联系和区别，充分体现了铁保诗论的民族特色。[①] 马清福通过对汉军旗文人刘廷玑的《〈葛庄诗钞〉自序》的分析，指出诗道“抒写性灵”是刘廷玑论诗的主要观点，具体指的是“即景言情”“望古遥集”“因端寄慨”“触物相思”。这就是说，诗歌的创作，无论是“言情”“遥集”，还是“寄慨”“相思”，都是“性灵”的表现。此外，马清福也分析了刘廷玑的诗歌“书写性灵”说与袁枚“性灵”说的不同，认为刘廷玑的论述跳出了前人的窠臼。[②] 张菊玲则通过对纳兰性德《渌水亭杂识》和《原诗》中相关诗论的分析，明确指出了强调情的作用是纳兰性德诗歌创作理论的核心。[③] 与张菊玲不同，陈水云更关注汉族文学传统对纳兰性德词学思想的影响，认为纳兰性德在汉族文学传统的熏陶下，自觉接受了“诗缘情”的文学本质观，“纳兰性德的词学思想反映出清代文化总结时期各民族文化融合的趋势”。[④] 此外，张佳生《论纳兰性德诗的思想内容》、董文成《音德讷〈锄月山房吟草〉》等文章也对满族作家纳兰性德、音德讷的文学本质论进行过讨论。[⑤]

对满族诗学风格论的研究，在这一时期的研究成果中也有较多呈现。如张佳生总结了铁保的诗学思想，认为铁保论诗的核心是“贵真贵厚”[⑥]；他还考察了纳兰性德的词学理论，认为纳兰性德在“贵重”“适用”之外，还要求词婉曲含蓄，达到“烟水迷离之致”。[⑦] 值得注意的是，白鹤龄也关注了纳兰性德的诗学思想，并且指出纳兰性德在诗歌创作上主张“贵重”、“适用”且“兼有其美”，二者不可或缺。[⑧] 马清福则概括和总结了玄烨在《全唐诗序》和《咏物诗选序》中的相关论述，认为玄烨看到了诗人风格的多样性，因而其论诗提倡“卓然自成一家”。[⑨] 此外，马清福还通过对岳端

① 李金希：《清代满族诗人铁保》，《民族文学研究》1998年第3期。

② 马清福：《八旗诗论》，延边大学出版社1989年版，第92~95页。

③ 张菊玲：《清代满族作家文学概论》，中央民族学院出版社1990年版，第40~45页。

④ 陈水云：《文学传统与纳兰性德的词学思想》，《渤海学刊》1998年第1期。

⑤ 张佳生：《论纳兰性德诗的思想内容》，载《满族论丛》，辽宁大学出版社1986年版，第158~174页；董文成：《音德讷〈锄月山房吟草〉》，《满族研究》1988年第2期。

⑥ 张佳生：《清代满族诗词十论》，辽宁民族出版社1993年版，第409页。

⑦ 张佳生：《纳兰性德的词学理论》，《社会科学辑刊》1986年第1期。

⑧ 白鹤龄：《纳兰的诗词观》，《承德师专学报》（社会科学版）1988年第4期。

⑨ 马清福：《爱新觉罗·玄烨的诗文理论》，《民族文学研究》1990年第2期。

《瘦寒集序》的分析，认为岳端的诗歌风格论轻视“轻俗”，重视“寒瘦”，重视性情，并反对“以才气掩性情”。[①] 李金希则从民族特性的角度考察铁保诗论，指出满族“纯朴持家，教忠励孝，不为粉饰”的民族性格，使满族诗论崇真尚实、提倡自然天成，而铁保在《白山诗介自序》中流露出的对诗之“真”的欣赏，正是其深厚民族感情的体现。[②]

词学理论方面，郑文焯的“清空”思想是这一时期的研究重点，对这一问题的研究首先在台湾学者中展开。林玫仪在《郑文焯的词学理论》一文中明确指出，郑氏虽然在“寄托”“尊体”等方面继承了常州词派的说法，且批评浙派“雕琢为工，后进驰逐，几欲奴仆命骚矣”，但在词之风格上，却膺服张炎“词要清空，不要质实”之说。在该文中，林玫仪较为细致地分析了郑文焯“清空”思想的理论内涵，认为郑氏之清空“在于骨气，不在字面”。[③]

探讨文学主体与客观世界的关系，也是满族诗学理论中的一个重要内容。不少学者都将关注的目光投向铁保在《梅庵诗钞自序》中提出的“诗随境变”说。张菊玲等就充分肯定了它的理论价值，认为它比“性灵”说更加深入地论及生活是创作源泉的艺术规律。[④] 王佑夫则深入分析了“诗随境变”说的理论内涵，指出“境”有三层含义：“一是指特定的客观环境；二是指由客观环境与个人生活经历（包括先天因素）所形成的主观心境，义同性情；三是指上述二者经过诗人心理的组合、重建、升华为作品中的意境。”王佑夫认为，在铁保的理论中，这三者是依次决定的递进关系，因此，“铁保认识的深刻程度，不单在于看到诗中性情源于客观外物，坚持了唯物主义的立场，而且进一步阐明了性情对作品境界的决定作用”。[⑤] 此外，马清福在《八旗诗论》中高度评价了文昭的诗“工”必出于“游”的思想，认为这是一种科学的认识。不仅如此，马清福还通过进一步分析指出，

① 马清福：《八旗诗论》，第 49 页。

② 李金希：《清代满族诗人铁保》，《民族文学研究》1998 年第 3 期。

③ 林玫仪：《郑文焯的词学理论》，载《词学考诠》，（台北）联经出版事业公司 1987 年版，第 72~92 页。

④ 张菊玲、关纪新、李红雨：《略论清代满族作家的诗词创作》，《中央民族学院学报》1985 年第 1 期。

⑤ 王佑夫：《清代满族诗学的主要贡献》，《中南民族学院学报》（哲学社会科学版）1994 年第 3 期。

文昭的这种思想显然是承袭了苏辙等人的观点，但不是简单地沿袭，而是有所发展，具体来说就是文昭的诗“工”必出于“游”说，不仅认为“游”是写出诗歌的条件，而且进一步说明诗写得好不好也在于“游”之广狭。[①] 宋培效在《试论纳兰性德的文艺观》一文中，以纳兰性德《通志堂集》中的相关表述为依据，结合纳兰性德的生平经历，总结并阐释了纳兰性德对生活实践与创作关系的认识：“生活经验对于作家的创作是第一位的，没有某方面的生活体验，就不可能写出某种内容的作品，生活经验同创作的关系是一种因果关系；作家对某种生活不仅要亲身经历，而且必须有铭心刻骨的体验，这样才能写出感人至深的作品。”宋培效还在最后指出，纳兰性德的这一认识符合唯物史观。[②]

满族文人对于如何学习古人多有精彩论述，因此对满族诗学继承与创新论的研究是学界的又一个研究重点。张佳生通过分析指出，铁保反对盗袭古人，具体表现在以下方面：不在章句、法度上盗袭古人；反对在写作方法上同古人亦步亦趋；批评同古人争高下的倾向。在此基础上，铁保提出“随时随地，语语记实”的主张，强调“翻陈出新”。张佳生认为铁保的这种创新精神是他诗论和写作的基础。[③] 马清福则分析了纳兰性德《原诗》中的相关论述，认为《原诗》承袭了汉儒“诗言志”的观点，批判了“临摹仿效”之习。马清福认为，纳兰性德之所以把临摹之风比作“矮子观场”，是因为他充分认识到了临摹之风的危害——使独创风格濒于泯灭。马清福还进一步指出，纳兰性德批评“临摹效仿”并不是反对学习前人，而是主张从根本上向前人学习，即从精神实质上学习前人。[④] 和马清福不同，李德从满汉文化融合的角度解读纳兰性德的诗学观念，认为纳兰性德敢于向传统的文艺观点挑战并提出对诗词创作的独到见解。对于纳兰性德“学古而不泥古”的诗学主张，李德充分肯定了它的理论价值，认为它体现了纳兰性德进步的文艺观点和勇于创新的胆识。[⑤]

---

① 马清福：《八旗诗论》，第49~51页。

② 宋培效：《试论纳兰性德的文艺观》，《承德师专学报》（社会科学版）1990年第3期。

③ 张佳生：《清代满族诗词十论》，第409~412页。

④ 马清福：《八旗诗论》，第78~81页。

⑤ 李德：《第一个满汉文化融合的代表人物——纳兰性德》，《满族研究》1985年第2期。

需要特别指出的是，学界对满族诗学理论内容的研究范围较为广泛，以上四个论题只是其中论述较多者，限于篇幅，其他内容不再赘述。从总体上看，作为一个民族群体，满族作家在诗学和词学观念上存在不少共同点，例如认为诗的本质是“抒写性情”的观点，在满族文人的诗论中广泛存在，“抒写性情”的本质论，几乎成为满族文人论诗的共同主张。这些相似的论述构成了满族诗学理论的主要内容，也理所当然地成为学界的研究重点。

这一阶段，学界对满族诗学理论内容的研究成绩卓著，相关研究成果的大量涌现对于了解满族诗学理论的主要内容和基本风貌有着重要意义。但研究的局限也是显而易见的，许多研究主要采用单一视角，关注个体作家，并且基本上都停留在对其诗词理论内容的梳理和介绍上，理论深度有待进一步提高。

（三）满族诗学理论的宏观研究

对满族诗学理论进行宏观性、概括性地考察，更能凸显满族作为一个民族群体在文学批评上的特色，也更有利于深入地理解和把握满族诗学。随着个案研究的不断深入，学界对满族诗学理论的宏观研究也逐步展开，成果不断，涉及的内容十分广泛，这些都标志着满族诗学理论研究渐趋成熟。

清代满族诗学理论究竟经历了一个怎样的发展过程？王佑夫将这一问题与满族文学的发展状况联系起来，认为满族诗学直至满族文学蓬勃发展的康熙时期才得以产生，此后便伴随文学创作一起经历兴衰沉浮。对于满族诗学的发展阶段，王佑夫将其大致划分为三个时期：康雍年间，诗学兴起；乾嘉年间，诗学向纵深发展；道光以后至清末，诗学走向衰落。王佑夫还进一步指明了各个时期的代表性人物，他认为玄烨和纳兰性德“开创了满族诗学的先河”，而马长海、常安、恒仁等人可谓康雍时期在诗学方面贡献较大者；弘历、曹雪芹、铁保、裕瑞等人则是乾嘉时期满族诗学史上不可忽视的重要人物；道光以后的满族诗学开始走向衰落，虽有不少著作问世，却缺乏理论建树，值得关注者仅杨锺羲、震钧等人。[①] 毫无疑问，王佑夫的这一研究填补了前人的研究空白，对于推进满族诗论的深入研究发挥了重要作用。

在满族诗学总体特征这一问题上，不同学者的看法也略有不同。王佑

① 王佑夫：《清代满族诗学发展概观》，《新疆师范大学学报》（哲学社会科学版）1994 年第 1 期。

夫的研究较为深入，他对满族诗学的基本特征进行了归纳，认为“吸纳汉族诗学而形成自己的理论系统，独立发展”是满族诗学的首要特征，其原因是，功能论和本质论共同构成了满族诗学的内在机制，因而满族诗学在发展过程中保持了独立性，没有沦为汉族诗学的附庸；“诗学系统的开放性”是满族诗学的第二个特征；诗学思想的民族性是满族诗学的第三个基本特征，具体表现为强烈的民族功利主义、现实主义和浓重的贵族色彩。[①]与王佑夫不同，王雪菊、高磊、王明志等人侧重于从满族文论产生的时代与文化背景中考察其具体特征，并将满族文论的特征概括为开放性、亲历性、传承性、满汉融合四个方面。[②]

关注满族诗学与汉族诗学的关系，是此时期的核心议题，此类研究着重探讨两者之间的相似性与差异性。如张佳生《袁枚与八旗诗人——兼谈满汉诗歌的关系》一文从袁枚与满族作家的交往入手，分析了满族诗论与汉族诗论的关系。张佳生发现，“在袁枚性灵说出现之前，许多八旗诗人并没有附会清初以来的种种诗派，绝大多数的诗人主张抒写自家性情，这与后来出现的袁枚诗论有很多相近之处”。之所以会产生这一现象，是因为袁枚的诗论较之其他各家诗论更符合满族文人的需要。满族文人能在坚持本民族文化根基的基础上对汉族诗论进行取舍，而非生搬硬套。[③] 王佑夫也指出，“满族文人与汉族文人常常是在一种师承关系、君臣关系、臣民关系、友朋关系等等关系中实现其诗学交流的”，他们“或协作为文，体现出一种共识；或相互继承，扩展其理论层面；或彼此发挥，推扬其观点主张”。[④] 这种从满、汉文人交往角度，进行满族诗学特征的研究，实有继续深入的必要。

以上所论主要是满汉文人交往与诗学观念的相似之处，但是他们之间的差异也是存在的。如张佳生认为，满族诗论与汉族诗论虽然都提倡“诗写性情”，但在表现上却不尽相同，总体来看，“汉人追求婉曲超妙，王士禛、袁枚是为领袖。满人则强调质朴淳厚，纳兰性德、铁保可称为代表”。[⑤]

---

① 王佑夫：《清代满族诗学的基本特征》，《民族文学研究》1994年第2期。

② 王雪菊、高磊、王明志：《清代满族文论及其时代文化特征》，《满语研究》2000年第1期。

③ 张佳生：《袁枚与八旗诗人——兼谈满汉诗歌的关系》，《满族研究》1989年第4期。

④ 王佑夫：《清代满族诗学的基本特征》，《民族文学研究》1994年第2期。

⑤ 张佳生：《铁保与〈惟清斋全集〉》，《满族研究》1987年第3期。

王佑夫的看法与张佳生存在一定的相似之处，他认为满族诗论不仅以“性情”为上，而且所言“性情”又大多少有汉族学者受传统诗论影响的较深印痕，是指在某种程度上摆脱了伦理道德束缚的返璞归真的“真性情”。最后，王佑夫充分肯定了满族诗学的成就与贡献，认为满族诗学对“诗道性情”的拓展以及注入的民族色彩，“丰富了整个中国古典汉语诗学宝库”。[①]

三　21 世纪以来满族诗学理论研究的走向深化

进入 21 世纪，学界对满族诗学的研究迈上了一个新台阶。人们不再仅仅将注意力集中在对满族诗学的简单介绍上，而开始从更宏观的视角多方位地解读满族诗学。和前一阶段相比，21 世纪以来的满族诗学理论研究工作不断向前推进，呈现出新的变化和特点。王佑夫《清代满族文学理论批评述略》（一）（二）、鲍鑫《清代满族文论的民族精神》、岳永《铁保诗学思想初探》、裴喆《晚清满族词人、词论家继昌论略》、陈水云《八旗词坛与清代词论》、杨传庆《郑文焯、况周颐的交恶与晚清四大家词学思想的差异》《郑文焯词及词学研究》、杨瑜《纳兰性德诗学思想刍论》、孟繁之《纳兰性德的诗学思想与诗作》、孙艳红《清初满族词坛的尊体意识》、朱德慈《论奕绘的诗学与诗法》、杨柏岭《郑文焯词学理论体系的审美之维》等论著[②]，均是这一时期的重要研究成果。此外，2012 年出版的《满族文学史》[③] 也对满族诗学理

① 王佑夫：《清代满族诗学的主要贡献》，《中南民族学院学报》（哲学社会科学版）1994 年第 3 期。

② 王佑夫：《清代满族文学理论批评述略》（一）（二），《吉昌学院学报》2002 年第 4 期、2003 年第 1 期；鲍鑫：《清代满族文论的民族精神》，《西北民族大学学报》（哲学社会科学版）2007 年第 2 期；岳永：《铁保诗学思想初探》，《宁夏大学学报》（人文社会科学版）2010 年第 4 期；裴喆：《晚清满族词人、词论家继昌论略》，《文学与文化》2011 年第 1 期；陈水云：《八旗词坛与清代词论》，《民族文学研究》2012 年第 1 期；杨传庆：《郑文焯、况周颐的交恶与晚清四大家词学思想的差异》，《文学遗产》2009 年第 6 期；杨传庆：《郑文焯词及词学研究》，南开大学出版社 2013 年版；杨瑜：《纳兰性德诗学思想刍论》，《河北民族师范学院学报》2020 年第 1 期；孟繁之：《纳兰性德的诗学思想与诗作》，《关东学刊》2019 年第 2 期；孙艳红：《清初满族词坛的尊体意识》，《吉林大学社会科学学报》2020 年第 5 期；朱德慈：《论奕绘的诗学与诗法》，《社会科学战线》2017 年第 9 期；杨柏岭：《郑文焯词学理论体系的审美之维》，《安徽师范大学学报》（人文社会科学版）2016 年第6 期。

③ 赵志辉主编《满族文学史》，辽宁大学出版社 2012 年版。

论进行了较为全面的整理，这部文学史中关于满族文学理论部分的内容主要由马清福撰写，他在此前的研究基础上对满族诗学理论进行了更为详尽的考察。

与上一阶段的研究相比，2001年以来满族诗学理论研究的新进展主要体现在以下两个方面。

一是郑文焯、纳兰性德诗词理论研究的新突破。

满族诗学理论研究在21世纪不断深入，在文献整理、理论思想研究等方面均有不小的突破。这一时期，对满族两大杰出文人纳兰性德和郑文焯的诗词理论的研究依然是重点，也出现了许多高质量的研究成果。

在文献发掘和整理方面，刘崇德和李俊勇二人对新发现的过录本郑批《清真集》做了详细介绍，认为其中记载的交游旅迹、词论批评均对郑文焯研究具有重要意义。[①] 2009年，由孙克强和杨传庆重新辑校的《大鹤山人词话》[②] 出版，此书堪称目前收录郑文焯词学文献最为全面的书籍，包括词籍批语9种、论词书161则、序跋17种、校议及其他8种、大鹤山人遗著若干，为研究郑文焯词学理论提供了丰富翔实的资料。此外，时润民也披露并整理过《郑文焯批校〈谢康乐集〉》，谢永芳则探讨顾太清编选《宋词选》情况，对于了解郑文焯或顾太清的诗词思想都有重要的文献价值。

在理论思想研究方面，21世纪以来的研究成果不仅数量丰富，而且在理论深度上也有不小的拓展。台湾学者卓清芬在论文中从郑文焯对张炎"清空"说的发展这一角度出发，认为郑文焯之"清空"是熔铸经史百家之后，以学问为基础而形成的淡雅风貌，文字风格属于"疏淡""淡雅"一类，这一理论主张"为传统的清空说增添了新的意涵"。[③] 孙克强则分析了郑文焯"比兴寄托论"不同于常州派之处，即将"寄托"与词学史上的另一范畴"清空"相融通，强调寄托的"浑化无迹"，也即寓于"清空"之中的寄托。孙克强认为，郑文焯不受派别和传统成说的局限，汲取了"清空"和"寄托"这两个词学史上的著名范畴的精髓而加以重新阐释，进而

① 刘崇德、李俊勇：《词学的宝藏：郑文焯批校本〈清真集〉再现人间》，《河北大学学报》（哲学社会科学版）2008年第6期。

② 郑文焯著，孙克强、杨传庆辑校《大鹤山人词话》，南开大学出版社2009年版。

③ 卓清芬：《清末四大家词学及词作研究》，台湾大学出版中心2003年版，第123~163页。

融合铸成了新的词学境界，推动了词学的进步。[①] 杨传庆的观点和孙克强类似，认为郑文焯的"清空寄托"说，其"寄托"源自常州词派，"清空"来自浙派而又别具内涵。郑文焯的"清空寄托"说有其词坛现实考虑，即反对学梦窗之晦涩，而其受常州派影响所推举的"寄托"，又防止创作者陷入浙派末流的空疏饾饤之中。[②] 此外，杨柏岭注意到郑文焯深受南朝钟嵘《诗品》论诗的影响，或强调词人填词须遵循"直寻"原则，要求"不使才、气"，尊重审美直觉能力真实呈现词家心性的艺术追求；或针对借传统的"比兴"实现"意能尊体"的道德目的的词论倾向，重释"比兴"，主张以"无表德，只是实说"的艺术形象以及委曲婉转的美感方式自然显现意义；或反对务博、典博、炫博以及用典冷僻，主张"由博返约"，道出了填词过程中将学识修养以清空出之的审美经验。[③] 刘少坤等对郑文焯词律研究成就有比较全面的探讨，认为他打破乐律与文字格律之间的隔阂，通过"校议结合"融通了词律批评与词调声情、创作风格之间的关系，郑氏对律校法的称扬，使"入声字例"成为一种有效且成熟的词籍校勘方法。郑氏还校勘了《词源》，校正了词乐乐调的住字（主音），于词乐方面取得了许多突破。[④]

在郑文焯之外，纳兰性德的诗词理论也为不少学者所关注。沈燕红将纳兰性德的词学理念概括为三个方面：尊词体、重寄托，主情致、崇境界，显个性、求独创。[⑤] 李红雨将纳兰性德的诗学思想归纳为三个方面：力主创作的个性化、推重诗词"言情"的基本特征、强调诗词的现实表达。[⑥] 此外，对产生纳兰性德诗词理论的个人、创作传统及社会背景因素的考察，也成为一些学者的研究重点。如李红雨分析了王国维对纳兰性德"未染汉人风气"的评价，指出纳兰性德真切纯挚的词风，虽然关乎个人禀赋，但

---

① 孙克强：《清代词学》，中国社会科学出版社 2004 年版，第 347~350 页。

② 杨传庆：《郑文焯词及词学研究》，南开大学出版社 2013 年版，第 443~461 页。

③ 杨柏岭：《郑文焯词学理论体系的审美之维》，《安徽师范大学学报》（人文社会科学版）2016 年第 6 期。

④ 刘少坤、罗海燕、杨传庆：《郑文焯词律研究成就及其词学史意义》，《河北大学学报》（哲学社会科学版）2015 年第 3 期。

⑤ 沈燕红：《论纳兰性德的词学思想》，《黑龙江民族丛刊》2007 年第 4 期。

⑥ 李红雨：《纳兰性德的词学主张与审美倾向——兼谈王国维对其"未染汉人风气"之评的认识》，《中南民族大学学报》（人文社会科学版）2010 年第 6 期。

并不完全是其民族气质和天然心性的无意识的流露，也是其对诗词真谛的认识上升到理性高度后的自觉选择，即在对词的美感的比较中产生自主的肯定和认同。[①] 张龙就认为，“纳兰性德的词学思想，不止受到了我国古典诗歌和词作优良传统的影响，而且与他的政治理想以及切身遭遇的感慨相一致。他在写作实践中努力实施自己的词学理论，同样是为了改变元明以来词道甚弊的局面”，这“使他的词在清代词坛上产生了巨大的影响”。[②] 孙燕则关注儒家文化对纳兰性德思想的影响，她指出，满汉文化融合渗透到纳兰性德生活中的各个方面，构成了其与众不同的诗心，总的来说，纳兰性德诗学中满汉交融的思想特质表现在三个方面：“一是汉儒经世致用的诗学思想和满族人不羁自由精神相结合；二是对儒家诗学表达形式，尤其是比兴手法的借鉴和阐发；三是将传统儒士的济世精神和忧患意识融入极具满族风情的雄浑景观描写。”[③] 而孟繁之则看到了纳兰性德诗词思想形成的时代氛围，即在清初词坛存在着主唐与主宋之争，流弊所及，酿成清初诗文界的两种势若水火趋向。纳兰性德诗学理论，许多即针对这一现象而发，他极力反对一味模仿而不能自我创新的明清文学复古现象，主张根据表述需要、时代特点，择取适合的体裁样式。[④]

还有一个显著的变化是，这一时期的不少研究论著往往从群体的角度出发，将满族作家置于其所处的词派或词人群体之中，探讨其词学观念的独特性。杨传庆通过对郑文焯、况周颐“交恶”事件的考察，认为二人交恶与他们的个性相关，而其深层原因则是词学观念的差异，即况周颐以“秀在骨”“艳在神”的《花间》艳词为学习对象，主张“性灵寄托”；郑文焯则标举“言志寄托”，强调词体的言志功能。[⑤] 和杨传庆不同，刘红麟充分考虑了其他词人对郑文焯的影响，在《晚清四大词人研究》一书中，他指出：“郑文焯虽对白石情有独钟，于词论倡导清空，但大鹤又受常州派

① 李红雨：《纳兰性德的词学主张与审美倾向——兼谈王国维对其“未染汉人风气”之评的认识》，《中南民族大学学报》（人文社会科学版）2010 年第 6 期。

② 张龙：《纳兰性德词学思想综述》，《西北大学学报》（哲学社会科学版）2004 年第 4 期。

③ 孙燕：《儒家文化与纳兰性德诗学思想》，《黑龙江民族丛刊》2016 年第 2 期。

④ 孟繁之：《纳兰性德之诗学思想与诗作》，《关东学刊》2019 年第 2 期。

⑤ 杨传庆：《郑文焯、况周颐的交恶与晚清四大家词学思想的差异》，《文学遗产》2009 年第 6 期。

重意格的影响，早年与王鹏运等人酬唱，论词亦重格调。故而反对词一味空灵而成浮泛肤浅，主张清空在于骨气。”① 葛恒刚则认为，清初词坛以纳兰性德、顾贞观为核心，形成了一个有较大影响的饮水词人群。纳兰性德的词论反映了崛起中的饮水词派的词学追求，具有极强的现实针对性，主要表现在四个方面：其一，推尊词体，缘于清初词体不尊；其二，注重比兴寄托，缘于清初词作因缺乏比兴而导致的寡淡乏味；其三，以性情为本，反对逞才使学，缘于阳羡词派、浙西词派因使气逞才而导致率直与晦涩的流弊；其四，主张转益多师，反对模拟因袭，缘于词坛宗唐、宗宋各执一端的倾向。②

二是满族中小文人广泛进入研究视野。

在纳兰性德、郑文焯诗词理论研究不断向前推进的同时，更为引人注目的是，21 世纪以来，越来越多此前不被重视的满族中小词人，如马长海、恒仁、奕绘、裕瑞、继昌等，开始广泛进入学者们的研究视野。这一现象体现出学界研究思路的转变，对于了解清代满族诗学的全貌也有着不容忽视的重要意义。

21 世纪初，王佑夫梳理了包括诗论和词论在内的大量的满族文学理论批评材料，并按照清代初、中、晚三个时期的历史线索，分别进行了整体观照和适当评价，其中涵盖了不少满族中小文人。通过对马长海的论诗诗《效元遗山论诗绝句四十七首》的分析，王佑夫认为“性情”是马长海诗论的核心。关于满族诗学中最早出现的专著——恒仁的《月山诗话》，王佑夫指出，恒仁在该书中提出的诸多意见对宗室诗人的创作起到了不小的促进作用。③ 对于满族文人裕瑞，王佑夫认为，主张“自写胸臆”，表达真情，标新立异，风格手法多样，是其诗学思想的基本内容。还应当引起关注的是，王佑夫对满族女诗人多福的论诗诗《与素芳女弟子论诗》进行了解读，并将多福的诗学观概括为“诗原性灵”，认为这种思想体现了女子诗歌创作的深层心灵，完全符合其情感与地位，具有特殊的诗学意义。④

① 刘红麟：《晚清四大词人研究》，湖南师范大学出版社 2012 年版，第 106~107 页。
② 葛恒刚：《纳兰词论与清初词坛》，《南京师大学报》（社会科学版）2010 年第 3 期。
③ 王佑夫：《清代满族文学理论批评述略（一）》，《吉昌学院学报》2002 年第 4 期。
④ 王佑夫：《清代满族文学理论批评述略（二）》，《吉昌学院学报》2003 年第 1 期。

词学理论方面，裴喆将关注的目光投向满族词人、词论家继昌，对继昌的生年、字号、旗籍、家世及著作情况进行了考辨，并以继昌所著《左庵词话》为主要依据，将其词论思想概括为“诗余小道，写情曲尽”“词以意趣为主”“尚清真，反质实”三个方面。在此基础上，裴喆进一步指出，继昌的词论既非承袭浙派，也不能归入常州派。最后得出晚清词坛既非常州词派一统天下，亦非浙、常派中分天下，而是存在大量既受浙、常二派影响又不能归入浙、常二派的词人的结论。[①] 裴喆的研究对于学界跳出研究晚清词学“非浙即常”的传统思维模式有着重要的意义，也进一步推动学界对晚清词坛发展的全貌的研究。胥洪泉则关注了八旗汉军籍词人佟世南，通过对其《东白堂词选初集》的解读，作者认为其推崇“高朗秀艳，风流蕴藉，句韵天然”的词风，反对“雕琢字句，叫嚣怒骂，华靡浮艳”的词格。[②] 此外，陈水云在《八旗词坛与清代词论》一文中，结合八旗词坛的发展走向，梳理了八旗词人的词论观点，其中包括佟世南、吴兴祚、玄烨、斌良、如山、宗山、继昌等此前未被充分重视的满族文人。通过对八旗词坛的研究，该文指出，满族词坛对词学问题的看法与整个清代词学发展同步，从清初佟世南主张“天然神韵”到中后期斌良融合浙、常两派的见解，宗山试图构建传统词学理论体系，李佳开始关注八旗词坛的创作，他们在词的体制、词律、创作、词境、词史、体系建构等方面，提出了一些值得注意的见解和看法，最后是郑文焯与王鹏运、朱祖谋、况周颐等一起集传统词学之大成，共同充实、发展并完善了对中国传统词学思想、理论、体系的总结。[③] 毫无疑问，这一研究成果对满族词坛做了较为清晰的描绘，也对满族词学理论的进一步研究大有裨益。

除了上述两点主要进展之外，还应该看到，从宏观视角研究满族诗学，探讨其民族特性与民族精神，是 21 世纪以来的又一个研究亮点。此类成果在数量上虽然不多，但论述较为深入，有不小的理论价值。这方面的代表是鲍鑫的《清代满族文论的民族精神》，该文专注于对满族文论的民族精神的探讨，认为满族文论在创作和发展脉络上均与汉族文论保持了相对的独

---

① 裴喆：《晚清满族词人、词论家继昌论略》，《文学与文化》2011 年第 1 期。

② 胥洪泉：《清代满族词研究》，中国文史出版社 2015 年版，第 28~29 页。

③ 陈水云：《八旗词坛与清代词论》，《民族文学研究》2012 年第 1 期。

立性；满族文论与同时期的汉族文论相比，对于现实的强烈观照更为明显；满族文论一直崇尚真实，提倡自然天成，是由满族“质朴”的民族气质决定的。同时，鲍鑫充分肯定了满族诗学的成就，认为清代满族文论“不仅保持了不同于汉族文论的发展脉络，而且其广度和深度在我国少数民族文论史上也实属罕见，某些方面甚至达到了整个中华民族古典文论的顶峰”。最后，鲍鑫还具体分析了满族诗学理论的影响与贡献，认为纳兰性德的《原诗》构成了后来汉族诗论家叶燮的同名原著的雏形，而多隆阿的《毛诗多识》则丰富和发展了汉语诗学“比兴”的美学传统。[①] 鲍鑫的这些观点颇为新颖，具有启发性，值得学界展开进一步的研究。

四　小结

回顾 20 世纪以来满族诗学理论的研究史，其成就与局限是同时存在的。百年来的满族诗学理论研究队伍不断扩大，成果不断涌现，研究的广度与深度也在不断拓宽和加深。不仅研究领域有所拓展，内容有所深化，而且研究手段与方法也在不断更新。值得肯定的是，上述不少论文与专著，均不再仅仅停留于对诗学理论的简单介绍，而是综合运用各种研究方法深入考察研究对象，如利用传统的考据法、知人论世法以及现代的比较分析法等，对满族诗学进行了多方位的考察与论述。客观地说，这些成果在理论方面已经达到了相当深厚的程度。尽管如此，还应该看到目前满族诗学研究存在的缺陷和不足。

第一，对满族诗学理论的个案研究仍主要集中在纳兰性德、郑文焯、铁保等人身上，除此之外数量庞大的满族文人群体的诗词理论，仍是一个巨大的资源宝库，但目前尚未得到充分的挖掘。

第二，尽管最近三十多年的研究成果大量增长，但研究的广度和深度仍有进一步提升的空间。目前，分量重、系统性强、科学性高的满族诗学理论的总结之作还未出现。此外，21 世纪以来的一些论著仍停留在单个满族作家理论作品的介绍阶段，研究的理论性有待进一步加强。

---

① 鲍鑫：《清代满族文论的民族精神》，《西北民族大学学报》（哲学社会科学版）2007 年第 2 期。

第三，满族诗学理论的宏观研究尚未受到足够重视，相关研究成果的数量比较少。满族诗学的发展脉络、满族诗学的民族特点、满族诗学的理论价值与贡献、满族诗学与汉族诗学的关系、满族诗学在整个中国古代文学批评史上的地位等诸多问题仍有深入讨论的必要。

第四，研究方法有待改进。20 世纪以来的诸多研究成果，主要采用归纳分析的方法来解读满族作家的理论观念，研究方法显得比较单一。不仅如此，还应该认识到，研究少数民族文学，尤其是研究与汉族文学有紧密关系的满族文学，仍沿用研究汉族文学的传统方法，似乎已经不太适宜。不了解民族学、民族史学等方面的知识，不充分考虑满族与汉族在经济、文化、制度、社会生活等诸多方面的差异，从而有针对性地采取不同的研究方法，是很难客观、全面、科学地把握满族诗学理论的深层意蕴的。

综上所述，20 世纪以来的满族诗学理论研究取得了丰富的成果，成就突出，但仍然面临着许多亟待解决的问题，许多议题也存在不少可以深入讨论的空间，这些都将成为今后研究努力的方向。

20世纪后半期港台地区清诗研究述评

作为中国古典文学研究的重要一环，清诗研究在很长一段时间内没有得到学界的重视。香港（包括澳门）[①]、台湾地区的众多学者，从20世纪50年代起在这片被闲置的土地上辛勤耕耘，逐渐取得了丰厚可观的学术成果，特别是七八十年代以来产生的大量硕博学位论文，使其成为古典文学研究中一股不可忽视的新生力量。从搜集和整理的文献来看，港台地区这五十年间的清诗研究，诗学理论研究是一大成就，而女性诗人的相关研究也是一大亮点。考虑到选题的侧重和论述的集中，本文拟以狭义的清诗研究为讨论范围，不包含清代的词、曲、民歌等广义范畴的诗歌研究，且不涉及贯穿港台各个时期的清代诗论研究和八九十年代勃兴的女性文学研究。

有关20世纪后半期港台地区清诗研究的部分情况，可参考林淑贞《近五十年台湾地区古典诗学研究概况——以1949~2006年硕博士论文为观察范畴》第七章[②]、吴淑钿《从出版刊物看近五十年香港的中国古典文学研究》（《汉学研究通讯》2005年第24卷第1期）、罗秀美《近二十年来（1980—2000）台湾学者有关中国近代诗/学之研究述评》（《元培学报》2002年第9期）、许俊雅《九〇年代台湾古典文学研究现况评介与反思》[③]

---

① 澳门地区学术研究氛围有限，只有澳门大学开设有中文系，故与香港地区一并论及。

② 收入龚鹏程主编《古典诗歌研究汇刊·第一辑》第1册，（新北）花木兰文化出版社2007年版；随书附录有《台湾地区古典诗学硕博士论文：1949~2006年一览表》。

③ 香港光华新闻文化中心与香港大学亚洲研究中心2000年合办“九十年代两岸三地文学现象国际学术研讨会”论文，后收入许俊雅主编《讲座FORMOSA：台湾古典文学评论合集》[（台北）万卷楼图书股份有限公司2014年版]，末附录《九〇年代以来台湾古典文学研究文献篇目表（1990—2000）》。

及 1996 年起由李瑞腾等主编并连续出版的《台湾文学年鉴》。

一　港台地区清诗研究概述

（一）基础文献整理由丛书影印发展向诗集笺证、诗歌选注和数位化建设

港台地区的清诗研究在起步上总体比内地（大陆）要早，这得益于港台各界对基础文献的重视。当时在港台两地复建的商务印书馆、中华书局等，对先前内地（大陆）出版的古籍丛书进行了重印，而后众多新成立的出版社也都把古籍影印作为其主要业务。除去“四库”系列丛书的影印，还有“丛书集成”系列、“四部丛刊”系列等大型丛书相继出版，《台湾文献丛刊》《近代中国史料丛刊》等部分史料丛书中也包含清代诗学文献，其中不乏一些著述宏富、卷帙浩瀚的清人全集。专门的诗集丛刊中，影响较大的是《台湾先贤诗文集汇刊》。其他一些规模较小的丛书中也包含部分清代诗文别集，而零星影印出版的清人遗著、全集和诗文集则不胜枚举。因港台早期出版的诗文集都是影印本，对于初入门的研究者而言存在阅读难度，也不便向大众推广，所以排印和笺注工作渐次铺开。在这方面，周法高对吴伟业、钱谦益诗歌的笺证起到了很好的示范作用，他从 50 年代起即在《大陆杂志》发表对梅村诗的笺注文章，先后形成《吴梅村咏史诗三百笺》《吴梅村诗小笺》《吴梅村诗续笺》3 篇专文①，后来还撰有《吴梅村〈行路难〉诗笺》（《中国国学》1989 年第 17 期），而对其他诗人诗集的笺注也随之展开②。

在影印与笺校之外，清诗补遗的工作也在有序推进，如吴光辑校的《黄梨洲诗文补遗》［（台北）联经出版事业公司 1995 年版］汇集了北京中

① 三文均已收入周法高《中国语文论丛》中编，（台北）正中书局 1963 年版。

② 如周法高《足本钱曾牧斋诗注》，作者自刊本 1973 年版；彭毅《钱牧斋笺注杜诗补》，台湾大学出版中心 1964 年版；谢正光《钱遵王诗集笺校》，香港三联书店 1990 年版；张菼《郑成功诗文笺注》，《台湾文献》1983 年第 34 卷第 3 期；张健《王士禛论诗绝句三十二首笺证》，（台北）文史哲出版社 1994 年版；高越天《龚定盦诗补笺及选评》，《中国诗》1971 年第 2 卷第 1 期；吕伟东《谭嗣同感怀诗释注》，《醒狮》1968 年第 6 卷第 9 期；郑子瑜《黄遵宪先生诗笺及其佚诗》，载《青鸟集》，香港编译社 1968 年版。

华书局1959年版《黄梨洲诗集》中散佚未收的南雷诗27篇44首，在一定程度上带动了港台学者对清诗补遗的关注。随后，周法高《吴梅村诗丛考》（香港《中国文化研究所学报》1973年第6卷第1期）其中一节为“吴梅村佚诗文考”，另外在《钱牧斋柳如是佚诗及柳如是有关资料》（作者自刊本1978年版）中还有对钱、柳诗的辑佚；陈建伟《吴伟业诗研究》（香港大学博士学位论文，1996年）第四章中则汇集了诸家对梅村诗的辑佚。然而，考虑到补遗要随时地积累，故此方面成果其实并不十分显著。

相较而言，港台地区在名家诗选的编辑和出版上的成绩更为突出，其中也包含着对基础文献的注释。比如香港的上海印书馆在1958年即推出《详注黄仲则诗选》，曾乃硕也撰有《乙未割台诗选》（《台湾文献》1959年第10卷第4期）。到八九十年代，选本的编纂更是活跃一时，如刘逸生主编、香港三联书店出版的《中国历代诗人选集》，即包括止水（陈永正）选注《黄仲则诗选》、李小松选注《黄遵宪诗选》、王涛选注《吴梅村诗选》、刘逸生选注《龚自珍诗选》四种，各集中有前言、诗歌题解及简明注释，对普通读者学习和欣赏清诗提供了较大便利；邓景滨所编《郑观应诗选》（澳门中华诗词学会1995年版）作为第一部澳门诗人作品的结集，同样值得关注。[①] 而以台湾诗歌为选录对象的地域诗选，也成为这一时期清诗整理的一大亮点，如台湾省文献委员会于50年代即排印出版了连横所编《台湾诗乘》，而后彭国栋赓作《广台湾诗乘》，赖柏舟等又编有《诗词合钞》，以上各选集均已编入台湾各大丛刊；其他如赖子清编《台湾诗醇》《台湾诗海》《台海诗珠》、陈汉光编《台湾诗录》、林文龙编《台湾诗录拾遗》、葛建时编《台湾诗选》、陈昭瑛编《台湾诗选注》等，都是极具代表性的台湾诗选，各编有其风格、特色，在台湾诗歌的广泛传播及普及等方面做出了突出贡献。

港台地区的文献整理发展至八九十年代，伴随全球数字图书馆计划的加速发展，文献数据库的筹建成了亟待解决的问题。台湾地区在80年代率

① 在专人诗选以外，还有按照诗歌主题分类编排的诗选，如王镇远的《清诗选》（香港中华书局1991年版），在各诗之后附注释、作意、作法、鉴赏，体例殊为完备；王兴康选译有《清诗三百首新译》《近代诗三百首新译》[（台北）建安出版社1998年版]。但这些选本皆为内地（大陆）学者在港台出版。

先启动“汉籍全文数据库计划”，并于1995年上线“汉籍电子文献数据库”。随后，港台各大图书馆纷纷加快“远距图书服务数据库”系统建置，其他数位化工程如“台湾地方文献典藏计划”等也相继展开，晚清台湾文学文献的整理与校注工作亦在加紧推进。由此可见，清诗研究正在不断夯实其基础，而处于起步阶段的港台文献数位化工程也在90年代后期呈现出良好的发展势头。尽管如此，清诗文献浩如烟海，要在十万之众的清代诗人中发掘和整理出他们的诗文作品是一项长期且艰巨的历史任务，故清诗文献的数位化处理还有极大提升的空间。与之相配合，众多清人诗文集的点校、笺注、补遗以及诗选的编选、笺注、释读等工作，还需要更多学者投入时间精力去完成，学术研究和大众普及在广度和深度上的双向拓展仍是后续面临的重要问题。

（二）清代专家诗研究由诗人资料的发掘转向诗歌文本的分析阐释

清人诗文集和各种诗学文献的整理出版，已为后续的专家诗研究铺垫好道路。总体而言，清代专家诗研究包含着外部和内部研究两个方面。外部研究主要是对诗人生平资料的发掘，其成果包括生平考述、年谱编撰、传记书写等，港台学者在这方面用功甚勤。以香港地区而言，其在50年代即新创《文学世界》《人生》《文艺世纪》等文艺期刊和《新亚学报》《新亚学术年刊》等学术刊物，到六七十年代更迎来民办期刊发展的活跃期，此时载有古典文学研究资料的刊物达30余种，这些期刊于此后数十年间刊载了大量涉及清人生平的漫谈性文章，仅有少量较为严肃的学术论文。

台湾地区在1949年成立了文献委员会，还创办了《文献专刊》杂志（后改名为《台湾文献》），其后台湾各县市也纷纷成立地方文献会，并创办了《台南文化》《台北文物》[1] 等一大批专注于纂辑地方文献的杂志。承担着清人生平资料整理和推介任务的还有众多新创期刊及各高校学报[2]，发表在这

① 《台北文物》于1962年改名为《台北文献》，1968年再改为《台北文献（直字）》，作为季刊出版至今。

② 主要包括50年代创刊的《畅流》《建设》《大陆杂志》《幼狮月刊》《幼狮文艺》，60年代创刊的《中原》《艺文志》《书和人》《东方杂志》《台肥月刊》《中外杂志》《中华杂志》《中华文化复兴月刊》，70年代创刊的《鹅湖》《明道文艺》《广东文献季刊》，等等。

些刊物上的文章数以百计，多数仍为生平漫谈，兼及诗人思想概述、诗歌介绍、学术述略等，普及宣传的功能较强。而此期大量的学术刊物、研究专著和学位论文也包含着对清代诗人生平资料的考述。[①] 80年代起，有关诗人生平考述的文章学术性逐渐转强，但这类文章的研究对象又多集中在顾炎武、郑燮、丘逢甲等重点诗人身上。[②] 综合来看，港台地区具备学术性的专家诗研究，长期以来把内部与外部研究两种方向捏合起来，以“某人及其诗歌研究”为题进行论述。[③] 即便不是生平与诗歌的合论，如赵舜《蒋士铨研究》（台湾师范大学硕士学位论文，1974年）、陈忠成《王船山研究》（台湾大学硕士学位论文，1975年）等，在研究方法上也基本采用传统的史传批评法，侧重对诗人生平材料的发掘，实证色彩较浓；在结构布局上则能以较为宏观的视野，把诗人生平、交游考证和时代环境、思想主张等结合起来，然后用部分篇幅对其诗歌创作及相关问题进行初步阐释。

80年代末尤其是进入90年代以后，重点诗人的生平资料挖掘殆尽，于此只能做汇订和补充的工作，学者们转而把研究重心放在诗歌创作方面，故多能在前人文献整理的基础上进行精细论题的阐发。此类研究实即诗歌文本的内部探索，它通常包括诗歌题材归类和创作方法分析两大部分。其中对清诗名家的具体研究，与前期相比通常会转换角度和方法，或在同一论题下向诗歌内容、技巧、风格等方面深入挖掘，如姜淑敏《黄景仁诗研究》（台湾师范大学硕士学位论文，1993年）；或缩小范围，不再进行诗家

---

① 如李小萱《蒋春霖及其水云楼诗词》，台湾大学硕士学位论文，1972年；萧人英《谭嗣同生平与思想》，台湾师范大学硕士学位论文，1975年；王春美《姚莹的生平与思想》，台湾师范大学硕士学位论文，1975年；曾昭旭《王船山之生平》，《高雄师院学报》1977年第5期。

② 此外，王建生《蒋心馀与袁枚、赵翼及江西文人之交游》（《东海中文学报》1994年第11期）中涉及江西众多诗人；龚鹏程《清初诗事考征：一些诗与诗人的理解方法问题》（载陈捷先等编《海峡两岸清史文学研讨会论文集》，台北历史文学学会1998年版）对清初多位诗人诗事作了考辨。

③ 如祝秀侠《宋湘生平及其红杏山房诗》，《广东文献季刊》1975年第5卷第3期；张春荣《姚惜抱及其文学研究》，台湾师范大学博士学位论文，1988年；吴明德《王闿运及其诗研究》，台湾师范大学硕士学位论文，1988年；张堂锜《黄遵宪及其诗研究》，（台北）文史哲出版社1991年版；孙佩诗《天欲文西南，大笔授柴翁——晚清贵州诗人郑珍及其诗研究》，台湾师范大学硕士学位论文，1999年；简有仪《蒋士铨及其诗文研究》，台湾辅仁大学博士学位论文，2000年。

的全面研究，而是以其中某类题材或议题为中心展开专门论述，如林端明《黄仲则感遇诗初探》（新亚研究所硕士学位论文，1996年）、张静尹《屈翁山忠爱诗研究》（高雄师范大学硕士学位论文，1994年）等。除此之外，一些大家之外的诗人和过去不是诗人名家的作者，也陆续进入研究者的视野。

（三）清诗的内部研究在横向中拓展和在纵深中前进

港台地区早期的清诗研究，是在对顾炎武、吴伟业、钱谦益、屈大均、郑燮、黄景仁、黄遵宪等大家的关注中展开的。到了八九十年代，随着研究进程的加快，在对重点诗人进行深度挖掘之外，学者们开始关注夏完淳、吴嘉纪、王士禛、赵翼、蒋士铨、龚自珍、郑珍、王闿运、丘逢甲、苏曼殊、郑观应、夏曾佑等过去研究不够或较少为人问津的诗人。而且还有意拓宽现有研究领域，如此前对王士禛诗歌的研究非常薄弱，80年代以后，余淑瑛等学者专门就其《秋柳诗》进行过深入探讨，郭小湄、张建福等也有讨论渔洋山水诗、论诗绝句及其他方面的文章。[①] 值得一提的是，东海大学王建生在清代专家诗研究上用力甚勤，先后著有《郑板桥研究》《吴梅村研究》《赵瓯北研究》《蒋心馀研究》，四书中只有《蒋心馀研究》是90年代以后出版的，从各书的出版顺序中也能看出，清诗研究的具体对象在研究进程中逐渐向重点诗人之外发散，由此带来了清诗研究领域的进一步拓宽，而清诗研究中那些缺失的拼图也正不断被补齐。

在横向范围上的拓展之外，这五十年间有关清诗的内部研究也有新进境。借由早期完善的文献基础，以及通过谢正光、王建生、魏仲佑、张静尹、张堂锜、蒋英豪、黄桂兰、吴文雄等众多学者的持续关注，柳作梅、吴宏一、黄永武、汪中、郑骞、何佑森、李瑞腾、王更生、张梦机、邱燮友等对年轻学者的方向指引，在几代学者的艰苦开掘、激励配合和辛勤耕耘下，港台地区的清诗研究在各领域均不断深化。从各高校硕博学位论文

---

① 余淑瑛：《王士禛神韵说及其〈秋柳诗〉之探究》，《嘉义农专学报》1997年第51期；郭小湄：《神韵诗人王士禛的山水诗》，《书和人》1990年第641期；张建福：《渔洋论诗绝句证析》，台湾师范大学硕士学位论文，1992年；陈楷文：《王渔洋的神韵说及其诗的成就》，新亚研究所硕士学位论文，1982年。

的选题上也能发现，他们并不避讳已有题目，如黄景仁、龚自珍、黄遵宪等重点对象的诗歌研究都是常见的论题。这些研究不能离开前人打下的基础，当然也不是一味地重复前人，而是不断尝试从新的角度运用新的方法进行深度探索。此外，像诗派、诗社研究也能在诗论研究的框架外不断摸索，90年代兴起的综合性研究等亦能在反思中向前推进，标志着清诗研究实现了在纵深中谋求突破的总体目标。

整体而言，港台地区的清诗研究经过五十来年的发展，基本形成如下几大研究方向：一是清代专家诗研究，二是清诗流派与社团研究，三是20世纪90年代后渐兴的题材研究、主题研究、时段研究等综合性研究。以下摭取其中几个予以重点评述。

二　明末清初诗人研究

清初文学的创作主体，一般分为遗民诗人与仕清文人两大类型，其中遗民诗人是清初诗坛最重要的群体。他们的作品在内容上抒发深刻的家国之思，透出浓厚的民族意识，在实际的创作中多能自具面目并形成一定影响，因而成为港台地区较早关注的研究领域。不过，早期的研究基本还只是针对个别诗人进行个案分析，其中又以顾炎武、屈大均两家的研究成果最为丰硕，这些研究通常都能从其各自的人生经历中发掘他们诗歌背后隐微的遗民心曲。

（一）遗民诗人研究：顾炎武、屈大均

顾炎武以遗民身份处易代之际，为避清廷文网而作隐曲文词，致后世读者难解其诗心，港台早期研究即重在挖掘亭林诗背后的真相。潘重规于50年代末开始留意亭林诗中的隐语现象，后围绕顾炎武的隐语诗发表数篇考据精赅的学术论文①，试图从历史层面恢复亭林诗的真面目，从而发扬亭林诗的真精神。如《顾亭林元日诗之研究》（《新亚生活》1962年第4卷第

① 主要包括《亭林诗发微》（1959）、《亭林诗钩沉》（1959）、《亭林隐语诗核论》（1961）、《亭林元日诗表微》（1962）、《亭林诗文用南明唐王隆武纪年考》（1966）、《顾亭林诗自注发微》（1988）、《亭林先生独奉唐王诗表微》（1988）等，均已收入潘重规《亭林诗考索》，（台北）东大图书公司1992年版。

19期）一文破解了《十九年元旦》的诗题之谜，因而带来了对诗句含义的精确理解，把对顾炎武元日诗研究的结论推而广之；《亭林诗文用南明唐王隆武纪年考》（《新亚书院学术年刊》1966年第8期）一文又解决了亭林诗中所涉明亡以后年历用何帝王正朔的问题，从而发现顾炎武在诗文中存正朔之志的良苦用心。这些成果还能利用一些新见材料，纠正前人对亭林诗错综迷离的误读。

由以上论文结集成的《亭林诗考索》一书，彰显了作者严谨的考据态度和持久的探索精神，其对亭林诗内蕴的揭露，对于推动顾炎武诗歌的深入研究贡献甚大。后来，谈海珠在潘重规指导下写成博士学位论文《顾亭林诗研究》（台湾东吴大学博士学位论文，1988年），文中把顾炎武的隐语诗歌归纳为以韵目代隐语、以注释为隐语、以唐王隆武纪年三种类型，又从内容上把亭林诗分为叙事诗、纪历诗、酬赠诗、咏物诗、抒情诗、咏史诗、讽刺诗和哀悼诗八类进行析论，以说明其诗歌特色和创作技巧，并总评亭林诗的诗史成就。谈海珠的研究不但能发扬其师之学术创见，而且在某些方面也有新开拓，研究内容上更为全面和深入，成为此期亭林诗综合研究的集大成之作。

在对亭林诗研究方向的判断上，饶宗颐的有关见解可谓高屋建瓴。他在《顾亭林诗论》（《文学世界》1961年第5卷第2期）[①] 一文中指出，读顾亭林诗“应该于诗外求诗，明其诗旨之所在”，这就为亭林诗的全面研究确定了基本方向。在论亭林诗的过程中，饶宗颐还对清初诗坛的总体情况做过概括性描述，他认为清初诗人在身份上存在在野与在朝、新贵与贰臣之分，并举例予以说明。此一见解，又为清初诗人的初步研究拟定了具体范围，后来学者在此引领下钻研更加深入。受此文沾溉，施又文的《顾亭林之人格及其诗歌风格》（台湾师范大学硕士学位论文，1988年）[②]，从内容和形式角度切入讨论顾炎武的诗歌风格，并联系顾炎武的家风渊源、天赋禀性、治学交游、人生阅历、时代背景等，以证明亭林人格与诗歌风格之统一；曾素珠《顾炎武诗的时代精神》（《中州学报》1995年第8期）则

① 该文后来以《论顾亭林诗》为题，被收入饶宗颐《文辙：文学史论集》下册，（台北）学生书局1991年版，第709页。

② 已收入《古典诗歌研究汇刊·第三辑》第15册，（新北）花木兰文化出版社2008年版。

从顾炎武的时代背景、创作精神等角度来观照亭林诗的创作意涵，还特别将顾炎武的生平、诗歌作品与历史大事制成年表，从中更可见出时代背景对顾炎武诗歌创作带来的巨大影响。

作为“岭南三大家”之一的屈大均，其诗不仅擅名当时，后来更得众家推重，在港台直到90年代才对他有较多的关注，严志雄和张静尹是此间的杰出学者。相关研究涉及两个方面①，一是屈大均咏史诗的研究，二是屈大均遗民之思的研究，二者在具体内容上往往有所交错。

就前者而言，严志雄《屈翁山咏史诗之探索——屈氏咏史诗之春秋大义与用世思想》对《翁山诗外》百余首咏史诗篇进行了重点分析。作者认为，屈大均在咏史诗上用力极深，翁山咏史之作绝非寻常篇什，其中寄托着他作为明代遗民“尊王攘夷”的正统论思想、存古今臣节的立身之道及俟时而出的用世之思，是以屈大均对顾炎武推崇备至，只因“亭林先生以身系纲常，而翁山之为咏史诗，于其中亦寓以褒贬与夺之春秋义法”②。而后他又撰《屈翁山〈咏史〉诗试解》一文，选取屈大均《咏史》一题十一首诗进行深研，考论其创作年代及本事。该文从具体诗歌着眼，以小见大，再揭示出翁山咏史诗中蕴含的微言幽旨，由此更可见其“欲发己意，或假事为辞，或情景夹写以成篇”③ 的技法之妙，则翁山咏史诸篇运思之周密益见鲜明。实际上，严志雄对屈大均咏史诗的研究，不仅使翁山诗的独特价值得到彰显，也带动了其他学者对屈大均诗歌的继续关注。

从后者而言，张静尹《屈翁山忠爱诗研究》（高雄师范大学硕士学位论文，1994年）④ 把诗人抒发故国沦亡的悲慨和坚持民族气节的诗歌命名为忠爱诗，并将其中的旨趣内涵分为睹物感旧的故国之思、抒发壮志的慷慨悲歌、感事伤时的抒怀之作、咏史拟古以托家国之情四类详加剖析，深刻地

① 屈大均研究论著目录，可参考何淑苹论文3篇：《民国以来屈大均研究论著目录》，《书目季刊》2004年第38卷第3期；《屈大均研究论著目录续编（2004—2011）》，《书目季刊》2012年第46卷第1期；《台湾七十年来屈大均研究论著目录（1949—2018）》（与林宏达合撰），载刘平清主编《广州大典研究》（总第3—4辑），社会科学文献出版社2021年版。

② 严志雄：《屈翁山咏史诗之探索——屈氏咏史诗之春秋大义与用世思想》，香港中文大学硕士学位论文，1989年，第632页。

③ 严志雄：《屈翁山〈咏史〉诗试解》，《大陆杂志》1992年第84卷第1期。

④ 已收入《古典诗歌研究汇刊·第九辑》第20册，（新北）花木兰文化出版社2011年版。

揭露屈大均对家国始终不渝的真情至性。该文还通过对屈大均忠爱诗的表现技巧和风格形成的讨论，对其诗歌特色及成就做了准确定位：在类型方面，屈大均与顾炎武等其他遗民诗人相比，其叙事诗能独树一帜；在艺术方面，其诗歌创作明显受到岭南传统诗歌风格即“雄直劲健的诗风”的影响，并继承了楚骚精神，以奇幻浪漫之手法抒写坚贞中正的家国情结，因而他在清初及岭南诗坛卓荦超伦。张静尹的研究能结合地域传统及诗学渊源，并在与同期诗家的比较中突出翁山诗之特色，更能发掘其作为遗民诗人杰出代表的原因与价值。

曾汉棠《屈大均之生平与思想》主要是针对屈大均生平的考述及其思想的探析，其中仅有一小节提及《翁山诗外》的内容，但其下篇“翁山思想管窥”部分有对屈大均遗民思想的析论。作者认为，作为遗民诗人的佼佼者，屈大均对朱明亡国的现实巨变有着深切的沉痛，发之诗文则多表现为对明亡的“恨长”及“中华”沦落的感慨。至于“借重史事来表达《春秋》大义，这亦是大均咏史诸篇的一大特色”[①]。该文特别提到顾炎武的《春秋》尊王思想，与严志雄的主要观点一致，但曾汉棠的论述更为直接地揭露出屈大均对“尊王攘夷及再造明室的经世事功”的渴求，然而复明无望给他带来“无能”和“无命”的惆怅，曾文对诗人心理的挖掘更加深细。

另外，许淑敏《南明遗民诗集叙录》（成功大学博士学位论文，1988年）中还有对六十四家遗民诗人及其诗集情况的基本介绍，但对他们的深入研究都未充分展开。如穷处苏北海隅而终生未仕的吴嘉纪，对他的诗歌进行研究的学者笔者所见仅黄桂兰一位，其《吴嘉纪〈陋轩诗〉之研究》[（台北）文史哲出版社1995年版][②]作为该领域的拓荒性成果，能从吴嘉纪的家世与生平、性格与交游出发，对其诗歌创作的各方面进行通盘考察。黄桂兰认为，吴嘉纪的诗孤冷自成一家，但在冰冷字句的背后却寄托着一

---

① 曾汉棠：《屈大均之生平与思想》，香港大学硕士学位论文，1996年，第211页。

② 已收入《古典诗歌研究汇刊·第十二辑》第22册，（新北）花木兰文化出版社2012年版。此外，黄桂兰还撰有单篇论文《吴嘉纪其人其诗：〈陋轩诗〉探研》（《社会文化学报》1994年第1期）、《从〈陋轩诗〉看清初淮南的灾荒与征赋》（《社会文化学报》1995年第2期）。

颗炽热悲悯之心，其指陈时弊、反映社会的诗歌还开晚清郑珍、金和诗风之先河。但该文对吴嘉纪诗歌中的遗民心态论述较少，或因研究框架略大而致细部深掘不足，港台地区对其他遗民诗人的研究，如林圣德《归庄诗文研究》（东海大学硕士学位论文，1999 年）等也同样存在这个问题。

（二）仕清文人研究：吴伟业、钱谦益

仕清文人中，吴伟业是此期受关注较多的诗人，虽然他因失节而不入遗民诗人之列，但却与众多遗民诗人关系不绝。黄蕒倩《梅村诗的忧患意识》（台湾辅仁大学硕士学位论文，1984 年）就指出，梅村诗中充满国家、民生、家庭、个人和人生忧患之种种，申述着人生天地间的悲哀，则梅村诗亦可作为遗民诗另一层面的补充。黄蕒倩的研究能够深入诗人的心理层面，其对吴伟业创作心态的挖掘，有助于后续研究者透过诗歌技巧的鉴赏，直探梅村诗的深层意蕴。

在此之外，关于吴伟业诗史之价值的探讨亦是一大亮点。黄锦珠《吴梅村叙事诗研究》（台湾师范大学硕士学位论文，1985 年）和陈光莹《吴梅村讽喻诗研究》（高雄师范大学硕士学位论文，1995 年）[①] 关注的对象虽然属于不同的诗歌类型，但都在强调吴伟业夙怀创作诗史、讽切当世之志，因而叙事诗及讽喻诗都能成为他生命中的精心之作。二文因观照题材的差异，在具体论述时各有侧重，但都能结合吴伟业的生平与思想，对梅村诗的内容、技巧、风格、价值、成就等做出综合分析。虽然二文在研究方法上较为传统，但在某些细部问题上仍有不少突破，如黄文第六章取“史诗互证”的思路，以吴伟业《清凉山赞佛诗》和《圆圆曲》为例，从中印证其诗所叙之事与史籍记载相符，因而更能见出梅村叙事诗之客观实确；后来张静茹《吴梅村叙事诗中反映的明季时事及其内在蕴涵》（《中国学术年刊》2000 年第 21 期）一文，又增加《鸳湖曲》《琵琶行》两首来补充论证。而陈文则把梅村讽喻诗的题材分为皇室宫闱等七类去论述其命题及取材，又分帝妃的挽歌与王孙的沉沦等七项来具体讨论其创作旨趣，更凸显

① 已分别收入《古典诗歌研究汇刊 · 第四辑》第 16 册、《古典诗歌研究汇刊 · 第五辑》第 18 册，（新北）花木兰文化出版社 2008、2009 年版。

出吴伟业讽喻诗的诗史价值。

在对吴伟业诗史问题的讨论中，也有部分学者提出过一些不同的看法，这些意见对深入探究梅村诗的特色有一定价值。王建生认为，吴伟业“诗寄兴亡，字句多由血泪凝成，不止‘诗史’而已”①。叶高树《清代文献对吴三桂的记述与评价》（《台湾师大历史学报》2000年第28期）从吴三桂的历史形象入手，强调《圆圆曲》改变了史实叙述与人物评价，而后人又过于强调诗中戏剧性描写的结果，以致曲解了吴伟业借陈、吴的悲欢离合，去抒发国家沦亡之激愤的用心。美国耶鲁大学教授孙康宜此期亦有论文在港台发表，她的研究并未直接着眼于诗史的分析，而是创造性地使用“外物假借”和“艺术超越性”来说明吴伟业游离于本事以外的写作策略。② 在对《听女道士卞玉京弹琴歌》《清凉山赞佛诗》等的深入分析中，她着重指出，梅村诗善于使用戏剧性的手法来叙述客观事实，并采取抒情主体自我隐匿的手段，传递一种普遍性的苦痛经验。而在运用历史人物的经验，并加以戏剧化地抒情之中，诗人自己的内心情意也得到了间接表达，其能摆脱个人的苦痛，实现对心灵空间的自由创造。正是在这个意义上，梅村诗超越了诗史的简单叙述。

以上研究成果，或对吴伟业诗歌中的某类题材进行专门论述，或关注其创作心态和手法的问题，均未能对梅村诗做出全面观照，而王建生《吴梅村研究》③ 和陈建伟《吴伟业诗研究》（香港大学博士学位论文，1996年）是此期较为系统的诗家研究的重要成果。前者结合吴伟业的时代环境和思想渊源，依体裁把梅村诗分为古诗、律诗和绝句三章进行述评，各章之下又以题材细分，这样做的优点是能够在分论中明晰梅村诗各类体裁之间的差异、特色与成就，而缺点则在于内容上不免交叉重复。后者对此做了较大改进，该文以梅村诗的题材为据，详列三章，分咏事、咏史、酬酢、怀人、艳情、抒情、题画、咏物、纪游九大类别，其下又依不同主题析为

① 王建生：《增订本吴梅村研究》，（台北）文津出版社2000年版，第378页。

② 〔美〕孙康宜：《隐情与“面具”——吴梅村诗试说》，《中国文化》1994年第10期；〔美〕孙康宜：《吴梅村的艺术超越观》，《中国文哲研究通讯》1993年第3卷第4期。

③ 该书初版于1981年，由（台中）曾文出版社出版；2000年，由（台北）文津出版社发行增订本。

小类，细致梳理了梅村诗的全部内容。陈建伟认为，梅村诗不仅可考明季清初治乱人心、兴亡理乱，还能兼众美，他总结道："其诗深得风人之旨，又能踵武前人，复加发展，卓然独立于诗家之林，许为清初诗坛祭酒，殊非过誉。"[①] 从诗歌内容与风格技巧上来论，他对梅村诗的评价是有依据的，但对其地位的判断还需在"江左三大家"之外继续讨论。

钱谦益是仕清文人中争议最大的一位，港台地区对他诗歌的关注[②]，是在周法高等前辈学者的文献整理及诗文考证的基础上展开的。[③] 1973年，周法高利用台湾中研院史语所傅斯年图书馆藏《牧斋诗注》抄校本，自编成《足本钱曾牧斋诗注》五册，书中所收注文比通行本多出千余条，其学术价值不容忽视，惜在大陆难见。[④] 此后，他另编有《牧斋诗注校笺》《钱牧斋柳如是佚诗及柳如是有关资料》等，又撰《钱牧斋诗文集考》（香港《中国文化研究所学报》1974年第7卷第1期）、《钱牧斋陈寅恪诗札记》（《大陆杂志》1983年第66卷第6期）等文[⑤]，为牧斋诗研究的展开发挥了奠基性的作用。在这之外，《吴梅村诗丛考》（香港《中国文化研究所学报》1973年第6卷第1期）、《读钱牧斋〈烧香曲〉》（《联合书院学报》1975年第12、13期）二文中又都举出实例，来说明钱谦益和吴梅村的诗歌可"互相参证，互相阐明"，后文更是征引了五个方面的材料，把迷离惝恍的钱氏《烧香曲》与吴氏《清凉山赞佛诗》合考，从而突破了前人在二诗释读上的困境。周法高诸文中所举条目，可作为钱、吴二人诗歌笺注的补充材料，更重要的是为二人诗歌的解析找到了一条切实可行的路径。

在考辨钱谦益生平及作品的过程之中，周法高也无法回避钱、柳之间

---

① 陈建伟：《吴伟业诗研究》，香港大学博士学位论文，1996年，第279页。

② 钱谦益研究论著目录，可参考严志雄、邓怡菁《钱谦益文学研究要目》，《中国文哲研究通讯》2004年第14卷第2期。

③ 周法高外，还可参考潘重规《王烟客手钞钱谦益初学集考》，《新亚书院学术年刊》1972年第12期；庄吉发《清高宗禁燬钱谦益著述考》，《大陆杂志》1973年第47卷第5期；蔡营源《钱谦益之生平与著述》，作者自刊本1977年版，末附录《牧斋诗文系年分月录》；汪珏《罕见的钱谦益遗著及其他清季善本诗文集》，《"国立中央图书馆"馆刊》1992年第25卷第2期。

④ 关于该书价值，可参考邓小军《周法高编〈足本钱曾牧斋诗注〉书后》，载《学林漫录》第16集，中华书局2007年版。

⑤ 相关论文均已收入周法高《钱牧斋吴梅村研究论文集》，（台北）"国立"编译馆1995年版。

不可分割的关系。他除在《钱牧斋柳如是佚诗及柳如是有关资料》中对柳氏诗词进行辑佚和有关资料的补充之外，还在前续成果的基础上，继踵晚年陈寅恪治钱、柳问题，撰成《柳如是事考》（作者自刊本1978年版）一书，以考据作传，意在表彰柳氏参与复明运动的独立精神。[①] 在涉及柳如是的研究中，孙康宜《陈子龙与柳如是诗词情缘》[（台北）允晨文化实业股份有限公司1992年版]、高月娟《柳如是及其〈戊寅草〉研究》（东海大学硕士学位论文，2000年）等也都是较为重要的研究成果。

事实上，港台地区对钱谦益的研究主要还是集中在诗论部分，对其诗歌的研究也往往重在版本考证、诗歌辑佚与笺释等方面，没有展开对其诗歌文本的系统分析，廖美玉《钱牧斋及其文学》（台湾大学博士学位论文，1983年）中也仅用一节篇幅讨论了牧斋诗的内容、风格、评价等问题。郑滋斌《钱谦益法李商隐诗考述》一文，则看到钱谦益推崇杜诗之外，亦究心于李商隐诗学，其后又从钱氏诗歌的咏物兴怀、言情述欢和伤时忧国三类题材中寻绎其诗与义山诗之关联。该文虽在探析钱谦益的诗法渊源、诗歌宗尚的问题，但在实际行文中，也对钱氏诗歌进行了大致分类，且在对诗法问题的研讨中发现钱谦益“因义山之诗以抒其悼明之念”“取义山诗意以喻己悲”[②] 等真实意图，其中也谈及钱诗好用比兴等创作手法的问题，对于后续研究的推进有不少参考价值。

大体来看，上述港台地区对清初诗人的研究，关注的重心基本是单一诗人。从宏观角度来考察的仅有廖肇亨的《明末清初遗民逃禅之风研究》（台湾大学硕士学位论文，1994年），该文从内容上看属于遗民诗人研究，但在研究视野和方法上却是综合研究。廖肇亨认为，此期遗民与前代遗民最大的差异之一是此中有许多诗人选择以出家为僧的方式安身立命，如方以智、屈大均、金堡等。通过对清初“逃禅遗民”现象的整体考察，该文从明末清初的政治、宗教、学术思想等方面，论述了逃禅对遗民生活、心态、诗文创作等的诸多影响。作者指出，明末清初独特的遗民逃禅现象不只是文学史、思想史和佛教史的问题，更具有文化史意义，逃禅遗民代表

① 可参考廖美玉《为女性作传——周法高〈柳如是事考〉对陈寅恪〈柳如是别传〉的召唤与心裁》，《东海中文学报》2014年第28期。

② 郑滋斌：《钱谦益法李商隐诗考述》，《书目季刊》1989年第23卷第3期。

着当时知识分子在“天崩地解”的时空中，对个人及国家命运做出的一种外化反应，虽然他们“融合儒释”的尝试在当时并不成功，但我们透过对逃禅遗民的理解，却能进一步认清“明清之际”的文化成就。

三　中晚期诗人研究

从康熙末年起，清代诗歌开始自具面目，正如郑板桥所说，其之所作乃为“清诗”也。这一时期最突出的表现是出现了格调、性灵、肌理三大诗派，从清初发展而来的唐宋诗之争也进入白热化阶段，但在当时及后世产生广泛影响的还是那些独具个性的诗人——厉鹗、郑板桥、钱载、黄仲则等。自乾隆末年起，清代社会由盛转衰，经世之声再度高涨，以文学经世也成为一时之风尚，到道光时期特别是鸦片战争之后，更出现了大量反映世变、关怀民生的鸿篇巨制。清诗自此为一大分野，从内容到形式都发生了重要变化，是中国古典诗歌发展之重要转关。张堂锜强调，“晚清的诗歌创作，是我国诗歌长流中相当特殊的一环”[①]，因此港台学者在晚清诸家的研究中投入精力较大，其中对龚自珍、黄遵宪、丘逢甲等的关注最多。[②]

（一）郑燮、黄景仁研究

在清中期的诗人中，港台学者对沈德潜、袁枚、蒋士铨、赵翼、姚鼐等都有过一些讨论，但研究兴趣主要还是集中在郑燮和黄景仁两人身上。

郑燮方面，由于他涉猎广泛，诗、书、画俱佳，故各方面都不乏研究者。从20世纪60年代开始，尤其是80年代以来，郑燮研究成为学者们普遍留心的课题。在板桥诗的研究中，邱亮《郑板桥及其诗》（台湾大学硕士学位论文，1971年）得风气之先，但该文多在探索郑燮诗歌与其他诗人、诗派的关系，至金美亨《郑板桥诗研究》（台湾辅仁大学硕士学位论文，1987年）才从语言切入，进到板桥诗的内部研究之中。金文还将板桥诗的题材分为抒情诗、写实诗、题画诗等进行专研，为板桥诗研究确立了初步

① 张堂锜：《黄遵宪及其诗研究》，（台北）文史哲出版社1991年版，第2页。

② 相关研究情况可另参考郭延礼《20世纪中国近代文学研究学术史》第十一章“港澳台及海外的近代文学研究”，江西高校出版社2004年版。

框架。胡倩茹《郑板桥诗歌研究》（台湾中正大学硕士学位论文，1993 年）再论板桥诗时，已从社会诗、感怀诗、题画诗、赠答诗和其他五个方面，更为细致地分析了他的诗歌内容。在综合各家评论的基础上，胡倩茹凭借个人观察，对板桥诗的成就、地位再予检视，她认为郑燮“三绝”之中，诗歌最能表现他民胞物与的醇厚内心，其中永恒不变的“真”，才是板桥诗的真正价值所在。此论能在清代尊唐、宗宋的诗歌潮流中，准确定位板桥诗成就、地位，在一定程度上推动了板桥诗的研究进程。①

关于郑燮的综合研究，王建生的《郑板桥研究》［（台中）曾文出版社 1976 年版］和沈贤恺的《郑板桥研究》［（台北）新文丰出版公司 1988 年版］是比较重要的研究专著。二书从生平、思想、思想渊源、文艺创作、评价等方面，对郑燮做了全面而系统的观照，但对板桥诗的研究多停留在介绍和鉴赏层面。王著把板桥诗分为写景诗、感兴诗、寄托诗、写实诗和咏物诗（题画诗）五类，给予板桥诗的专门研究者不少借鉴。衣若芬的《郑板桥题画文学研究》（台湾大学硕士学位论文，1990 年）是郑板桥诗、书、画的贯通研究，其特色在于尝试融汇中、外艺术理论，重新检讨文学与绘画的关系，在研究方法上有所创新，如其第五章采用西方符号学学者的观点，厘清了郑燮“诗画融通”的具体含义。

黄景仁方面，对他诗歌的研究在 70 年代后期起步迅速，魏仲佑《黄景仁研究》是此期的突出成果。② 该书篇幅不大，但却能从黄景仁的家世、生平、交游、个性及人生目标、著作流传、作品等诸多方面，对其进行较全面而精当的考论。不仅如此，该书在第七章作品研究部分，还从基本风格、写作技巧、各种体裁及其特色三个方面，对仲则诗歌的特点钩玄提要，其间常有独到之见。如他指出，黄景仁“集中虽有很感人的作品，而平淡无味的也不在少数；而锻炼字句方面，固然有些地方是游鱼衔钩，出于天然，但仍免不了有些出于硬凑的”。又如在黄景仁诗风的归属问题上，魏仲佑否

① 涉及板桥诗研究的单篇文章不胜枚举，有特色者如“郑学”研究大家王家诚的《郑板桥的〈七歌〉〈道情〉与“难得糊涂”》（《故宫文物月刊》1998 年第 15 卷第 12 期），该文以小见大，通过对郑燮两组作品的分析，还原了郑燮思想体系的形成过程。

② 香港地区，潘礼贻撰有《黄仲则诗之研究》（珠海书院硕士学位论文，1975 年），林端明撰有《黄仲则感遇诗初探》（新亚研究所硕士学位论文，1996 年），惜均未得查窥原文。

定了刘大杰说的性灵一派、刘萍说的沈德潜一派以及梁石说的写实派，认为黄景仁在创作上不依附任何门派，他是当时许多诗派之外的诗人，这一见解可谓深中肯綮。正是在此基础上，魏仲佑对仲则诗的成就做了较为中允的评判："由于他只注意追模前人，致无法在诗歌艺术的领域里开辟出属于自己的新境界；另一方面，他吟唱怀才不遇之苦，他吟得比别人凄凉，唱得比别人痛苦，而博得天下多愁善感的人，以及功名不遂之士一掬心酸之泪，这是他成功之处。"①

然而限于篇幅，魏著在仲则诗的微观论述和深度开掘上仍留有不少空间。此后，郭思豪《黄仲则诗研究》（香港中文大学硕士学位论文，1986 年）、姜淑敏《黄景仁诗研究》（台湾师范大学硕士学位论文，1993 年）和林端明《黄仲则感遇诗初探》（新亚研究所硕士学位论文，1996 年）等都在各自方向上有不少新的开拓。其中，郭文从诗歌渊源、题材与内容、修辞、评价四个方面对仲则诗的风格与内涵缕析剥茧，认识到黄景仁"圈子既窄，年寿又短……那唯有靠他在感受和想象上独有的深度加以弥补"②，又重点对其诗内容中的山水、咏物、苦病、爱情、感怀等十一个小类逐一评述。作者认为，黄景仁灵动雄伟的山水诗和沉郁酸颓的感怀诗最为出色，但诗歌又只把眼界集中于个人生活，失去了对社会和民生的关切。此论可以作为魏著相关论断之补充。至于姜文，其特色在于将诗人生平与创作紧密结合，在写作历程上把仲则诗分为模拟期、转变期和成熟期三个阶段，着重从诗歌表现彰显其性情及处世态度，对仲则诗歌技巧与风格的探析亦有不少突破。林文则专注于仲则感遇诗的专门研究，惜未查见全文。

（二）龚自珍研究

龚自珍是开一代风气的思想家及诗人，早期对他的研究还停留在学术思想上，龚鹏程则注意到其诗歌的重要价值，指出："黄公度、康有为、梁任公、谭嗣同，以至陈散原、夏敬观等同光巨子，莫不受他影响。"龚鹏程从对龚自珍《小游仙词十五首》的理解出发，认为龚诗中蕴含着"箫心的

① 魏仲佑：《黄景仁研究》，（台北）文津出版社 1977 年版，第 95~96 页。

② 郭思豪：《黄仲则诗研究》，香港中文大学硕士学位论文，1986 年，第 214 页。

振发”和“剑气之激撼”两种生命底蕴，并肯定了箫心、剑气是统摄定盦生命的完整意象，直言“定盦的心灵原是箫剑合一的……箫近于幽怨，剑近于奇狂。但两者的性格，本是可以互相通假或连贯的。或二者合铸一意，或分列成两种表征，常缘他心境之变化而异”，所以堪破二者于诗人身上的共存就成了认识和理解龚自珍诗歌的关键，这也为后续的龚诗研究找到了一个非常重要的方向。此外，龚鹏程还对议题中牵涉的“丁香花疑案”进行了细致考辨，列出五点理由以辨龚自珍与顾太清之间情事“乌有则无理，强力渲饰则太过”[①]，这与孟森、吴光滨等学者意见相左，但不失为一种理解。该文最后虽然也未对《小游仙词十五首》之创作旨归定谳，却也牵连出龚诗研究中的一些重要话题。[②]

从 80 年代开始，对龚自珍诗歌的系统研究逐渐增多，主要围绕其诗歌内容、形式、技巧、风格、特色、成就等展开，开掘面很宽。韩淑玲《龚自珍诗研究》（台湾大学硕士学位论文，1980 年）从诗歌内容上将龚诗分为议政诗、社会诗、抒情诗和其他，诗歌技巧上则从体裁格律、表现手法和用字造语三个维度展开论述。在对诗歌风格的探索上，鲍观海《论龚自珍文学》（香港中文大学硕士学位论文，1974 年）认为，龚诗有缠绵悱恻和拙直的一面，也有晦涩艰深和平浅的一面，这种看似矛盾的诗歌面貌反映出龚自珍内心情感的丰富性和复杂性，以此就不难理解为何他一生中反复戒诗。陈业东却指出，龚自珍本追求诗歌的平易自然，他“在部分诗歌中采用隐晦曲折的写法，只是文字狱余悸在创作上的反映”[③]。而在龚诗特色方面，蒋英豪强调龚自珍的诗歌同他的散文一样，“自内容以至形式都展现与时流及传统不同的特色，而为后人所模仿”[④]，具体表现就是狂越的内容突破形式的规限，诗歌成为表达他异于传统看法而给后者来以启示的重要载体。章益新《忧国淑世与写实创新》[（台北）时报文化出版公司 1982 年

① 龚鹏程：《说龚定盦的侠骨幽情》，《鹅湖月刊》1978 年第 3 卷第 12 期。

② 较早对龚诗的研究话题集中开掘的，是王镇远《剑气箫心：细说龚自珍诗》（香港中华书局 1990 年版），该书共收录专题文章 49 篇，涉及龚自珍其人其诗的方方面面，以短篇散论启发学林。

③ 陈业东：《“略共感慨是名家”——浅谈龚自珍的论诗诗》，载《中国近代文学论稿》，澳门近代文学学会 1999 年版，第 40 页。

④ 蒋英豪：《近代文学的世界化：从龚自珍到王国维》，台湾书店 1998 年版，第 31 页。

版］则认为，题材宽广、善于造境、形式复杂而多变化、感情醇厚而有控制等，都是龚诗与众不同之处。另外，章益新在龚诗形式的理解上也有新的看法，学界常把《能令公少年行》《西郊落花歌》《辨仙行》等一类不受固定形式约束的诗歌归为“古乐府”，但他指出这些属于“变调的乐府”，并引入现代诗中的概念将其归为“散文诗”。此一观点虽较前卫，却也揭示出龚自珍部分诗歌有古体缚不住之处，以此更能看出龚自珍在诗歌写作上天才般的创造力。

此外，阮桃园《龚自珍的文学研究》（台湾东吴大学硕士学位论文，1982年）一文属诗、词、散文的合论，诗歌部分能结合龚自珍的生活背景，分古典承袭、蜕变创新及定型三个阶段来论其诗在内容、形式、技巧及风格方面之逐层变化，所涉较为全面，论述也更成体系。吴文雄《龚自珍诗文研究》（中国文化大学硕士学位论文，1992年）[①] 集中研讨了龚诗的主体情志和文本形态，主体情志下又细分为诗成侍史的著议胸腔、恩仇江湖的侠客肝胆、悔露一鳞的韬晦心潮、不忘春声的孺慕真情、甘隶妆台的儿女情长、云情烟想的飞仙灵气、箫心剑气的平心意绪七类，从中探寻龚诗幽思奇想之种种来源，对龚自珍诗歌内容有更深刻的理解。吴文雄的研究贯通了诗人的文学思想和创作，同时摆脱诗、文藩篱，故能厘清源流，在部分结论及研究思路上均有突破。关于龚自珍的诗史地位，还有相关讨论是从其与后来诗界革命的关系上切入的，如魏仲佑的《诗界革命的先驱——龚自珍》认为，“龚自珍的诗，不管就内容或就风貌而言，他已走出传统外的另一条道路”[②]，因此而成为清诗的“变风”“变雅”和晚清“诗界革命”之先声。若再从黄遵宪仿龚诗所作《己亥杂诗》《岁暮怀人诗》《不忍池晚游诗》来看，魏仲佑的观点有其合理性。在这个方面，龚鹏程和陈业东亦提供了一些思考，前者认为，“康梁学定盦，世甚稔之；黄公度学定盦，则或忽诸”[③]；后者提出，龚自珍在诗歌不避俗语方面，为后来黄遵宪主张

① 已收入《古典诗歌研究汇刊·第二二辑》第13、14册，（新北）花木兰文化出版社2017年版。

② 魏仲佑：《诗界革命的先驱——龚自珍》，载《晚清诗研究》，（台北）文津出版社1995年版，第177页。

③ 龚鹏程：《论晚清诗——云起楼诗话摘抄》，载《近代思想史散论》，（台北）东大图书公司1991年版，第197页。

“我手写吾口”提供了有益借鉴，惜二者都未再做深入研究。

以上各家对龚自珍诗歌的研究，关涉面都很广，部分议题有一定开拓性，但却显得有些琐碎，微观层面的考察难有较大突破，龚诗研究中存在的一些重大问题也少有专文论及。如在龚自珍《己亥杂诗》的研究上，尽管有吴彩娥《龚自珍己亥杂诗三百十五首所呈现的人格》（《辅仁国文学报》1990年第6期）、陈锦荣《论龚自珍〈己亥杂诗〉批评现实的诗歌及其艺术手法》[①] 等几篇文章有所关注，但对《己亥杂诗》的认识仍不足以显示它极高的文学价值，更缺乏把《己亥杂诗》作为整体进行细致考察的重要论著。陈业东已指出，“《己亥杂诗》是龚自珍晚年思想最成熟时的作品，可视为研究龚自珍思想最具代表性的材料之一”[②]，但较多论文却是到90年代后期甚至20世纪末21世纪初才出现。对其他重要诗人的研究或许也存在类似研究滞后的问题，故后续仍有把某些重要作品拿出来进行单独讨论的必要。

（三）黄遵宪研究

黄遵宪是晚清“诗界革命”之旗手，其《人境庐诗草》“除了在内容上能正视社会现实、反映历史及时代面貌外，他有理论、方法，而且能以作品做适切诠释的文学表现”[③]。黄遵宪在文学史上地位甚高，故港台学者对其青睐有加，五十年间研究不曾间断。

在对黄遵宪诗歌主题、特色、价值的讨论中，张堂锜《黄遵宪及其诗研究》比较有代表性，其立论不涉及《日本杂事诗》，故其认为“感时忧国的情怀与有志难伸的无奈，可说是整部《人境庐诗草》的普遍性主题，不仅诗歌数量最多，也最具艺术成就”[④]。蒋英豪则考察了黄氏全部诗作，认为海外诗应该是黄遵宪诗歌中最重要的部分，“这些诗充分表现了他对新世界的惊喜，他要把中国带进新世界的渴望，以及由新世界激发起的大同世

---

① 收入岭南大学中文系编《考功集：毕业论文选粹》，香港岭南大学中文系1996年版。

② 陈业东：《落红空有情 春泥难护花——从“浩荡离愁”诗看龚自珍思想的矛盾性》，载《中国近代文学论稿》，第27页。

③ 张堂锜：《黄遵宪晚期诗歌态度改变问题之探讨》，载《从黄遵宪到白马湖》，（台北）正中书局1996年版，第43页。

④ 张堂锜：《黄遵宪及其诗研究》，台湾师范大学硕士学位论文，1990年，第132页。

界的远景"[①]。其他学者还尝试从新的角度探析黄诗特色，章益新认为"《人境庐诗草》中，多的是严肃的主题，偏重于纪事、说理"，但其对《夜泊》等一些情味深厚的抒情诗也予好评，同时强调黄氏"陶铸旧诗词，赋予新命意"的诗歌确有过人之处，从而论定人境庐诗"能由内在新思想的融入与外在新词汇的运作，赋予了诗新奇的生命与创造的精神"[②]。

魏仲佑在此基础上继续深研，其《黄遵宪的〈今别离〉：诗界革命的指标》一文以黄遵宪《今别离》为例，通过对该诗具体内容、写作动机、时代意义等的论析，阐明人境庐诗不仅以现代语词入诗，最主要的特点还是表现新的韵味——"刻意注入现代生活的情调，来创造传统诗的新精神"[③]。《黄遵宪述略》一文还指出，叙事诗是黄遵宪诗歌的代表，该文直言"绝无问题他是叙事诗人，他是很少见的饶舌作家"，这和黄遵宪本人把作诗的目的放在现实的实用性上不无关系。以此为出发点，魏仲佑强调黄遵宪诗中多使用口语化词汇，这是中国传统文学用语上的一大转变，即呈现白话文运动"言文一致"目标的过渡现象，在文字语言的反省上开五四之先河。其后，他还论及黄遵宪诗在格律上囊括进古近体和前人未尝使用的各种形式，吟咏的内容包括了时务意识以及他所经历的形形色色人事，"在形式上语法上曲尽所能的去从事各种不同的努力"，最后他评定黄遵宪"有意为走入穷途末路的传统诗歌，开辟一个新的路径，寻索一条活路"[④]，以此肯定了黄遵宪诗歌的独创价值。魏仲佑对黄遵宪诗歌研究的专注，使他能够深入诗人心理及诗歌精神层面，做出了不少有益的探索。

海外诗研究，一直是黄遵宪诗歌研究中的一个重点。陈业东《足遍五洲多异想 更搜欧亚造新声——黄遵宪康有为海外诗比较》（载《中国近代文学论稿》）以对比的方法，探索黄、康海外诗之异同。他认为二人的海外诗在各方面多有相同之处，但黄诗在内容上有歌颂中日友谊的诗篇，在反映华侨生活方面也更为具体和深广；在表现爱国思想上，黄诗多通过介

① 蒋英豪：《近代文学的世界化：从龚自珍到王国维》，第96页。

② 章益新：《忧国淑世与写实创新：龚定盦、黄遵宪、胡适作品探源》，（台北）时报文化出版公司1982年版，第74、81页。

③ 魏仲佑：《黄遵宪的〈今别离〉：诗界革命的指标》，载《晚清诗研究》，第99页。

④ 魏仲佑：《黄遵宪述略》，《东海中文学报》1971年第1期。

绍外国改革经验和新科学发明、关心华侨疾苦来实现，不如康诗直接，程度上也不及康诗深沉；在艺术风格上，不同于康诗的“意境开阔，风格壮美”，黄诗长于叙事而“史”味较浓，近似杜诗。该文把黄诗与其他诗人的同类诗歌两相比对，从中更可见出各自的特色及不足，其结论不独指向黄遵宪一人。值得注意的还有，黄遵宪海外诗中，与日本相关的数量最多，因他曾以使馆参赞之职随驻日公使赴日六年（实际四年多），故黄诗研究中还另需讨论他与日本的关系，魏仲佑《黄遵宪述略》一文已先有所发现。魏仲佑认为，黄遵宪《日本杂事诗》实际上与其另著《日本国志》有密切的关系，二书一起研读更能发掘《日本杂事诗》的价值，更能清楚地看出黄氏对日本文明的批评。陈建华《黄遵宪〈樱花歌〉诗旨与德川幕政》（《中外文学》1990年第19卷第5期）则从《樱花歌》诗旨入手探索诗人与日本的关系，映现了黄氏的写作环境及思想情感线索。陈建华认为，黄遵宪在《樱花歌》中深情颂扬德川旧政的保守而近于偏执的态度，隐喻着他对明治维新的微词，而这实际上却是他驻日前期思想的反映，从中能够反观他在日数年间政治与文化观念上所经历的深刻转化，这种转化实则是克服了自身重重障碍才达成的，以此更能见出黄遵宪人格之魁伟。

对黄遵宪诗歌成就、地位的判断，不能离开对他与“诗界革命”关系的探讨。龚鹏程说：“诗至同光为一大变，其变以湘绮之复古始，终则必为黄公度、谭嗣同等之诗界维新与革命。”[①] 魏仲佑《黄遵宪与诗界革命》（台湾东吴大学博士学位论文，1991年）即结合“诗界革命”来讨论人境庐诗的艺术及影响。作者认为，黄遵宪与梁启超因维新运动引为同志，加上他们抱持的目标与努力的方向一致，所以能够相互了解而互相激赏，黄氏诗歌因此被梁启超当成“诗界革命”的典范，故黄诗得以广受关注，其外在推力便是新诗运动过程中梁启超的大力推介，这与蒋英豪的观点基本一致[②]。魏仲佑还指出，“诗界革命”因与时局关系密切，故早在道光年间传统社会开始变化之时就已在酝酿，而龚自珍、郑珍、金和三家正是“诗界革命”的先驱，而黄遵宪不免受他们影响，又能在人生不同阶段的心路

① 龚鹏程：《论晚清诗——云起楼诗话摘抄》，载《近代思想史散论》，第203页。

② 蒋英豪：《饮冰室诗话与黄遵宪梁启超的文学因缘》，载《传统与现代之间——中国近代文学论》，文德文化事业公司1991年版，第15~41页。

历程中不断反思，最终形成了自己的诗学主张，发而为诗更能“吟到中华以外天”。[①]

通过对黄遵宪诗学与“诗界革命”关系的深入探讨，学者们发现黄诗不仅对当时的社会运动有所影响，且深深影响着之后文学的现代化。魏仲佑后来另撰文指出，黄遵宪“以现代文明入诗的作法，对当时热切追求国家现代化、文化世界化的维新运动诸君，无疑是最有意义的新创”[②]，其所论能把黄氏诗歌创作中的新变放到思想、文化潮流中去考察，则更见黄氏诗歌之深远影响。同样的观点还可见于张堂锜《论黄遵宪与胡适的诗歌改革态度》一文之中，他认为走在清末“诗界革命”前列的黄遵宪一面以俗语作诗，一面用新思想和新材料入诗，在观念上给予新文化时期的新诗运动不少借鉴，而黄氏的诗歌主张“在整个文学的改革的潮流中，是起了一些推波助澜的作用”[③]。对此，蒋英豪指出，黄遵宪旧瓶新酒的尝试“过分重视现实政治的效益，正是他不能把新理想和新风格统一起来，而痛失开创新文学时机的主要原因”[④]，这又是黄遵宪身份上重叠诗人与改良政治家所致的局限。以上研究其实都能从微观延及宏观，由文学现象反思社会变革，其使得逐渐加速的清诗研究呈现出越来越多的研究面向。

（四）丘逢甲研究

丘逢甲是清末享誉最高的台湾诗人，据吴福助主编的《台湾汉语传统文学书目》，丘逢甲《岭云海日楼诗钞》五十年间在台出版 7 次，并被各大丛刊收录，由此可见丘诗的受欢迎程度。但对他诗歌的研究起步却很晚，专门研究直到 20 世纪 90 年代才逐渐增多。

实际上，丘逢甲的诗歌创作可分两个时期，前期多为抒情、写景、酬

---

① 关于“诗界革命”的发生过程，陈业东《夏曾佑诗歌研究》（《中国近代文学论稿》第 42~127 页）一文有详细分析。该文还在第四节着重说明了“新诗”与“诗界革命”的关系，作者认为“新诗”是“诗界革命”的开端，因而写作“新诗”的夏曾佑是“诗界革命”的开路先锋，有首倡之功，并且自始至终都是“诗界革命”的参与者；同时他在戊戌后所作的忧国诗篇意境深邃，其价值不应低估。

② 魏仲佑：《黄遵宪的〈今别离〉：诗界革命的指标》，载《晚清诗研究》，第 96 页。

③ 张堂锜：《论黄遵宪与胡适的诗歌改革态度》，载《从黄遵宪到白马湖》，第 26 页。

④ 蒋英豪：《近代文学的世界化：从龚自珍到王国维》，第 88 页。

赠之作，以《柏庄诗草》为代表；后期以内渡之后所作《岭云海日楼诗钞》为代表，多为关心台湾、系念国事之作，因而这类作品各方评价较高，港台地区关于丘诗的研究大多集中于此。徐肇诚硕士学位论文即以《丘逢甲岭云海日楼诗钞研究》（成功大学硕士学位论文，1993 年）为题，他认为丘诗中不仅有以往研究者常注意到的对大我生命的关怀，也有"自我生命的乐章"，其抒发个人情志的诗歌中包含着他眷怀故乡的悲情组曲、期许与现实落差下的哀歌、从维新至革命的心路历程以及对内渡受谤之申诉与告白，从而修正了仅将丘逢甲定位为爱国诗人的平面印象。在对丘诗创作手法的认识上，徐肇诚认为以散文化章法入诗，同时灵活运用组诗结构、超现实性的幻构手法、独具创意性的联想和深具个人风格的譬况托寓，是丘逢甲诗歌创作的主要特色。总体来看，徐肇诚对丘逢甲内渡后所作诗歌的讨论比较全面，其对丘诗内涵和创作技巧的理解亦较为中肯。

魏仲佑《丘逢甲及台湾割让的悲歌》也是针对丘逢甲内渡之后诗歌的研究，该文认为丘逢甲一再在诗中引用《虬髯客传》为故实并假借其中语词，透露出他"此局全输"的失路之悲和自我人生丕变之感；而内渡之后的异域飘零，又使得他诗歌各类题材都能寄托家园之思；当然，因其临阵弃台造成舆论对他的不谅，亦成为他后期极重的心理创伤，这也一再反映于诗歌之中。此论能够结合丘逢甲的英雄失路、乡梦牵系、忧谗畏讥等心理，着眼于诗人生活经验对诗歌创作的影响，对丘诗特色的分析颇有见地。另外，丘逢甲曾有"诗史"雄图的实践，余美玲把丘氏在这方面的表现归纳为四个方面，分别是对重大时事的悲愤、社会动荡不安的写照、民生凋敝的关怀和风土民俗的批评。但魏仲佑却以较为严格的标准来定义"诗史"，从而得出丘诗中没有历史写实之作的差异化结论，他解释说："丘逢甲的诗绝大部分反映了时事，但他完全用以时事寄托个人感慨的方法写成的，换言之，他确实反映了时事，但作品本质上是抒情的。"[①] 从这个角度来理解丘诗，似更能发现丘诗创作手法上的特殊性。

余美玲《丘逢甲乙未内渡后诗歌之研究》一文同样留心丘氏内渡之后的诗歌创作，但更关注他后期与"诗界革命"的关系。余美玲认为，丘氏

① 魏仲佑：《丘逢甲及台湾割让的悲歌》，载《晚清诗研究》，第 126 页。

内渡之初的诗歌尽管浸染着困顿与悲怆的情调，但因诗人壮怀未遂，而“他对时局的关怀与悲愤，转移在诗坛的创新上”，他才能在诗歌取材上不断注入新思想、新事物，力图以新语、俗语入诗，同时又强调创作中要注入诗人独特的“元音”与真我，从而形成了他全新的论诗主张。其中，“扩大诗歌题材，开拓诗歌意境，表现时代的精神，正是丘氏作为‘诗界革命’巨子所欲追求的第一目标”。在这个目标的确立过程中，余美玲还强调了丘逢甲结交黄遵宪的意义，她指出：“丘逢甲‘耻居王后’的雄心，使他在‘诗界革命’中，‘英气’凌驾黄公度。”[①] 最后在对丘诗成就的判断上，港台学者或囿于乡曲之私，较少深论其不足，持论或有主观之嫌。

此外，港台学者还围绕割台事件，对丘诗做了多方探讨。这些研究基本都认可乙未割台是丘逢甲一生的转折点，而这个经历对其诗歌创作影响尤巨，上述研究也多有论及。龚显宗特别强调，丘逢甲在“乙未之后，诗风大变，眷怀台湾，批评清室，关心民瘼，赞成变法维新，暗助革命是创作的重心，咏史、议论之章甚多”。[②] 这固然不错，但许多论文难免不能挣脱该框架的束缚，故研究思路多显雷同，结论上少见突破。1998年，随着丘氏后人整理的《丘逢甲遗作》的出版，丘逢甲诗歌研究有了重要的文献参考，今后的丘诗研究仍有较多可待开发的空间。

四　诗论之外：清诗流派与社团研究

清代诗体、诗派及诗社研究，由于杂糅较多内容，并侧重于诗学、诗论，多不在本书叙述范围之内。如围绕清代四大诗派产生了一大批优秀成果，其中诗论研究依然是学者关注的重点，而不涉流派的单一诗论研究也较多。略取诗论之外部分而言，五十年间港台地区诗派、诗社研究主要关注桐城诗派、宋诗派和同光体以及南社等。

诗体、诗派研究，包括诗社研究的基础，是对其创始情况及传衍经过进行历史性描述，进而钩稽重要成员，如胡幼峰研究虞山诗派、黄华表研

① 余美玲：《丘逢甲乙未内渡后诗歌之研究》，载逢甲大学人文社会研教中心编印《丘逢甲与台湾历史文化学术研讨会论文集》1996年版，第27、38、48页。

② 龚显宗：《乙未割台与旧体诗变貌》，载《明清文学研究论集》，（台北）华正书局1996年版，第172页。

究桐城诗派、陈香杏研究南社等都在努力完成这些基础工作①，推动着后续研究的顺利开展。如关于嘉道时期的宣南诗社，虽然部分学者已有研究，但许多争议问题并未解决。过去曾以为该诗社是在道光十年（1830）由林则徐发起组织的具有政治改革主张的进步集团，但谢正光《宣南诗社考》（《大陆杂志》1968 年第 36 卷第 4 期）却指出，宣南诗社的成立时间最迟应在嘉庆二十一年（1816），其性质仅是一个纯粹的诗人团体，林则徐确曾参加过宣南诗社，但范文澜所谓林则徐领导黄爵滋、龚自珍、魏源等人组织诗社活动为无稽之谈，可惜谢正光的这些观点在当时并未引起重视。但经过港台学者前仆后继的考证，诗派、诗社研究中的诸多基础问题也不断被澄清，历史的真相慢慢浮出水面。

更深一层的研究主要表现在对宋诗派和同光体的研讨上。首先是兴起原因的探析，除去时局动乱、名流提倡等已知的旁因外，曾克耑《论同光体诗》（《文学世界》1959 年第 23 期）强调同光体兴起的主因是诗人的自觉，即同光体诗人在对古人的祈向别择和价值重估中，打通了唐诗与宋诗、诗人与学人、作文与作诗三关，故能有所成就。庞中柱《晚清宋诗运动研究》（中国文化大学硕士学位论文，1994 年）也在强调内因的重要作用，他认为晚清诗人既对前代诗风有所不满，又能在自身通经博学的文化素养下另辟诗学发展蹊径，“合学人、诗人之诗二而一之”，因而开创了同光体。郭绍虞在《中国文学批评史》中其实也把促使同光体兴起的因素归为时代关系和文学关系，而在港台对内外质素的深入分析中，同光体兴盛的实际原因愈发明朗。

在对具体问题的关注上，同光体提倡宋诗时尤其推尊江西派，尤信雄《清诗同光诗派研究》（台湾师范大学硕士学位论文，1970 年）认同同光体导源于江西诗派，他还特别强调了道咸诸家在同光体发展过程中的先驱作用。庞中柱《晚清宋诗运动研究》则将宋诗派和同光体都纳入晚清宋诗运

---

① 胡幼峰《钱、冯主导的虞山派诗论研究》（台湾东吴大学博士学位论文，1991 年）述及清初虞山诗派的发展、分途和没落，重点仍放在诗学理论上；黄华表《桐城诗派》（《新亚生活》1958 年第 1 卷第 13 期）把桐城诗派引入学术研究，《桐城诗派道咸诗派诗案》（《新亚书院学术年刊》1959 年第 1 期）又用学案体例对桐城诗派的创始及在道咸年间的传衍脉络进行梳理；陈香杏《南社研究》（台湾师范大学硕士学位论文，1992 年）重在南社创立情形、社员籍贯及思想等历史层面的考察。

动中加以考察，他认为，道咸时期的宋诗派和之后的同光体诗派是宋诗运动中前后两期的代表，在对二者诗学主张的异同分析中更能发掘其诗歌各自的价值。该文在研究范围上已超越清代的历史断限，在由源到流的缕述中，对郑珍、何绍基、江湜、郑孝胥、陈衍、陈三立、袁昶、范当世等主要诗人的创作成就均有所论断，为相关研究提供了重要参考。

至于同光体文学地位的判断，以往单从“宗宋”角度去认识，故对同光体评价不高，但庞中柱对同光体诗人具体的师法对象进行考察，却发现同光体中也有汲取唐诗之长的一面，从而创作出了“宋骨唐面”的新风格。从这个角度来评判，则同光体不仅是中国古典诗歌发展的总结，也是在新文学运动之后继承传统的良性示范。而龚鹏程还通过比较同光前后诗作，发现了同光时代诗歌已“非一己之哀戚，乃时代之写照”，他从而论定“诗至同光为一大变，犹时自唐代中叶至道咸，道咸以后亦为一大变也”[①]，所论虽未直接针对同光体，但却是以同光体为此期诗歌的典型。通过这些不同角度的讨论，再配合诗论角度的探研，宋诗派和同光体在晚清诗坛的成就及缺陷都已明显，对它们的文学史定位逐渐接近历史真实。

诗社研究上，处于清末民初到新文学过渡之际的南社，相较而言算是港台学者关注较多的研究领域。[②] 港台早期仅有几篇对柳亚子诗歌的推介，自 80 年代起，相关研究取得一定突破，集团性研究逐渐增多。其中，陈敬之《首创民族主义文艺的“南社”》［（台北）成文出版社 1980 年版］较早论及陈去病、马君武、苏曼殊等代表诗人与南社的关系，并对他们的诗歌做了简单介绍，概论性质较强；柳无忌《从磨剑室到燕子龛：纪念南社两大诗人苏曼殊与柳亚子》［（台北）时报文化出版公司 1986 年版］分叙苏、柳二人文学成就和交谊，并确立了苏、柳在南社的地位。陈、柳二书，实际上对南社文学层面的论析较少，朱少璋《清末民初南社社员之诗歌活动》（香港中文大学硕士学位论文，1994 年）则全面探讨了南社社员的诗歌创作，对南社诗歌研究的推进贡献不小。其余专门针对南社诗人的研究主要集中于苏曼殊，且多数研究仅把他当作单独作家去研讨，未论及他的南

① 龚鹏程：《论晚清诗——云起楼诗话摘抄》，载《近代思想史散论》，第 202、203 页。

② 南社研究的综述，可参考林香伶《回顾与前瞻——中国南社研究析论（1980—2004）》，《中国学术年刊》2006 年第 28 期。

社身份。但在针对其他诗人的研究中，学者似乎又未过分回避这个问题，如鲍观海《论龚自珍文学》一文就指出，南社诸人诗歌中的慷慨之情主要继承自龚自珍，而苏曼殊的特殊性在于“他只能接受定盦的婉约之情的影响”[①]，这是一个值得注意的研究现象。

苏曼殊存世诗歌仅百首，其诗清新、自然的语言风格，曾受到郁达夫、柳亚子等人的推崇，但学界对其诗集中约占半数的与女性相关的爱情诗的评价却存在很大分歧。朱少璋认为这些诗歌感情不深，在题材和意义上价值不大，一些诗歌“用语虽不失典雅雍容，但终为绮艳一路，格调不高”[②]。然而顾蕙倩的《苏曼殊诗析论》（淡江大学硕士学位论文，1991年）[③] 却提出了不同的看法，她认为苏曼殊的爱情诗，“绝少是呈现对情爱的纯粹赞歌，他不在诗里谈情，谈的是情爱给予内心的矛盾与冲突”。以此为出发点，顾蕙倩发现，苏曼殊诗作“无一不展现他一生的孤独感与矛盾性”，从而“呈现出高尚而可贵的创作灵魂”。实际上，苏曼殊诗又不仅如此，论证中若再考虑进诗人所受外来文化尤其是英国浪漫主义文学影响而蕴含的独特的诗歌精神、诗人身上情爱与学佛的心理矛盾、与“诗界革命”之关系等，则苏曼殊爱情诗的内涵并不止于艳情。当然，苏曼殊在爱情诗之外还有更多题材，顾蕙倩分析过其写景、怀古和感怀诸作，庄树渟在《苏曼殊诗文中的情感研究》（台湾辅仁大学硕士学位论文，2000年）中也表示，时局与世情的愤慨、天地人事的喜悦、心灵澄澈的淡漠以及世局与生命的悲感，都是苏曼殊作品所要表达的生命情思。庄树渟的研究关注到诗人多样的情感世界，因而更能贴近诗心，发现曼殊诗蕴含的丰富价值。

五　时段、题材、文类：清诗综论及其他

专家诗研究之外，部分学者不再单独针对某一诗人进行个案分析，而是从时段、题材、文类等角度入手对清诗进行综合观照，这类研究应当归

---

① 鲍观海：《论龚自珍文学》，香港中文大学硕士学位论文，1974年，第451页。

② 朱少璋：《苏曼殊散论》，下风堂文化事业公司1994年版，第24页。

③ 已收入《古典诗歌研究汇刊·第六辑》第25册，（新北）花木兰文化出版社2009年版。以下引文见第86、92、114页。

为清诗的综论，并在 90 年代后成果渐多。与专家诗研究相比它们逊色不少，但却标志着清诗研究进程的推进。

在以时段为角度进行的清诗综论研究中，易君左、李猷、潘兆贤等学者较早对晚清诗歌做过一些持论较平的推介和述评[①]；魏仲佑《晚清诗研究》更是此期结成的硕果，惜为论文集性质，不算严格意义上晚清诗综合研究的专著。此期较为专门的综论研究是陈明镐《清代前期诗歌创作论及其实践研究》（台湾东吴大学硕士学位论文，1999 年），该文在钱谦益与黄宗羲、王夫之与叶燮、朱彝尊与王士禛的诗歌对比中，也关涉他们的诗论，显示出清初诗人理论结合实践的独特风貌。美籍华人高友工、梅祖麟的《王士禛七绝结句：清诗之通变》（《中外文学》1990 年第 19 卷第 7 期）则关注到律体诗在清初的复兴，并把这种复兴的重要原因归于作为文坛盟主之一的王士禛在七绝结句中创造性地运用“虚悬的意象”和“悬而未决的解决”两种技法，高、梅二人的研究因引入西方理论，故能发现一些国内学者容易忽略的问题，给清诗研究带来一些新的突破。

分期、分段研究中，时常杂糅进一些题材以做限定，于是形成“某期的某类诗研究”这样的论题，如黄雅歆《清初山水诗研究》（台湾辅仁大学博士学位论文，1998 年）即以清初为断代，尝试还原此期山水诗的整体面貌。在对顾炎武、吴伟业、王士禛等七位诗人的山水诗进行细致分析后，黄雅歆认为，清代山水诗是继唐宋山水诗的辉煌成就之后的高峰，也是山水诗在古典诗歌结束前的最后火花，而清初山水诗不仅内容丰富，其成就亦为可观。魏仲佑《晚清诗之讽刺诗》关注到讽刺诗发展到晚清时期的变异，他认为晚清之讽刺诗在道光以后社会内忧外患的冲击下，逐渐脱离传统性格而趋近于现代意义上的讽刺诗，其中“不仅婉劝的意味渐渐少去，而代之以斥责、挖苦，且写作讽刺诗的态度也由劝谏被刺的个人，转变成对广大社会大众的诉求，希望制造社会舆论来共同声讨”[②]，由讽刺诗的具体内容亦可反观晚清诗人生

① 易君左《清末民初中国诗坛》（《中华诗学》1969 年第 1 卷第 6 期）对该时段的诗歌概况做过总体描述；李猷《近代诗选介》（台湾商务印书馆 1973 年版）合传记、诗话、作品推介为一，是对近代 20 多位诗人的介绍，其关注到一些大家之外的诗人，如言敦源、范伯子、沈瑜庆等；潘兆贤《近代十家诗述评》（新亚图书公司 1970 年版）更为专业地评述了郑珍、陈三立、郑孝胥等 10 位近代诗人的诗歌作品。

② 魏仲佑：《晚清诗之讽刺诗》，载《晚清诗研究》，第 2~3 页。

活的时代状况。陈业东《从近代诗坛看讽刺传统的变异》（载《中国近代文学论稿》）一文，更分三期论述讽刺诗在近代的发展，并把它的变异特点概括为继承与变异共存、讽刺范围不断扩大、诗歌形式更趋自由和所用语言更近口语，对晚清讽刺诗的深入研究有所推进。

以上综论成果不多，故研究特色较难凸显，取得的成绩无法与专家诗或诗派、诗社研究相比。总体来看，综论很少能够摆脱对诗人及作品进行分论的单一模式，各部分之间独立性较强，整体上缺乏有机联系，不能彼此贯通。虽然有学者尝试对研究方法做出调整，如章益新《忧国淑世与写实创新：龚定盦、黄遵宪、胡适作品探源》所论三位作家，尽管各成段落，但三位作家都能把忧国淑世之襟怀写入作品，以呈现写实创新之风貌。又如蒋英豪《近代文学的世界化：从龚自珍到王国维》表面上是对魏源、龚自珍、黄遵宪等七位近代作家文学活动的逐一探索，但各部分却以“世界化”为共同主题，以此展现近世文学的世界化趋向。蒋英豪认为，“晚清文学在外力的冲击下，自觉或不自觉地向外力，尤其是外力中的思想与文学开放，以期增加本身的活力”①，在这个求变而终于转入现代的过程中，从龚自珍到王国维等众多作家都发挥了积极作用。但是蒋英豪此类研究也存在缺陷，正如他所指出的，这种论列方式难以观照全部文类，例证中容易顾此失彼。再如龚鹏程《论晚清诗——云起楼诗话摘抄》一文提及闵时伤乱为晚清诗之特色，但所述较短，其他部分又“颇伤凌杂”②，研究的整体性和系统性均有待提高。以上问题实则都反映出清诗综论还有很长一段探索之路。

清诗研究中还包括跨文类甚至跨学科的研究，如前述廖肇亨《明末清初遗民逃禅之风研究》已有此倾向，研究牵涉文学史、思想史、佛教史和文化史等；再如衣若芬《郑板桥题画文学研究》能够融合中国传统美学与西方现象学、符号学等理论来讨论郑燮的题画文学，作者认为，郑燮题画文学中守成与创新的兼容并蓄，使一向作为文人道德象征的绘画题材通俗化、生活化，进而普及于平民。其他研究主要是针对《红楼梦》等清代小说中人物题诗的研究，颜荣利《红楼梦中的诗词题咏》（台湾大学硕士学位

---

① 蒋英豪：《近代文学的世界化：从龚自珍到王国维》，第11页。

② 龚鹏程：《论晚清诗——云起楼诗话摘抄》，载《近代思想史散论》，第141页。

论文，1975年）一文针对诗歌与人物、情节、体制、命题、限韵等部分之关系来论述其在《红楼梦》中所展示的特殊效应；萧驰《从“才子佳人”到〈红楼梦〉：文人小说与抒情诗传统的一段情结》（《汉学研究》1996年第14卷第1期）不专论《红楼梦》，重点是探讨小说与诗歌的独特关系；其他如郑培凯《林黛玉与〈春江花月夜〉》（《中外文学》1985年第13卷第10期）、欧丽娟《〈红楼梦〉中的〈四时即事诗〉：乐园的开幕颂歌》（《中国古典文学研究》1999年第2期）等，多结合人物个性和小说情节来讨论诗歌安排的意义，这类研究在具体议题上已发生重心偏转。

六　清诗研究的代表学者：谢正光、王建生、蒋英豪

港台地区从事清诗研究的学者众多，有的曾在北美、日本、澳大利亚等地学习和任教；有的所写论著常和其他学者合作完成，对于清诗研究贡献不小。如早年治语言文字学的重要学者周法高先生，他曾在50年代赴美做哈佛燕京学社访问学者，60年代任美国华盛顿州立大学及耶鲁大学客座教授，后来又长期在港台高校担任讲座教授，其清诗研究主要集中在钱谦益、吴伟业生平和作品的考证上，前文已做过较多介绍。又如旅美学者谢正光先生，他早年赴日本京都大学进修，于耶鲁大学取得博士学位后，即长期留美任教，与香港佘汝丰、台湾严志雄等都有合撰著作。再如柳亚子哲嗣柳无忌先生，他长期在美国各大高校从事中外文学的创作、编译及研究工作，在港台亦时有著述出版。其他如魏仲佑、张静尹、张堂锜等都是很有分量的港台学者，兹取较有代表性的几位予以介绍。

（一）谢正光的明末清初诗研究

谢正光（Andrew Hsieh），1941年生于广西容县。1964年毕业于香港中文大学中文系，随后进入新亚研究所攻读硕士学位，其间获日本文部科学省奖学金赴京都大学进修，后转为京大人文科学研究所研修员，研究“曾国藩及其幕宾”。1966年他以《春秋城筑考释》为题完成硕士学位论文，后留学美国并取得耶鲁大学历史学博士学位。1978年进入美国格林奈尔学院历史系任教，曾在南京大学和安徽大学兼任教授，现任格林奈尔学院荣休教授，终身致力于明末清初文化史及清诗研究。

早在1968年，谢正光就在《大陆杂志》上发表了两篇论文，即《宣南诗社考》（第36卷第4期）、《同治年间的金陵书局——论曾国藩幕府中的儒学之士》（第37卷第1期），日本岛田虔次教授赞赏二文“史料之博搜，论断之明快”，由此确立了谢正光治学的传统路径，即穷尽各种材料，以做士人生平、交游、作品之充分考证，其中又以交游考述为主。以《清初诗文与士人交游考》（南京大学出版社2001年版）一书所收12篇多发表于内地（大陆）与港台的论文来看，考论交游的文章占据一半篇幅。[①] 从这些论题可知，他关注的对象主要是围绕在顾炎武身边的清初诗人，且较多文章是从与顾炎武的关系考辨中发散开的；而就研究对象的身份而言，多为遗民和贰臣诗人。谢正光在该书自序中说：“考述士人之交游，亦往往借资于当时之诗文。”综合可知他的治学方法和特色，主要在于发现问题、抓大顾小、打破陈规、诗史互证。比如亭林诗文中不见与曹溶交往的痕迹，但谢正光却能从曹溶《静惕堂诗集》中发现其酬赠亭林的11首诗，以此考述二人论交之始末，为顾炎武的生平资料做了补充。他并未止步于此，后以顾炎武为代表的遗民与清廷官吏的交往所透露出来的意义相推阐，揭示出遗民和贰臣在政治立场以外尚能建立诸多共识，从而否定了以往以政治操守为唯一标准来衡量清初士人的“阐释架构”，这为理解当时复杂的人情物理关系提供了许多有益经验。正基于此，谢正光对遗民与贰臣的“主客”关系有了积极的认识：两者之间建立的关系，一是有利于在新的环境中扩大彼此交谊的网络；二是彼此间在诗文酬唱之外，论学上能通声气，书籍上能通有无，对于文化创造具有积极意义。以此来思考两者关系，对于各自诗文的深入理解助益颇多。总而言之，谢正光借助对顾炎武及其同时人诗文著述的考察，探索顾炎武与曹溶、程先贞、史可程、朱彝尊、王士禛等人的交谊，其用意正在“以政治操守为单向性之论述之外，多辟途径”[②]，从而开拓清诗研究的新路向。

---

① 包括《顾炎武、曹溶论交始末——明遗民与清初大吏交游初探》《清初贰臣曹溶及其“遗民门客”》《顾炎武与清初两降臣交游考论》《清初的遗民与贰臣——顾炎武、孙承泽、朱彝尊交游考论》《就〈秋柳〉诗之唱和考论顾炎武与王士禛之交谊》《顾亭林交游表》6篇。

② 谢正光：《就〈秋柳〉诗之唱和考论顾炎武与王士禛之交谊》，载《清初诗文与士人交游考》，南京大学出版社2001年版，第438页。

在研究方向的选择上，谢正光常有创见。如钱曾诗集曾因政治和人为的因素，长久以来难得一见，谢正光却能以流传海外的《虞山钱遵王诗稿》为底本，同时参校清初以来各种选本，完成《钱遵王诗集笺校》（香港三联书店1990年版）一书。不仅保存了清初诗史的稀有材料，还在笺的部分考辨钱诗的创作时间及涉及的人事，为后续的钱曾诗歌研究奠定了良好的基础。1997年，谢正光发表《试论清初人选清初诗》（《汉学研究》第15卷第2期），该文从考察清初选诗风气、发掘诗歌理论、保存史料文献等方面，指出“清初人选清初诗”是一份值得重视而亟待发掘的文化遗产，进而对清初刻成的清诗选本做了摸底。次年，他与佘汝丰合编《清初人选清初诗汇考》，书中又具体对55种从海内外搜访的清初诗选做了综合考证，发现不少过去未被注意的史料。谢正光强调，如能充分利用这些材料，“不但有助于考述清初诗风之嬗递，他如师友唱酬之踪迹，个人仕隐之抉择，乃至私家刻书之成例，书籍流通之网路，亦可资而考镜焉”[①]，从这个角度来看，他的研究确可成为清诗研究新领域的风向标。钱仲联曾据此书归纳谢氏的治学路径为“以诗发史，以史证诗”[②]，其《探论清初诗文对钱谦益评价之转变》（香港《中国文化研究所学报》1990年第21卷）一文同是此研究方法结成的硕果。

谢正光清诗研究还关注对“遗民”相关资料的整理。1986年，他在《新亚学报》发表《清初所见“遗民录”之编撰与流传》一文，考得清初之撰著《遗民录》四种，稍窥当时诸家对“遗民”一词所持观念及对《遗民录》修撰指标的基本看法。到90年代，他又广搜众本，率先编成《明遗民传记资料索引》[（台北）新文丰出版公司1990年版]，收录明遗民传记资料二百余种，涉及两千多人，为此后的遗民诗人研究提供了重要的目录指引。其在“叙例”中对明遗民所下的定义，也常被众家参考。1995年，他与范金民合编《明遗民录汇辑》（南京大学出版社），则在索引基础上把明遗民的重要资料汇辑成册，为后来的研究者省却不少搜寻之劳。尽管二书在明遗民的选录上取较宽的概念，具体研究时仍需细考，但确已成为相

① 谢正光、佘汝丰：《清初人选清初诗汇考》“凡例”，南京大学出版社1998年版，第2页。

② 钱仲联：《清初人选清初诗汇考》“序”，第3页。

关领域不能逾越的重要工具书。

（二）王建生的清诗四大家研究

王建生，笔名凌云，1946 年生于台湾屏东。台湾东海大学中文系、研究所毕业，此后留校任教四十余年，曾任该校中文系主任、研究所所长，现为东海大学中文系退休教授。他在东海大学长期讲授清代诗论、山水诗与山水画专题等课程，治学方向主要是清代诗文及文学理论研究，出版专著有《简明中国诗歌史》《清代诗文理论研究》《古典诗选及评注》《古典诗文研究论稿》等。

王建生是港台地区清代专家诗研究上用力最勤的学者之一，曾先后出版《袁枚的文学批评》［1973 年手抄本；（新北）圣环图书公司 2001 年增订］、《郑板桥研究》［（台中）曾文出版社 1976 年初版；（台北）文津出版社 1999 年增订］、《吴梅村研究》［（台中）曾文出版社 1981 年初版；（台北）文津出版社 2000 年增订］、《赵瓯北研究（上、下）》［（台北）学生书局 1988 年版］和《蒋心馀研究（上、中、下）》［（台北）学生书局 1996 年版］，五书是他在清代专家诗研究领域的突出成果。其研究对象除清初吴伟业外，其余四位均指向清中期诗人，可见他对清诗的关注重心放在中期一段。又因其中诗家非仅诗歌一体成就卓著，进行综论的难度较大，而同期亦少见此类专门针对诗家各方面成就的综合性专著，故他在该领域的积极开拓对港台地区清诗研究的繁荣贡献甚巨。

自 1976 年《郑板桥研究》出版起，王建生渐渐探索出一条能够适应专家诗研究的基本路径，即从作家生平、交游和时代环境入手，进入作家思想和思想渊源之探索，进而对其各体成就分类述评，最后结合时人及后人评论综论诗家成就。五书中除《袁枚的文学批评》外，其余均按此框架进行论述，其四书还有如下几个特点。

一是文献充实、体例严密。王著四书关涉内容繁复，各家除诗文创作和文学理论外，郑燮还有绘画、书法和篆刻，赵翼有文学批评和史学著述，蒋士铨有戏曲剧目。据王建生介绍，他在研究之先，需把重要资料制成索引，（如自编为《〈随园诗话〉中所提及清代人物索引》《〈瓯北集〉〈忠雅堂诗文集〉索引》等），以扎实的文献调查支撑起后续研究，这从他各书后所附参考书目亦能一窥其秘。实际上，在各书出版之前，其部分章节已先在《东海学报》《中国文化月刊》等刊物上发表，可知他的清诗研究专著实为有规划、成体系之作。

二是内容全面、分类详尽。由各书内容可见，无论是交游的考述、思想的概括，还是文学各体之述评、文艺成就之判断，王著都能囊括在内，其下各类细目又都极尽周全。如《蒋心馀研究》一书详划七章，一一评述蒋士铨的古诗、律诗、绝句、词、古文、骈文和藏园九种曲的创作成就，各类文体之下还能依题材等再作细致分论，王氏在清代诗家的文学评述上实有系统宏图与深剖素质。

三是重点突出、兼顾各体。尽管研究对象的成就各有不同，但文学尤其是诗歌创作是王著四书的评述重点，故他在书中多以诗体为类分章析论。即使在常以戏曲为重点的蒋士铨研究中，《蒋心馀研究》亦仅以一章论曲，而安排三章篇幅论诗；又如以往的赵翼研究多以其文学批评为重，但他也以一章论毕，又在论诗三章之外，再述其史学成就。从这些研究中均可看出王氏治学目光之敏锐，他能以宏观视野统筹。

四是例证丰富、分析精当。在诗歌各体的述评中，四书诗作举例俯拾皆是。王建生本是极具艺术创造力的诗人，又兼文艺理论家，曾自刊《王建生诗文集》（1990）、《建生诗稿初集》（1992）等多部诗文集，又长期从事书画创作，并撰有文艺创作专书十余种，这给他的文艺鉴赏提供了较强的实践基础和理论支撑。如他在论郑燮时说："板桥可以说是无处不在表现一个'真'字，完完全全的'真人'！这种真人的作品，当然是真作品。"[①] 此种诗家的灵心慧眼，对此后胡倩茹等学者的再研究提供了诸多借鉴。而他对许多诗篇的分析，亦可单独作为其人诗歌赏析的范本。正基于此，他对诗家风格的变化多有肯綮之言，如他评论吴伟业早期的诗"才华艳发，吐纳风流"，"甲申国变后，阅历兴亡，悲凉凄恻之哀感，跃然纸上"，"入仕满清，情非得已，是故诗情萧瑟"。[②]

总之，王建生二十余年间专注于清代专家诗的综合研究，其论基础是

---

① 王建生：《增订本郑板桥研究》，（台北）文津出版社1999年版，第275页。
② 王建生：《增订本吴梅村研究》，（台北）文津出版社2000年版，第105页。

诗人生平发掘与交游考证，重点是各体文学的全面考述，特色是框架成系统、内容求周备、鉴赏有独得。当然，他的专家诗研究也有些许不足，如诗体之下的题材分类多见重复，有的过于烦琐；研究对象及各诗的分析较为割裂，缺少合论；最后的诗家综论也有待深化。

（三）蒋英豪的晚清诗研究

蒋英豪，生于1947年。香港中文大学文学学士、哲学硕士，1996年赴澳大利亚新南威尔士大学访学，后留学美国洛杉矶加州大学获哲学博士学位，曾任香港中文大学中文系教授。长期从事晚清和近代文学研究，不少论文、专著在港台和内地（大陆）均有发表和出版。

蒋英豪是港台地区较早关注近代文学的重要学者，他曾在《传统与现代之间——中国近代文学论》一书的序中，表明自己对近代文学及其研究的基本看法：

> 这段时期是中国古典文学的一场精彩的谢幕演出，也是新文学的源头所在。近代文学是中国文学从传统发展到现代的一个环扣，不理会这个环扣，传统文学的发展就像戛然而止，而新文学的出现也像突如其来。近代文学研究者的一个任重道远的责任，就是替传统与现代之间的这段时期理清发展的脉络。①

正因有此强烈的使命感，他的近代文学研究范围极广，涉及诗歌、小说、弹词等多种文类。他也着意于新方法的尝试与新观点的发现，其目的是在近代文学研究之初，既努力描绘其发展面貌，又为近代文学在中国文学史中准确定位。在《从回到古代到走向世界——清代文学变迁的模式》（载《传统与现代之间——中国近代文学论》）一文中，他率先从宏观的角度考察了近代文学在整个清代文学中所占的位置及其发展模式，进而发现近世中国文学存在一个“世界化”的趋向，且这个过程并非始于五四运动，

① 蒋英豪：《传统与现代之间——中国近代文学论》“序”，文德文化事业公司1991年版，第1页。

而是从鸦片战争前夕就已开始。

1998年，其《近代文学的世界化：从龚自珍到王国维》由台湾书店出版，蒋英豪以此书为近代文学的发展脉络做了主题式梳理，更从多个方面系统研究了中国文学的“世界化”问题，以此强化他的“世界化”观点。他着重选取此期比较重要的七位大家进行研究，所论不限诗歌。如论林纾时，他强调林译小说在介绍中国以外世界的同时，也呼应着梁启超改造国民性的号召，并且林纾还以自己仿效西方小说的创作实践，去推动中国文学的世界化；论康有为时，他说在西学的刺激下，康有为用《大同书》展示其终极理想，书中着重探究的问题及所采用的世界角度，是中国世界化过程中的重要标记。当然，蒋著讨论最具体的还是近代诗歌的“新变”问题。以龚自珍为研究起点，他认为悲观与乐观、绝望与希望、消极与积极同时并存于《己亥杂诗》等诗篇中，龚自珍不少诗作展现了他异于传统的看法而给后来者以启示，开一代变革风气。与龚自珍的振臂狂呼不同，魏源在诗中表现出一种可贵的自省精神，他更能敞开胸怀，为近代文学奠定走向世界的基调。真正把新世界带入中国文学的是黄遵宪的海外诗，而康有为更总结了黄诗创作的理想与实践，直接提出“西方”因素在诗歌创作中的重要性，使诗歌发展至不得不变的阶段。最后王国维用纯文学的主张，又使文学得以维持其艺术性，对中国文学走向世界化乃至新文学的出现，都产生了重要影响。然而受体例所限，蒋英豪原先所考虑论列的谭嗣同、章太炎、苏曼殊等人，以及南社等近代文学的热门话题终无所归，但在一定程度上确已在晚清文学与现代文学中找到了一个沟通的角度。“大同”理念引领之下的近代文学的“世界化”，就是蒋英豪为实现此目标而做出的努力尝试，其贡献不容小觑。

上述宏观研究的内部，其实已不乏许多微观层面的考察。从微观的角度看，蒋英豪的清诗研究还集中在对个案作品的解读和部分诗人的评述上，其中许多观点均有助于我们反思现有研究。如在他研究最多的黄遵宪诗歌上，通过对《南汉修慧寺千佛塔歌》《以莲菊桃杂供一瓶作歌》《聂将军歌》等诗的细致析论，触及“新派诗”的标准等重要问题，他认为黄遵宪诗中“对采用新名词态度极其谨慎”，“他是致力于保持诗中‘旧风格’的醇粹的”[1]。在《王国维的文学及其文学批评》一书中，他把王国维诗分为前后两期：乙巳以前诗造语新颖，喜欢融入哲理，并糅合佛家和叔本华之说，带有浓厚的厌世情绪；壬子东渡以后诗“新”气退减，多忧时伤国之作，颇有沉郁悲凉之致。在诗作的具体分析中，他将王国维和其他诗人进行比较，常有不俗之见，如他认为王诗与龚自珍诗的最大分别在于性情：“定盦诗颇足以见其才气与豪情，字里行间，往往流露童心，追忆童年之诗尤多……相形之下，王诗就显得极其拘谨。王氏无论述情写志，多极其深沉，与定盦的豪言放论大异其趣。”[2]

蒋英豪还注意到，近代文学中出现了大量的海外纪游诗，其中又以黄遵宪和康有为的创作实践最为突出。但他却把目光转向香港和澳门，认识到港澳位置在近代的特殊性，因而能够找到探索某些诗人的关键。循此思路，他发现魏源的《香港岛观海市歌》《澳门花园听夷女弹洋琴歌》这一港一澳两首纪游诗，是此类诗歌中较早出现的，魏源在诗中以开放的胸怀描绘出中国走向新世界的蓝图，这对此后诗人不无启发，也成为他“自过岭南诗一变”“文非海外不沉雄”的重要原因。[3] 蒋英豪还选注有《近代诗人咏香港》（中华书局1997年版），辑录了26位近代诗人的“香港诗”55首，并在导言部分对“香港诗”的数量、体裁、内容、价值、成就等问题做了简论，显示出他在该研究领域敏锐的洞察力，亦可参阅。

七 小结

综上所述，这五十年间港台地区的清诗研究大体上有以下几个特点。

第一，在关注对象上，早期研究无论是在文献资料的搜集和整理上，还是在具体诗人的研究上，都青睐于文学史中有分量的诗歌大家。分而言之，清初是遗民诗人顾炎武、屈大均及仕清文人吴伟业、钱谦益，中期是郑燮和黄景仁，晚清则是龚自珍、黄遵宪、丘逢甲等。对于晚清诗人，港台学者还表现出对苏曼殊、连横等的偏爱，相关成果亦能补充内地（大陆）

---

① 蒋英豪：《传统与现代之间——中国近代文学论》，第156页。

② 蒋英豪：《王国维的文学及其文学批评》，香港中文大学崇基学院华国学会1974年版，第37页。

③ 蒋英豪：《近代文学的世界化：从龚自珍到王国维》，第43~71页。

清诗研究的不足。90年代以后，在研究对象上有向重点诗人之外发散的趋势，逐渐注意到如吴嘉纪、夏完淳、蒋士铨、方苞、王闿运、郑珍、郑观应等过去研究不够的诗家。但这些研究都还停留在初探阶段，研究议题也相对比较零散，关注点和侧重面又都不尽相同，研究的系统性尚未形成。而对王士禛、沈德潜、袁枚、赵翼、梁启超等的研究大多也局限在诗论部分，对他们诗歌的全面研究还未充分展开。

第二，在研究时段上，清代前期和后期所受关注明显是最多的。在早期的研究中甚至还有扎堆趋赴的现象，而受研究者反复探讨的诗人，也即文学史著中一再被提及的名家。再具体来看，对晚清诗歌的关注度又比清初时期大，不仅表现在成果的数量上，还表现在研究对象的范围选择上，这从清代诗歌流派与社团研究中也能印证。个中原因，自然有政治、文化、地缘等，但最重要的或许还是晚清诗歌本身所具有的价值，因而到90年代中期，魏仲佑仍在强调“晚清诗歌的研究到目前为止尚属初开发之学术领域，进入此一领域的学术同仁还不多，可以深入讨论的问题还不少”[①]。诚如是，则晚清诗歌确实还有较大的挖掘空间，尤其是在综论部分。而对于清中期诗歌的研究，在郑燮、黄景仁之外，也还留有许多需要填补的学术空白。

第三，在研究内容上，清诗研究一面注重挖掘文献材料，对相关问题进行细致入微的考据及辨析；一面把研究重心逐渐转向诗歌创作层面的阐发。从整体上看，专家诗研究一般都能糅合外部与内部两个方向，通常采取知人论世式的史传批评方式，论述中常将诗人生平和诗歌分析结合起来，二者往往相辅相成。而清诗研究的核心终究指向内部研究，港台学者在诗歌的内部研究中和内地（大陆）学者一样积极关注内容、技巧、风格、特色、评价等问题，但具体论析时常能结合时代背景和诗人经历，并深入诗人心理层面，挖掘其中较为独特的精神意蕴，呈现出对现实政治和思想文化的强力观照，诗派、诗社等的研究亦是如此。同时在一些细部问题上的突破，也能够弥补相关综论之不足，并带来部分思考的新视角。

第四，在研究角度和思路上，在90年代前已有龚鹏程等思想敏锐而活跃的学者发表过一些宏论；90年代后，清诗研究中产生了许多新的话题和

① 魏仲佑：《晚清诗研究》，（台北）文津出版社1995年版，第3页。

研究方向。这些研究或微观，或宏观，或综合二者，使清诗的研究思路在发展中不断调整，研究中呈现出越来越多的问题指向。如孙康宜《吴梅村的艺术超越观》（《中国文哲研究通讯》1993 年第 3 卷第 4 期）以悲剧感和艺术超越性来论梅村诗，称吴伟业借此而完成了心灵空间的开拓与实现；蒋英豪《黄遵宪〈香港感怀〉与王韬〈香港略论〉》（香港《中国文化研究所学报》1997 年第 6 期）把诗歌和散文两种不同的文体进行对比，最后发现了黄遵宪《香港感怀》诗的匠心独运；邓景滨《实业诗人第一家——郑观应诗歌研究》（澳门近代文学学会 2000 年版）[①] 首次系统研究郑观应的诗歌创作，开辟了近代文学中实业诗研究的新领域。这些学者关注角度的创新，给清诗研究带来了别样的视野，推动着相关话题的继续开发。

第五，在研究方法上，这五十年间的清诗研究基本上还是采用比较传统的方法，如饶宗颐、潘重规、周法高等老一辈学人的文献考证，王建生、张堂锜、黄桂兰等后辈学者的史传批评，严志雄、余美玲、章益新等清诗专家的作品析证，还有廖肇亨、黄雅歆、蒋英豪等人的宏观探究等。1972 年，以台湾大学中、外文系合办的《中外文学》杂志为实验园地，一些新型的研究方法如英美新批评、比较文学理论等，逐渐参与到古典文学研究之中，但到 90 年代后才慢慢推衍到清诗研究，因而新方法的运用在此期清诗研究中仍不甚普及，至于如何发挥它的特长，还需后来者努力摸索。

综上，这五十年间港台地区的清诗研究在几代学者的接力下稳步推进，研究成果逐年增多，研究视野不断拓展，开发出不少新的议题，各类研究朝着多样化、专业化、学术化方向迈进。借此，港台学者展示出对清诗研究的积极态度，并配合 90 年代渐兴的学术交流和研讨活动，使相关课题始终维持在其应有的研究热度上。尽管如此，清诗研究中依然存在不少尚待解决的问题，如张双英曾评价“国内的古典文学研究缺少大部头、重量级专门著作”[②]，用这句话概括这五十年间清诗研究的整体情况似不为过。而清诗研究毕竟只是中国古典文学研究的冰山一角，中青代学者更该立足于自己的研究领域，力求学术的系统化、精密化，做足长期性的科研计划。

---

① 原题《实业诗人第一家》，1994 年 11 月“中国近代文学第七届学术讨论会”会议论文。

② 张双英：《台湾古典文学研究之概况与特色》，载《文讯》杂志社编《1996 台湾文学年鉴》，（台北）“行政院文化建设委员会”1997 年版，第 53 页。

20世纪后半期港台地区清词研究述评

关于港台地区中国古典文学的研究史，目前有陈友冰的《海峡两岸唐代文学研究史（1949~2000）》和香港学者吴淑钿的《五十年香港古代文评研究出版资料考察（1950~2000）》。陈友冰将20世纪后半期台湾地区的古代文学研究史，划分为草创期（1949~1959年）、承续期（1960~1969年）、新变期（1970~1985年）和多元多变期（1986~2000年），与之相对应的是研究主体也经过了老一代、中生代、新生代的发展变化过程。吴淑钿也把1950年以后香港地区从事古典文学研究的学术队伍，划分为第一代学人（五六十年代）、第二代学人（七八十年代）和第三代学人（九十年代），当然这三代学人是按照时间顺序大致界定的，但并不排除他们可以共处同一时间段。具体就清词研究来说，也可以大致划分为20世纪五六十年代、七八十年代和九十年代三个时间段。五六十年代是港台地区清词研究的草创发轫期，七八十年代是港台地区清词研究的承续发展期，九十年代可以称为港台地区清词研究的全面繁荣期，整体表现为研究成果的增多、研究领域的拓展、研究方法的多样化以及研究队伍的年轻化，一大批在七八十年代培养出来的博士生和硕士生正成为21世纪词学研究的主力。

一　从起步到繁荣：港台地区清词研究概说

总的说来，清词研究在50年代初曾有过短暂停滞，但从50年代末起，开始保持比较平稳的发展态势。不仅表现为各种报刊不断有学术新论发表，更表现为出版了《论清词》《清词金荃》《清词年表》《清代词人别传》《常州派词学研究》《芝园词话》《蕊园说词》等论著，培养了一大批从事清词研究的学术新人，像吴宏一、黄文吉、黄坤尧、孙克宽等都是从六七十年代进入清词研究领域的。

这一时期翻印出版了大量的清代词学文献，如《清词别集百三十四种》（香港太平书局 1963 年版；鼎文书局 1976 年版）、《全清词钞》（香港中华书局 1975 年版；河洛图书出版社 1975 年版）、《广箧中词》（鼎文书局 1971 年版）、《沧海遗音集·词莂》［（台北）世界书局 1962 年版］、《曝书亭词注》［（台北）广文书局 1978 年版］等。1971 年为纪念王云五先生九十华诞，台湾商务印书馆专门编辑出版了一套“人人丛书”，该丛书收录有《茗斋诗余》《纳兰词》《珂雪词》《乌丝词》《延露词》《金粱梦月词》《越缦堂词录》等清词别集，这些旧籍的重印或再版，为六七十年代港台地区的清词研究做了充足的资料准备和文献积累。

这一时期的清词研究，还是沿着 40 年代的道路继续前行，对清词的总体评价较高，但也有部分学者依然沿袭三四十年代“体制外派”对清词的否定态度。[①] 如琦君说：

> 词自南宋之亡，经元明两代，其命脉已不绝如缕，地位几乎由曲完全取代。可是到了清朝，又突然兴盛起来，有朱彝尊倡导的浙派，与张惠言兄弟倡导的常州派，可惜他们分别走的仍是模拟两宋的老路，缺少蓬勃的生气，因而闻不出一点时代的新气息。[②]

不过，大多数学者不像琦君那样偏激，而是认为清词是卓有成就的。如陈鲁慎说：“词在清代二百六十多年里面，它的发展过程，固然和诗赋散文同样走上复古拟古的途径，但是在成就上，却远较诗文为大。平情而论，清代的词人，对于词的制作，对于词的中兴运动，已经尽了很大的心力，在审音、守律、修辞、用字各方面，都十分认真，而且态度也很严肃，自然不是元明两代的词人所能望其项背的了。因此，词在整个清代当中，例

① 参见胡明《一百年来的词学研究：诠释与思考》，《文学遗产》1998 年第 2 期。

② 琦君：《芭蕉叶上听秋声——吴藻蘋香》，载《词人之舟》，纯文学出版社 1981 年版，第 203 页。

如朱竹垞的高秀超诣、绮密精严，陈其年的天才艳发、辞锋横溢，均各有千秋。”[①] 何须显也说：“清代的词，撷取了五代两宋的精美，洗脱了元明轻率的习气，大有剥极则复，蒸蒸日上的趋势。当时的词家，有主清空的，有取醇厚的，虽然因为门户不同，各有所尚，但却无不在词坛上大放异彩的。”[②] 其中，以贺光中对清词的成就推尊最为有力，其《论清词》序中说：“论词所以必宗两宋者，以宋词局势大开，夺五七言之席，而岿然成一代之体制，然以人才与局势论，清词亦何多让焉。清代词风，云起翰林，其量则作者千数，其质则至焉者亦与周、辛、吴、王把臂入林，而词学词论尤复绝矣。”[③] 这表明当时清词研究已站在较高起点了。

20世纪70年代末期，部分报刊发表有《清词复古流于匠化》（《大华晚报》1979年1月14日）、《清词复兴漫谈》（《青年战士报》1979年5月2日）等，基本停留在对清词特色的认定上。当时从事清词研究的学者，比较侧重于清代词论的研究，这可以当时各高校研究生的论文选题为印证，如陈茂村《王国维〈人间词话〉研究》（政治大学硕士学位论文，1975年）、丁千惠《况周颐〈蕙风词话〉研究》（政治大学硕士学位论文，1978年）、林玫仪《晚清词论研究》（台湾大学博士学位论文，1979年）、陈月霞《〈白雨斋词话〉之研究》（政治大学硕士学位论文，1980年）、李钟振《周济词论研究》（台湾大学博士学位论文，1984年）、张苾芳《清常州词派寄托说研究》（中国文化大学硕士学位论文，1985年）、李京奎《清初词学综论》（台湾大学博士学位论文，1989年）等。

进入20世纪90年代以后，这一重理论研究的倾向逐步朝理论与创作并重的方向发展，其中词家词集的研究比较受到大家的青睐，像王士禛、陈维崧、朱彝尊、纳兰性德及清末四大家是众所关注的中心。从这一时期的研究生论文选题看，有某个词家的整体研究，如卓惠美《王士禛词与词论之研究》（淡江大学硕士学位论文，1994年）、司徒秀英《厉鹗及其词研究》（香港大学硕士学位论文，1994年）、陈玮琪《郑板桥文艺理论及词作研究》（中兴大学硕士学位论文，2000年）、何红年《朱祖谋词研究》（香

---

① 陈鲁慎：《纳兰性德及其词》，《珠海学报》1976年第9期。

② 何须显：《浙西阳羡常州三派词论略》，《新亚书院中国文学系年刊》1968年第1期。

③ 贺光中：《论清词》“序”，（新加坡）东方学会1958年版，第1页。

港大学硕士学位论文，2000 年）、赵国蓉《郑文焯词研究》（台湾中山大学硕士学位论文，2002 年）；也有某部词集的研究，如申贞熙《彊村词研究》（台湾师范大学硕士学位论文，1985 年）、陆咏章《〈云起轩词〉研究》（香港大学硕士学位论文，2001 年）、吴幼贞《顾贞观〈弹指词〉研究》（政治大学硕士学位论文，2002 年）、陈正平《〈庚子秋词〉研究》（东海大学硕士学位论文，1995 年）；还有某个流派或创作群体的综合研究，如张少真《清代浙江词派研究》（台湾东吴大学硕士学位论文，1978 年）、卓清芬《清末四大家词学及词作研究》（台湾大学博士学位论文，2000 年）；也有词论专题的研究，如杨丽珠《清初浙派词论研究》（台湾师范大学硕士学位论文，1983 年）、翁淑卿《文廷式词学研究》（东海大学硕士学位论文，1993 年）、萧新玉《谭献词学研究》（高雄师范大学硕士学位论文，1992 年）。有的研究方向还出现了多项成果，如陈维崧研究有王翠芳《陈维崧〈湖海楼词〉研究》（高雄师范大学硕士学位论文，1997 年）、高淑萍《陈维崧〈乌丝词〉研究》（彰化师范大学硕士学位论文，2003 年）、杨棠秋《陈维崧及其词学研究》（东海大学博士学位论文，2002 年）等，朱彝尊研究也有江润勋《朱彝尊及其词学》（香港大学博士学位论文，1970 年）、权宁兰《朱竹垞词研究》（台湾师范大学硕士学位论文，1985 年）、曾纯纯《朱彝尊及其词研究》（淡江大学硕士学位论文，1992 年）等。这些学位论文多是从最基础的研究做起，偏重于词家词集或词论的专题研究，个别作者进行的是某个流派或群体的研究，未见有对某一时期或某种创作倾向的综合研究。其优点是把基本史料、版本源流、作品文本梳理得非常细致，不足则是结构上多有雷同，如果选题重复，就难有新的突破。

20 世纪 80 年代末以来，港台地区清词研究的重心由理论研究转向理论与创作并重，其中有一个重要的契机，就是 1989 年 8 月台湾中研院中国文哲研究所筹备处的成立。该处将古典文学作为成立之初的主要研究方向，词学又为古典文学最先发展之重点。1993 年 4 月，该筹备处在台北举办了第一届词学国际研讨会，会后出版有论文集，收录清词论文 8 篇；1995 年 4 月篇，筹备处又与华东师大中文系合作，在上海召开了第二次词学国际研讨会，会后出版了第二本论文集，清词论文占总数的 95%。在筹办各种研讨会的同时，筹备处还创办了《中国文哲研究集刊》和《中国文哲研究通讯》两种刊物，迄至 2002 年，前者已出 21 期，后者已编辑了 12 卷，两刊共刊发清词论文 14 篇。筹备处在成立之初，在词学研究方面还确立了为期两年的主题计划。一项是清词书目的搜集整理，由饶宗颐、林玫仪、吴熊和及严迪昌共同负责；经商讨，决定先行整理别集部分，后再访查选集、总集及词话之类。吴熊和、严迪昌承担大陆（内地）部分的搜集工作，林玫仪搜集台、港、美、加见存的词籍。1997 年 6 月，《清词别集知见目录汇编·见存书目》已竣工出版，计收清词作者 2000 余家，别集 6276 种。另一项是词学专题的研究，由张以仁、林玫仪、刘少雄及叶嘉莹负责，分别就“《花间词》”“晚清词论”“近现代词学理论”“清代名家词”四个专题进行深度研究，清词方面研究成果有叶嘉莹与陈邦炎合著的《清词名家论集》出版。台湾中研院中国文哲研究所筹备处的成立以及开展的一系列学术研讨活动，对推动港台地区乃至内地（大陆）的清词研究起了很大的促进作用。

港台地区在清词研究方面取得重大收获，首先，是清词文献的搜集整理。尽管《清史稿·艺文志》（184 家）、《重修清史艺文志》（630 余家）皆著录有少量的清代词籍，但在数量上是远远不足以反映清词见存实际的，叶恭绰《全清词钞》曾经著录达 3000 余家，那么哪些至今还保存人世，哪些则已经消亡散佚，对现存清词做一通盘清查是很有必要的。1979 年台湾学者王国昭，根据累年所得编成《现存清词别集汇目》（《书目季刊》第 13 卷第 3 期），分正编、附录两部分，正编著录词籍 925 种，僧道 2 种，闺秀 121 种，附录著录 52 种，合计著录词集 1100 种，这是清词见存文献编目的开始，唯其辑录仅限于台湾一地。从 1995 年到 1997 年，林玫仪、吴熊和、严迪昌分别从更广的范围搜罗，已辑得《清词别集知见目录汇编》，亦分正编、附录两部分。正编为“见存清词别集库藏目录”，附录为“合集、选集或个人词集子目”，合计著录清词 6276 种。编纂者认为：“大陆馆藏清人词集数量浩繁，叹为观止。唯清词之集，散存南北，遍布四隅，毋论通都大邑抑辟地边县，随处可见……故私家所藏之本不易遍觅，公众馆库亦难称搜检周全。虽然，存世之清词别集，本《目录汇编》大抵已得其十九则断可自信。”①

① 严迪昌等：《清词别集知见目录汇编》“前言”，（台北）中研院中国文哲研究所筹备处 1997 年版。

其次，是出版了一批厚重的研究成果。以比较热门的清初词研究为例，有曾国福《纳兰性德其人其词》（高雄新民书局1971年版）、李惠霞《纳兰容若及其词研究》（中国文化大学出版部1982年版）、苏淑芬《朱彝尊之词与词学研究》[（台北）文史哲出版社1986年版]、徐照华《纳兰性德与其词作及文学理论之研究》（大同资讯图书出版社1988年版）、丁惠英《陈维崧及其〈湖海楼词〉研究》[（高雄）复文书局1992年版]、司徒秀英《清代词人厉鹗研究》（莲峰书舍1994年版）、徐照华《厉鹗及其词学之研究》[（高雄）复文图书出版社1998年版]、卓清芬《纳兰性德文学研究》（"国立"编译馆1999年版）、甘翘宁《纳兰性德及其〈饮水词〉研究》（香港新亚研究所2002年版）等。这些有关词家专题研究的著作较之单篇论文，不仅研究内容系统全面，而且分析也相对深入透彻。上述清初词家的研究，在内地（大陆）仅有纳兰性德研究有专著问世，其他词家如厉鹗、朱彝尊、陈维崧等的研究显然具有开拓性和前瞻性。

最后，清词研究引起港台学者的普遍关注。香港前辈学者饶宗颐曾撰文倡导学术界要加强清词的研究，台湾学者林玫仪还提出研究清词的具体思路，要求人们对清代的词籍、词家、词史、词论、词谱词律、词韵词乐等进行全面的开拓。[①] 港台地区高等学校或科研机构还多次召开有关清代文学的学术研讨会，比如2000年由香港大学亚洲研究中心主办的"明清文学国际学术研讨会"上，提交的清词研究论文有郑炜明《蕙风词学渊源考》、刘汉初《论〈人间词〉》、莫云汉《周济〈宋四家词选〉平议》、陈慷玲《试析朱彝尊词论之宗南宋》四篇。值得一提的是，台湾中山大学文学院自1989年起，每两年召开一次"清代学术研讨会"，到2004年已召开过12次，2000年11月该校还正式成立了"清代学术研究中心"，围绕清代经学、思想、小学、语言学、文学进行广泛的研究，出版《清代学术研讨会论文集》12辑，编辑《清代学术论丛》6辑、《清代学术研究通讯》9辑，其中《清代学术论丛》第3辑推出"清词研究专辑"，收录了王力坚《清初"尊体"词论辨析》、汪中《晚清词学之勃兴》、徐信义《试论水云楼词》、钱仲联《清词平亭之我见》、黄坤尧《周济词论研究》、包根弟《论梅村词之"以

---

① 林玫仪：《清词研究刍议》，《中国文哲研究通讯》1994年第4卷第3期。

史料为词”释》、江宝钗《清代台湾竹枝词新论》等 9 篇论文。

由此可以看出，随着研究领域的开拓和研究人员数量的逐年增加，清词研究在 21 世纪必将收获更丰硕的果实。

二　宏观与微观相结合：从《论清词》到《清词名家论集》

六七十年代出版的清词研究著作，大多从宏观立场对清词发展总貌及代表词人进行概貌式描述，以贺光中《论清词》、汪中《清词金荃》、廖从云《历代词评》为代表，这些著述大致勾勒清词发展主脉，并介绍了每一时段的代表词人及其创作情况。

《论清词》作者贺光中，曾任教于香港大学，后辗转至新加坡、马来西亚等地讲学。该书分上下两编，上编为通论，探讨清词复兴的原因，描述清词发展变化之脉络，综论清代主要词派的得失；下编为专论，重点评价陈维崧、朱彝尊、纳兰性德、厉鹗、张惠言、周济、项鸿祚、蒋春霖、王鹏运、郑文焯、朱祖谋、况周颐、王国维 13 位词人。通论部分对清词的宏观研究颇多创见，分论部分则以生平、风格、词学、评骘四部分泛论各家，它的一个重点是收集、整理、汇编了大量的原始材料，其优点在此，缺点亦在此，即少有深度的分析。

《清词金荃》为台湾师范大学汪中教授撰写的一部清词研究专著。该书凡五编，第一编论初期学人之词、才人之词和词人之词，第二编论苏浙词人之衍派，第三编论常州词派，第四编论戈载、项鸿祚、蒋春霖三家词，第五编论末造词人之勃兴，共评述清代词人 55 家。全书以年代先后为序，重点讲述各家作品，勾勒词史之脉络，是一部兼顾作家与作品分析的清代词选，也可将其看作一部简明的有宏观研究与微观分析的清词史。

《历代词评》作者廖从云，为中国文化大学教授、台湾春秋诗社社长。该著共五章，纵论自唐迄清 1200 年间词体之渊源及派别之流变。第一章唐五代词，第二章北宋词，第三章南宋词，第四章金元明词，第五章清词，依次介绍各名家词创作特点及代表性词作，可称之为一部简明词史。在清词部分介绍评述了纳兰性德、王士禛、朱彝尊、陈维崧、厉鹗、张惠言、周济、项鸿祚、蒋春霖、谭献、王鹏运等 30 家词。虽说所论词家不多，亦不轻下评语，大多征引前代文献，但条理眉目均极清楚，偶有评骘，亦极精审，是一部“取材博赡，评骘精审”的词学论著。

以上几部著作有一个共同特点，就是先对一个时期词风有总体描述，而后对每一时期的代表词人与词作进行具体分析，这一述史模式显然受到20世纪三四十年代撰写词史风气之影响。具体说来，又表现为两种叙述方式，一种是以贺光中为代表的研究模式，先是总论，再而专论，后附词选，受徐珂《清代词学概论》影响较为明显；一种是以《清词金荃》《历代词评》为代表，先是按时段描述时代风气和创作特色，然后以词人小传与代表作品相结合的方式，对每一时期代表词人的创作风格进行简要分析，受胡云翼《中国词史略》影响较为明显。总的说来，这两类清代词史书写模式是20世纪前半期词史叙述模式的继续与发展。

这些著作在宏观研究上，有颇为不俗的表现。首先，体现为对“清词复兴”原因的探讨，如贺光中将之归纳为三点：一是帝王之提倡，二是学风之转变，三是现实之激发。其中前两点虽为王易《词曲史》所揭橥，但第三点却是贺光中之独创认识：“降至光绪中叶，内外交迫，祸乱纷呈，忧时之士，怵于危亡，发为噫歌，以比兴抒其哀怨，词体最为适宜，文人争趋此途，而词学骎骎有中兴之势焉。”[①] 其次，体现为对清词发展分段的勾画，以及对每一阶段创作特征的总结和探讨。如汪中将清词分为三个时期，初期学人之词，“往往工于发端，而末篇易蹶”；乾、嘉为第二期，此时派别纷起，“雕绚为工，转失真宰”；同、光则为第三期，亦为清词度越昔贤之盛期。[②] 廖从云则分清词为四期：初期以孙默所编《十五家词》及阳羡、浙西二派及纳兰性德为代表；中叶则有以张惠言为代表的常州派的出现；第三期为晚清，即道光、咸丰年间，有浙、常两派的追随者及自成一家的蒋春霖；第四期为清末，以“清季四大家”为代表，他们“忧时愤世，发为咏歌，故声多激越，效苏、辛之壮语，意含怨悱，嗣周、吴之逸响”[③]。不管是“三期”抑或是“四期”，他们在分期问题上有一个共同的特点，就是都把清末四大家作为一期，这一看法多少受到20世纪初彊村派词学观念之影响。

---

① 贺光中：《论清词》上编通论“清词复兴之原因”，(新加坡) 东方学会1958年版。

② 汪中：《清词金荃》，(台北) 文史哲出版社1965年版，第2页。

③ 廖从云：《历代词评》，台湾商务印书馆1984年版。

进入八九十年代，关于清词的个案研究成果逐渐增多，这是清词研究走向深入的一大表现。所谓个案研究，既指词人的个案研究，也指词派的个案研究；比较有特色的是关于清词个案的系列研究，这一研究既吸取传统个案研究之优长，又能展现清词发展的整体风貌，这一方面的代表著作是黄华表《清代词人别传》、万子霖《清代闺秀四家词述》、何须显《浙西阳羡常州三派词略论》，最有代表性的则推叶嘉莹等《清词名家论集》和《清词散论》。

黄华表《清代词人别传》为系列论文，连载于香港《民主评论》杂志4卷3、5、7、8、10、13期，7卷2~6期、8~11期，主要评述近代词人共15家，对各家的评论也大体能概述其风格，其对清词重要流变规律的叙述颇为值得注意。如说：

> 嘉庆以还，浙西词派，已久王而将厌。于是阳湖二张，乃以尊体之说，起而矫之。吴江咫尺，顾其为说，则在审韵。当是时，戈顺卿、沈闰生、朱酉生、沈兰如、陈小松、王井叔、吴清如，七子并起。审音订韵，尤以《翠薇》为宗。补红友之阙，正《菉斐》之讹。既选宋七家、又成《词林正韵》一书，与阳湖尊体之说，并为百世词家共尊（遵）守而不可易。七子既没，王养初、王拙孙、宋浣花、潘子绣、潘瘦羊、潘椒坡、孙月坡继之。而鄮城程序伯、宝山蒋剑人、松江仲子湘、平湖贾芝房、阳羡储丽江、云间张筱峰、江山刘玉叔，又并集其间。联艺攘臂，镂心钵肾，争一词一韵之工。于是蒋剑人又倡以有厚入无间之说。孙月坡既与戈载异论，又撰《词迳》，又撰《绝妙近词》，隐与阳湖异垒。宋浣花又谓："守戈丈之界，可以峻词体；游孙丈之宇，可以畅词趣。二者皆是，不可执一，以通两家之邮。"故于当时为极盛。①

上述材料对嘉庆以后吴中词坛的发展脉络勾勒得极为清楚，使读者对嘉庆、道光词坛的发展格局有一个全面而深刻的认识，从而纠正了以往那种认为嘉庆、道光以后是常州派一家独鸣的认识偏向，其把嘉庆、

① 黄华表：《清代词人别传·秦云肤雨裁云阁词》，《民主评论》1956年第7卷第4期。

道光词坛的历史事实真实地呈现在读者眼前，这种认识显然是对过去不做脚踏实地研究工作的纠弊，作者做了别人没有做而且未必能做好的基础性工作。

何须显的《浙西阳羡常州三派词略论》（《畅流》1968 年第 36 卷第 10、11 期）简略地描述了浙西、阳羡、常州三派发展脉络、成员构成及兴起原因，在曹溶、朱彝尊、厉鹗、陈维崧、张惠言等创作的评论上有较好见解。如评浙派词人，认为朱彝尊来源于南宋，不只是以姜、张为宗，而且还以史邦卿、吴梦窗、蒋竹山、周草窗、卢申之等词人为黼黻。关于厉鹗，作者不但欣赏其语隽意婉，而且还认为其词前小序也清妙可诵，很得白石的神韵。“尤其是他的明丽精约处，不但似白石，而且更似白云。”“此外，他有清奇逸秀酷似梅溪的词，有幽邃绵密极似梦窗的，也有工丽闲雅神似中仙的，兼学南宋诸家，颇得他们的神韵意境。”“不过他的作品虽具有形式上的音律美与词藻美，有时缺少真实的寄托，不免流于纤弱。”关于阳羡词宗陈维崧的词，首先，作者肯定他的多产及“气魄之大”“骨力之遒”，又说他因为尽情发舒之故，“虽是豪放有余，常容易引起读者深厚不足之感，而且因为他写得太多，其中难免就有游戏酬应的轻率之作”。其次，指出陈维崧的词风近于苏、辛，近辛者又比近苏者要多，但成就上却不如辛词，辛弃疾奄有豪放、绵丽、隽逸、沉郁四种长处，陈维崧得到了辛词的前三种却失去其沉郁，这一点与陈维崧轻率写词有很大的关系。最后，除上拟苏、辛以外，陈维崧词的风格，也有似清真的，还能写出清新雅正的南宋词，集中时有用白石、梅溪韵的作品，这揭示了陈维崧取径甚宽、风格亦多样的特点。关于张惠言的填词，作者认为其特点是不饰雕琢。“在他的师法方面，他是不喜姜、张、苏、辛，而独喜清真。”但他的才力不足，结果是“取法乎上，仅得其中”，“反而有些时候，路子与姜、张诸人极为相近。”在文章最后，作者对浙西、阳羡、常州三派的得失做了全面的总结和比较：“浙西派词人大抵学识渊博，因此他们的佳处在高秀超逸，绵丽精美，可以补救拙滞的弊病。而他们的短处却在于喜欢用事运典，染上寒酸饾饤的积习。阳羡派气盛笔重，佳处在于天才英俊，辞锋横溢，可以补救纤弱之不足。然而他们的弊病却在不能深厚，毫无余味，结果流于粗疏叫嚣。”其后张惠言出，倡导常州派，标榜比兴寄托，在格调上或词统上比浙西、阳羡派有了提高，“然而却因为过于鼓吹寄托，到了末流，又趋于隐晦，甚至要在梦窗、碧山词句中，去推导微言大义，未免近于可笑了”。这些看法兼论各派得失，虽未见惊人之高论，却也没有较大缺陷。

谈到 20 世纪 90 年代港台地区的清词研究，自然离不开台湾中研院中国文哲研究所召开的两次学术会议和开展的词学研究专题计划，以及《中国文哲研究集刊》《中国文哲研究通讯》发表的系列论文。该所在 1993 年 4 月、1995 年 4 月两次召开词学研讨会，共收到论文 33 篇，均涉及清词及词论，既有微观研究，也有宏观研究，乃至文献考证等。此外，该所编辑出版的《中国文哲研究集刊》及《中国文哲研究通讯》亦发表清词论文 9 篇，包括曾纯纯《朱彝尊词集的版本流传》、林玫仪《清词研究刍议》、叶嘉莹《清代“词史”观念的形成与晚清的史词》、严迪昌《近代词史的再认识》、刘少雄《周济与南宋典雅词派》《近现代词学批评方法论》等。这些论文的选题基本不出词史与词论两大传统话题，但也展现了清词研究的新气象，即在学术交流日益频繁的大背景下词学研究者合作开展研究的新气象。

正是在这一趋势下，叶嘉莹和陈邦炎合作推出了《清词名家论集》，这是海峡两岸学者合作开展学术研究的典范之作。该书由 1 篇讲稿、7 篇论文组成，并有序言及后叙。在该书的序言中，叶嘉莹谈到该书涉及三个方面内容：一是云间派及清词中兴，二是清词的美感特质，三是晚清“词史”之书写。作者指出，明词之中衰与清词之中兴，主要在于云间派诸作者在词风转变中，从词之表层的美感特质（美女与爱情），重新体现了词之深层的美感特质（言外之感发），而明词之中衰就在于明人对词之深层美感特质全无所知，云间派则由于甲申国变带来的苦难忧危的经历，故在词中表达一种忧危隐曲的难言的情思，使词成为其用以抒写易代之悲和身世之慨的重要体式，也使词由表层之美感进入深层之美感，从而拓广和加深了词作为一种文学体裁的意境和容量，使词的地位在有清一代获得大幅度提升。接着，她从深层美感特质角度入手，分析了陈维崧、徐灿作品中的深层美感特质，指出两人因为性别的差别在词的美感特质方面也表现出不同：“陈氏作为一个性格豪迈的男性作者，其作品之风格乃表现为奔放者多，而沉敛者少；至于徐氏则以一位女性之作者……在国变中感受到与男性相同的悲慨，但却在另一方面又禀赋了女性之深微柔婉的心性……自然把词之深广的功能，与词之双层的美感特质做出了极为美好的结合。”① 而朱彝尊、张惠言既是对词之双层美感有深刻体认者，又是对词之双层美感有反思意识的探索者，在这样的探索过程中既有其贡献之点，也有其不足之处，前者过于强调慢词的形式之美与文字之安排，后者则未能分辨出词与诗在美感特质上的不同之处。而在其后，周济从“美感作用”与“词史观念”两个方面为晚清词史的发展指明了方向，如陈邦炎对于文廷式、陈曾寿的分析，均能结合历史背景展开评述，以说明“词史”观念在晚清的落实。两位作者所选之研究对象及其对词人词作的分析，不但有一以贯之的思想理论（深层之美感特质），而且所选之词人亦能作为清词史上最重要的关节点，勾画出清词发展的基本脉络，它代表着三个时段（清初、中期、晚清）、三大流派（云间、浙西、常州）、两种性别（男性词人和女性词人），故名之为《清词名家论集》，实可看作一部清词史之“名家列传”。

三 清初两大词人研究：陈维崧、朱彝尊

港台地区的清词研究还有一个重要特征，就是词人研究与词派研究的结合。所谓词人研究，指的是对词人生平和创作的研究，包括词人小传、词人评传、词人年谱、词集版本及创作特色的研究；所谓词派研究，则是对某一词派的产生背景、形成过程、发展脉络、创作主张、创作特色、交游活动、后代影响诸方面的研究；因为某些著名词人又通常是某一词派的领袖，故词派研究会涉及词人研究，词人研究也免不了会涉及词派研究。当时，对于清代词人的研究，除了著名满族词人纳兰性德比较受推崇外②，较多受到关注的是王士禛、陈维崧、朱彝尊、厉鹗、郑板桥、蒋春霖、谭献、陈廷焯、朱祖谋、王国维、贺双卿、吴藻、顾太清等。

这一时期的词人研究，开始都从专篇论文起步，研究对象主要集中在

① 〔加〕叶嘉莹、陈邦炎：《清词名家论集》“序”，（台北）中研院中国文哲研究所1996年版，第12页。

② 关于纳兰性德研究成果，另有专文讨论，此处不再重复。参见汤晓青、韩丽霞、陈水云《中国少数民族文学学术史》（明代、清代书面文学卷）（辽宁师范大学出版社2020年版）第四章“纳兰性德研究述评”。

清初与晚清两个时段。如孙克宽《陈迦陵诗词小论》《朱竹垞词与诗略论》、丁惠英《陈维崧词浅析》《湖海楼词的风格》、苏淑芬《朱彝尊的咏物词》、欧阳振夏《板桥词试评》、沈贤恺《郑燮词评述》、闻汝贤《贺双卿其人其词》、黄兆显《苦命女词人贺双卿》、苏文婷《龚定庵之词学研究》、陈炜良《蒋鹿潭及其词》、徐信义《水云楼词概述》、江絜生《一代词宗朱彊村先生》等。到八九十年代研究专著的出版逐渐多了起来，有丁惠英《陈维崧及其〈湖海楼词〉研究》、苏淑芬《朱彝尊之词与词学研究》、李惠霞《纳兰性德其人其词研究》、徐昭华《厉鹗及其词学之研究》、司徒秀英《清代词人厉鹗研究》、黄嫣梨《蒋春霖评传》、卓清芬《纳兰性德文学研究》等。

（一）陈维崧研究

主要研究者有孙克宽、丁惠英、苏淑芬。孙克宽有论文《陈迦陵诗词小论》（《书目季刊》1980年第14卷第3期）；丁惠英和苏淑芬先是发表了一系列论文，而后将这些论文结集成专著，丁惠英有《陈维崧及其〈湖海楼词〉研究》[（高雄）复文书局1992年版]，苏淑芬也有《湖海楼词研究》[（台北）里仁书局2005年版] 出版。这里拟对上述三家相关研究内容及主要观点进行扼要评述。

孙克宽的文章发表较早，一般性地介绍了陈维崧生平、性情、诗词创作，其中关于陈维崧创作特点的形象概括很有新意。他说："迦陵的诗词作品，充满了'肉'的色彩，他不善于隐蔽感情，遇有感慨总是尽情一吐。"为什么具有这样的特点呢？一是陈维崧性情的豪纵；二是他生长在江南绮丽、温柔的环境中，征歌选色，在温柔乡中长大，受当时江左文学风气的影响；三则是他生于乱离，"生活的压迫，兴亡的感愤，门户堕落，这些感慨交织在他的心灵，那时科举停顿，文士才人不读经史制艺，群趋于词曲一途"。正因为种种因素的合力，"他便把些身世之感，交游之盛，借那些排阖动荡的词句统统表现出来，成为一种豪气纵横，风云跌宕，令读者也为之悲歌慷慨起来"。这只是"肉"的一个方面，另一方面则是陈维崧多有征歌选色之作，但他写风怀并不婉曲，并非当行，不善闺情。"他的词作，最令人读之感动的还是那些赠别、登临、述怀、吊古的一些慢词。"这些看法多有可取之处，也颇能揭示迦陵词艺之真谛，为进一步开展陈维崧的研究提供了较好的思路。

丁惠英《陈维崧及其〈湖海楼词〉研究》一书，基本上由两部分构成，一部分是陈维崧的生平和交游，一部分是《湖海楼词》内容、修辞、用调、风格、评论，此外绪论部分介绍阳羡派及作者研究《湖海楼词》之动机，结论部分是对陈维崧生平、思想、创作等的总结，最后附录有《陈维崧年谱》，其中第四章题材研究、第六章用调用韵研究、第七章风格研究尤多发明之处。

先说题材研究，她依内容与情感分其为五类：写身世亲情之作、怀古之作、唱和酬赠之作、咏物之作、就地取材之作。作者认为这些都是陈维崧一生经历的反映，尽管有些写得粗率，不够沉郁，“却显露其情性，能抗心希古，纵横一世”。再说用词与和韵的研究，她采用资料统计和比较分析的方法，揭示了《湖海楼词》在这方面的特点。如词调上，一是使用 416 调，二是创作本意词多。前者说明其才气之盛，学养之富；后者说明他创作态度认真，乃专力为词而非轻率填词。和韵上，有和古人词韵的，也有和当代人词韵的，和古人韵并非全部师法苏、辛，所和韵者多达 24 家，从这也可看出他是专力为词的。又如对《湖海楼词》风格的分析，作者能结合陈维崧的身世，揭示其不同时期的创作特色。她将《湖海楼词》分为四个时期：第一期，由早期词至《乌丝词》刊版，《乌丝词》结集于康熙七年（1668）；第二期，康熙七年到康熙十一年（1672），在河北、河南等地之作，以流寓中州的创作为主；第三期，康熙十一年离开河南，至康熙十七年（1678）入京，以在宜兴所作为主，加上与江南各地诗友唱和的作品；第四期，自康熙十七年入京，至康熙二十一年（1682）去世，在京城期间的词作。通过考察上述不同时期创作风格的变化，她认为陈维崧词风是豪放中兼有婉约的。“他以惊才逸艳之笔，驭腾天潜渊之思。在早期词作中已显露头角，多艳丽雄放之篇。第二期因频年漂泊，颠沛他方，关怀战乱民瘼，在词的境界上有所扩大，笔势亦于深雄苍莽中，透显出飞跃奔腾之姿。第三期的词作于横霸雄肆中，益以浑厚磅礴之气，悲怆今古，伸张正气，感人深至。第四期客居京华，体验到世态的无常，虽在史职而困厄如故，加之遭丧妻之痛，故其词多凄伤哀感之情，由此可见其创作心路之历程，以及词风之形成与变化之因果。”[1] 最后她总结说，陈维崧的才大、学富、时代际遇，使他的豪放中有辛弃疾的英雄意志与理想，又有苏轼的胸襟及气质，也就是说他兼容苏、辛的长处，又能广益多师，吸取其他词家的优点，形成自己的特有风格，故能于清初词坛，独树一帜，成为清代杰出的大词人。

苏淑芬《湖海楼词研究》一书，虽出版在2005年，但大部分内容以单篇论文形式在2001年前发表过，其内容包括：陈维崧生平、词学酝酿过程、陈维崧与清初词坛关系、“扑朔雌雄浑不辨”的男宠情怀、《湖海楼词》内容探析、《湖海楼词》的写作技巧与特色等。较丁氏著作而言更有深度和广度，比如关于陈维崧性格特质的分析，陈维崧与云郎的交往和男宠行为，还有陈维崧的词学理论等都能发前人所未发。

总的说来，苏淑芬在《湖海楼词》研究上的贡献可归结为以下四点。

第一，生平、性格特质、创作风格的研究。她指出：“综观陈维崧的一生，亡国失家，四处飘泊，有志难申，这样的痛苦他无法排解，加上又有年轻贵公子的习气，有时萧淡，有时坦率，有时谦抑，有时不耐拘检，使他的心态表现特别。”这说的是陈维崧的性情气质，而特殊的气质和生活经历也影响着陈维崧词的风格。“由于明的亡国……家道中落，生活的压迫，与兴亡的感愤，交织在内心，加以顺治初科举停顿，只有借诗词宣泄胸中块垒。词也由旖旎语，变为诙谐、狂啸、细润、幽吟，抒发沉郁之怀。”[2]

第二，怀古词的研究。她认为陈维崧的怀古词数量不多，却是《湖海楼词》中极精彩的一部分，陈维崧的生命情趣主要表现于怀古之作。这些怀古词可分为三类：一是凭吊古人，抒发情怀；二是感吊古迹，寓兴衰之感；三是咏怀古迹，寓身世零落之感。这是内容上的特点，至于艺术形式亦可概括为四点：一是气盛字雄而柔媚婉约情致少者，一路使气到底，使人喘不过气，偶尔峰回路转，亦是气象一新；二是沉重有余，郁结稍欠；三是口语与散文的结合；四是以感伤为基调，有寄托亡国的恨事，穷途潦倒自嘲的悲哀，有志难申的沉痛。最值得一提的是，她对陈维崧与辛弃疾

① 丁惠英：《陈维崧及其〈湖海楼词〉研究》，（高雄）复文书局1992年版，第222页。

② 苏淑芬：《陈维崧怀古词初探》，《大陆杂志》1995年第90卷第3期。

两人怀古词所做的比较分析："辛弃疾表现的是以古鉴今，借古讽今，而且词中所表现的愁大都是失土未收，王师偏安的忧愤，对南宋恨铁不成钢的遗憾，基本上对现实仍有许多热切的期待。而陈维崧的词是国破家亡后，带着英雄失路、怀才不遇、沦落天涯、手足分离的浓厚悲愤。"①

第三，社会词的研究。所谓社会词，就是关心民生疾苦之词，她认为陈维崧是在康熙八年（1669）后开始写社会词的，其原因有三：一是以词为存经存史的手段；二是个人遭遇的坎坷，有生活的困顿，有屡试不中的失意；三是有豪放、谦冲、刚猛、柔和、悲悯的混合的个性气质。他的社会词可分为五个方面：一是赋税严苛；二是农民苦雨；三是战争带给人民的灾难；四是感叹贫富悬殊；五是收成欠佳、物价昂贵。这些词真实地反映了明末清初的社会现实，具有存史、存典章制度、拓展词境、提高词的地位的重要价值。"如果说苏轼词开拓词的境界，指出向上一路，那陈维崧就是提高词的地位至经史，能讽喻、能写实，正是'词合为时而著，词合为事而作'的社会实用功能。"②

第四，陈维崧与清初词坛之关系的研究。她指出，陈维崧早期为贵公子，又受教于云间词人，中年漂泊湖海，所以他的词早期与晚期风格迥异。"他早期的词作，深受陈子龙等的影响，包括用小令写闺怨，内容艳丽、诡异，多咏物，四时感怀；多学北宋。中晚期后，因遇到亡国破家，飘泊江湖，科举不第，衣食无落，前途茫然时的忧患意识，受到陈子龙、吴梅村的影响。他后期作品如陈子龙一般，因为亡国被激发出词与词人遭遇悲愤的结合，成为情感宣泄的管道。词作由小令转为长调，抒发国破伤感的写作方式。他同时也受吴梅村的影响，写作方式以：1、早期以小令记艳事闺情，晚期用长调慷慨悲愤；2、咏史词；3、反映民生疾苦；4、反映亡国身世之痛。"③

从上述研究看，苏淑芬对于陈维崧的分析是非常全面的，从生平性情、创作内容、创作特色到词坛地位均有涉及。

---

① 苏淑芬：《陈维崧怀古词初探》，《大陆杂志》1995年第90卷第3期。

② 苏淑芬：《陈维崧社会词研究》，《东吴中文学报》1999年第5期。

③ 苏淑芬：《陈维崧与清初词坛之关系研究》，《东吴中文学报》2000年第6期。

（二）朱彝尊研究

主要研究者为孙克宽、江润勋、曾纯纯、方秀洁、苏淑芬等。孙克宽撰有《朱竹垞词与诗略论》（《大陆杂志》1981年第63卷第2期），只是简论朱彝尊的词论，未对朱彝尊的词发表意见。曾纯纯撰有《朱彝尊及其词研究》（淡江大学硕士学位论文，1992年），全文分六章，分别论述朱彝尊之生平、词集编印、内容、技巧、词风特色等；1994年她又在《中国文哲研究通讯》（第4卷第2期）上发表论文《朱彝尊词集的版本流传》，对台湾地区现存知见的12种版本的朱彝尊词集，依年代先后做综合考察，辨其源流和体例。江润勋的《朱彝尊及其词学》（香港大学博士学位论文，1970年）分五部分，“朱彝尊之学术成就”“朱彝尊之词学及贡献”“曝书亭词内容研究”“浙西词派及朱彝尊之词友”“浙西词派之后继及其反对者”，其中第三部分涉及对朱彝尊创作的分析，又细分为“曝书亭词之数量”“竹垞自题词集《解佩令》词疏证”“《江湖载酒集》内容分析”“《静志居琴趣》与《风怀诗集》”“竹垞之咏物词”五个方面，这是一部全面论述朱彝尊及其词学的学术著作。

苏淑芬《朱彝尊之词与词学研究》，由（台北）文史哲出版社1986年出版，共七章。“第一、二章，略述朱氏时代背景，兼论其生平与交游。第三章乃词论之探讨，以期建立完整系统。第四章论《词综》之整理及其优缺点。第五章专论《江湖载酒集》词、《静志居琴趣》词、《茶烟阁体物》词、《蕃锦集》词。第六章综述其词风特色，末章为结论，统叙后世评骘及反响。”① 该书是在江润勋《朱彝尊及其词学》之后，全面论述朱彝尊之词作及词学、评估其创作之优劣并探讨其词学之得失及其影响的又一词学论著。其中第五、六章专论词的创作，第五章第一节论述《曝书亭词》的梓行，第二节论述《江湖载酒集》词多故国之思，第三节论述朱氏的艳体词——《静志居琴趣》词集，第四节论述朱氏的咏物词——《茶烟阁体物》词集，第五节论述朱氏的集句词——《蕃锦集》词集，第六节论述朱氏多游冶酬赠词；第六章第一节论述词作技巧，第二节论述词风特色，详尽地

---

① 苏淑芬：《朱彝尊之词与词学研究》“自序”，（台北）文史哲出版社1986年版。

评述了朱彝尊词之内容及创作技巧，兹将其中主要的学术观点做扼要介绍。

关于《江湖载酒集》。根据朱彝尊的身世、其早年的反清复明之志，以及浪游四方以避难的经历，作者推断词集中颇多故国之思。这一时期多为怀古词，题材取自唐及五代，而怀古意在伤今，是眷恋故国。当然，朱彝尊后来应征博学鸿词科，也是一种无奈，不得不作些歌功颂德的文章，有时在文中还表达了自悔出仕、晚而不终之意。对于《静志居琴趣》，有人认为是写其与妻妹冯寿常之恋情的，有的则持反对意见，作者根据词中所表达的心迹，推定竹垞确曾有过一段深厚之情，但不能绝对肯定是写其与寿常之爱情的，在没有确凿的证据前，应该持存疑态度。即使就《静志居琴趣》而言，也应分别对待，有的写得情意缠绵深致，有的却是庸俗浅露之篇。

关于《茶烟阁体物集》。作者认为，总的来说，有些词组织甚工，但大半只是绘物，无含蓄之味。具体说来，其词又可分为三类：第一，寄托身世家国之感，尚有可取之处；第二，铺叙典故，无隙不披，夸富矜多，味同嚼蜡；第三，单纯描写事物情形，写实过甚，殊少意趣，与人太近，亦无美感。“总之，竹垞之咏物词，弊在过分喜爱典雅，而失却真切意境，为贪用事而陷入晦涩，故《茶烟阁体物》不免流于饾饤。”

关于《蕃锦集》。作者对之评价甚高，认为它别开生面。“不仅对句工整，具有巧思外，最重要乃是其中蕴寓着强烈的民族精神，及归隐遁世的决心。”

最后，作者还谈到朱彝尊的游冶酬赠词。作者指出：“在《江湖载酒集》中，常以词为应酬工具。或临别赠行，或久违问候，或祝寿颂功，或贺任饯送，或集会遣兴，或酒席娱宾，皆人情所不免。”认为这一方面是文人夸多斗艺的习气，另一方面也能抒叙感怀，以词互问近况，其中亦不乏佳作。

在探讨了朱彝尊的创作内容后，作者又分析了朱彝尊的创作技巧，即喜欢以诗语入词，但他取法古人，“决不是模拟，而是锤炼古人的佳辞，或使用典故，或是取古人意境，抒发自己的感受”。而朱彝尊的词风特色又可概括为两点：一是高秀清丽，有咽塞悲凉之音；二是圆转浏亮，字琢句炼。“总之，就词风格调，朱氏是有意追随姜夔，就风雅而论，可说近之。但在意度高远，气象清空方面，均略逊于白石。”这些分析皆是基于文本细读和史料辨析而得出的结论，较为可信。

从上述研究两大词人的成果看，学界研究的重心主要放在作者生平、创作特色、表现手法、词坛地位等方面，这一方面展现了港台学者学术研究的实证功夫，另一方面也说明其研究方法相对比较传统，时代感不强。

四 清代中后期词人研究：郑燮、厉鹗、项廷纪、蒋春霖

谭献说过，“锡鬯、其年行而本朝词派成……嘉庆以前，为二家所牢笼，十居七八”①。在清代中叶受陈维崧、朱彝尊影响，并把阳羡、浙西两派发扬光大者为郑燮和厉鹗，郑燮以豪放胜，厉鹗则以清雅见长，港台地区关于这两位词人的研究成果较为丰富，同时对项廷纪和蒋春霖的研究也有一定成绩。

（一）郑燮研究

郑燮是生活在康熙末至乾隆初的一位词人，他的特殊性情和豪放词风引起了港台学者的极大兴趣，这五十年间各种报刊发表的谈论《板桥词》的文章约有10篇，不过其中大部分文章刊载在各种报纸上。王建生《增订本郑板桥研究》［（台北）新文丰出版公司1999年版］也只简略地分《板桥词》的题材为写景、言情、写农家渔家生活、写生命浮沉、讽喻历史人物五类，未对《板桥词》进行深入的论析。倒是沈贤恺的论文《郑燮词评述》及著作《郑板桥其人其词》（常新文化事业有限公司1979年版）、《郑板桥研究》［（台北）新文丰出版公司1988年版］有相当篇幅涉及郑燮的词。

在《郑燮词评述》一文中，作者指出郑燮作词，“从不欣赏刻意模仿与粉饰雕琢，以浑金璞玉为珍贵”，“他不避俗字俗语，造语鲜活。口语俗语的运用，恍如天籁，饶具真趣”。② 这是总体印象，进而他还根据郑燮自己所言填词经历，在《郑板桥其人其词》《郑板桥研究》两书中分其词为三个阶段：少年之作风貌似秦观柳永，但柳词较浅俗而秦词较工丽，“板桥的气格，与柳词更近”。中年以后感慨渐多，词风亦近似于苏、辛，然其作品不

① 谭献：《复堂词话》，人民文学出版社1959年版，第41页。

② 沈贤恺：《郑燮词评述》，《台北工专学报》1983年第16期。

及于东坡的旷逸高妙，然率性下笔之中亦见有精微处，“他的那些不平之鸣，纵横笔意，确有差近稼轩者”。郑燮的晚年与刘过、蒋捷在性情上有相通之处，“隐居湖山，恣情山水，与骚人野衲，诗酒流连，力求闲适淡忘”，词风亦近似。但是，作者认为：“尽管板桥词有这些比似，但以他那傲岸不驯的素行，岂甘心刻意继踵前贤，从事矫揉妆束之态，而汩没其本性？”[①] 作者并不满足于对板桥词的现象描述，还结合他的人生经历探讨了板桥在不同阶段呈现不同词风的原因。比如说他早年学秦、柳，是因其少时读书生活于毛家桥及江村，有过一段青梅竹马的恋情；后来他游历扬州，生活近乎放荡，饮酒、狎妓、捧歌儿，故而有好多首绮情词。中年感慨学辛、苏，则是因为这时已十年困守名场，历经了人世的沧桑，凭借着敏锐的感性，郁勃于中，自然有所不能已而发抒于外者，《沁园春·恨》就是这一时期直抒性情的代表作。所谓老年淡忘学刘、蒋，是因为他遍尝人世机陧和社会的艰难。“到了晚年，常怀出世之想，也就自然要朝淡忘的路上走。”像《瑞鹤仙》七首可谓这一时期的代表作。[②] 沈贤恺是从宏观、词风变迁及其成因三个方面分析板桥词的。

（二）厉鹗研究

厉鹗是清中叶浙派词人的杰出代表，在20世纪七八十年代之交孙克宽曾致力于厉鹗研究，撰成《厉樊榭年谱初稿》（《大陆杂志》1978年第56卷第6期）及系列研究论文如《厉樊榭金石之交——读〈樊榭山房集〉杂识交游考论之一》《查莲坡与厉樊榭——〈樊榭集〉杂识交游考论之三》《厉樊榭与杭州梁氏——樊榭杂识之五》《小论厉樊榭诗词》等，对于厉鹗的生平及创作有较为全面的考证。进入80年代则有方延豪《浙派词人厉樊榭论评》（《中华文化复兴月刊》1982年第15卷第2期）和苏淑芬《论厉樊榭登山临水之词》（《东吴文史学报》1986年第5期）等。20世纪90年代更有司徒秀英《清代词人厉鹗研究》（莲峰书舍1994年版）和徐照华《厉鹗及其词学之研究》［（高雄）复文图书出版社1998年版］专书出版，

① 沈贤恺：《郑板桥研究》，（台北）新文丰出版公司1988年版，第77~83页。

② 沈贤恺：《郑板桥其人其词》，常新文化事业有限公司1979年版，第77~94页。

这是两部有关厉鹗研究内容最为全面的学术著作。

方延豪的论文《浙派词人厉樊榭论评》，只是罗列有关厉鹗的生平、诗词评论材料，未对厉鹗的创作发表实质性评价。苏淑芬论文重点分析了厉鹗登山临水词，指出其中有两个特点：一是富有民族情感的怀古之作，二是具有清俊超脱意境之作。其中关于民族情感之分析颇有启发意义，作者认为厉鹗所谓故国之思，是指兴亡之感，民族情怀。“清自入关以后，对汉民族之压迫，是一种有计划的政策，作法严酷，人以危惧，樊榭之伤感时事，自难例外。”然而，在厉鹗的心灵深处，亦有出仕与归隐的矛盾，故他最终选择了甘于淡泊的道路，这决定着他的登临怀古之词沉郁而又清微幽眇。全文类似的分析和见解虽不多，却也非常精辟而有创见。

司徒秀英《清代词人厉鹗研究》是其 1994 年向香港大学提交的硕士学位论文，她谈到自己以厉鹗为学位论文选题的动机是：“首先，厉鹗的词写得好，词学复兴于清，厉鹗功不可没。其次，厉鹗词研究一直缺乏专著，我希望此书的完成能为整个清代词学研究带来一点贡献。”① 作者从生平行事、学问修养、词学与创作渊源等方面，研究厉鹗的才思与情怀及其清幽风格形成的原因。全书共六章，第一章考辨厉鹗生平行谊，尤重论述其生活际遇；第二章考辨厉鹗交游情况，第一、二章乃是遵循创作源于生活这一基调；第三章探讨厉鹗的词学理论；第四章与第五章分别探究《樊榭山房词》的主题与技巧，即从内在和外在两个层面建立对《樊榭山房词》的整体认知；第六章综论《樊榭山房词》的成就及厉鹗在清代词史的地位。

在该书第四章和第五章，作者着重探讨了《樊榭山房词》的内容主题和艺术形式，有以下几点值得重视。

第一，词序的研究。词序向来为人所忽略，作者把厉鹗的词序归纳为记游、述事、咏怀、论词和赋物五类，阐述词序的表达方式及其与词的关系，指出厉鹗词序有骈散并用、喜用四字句以及蕴藉典丽的特点。

第二，主题的研究。作者不是把厉鹗的词做简单的分类，而是从中抽绎出三大主题——人生主题、自然主题、伤逝主题。所谓人生主题，是指厉鹗对人生的看法，他认为“人生是一场孤单的旅程”，故而选择的是一

---

① 司徒秀英：《清代词人厉鹗研究》“自序”，莲峰书舍 1994 年版，第 1 页。

条“清虚自守”的人生道路，在诗词中寄寓着“自我存在的叹息”——飘零感和虚弱感。所谓自然主题，是指厉鹗所展现的人与自然的融合境界。“厉鹗陶醉山水，其中一个原因是自然山水能够脱离‘实用’与‘功利’关系，对厉鹗来说（自然）是一个避世躲俗的恬静世界。”但厉鹗与山水的关系不是合一的，而是若即若离的。“一方面他完全融合山水之中，成为自然的一部分，一方面他视山水为其抒写情思的媒介，时常以‘观照者’的身份去找寻主体与客体，即我与物之间得以相通的地方，而把美感经验透过个人的感情表达出来。”所谓伤逝主题，是指以逝去的时间与人物为主题的作品，时间的伤逝表现最明显的是惜春和伤春，人物的伤逝是指为亲友的远别和死亡而感伤，这一“悲逝”不单是人的生死离别，更是悲叹往日欢乐的流逝，感伤的不单是自己，还为来日而哀愁。主题分析法在以前的研究中很少见，该书第一次采取这种分析法，其方法论的意义是深远的。

第三，艺术形式的分析，作者从音律美、语音美和构象美三大方面剖析了《樊榭山房词》的艺术特色。作者认为其在音律美方面有新的突破，作者根据对比分析，发现厉鹗多用统摄于黄钟宫下的词牌，给人富贵缠绵之感，在用韵上多仄韵，达 86 首（占 60.6%），韵部的选择偏重第三部（尾韵为 e）、第四部（韵尾为 u）和第七部（韵尾为 n）等等，这些皆有助于深化对厉鹗词的认识。

总之，司徒秀英的著作是一部以文本研究为依托，吸取现代西方学者的美学思想，深入文本内在结构分析的力作。

徐照华《厉鹗及其词学之研究》凡五章，重点为第二、三、四章，第二章为生平及人格研究，稽考厉鹗之经历、交游、性情、著述及生活背景；第三章为词论研究，作者在原有《论词绝句》研究基础上，继续整理全集中诗、词、题跋等，分析其词学观点之精义与特色，“最后整体鉴识其与前后浙派词论之异同，疏凿其承传之源流脉络，以见其于浙派衍嬗之轨辙中如何推衍前贤，超越藩篱；并考其得失，客观检识其何以导致后期浙派之改革理论，以厘析浙词兴衰流变之史脉”。第四章为词作研究，“先以九目选篇评论，逐篇由逡义、结构、旨趣、炼句等多方深入分析；其次再统体观之，考其渊源，论其影响，并全面探访其艺术风格、剖析其意象类型、章法、句法、隶事等特色；最后则分别就正负面予其词作公允而客观之评论”。[①]

该书在厉鹗词作的研究上有以下几点值得注意。

第一，作者将其词的内容性质归结为九类，包括赠答、叙别、写景、怀古、节令、咏物、题辞、叙怀、悼亡等。

第二，对厉鹗词渊源的探讨。作者认为厉鹗词是以南宋为依归的，尤以姜、张为不祧之宗。其词风格，俨然一小型姜白石，亦有类似玉田者，作者把他与姜夔、张炎相对比，揭示了厉鹗创作上的独特之处。作者称厉鹗词之渊源远非姜、张两家所能涵盖，其刻楮镂冰之作神似草窗，咏物之词则效法王沂孙，情景交融之篇又浑似史达祖，句法之挺异者直逼高观国。更进而上窥北宋，厉鹗词得皇甫松之闲雅清丽，晏叔原之婉曲清隽，贺铸之深婉幽洁、气势纵横，张先之清出生脆、隽永古拙，下而及于清初的朱彝尊及浙西六家，皆其所观察观摩。再更进之以诗法，上追陶、谢、王、孟及刘若虚、常建诸诗人，下及于宋诗之源流，宋诗之美在风骨，故瘦劲幽峭，又工于言理，故章法委曲工致；故将宋诗之法移之于词，具有幽峭瘦劲之美，得章法委曲开阖之变，“虽属深情远韵之雅词，然无婉约词中柔腻淫靡之虞，而兼有豪放词清刚拗峭之美”。[②] 这皆是因为厉鹗广纳诸学、胎息众家、转益多师。

第三，从风格、内容、字法、句法、章法等方面，对厉鹗词创作特色的精细探讨。作者认为厉鹗词在风格上清空幽峭，具峭寒之美；又清新秀逸，兼有工丽闲雅之风。在内容上寄兴托意，多幽深窈眇之作；又写情蕴藉，极低徊要眇之致。在章法上曲折多变，具跌宕顿挫之脉理；又有对比映衬、跌衬主题之情趣。在笔法上虽以比兴为佳，赋体亦能曲尽其致。在字法句法上，注意炼字醇雅，兼有裁用前人诗句，熔铸典故者则取精用宏，思合古人之意。厉鹗为词多有小序，小序长短不一，繁简适中，或抉发旨要，或记作词缘起，或述其词之大要，皆有文情之美，与词之正体相映成趣。

① 徐照华：《厉鹗及其词学之研究》“自序”，（高雄）复文图书出版社1998年版，第1~2页。

② 徐熙华：《厉鹗及其词学之研究》，第168页。

在作者看来，厉鹗亦有其缺点和不足：一是取径不广，有失于狭，虽学力超逸，然天分所限，故窈深有余，清空高远似有可观，唯深厚不够，宏阔未逮，遂流于单峭寒乞；二是由于企求骚雅，以药俚俗，故精炼字，措辞雅，多隶事用典，以见其富，遂坠佻染饾饤之失，致有多涉冥搜之议。因此，厉鹗给后来词坛带来不良的影响，即襞积抄撮，每以捃拾为富，以致作者的精神皆归枵然，音节亦皆不存。这些内容，多从作者、作品、审美倾向入手，把厉鹗研究的主要理论问题做了较为明白的交代，但关于厉鹗的研究还有许多问题须深入探讨，如其性情与其词风的形成有怎样的内在联系，便是一个很重要的内容，尚需后来者进一步探索。

（三）项廷纪、蒋春霖研究

项廷纪、蒋春霖生活在嘉庆、道光、咸丰三朝，前者倾向于浙派，后者倾向于常州派，他们都是晚清时期的著名词人，在近代词史上有重要的地位。关于项廷纪、蒋春霖的研究港台地区也有学者涉足，并且取得了一定的成绩，特别是关于蒋春霖的研究还有重大突破，其代表成果是香港学者黄嫣梨的《蒋春霖评传》[（台北）文史哲出版社1993年版]。

项廷纪研究实际上在20世纪20年代就已启动，《世界日报》（1926年10月23日）发表过闻国新的《项鸿祚的小词》。到70年代有香港学者黄坤尧、黄兆显为项廷纪撰年谱，分别是《清代词家系谱之一——项莲生》（《文风》1971年第19期）、《项鸿祚年谱》（《华侨日报》1979年6月11日）。80年代孙康宜、黄卉撰有项廷纪研究的论文，但这些论文内容皆比较简略，真正全面论述项廷纪生平、思想、创作成就的主要是黄坤尧《项鸿祚〈忆云词〉研究》[①] 一文，作者认为："项鸿祚不为浙西、常州二派所囿，其词风以婉约为宗，回归传统的唐宋宗风，亦与周（济）、龚（自珍）二家体貌不同，独辟蹊径，自铸面目，当亦属耐人寻味的文化现象，值得研究。"

黄坤尧着重探讨了《忆云词》的时代意义，指出项鸿祚生活在嘉庆、道光之际，虽然内忧外患接踵而至，但清朝表面风光，战乱尚未爆发，社

① 香港大学"明清江南：地域主体与历史转折国际学术研讨会"论文，2002年12月21~22日；后发表于《东方文化》2005年第40卷第1、2期。

会相对安定，还可以说是盛世。不过，一方面项鸿祚对功名并不热衷，除了填词之外，也没有什么抱负；另一方面他的作品也没有反映过任何民生疾苦，纯是刻画个人的生活感受。从这个角度看，《忆云词》似乎没有太多的时代意义可言，但在作者看来，《忆云词》的意义就在于它记录了项鸿祚的“闲愁”，真情实感，不同流俗，完全是一片赤子之诚，刻画出优美动人的情韵。“词人超越他的世代，永远保持一段距离，不斤斤于争名逐利，吹拍逢迎，冷眼旁观，自然清醒，当然会有另一番感受，词人之词可能不屑于、其实也无力反映丑恶龌龊的现实世界，但却能够建立高贵脱俗的自我形象，为昏沉茫昧的社会吹来一股清风，这又是不是文学所向往的永恒的意义呢?”《忆云词》在他的那个时代，不模拟，感同身受，婉约凄怆，洋溢着乾嘉盛世的流风遗韵，这就是其作为词人之词的时代意义。接着，作者简单地总结了《忆云词》四稿的不同特点——“大抵甲稿多相思闲愁之什，乙稿含纪游怀古之篇，丙稿乃悼亡行役之作，丁稿全属拟作仿古之制”，并重点分析了丁稿（也包括其他三稿）中的拟作仿古之篇，将其分为三类——题词、和韵、模拟，认为项鸿祚大量仿效唐宋名家，多能得其神似，表现出高超的艺术技巧，轻易地登上了“词人之词”的词坛宝座。最后，论文也指出了《忆云词》的缺点是徒作聪明语，词品不高，割裂拼凑，不成句法等，还讨论了项鸿祚在词史上的地位，认为他在三家（指纳兰性德、蒋春霖、项廷纪）中就算是屈居末席，但也应该是清词中一位重要词家。总之，这是一篇方法上重实证、观点上较平实的论文，其学术史意义不容低估。

蒋春霖研究一直是清词研究的热门话题，在五六十年代有陈炜良《蒋鹿潭及其词》(《香港大学中文学会会刊》1956年)、徐信义《〈水云楼词〉概述》(《文风》1970年第16期)、黄坤尧《清代词家系谱之二——蒋春霖》(《文风》1971年第20期)、安澜《蒋鹿潭的〈水云楼词〉》(《书和人》1985年第519期）等，另外，贺光中《论清词》和汪中《清词金荃》亦有较大篇幅论述《水云楼词》。特别是贺光中的《论清词》对蒋春霖及其《水云楼词》的研究尤多可取之处，其论蒋春霖之词史地位云：

> 鹿潭词不标主旨，不立门户，而气韵声律，不独高过并世诸家，

> 即自清初以还，所谓浙西、阳羡、常州三派词人，亦无能如其精绝远到者。纳兰容若、项莲生以聪明胜人，固不足与鹿潭鼎足，即周稚圭词以浑融深厚见称，亦不能与之相提并论。后起之彊村、蕙风，世所称词宗也，较之鹿潭，犹嫌未至云。[①]

这几乎是把蒋春霖推上清代词坛第一把交椅的位置，作者还对《水云楼词》的艺术风格做了较为全面的分析，指出《水云楼词》在风格上有自然者、有温厚者、有深美者、有凄清者、有闳约者，总的说来就是沉郁而自然，"合唐宋诸大家于一炉冶之，与宋之周清真异曲同工，先后辉映也"[②]。不过，真正对蒋春霖及其《水云楼词》进行全面而系统的研究是在八九十年代，其代表作当推香港浸会大学历史系黄嫣梨教授的《蒋春霖评传》[（台北）文史哲出版社 1993 年版；南京大学出版社 1997 年重印]。

当时，对蒋春霖的评价有两种不同的声音。一种声音是把他与纳兰性德、项廷纪并称"清词三家"，如孙国栋说："春霖虽死，但他真挚之情、才华之笔，留下《水云楼词》，与纳兰容若的《饮水词》、项莲生的《忆云词》成为清代三大词家。"[③] 周梦庄更说："复堂许蒋鹿潭为清代第一流词人，固非虚誉……他接武常、浙词派，却别树一帜，不作常、浙派的家臣，他在开拓词风上有贡献，应该刮目相看。"[④] 另一种声音是反对将他与纳兰性德、项廷纪并称"清词三家"，如饶宗颐、罗忼烈认为蒋春霖器识度量皆有限，其词亦未达到谭献所说的"倚声家老杜"的高度。"夫三人之词，固足以名家，而以冠冕一代，则清无词矣！吴瞿安进而推为有清第一，唐圭璋先生复然其师说，夫如是则清更无词矣！……按鹿潭伤时悼乱诸篇，不过抒其区区东南一隅十余年间今昔之感，无涉一代兴衰，庙谟纲纪，安得拟老杜诗史哉？""余少诵水云楼词而悲之，惜其能为抚时感事叹老嗟卑之词，而不能抗志高旷，为他人莫能追蹑之词，盖徒沉溺于词之中，而不能

---

① 贺光中：《论清词》，（新加坡）东方学会 1958 年版，第 120 页。

② 贺光中：《论清词》，第 120 页。

③ 孙国栋：《〈蒋春霖评传〉序》，（台北）文史哲出版社 1993 年版。

④ 周梦庄：《蒋鹿潭及其〈水云楼词〉》，《盐城师专学报》（社会科学版）1991 年第 3 期。

自拔于词之外，靡有会于坡老所指向上一路，宜其侘傺早死，词有以促之。盖才人而力仅足为词，其遇之蹇，为害有如此者！”① 两种不同的声音，正说明蒋春霖人格的复杂性和《水云楼词》独特的艺术魅力。

《蒋春霖评传》是作者在香港大学修读博士学位期间，在所撰《蒋春霖之生平与著述》基础上修订、改写而成的。全书凡六章：第一章为蒋春霖之生平及思想，第二章为蒋春霖诗词创作之思想背景，第三章为蒋春霖之《水云楼词》，第四章为蒋春霖之《水云楼剩稿》，第五章为蒋春霖之交游，第六章为蒋春霖及其《水云楼诗词》之评价，附录部分有蒋春霖年历简表、蒋春霖行迹地名图略、清代两淮盐场略图、《水云楼诗词》版本录要等。该书的主要贡献如下。

第一，对蒋春霖生平的重要疑点进行新的探讨，提出了自己的看法。如对蒋春霖的籍贯、生卒年、家世、官禄、婚姻、死因都有详细的辩证，其中关于蒋春霖恋情的考证在学术界还是首次，并揭示了蒋春霖恋情的文学意义，这对理解《水云楼词》的恋歌也有帮助。对蒋春霖死因的分析也独出已意，澄清了过去史料中的某些不实的传说，指出：“鹿潭自促其命的意志，除了是处身当时极度痛苦的境地所迫成外，也与他长期积结着的隐痛有关。”第二，对蒋春霖的性格及思想进行条分缕析的解剖，认为直接影响他性格及思想的有两件事：一是以高才而沉顿下僚，穷困抑郁；二是以情多流连歌坊，浮湛跌宕。这些决定了其性格及思想的几个特性：禀性耿介孤直；感觉敏锐细腻，对社会及人事变迁、对国家与政治的紊乱窳败，都能体察入微；情感丰富浪漫，虽增添了他生活上的情趣，也造成了他更大的伤感意绪；意识悲观消沉。第三，分析了唐宋诗词大家、清代诗词大家及清代的诗词观念对蒋春霖创作的影响，指出蒋春霖在清代词坛地位的确立并非偶然现象，而是蒋春霖的先天禀赋、后天学习以及时代环境的共同玉成。值得注意的是，作者这里还讨论了蒋春霖对太平军态度的问题，认为他讨厌太平军应该从三个方面去理解：首先，他作为一个沉浮于社会底层的知识分子，与社会老百姓声气相求，对一切战争与战乱是持反对态度的；其次，他对太平军暴行的了解，是从那些从沦陷城中逃亡出来的人

① 以上两处引文分别见罗忼烈《〈蒋春霖评传〉跋》、饶宗颐《〈蒋春霖评传〉序》。

口中得来的；最后，他毕竟是一个从属于封建阶级并受过传统思想教育的文人，这些影响着他对太平军的态度。第四，依题材类型仔细地解读了《水云楼词》的审美意蕴，并在全书最后揭示了《水云楼诗词》的史料价值、艺术风格、词史地位和历史贡献等。

总的说来，该书有两大特点。一是作者采取自己擅长的文史兼治的治学手段，一方面从大的历史背景出发去解读蒋春霖的人生经历和纪录其心路历程的《水云楼诗词》，另一方面又把《水云楼诗词》当作历史材料去解读道、咸时期的感性诗史或词史，并专门辟有“水云楼诗词之史料价值”一节探讨《水云楼诗词》的史料性，她说：“我对蒋春霖的诗词，是以清代太平天国时期的第一手的历史资料看待的，这不仅在于蒋氏是一个把生活经验融会在其作品里的作者，他的作品既反映当时国家社会战祸的实况，亦透彻地使我们看到当时传统典型知识分子在时代底巨轮中的内心彷徨与悲哀。”二是作者融入了自己的人生体验，以“同情之态度”去阐释研究对象的人生命运和诗词创作，诚如罗忼烈所云：“嫣梨推其悯人之心，尚友古词人之不幸者。”作者自述道：“我在人生的路途上，转转折折，接触的朋友中颇多蹭蹬奔波、落拓坎坷的文士。我曾经有过一段时期，极度沉郁彷徨，不但没有安身立命的事业可言，即连一份职业，也无所依着，故对凄怆困抑、怀才不遇的文人的心态，实在有过切肤刻骨的感受……我读《水云楼诗词》，悲其际遇，怜其才华，敬其风骨，对他那一份落难文士的‘彷徨沉郁’的心境，感受尤深。我为蒋春霖而悲痛，我为千古品格高尚，然终身怀才不遇的读书人而气愤。我潜心于蒋春霖的研究，不啻是我对千古落难文人的一种至诚的敬礼。”作者在叙述蒋春霖的人生经历时，会不由自主地流露出个人的感情，她用自己的人生体验去体认蒋春霖的悲剧命运，以自己的人生境界去领会感悟《水云楼词》的境界。正如作者所云：“世情之冷暖，生活之悲酸，社会之不平，人生之险诈，不阅世、不涉世，是无以体会的。在洞悉这种种世情之后，我成熟的心境与思想，正好使我能恰当的进入蒋春霖的内心世界，使我能够在蒋春霖的研究工作上，不仅仅限于冗赘资料的排比与诠释，而实在的，能够直逼作者的时代，这也真正赋予了我的论文一股生命活力。《蒋春霖评传》固然是学术研究论文，但却不仅仅是这样，它是（至少我希望是）蒋春霖心与血的时代呼声，代表着当时以及每一个时代落难文士的呼声，也是从我心底内所发出的风雨呼号！”①

五 饶宗颐和叶嘉莹：清词研究的两大重要人物

有些港台学者曾在北美、新加坡、马来西亚等地任教，对于推动海外的清词研究亦贡献尤巨，如叶嘉莹长期生活在加拿大，在台湾、香港两地均出版有清词研究著作，如《清词选讲》《清词丛论》《迦陵论词丛稿》等。贺光中、饶宗颐、王力坚等曾在新加坡国立大学任教，也先后发表或出版有关于清词方面的论著，如《论清词》《清词年表》，王力坚更在大陆多家刊物发表有关于清代词学的系列论文。

（一）饶宗颐的清词研究

饶宗颐（1917–2018），字固庵，号选堂，广东潮州人。他幼承家学，自学成才，从 18 岁起即崭露头角，此后在六十多年的学术生涯中一直从事中国古典文史研究。曾为香港中文大学荣休讲座教授，被中国学术界誉为“文化昆仑”，素有国学大师之称。在清词研究方面，他于三四十年代襄助叶恭绰编纂《全清词钞》，他后来回忆说：“记得 1939 年，余在香港，曾继杨铁夫后，佐（叶恭绰）丈考证清代词人仕履，是余留心清词之始。”在考证词人仕履、编校词集过程中，他对初选的 4432 种词集一一撰写提要，提要达数十万字之多。六七十年代又先后撰有《清词年表》《朱彊村论清词望江南笺》等著作，还指导研究生江润勋撰成《词学评论史稿》《朱彝尊及其词之研究》等，对清代主要词论家及浙派领袖朱彝尊进行全面系统的评述。20 世纪 80 年代后，饶宗颐也发表有三篇清词研究论文：《张惠言〈词选〉述评》（1985）、《全清词顺康卷序》（1989）和《论清词在词史上之地位》（1993），尚未公开出版的还有《清词集提要》。正如陈贤武所言：“饶先生对清词研究的领域很宽广，大至目录学、词史、词派、词论、中外交流，

① 黄嫣梨：《蒋春霖评传》“自序”，（台北）文史哲出版社 1993 年版。

小至词人籍贯、官职的考证，词人名字的读音，都有所建树，卓有成绩。”①

1993年4月22日，饶宗颐在台湾中研院中国文哲研究所举办的第一届词学国际研讨会上，做了题为“论清词在词史上之地位”的演讲（《中国文哲研究通讯》第4卷第1期），从清词作者之多、清词地位之提高、清词之复盛及其原因三个方面，比较全面地阐述了他对清词的主要看法。首先，清词作者之盛是远超此前任何时代的。他将叶恭绰《全清词钞》与清初蒋景祁《瑶华集》做了对比，发现清代词人主要集中在扬子江流域及珠江流域，这些地方又都是经济发达的地区，另一个因素则是文学门第之盛，江浙地区有些家庭子孙几代都有词集行世。其次，自张惠言以经学家的身份研究词以后，词的地位在逐步提高，在整个词史的发展过程中，清词的地位是可以与宋人比肩的。“词中之有宋同清，正如诗中之有唐同宋，就是说宋词等于诗中之唐，清词等于诗中之宋。既然我们论诗尊唐而不薄宋，那么论词又怎么能只推重宋而讳言清呢？”清词与宋词的不同表现在以下几个方面：一是宋词重意兴，也尚诗理，把义理归之于曲子词，这个境界在清代没有；二是宋词多数真朴，出于自然；而清词则刻镂，见其巧思，一个得之于天，一个得之于人；三是“宋代作词的人多数是显宦巨公，用作诗的办法来填词，借以言志……而清代作词，则名士墨客以至闺秀无不为之，无病呻吟的词很多。学人缙绅为词的也有，但名公巨卿反而少了”；四是“宋词有所借，用词来讲政治，论国事，如辛稼轩、陈龙川；清词多体物咏物……清人在词中写经济怀抱的，直如凤毛麟角”。最后，清词之所以独盛，一是一般的提倡，二是词书的刻印，三是家学和师承。清词的最重要的特点是与其他学术旁通，如王渔洋称吴梅村的以史入词，张维屏以说经的方法讲词，王鹏运、朱祖谋以校经的办法校词，张惠言以赋讲词，焦循以易讲词。“清词的成就是以其他的学问来培养词心……这也是清词超过宋词之处。”在这篇演讲辞中，饶宗颐提出了许多精辟的见解，对之后的清词研究有纲领性指导意义。

---

① 陈贤武：《略论叶恭绰对饶宗颐治学道路的影响》，载《饶宗颐教授九十华诞学术研讨会论文集》，海天出版社2007年版。

（二）叶嘉莹的清词研究

叶嘉莹，1924年生于北京，1945年毕业于辅仁大学国文系。20世纪50年代任台湾大学教授，60年代应邀担任美国哈佛大学、密歇根州大学客座教授。1969年定居加拿大，任加拿大不列颠哥伦比亚大学终身教授。1979年回国任教，1996年在南开大学创办“中华古典文化研究所”，并出任所长。从20世纪90年代起，她开始把研究视野转向清词，先后在台湾、香港等地讲授清词并结集为《清词选讲》。

据作者自述，1994年她应新加坡国立大学的邀请，进行过为期六周、每周三小时的清词选讲，原拟选定李雯、吴伟业、王夫之、陈维崧、朱彝尊、顾贞观、纳兰性德、项廷纪、蒋春霖、王鹏运、文廷式、郑文焯、朱祖谋、况周颐14人，但实际上由她自己讲授的只有李雯、吴伟业、陈维崧、朱彝尊、蒋春霖、王鹏运、郑文焯、朱祖谋、况周颐9人，其他词人则采取学生讨论的形式，后来在温哥华讲授张惠言《水调歌头》五首，故将其一并收入，这便是《清词选讲》结集之机缘及经过。对于清词，她认为：

> 清词虽以其创作及研究的种种成果号称中兴，但是真正促使清词有此种种成果的一个基本因素，却实在乃是自清初直至清末，一直隐伏而贯窜（穿）于这些词人之间的忧患意识。①

她选取上述词家便是出于这样的考虑，李雯、吴伟业、王夫之代表了清初历经国变的几位不同性格与不同遭遇之作者，陈维崧、朱彝尊两位虽风格上差异很大，但其传诵众口的佳作却也是那些蕴含着不少沧桑易代之悲的作品。所入选的顾贞观、纳兰性德之作以他们为吴兆骞所作《金缕曲》为主，“虽非家国之慨，但却同样是一种忧患之思”。至于项廷纪、蒋春霖的入选，主要是因为他们同为落拓不偶之才人，所作或写个人之哀愁，或反映时代之乱离，“自然也属于一种忧患意识”。还有王鹏运、文廷式、郑

① 〔加〕叶嘉莹：《清代名家词选讲》，北京大学出版社2007年版，第4~5页。

文焯、朱祖谋、况周颐等，生活的时代已是晚清多事之秋，他们把自己伤时感事的哀感一一反映在他们的作品中。“与这一系列清词之发展的忧患意识相配合的，是在词学中遂也发展出了重视词之言外之意的比兴寄托之说，以及词中有史的‘词史’之观念。而词之意境与地位遂脱离了早期的艳曲之局限，而得到了真正的提高，也使得有清一代的词与词学，成就了众所公认的所谓‘中兴’之盛。”①

如果说以上是从创作主体角度而言的，那么世纪之交她又从反映内容之角度探讨了清词与世变的关系，进一步深化了她对清词相关理论问题的认识。这方面的论著有《清初词的中兴与清中叶词史理论的形成》（香港《纯文学》复刊 1999 年第 14 期）、《清代词史观念的形成与晚清史词》（《中国文哲研究通讯》1997 年第 7 卷第 4 期）、《林则徐、邓廷桢的词史之作》（香港《纯文学》复刊 1998 年第 3 期）、《从晚清两大词人的词史之作看中日甲午战争》（香港《纯文学》复刊 1998 年第 5 期）、《从晚清三大词人的词史之作看庚子国变》（香港《纯文学》复刊 1998 年第 6 期）、《从晚清两大词人的词史之作看清朝的衰亡》（《陕西广播电视大学学报》2003 年第 2 期）、《论词之美感特质之形成及反思与世变之关系》［《天津大学学报》（社会科学版）2003 年第 2 期］等。

叶嘉莹指出，所谓“词史”就是周济所说的“诗有史，词亦有史”，说的是词里可以寄寓感慨，感慨和寄托的主要是关心朝廷、关心国家、关心政治的盛衰。从清初的陈子龙、李雯、朱彝尊、陈维崧，这些作者所反映的明清易代的悲慨，到嘉、道以来接连发生的鸦片战争、甲午之战、庚子国变、八国联军侵华，内忧外患的迭至丛生，遂使一些既对词学有深厚之修养、更关心国事之艰危的有志有识之士，如林则徐、邓廷桢、王鹏运、文廷式、郑文焯、况周颐、朱祖谋，写出了一批极为优秀的反映世乱的史词。她在上述论文里对有关词人的代表作品进行了详细而深透的讲评，使读者通过“词”“史”的对读了解到作者创作的心境，展示了词在近代文学发展史上的崇高地位，进一步深化了人们对周济“词史”说和对常州派尊体论的认识。

---

① 〔加〕叶嘉莹：《清代名家词选讲》“自序”，第 7 页。

她还通过清代不同时期、不同词人的创作，展现“词史”意识是如何贯穿在整个清词发展进程中的。她指出：“明清的易代之变，乃是使得词之为体，无论就作者而言，或就评者而言，都开始逐渐摆脱了将之只视为艳歌的拘狭之见，而注意到了词之可以反映时代世变之功能的一个转折点。”清初的词人，各以其不同之遭迹，不同之心情，写出了“分途奔放，各极所长”、从各个不同角度来反映历史世变的作品。国亡不仕的一批作者如金堡、王夫之等人，自然在词作中流露了遗民志士的悲慨。至于被迫入仕的作者如吴伟业者流，其作品中同样充满了一种抑塞难平之气。甚至连以神韵相标榜、不愿因文字而影响仕途的诗人王士禛，在其《浣溪沙》的红桥之咏中，也难免有一种历史兴亡之感的流露。于是以英才霸气而著称一时的词人陈维崧，更在其《今词苑序》中提出“为经为史，曰诗曰词”的词史理论，不仅把词与诗等同视之，更俨然把长短句的词与经史也列在了等同的地位，遂使得诗化一类的词，继苏、辛以后，在词之复兴的清代，又掀起了另一个高峰。如果说，陈维崧《今词苑序》中所说的那一段话，代表了明清世变以后词人们对于诗化之词的美感特质之一种认知，那么朱彝尊在《红盐词序》中所说的“尤不得志于时者所宜寄情耳”这段话，可以说代表了明清世变以后词人们对于歌辞之词的深致美感之另一种认知，那就是对于南宋后期的一些长调慢词的特别称美。“由于南宋覆亡之世变，才使得一些身历亡国之痛的遗民词人，以其吞吐呜咽之中的微言暗喻，把赋化之词的深致之美感，推向了一个高峰，朱氏后期词论之特别推重南宋慢词，当然与他对于此种美感之体悟，有着密切的关系。”在一般人心目中之所谓世变，往往都是指时代由治而乱或由盛而衰，特别是经历了战乱危亡后所发生的一种转变。在作者看来，由治而衰而终至乱亡固然是一种时世之变，但如果从反面来说，由衰而盛或由乱而治又何尝不是一种转变？朱彝尊及浙西派词的创作与世变的关系，也即在此。清代中叶以后常州词派之兴起，后续不断，影响深远，与清中叶以后以至晚清之世变有着密切的关系。“张惠言之所以看到了‘言外之意’的重要性，而且得到了有力之后继者为之发扬光大，更进而影响了嘉道以后以迄清末民初的整个词坛，使中国之词学无论在理论方面或创作方面都表现出了过人的成就，这种成就当然绝非张惠言的个人之力，而是有整个时代的世变之背景为其基础的。"①这一分析，把词史与世变的关系梳理得非常清晰，并具理论深度。

当然，叶嘉莹的成就主要还是在清词名家研究上，她先后重点论析了朱彝尊、纳兰性德、张惠言三大家词的审美特质。她把朱彝尊的词分为三种类型：表现身世飘零落拓之悲的作品、登临怀古慨往伤今的作品、写美女与爱情的作品。又从艳词发展的角度重点评述了朱彝尊表现艳情的《静志居琴趣》，她认为，历代男性作者所写艳词之对象大多为歌伎酒女之类，而朱彝尊《静志居琴趣》所写的则是一位良家妇女以及自己与她之间的为社会伦理所不容的一段恋情，这种不为社会伦理所容的"难言之处"，反而形成了文学中一种特殊的美学要素，与词这种文体自《花间》以来所形成的以深微幽隐富含言外意蕴为美的美学特质相暗合。但朱彝尊的《静志居琴趣》所写爱情，与一般艳词所表现的感情自然是有很大差别的，这就是朱氏不把对方之女子只看作满足男性之快乐与欲求的一个"他者"，而是对于对方之女子表现有无限珍惜尊重且怀有深厚的感恩之情，并且甘愿为之付出自我敛抑和承受痛苦之代价。关于纳兰性德研究，最有特色的部分是比较了纳兰词与五代北宋诸名家词之异同。她认为与温庭筠词相比，纳兰词多以自然真切取胜，温词则多秾词丽句；与韦庄、冯延巳词相比，纳兰词多写一己之闲愁别恨，而韦、冯词则隐含家国忧患之感；与李煜相比，后主率真，纳兰柔婉。后主晚期之作能透过个人之悲哀，写出全人类所共有的悲哀；而纳兰词则为一贯的柔婉，不能上及后主雄奇之美，缺少如后主亡国后所作之词的一种深远之致，主要原因则是他在生活方面缺少后主那样一种忧患的经历。与晏几道、欧阳修相比，晏、欧的词都流露出作者之学养以及在人生历练中所形成的一种胸襟和怀抱，而纳兰词则似乎写伤感只是写伤感，缺少了那种透过人生历练所达的一种更为深远的意境。与秦观相比，他虽未曾经历过如秦观在仕途上所经历的挫折和打击，但却也因此保持了较秦观更为清纯的一份纤柔善感的"词心"，无待于这些强烈的外加质素而自我完成了一种凄婉而深蕴的意境。关于张惠言，作者认为他

---

① 〔加〕叶嘉莹：《论词之美感特质之形成及反思与世变之关系》，《天津大学学报》（社会科学版）2003 年第 2 期。

是一位具有极细致精微的词人之心的人，他的词论也不仅是出于经师的欲求载道的道德观念，其对词之美感特质也确实有一己之体认。他在《词选序》中提出的“兴于微言”就恰好地表现了一种双重性的微妙作用，既可指道之义理的“微言”，也可以指词之美感的“微言”。张惠言的《水调歌头》五首恰好在创作的实践方面，把他对儒家义理之追寻与对小词之美感的体悟，做出了一种极为艺术性的微妙的结合。从词中所言情志来看，张氏所写的是儒家修养的内容，但却充满了一种反复曲折的意致，这是使张氏词既有诗之直接感发之美，又具含词之低徊要眇之美的一个主要原因；从叙写的方式来看，张氏所选用的词牌《水调歌头》多五字句，这是诗歌中五言律体的声律，其中穿插的三字句和六字句又使那些音节流畅奔泻而下的五字句，恍如在中流遇到了一个盘折的旋涡，如此使得张氏的词除了诗的美感外，更有一种曲折要眇的词之美感。

总之，叶嘉莹的清词研究能够充分发挥其细腻分析的优长，对清词名家的创作心理和作品的深刻内涵做出细致入微的剖析。她的这些论文多数是在讲授过程中整理和撰写出来的，有较强的讲演意味，也因之有了可读性，多了一份平易近人的亲切感，没有一般学术论文的枯燥和乏味，实现了深度的学理分析和细致的文本解读的完美结合。

六　小结

通过考察港台地区20世纪后半期50多年的清词研究，我们认为它经历了一个由宽到深、由少到多、由泛到精的发展过程，这是一段由封闭走向开放的学术之旅，也是一段从涓涓细流汇成长川大河的学术历程。

从50年代到70年代，清词研究在内容上比较宽泛，基本沿袭三四十年代的做法，方法上以传统的知人论世法为主，同时也吸取了西方学界的某些观念和方法，呈现出传统学术与现代学术杂陈并荣的局面。到了八九十年代，一方面保持着传统的治学路数，重材料搜集，轻内容分析，重文本训释，轻主体体认；另一方面随着学术交流的频繁，港台学者也逐步加大论著写作的分析力度，有的学者还注意引进西方学界的思想观念来分析词学问题。如叶嘉莹吸收西方接受美学“文本潜能”理论去分析云间派的艳词，就极具新意。钟慧玲《吴藻作品中的自我形象》、陈慧珍《略论清代女词人吴藻作品中之性别意识》、王力坚《清代“闺词雄音”的二难困境》《从“女才”与“女教”之关系看清代女性词学之繁荣及边缘化》《清代女性婉约词观及女性婉约词创作中的性别意识》等，也引进了西方女权主义的思想分析清代女性词，成为这方面的代表性论文。还有岭南大学中文系的司徒秀英教授，在写作《清代词人厉鹗研究》过程中灵活地运用了西方学界的主题学研究方法，从厉鹗词作中抽绎出三大主题——人生主题、自然主题、伤逝主题，颇能启人心智。总的说来，八九十年代港台地区的清词研究大致分为两派，一派偏重于传统的考据之学，注重文献的积累和学术根基的培植，这派学者多是从基础文献做起，从作家个案分析做起，这样的治学路数最大的好处是养成了扎实的基本功，其不足也是显而易见的，即忽视了研究主体对研究对象的评判，研究对象的意义也无法得到应有的呈现；另一派则重视作者的内在感受和作品的意义阐发，他们通常是通过借用西方学界的有关思想观念，对清代词人词作进行新的解读，这些解读或许有些偏离文本之作者初衷，但它把原本比较固定的文本意义重新激活了，使得清词作品成为一个不断开放的文本空间。

还有一点值得一提，即大陆与台湾等地越来越频繁的交流，开启了学术界共同开展学术研究的新局面。正如上文所说，台湾中研院中国文哲研究所，曾在 1995 年 4 月联合华东师范大学中文系召开清代词学学术研讨会，这样的学术研讨会还有在台湾中山大学召开的清代学术研讨会、在香港大学召开的明清文学国际学术研讨会等，这几次有关明清研究的学术会议都是内地（大陆）及港台学者共同参与，其中有些会议的议题涉及清代词学。这一时期，各种学术刊物也加大了对清词研究论文发表的力度，像《国文天地》《书目季刊》《古典文学》《古今艺文》《中国古典文学研究》《汉学研究》《汉学研究通讯》《中国文哲研究集刊》《中国文哲研究通讯》《东方文化》《中国文化研究所学报》等，通过不同方式介绍词学研究资讯，刊发有关清词研究的论文，为推动港台地区的清词研究营造了一个良好的学术氛围。

但是，港台地区特殊的地理环境和社会氛围，也造成其古典文学研究人才的大量流失。许多学位论文以明清词学为选题的研究生毕业之后，或是从事其他行业的工作，或转向其他学术研究领域。如香港学者江润勋，除写过《词学评论史稿》《朱彝尊及其词学》的硕士、博士学位论文外，以后就再难看到他有相关领域的成果。而能在这一领域继续耕耘的学者少之又少，据笔者所知，90年代在明清词研究这一领域笔耕不辍的主要是吴宏一、林玫仪、徐照华、苏淑芬、刘少雄、卓清芬、黄雅莉等学者。因而对于港台地区的学者而言，加强与内地（大陆）的学术交流仍有必要。因此在21世纪，学术个性的发挥、学术流派的形成、学术研究的协作化，将是清词研究的重要方向，而且还是行之有效的发展方向。比如台湾学者林玫仪与大陆学者吴熊和、严迪昌协作，共同推出的《清词别集知见录》，就是这种学术研究协作化的具体结晶。

1960~2010年港台地区八股文研究述评

八股文又称制义、制艺、经义、时文、四书文、八比文、举业等，是明清两代科举取士的专用文体。自光绪二十七年（1901），乡、会试首场改试中国政治史事论五篇，八股文的命运也就此终结。然而，一百多年来，有关八股文的议论却纷纭而起，直至今天八股文仍被越来越多的历史学者关注，相关研究成果不断增多且逐渐深化。特别是近十多年来，一些学者通过整理20世纪以来的研究成果，试图为八股文的研究开辟新道路。由于文献的获取存在一定难度，这些研究论著主要着眼于大陆（内地）地区，对于台湾、香港地区只好持存而不论的态度，这从学术研究的终极追求来讲显然不够完备。近年来笔者从各种渠道获取了相当数量的港台地区八股文研究资料，现将20世纪60年代到21世纪最初十年间有关八股文的研究成果择要述评如下。

一 港台地区八股文研究概况

20世纪60年代末，随着台湾地区高等学校恢复研究生招生制度，传统的文史研究也渐趋深入，个别具有学术眼光的专家开始专注八股文研究并发表相关学术论文，八股文逐渐进入学者的研究视野。到70年代，各类出版部门也编辑出版了部分八股文研究专著。80年代以后，八股文研究逐渐火热，不仅研究论著增多且不乏学术新见，更多硕博生也将论文选题锁定在八股文研究，为港台地区的八股文研究储备了可持续的发展动力，八股文研究渐被越来越多的港台学者重视。

以丰富的文献积累为基础，港台地区在八股文的古籍新印、作品点校注释等方面取得了一定成绩。其中较为重要的整理成果有：1969年台湾学生书局出版由屈万里主编、据台湾“中央”图书馆所藏诸录编成的《明代登科录汇编》66种，共22册；1980年台北艺文印书馆影印清道光刊本的艾南英《天佣子集》、台湾广文书局新印梁章钜的《制义丛话》；1983年台北文海出版社出版郑献甫的《制义杂话》，收于《近代中国史料丛刊续编》；1986年台北金枫出版有限公司出版刘熙载撰、龚鹏程述的《艺概》；1992年由大陆学者顾廷龙主编的大套精装本《清代朱卷集成》也由台北成文出版社出版发行；1997年新文丰出版公司影印《陆桴亭先生遗书》中的《制科议》《甲申臆议》等。

在整理出版文献、资料的基础上，港台地区的八股文专题研究亦卓有成效。研究专著方面，曾伯华《八股文研究》（文政出版社1970年版）一书可谓有开创之功，全书虽仅有四万五千余字，但却涉及许多八股文研究的重要论题，诸如八股文的源流、制定经过、应试经过、格式和命题、内容范围、写作方法，以及八股文的评断、欣赏和优缺点等。其中的一些观点和论断在今天看来可能有些过时，但在当时的学术背景下，能写出这样一部全面而系统的八股文研究著作，其价值和意义是值得肯定的。邝健行《科举考试文体论稿：律赋与八股文》（台湾书店1999年版）讨论了三个专题：一是律赋与八股文，二是明代唐宋派古文四大家“以古文为时文”观，三是桐城派前期作家对时文的观点与态度，涉及文体及文派两个方面，提出了一些值得注意的学术见解。在个体研究方面，何冠彪《戴名世研究》专门分析了戴名世的八股文理论以及戴名世与桐城派的关系；黄明理《儒者归有光析论——以应举为考察核心》［（台北）里仁书局2009年版］第三部分专论归有光的四书文，不但理清了现存四书文情况，而且重点分析了它在创作上的特点。研究论文方面，在香港有王仁杰《明代八股文研究》（香港大学博士学位论文，1978年）；在台湾，据台湾“国家图书馆”期刊论文索引系统、台湾博硕士论文系统、CEPS中文电子期刊统计，五十年间各类报刊合计发表八股文研究文章50余篇。学位论文方面，绝大部分研究成果尚未公开出版，仅作为保存本而存于台湾各高校及台湾“国家图书馆”，它们是：郑邦镇《明代前期八股文形构研究》（台湾大学博士学位论文，1987年）、蔡荣昌《制义丛话研究》（中国文化大学博士学位论文，1987年）、朴英姬《艾南英的时文理论》（台湾师范大学硕士学位论文，

1993年）、林进财《艾南英时文理论之研究》（台湾中山大学硕士学位论文，1995年）、甘秉慧《刘熙载〈艺概·经义概〉研究》（彰化师范大学硕士学位论文，2001年）、曹琦《明代中叶八股文研究》（台湾东吴大学硕士学位论文，2008年）、蒲彦光《明清经义文体探析——以方苞〈钦定四书文〉为中心观察》（佛光大学博士学位论文，2008年）。

盛世修史，明时修志。从20世纪60年代开始，台湾和香港先后推行出口导向型战略，及至八九十年代实现经济腾飞，一跃成为"亚洲四小龙"成员。综观此间港台地区八股文的研究，可以发现其大体经历了与这一经济社会发展同步的进程。尽管从六七十年代就已经有学者开始从事这一研究，但只是零星散状，不成气候，研究上也更倾向于文献整理。从八九十年代开始的二十多年间，港台地区的八股文研究才得以逐步深入。在21世纪前发表的论文主要有侯绍文《八股制艺源流考》（《人事行政》1966~1967年第21、22期）、康国栋《明清考试制度与八股文》（《春秋》1974年第21卷第1期）、陈平达《八股文的沿革及其对士风的影响》（《中华文化复兴月刊》1975年第8卷第7期）、钟腾《八股文与起承转合》（《中国语文》1982年总第315期）、梅家玲《论八股文的渊源》（《文学评论》1988年第9期）、蔡荣昌《浅论八股文》（《南台工专学报》1989年第10期）、黄湘阳《八股文及其写作意义试探》（《辅仁国文学报》1989年第5期）、叶国良《八股文的渊源及其相关问题》（《台大中文学报》1994年第6期）、邝健行《桐城派前期作家对时文的观点与态度》（《新亚学报》1989年第16卷）、《谈八股文体与其发展历史——大陆学者对八股文的态度和认识》（《东方杂志》1990年第23卷第10期）等，这些论文大多只是对八股文的形体、源流、功用及其影响做较为简略的研究和介绍，很少进行学理性的分析和实质性的研讨。仅有王仁杰《明代八股文研究》、郑邦镇《明代前期八股文形构研究》、蔡荣昌《制义丛话研究》、朴英姬《艾南英的时文理论》、林进财《艾南英时文理论之研究》等5篇有学理性分析的学位研究论文。进入21世纪后，涌现出几位具有代表性的八股文研究学者，如侯美珍、甘秉慧、蒲彦光等，堪称近年来在科举八股文方面论述较为专精者，他们在前人的基础上进一步深入，多数论文具有较强的学术性，如甘秉慧的《八股文经世乎？——论刘熙载之经世观》（《国文学志》2001年第5期），蒲彦光的《试论八股文之“代圣贤立言”》（收入《“文学精英跨校论坛”五校联合研究生论文发表会论文集》，佛光人文社会学院文学研究所2004年版）、《略论八股文之文体杂涉现象》（收入《文学视野：第一届青年学者论文研讨会论文集》，佛光大学文学研究所2007年版）、《从刘熙载〈艺概·经义概〉试论“经义”之为体》（收入《第三届“环中国海汉学研讨会”论文集》，环中国海研究学会、淡江大学中文系2007年版）、《试论明代正嘉时期之制义风格》（《有凤初鸣年刊》2009年第4期），侯美珍的《儒林外史周进阅范进时文卷的叙述意涵》（《国文学报》2008年第44期）等，从不同的角度探讨了八股文的文体特征及其生成的文化机制，并有部分涉及八股文理论的研究。比较能代表这一时期研究水平的还是郑邦镇的《明末艾南英的八股文论》[收入《清代学术论丛》第6辑，（台北）文津出版社2003年版]，侯美珍《明清科举八股小题文研究》（《台大中文学报》2006年第25期）、《谈八股文的研究与文献》（台湾师范大学《中国学术年刊》2008年第30期），蒲彦光《谈八股文如何诠释经典》（收入《第三届中国文哲之当代阐释学术研讨会论文集》，台北大学2007年版）等文章。

二　八股文价值判断的研究

从研究者的情感心态上来看，由于受到政治因素的影响，内地（大陆）学界对八股文的认识经历了一个由早期视而不见、拒绝接受的情感性谩骂，到如今能从更深的学理层面进行客观分析评判这样的一个过程。最初是因为政治的需要，将八股文作为旧文化、旧文学、旧文言的象征而进行攻击，批判之后又开始反思，逐渐从政治视角转向学术视角，从一片喧嚣中努力挣脱出来，渐渐步入冷静思考、深入分析的研究阶段。[①] 八股文作为选拔人才的一个“具体而客观的标准”，自明洪武以来历经几百余年。只有凭借客观的态度，摒弃个人偏见和好恶，才有可能进行理性的学术研究。

与上述内地（大陆）学界研究过程不同，港台地区对八股文的研究起步较晚，也较少受到外部环境的干扰，因而研究者能够秉持一种相对客观的心态，充分认识其研究的重要性和必要性。事实上，港台地区从事八

---

① 参见高明扬《文体学视野下的科举八股文研究》，云南人民出版社2012年版，第1~8页。

股文研究的绝大多数学者对于八股文的态度都能从学术立场出发，是非常客观的。如被称为“台湾八股文研究第一人”的曾伯华就曾明确指出：“八股文直接支配了明清两朝皇帝同官吏的思想，间接支配了当年明清两朝整个社会生活方式。”① 林进财认为，在研究书画、诗词、戏曲、骈文或者古文时，人们通常以杰作名篇为优先；但一提到八股文，却往往以枝节、丑例甚至栽赃为能事。其间心态，似乎值得检讨。② 甘秉慧也认为，八股文曾在五百年间影响着千千万万士人之前程，进而影响整个社会生活及历史文化，不宜弃之如敝屣，当赋予其公正之评价。③ 蔡荣昌指出，对于八股文国人非未加珍惜，抑且横加抑扬，以致藏书家不重，目录学不讲，图书馆不收。④

曾任台湾文学馆馆长的郑邦镇，以八股文作为考试文体的影响为切入点，从八股文与学术思想之间的联系来强调研究八股文的重要性。他以《钦定四书文》中的四题八篇为例，通过细致地比较分析，指出“守经遵注”应该不妨害士子思想，而且还能达到减少文字狱案之发生、降低衡文取士之主观偏颇、保障公平与安全的目的。透过对八股文的肯定，他得出了如下的结论：“盖于专制统治之下而能施行科举制度，已至为可贵。事前明定科目范围与命题方式，公开鼓励人不献身公职；尤其事后公布取中之作品与发还落第试卷，以严防徇情、门派等弊端。其征信公平公正之效能，实不下于今日国家之考试；要皆为磊落之举措，而难谓阴毒之预谋。”⑤

曾伯华在《八股文研究》一书中总结了八股文的优缺点，认为其优点明显胜于缺点，但又强调历数八股文的优点并非提倡文章复古，而是希望借此分析给现代的文章做一参考。黄湘阳认为明清八股文归于失败，执政者与考试制度本身确有许多缺点，不可以全怪罪于文体本身。而明清士人为创造此一新的文体，所付出的心血努力，仍是值得肯定的。⑥ 王仁杰虽认

---

① 曾伯华：《八股文研究》，文政出版社 1970 年版。

② 林进财：《艾南英时文理论之研究》，台湾中山大学硕士学位论文，1995 年。

③ 甘秉慧：《刘熙载〈艺概·经义概〉研究》，彰化师范大学硕士学位论文，2001 年。

④ 蔡荣昌：《制义丛话研究》，中国文化大学博士学位论文，1987 年。

⑤ 郑邦镇：《八股文“守经遵注”的考察——举〈钦定四书文〉四题八篇为例》，载《清代学术论丛》第 6 辑，（台北）文津出版社 2003 年版。

⑥ 黄湘阳：《八股文及其写作意义试探》，《辅仁国文学报》1989 年第 5 期。

为八股文的缺点多过优点，且有太多无可否认的重大缺点，如格式太严，束缚文人思想等，但亦指出这些并非完全是八股文本身的不良影响，它只是在科举考试制度下的牺牲品而已。因为在一些非考试场中所写的八股文，亦较一般程文墨卷为佳。[①]

八股文对明清社会文化的积极影响，诚如商衍鎏所说，“万语千言不能发其秘，穷年累月不能究其源”。亦如曹琦在《明代中叶八股文研究》中所指出的，八股文是唐、宋、元三代针对考试文体之辩论与改革后，逐渐摸索出的较能适应封建政体与科举考试的独特产物。在封建政体下，科举文体必须“以儒家经典为主题”，而科举文体用以鉴别优劣，故必须“考校公平”。因此，经过长期的尝试与累积，最终产生了符合封建政体与科举制度要求的八股文，其文体在当时之进步性不容否认。

八股文的影响固不仅限于文学一端，八股文的学习和写作也是明清士人养成过程中的重要一环，对士人的性格及明清文化、学术等多方面的影响不言而喻。[②] 李弘祺《中国科举制度的历史意义及解释——从艾尔曼对明清考试制度的研究谈起》[③] 一文，着重讨论了研究中国考试制度的可能方向，进而探讨考试制度如何影响了中国人的教育方法及思维方式，这对于我们深入理解清代科举考试制度确实大有帮助。

与上述态度不同，曹琦并未对八股文的价值做出明确判断，但却指出在对过去之批评有所理解后，才能以现代化观点加以评判。其论文尚未涉及晚明之八股文，故对该问题未敢妄加论断。[④] 曹琦对八股文的研究采取这样谨慎的态度是可取的，毕竟对于八股文本身，我们需要了解的还太多。八股文的失败当然不会仅仅是由于外在的因素，其自身也必定带有某些不适应文学、社会文化发展的原因，不能因为从事八股文研究而一味肯定、抬高它的地位和作用。

---

① 王仁杰：《明代八股文的研究》，香港大学硕士学位论文，1978年。

② 蔡荣昌：《从〈制义丛话〉看科举制度下的民风与士习》，载《第一届清代学术研讨会论文集》，台湾中山大学1989年版。

③ 李弘祺：《中国科举制度的历史意义及解释——从艾尔曼对明清考试制度的研究谈起》，《台大历史学报》2003年第32期。

④ 曹琦：《明代中叶八股文研究》，台湾东吴大学硕士学位论文，2008年。

三　八股文源流及特性的研究

八股文是明清两代最有代表性、最具有时代特征、最能反映当时士人举子和广大民众的价值取向的文体，它深植于中国古代传统文化土壤之中，可以说是中国古代各种文体的综合体。

关于八股文源流特性的研究，多从其基本概念入手，涉及起源、体式及文体特点等。港台地区科学文献实物资料明显不足，相关研究未能取得太大进展，但仍有部分学者涉猎。从科举文体的特点看，内地（大陆）学界普遍认同的看法是八股文起源于宋代经义，比较接近于历史事实。港台学者对上述问题的认识，大致可分为如下四类。

其一，律赋说。香港浸会大学邝健行教授认为，八股文若干方面的要素可以上溯至律赋。具体地说，它在破题、大结与股对三方面，都明显留有受律赋影响的痕迹。[①] 台湾学者钟腾提出，八股文源于唐代的应制诗赋，以及唐代古文中所谓的“起承转合”，而把“起承转合”规律化、刻板化。[②]

其二，古文说。台湾大学梅家玲教授通过综合八股文的形成过程，以及后代制义大家的学文取向、对制义之所作提出的有关理论论争方面的论证，指出八股文源于唐宋古文中论说之体的说法，殆无可疑。[③]

其三，宋代经义说。台湾大学叶国良教授认为，八股文祖宋代经义而祧荀子，乃是儒者阐述经旨的论说中的一支。就文体演变的角度言，荀子、宋代经义、八股文虽然由简趋繁，但一脉相承。[④]

其四，复合文体说。郑邦镇教授在其博士学位论文中指出，八股文似为多方面、多层次之复合文体，故语其渊源，恐亦不免复杂耳。就其整体言之，八股文实近古而不近骈，析读之，尤以归、唐之作为然。若将其形式结构、功能结构分别观之，再就其于“守经遵注”“代圣立言”二条件影

---

① 邝健行：《科举考试文体论稿：律赋与八股文》，台湾书店1999年版。

② 钟腾：《“八股文”与“起承转合”》，《中国语文》1983年总第315期。

③ 梅家玲：《论八股文的渊源》，《文学评论》1987年第9期。

④ 叶国良：《八股文的渊源及其相关问题》，《台大中文学报》1994年第6期。

响下，考虑其最亲近之血缘，则觉其以四书经文与朱注注语为嫡亲矣。①

台湾佛光大学蔡荣昌教授将八股文应运而起之理作为切入点，指出它之所以能获得明清君主的垂青，主要有两个原因：首先，它的兴起除了文体本身进化之历史性之外，还受到外在的客观因素的影响，那就是八股文符合具体而客观之标准，有助于选拔人才；其次，也是最重要的，就是人才的贤愚能否，有非文字所能决定者，若能借考试而教化人民敦品励行，孝悌忠信，则士子日日浸灌其中，久而久之，自易受其潜移默化，其有补于世道人心者多。此一“孝悌忠信”之思想，正是四书五经所涵盖者。② 台湾辅仁大学黄湘阳教授概括八股文的渊源有三：一为科举制本身的演进，二为文体的发展，三为四书原文与朱注之形式影响。③ 台湾东吴大学研究生曹琦认为，在科举文体发展的脉络中，唐律赋带来了整齐的文字形式，以及科举文体最初之章法结构；宋经义承袭且转化了整齐的文字形式与结构，并将经学的内容与古文之章法，以及代言的写法带入科举文体中；元代在前代基础上，将其内容限定在程、朱理学之中。经过层层累积，最终产生了适应封建政治与科举制度的八股文。④ 台湾佛光大学人文社会学院博士生蒲彦光也认为，八股文从文体学层面上来说是种综合性文体。明清经义文（八股文）与宋人经义及隋唐以来之科举制度实密切攸关，它不仅在制度层面有所承袭，在行文技巧、文体风格及创作理想等各方面，也与古文运动有着千丝万缕的联系。根据历来学者对于八股文渊源的关注，学界对于此文体复杂的形式，已逐渐能掌握其作为一种综合性文体的特色。⑤

香港学者王仁杰的观点尤其值得注意⑥，他从八股文与经义、律诗及律赋、骈文、古文、戏曲的关系五个方面仔细考察，指出就八股文的内容来说，它是源于宋代的经义，专以训释四书五经为主；它代人口气的格调，是仿效金元的戏曲，致力于模仿古人口吻；破题、承题起讲与八比格式，

---

① 郑邦镇：《明代前期八股文形构研究》，台湾大学博士学位论文，1987 年。

② 蔡荣昌：《制义丛话研究》，中国文化大学博士学位论文，1987 年。

③ 黄湘阳：《八股文及其写作意义试探》，《辅仁国文学报》1989 年第 5 期。

④ 曹琦：《明代中叶八股文研究》，台湾东吴大学硕士学位论文，2008 年。

⑤ 蒲彦光：《明清经义文体探析——以方苞〈钦定四书文〉为中心观察》，佛光大学博士学位论文，2008 年。

⑥ 王仁杰：《明代八股文的研究》，香港大学硕士学位论文，1978 年。

源于试帖诗及律赋，造成一种规规矩矩的固定式文章；词句则源于骈文及古文，构成一种骈散兼用的文体。可以说，八股文是集合了多种文体而蜕变出来的。至于八股文的正式成立，可以说起于明宪宗成化年间。这不仅明确阐明了八股文的文体渊源，而且将八股文与其他文体的关系也做了必要说明，对于八股文缘起的认识是相当深刻的。

较之于源流的分析，港台学者对八股文文体特征的探讨也较为出色，论述细致深刻。如王仁杰将八股文的文体特征归纳为七点，即结构严谨、善模口气、言出有本、体用排偶、取材广博、析理精细、音调抑扬。曹琦概括明代中叶八股文在形式、内容与风格等方面之基本形貌与转变过程：在形式上，明代中叶八股文之题目由长趋短、股对的结构由骈趋散、篇幅则由短趋长；在内容上，明代中叶的八股文开始突破程、朱注说之限制，将不同的儒家经典融会贯通，并略抒己意，开后世各种变化之先河；在风格上，以简朴雅正与文气流畅为代表，实为当时之主考官与八股文大家之双重影响。[①] 黄湘阳指出，八股文是明代在文体上的创获，它以排偶句法的运用和发展为重心，以章法的细密讲究为主体，来达成篇法对起承转结经营良善、布置华美的要求。[②] 郑邦镇虽未明确说明其态度，但看法也较为类似。蒲彦光认为，八股文就其整体结构而言，大致可以分为破题、承题、起讲、入题、四比八股及收结六个部分，这六个部分合成了八股文的基本体式。安排一篇八股文字，尤需重视各部分文意之紧密贯通，而有所谓"起承转合"的说法，如此强调自是为了维持文章气脉上的完整一贯，以避免各节流于机械，使得文章读来支离破碎。[③]

四　八股文理论的研究及其他

事实上，虽然内地（大陆）学界研究八股文开始的时间比较早，但重点主要集中在文体特征和生成的文化机制上，对于八股文理论的研究是非常稀少的。而港台地区虽起步较晚，在这方面的研究成果却较为丰硕。

---

① 曹琦：《明代中叶八股文研究》，台湾东吴大学硕士学位论文，2008年。

② 黄湘阳：《八股文及其写作意义试探》，《辅仁国文学报》1989年第5期。

③ 蒲彦光：《明清经义文体探析——以方苞〈钦定四书文〉为中心观察》，佛光大学博士学位论文，2008年。

（一）人物个案的研究

八股文理论的研究不能不涉及一系列八股大家。在内地（大陆），学者们试图在总论各时段文学思潮与社会生态的基础上对八股大家进行深入论述。港台八股文研究亦从此处着眼，相关成果主要有陈慈峰《黄淳耀及其文学》（台湾大学硕士学位论文，1986年）、何冠彪《戴名世研究》[（台北）稻乡出版社1987年版]、郑邦镇《明末艾南英的八股文论》[①]、朴英姬《艾南英的时文理论》（台湾师范大学硕士学位论文，1993年）、林进财《艾南英时文理论之研究》（台湾中山大学硕士学位论文，1995年）、甘秉慧《八股文经世乎？——论刘熙载之经世观》[②]、吴慧珍《笃古而耦时的修正式文论——论晚明黄汝亨〈寓林集〉之古文时文观》[③]、曹琦《明代中叶八股文研究》（台湾东吴大学硕士学位论文，2007年）等。

陈慈峰《黄淳耀及其文学》一文以明朝末年“身文并烈”的八股文名家黄淳耀为研究对象，从黄淳耀所处时代背景及当时文学概况入手，以探勘其生平、交游及思想等为基础，分析、归纳、总结了他的文学观与文学作品技巧，进而确定其人与诗、文交相辉映的价值，并肯定了时文（八股文）的价值与意义。香港学者何冠彪《戴名世研究》一书，从戴名世的生平与著述出发，对其哲理思想、政治社会思想、学术与史学思想、文学思想和古文成就以及《南山集》案进行了深入细致的研究，其中第四章第一节涉及八股文理论。何冠彪认为，戴名世提出改良科举八股的建议属于其政治、社会思想的一部分，而他修正改良八股文的文学理论则主要有两点，即“以古文为时文”和“不主一格，崇尚自然”。“以古文为时文”是为了补救划分古文、时文为二造成的弊端，他不但不认为“以古文为时文”是“过高之论”，而且觉得“不从事于古文，则制举之文必不能工”，于是他反复强调“制举之文，亦古文辞之一体”这个命题。至于“以古文为时文”看方法，可从内容和技巧两方面来理解。八股文美其名为“代圣人立言”，

---

① 郑邦镇：《明末艾南英的八股文论》，载《清代学术论丛》第6辑，第17~47页。

② 甘秉慧：《八股文经世乎？——论刘熙载之经世观》，《国文学志》2001年第5期。

③ 吴慧珍：《笃古而耦时的修正式文论——论晚明黄汝亨〈寓林集〉之古文时文观》，《国文学志》2005年第11期。

固然以内容较为重要，但既要表达圣人之意，也必须讲究技巧；而且表达“圣人”不同的言论，也需要用不同的手法。在强调“代圣立言”以道为主的同时，又主张八股文必须兼备“道”“法”“辞”。“道”即“先王之法存”；“法”则有“御题之法”和“行文之法”，前者指文章的风格和布局，后者乃字句间的开阖变化；“辞”有“古今之分”，“古之辞”指“《左》、《国》、屈、马、班以及唐宋大家之为之者”，“今之辞”为“诸生学究怀利禄之心胸为之者”。何冠彪还认为制义虽“与时为推移”，而风气屡变，但戴名世肯定“道”“法”“辞”的原则不会改变。“不主一格，崇尚自然”是指戴名世不主张文章有“一定之格”，认为“执一格以言文，而文不足言”，且“文之为道”以自然为高，八股文既是“古文辞之一体”，自然没有例外的理由。所以“崇尚自然”说和“以古文为时文”及“不主一格”说有很密切的关系。①

郑邦镇《明末艾南英的八股文论》一文主要探讨八股文与文学关系的问题。该文绪论部分介绍艾南英生平及其八股文论的研究价值，之后从十个方面论述了艾南英的八股文论：科举史上，八股取士是后出转精的用人要道；文体史上，八股文与其他文体一样，自有其文章史之地位；本质上，八股文与六经四书相表里，是立国之道所在；关系上，八股文是一切高尚文章的应用；境界上，八股文之功夫等于古文之功夫；发展上，八股文本身亦有其自身的演进循环；价值上，八股文是政教合一与立言之极致；功能上，八股文之于文章，犹百官之有相；规格上，八股文应纯粹而谨防腐臭；使命上，八股文标榜功令。同时，郑邦镇结合艾南英所痛心的八股文腐臭现象及原因、对八股文选政的主张、对八股取士高层制度问题的认知以及对八股文事业的看法等，指出艾南英爱八股，是手段也是目的，他透过爱八股来爱儒家和中国，虽然他无意间见证了八股取士的极活泼自在、无拘无束的境界，却终归以“选政”做他的人生舞台，而“除臭”则成了他终生奋斗的目标。

林进财在前者研究的基础上，进一步开发二位学者所未探及的领域，以充实艾南英时文理论的内容。其《艾南英时文理论之研究》一文考察了

① 何冠彪：《戴名世研究》，（台北）稻乡出版社1988年版。

艾南英时文理论形成的原因、形上理论、技巧理论、评选理论及后续之历史发展，对当今学人研究具有一定启示意义。艾南英时文形上理论“通经”说的发展，可作为反映晚明理学思想内在变迁之例证；了解艾南英时文技巧理论“学古”说，可以观察晚明文学理论史之变化发展过程；认识艾南英时文评选理论“选政救世”等，有助于了解时文界与经世学风之互动关系。

在批评家方面，港台与内地（大陆）学者所关注的对象也存在共性，如上面提到的对艾南英的研究。以硕士学位论文为例，将江西师范大学殷金明的硕士学位论文《艾南英〈天佣子集〉研究》与林进财论文进行细致分析，可知两位学者在研究上呈现出宏观与微观的角度差异。殷金明从宏观角度论述了艾南英的生平及其著述、《天佣子集》的版本、艾南英的八股文理论、《天佣子集》的思想内容和古文风格四个方面，试图从文学史角度对艾南英给予全面的评价；而林进财则从相对微观的角度着眼，具体内容此处不再述评。类似情况也出现在对某些重要八股文作品的研究上，后文会详细说明。

甘秉慧《八股文经世乎？——论刘熙载之经世观》一文，通过明清所辑经世文编以及当时经世学者对于科考所行八股文之看法，试图了解经世与科举取士之八股文之道并非相违，进而衍生出八股文与经世之关系。“此议题若经由清季朴学家刘熙载所著《经义概》以及与其生命之历程做一番考察，不难发现刘熙载认为经义（时文）之创作，不但与经世之实务不相违背，反而两者之间有互补之功效，经义在认知与理想，经世实务，在实践落实，虽言知难行易，但是行之深方知见之著，知行合一，乃济世之才也。”[1] 曹琦《明代中叶八股文研究》第四章“明代中叶之代表作家与作品”，将明代中叶分为明宪宗成化至孝宗弘治（1465~1505年）、明武宗正德至世宗嘉靖（1506~1566年）两期，前者以丘浚、王鏊、李东阳、钱福四家为代表，后者以唐顺之、薛应旂、瞿景淳、归有光四家为代表，透过作品的实际分析，辅以前人评点，来认识引领当时潮流的八股文。

（二）文学流派、文人群体、文人结社的研究

与内地（大陆）较为蓬勃的文学流派、文人群体、文人结社的相关研

① 甘秉慧：《刘熙载〈艺概·经义概〉研究》，彰化师范大学硕士学位论文，2001年。

究比较而言，港台地区此类成果较为罕见，据笔者考察，仅见香港浸会大学邝健行教授的《桐城派前期作家对时文的观点与态度》[《新亚学报》第16卷（上），1989年] 一文。该文认为，以前一些学者在论述桐城派古文时过于简单，甚至不加分析便妄下结论，对于读者理解而言帮助不大。因此希望能对桐城派前期作家有关时文的种种观点做一较深入的讨论，以求有进一步的认识。

作者首先一改以往看法，认为桐城派前期作家除早有定论的方苞、刘大櫆和姚鼐外，还应该包括戴名世。他指出，方苞等人认为好的时文等同古文，时文起码在三方面符合今人强调的文学特质：具有形象性；能展示作者不同的才性，从而呈现不同的风格；作为文体的一种，一样注重内容和写作技巧。关于“以古文为时文”的问题，邝健行认为这是后人对唐顺之、归有光等人的论定，并非二人亲口说出，其后方苞、戴名世、刘大櫆、姚鼐对此问题的论述也均推崇唐、归二氏。而方苞等人之所以赞成以“古文为时文”，乃是因为当时多数作品失之萎靡卑弱，他们希望有所挽救，从而改变文风。邝健行还认为，戴、方、刘、姚等人“以古文为时文”，不代表他们抛弃了时文的排比形式，他们只是想在原有形式的基础上运用若干古文写作方法，使文章古质雅驯，好和内容相应，大致上是从作法、行文两方面进行的。关于前人在研究中多指摘桐城派“以时文为古文”的做法，邝健行对此持否定看法，他指出那些只属外缘之词，说不出古文、时文之间的内在关系。从古文和时文的内在联系上看，如果说方苞参照时文家立下的格式而制定古文义法，那么他以时文为古文并不算完全错误；但从实际说，古文义法和时文格式内涵并不一样，如果方苞在具体创作过程中也是以时文为古文，那便不恰当了。至于强调时文对古文的影响，把时文看成核心，恐怕是颠倒了主从关系。

（三）文集作品及评点视域下的八股文理论研究

长期以来对八股文的轻视，造成八股文文集作品的大量佚失，港台学者对此亦有关注。诸多学者在收集整理八股文文集的基础上，对部分重要作家的重要作品给予深入研究，涉及此方面的主要研究成果有：何冠彪《戴名世研究》（台湾稻乡出版社1988年版）、蔡荣昌《制义丛话研究》

（中国文化大学博士学位论文，1987年）、蔡荣昌《从〈制义丛话〉看科举制度下的民风与士习》[①]、郑邦镇《八股文“守经遵注”的考察——举〈钦定四书文〉四题八篇为例》[②]、甘秉慧《刘熙载〈艺概·经义概〉研究》（彰化师范大学硕士学位论文，2000年）、蔡妙真《〈左绣〉研究》（政治大学博士学位论文，2000年）、吴惠珍《笃古而耦时的修正式文论——论晚明黄汝亨〈寓林集〉之古文时文观》[③]、蒲彦光《从刘熙载〈艺概·经义概〉试论“经义”之为体》[④]、侯美珍《明清八股取士与经书评点的兴起》[⑤]、蒲彦光《明清经义文体探析——以方苞〈钦定四书文〉为中心观察》（佛光大学博士学位论文，2008年）等。上述相关八股文文集整理、评点的研究或多或少牵扯到八股文理论的问题，其中有部分论述较为集中深入，试述评如下。

何冠彪的《戴名世研究》将戴名世的八股文集分三个部分。第一部分是《意园制义》，该八股文集编成于康熙三十二年（1693）。何冠彪指出戴名世教授学生写作八股文时，学生每每请他“命笔以为之武”，戴名世虽未刻意保存这些范文，但“存者犹有四百余篇”，故汇之为集。该文集是戴名世最早的八股文集，不过序文只提到授之门人，没有提及刊印，但授门人似乎是为了镌刻。第二部分是《戴田有四书文》《戴田有时文》。何冠彪通过考证，认为这两本书系八股文集应无疑碍，只因戴名世的“全书久奉查禁”，所以必须销毁，由此可见清廷文纲之密及猜忌之深。然而这两种八股文集刊年不可考，现存戴氏的文章也没有提到。但在《自订时文全集序》中，戴名世曾提到过两种八股文集，可能就是指它们。《意园制义》载有八股文四百篇，此两集各近两百篇，显然不是其中一种，两集是否为《戴田有四书文》及《戴田有时文》，尚待考证。第三部分是《自订时文全集》。

---

① 蔡荣昌：《从〈制义丛话〉看科举制度下的民风与士习》，载《第一届清代学术研讨会论文集》，台湾中山大学中国文学系编印1989年版。

② 郑邦镇：《八股文“守经遵注”的考察——举〈钦定四书文〉四题八篇为例》，载《清代学术论丛》第6辑，第1~16页。

③ 吴惠珍：《笃古而耦时的修正式文论——论晚明黄汝亨〈寓林集〉之古文时文观》，《国文学志》2005年第11期。

④ 蒲彦光：《从刘熙载〈艺概·经义概〉试论“经义”之为体》，载《第三届“环中国海汉学研讨会”论文集》，环中国海研究学会、淡江大学中文系2007年版，第1~23页。

⑤ 侯美珍：《明清八股取士与经书评点的兴起》，《经学研究集刊》2009年第7期。

由于上述两种不知名的八股文集十分畅销，不知翻刻了多少次，以致“刻板刓敝不可印”，康熙四十三年（1704）秋，其门人请另刊新的时文集，戴名世“乃悉取旧本，更定删去若干篇，复增入未刻诸作而以授之”。文集中所载的八股文，虽由其选定，但这些文章，曾折中于方苞等。

郑邦镇和蒲彦光的博士学位论文都以方苞的《钦定四书文》为研究对象，郑文前已有述评。蒲彦光一文以《钦定四书文》为观察中心，并将方苞“以古文为时文”之文体观点为切入视角，以可能兼顾“文”与“道”两方面的论述方式，试图弥缝此前八股文研究者多偏于一隅的片面支离。八股文不以死背解经，而重在理解与表述。总而言之，一方面固是糅合了写作者个人对于章句的理解，另一方面也可以见到后世经史子集日渐融涉、互相发明的理趣。至于蔡荣昌的《从〈制义丛话〉看科举制度下的民风与士习》一文，是从八股文与时代社会关系的角度进行探讨，其博士学位论文《制义丛话研究》则是从八股文的相关文献之汇整着眼，角度不同，但皆有创获。

在八股文作品方面，台湾学者关注的作品与大陆研究也有重叠。如刘熙载的《艺概·经义概》研究，即有甘秉慧的《艺概·经义概》研究和肖营的《刘熙载〈艺概·经义概〉探微》，细读可以发现两位学者的研究之不同。肖营是从文论这一相对微观角度着眼，“从审题、主意、格局、字句四方面着手，参照《艺概》中其他‘五概’及刘熙载的《持志塾言》《游艺约言》《昨非集》等论著，发掘刘熙载文论之精髓，阐明刘氏的独特理论贡献，为今天的文论建构及其创作提供借镜”。[①] 甘秉慧的论文早于肖营，当时关注刘熙载《艺概·经义概》研究的人比较少，因而作者是从宏观的角度着眼，主要目的在于“能较全面的探讨《经义概》之文本及意涵所在，并对于刘熙载之文论有更明晰之了解以及还原《经义概》之价值与地位”。

（四）研究方法对理论研究的影响

事实上，有关八股文的核心论题显然并不仅局限于文章层面。越来越

① 肖营：《刘熙载〈艺概·经义概〉探微》，内蒙古师范大学硕士学位论文，2007年。

多的内地（大陆）学者注意从文章以外的角度来研究八股文，港台地区学者也不例外。例如黄明理《八股文的表格化整理——以归有光的四书文为例》（《政大中文学报》2009年第11期）一文，乃倡议利用表格加以整理。相较于以往重视八股文“文”的属性，表格化的编排方式，则凸显了八股文的固定格式规律，彰显了其作为应试答卷的本质。贴近本质，拉开与文学的距离，反而可避免持文学之见对此考试答文横加责难，让今人重新面对明清考场上的这些讲经之文，并发掘其特色。有的研究者凭借地利之便对台湾八股文大家进行若干研究。范文凤《郑用锡及其〈北郭园全集〉研究》以清代台湾第一位考中进士的本土硕儒、素有“开台进士”美称的郑用锡为研究对象，兼及有关郑用锡制艺文之梁鸣谦评语。郑沛文《许獬及其作品研究》则以台湾金门历史上的奇葩之一许獬为对象，认为历来关于许獬的记载与研究多致力于其科举成就和理学思想，至于家庭、交游、人格与文风等方面则着墨不多。为了全面洞悉许獬，该文结合人格考察与作品赏析，并透过民间传说的描述，尝试掌握这位同安闻人的生活面貌与完整形象。

毕业于台湾政治大学中研所、目前任职于成功大学中国文学系的侯美珍教授，也是台湾地区专事八股文研究的重量级学者。其博士学位论文为《晚明诗经评点之学研究》，虽未从八股文研究着眼，但此后她在八股文研究方面硕果累出，实有必要单独列出予以介绍。其相关论著共有7篇，分别是：《毛奇龄〈季跪小品制文引〉析论》（2004）、《明清科举取士“重首场”现象的探讨》（2005）、《明清科举八股小题文研究》（2006）、《〈儒林外史〉周进阅范进时文卷的叙述意涵》（2008）、《谈八股文的研究与文献》（2008）、《明清八股取士与经书评点的兴起》（2009）、《评沈俊平〈举业津梁：明中叶以后坊刻制举用书的生产与流通〉》（2010）。后来她又推出《明代乡会试〈诗经〉义出题研究》，由明代会试61科、237道试题，以及337种乡试录、1340道试题，考察明代乡会试《诗经》出题长短的变化、试题分布，分析考官出题的权衡及倾向，探讨考官出题偏重对士子选经、读经及科举用书编纂的影响。

关于八股文研究的必要性，侯美珍认为八股文对明清社会的渗透、对读书人的影响很大，所以不论八股文是否陈腐、封建，都有一探究竟的必要。她呼吁学者要摒除成见，共同耕耘这块前人较忽略的领域。[①] 而对于从事八股文研究所面临的困难，她也看得清清楚楚。在《毛奇龄〈季跪小品制文引〉析论》中，她把今日学者从事八股文研究所面临的困难归纳为五点。之后又撰《谈八股文的研究与文献》，将前文限于篇幅所未能展开的部分，在此文中尽数道来："就文献的角度而言，科举文献涵盖广阔，制度因时修正，建立研究的基础知识颇为不易。且八股文过时即废，又于清末废除科举，使文献的湮灭更为严重。八股文在内容、形式、遣词用语等，受到严格的束缚，加上揣摩考官所好、追逐风气所趋，此皆使今人辨识、论定时文作者的风格更为不易。"[②] 在作者看来，"以评价八股文写作的得失、风格为题，可以说是八股文研究中较难深入处理的课题"。这些论述比较切合八股文研究的实际情况，值得大陆学者借鉴、参考。关于八股文的研究，侯美珍往往从冷门入手，认为以往的学者对八股文研究不足，对小题文尤其陌生，既有的零星论述，多有误解，彼此间也常见冲突、分歧。据此，她专以八股小题文为研究对象，重新推论出在成化之际，小试中已有出小题的趋向，成化、弘治时，小题名家开始出现，万历时小题臻于极盛，而截搭题也在万历年间小题极盛时产生。[③] 此外，她还分析了小题、截搭题产生的原因，对其性质、定义等都做了相关论述。

五　小结

综上可见，1960~2010 年港台地区的八股文研究大体上凸显以下几方面的特点。

第一，在研究环境、队伍、成果和视角上，其与内地（大陆）学界存在一定差异。就外部环境来说，内地（大陆）从事八股文研究时间起步早，跨度较长，并曾因政治因素，受意识形态的影响较为明显。相反，港台地区起步相对较晚，受文学以外的因素影响较小。就研究队伍而言，港台地区从事八股文研究的学者与内地（大陆）相比非常少，甚至连开台湾八股

① 侯美珍的《毛奇龄〈季跪小品制文引〉析论》《谈八股文的研究与文献》两篇文章都谈到上述观点。

② 侯美珍：《谈八股文的研究与文献》，《中国学术年刊》2008 年第 301 期。

③ 侯美珍：《明清科举八股小题文研究》，《台大中文学报》2006 年第 25 期。

文研究之功的郑邦镇后期亦转任台湾文学馆馆长，并未继续从事相关研究。研究成果方面，内地（大陆）的研究成果数倍于港台，且呈现越来越繁荣的态势。内地（大陆）研究成果虽多，但内容的重复性也较高，选题往往没有港台考究，后者往往是小题大做，从小点切入，做出大文章，更有深入性，侯美珍的系列文章就是最好的例证。但港台关于八股文的研究很大一部分都是硕博学位论文，是在求学时选择八股文为研究对象，之后持续将研究课题做下去的也不多见，高质量的单篇文章非常少。研究视角上，目前内地（大陆）学界针对八股文的研究成果多数突出八股文的功利性、政治性，以及对社会文化和士子的影响。港台学界关于八股文的研究多从文学史的角度入手，考察学者们八股文的研究领域，他们似更留意八股文与文学的关系，对八股文对诗文、戏曲、小说、批评等的影响都有所关注。[①] 此外，港台地区学者更关注个体研究，对于结社、流派、家族性的群体、共性研究则较少，几乎没有特别突出的成果。

第二，以充分的史料和严密的推论，对八股文文献进行考证和辨析，充分挖掘八股文在历史学研究中的基础地位与重要性。涂经诒认为，从中国思想史的观点来说，许多八股文中的材料，是研究明清孔孟儒家学说，尤其是理学的丰富宝藏。叶国良也指出，八股文“很像宋代某些不事训诂、发抒经旨的经学著作”，可将八股文“视为儒学研究的资料”。[②] 有鉴于此，侯美珍建议可以编纂一个“科举文献索引”[③]，对科举文献整理与研究工作提出了一个新的要求与期待。

第三，以全新的现代意识对八股文研究做出全新的评价，确立了相关研究的重要理论价值。港台学界对于八股文影响的研究，十分注重持知人论世态度。相关研究着重于从制度层面和历史文化的高度，对八股文的功过是非进行重新审视和较为公允的评价。同时，港台学界在八股文论题上更涉及中国传统的经典诠释学，认为八股文既是古文运动以来“文以贯道”

---

① 参见涂经诒著、郑邦镇译《从文学观点论八股文》及陈文瑛《八股文形式的〈西厢记〉评论》、卢庆滨《八股文与金圣叹之小说戏曲批评》等。

② 叶国良：《八股文的渊源及其相关问题》，《台大中文学报》1994年第6期。

③ 此建议是侯美珍2011年9月24日在参加“科举文献整理与研究：第八届科举制与科举学国际学术研讨会”的分会场讨论时提出的。

信念之实践，也受到宋代程朱理学的重大影响。就文章内容而言，明清时期盛行五百多年的经义文这种新兴文体，后来不但发展出繁复的写作技法，其解经时所重新萃取、建构之义理层面，也具有经典诠释学的研究价值。

总体而言，港台地区馆藏及各高校所收藏的八股文批评文献较为全面，将其进行收集、整理汇总并做好编目，可最终形成明清八股文批评文献总汇。从历史与现实两个角度而言，整理与研究包括明清八股文在内的历代科举文献，一方面是尽薪火传承之责，让这份丰厚的文化遗产充分发挥其塑造中华民族精神的作用；另一方面是收经世致用之效，在去粗取精、古为今用之余，让其在广大华人社会重放异彩，成为推动社会进步的重要智力资源。

下编　学术名家与名家学术

《人间词话》“境界说”及其理论体系

回望20世纪中国文化史，可以肯定地说，《人间词话》不仅是一部开创新纪元的文论经典，而且还是一部影响深远的文化经典。它所倡导的“境界说”，对于影响中国两千多年的诗教传统有着革命性的意义，并且成为20世纪以来美学、文论和文化的热议话题。如何理解《人间词话》“境界说”的审美内涵？怎样认识它对于20世纪文化史的深刻影响？它对于人们审美修养的提升有什么样的重要意义？这些在当前仍然是我们需要做出回答的。

一　王国维其人其学

“境界说”为什么能在20世纪产生巨大反响？这还得从王国维的生平与学术说起，中国古来就有“知人论世”的传统，理解王国维“境界说”当从了解其人其学始。

王国维（1877-1927），字静安，又字伯隅，初号礼堂，后改观堂，又号永观，浙江海宁人。他出生在中产之家，“一岁所入略足以给衣食”，七岁入私塾，接受传统教育，走科举道路，十五岁（1891）中秀才，名噪乡里。自十八岁起接连两次参加乡试，均以失利告终，其时恰逢康有为、梁启超鼓吹维新变法，遂决意放弃科举，转而学习“新学”。只是家境日窘，不能远游求学，直到二十二岁那年（1898）因人介绍得以赴上海，进入汪康年主办的《时务报》任书记，同时在东文学社学习哲学、文学、英文、日文。在学期间，他得到了学社创办人罗振玉的赏识，两年后在罗氏资助下赴日留学，在东京物理学校修习理科。不久因病归国治疗，后相继于上海、南通、苏州等地从事教育工作，并在《教育世界》杂志上发表了一系列有关哲学和文学的论文，二十九岁时（1905）将之结集为《静庵文集》。三十岁那年（1907）再经罗振玉引荐，入京任学部总务司行走，后改任学部所属京师图书馆编译、名词馆协修等。1911年10月辛亥革命爆发，他随罗振玉一起流亡日本，寓居京都，直至1916年2月始返回上海，为英籍犹太人哈同编辑杂志，兼任哈同创办的“仓圣明智大学”教授，前后共十一载。居留京都、上海时期，他主要从事甲骨文、殷商金文、考古学及历史学的研究，撰写了一批高质量的学术论著，四十五岁（1921）时将之结集为《观堂集林》二十卷。1922年被聘为北京大学研究所国学门之通讯导师，次年春经人推举赴京出任溥仪之南书房行走。1925年又因胡适之荐，受聘清华学校国学研究院导师，讲授经史之学，同时致力蒙古史料的整理与西北地理的研究。1927年阴历五月，在北京颐和园昆明湖投水自沉，终年五十。

关于王国维的死因，学术界有多种解释，比较有影响的有两种，一种是殉清说，一种是殉文化说。关于殉清说，以罗振玉《海宁王忠慤公传》为代表，主要依据是王国维的遗书；关于殉文化说，以陈寅恪《王观堂先生挽词（并序）》为代表，这也是比较为人接受的说法：

> 凡一种文化值衰落之时，为此文化所化之人，必感苦痛，其表现此种文化之程度愈宏，则其所受之苦痛亦愈甚；迨既达极深之度，殆非出于自杀无以求一己之心安而义尽也。吾中国文化之定义，具于《白虎通》三纲六纪之说，其意义为抽象理想最高之境，犹希腊柏拉图所谓Eidos者。若以君臣之纲言之，君为李煜亦期之以刘秀；以朋友之纪言之，友为郦寄亦待之以鲍叔。其所殉之道，所成之仁，均为抽象理想之通性，而非具体之一人一事……盖今日之赤县神州值数千年未有之钜劫奇变，劫竟变穷，则此文化精神所凝聚之人，安得不与之共命而同尽，此观堂先生所以不得不死，遂为天下后世所极哀而深惜者也。至于流俗恩怨荣辱委琐龌龊之说，皆不足置辩，故亦不之及云。[①]

① 陈寅恪：《王观堂先生挽词（并序）》，《国学论丛》第1卷第3号，1928年。

对于王国维的学术成就，后人多有很高的评价。他的学生谢国桢说：“先生兼通数国文字，学博中外，首倡尼采学说，实为介绍西哲之学第一人。后以高邮王氏之法，治典章制度文物之学，其治龟甲文字尤多创见，凡其所能，皆卓绝一时。”① 王国维在教育、哲学、文学、戏曲、美学、史学、古文字等方面，均造诣精深，超迈前人，并启迪来者。他的学术不仅仅属于他的时代，也属于未来和世界。戴家祥说：“先生的学术，即使不敢说绝后，也得说是空前。”② 梁启超说：“王先生在学问上的贡献，那是不为中国所有，而是全世界的。”③

王国维的治学经历是随其学术兴趣的转变而逐步展开的。他自幼接受的是传统教育，虽以举业为重，但也泛览过“前四史”、《文选》、《通鉴》，打下了比较坚实的国学根基。到上海任《时务报》书记时，开始接触“新学”，在东文学社学习期间，受藤田丰八和田冈佐代治的影响，对康德、叔本华、尼采等人的哲学思想产生浓厚兴趣。他说：“余一日见田冈君之文集中，有引汗德、叔本华之哲学者，心甚喜之。”于是，从康德《纯粹理性批判》入手，但苦其不可解，转而读叔本华《意志和表象的世界》，再而回归研读康德《纯粹理性批判》等，兼及伦理学及美学。“此时为余读书之指导者亦即藤田君也。”④ 他还将自己研读西方哲学心得撰成学术论文，如《叔本华与尼采》《叔本华之哲学及教育学说》《书叔本华遗传说后》等，并运用西方哲学观念分析孔子、屈原、《红楼梦》，撰为《孔子之美育主义》《屈子文学之精神》《红楼梦评论》等。在研究哲学的过程中，他对人生问题的思考萦绕于心，“故于治哲学之暇兼以填词自遣”，先后在《教育世界》杂志上刊出《人间词》甲、乙稿。填词的成功使王国维的学术兴趣发生转移，其研究重心从哲学转向词曲之学，他在《自序二》中说：“余疲于哲学有日矣。哲学上之说，大都可爱者不可信，可信者不可爱。余知真理，而余又爱其谬误……知其可信而不能爱，觉其可爱而不能信，此近二三年中最大之烦闷，而近日之嗜好所以渐由哲学而移于文学，而欲于其中求直接之慰

① 谢国桢：《悼王静安先生》，《晨报·星期画报》1927 年 6 月 12 日。

② 戴家祥：《海宁王国维先生》，《南大半月刊》第 28 期，1936 年 4 月 20 日。

③ 梁启超：《王静安先生墓前悼辞》，《国学月报》第 2 卷第 8 号，1927 年 10 月。

④ 王国维：《自序》，载吴无忌编《王国维文集》，北京燕山出版社 1997 年版，第 469 页。

藉者也。"[1] 从 1905 年开始，他将主要精力转到了对中国古典文学的整理与研究上，先后写了《文学小言》(1905)、《人间词话》(1908)、《宋元戏曲史》(1912) 等。特别是在《人间词话》写作前后，他据《花间》、《尊前》诸集以及《历代诗余》、《全唐诗》等，整理并考订了历代词家词集，编成《词录》《唐五代二十一家词辑》《清真先生遗事》等重要著作。从 1911 年 12 月亡命日本后，他的治学方向发生根本性转变，彻底放弃以西方新学研究传统文化的方法，全心致力于经史之学，侧重古文字、古器物、古舆地的考证与研究，这一研究基本延续到他去世以前。

《人间词话》是王国维治学从现代新学回归传统经史之学，在过渡时期撰写的一部文学批评著作。它跳出传统词学的理论框架，以"真"取代"善"，以美育取代教化，建构了一套以"境界"为核心话语的新体系。它通过传统词话的形式传递着现代的理念，搭起了一座从传统走向现代、沟通中西文化之桥，是运用现代新学分析传统词学问题的典范之作。

二 "境界说"：一种新型的理论体系

毫无疑问，"境界"是《人间词话》的理论基石，《人间词话》开篇第一句就说："词以境界为最上。有境界则自成高格，自有名句。五代北宋之词所以独绝者在此。"不过，王国维对境界的提倡有一个理论认识逐步深化的过程，1905 年他在接触学习西方哲学的时候，接受的是席勒、康德、叔本华的美学思想，认为文学"不外知识与感情交代之结果"，"苟无敏锐之知识与深邃之感情者，不足与于文学之事"。[2] 在他看来，文学是由"景"与"情"二原质构成的，"前者以描写自然及人生之事实为主，后者则吾人对此种事实之精神的态度也"，"故前者客观的，后者主观的也；前者知识的，后者感情的也"。[3] 经过两年多的填词实践，王国维对文学中情景关系又有新的认知，在托名樊志厚的《人间词乙稿序》中他明确提出了"意境"的范畴："文学之事，其内足以摅己而外足以感人者，意与境二者而已。上

① 王国维：《自序二》，载吴无忌编《王国维文集》，第 471 页。

② 王国维：《文学小言》，载吴无忌编《王国维文集》，第 232 页。

③ 王国维：《文学小言》，载吴无忌编《王国维文集》，第 231 页。

焉者意与境浑，其次或以境胜，或以意胜。苟缺其一，不足以言文学。”[①]以“意”与“境”取代“情”与“景”，更加注意到文学构成之原质的有机统一，即“以境胜”的作品有“意”贯注其中，“以意胜”的作品有“境”为其依托，“故二者常互相错综，能有所偏重，而不能有所偏废也”。到1908年发表《人间词话》时，他更直接以“境界”取代“意境”，以免因“意”与“境”两者各有偏重而造成误解，这样能更清晰地说明文学作品中构成因素的主客统一。但王国维也没有完全放弃“意境”，在《人间词话》及其他文学论著《清真先生遗事》《宋元戏曲史》中“境界”与“意境”是交互运用的，“境界”与“意境”的义涵在多数场合是打通的，但“境界”无疑是《人间词话》的主导话语。

一般以为“境界”并不是什么新名词，在王国维之前，也有不少学者提出过各种不同形式的“境界”。《诗·大雅·江汉》“于疆于理”句，郑笺曰：“正其境界，修其分理。”以言疆域也。三国时期翻译的佛经《无量寿经》云：“比丘白佛，斯义宏深，非我境界。”指向的是主体对佛教义理把握所达到的高度。到唐代王昌龄《诗格》正式提出“诗有三境”，即物境、情境、意境，刘禹锡“境生象外”、司空图“思与境谐”及“象外之象，味外之味”，对“境”的审美特点均有不同程度的揭示。宋代以后，“境”“意境”“境界”更成为文学批评的重要话语，以严羽“兴趣说”和清人王士禛“神韵说”为其代表，它们对于“意境”的审美内涵和创作特征都有比较全面的论述。但王国维认为自己提出的“境界说”在理论上已超过“兴趣说”和“神韵说”，严羽所谓“兴趣”，王士禛所谓“神韵”，只不过是道其面目，“境界说”才是探本之论。“言气质，言神韵，不如言境界。有境界，本也；气质、神韵，末也；有境界而二者随之矣！”[②]所谓“本”，是指文学之所以为美的本质属性；所谓“末”，是指文学作品的外在形态和内在意蕴，如“气质”“格律”“神韵”等。

为什么说境界说才是探本之论，而其他论说只是道其面目呢？这是因为他对境界的内涵做了新界说。首先，他认为境界形成的基础必是真感情

---

① 樊志厚：《人间词乙稿序》，载王国维《人间词话》，人民文学出版社2018年版，第88页。

② 王国维：《人间词话》，第49页。

与真景物。“境非独谓景物也，喜怒哀乐亦人心中之一境界。故能写真景物、真感情者，谓之有境界，否则谓之无境界。”在他看来，情和景是文学构成的最基本要素，文学作品所写之景与所抒之情必须具有真实性，所谓“真景物”“真感情”就是作者之所写必须是出自其所见与所感。他通过比较五代北宋诗词两种文体的优劣后，指出词胜于诗的原因在其“真”：“五代北宋之诗，佳者绝少，而词则为其极盛时代，即诗词兼擅如永叔、少游者，词胜于诗远甚，以其写之于诗，不若写之于词者之真也。”[①] 其次，强调言情体物要“不隔”。他认为作者要将自己所见所感真实地表达出来，必须做到“语语如在目前”，否则就是“雾里看花，终隔一层”。何谓“隔”与“不隔”？他列举了大量的诗词名句以说明，像谢灵运的“池塘生春草”、薛道衡的“空梁落燕泥”是不隔，而姜夔的“谢家池上，江淹浦畔”“酒祓清愁，花消英气”即为“隔”。前者写景传神，生动可亲，“语语如在目前”；后者则“如雾里看花，终隔一层”。所谓“雾里看花”，就是形象不够鲜明，给人似是而非的感觉，未能传达外物之神理。因为强调言情体物要“不隔”，所以他特别反对词中代字、用事、粉饰，认为“人能于诗词中不为美刺投赠之篇，不使隶事之句，不用粉饰之字，则于此道已过半矣”[②]。最后，言外有无穷之意。他评姜夔时曾说：“古今词人格调之高，无如白石。惜不于意境上用力，故觉无言外之味，弦外之响，终不能与于第一流之作者也”[③]，明确指出作品有意境是入列第一流作者的必备条件，这一句也是对严羽和王士禛有关思想的发展，为此，《人间词话》特地引用了《沧浪诗话》中这样一句话：“盛唐诸公唯在兴趣，羚羊挂角，无迹可求。故其妙处，透澈玲珑，不可凑泊，如空中之音、相中之色、水中之影……言有尽而意无穷。”他还联系唐宋词谈自己对这句话的理解，认为北宋以前的词亦达到这样的境界，即具有“言外之味，弦外之响”的美感特征。

更重要的还有，王国维以“境界说”为基础，建立起了一套完整的理论体系，并以之作为文学批评的第一标准。在提出“词以境界为最上”的

---

① 王国维：《人间词话》，第 45 页。

② 王国维：《人间词话》，第 39 页。

③ 王国维：《人间词话》，第 31 页。

基本主张后，王国维接着论述了"造境"与"写境"、"有我之境"与"无我之境"、"境界之大小"等，而这些问题的引出则是基于他对康德、叔本华、尼采哲学思想的理解和阐发。"造境"与"写境"是从创作方法谈境界，着眼于作者与现实的对待关系。所谓"造境"是作者按其主观理想想象虚构出来的，所谓"写境"是作者按照客观自然如实描摹而成的，这两种不同的创作方法便构成了"理想"与"写实"二派。在王国维看来，写实派并非机械照搬"自然"，而是有所取舍的，即"遗其关系限制之处"；理想派也必须向"自然"寻求"材料"，不能完全背离"自然之法则"。"自然中之物，互相关系，互相限制，然其写之于文学及美术中也，必遗其关系、限制之处，故虽写实家，亦理想家也。又虽如何虚构之境，其材料必求之于自然，而其构造亦必从自然之法则。故虽理想家，亦写实家也。"[①] 从这个角度看，"造境"与"写境"两种创作方法并不是对立的，而是相互联系的。"因大诗人所造之境必合乎自然，所写之境亦必邻于理想故也。"[②] "有我之境"与"无我之境"是从作者感情色彩浓淡谈境界，着眼于作品中作者情感与意象世界的关系。"有我之境"就是鲜明地流露了作者的主观情感，如欧阳修"泪眼问花花不语，乱红飞过秋千去"、秦观"可堪孤馆闭春寒，杜鹃声里斜阳暮"，所写景物具有人的主观色彩。"无我之境"则看不出作者的主观态度，情感完全泯化到具体意象中，如陶渊明"采菊东篱下，悠然见南山"、元好问"寒波澹澹起，白鸟悠悠下"二诗，便看不出作者的主观情思，但诗人超然世外遗世独立的胸襟又隐约其中。可见"无我之境"并不是没有作者的思想感情，正如王国维所说"一切景语皆情语也"，只是作者的思想感情比较隐蔽而已，所以朱光潜认为"有我之境"与"无我之境"反映的是感情的"显"与"隐"。"境界之大小"是从作品取材范围和外在形态谈境界的，有的取材个人生活和家庭伦常，有的取材社会历史和宇宙自然，这两种不同的取材方法使得作品在外在形态上就有"大境"和"小境"之分。像杜甫的"细雨鱼儿出，微风燕子斜"（《小槛遣心二首》之一）是小境，"落日照大旗，马鸣风萧萧"（《后出塞五首》之二）是大

① 王国维：《人间词话》，第 3 页。

② 王国维：《人间词话》，第 1 页。

境；秦观的“宝帘闲挂小银钩”（《浣溪沙》）是小境，“雾失楼台，月迷津渡”（《踏莎行》）是大境。而“大境”与“小境”之分，也与康德所说“优美”与“崇高”有关。“大的境界，予人以伟大、壮阔、雄浑的感觉，在西洋美学上称为崇高；小的境界，予人以细致、幽美、柔和的感觉，称之为秀美。”[①] 因为美是多样的，优美与崇高也各有优长，故境界之大小并无优劣之分。

《人间词话》第一则提出“词以境界为最上”的主张，从第二到第九则分述不同的“境界”，第十到第五十二则依时代先后，以境界为标准对唐宋词人及清人纳兰性德的词作进行了新的评价，第五十三到第六十四则主要讨论的是诗词曲的文体差异及递嬗等。从手稿本到国粹学报本，可以看出王国维思想有一个从理论思考到思想成熟的过程，国粹学报本《人间词话》理论成熟，逻辑谨严，结构完整，论述深刻，在后世产生了巨大的社会影响。

三　境界说与人生观：人生追求的境界升华

很显然，王国维《人间词话》保留了受西方哲学影响的印记，他提倡境界说也是在研读叔本华、尼采哲学过程中对人生问题思考而引出的话题。他曾说自己“体素羸弱，性复忧郁”，对于生命和人生颇多思虑，当在日文教师田冈文集中看到康德、叔本华的有关论述时，他很快对西方哲学产生浓厚兴趣，他研究哲学的决心更坚定了，特别是叔本华的悲观主义哲学引起他的强烈共鸣，他认为“叔氏之书思精而笔锐”。[②] 在他看来，叔本华唯意志论较好地解释了生活、欲望、苦痛的关系，他指出：“夫吾人之本质，即为意志矣，而意志之所以为意志，有一大特质焉，曰：生活之欲。何则？生活者非他，不过自吾人之知识中所观之意志也。”[③] “生活之本质何？欲而已矣。欲之为性无厌，而其原生于不足。不足之状态，苦痛是也……人生之所欲，既无以逾于生活，而生活之性质，又不外乎苦痛，故欲与生活与

① 姚一苇：《艺术的奥秘》，漓江出版社1987年版，第311页。

② 王国维：《自序》，载吴无忌编《王国维文集》，第470页。

③ 王国维：《叔本华之哲学及其教育学说》，载吴无忌编《王国维文集》，第296页。

苦痛三者，一而已矣！”[1]

他在这一时期写作的诗词，也充满对人生意义求索的疑虑和困惑，或感叹人生的虚幻：“早知世界由心造，无奈悲欢触绪来。”（《题友人三十小像》）或悲慨现实的羁绊：“人生苦局促，俯仰多悲悸。”（《游通州湖心亭》）更大的苦痛是人生该何所而往之：“适然百年内，与此七尺遇。尔从何处来？行将徂何处？”（《来日二首》之一）他的笔下充斥着大量对于人生意义拷问的诗句：“人生只似风前絮，欢也零星，悲也零星，都作连江点点萍。”（《采桑子》）“欲觅吾心已自难，更从何处把心安。”（《欲觅》）“人间事事不堪凭，但除却无凭两字。”（《鹊桥仙》）如果说《人间词》是对于哲学探求不能为其解答人生意义，转而以诗词抒情的方式来表达自己的思想苦闷和人生思考，那么《人间词话》则是他从苦闷与思考中寻找到的一个重要出口——“境界”，通过对“境界”及其相关问题的论述，以区分“政治家之言”与“诗人之言”、“餔啜的文学”与“真正之文学”、“常人之境界”与“诗人之境界”等。

王国维对文学本质的认识接受的是席勒的游戏说，认为文学是人在生存竞争之余的一种游戏，是超功利的，“而个人之汲汲于争存者，决无文学家之资格也”。[2]“文学美术亦不过成人之精神的游戏”，“吾人之势力所不能于实际表出者，得以游戏表出之是也”。[3] 文学作为一种成人的游戏，必远离现实利益，一旦它与现实利益发生关系，“决非真正之文学也”。“职业的文学家，以文学为生活；专门之文学家，为文学而生活。”[4] 以文学为谋生手段，这样的文学叫作“餔啜的文学”。在现实生活中，人们多以功利为思考问题的出发点，在中国古代，文学艺术难得有自身发展的空间，中国古代作家在创作时必多托于忠君爱国劝善惩恶以自解免，这就是中国古代文学哲学不发达的一大原因。从超功利的纯文学观出发，王国维特别推崇超功利的“诗人之言”，否定了表现社会关怀的“政治家之言”。政治家只关注当前现实，而诗人则能超越当下，贯通古今，摆脱功利的束缚。诗人

① 王国维：《红楼梦评论》，载吴无忌编《王国维文集》，第 203 页。

② 王国维：《文学小言》，载吴无忌编《王国维文集》，第 231 页。

③ 王国维：《人间嗜好之研究》，载吴无忌编《王国维文集》，第 255、256 页。

④ 王国维：《文学小言》，载吴无忌编《王国维文集》，第 236 页。

所关注的非一己之得失，而是对人类命运的关怀，亦如释迦、耶稣之担荷人类罪恶。从这个角度讲，诗人之言不仅指向当下，更指向未来。“若夫真正之大诗人，则又以人类之感情为其一己之感情。彼其势力充实，不可以已，遂不以发表自己之感情为满足，更进而欲发表人类全体之感情。彼之著作，实为人类全体之喉舌，而读者于此得闻其悲欢啼笑之声，遂觉自己之势力亦为之发扬而不能自已。”①

王国维不仅通过“馎啜的文学”与“真正之文学”之区别强调了文学的真实性，通过“政治家之言”与“诗人之言”之比较突出了文学的超功利，他还通过“诗人之境界”与“常人之境界”的辨析高扬了文学对于人类情感传达的恒久和深广。《清真先生遗事》云：“境界有二：有诗人之境界，有常人之境界。诗人之境界，惟诗人能感之而能写之，故读其诗者，亦高举远慕，有遗世之意。若夫悲欢离合、羁旅行役之感，常人皆能感之，而惟诗人能写之。故其入于人者至深，而行于世也尤广。”② 所谓“常人之境界”，是指人们日常生活中所形成的体验和感受；“诗人之境界”是指诗人将常人之所知所感进行审美提升，通过意象塑造使之成为传达人类共通的情感符号。“以此须臾之物，镌诸不朽之文字，使读者自得之。”这实际上是说，诗人借由不朽之文字，让常人的“悲欢离合、羁旅行役之感”摆脱了现实生活的困扰，进入由语言构筑的意象世界，从而提升了作者的境界和读者的修养。让“吾心”得以安放，“苦痛”得以解脱，情感得以释放。因此，他认为“文学之所以有意境者以其能观也”，所谓“能观”就是指读者能超越现实进入一种自我营构的意义世界。王国维引用叔本华的话说：“夫美术者，实以静观中所得之实念，寓诸一物焉而再现之。由其所寓之物之区别，而或谓之雕刻，或谓之绘画，或谓之诗歌、音乐，然其惟一之渊源，则存于实念之知识。”③ 正是这种审美无功利的观念，使其“境界说”具有提升人之修养和境界的现实意义。

王国维借“三种境界”说表达了他从诗词中感悟到的人生意义，《人间词话》第二十六则云：

---

① 王国维：《人间嗜好之研究》，载吴无忌编《王国维文集》，第256页。

② 王国维：《清真先生遗事》，载吴则虞校点《清真集》，中华书局1981年版，第113页。

③ 王国维：《叔本华与尼采》，载吴无忌编《王国维文集》，第275页。

> 古今之成大事业、大学问者，必经过三种之境界：“昨夜西风凋碧树，独上高楼，望尽天涯路”。此第一境也。“衣带渐宽终不悔，为伊消得人憔悴”。此第二境也。“众里寻他千百度，蓦然回首，那人却在，灯火阑珊处”。此第三境也。此等语皆非大词人不能道。然遽以此意解释诸词，恐为晏欧诸公所不许也。[①]

王国维这段话表达的是自己的人生感悟，并明确表示自己的理解，“恐为晏欧诸公所不许也”，但也确实把诗词的境界进行了意义的提升，从具体诗词的体验感悟人生的普遍意义。首先，他讲到自己所说的是人生境界，亦即成就大事业、大学问；其次，他提到必须经过三个阶段，第一阶段：“昨夜西风凋碧树，独上高楼，望尽天涯路。”这是晏殊《鹊踏枝》（槛菊愁烟兰泣露）中的句子，本意是说一位怨妇对远方游子的思念，她日复一日登楼眺望，盼望远方游子的归来。但王国维这里所要表达的是，成就大事业大学问者必须承受的孤独感，只有这样才能具备追求高远境界的基础。第二阶段：“衣带渐宽终不悔，为伊消得人憔悴。”这是柳永《凤栖梧》（伫倚危楼风细细）中的句子，本意是说一位在外漂泊、失意的游子，对于其所爱的思念，甚至为之形神憔悴，表现出“终不悔”的执着，王国维借此是要表达对人生目标的追求当锲而不舍。第三阶段：“众里寻他千百度，蓦然回首，那人却在，灯火阑珊处。”这是辛弃疾《青玉案》（东风夜放花千树）中的句子，本意是讲自己在元夕之夜所见所感，写一群游街的女子，或“蛾儿雪柳”，或“笑声盈盈”，而他所倾慕的女子却在那灯火阑珊之处，显得那样的卓尔不群、傲然独立。王国维这里是要表达成就大事业大学问者，经过人生孤独和锲而不舍后，终于进入到人生追求的高远境界。很显然，王国维这段话是引导人们从诗词中读解人生，从个别中体验一般，通过文学提升自己的人格修养和审美境界。

这说明，《人间词话》不仅仅是一部文论经典，更是一部人生指南。它在 20 世纪曾引导一大批青年学子走上了热爱古典诗词的道路，当代著名诗词大家叶嘉莹说过，她之所以爱上古典诗词，其机缘就是中学时代母亲为

---

① 王国维：《人间词话》，第 17 页。

其购买的一套“词学小丛书”，其中的《人间词话》对唐宋词的精解妙评引起了一种“于我心有戚戚焉”的直觉感动。《人间词话》对于 20 世纪文化史的影响，对哲学、美学、文学、教育学等都有深刻的烙印，如著名哲学家冯友兰把人生的境界分为四类——自然境界、功利境界、道德境界、天地境界，著名美学家朱光潜对《人间词话》中“隔与不隔”“有我与无我”的讨论与阐释，著名词学家顾随、浦江清、缪钺等对于王国维《人间词话》思想的完善与发展，叶嘉莹更自称平生论词受王国维《人间词话》及顾随先生教学的深刻影响等。王国维所倡导的超功利的纯文艺观和追求高远的审美境界，对于一个世纪以来中国新文化的建设产生了深刻的影响，激励着中华儿女奋发图强，建设一个强大的新中国。在社会生活急剧变化的新时代，在物质文化高度发达的新世纪，它对于提升人们的人格修养、追求高远境界仍有指导意义。

顾宪融《填词百法》及其词学史意义

在20世纪二三十年代，有一本名为《填词百法》的书被反复翻印出版，引起了有关书商的关注，在其影响下《最浅学词法》《最浅学诗法》等被推出，而且在三四十年代形成了一股研究诗法词法的热潮。《填词百法》的作者就是著名文化商人陈栩的弟子——顾宪融。

一 顾宪融其人其学

顾宪融（1898-1955），字佛影，号大漠诗人，笔名佛郎、猷斋、红梵精舍主人，斋名临碧轩，江苏南汇人，以字行。他早年才思敏捷，在诗、词、曲等方面造诣甚深，与王小逸、张恂子并称“浦东三才子”。曾任教大同大学、持志大学、金陵女子大学，为上海商务印书馆和中央书店编辑，七七事变后避居四川，抗战胜利后返沪，在无锡国专上海分校任教。著有《大漠诗人集》《红梵词》《红梵精舍笔记》，创作杂剧《四声雷》《谢庭雪》、小说《新儒林外史》，辑录《元明散曲》，评注《剑南诗钞》，刊刻《红梵精舍女弟子集》等，词学方面的著述有《增广考正白香词谱》《红梵精舍词话》《填词百法》《填词门径》等。

顾佛影曾拜陈栩为师，陈栩是著名的南社文人，以创作诗词曲小说闻名民初沪上文坛，有各类作品多达百余种。陈栩（1879-1940），字栩园，号蝶仙，别署天虚我生、太常仙蝶、惜红生等，浙江钱塘（今杭州）人。《天虚我生传》云：“生为月湖公（陈福元）第三子，钱塘优附贡生，两荐不第，而科举废，遂以劳工终其身。夙擅诗文词曲，而不自矜，生平但以正心诚意，必忠必信为天职。凡事与物，莫不欲穷其理以尽其知，故多艺，然不为世用，因自号曰天虚我生！”① 陈栩是民国初年鸳鸯蝴蝶派的代表作家，曾在上海编创《申报·自由谈》《女性世界》《游戏杂志》《礼拜六》等，小说有《泪珠缘》《情网蛛丝》《玉田恨史》等，戏剧有《花木兰传奇》《落花梦传奇》《桐花笺传奇》《媚红楼传奇》《白蝴蝶传奇》等，诗词文集有《天虚我生诗词曲稿》《栩园唱和集》《栩园唱和录》等。陈栩不但是闻名的诗词大家，而且还乐于提携引导后进，出版《文艺丛编》，刊载《栩园弟子集》，其弟子主要有张默公、龚存诚、冯潄红、陈承祖、郑留隐、叶月澄、顾青瑶、温倩华、江素琼、陈小翠、朱穰存、陈小蝶、郑伟光、顾佛影等。值得注意的是，陈栩还编有《作诗法》《填词法》，以之为门指导弟子写作，这是近现代较早出现的关于诗词作法的入门指南。

顾佛影学诗填词均受老师陈栩之影响，仿效老师之先例辑有《红梵精舍女弟子集》，并在陈栩《考正白香词谱》基础上编有《增广考正白香词谱》，又在《填词法》基础上编有《填词百法》，与刘铁冷的《作诗百法》同时发行，这两本诗词作法的入门读物在当时影响甚巨，一版再版，后更名为《无师自通填词门径》《无师自通作诗门径》。大约是受时代风气之影响，由崇新书店出版的这两本诗词作法书在当时甚为流行，引起了上海最有影响的出版机构世界书局的青睐，其专门请了一位叫刘坡公的，先后编写了《学诗百法》《学词百法》，这两本入门读物在结构安排和内容组织上，都明显受到顾氏之书的影响，但因为世界书局的发行力和影响力，以致在后世人们只知刘氏之书而不知有顾氏之书也。

谈起顾佛影的词学，不得不提到他的几本词学专书，这几本书也与他的老师陈栩有关。第一本是《填词百法》，《填词百法》1925年2月由上海崇新书局出三版，初版最迟应在1924年底完成。这本书是顾佛影在陈栩《填词法》(1919)的基础上，并结合自己的创作经验编写而成的。第二本是《增广考正白香词谱》，1926年9月由中原书局出版，次年7月再版，该书凡四卷，是对陈栩《考正白香词谱》的增广与补订。第三本为《填词门径》，1936年由中央书店出版，是在《填词百法》基础上改编而成的通论性著作。较《填词百法》而言，《填词门径》体系更完善，结构更完整，理论

① 陈栩：《天虚我生传》，《中国纸业》1940年征求号。

性更强。它在结构与内容安排上与吴梅《词学通论》有异曲同工之妙。如果说《填词百法》是一本关于填词作法的入门读物，那么《填词门径》则可称是一本全面论述词学相关问题的理论读本。上篇涉及词与音乐、词与诗文、词与四声、词之句法、用韵、词谱、词调、词法等问题，下篇则专论历代名家词，依年代先后论述了唐五代词人 4 家，北宋词人 7 家，南宋词人 6 家，清代词人 15 家，兼及不同时期的其他词人，论及各家创作风格，可称得上是一部简明词史。

《填词百法》虽然带有浓厚的经验色彩，但它是顾宪融从事词学研究的起点，相对于热闹一时的诗词研究而言，它是第一本较为全面论述填词之法的入门读物，值得重视。

二 《填词百法》之结构及其作法论

《填词百法》由上、下篇组成，上篇围绕词体谈词法，下篇围绕词人谈词法，涉及词派、词史、词风诸问题，各有侧重，互为补充。

一般说来，词体由音乐与文学两部分组成，音乐涉及音、韵、律等要素，文学则关乎立意、谋篇、措辞、使事、用典等，对于填词之法的了解也应从这两个大的方面入手。在《填词百法》之前，陈栩《填词法》已涉及字法及辨体，但较为简略，其时亦有如王蕴章《词学》（1918）从辨体、审音、正韵等角度谈的，比较重视音乐性，更为全面的论述是吴莽汉的《词学初桄》（1920），从律谱、审音、用韵、用字、属对、炼句、咏物、言情、使事等方面展开。《填词百法》上篇从“法”的角度着眼，将上述几个方面的问题细分为 49 种“法”。

第一到第五法，论述了词的四声、阴阳、五音、词谱、词韵，都是着眼于词的外在形式，也有将词与诗、文等文体形式相比较的意味，强调词在四声、阴阳、五音、词谱、词韵等方面与诗文的差异性，后来顾宪融在《填词门径》中将这部分内容统称为“绪论”。因为是填词的入门指南，所以顾宪融对四声、阴阳、五音、词谱、词韵的基本知识做了比较系统的介绍。

第六到第二十五法，主要论及词的字法、句法、章法，层次虽不是特别分明，但条理大体清晰。比如字法有上去辨微、填词释义、虚字衬逗等；句法有二字句、三字句、四字句、五字句、六字句、七字句，还有深浅当体法、填词属对法、填词炼句法等，前者就句子的结构而言，后者就句子的写作而论；章法则有填词布局、小令起结、长调起结、填词转折、警句揣摩、叶韵宜忌、空际盘旋、命题选调、声律指迷等，都是就整篇而言的，尤重小令与慢词在结构上的差异性，因此在具体的作法上也就要求不一样，还有词调与立意的关系也很重要。

第二十六到第三十八法，是从内容角度谈词的作法和要求，有从言意关系而论的，如意内言外、先空后实、言浅意深、十六要诀等，有从表达手法而言的，如写情铺叙、即景抒情、登临怀古、咏物取神、咏物寓意等，也有如隶事用典、运用成语、和韵叠韵、俗语入词等具体的创作技法。这些言论大抵是对前人相关论述的继承，但也确实是初习填词者所必须了解的。

第三十九到第四十三法，从形体角度而言，谈到词的一些特殊形态，如书函体、告诫体、集句体、福唐体、回文体等。因为这些词体，在填词中比较特别，作法有别于一般词体，作者特地拈出，是为了让初学者有所认知，较好地把握相关词体的写作尺度。

第四十四到第四十九法则是从词的音乐性角度谈词的形体与作法，包括令慢辨别、制腔参考、词曲辨体、调名辨异、调名考正、宫调溯源等，这些恰好是词不同于诗的外在表征。

对于上述内容，顾佛影在 1936 年出版的《填词门径》中进行了简化，将这 49 种“法”归纳为三大类。第一类“总论”，主要论述词与诗文、音乐、四声的关系，包括四声的辨别和练习，以及读词的方法等；第二类“论词之形式”，包括句法、词韵、词谱、词调等，主要着眼于词的外在形构；第三类“论词之内容”，则包括意内言外、先空后实、十六字诀、词起结与转折、用韵、属对、衬逗、选调等，是关于词的内在构成要素及其要求。这样的分类更为简明，条理也更为清晰，对于《填词百法》而言，《填词门径》也是必须阅读的参考书。

较之一般入门读物而言，《填词百法》一书不但论词体之“法”，而且还论及词人之“法”。在下篇“词派研究法”一节中，顾宪融对晚唐五代、两宋、清代的词派做了简单的梳理，谈到每一时期重要词派及其创作特点，并介绍了有代表性的词人，而后总结说：“综计由唐及清，先后凡四十八人，分为四十八章，每章先陈其人出处，次为博采诸家评语，参以己意，一一论次之，后列其词，自三四阕至于十余阕，虽多寡详略不同，而初学得之，梗概略具矣。”这就是他所说的“词派研究法”，下篇每节在结构上由词人生平、诸家评论、代表作品三部分组成。虽然顾佛影着眼于词人之“法”，但也可看出词史在“词法”上的进步。晚唐五代以小令为主，词藻以雕琢为工，立意则托兴闺帏。两宋由短及长，体制日繁，词人日众，但南北两朝，风格迥异。比如北宋用重笔，南宋用深笔；北宋主乐章，南宋则以巧争胜；北宋无门径，南宋则按迹可寻。至于清代，他的总体认识是：“虽乐谱失传，管弦已废，而文藻之工，转轶前代。”因此，他把论述重心放在有清一代，重点论述了清代词人 18 家。在《填词门径》一书中，他论及唐五代词人 4 家、北宋 7 家、南宋 6 家，而清代多达 15 家，为全书之冠。

对于晚唐五代词人，《填词百法》重点谈了 13 家，以李白为词之鼻祖。顾宪融认为李白的词未脱诗之痕迹，是将诗制谱入乐，但《菩萨蛮》《忆秦娥》二阕开始表现出与诗迥异的特征。关于温庭筠，对张惠言“感士不遇”的说法，他认为不必拘泥，“飞卿词佳处在语重心长，神理超越，句句绮琢，而字字有脉络”，对于温词的认识要不为常州派所拘牵，他强调读者见仁见智，各极其妙。在五代影响较大者为李后主、韦庄，他对后主的评价是“清逸绵丽，本色当行”，特别是亡国之后所作，“全用赋体作白描，语语惊心动魄”；他对韦庄的评价是“清艳绝伦，如初日芙蓉，晓风杨柳”，其《菩萨蛮》诸什，“眷眷故国之思，尤耐人寻味”，比较重视其艺术性。对于其他词人，也特别注意揭示其表现手法或审美特质，并能指出各家在表现技法上的缺陷和不足。如牛松卿的“浅而不露，拙而不率”，魏承班的“淡而近，宽而尽”，孙光宪的“情致极胜，而微伤于碎”，李德润词笔致的“舒卷自如，不假雕琢”，欧阳炯词的“粗中见细，拙中见巧”，等等。这些评价，固然也吸收了前人的一些看法，但也确实揭示了各家创作之特点。

对于两宋词人，他论述有 17 家，并以两宋为时限。他认为北宋初年虽承晚唐之绪余，但已洗刷浮尘，气韵渐变，以晏、欧为其代表。晏殊之词多小令，和婉明丽，与南唐为近，“一洗《花间》之浮艳，蓄情于物，疏淡中自见脉络”；欧阳修亦未脱南唐风习，“大率皆中小令，和平宽厚，如不经意，而自见沉着”。词到柳永手中，境界渐开，“体制既繁，意境亦富”。

顾佛影概括柳词的特点是："音调谐婉，尤工于羁旅悲怨之辞，闺帷淫媟之语"，"词之由小令、中调以递至慢词，耆卿其关钥也"。其后，特色较鲜明者为苏轼、秦观，前者以豪健胜，后者以婉约胜，顾氏把苏轼与柳永相比对，认为"坡词自有横槊气概，固是英雄本色，与柳之以纤艳见长者不同"；又引蔡伯世语，将柳永、苏轼、秦观三人相比较："子瞻辞胜于情，耆卿情胜于辞，辞情相称者，惟少游而已。"清晰地揭示了三家创作之特征。此外，他还谈到贺铸的"丽而不淫"，陈克的"能拾唐韵"，特别推崇周邦彦的"集大成"，指出："美成词，其意淡远，其气深厚，其音节又复清妍和雅，最为词家之正宗。"他还引用毛先舒的评价，指出美成之妙在一"浑"字，并征引周济对周邦彦的评论，认为《清真词》在艺术表达上的特点就是"勾勒"。对于南渡以后词人，他着重论述了李清照、辛弃疾、刘过、史达祖、姜夔、吴文英、王沂孙、周密、张炎等九家，这九家大约可归为三大派。李清照乃女中豪杰，与李煜齐名，独成一派。顾氏认为，"易安词浓淡各极其妙，究苦无骨，不脱为女郎语也"，指出她作为女性词人存在的不足，见解独到。辛弃疾、刘过属于豪放派，顾氏并没有直接发表意见，只是不避繁复大量征引前人评论，强调稼轩词的"重才""尚气""雄深雅健"。至于其他六家都属于典雅派词人，他们在创作技法和风格上各有千秋，如姜夔的"高远峭拔，清气盘旋"，吴文英的"运意深远，用笔幽邃"，张炎空灵而雅正，王沂孙有白石意度，周密有"韶倩之色，绵邈之思"，等等。这些论述虽多取前人之成说，但也表明顾氏对于诸家之"法"的感悟和体认，并能准确地把这一词派的创作倾向揭示出来。

清代词人是顾佛影着墨较多的部分，他将清代词史分为四个时期：清初为一期，浙派为一期，常州派为一期，清末为一期。不同的词人被他纳入不同时期展开讨论。对于清初词人，他推许龚鼎孳、吴伟业、王士禛、曹贞吉诸人的振兴之功，而于清初三大词人——朱彝尊、陈维崧、纳兰性德评论尤高。他认为朱彝尊所作"高秀超诣，绵密精严，标格在南宋诸公"，但也有其不足，亦即"以姜张为止境，又好引经据典，饾饤琐屑"。陈维崧为词"天才艳发，辞锋横溢，驱使群籍，举重若轻"，"然其弊在叫嚣粗野，未夺稼轩之垒，先蹈龙洲之辙"。纳兰性德更被他推为清初词坛一大宗，其地位堪与陈维崧、朱彝尊并驾齐驱。"容若则瓣香重光，幽艳哀断，小令之美，古今无匹。”其余诸家，若彭孙遹、吴绮、顾贞观，亦各有其短长，顾佛影亦多征引前人之评论作为断语。对于清代中叶词人，他选取了厉鹗、郑燮、张惠言三大家，从这三家见出其时词坛之格局，厉鹗为浙派在清代中叶的杰出代表，郑燮为陈维崧豪放作风在清代中叶的承续，张惠言则是常州派的开派领袖，顾佛影的选人选词可谓独具只眼，从风格与流派角度准确地揭示了其时词坛之风貌。关于嘉道以还之词人，分别有项廷纪、龚自珍、蒋春霖、郭麐、周之琦、吴藻、王鹏运七大家，这几位词家既见证浙派在清代中叶的影响力及其新变气象，也显示出常州词派在晚清势力逐渐强大并成为词坛之主流，像项廷纪、郭麐、吴藻之近于浙派，龚自珍、蒋春霖、周之琦、王鹏运之近于常州派，这表明晚清词坛浙、常两派交互影响并趋于融合的发展态势。

以上所述，既是顾佛影对词人之“法”的描述，也表征着他对词史演进的基本认知。如果说上篇着眼于实际性的写作指导，那么下篇则有助于初学者开阔眼界，有助于初学者对词史发展及词体演进有比较深刻的认识，从而更好地找到切合自己的填词路径，进而登堂入室，趋于大成。从这个意义上说，它不但是一本知识性的入门读物，而且也是一部切实可行的填词指南，后来，在这本书基础上改编而成的《填词门径》，将顾佛影的这一用意更明确地表达出来了。

三 《填词百法》之特点及其现代性

从《填词百法》自身而言，它有两大特点是值得注意的。第一，它不着意知识体系的建构，而更着眼于务实性的写作指导，从词体的构成要素到字法、句法、章法，再到具体的写作技巧和特殊形态，而后是从唐而清重要词人词作的介绍，由浅而深，循序渐进，具有较强的操作性，后来改写本名为“填词门径”，更为贴切。尽管所论之内容是对传统词话相关论述的清理与总结，但无论是体例还是观念都与传统词话迥然不同。传统词话带有较浓的经验色彩，有的甚至还有浓厚的派性意识，着意突出某派审美主张而贬抑某些审美倾向，比如清代浙西派的崇雅黜俗，常州派的尚意抑格，而顾佛影只是从客观立场介绍有关知识，总结某种写作方法，体现了一种客观求实的态度，甚至对词史上某些词人的审美偏向做了批评和纠正。

第二，它将词体、词人、词史糅合在一起，这样的体例结构对于后起之吴梅《词学通论》应该是有影响的。其实，这一做法，刘勰《文心雕龙》之文体论已肇其端，所谓“原始以表末，选文以定篇，敷理以举统”是也。对于论词之书而言，刘熙载《艺概·词曲概》也有类似于论词法与论词人的内容，只是缺少作品的介绍，而民国初年出版的王蕴章《词学》、谢无量《词学指南》、吴莽汉《词学初桄》已有改进，特别是后两者还加入了作品的内容，但这两本书更着力于词之体式（词谱）的介绍，而于“选文以定篇”却了无用心。顾佛影《填词百法》一书在各家评论之后选入代表性作品，以印证评论部分之所言并示初学者以轨范，可以说是对上述两书之不足的重大改进。

正如前文所言，《填词百法》是顾佛影词学研究的起始点，也是现代词法研究史上的重要转折点。在《填词百法》之前，主要有陈栩的《作词法》和傅汝楫的《最浅学词法》，其后有刘坡公的《学词百法》，而后是吴梅、刘永济、唐圭璋、夏承焘诸人涉及“论词之作法”的相关论著，《填词百法》则在现代词法研究史上充任着承前启后的重要角色。关于陈栩《作词法》的过于简略，前已论述，不再赘述，这里着重谈谈傅汝楫的《最浅学词法》。“本书定名学词法，专就浅近立说，为已解吟咏，而欲进窥倚声者，指示门径。”该书分列七章，即寻源、述体、论韵、考音、协律、填辞、立式，有一定的体系性，对词的体式做了比较全面而系统的介绍，但也基本上是对王蕴章《词学》和谢无量《词学指南》两书所论内容之综合。初步推断，顾佛影编写《填词百法》一书应该是参考了上述诸书特别是傅汝楫《最浅学词法》的，但是他却不受诸书内容和体例之限制，别出手眼，以“法”为全书立论之主线，将词体与词史、形体与结构、词人与词派等不同内容，分条分类串联起来，这一新颖而别致的编排体例和方法，既眉目清晰，又便于查询，类似于“填词百法辞典”，具有较强的实用性。该书一经出版即售罄，先是崇新书局印过五版，后是中原书局印过六版，在市面上可称得上是畅销读物。受其影响，世界书局也乘势推出了刘坡公编写的《学词百法》，《学词百法》无论是在结构组织与内容安排上都可看出《填词百法》的印迹。如第一章“音韵”内容有审辨五音法、考证音律法、分别阴阳法、剖析上去法、检用词韵法、配押词韵法、变换词韵法、避忌落韵法；第二章“字句”内容有填一字句法、填二字句法、填三字句法、填四字句法、填五字句法、填六字句法、填七字句法、填对偶句法；第三章“规则”内容有检用词谱法、研究要诀法、衬豆虚字法、锻炼词句法、揣摩词眼法、选择调名法、布置格局法、运用古事法、填词起结法、填词转折法、填词言情法、填词写景法、填词纪事法、填词咏物法；第四章“源流”内容有探溯词源法、分别词曲法、辨别词体法、考正调名法、讲究令慢法；第五章“派别”内容有晚唐诸家词法、五代诸家词法、两宋诸家词法、金元诸家词法、明代诸家词法、清代诸家词法。尽管《学词百法》在后世影响更大，但绝不可忽视《填词百法》在体例设计、内容安排、章节布局上的开创之功。《填词百法》《学词百法》的多次重印和广泛流行，对推动民国时期的词法研究有重要的作用，后来吴梅《词学通论》、刘永济《诵帚堪词论》、唐圭璋《论词之作法》、夏承焘《作词法》等，将相关问题的研究引向深入，从而在现代词学史上形成了一条以“词法研究”为主脉的历史线索，开拓了现代词学研究的新领域。

《填词百法》一书从首次印行，距今已有九十多年的历史，对当代读者学习欣赏旧体诗词仍有借鉴和指导意义。一是它的编者顾佛影作为一位现代词人，以现身说法的方式，从词之作法层面，亦即从文体论的角度，为当代读者做了一次旧体诗词知识的普及工作，作为欣赏者应该从哪些方面了解词的特点，认识词作为一种不同于诗的文体的体性和特征；二是在该书的下篇，顾佛影对词史上的重要词人、词派、词作做了比较系统的介绍，《填词百法》作为一本入门读物，也为初学者了解词史，掌握词史上重要词人和经典词作，提供了一个可供借鉴的读本；三是这本书在写作方法上也是值得注意的，它的出发点是为初学者提供入门指南，在行文与结构上都非常浅显易懂，不故作艰深之辞，语言明白畅达，把深奥的意思用浅近的语言表达出来，因此，对于远距古典的当代读者而言其是一本深浅比较适中的入门读物，以此可以登堂入室而进乎道矣。

刘永济《词论》与《文心雕龙》之相关性

刘永济（1887-1966）于20世纪三四十年代在武汉大学任教期间，为讲授词学撰写了一部专门探讨词学理论问题的学术论著——《词论》，这是一部“对词学要义多所阐发”的论著，最初以铅印讲义的方式在武汉大学校内发行，直到1981年才由上海古籍出版社整理出版。

从书中所征引的材料看，刘永济广泛涉猎历代词学典籍，自觉地接受了历代词学优良传统的熏陶和滋养，对《词论》思想影响最深的当是况周颐的《蕙风词话》。刘永济曾师从况周颐治词，接受况氏词学思想是很自然的事情，但从《词论》的体例及有关思想看，还可以看出《文心雕龙》对它的深刻影响，这一点往往为人所忽略。其实，刘永济在武汉大学中文系讲授词学的同时，也在讲授汉魏六朝文学，先后撰有《十四朝文学要略》和《文心雕龙校释》。《文心雕龙》是一部“体大思深”（章学诚语）的鸿篇巨制，对后代文学理论和文学创作产生过深远的影响，在中国文学批评史乃至中国文化史上都占有重要的位置[①]，它的思想为刘永济所吸纳，刘永济用以分析词学理论问题，当然也是情理之中的事情了。

比较《词论》与《文心雕龙》，可以发现它们在体例上有许多相似之处。《文心雕龙》分上下两篇，由总论、文体论、创作论和批评论四部分组成，其中“论文叙笔”的文体论和“割情析采”的创作论是全书的主体和核心。《词论》在规模上不及《文心雕龙》之宏大，只有8万余言，但全书在体例上亦分上、下两篇，由文体论和创作论两部分组成。上篇专论词之

---

① 参见张少康等《文心雕龙研究史》，北京大学出版社2001年版；汪春泓《〈文心雕龙〉的传播和影响》，学苑出版社2002年版。

名谊、缘起、宫调、声韵、风会，为文体论；下篇专论创作，分总术、取径、赋情、体物、结构、声采、余论七部分，为创作论。这样的体例安排明显地受到《文心雕龙》的启发，当然，在实际操作过程中，刘永济又根据“词”的体制要求和创作实际进行了相应的变通。

上篇的文体论部分，基本上是按照刘勰组织文体论的思想来编排体例的。《文心雕龙》“序志篇”谈文体论的“纲领”说：“若乃论文叙笔，囿别区分。原始以表末，释名以章义，选文以定篇，敷理以举统，上篇以上，纲领明矣。”这个“纲领”是刘勰结撰文体论各篇的总体思路，涉及文体的源流、释义、代表作家作品及文体的规范和要求等问题。同样，《词论》上篇也是先释名（名谊），继之探源（缘起），再之论宫调、声韵，这两个部分是刘永济根据词的体制特征加入的，而“风会”一章，阐述的是词的流变规律，涉及不同时期的代表作家、不同时期的创作风格及词体的盛衰变化等问题，大约包含刘勰所说的“表末”（流变）及“选文定篇”（代表作家作品）两部分内容，体例安排上颇多相通之处。

下篇的创作论部分，“总术”一章明显是借用了刘勰《文心雕龙》的有关术语，“赋情”“体物”二语虽来自张炎的《词源》，但也涉及性情的传达和外物的描摹，和《文心雕龙》的有关思想有相通之处。《文心雕龙》“序志篇”谈创作论的具体内容是：“割情析采，笼圈条贯。摛神性，图风势，苞会通，阅声字；崇替于时序，褒贬于才略，怊怅于知音，耿介于程器；长怀序志，以驭群篇。下篇以下，毛目显矣。”牟世金认为，根据刘勰措辞用语的不同，这段话实际上将下篇分为三个部分。“摛神性，图风势，苞会通，阅声字”是为创作论，“崇替于时序，褒贬于才略，怊怅于知音，耿介于程器”实为批评论，“长怀序志，以驭群篇”是全篇的总论。[①] 在创作论部分的18篇文章中，“总术篇”又是创作论的纲领，重点论述创作方法的重要性，其中“九变之贯匪穷，知音之选难备”一句至为重要，刘永济《文心雕龙校释》解释说：“舍人所谓九变之贯，即指文学原理而言。”[②] 这说明“总术篇”探讨的就是文学创作的基本原理。刘永济《词论》首设

① 牟世金：《文心雕龙研究》第六章“创作论”，人民文学出版社1995年版。

② 刘永济：《文心雕龙校释》，中华书局1962年版，第167页。

“总术”，也是要阐述“词”创作的基本原理，即清空、胸襟、气格、意境、寄托等理论问题，这些都是从事“词”的创作活动者必须掌握的基本原理，涉及的内容似于神思、体性、养气诸篇。取径、赋情、体物是刘永济从历代词论中提炼出来的涉及创作问题的“篇目”，但它们涉及的内容与《文心雕龙》所说的“情采”“熔裁”诸篇相通，“结构”“声采”涉及的内容也与《文心雕龙》所说的“体势”“章句”“声律”“炼字”“丽辞”诸篇皆有相关性。

当然，《文心雕龙》对《词论》影响最为深刻的还是它的思想，即文学见解，这集中地表现在《词论》下篇谈词的作法上。在引言部分，刘永济以陆机《文赋》谈创作“若夫随手之变，良难以辞逮”引出全篇的话题，指出“大匠能诲人以规矩，不能诲人以巧也”[①]。然而，在刘永济看来，文学创作也并非陆机所说的那样神秘莫测，接着他引用刘勰、黄庭坚及况周颐的有关论述，证明文学创作实际上是有规律可循的，当然这一规律是需要作者经历文学创作切身体会的，最后说“刘君虚静之论，尤为扼要”[②]。如果初学者能按照刘勰所说的那样去作，“虽规矩弗存，而方圆自当矣”[③]。《文心雕龙校释》亦云：“盖文艺之事，贵有会心，不传之巧，虽亲难告，何可拘此成规，范彼灵识耶?”[④] 那么，刘勰所说的文学创作规律是什么呢?它对《词论》阐述“词”的创作有哪些启发意义呢？从《文心雕龙校释》到《词论》有什么样的内在联系呢？

首先，重视创作主体。刘勰提出“文以心为主”的文学本体论，刘永济借《文心雕龙》论“文心”阐述了况周颐“词心”说的审美内涵。

《文心雕龙》“序志篇”说：“夫文心者，言为文之用心也。”所谓“文心”就是为文之“用心”，据张少康分析，“心”还应该包括神、理、情、意、志等丰富的精神内容，刘勰的“文心”说是要阐述一个“文以心为本”的文学原理。[⑤]《文心雕龙校释》亦曰：“舍人论文，辄先论心……盖文以心

① 刘永济：《词论》，上海古籍出版社1981年版，第62页。
② 刘永济：《词论》，第62页。
③ 刘永济：《词论》，第62页。
④ 刘永济：《文心雕龙校释》，第192页。
⑤ 张少康：《文心略论》，载《夕秀集》，华文出版社1999年版。

为主，无文心即无文学。”① 这个说法无非是说“文学即心学”，强调文学作品是作者本心的自然流露（类似于西方的表现论），这实际上代表的是中国古代对文学本体的基本认识，刘熙载《艺概》即说：“《易系传》谓易其心而后语，扬子（雄）云谓言为心声，可知言语亦心学也。”可见，刘勰提出“文以心为本”是以“心”为认识文学基本问题的出发点，一部博大精深的《文心雕龙》就是在阐述这个“文以心为本”的基本思想。刘永济说：“舍人论文，每以文与心对举，而侧重在心……夫心识洞理者，取舍从违，咸皆得当，是为通才之鉴；理具于心者，义味辞气，悉入机巧，是为善弈之文。”②

“文以心为本”，“无文心即无文学”，那么“心”在文学创作中发挥什么样的作用呢？刘永济进一步解释说：“盖善感善觉者，此心也；模物写象者，亦此心也；继往哲之遗绪者，此心也；开未来之先路者，亦此心也。”③“心”是主体从事文学创作的先决条件，它是作者感于外物的主观因素，是作者传达审美感受的内在动力，是作者向前代文学遗产学习的主要内容，也是作者在后代产生巨大影响，成为后代文学资源的关键性因素。

刘勰“文心”论实际是从司马相如的“赋心”说而来，“赋心”与所谓“诗心”“文心”“词心”都是相通的，刘熙载说：“诗为赋心，赋为诗体。”④ 这对况周颐论“词心”是有启发意义的，但况周颐论“词心”又赋予“心”以新的审美内涵：“吾听风雨，吾览江山，常觉风雨、江山外有万不得已者在。此万不得已者，即词心也……此万不得已者，由吾心酝酿而出，即吾词之真也。非可强为，亦无庸强求，视吾心之酝酿何如耳。吾心为主，而书卷为其辅也。书卷多，吾言尤易出耳。”⑤ 在况周颐看来，“词心”与日常生活所说的“心”是有区别的，它从“吾心酝酿而出”却不是主体原来所有的那颗自然素朴之“心”，而是主体受外物激发而出于不自已的“情兴”，它是推动作者进行文学创作活动的内在驱动力。刘永济《词

① 刘永济：《文心雕龙校释》，第 101 页。
② 刘永济：《文心雕龙校释》，第 166~167 页。
③ 刘永济：《文心雕龙校释》，第 101 页。
④ 刘熙载：《艺概·赋概》，载袁津琥校注《艺概注稿》，中华书局 2009 年版，第 411 页。
⑤ 况周颐：《蕙风词话》卷一，载屈兴国《蕙风词话辑注》，江西人民出版社 2000 年版，第 23 页。

论》解释说：“盖设境、造词，司契在心，此心虚灵，即善感而善觉。此善感善觉者，即况君所谓‘词心’也；其感其觉，即况君所谓‘万不得已者’也”①。

“文心”或“词心”乃为文（词）之用心，它不同于日常世俗的利欲之心，是一种超功利越理性的审美心境。刘永济指出：“然而心忌在俗，惟俗难医。俗者，留情于庸鄙，摄志于物欲，灵机窒而不通，天君昏而无见。以此为文，安从窥天巧而尽物情哉?”② 他认为《文心雕龙》论“文心”之精蕴主要在“神思”和“养气”两篇，“彼篇（“神思”）以虚静为主，务令虚明气静，自然神王而思敏。本篇（“养气”）……亦即求令虚静之旨，然细绎篇中示戒之语……言外盖以箴其时文士，苦思求工，以鬻声誉之失也”③。什么是刘勰所说的“虚静”呢？刘永济解释说：“舍人虚、静二义，盖取老聃‘守静致虚’之语。惟虚则能纳，惟静则能照。能纳之喻，如太空之涵万象；能照之喻，若明镜之显众形。一尘不染者，致虚之极境也；玄鉴孔明者，守静之笃功也。”④ 况周颐受老庄“虚静说”之启发用以阐述“词境”：“人静帘垂，灯昏香直。窗外芙蓉残叶飒飒作秋声，与砌鼎相和答。据梧冥坐，湛怀息机。每一念起，辄设理想排遣之。乃至万缘俱寂，吾心忽莹然开朗如满月，肌骨清凉，不知斯世何世也。斯时若有无端哀怨枨触于万不得已。即而察之，一切境象全失，唯有小窗虚幌、笔床砚匣，一一在吾目前。此词境也。”⑤ 这段话描述的是创作构思的全过程：静→寂→朗→触→失，“人静帘垂，灯昏香直”是外在环境的宁静，“据梧冥坐，湛怀息机”是内在心境的虚静，“吾心忽莹然开朗如满月”是指文思开通、灵机活跃、万象纷来（想象的展开），因此说，外境的宁静与内心的“虚静”是审美活动发生的先决条件，是文学创作构思活动的基础和出发点。

在这样的认识基础上，结合历代词论尤其是况周颐的有关思想，刘永

① 刘永济：《词论》，第72页。

② 刘永济：《文心雕龙校释》，第101页。

③ 刘永济：《文心雕龙校释》，第162页。

④ 刘永济：《文心雕龙校释》，第101页。

⑤ 屈兴国：《蕙风词话辑注》，第22页。

济提出填词应注意襟抱、胸次培养。他指出："襟抱、胸次，皆非专由学词工力所能得，特工力深者始能道出之耳。襟抱、胸次，纯在学养，但使情性不丧，再加以书卷之陶冶酝酿，自然超尘，但道出之时，非止不可强作，且以无形流露为贵。"[①] 他还以苏轼《定风波·三月七日沙湖道中遇雨》为例，认为"能于不经意中见其（苏轼）性情学养"，"其冲虚之襟抱，至今犹能仿佛见之"。最后总结说："大凡人之观物，苦不能深静，而不能深静之故，在浮，在闹。浮与闹之根，在不能远俗。能远俗，则胸次湛虚，由虚生明，观物自能入妙。故文家之作，虽纯状景物，而一己之性情学问即在其中。盖无此心即无此目，无此目即不能出诸口而形诸文，然则襟抱、胸次之说，皆作者临文以前之事，安能凭学力以得之哉?"[②] 所谓"浮"就是心浮，所谓"闹"就是心的躁动，"心"不能虚静则主体无法进入审美之状态，这些思想和《文心雕龙》"神思篇"和"养气篇"一脉相承，但又在况周颐的基础上引进读书避俗的观点，进一步充实了刘勰培养锻炼主体性情的思想。

其次，重视构思活动过程中主客体的"心物交融"。刘勰认为主客体"心物交融"的构思活动促成了审美意象的发生，刘永济借《文心雕龙》论"意象"分析了"词境"的生成及其审美构成。

关于主客体的"心物交融"问题，《文心雕龙》中的"诠赋""神思""物色"诸篇皆有深入而独到的论述。在文体论部分的"诠赋篇"，刘勰谈到赋具有"铺采摛文，体物写志"的特征，"体物写志"讲的即是创作主体要在细致观察事物后才去表现自己的思想，后面继续论述道："原夫登高之旨，盖睹物兴情。情以物兴，故义必明雅；物以情观，故辞必巧丽。"要做到"铺采摛文"，必须先去"睹物兴情"，主体在体察自然外物的过程中，受外物的感召不由自主地产生审美激情，而后主体以自己的情思去观照外物，这样由外而内再转而向外的主客体交流互动促成了审美意象的发生，最后才通过"巧丽"的文辞将存于胸中的审美意象传达出来。

在"神思篇"，刘勰谈文学创作的构思活动，对上述思想做了进一步的

---

① 刘永济：《词论》，第 67 页。

② 刘永济：《词论》，第 68 页。

阐述："故思理为妙，神与物游。神居胸臆，而志气统其关键；物沿耳目，而辞令管其枢机。"刘永济认为此段详言神思与外物交融通塞之理，"盖'神居胸臆'，与物接而生感应；志气者，感应之符也；故曰'统其关键'。'物沿耳目'，与神会而后成兴象；辞令者，兴象之府也，故曰'管其枢机'"。[①] 一方面主体感物起"兴"，另一方面客体触"兴"而成"象"，这个"象"正是在"心物交融"主客相交的过程中形成的审美意象。王元化认为，"物色篇"对这种"心物交融"的关系谈得最为透彻。[②] 刘永济也认为"物色"是申论"神思篇"第二段论"心物交融"之理，""神思"举其大纲，本篇（"物色"）乃其条目"。"物色篇"说："诗人感物，联类不穷……写气图貌，既随物以宛转；属采附声，亦与心而徘徊。""随物宛转"谈的是主体触物起兴，"与心徘徊"谈的是外物为主体所驱使。刘永济进一步阐述说："盖神物交融，亦有分别。有物来动情者焉，有情往感物者焉。物来动情者，情随物迁；彼物象之惨舒，即吾心之忧虞也。故曰'随物宛转'；情往感物者，物因情变，以内心之悲乐，为外境之欢戚，故曰'与心徘徊'。"[③] 主客互动，心物交融，主体（心）已不是原来之主体（心），客体（物）亦不是原来之客体（物）。"物来动情而情应之，此物已非实际之物，而为作者情域所包矣。情往感物而物迎之，此物亦非实际之物，而为作者情识所变矣。此即情即物融合无间之诠释也。盖实际之物当其入于吾心，必带有吾之情感而为吾心之所有。"[④]

最为精彩的地方是，刘永济将"心物交融"说与王国维的"写境""造境"说联系起来，揭示了刘勰"意象"说与王国维"意境"说之间的内在联系。他说："前者（随物宛转）文家谓之无我之境，或曰写境；后者（与心徘徊）文家谓之有我之境，或曰造境。前者我为被动，后者我为主动。被动者，一心澄然，因物而动，故但写物之妙境，而吾心闲静之趣，亦在其中，虽曰无我，实亦有我。主动者，万物自如，缘情而异，故虽抒人之幽情，而外物声采之美，亦由以见，虽曰造境，实同写境。是以纯境固不

---

① 刘永济：《文心雕龙校释》，第101页。

② 王元化：《释〈物色篇〉心物交融说》，载《文心雕龙创作论》，上海古籍出版社1982年版。

③ 刘永济：《文心雕龙校释》，第180页。

④ 刘永济：《文心雕龙校释》，第116~117页。

足以谓文，纯情亦不足以称美，善为文者，必在情境交融，物我双会之际矣。”[1] 我们知道，王国维“意境”说是用来说明“词境”中心物关系的，刘永济更在王氏意境论的基础上进一步分析了“词境”中“心”与“物”二者是如何交融的。他说：“盖神居胸臆之中，苟无外物以资之，则喜怒哀乐之情无由见焉。物在耳目之前，苟无神思以观之，则声音容色之美无由发焉。是故神、物交接之际，有以神感物者焉，有以物动神者焉。以神感物者，物固与神而徘徊；以物动神者，神亦随物而宛转。迨神、物交会，情、景融合，即物即神，两不可分，文家得之，自成妙境。知此，则情在景中之论，有我、无我之说，写实、理想之旨，词境、意境之义皆明矣。”[2] 从上述分析看，王国维的意境说还只是将“词境”分类研究，刘永济则是对不同“词境”的内在心理机制进行了深入而透彻的剖析。

最后，重视文学创作过程中意象的语符化即“言”“意”关系。刘勰论述了文学文本的文质关系及文学形象的“隐秀”特征，刘永济借《文心雕龙》之论“言”“意”关系分析了词之“清空”“质实”的实质及“清空”的审美意蕴。

如果说心物交融说明的是艺术构思中的心理状态，论述的主要是审美意象如何生成的话，那么“言”“意”关涉的则是文学创作中的表达问题，即作者通过什么样的语言方式将审美意象呈现出来。刘永济说：“盖情物交会而后生文，‘神思’一篇所论详矣。然其交会成文之际，亦自有别。或物来动情，或情往感物，情物之间，交互相加，及其至也，即物即情，融合无间，然后敷采设藻以出之。”[3] 但意象是存于胸中的，当它以语言的方式被物化后，就会出现刘勰所说的“意翻空而易奇，言征实而难巧”情形。“神思篇”云：“是以意授于思，言授于意，密则无际，疏则千里，或理在方寸而求之域表，或意在咫尺而思隔山河。”这是说语言表达与艺术构思之间有一种离合的关系，结合得紧密的话则犹如天衣无缝，结合得粗疏则谬以千里，但总体说来它们还是一种“因内而符外”的关系，正如“体性篇”所说：“夫情动而言形，理发而文见。盖沿隐以至显，因内而符外者也。”

---

① 刘永济：《文心雕龙校释》，第 180~181 页。
② 刘永济：《词论》，第 71 页。
③ 刘永济：《文心雕龙校释》，第 116 页。

“言”“意”关系涉及的第一层意思，是内容与形式亦即文质的关系。“情采篇”说：“夫铅黛所以饰容，而盼倩生于淑姿。文采所以饰言，而辩丽本于情性。故情者，文之经；辞者，理之纬。经正而后纬成，理定而后辞畅，此立文之本源也。”刘永济认为“情采”的关系是“采之本在情，而其用亦在述情”，但“情”要以采而表现之，无采之文而情则无以依附。“情采篇”说：“夫水性虚而沦漪结，木体实而花萼振，文附质也。虎豹无文则鞟同犬羊，犀兕有皮而色资丹漆，质待文也。”刘永济释之曰：“盖人情物象，往往深赜幽杳，必非常言能尽妙，故赖有敷设之功，亦如治玉者必资琢磨之益，绘画者端在渲染之能，迳情直言，未可谓文也，雕文伤质，亦未可谓文也。必也，参酌文质之间，辨别真伪之际，权衡深浅之限，商量浓淡之分，以求其适当而不易，而后始为尽职。”[1] 从文学表达角度而言，“言”与“意”结合得天衣无缝应该说是最佳状态，但实际上在文学创作过程中往往出现重意轻辞或尚辞而略意的两种偏向。比如在清代，以朱彝尊为代表的浙西派，为转变明末清初的软媚俗艳风气，重提姜夔、张炎所倡导的清雅词风，不满吴文英之“质实”，也反对苏、辛之粗豪，其偏重声韵格律和文辞谐美。而以张惠言为代表的常州派后劲，不满于浙派的“过尊白石，但主清空”，积极肯定浙派所否定的吴文英和辛弃疾，也存在着偏重内容的倾向。刘永济从“意”与“辞”（言）的角度重新检讨了“清空”“质实”之说，指出“清空”与“质实”涉及的是“炼意”“炼辞”的问题：“盖作者不能不有意，而达意不能不铸辞。及其蔽也，或意迳而辞不逮焉，或辞工而意不见焉……必也意足以举其辞，辞足以达其意。辞意之间，有相得之美，无两伤之失。”[2]

“言”“意”关系涉及的第二层含义是，语言表达的含蓄与直露的问题。语言文本有“言外之意”是文学作品的基本特征，但在文学表达过程中有一个“言”能否称“意”的问题。刘永济《文心雕龙校释》说：“言外之意，必由言得，目前之景，乃凭情显。言失其当，则意浮漂而不定，情丧其用，则景虚设而无功。言当者，作者之情怀虽未尽宣，而读者之心思已

① 刘永济：《文心雕龙校释》，第 117 页。

② 刘永济：《词论》，第 65~66 页。

足领会。”① 当然，言首先能称“意”，将意象传达得生动形象，刘勰称之为“秀”；同时，言又要能藏“意”，将作者的意思隐蔽起来，刘勰称之为“隐”。他说：“隐也者，文外之重旨者也；秀也者，篇中之独拔者。隐以复意为工，秀以卓绝为巧，斯乃旧章之懿绩，才情之嘉会也。”（“隐秀”）刘永济认为这里所说的“隐”“秀”，实际就是宋代梅圣俞所说的“状难写之景如在目前，含不尽之意见于言外”，因为张戒《岁寒堂诗话》引有《文心雕龙》之佚文“情在词外曰隐，状秀目前曰秀”二语，所说的意思和梅圣俞是相通的，他们主张文学作品描摹景物要生动形象（“秀”），但表达思想感情却要含蓄不露（“隐”），中国古代向来就有重含蓄的传统，刘勰关于“隐”的思想也最为历代论者所重视。什么是“隐”呢？刘勰说：“夫隐之为体，义生文外，秘响傍通，伏采潜发；譬爻象之变互体，川渎之韫珠玉也。”（“隐秀”）“义生文外”就是说意义隐藏在文本之外，它需要读者在接受解读文本的过程中生成出来，在刘永济看来，词家强调词要“清空”实际上就是主张“词意超妙”（义生文外）：“清空云者，词意浑脱超妙，看似平淡，而义蕴无尽，不可指实。”② 这一审美特征又是《诗》《骚》传统在词中的具体表现，是古代诗歌比兴传统的进一步发扬，也是古代文学“意在言外”传统的进一步发挥。“其源盖出于楚人之骚，其法盖由于诗人之兴，作者以善觉、善感之才，遇可感、可觉之境，于是触物类情而发于不自觉者也。惟其如此，故往往因小可以见大，即近可以明远。其超妙，其浑脱，皆未易以知识得，尤未易以言语道，是在性灵之领会而已，严沧浪所谓‘水中之月，镜中之象’是也。”③

《文心雕龙》对《词论》的影响是非常广泛的，除了“总术篇”集中论述了文学创作的基本原理外，“结构”“声采”两篇也吸收了《文心雕龙》谈文学传达的体势、章句、炼字的见解。如《词论》说：“按文艺之美有二要焉：一曰条贯，二曰错综。条贯者，全体一致融注之谓也；错综者，局势疏荡转变之谓也。错综之极而仍不失全体融注之精神，条贯之极而仍

① 刘永济：《文心雕龙校释》，第 156 页。

② 刘永济：《词论》，第 66 页。

③ 刘永济：《词论》，第 66 页。

不失局势转变之德性，此彦和所谓体势相偶合也。”[①] 这便来自《文心雕龙》“定势篇”，《文心雕龙校释》说：“舍人论体势相因之理，实具条贯与谐和两义。条贯者，一篇之中，构体宜与其情同符。谐和者，一体之内，取势宜与其体合节。与情同符，则情更明。与体合节，则体更显。”[②] 因为这些问题所论都是比较具体的创作技巧，这里就不再分析和比较了，但由此也可以看到《文心雕龙》对《词论》的影响是何其的深刻！

① 刘永济：《词论》，第104页。

② 刘永济：《文心雕龙校释》，第114页。

赵尊岳词学戏剧学研究成就述略

在现代文化史上，有一些文化名人，现在已经基本淡出了人们的视野，赵尊岳就是这样一位文化名人。在过去的五六十年间，他在人们心目中的形象非常模糊，随着民国史研究的兴起和民国文化研究热的出现，他逐渐清晰地向我们走来。

一　赵尊岳其人其文

赵尊岳（1898－1965），字叔雍，斋名高梧轩、珍重阁，笔名春醪、镇岳，晚年署名赵泰，江苏武进人。上海南洋公学肄业。历任上海《时事新报》记者、《申报》馆经理秘书、行政院驻北平政务整理委员会参议。抗战时历任汪伪政府要职。1945 年抗战胜利，他被定为汉奸，关进苏州提篮桥监狱。1948 年保释出狱，远走香港，为中华书局境外编译局编辑。1958 年赴狮城，为新加坡马来亚大学国学教授，1965 年病逝。

赵尊岳是“民国诸葛”赵凤昌之子。赵凤昌（1856－1938），字竹君，一字惜阴。自幼失学，在钱庄为学徒，后受人资助，捐得县丞一职，分发广东。“初任粤藩姚觐元记室，旋入署粤督曾国荃幕府。”[①] 光绪十年（1884）四月，张之洞升任两广总督，赵凤昌遂有缘与之相识。赵氏为人机敏，办事干练，而且记忆力极佳，得到张之洞的器重。光绪十五年（1889），张之洞调任湖广总督，赵凤昌以亲信幕僚随往。四年后，张之洞遭大理寺卿徐致祥弹劾。经廷议，张之洞得以免责，倒是赵凤昌受牵连，被革去职。后在张之洞的照顾

① 赵尊岳：《惜阴堂辛亥革命记》，中国社会科学院近代史研究所近代史资料编辑部编《近代史资料》总第 102 号，中国社会科学出版社 2002 年版，第 246 页。

下，赵凤昌被派往上海，“办理通讯运输诸务”。光绪三十四年（1908），在上海南阳路10号，赵凤昌建造了一座名为“惜阴堂”的邸宅，由张謇亲自题写匾额。辛亥革命前后，这里成了革命党人议事之所，张謇、庄蕴宽、唐绍仪、孙中山、黄兴、章炳麟经常出入“惜阴堂”，南北议和之事就是由赵凤昌一手促成的，他也因此被誉为“民国诞生之助产婆”。

赵尊岳是赵凤昌的幼子，其上有两位姐姐，他得到父母的无比溺爱，养成了狂放不羁的习性。据载，他在上海南洋公学读书期间，曾有戏弄国文老师和法文老师的传闻。自南洋公学肄业后，他的母亲周夫人不愿他随姊赵志道赴美留学，遂让他拜清末民初四大词人之一的况周颐为师。因缘际会，当时《申报》总经理史量才有难，赵凤昌援手相助，赵尊岳因之被安排进《申报》馆工作，成为史量才的经理秘书。1928年初夏，他出任《时事新报》记者，受上海新闻界之委托，前往济南调查“五卅惨案”，在前往调查的轮船上他居然率性地袒裼裸裎起来。他的这种性格到了最后竟发展到附逆汪伪的地步，他的老友金雄白回忆说：“叔雍于1944年冬，继林柏生之后而出任宣传部部长。那时汪氏已病逝日本，公博继任主席，宣传部在汪府中是一个重要的机构，大约经公博与周佛海共同商量而始决定任命的。那时我正在上海主持《平报》社务，有一天晚上，我到佛海上海居尔典路的沪寓，不料高朋满座，陈公博、梅思平、岑心叔、罗君强与叔雍等都在，佛海忽然笑着对我说：‘叔雍将主管各报社而出任宣传部长，你们是老友，你要不要向他表示欢迎道贺之意？’我听到了这一消息，觉得有些突然，而且我以为以词人而担负行政工作也并不相宜，因自恃为故交，我过去拉了他一下袖角，拖他到无人的屋角，轻声的对他说：‘不久将酒阑人散了，你又何苦于此时再来赴席？’叔雍却还是他那一副吊儿郎当的习性，他却笑笑说：‘你比喻得并不当，我是一向坐在桌边在看人家打麻雀，此时八圈已毕，有人兴犹未阑，而有人起身欲去，我作壁上观久矣，三缺一，未免有伤阴骘，何苦败人之兴，就索性入局，以待终场。’他的一生行事，不论巨细，也总是显出他游戏人间的名士行径。”[①] 这一游戏人生的态

① 转引自蔡登山《雏凤清于老凤声——也谈赵叔雍》，载《一生两世》，北京出版社2018年版，第223页。

度，为他晚年带来太多的麻烦，抗战胜利后，他的家产被籍没，曾经宾客如云的“惜阴堂”也被政府收走了，他在1948年出狱后为了生计，远走香港、新加坡，以教书来糊口，最后客死异乡。

赵尊岳少时机敏过人，又经名师指点，才情超出众人。他的兴趣非常广泛，无论是古典诗词，还是小说戏剧，无所不能。他早年曾在《小说月报》开辟专栏，译介西方小说，有《重臣倾国记》《缇骑外史》《大荒归客记》《罗京春梦影》《玉楼惨语》等，由商务印书馆结集出版。这些译介的小说，文笔洗练，笔法传神，颇受读者欢迎。受林译小说影响，其译以文言为主，并仿效唐人之说部，自撰《汝南女》《王姑传》《绿阴青子》等，叙写男女情事，笔调哀怨，甚得古法。他还创作有《罗浮梦传奇》和《函髻记传奇》，为四折短剧，前者写唐代官员郑译因上奏忤旨，被贬岭南，途中巧遇梅仙事，有道家超脱思想；后者言唐代书生欧阳詹与太原妓行云殉情事，尤为动人。这两部剧本，无论是关目的安排，还是形象的塑造及曲词的选择，均表现出赵尊岳过人的才情。

1918年进入新闻界后，他的才情得到进一步的施展，因为工作，他专门报道了梅兰芳到沪上的两次汇演。他以“梅讯”的方式，采用新闻实录的笔法，详细地报道了梅兰芳在沪上的一言一行，也包括沪上人士围绕梅兰芳演出开展的一系列活动，如观剧、聚饮、题词、唱和等。他因之被人戏称为“梅党”，他的“梅讯”也因之被人视为“梅王起居注”。他对京剧艺术的热爱，使他与梅兰芳结下了深厚的情谊，1961年梅兰芳在北京辞世，在得知消息的第二天，赵尊岳用苏东坡赠息轩道士韵写了一首古诗悼念梅兰芳，诗云：“投老隐炎陬，为欢忆少日。乌衣识风度，壮齿未二十。朝朝会文酒，夜夜巾车出。我甫欲南征，细语别楼隙。凡兹不胜纪，一掷拼今昔。忍哀对遗影，犹似虱歌席。成连嗟入海，风雨徒四壁。”他还在梅兰芳逝世二十周年时，撰《世界艺人梅兰芳评传》以为纪念：“我以前写过不少梅先生的记载，很多是他的身边琐事，爱看的人，说写得很有趣味，不爱的人，便说不谈梅先生的剧艺，只谈他的生活，无聊之至。他们又哪里懂得我的用意，原在列举各种材料，供给人家研究梅先生的修养的用处呢。我敢再说一句，凡是治现代史的人，对于研究对象的重心人物，实在应该这样做去，才有成绩。不要尽凭大人物有些‘违心之论’的演说和开会演说时‘装腔作势’的镜头，来下批评，在他们，那些根本是一部分的业务，正和梅氏的舞台演出一样而已。”①

赵尊岳还热衷旅游，曾在赵君豪主编的《旅行杂志》上发表一系列游记，行踪所及包括辽东、洛阳、西安、太原、济南、青岛、内蒙古、西藏、新疆、广州、香港，以及东南地区的江浙名胜——金山、焦山、滁州、扬州、杭州、徽州、越溪、苕溪、富春江，这些游记，不但描写所游之地的自然风光，而且介绍了当地的人文、风俗、历史。作者叙写游踪，条理清晰；描绘风景，文辞藻丽；介绍风俗人情，饶有兴味；有的有很强的可读性，有的甚至可看作导游指南。赵尊岳的传记也写得不错，因为其父是晚清民国的历史要人，他有缘接触许多中国近代史上著名的政治人物，他的《人往风微录》收入了唐绍仪、张謇、郑孝胥、熊希龄、朱祖谋、沈曾植、严复、屠寄、徐润等重要人物的传记，《好文章》上也载有辜铭鸿、张一麐、况周颐等传记，他们有的是政治人物，有的是文化名人，有的是商界巨贾，赵尊岳常常抓住不同人物的性格和重要的事件进行描写，多能把传主的精神和事迹传神地表现出来，这也是得益于他曾经翻译和写作小说的丰富经验。

赵尊岳在近代文化史上最值得一提的是他的诗词创作。他本籍为江苏武进，这里是常州词派的发源地，他对张惠言的“意内言外”之说多所推重，称天下之言常州词者莫不奉二张（张惠言、张琦）为大师。他与近代著名的诗人郑孝胥、陈散原，词人朱祖谋、况周颐都有过直接的交往，前者是晚清宋诗派领袖，后者为晚清常州派巨擘，特别是师从况周颐的经历奠定了他在现代词坛的重要地位。“其诗词自同光诸老入，虽不尽出于其乡，然择善而从，拓其先辈之域，亦学者所有事也。”② 他的诗能得宋诗派之真传，笔力雄健，功力深厚，尤重诗法，也有逞才使气的特点。1928 年，他与叶恭绰、冒广生相约出游，过苏州、常熟、镇江、扬州，历九日而归，诗以记之，有《苏虞纪游杂事》35 首，诗歌被叶恭绰刻入《吴游片羽》；

① 赵尊岳：《世界艺人梅兰芳评传》，香港《大成》杂志 1973 年 8 月第 70 期。

② 曾克耑：《高梧轩诗序》，载赵尊岳《高梧轩诗》，文海出版社 1965 年版，第 1 页。

1945年被关入提篮桥监狱，他与梁鸿志隔室联吟，作宫体诗十余首，“把阴森的监狱描摹成红墙碧瓦、雕栏画栋的皇宫”。[①] 晚岁居港，与饶宗颐、曾克耑唱和，其和东坡韵竟至50余首。1956年章士钊南游，与粤港文人唱和，结集为《南游吟草》，他为之经营出版，并撰文介绍章诗。

赵尊岳的词，因得况周颐之指授，风格上与晚清四大家尤近。据他自言，年至十九，尚不知词，直到与静宜夫人（王季淑）结婚之后，两人以同读《花间集》相娱，渐而步入两宋名家之境。在这一过程中，积以旬月，渐有所作，呈之以父，其父赵凤昌因是而介绍他向朱彊村（祖谋）请益，彊村则以自己不工启迪之道，转而把他介绍给了况蕙风先生。“先后十载，颇有所作。蕙师严为去取之。又语以正变之所由，涂辙之所自。乃至一声一律之微，阳刚阴柔之辨，词人籍履，词籍板本，罔不备举。”[②] 他早岁有《和小山词》一卷，词尚清逸，况周颐为之作序，称之为“今之晏小山”。其效梦窗者，亦能得其法乳，“虽不能至，亦能近道”。他曾筑“高梧轩”于西湖，并绘图征题，一时词坛耆宿皆应之，有陈散原、陈方恪之诗，朱祖谋、况周颐之词，还有孙德谦之题记，为风雅之盛举。后期结集有《珍重阁词集》，据其女赵文漪介绍，包括《近知词》《蓝桥词》《南云词》《炎洲词》《南云词》，这些保存下来的词集多咏物、题画、抒情、酬赠之作，反映了作者前后生活境遇之变迁，其词笔亦由小山、清真转而为玉田、花间，后期更多抒写的是“愁苦之音”。

20世纪三四十年代，上海、南京两地词坛社事颇为兴盛，如上海的沤社、南京的如社，赵尊岳均是重要成员之一。他的作品不但被收入社集，还在当时的重要报刊如《风雅颂》《词学季刊》《国闻周报》等上发表。他的挚友龙榆生主编《词学季刊》《同声月刊》，他是主要撰稿人之一。通过《赵凤昌藏札》，我们了解到当时南北词人与赵尊岳来往十分密切，他们有交流词作的，也有探讨理论的，这些词人既有朱祖谋、况周颐、夏敬观、吴梅、杨铁夫、邵瑞彭、冒广生等前辈词人，也有张尔田、叶恭绰、黄公

---

① 朱子家：《提篮桥监狱的五光十色》，载《汪政权的开场与收场》，春秋杂志社1960年版，第183页。

② 赵尊岳：《珍重阁词集自序》，载《和小山词·和珠玉词》，上海古籍出版社2004年版，第155页。

渚、陈匪石、蔡嵩云、夏承焘、唐圭璋、龙榆生等同辈词人。可以说，赵尊岳是一个了解现代词坛之状貌的重要窗口。

二　赵尊岳有关词学方面的研究成就

赵尊岳在现代词学史上地位的确立，主要体现在他的词籍整理和词学研究上。

从词籍整理看，他的贡献有三。一是整理明词文献。他曾遵其师况周颐之嘱，广泛搜罗过去不大被注意的明词文献，经过积年搜集，实得四百余种，最后定稿为 268 种，即《惜阴堂汇刻明词》，这成为后来饶宗颐编纂《全明词》之重要基础。他还按照四库提要的体例，为每一部词集撰写提要、介绍作者、交代版本、品评作品风格，该书是民国时期最重要的明词研究成果。二是撰写《词总集考》一书。对于历代的词总集的著录考辨，虽有《四库全书总目》《续修四库全书总目》已着先鞭，然而二书所收数量极为有限，赵氏此书鸿篇巨帙，分为十六卷：卷一，唐、五代、宋；卷二，宋；卷三，金、元；卷四，明；卷五至十，清；卷十一，近人；卷十二至十四，汇刻；卷十五，丛钞；卷十六，合刻。应该说，当时所见传世词总集大致具备，这是从数量而言的。从体例上讲该书亦多创新，主要是把各家序跋及版本全数列出，以备研究者参考之用。此一提要，先是部分刊载于《中华图书馆协会会刊》，后来他进行修改，再次发表于《词学季刊》。其实，他的修改始终没有停止过，经过不断搜集不断完善，该书最后成为洋洋洒洒数十万言的十六卷本，但一直未能刻印。其后，他曾委托龙榆生将书转至杭州大学文学研究室保存，今已不知其所终也。三是注意词学文献的刊刻与传播，先后刊印《梦窗词》《蓉影词》《蕙风词》《蓼园词选》。这四部词集对于赵尊岳来说都有着特殊的意义，《梦窗词》是晚清四大家共校共辑的重要典籍，《蓉影词》是常州词派在嘉庆时期的唱和结集，《蕙风词》则是为宣扬其师况周颐而刊行的，《蓼园词选》在当时已难见刊本，赵尊岳借得况氏藏本，广而布之，从保存文献角度看，厥功至伟。他还刊刻有《惜阴堂丛书》，收有万惟檀《诗余图谱》二卷、夏完淳《夏内史词》一卷、叶小纨《返生香》一卷、万时华《溉园诗余》一卷、陆宏度《任西阁长短句》一卷，这些词籍在清代以来都是较少流传的。

从词学研究来看，他既有自己的理论主张，也有对词体的专门研究，其贡献表现在五个方面。第一，重新评价明词。在校刻《明词汇刊》后，赵尊岳撰有《惜阴堂汇刻明词纪略》和《惜阴堂明词丛书叙录》二文，对流行词坛三百年的“明词中衰”的偏见提出批评，认为对明词的价值应该进行重新评估。他说：

> 今人之治词学者，多为笼统概括之词以评历代，必曰词兆始于陈隋，孳乳于唐代，兴于五季，而盛于南北宋，元承宋后，衰歇于朱明，而复盛于有清。此就大体观之，固无可指摘，然谛辩之，则亦尚有说……有明以三百年之享国，作者实繁有徒，必以衰歇为言，未免沦于武断。……近者校刊诸家，粗有所得，始略举其特色言之。[①]

从某些方面讲明词是有缺点的，比如声律舛谬，混曲入词，词曲不分；更突出的表现是，“明人习于酬酢，好为谥美，宦途升转，必有幛词，申以骈文，贻为致语，系之慢令，比诸铭勋，而惟务陈言，徒充滥竽，附之《金荃》之列，允为白璧之玷”。但在赵尊岳看来，也不能因噎废食，以偏概全，将明词彻底抹杀。比如明初的刘基、杨基，晚明的陈子龙、夏完淳、吴易等，“虽不能力事骞举，要不失为大家”。[②] 他认为明词不可遽然而废，见解独特。

第二，撰为《蕙风词史》，对况周颐《蕙风词》做了知人论世的分析。他把况周颐一生创作分为三个阶段，“先生初为词，以颖悟好为侧艳语，遂把臂南宋竹山、梅溪之林。自佑遐进以重大之说，乃渐就为白石，为美成，以抵于大成”。这是初入词坛受王鹏运点悟的阶段，到癸巳、甲午以后，国势愈衰，国是日非，况周颐的词风开始发生变化。“先生感于中东之役，寓意益深，词笔亦益矫健。”这一时期作品名之为《蕙风词》，盖取楚骚“悲蕙风之摇落”也。这是第二阶段，第三阶段是进入辛亥革命之后。“先生辛亥后，幽忧憔悴，于词益工，凄丽迥绝。盖故国之思，

① 赵尊岳：《惜阴堂汇刻明词纪略》，《大公报》1936年8月13日。
② 赵尊岳：《惜阴堂明词丛书叙录》，《词学季刊》第3卷第4号。

沧桑之感，一以寓声达之，而又辄以绮丽缘情之笔出之，遂益见其格高而词怆；殿有清一代之声家，开自唐以来之韵令，何止工吟事、集大成而已？"[①] 这不但再现了况周颐词风之变化，也展现了他在清末民初动荡之际的心路历程。

第三，撰写《珍重阁词话》和《填词丛话》，建构起自己的词学理论体系。他在其师况周颐《蕙风词话》的基础上，结合自己多年的创作体验，撰写《珍重阁词话》，刊于《同声月刊》。后来，他不断深化和发展，在晚年撰成《填词丛话》六卷。正如王国维在《人间词话》开篇提出境界说一样，赵尊岳在《填词丛话》开篇提出了"神味"说，指出：

> 作词首贵神味，次始言理脉。神味足则胡帝胡天，均为名制。唯神来之笔，往往又出之有意无意之间，或较力求神味者，益高一筹。此中消息，最难诠释。[②]

这表明"神味"是赵尊岳论词的核心观念。所谓"神味"，乃常日之性灵学问陶铸而成，是创作主体与创作环境相交融后达成的一种物我交融、人境合一的状态。它通过理脉字句呈现出来，又超出理脉字句，是一种理脉字句所不能传达的意趣韵味。接着，赵尊岳又提出了"风度"和"气度"的观念。"风度"在古代多用来状叙人物的仪容气度，指的是一个人内在品格的外在显现。赵尊岳论词倡导"风度"，则是追求一种灵秀自然、气韵流动的美，要求词不仅要讲究外在形式上的"摇曳"，内在骨干也不能流于纤弱轻佻，符合"重、拙、大"之旨。他说："词最尚风度，摇曳而不失之佻荡。字面音节求其摇曳，骨干立意，则以重、拙、大为归。"他将"风度"比作词之"体态"，讲求"摇曳"之美，但不能"失之佻荡"，也就是说词之体态有优雅与淫亵之别。他进一步解释说："词中风度，大抵以骞举、沉刻、清雄为上，而婉约次之。若但求字面之摇曳，每致真气蔑如，两宋之分，亦正在此。初学者尤切忌引用新颖之字面，求风度不可得，转自伤其

① 赵尊岳：《蕙风词史》，《词学季刊》第 1 卷第 4 号，1934 年。

② 赵尊岳：《填词丛话》卷一，载《词学》第 3 辑，华东师范大学出版社 1985 年版，第 161 页。

词格，至蹈纤滑之大弊。”这里，他提出“摇曳”对于“真气”的损伤，有点类似钟嵘所说的“奇采”与“骨力”的关系，如果在修辞上选择不当则会伤及骨干。在“风度”论基础上，他又提倡“气度”说，如果说前者重体态，那么后者指的就是神情了。“气度必雍容和缓，珠光剑气，不足抗其明；红英翠锦，不足方其艳；玉堂金马，不足夺其贵；清歌妙舞，不足称其俊。”具体说来，“风度”是一种外在风貌，“气度”则是一种内在气质，一种淡定自然、雍容不迫的内在之美。两者互为补充。此外，赵尊岳对“重、拙、大”也有比较多的论述，论述主要承自其师况周颐，也有自己的独到发明，如“重、拙、大”的地位、“重、拙、大”与用字用笔的关系及“重、拙、大”与“厚”的关系等。他认为“重、拙、大”是词之骨干立意最基本的审美原则，只有外在形式的“摇曳”与内在立意的“重、拙、大”相结合之词，才是有“风度”之作。

第四，选评晏殊《珠玉词》。赵尊岳晚年在新加坡等讲授词学，曾计划选评《宋六十一名家词》，有志未成，忽然下世，仅得《珠玉词选评》三十首。此前，也有学者对花间词、清真词、东坡词、稼轩词、梦窗词做诠评，如浦江清《词的讲解》、陈洵《海绡词说》、俞平伯《诗余偶评》《清真词释》、顾随《东坡词说》《稼轩词说》等，但对晏殊词作诠评，赵尊岳是第一人。他对每一首词的解说，既遵从知人论世的传统法则，也掺入自己的创作体验，颇重词的章法、句法、字法，有时会运用神味、风度、重拙大之说分析解读，与唐圭璋《唐宋词简释》有异曲同工之妙。有时还会上升到对晏殊词史地位的分析，如说：“五代自韦庄一变飞卿之纤丽，别开境界以来，冯正中再得江山之助，举凡风骚之义，始不复限于兰房斗室间，至晏则更出以跌宕之笔，信乎宋词之日见精进矣。”有时也会涉及对两宋词史的评价，如谓：“北宋词以抒情为主，然非有景物，不足以衬出情绪，故往往情景兼写，惟其时尚少以情景虚实杂糅兼用者，故又辄于前阕写景，后阕写情，至东坡始参以变化，交相为用，然名家如柳耆卿、周美成，虽长调百字，仍复如是，可知一时风会之所趋矣。”①

---

① 赵尊岳：《珠玉词选评》，载陈水云、黎晓莲辑《赵尊岳集》，凤凰出版社 2016 年版，第 1049、1051 页。

第五，敦煌舞谱和姜夔乐谱的研究。20世纪初，敦煌遗书特别是《云谣集》的发现，揭开了词学研究的新篇章，王国维、罗振玉、朱祖谋、冒广生、唐圭璋、王重民等学者，在《云谣集》的研究上贡献尤巨。赵尊岳在40年代《读词杂记》中也谈到《云谣集杂曲子》、唐人写本曲子，50年代又撰有《读云谣杂记》，交待敦煌曲子发现、流传、整理之经过。他对《云谣集》研究之代表性成果为《冒校云谣集识疑》，这篇长文从如下五个方面对冒校《云谣集》提出质疑：一是断为北宋写本在柳耆卿后，二是以增减摊破之法，三是分别衬字及分遍，四是审音响辨清词体以考牌名之同异，五是校字阙疑。不仅如此，他还由研讨敦煌曲谱转而探讨敦煌舞谱，进一步拓宽了自己的学术领域。1951年，他在《香港大学中文学会会刊》发表了《敦煌舞谱详解》，对十三个动作名目做了详细的解释，认为此乃师傅传授学徒而自制的舞谱而已。经过十多年潜心研究，1962年他又在《南洋大学图书馆馆刊》连载发表《敦煌舞谱残帙发微》一文，对舞谱、舞容、队形都做了翔实而可信的考证和分析，并结合现存京戏的锣鼓点进行比较讨论，方法新颖，见解可取。

赵尊岳对于词学的研究，有一个由填词而唱词、由词律而制乐的渐进过程，亦即由文学研究转而音乐研究的过程。他专门探讨了朝鲜本官书《乐学轨范》和日本旧抄本《魏氏乐谱》，还注释过《白石旁谱》，笺校过张炎《讴歌要旨》，对唐宋词乐之学多所发明，并能提出新见。最值得一提的是他对“唱词”问题的研究，他撰写过《歌词臆说》《唱词作曲杂说》，提出了歌、词、谱三者不可或缺的观点，指出：“三者失一，非无词之调，即失谱之长短句，亦无可歌之管色矣。”[①] 因为词学为声学，亦称倚声之学，唱词的研究当为词学研究之重要义项，他的“唱词”研究与龙榆生的“声调之学”有异曲同工之妙。

三　赵尊岳有关戏剧学方面的理论观点

除诗词歌赋外，赵尊岳还爱好戏剧，创作有《罗浮梦传奇》和《函髻记传奇》，并与当时京沪梨园名角梅兰芳、余叔岩、朱素云多有交往，过从

① 赵尊岳：《歌词臆说》，《同声月刊》创刊号，1940年12月20日。

甚密。不仅如此，他在剧评上也是见解独到，先后撰有《旧剧新论》《编制剧本之成功》《中国戏剧与东方文化》《中国戏剧艺术之成功》《中国戏剧优点——音乐效果》《论余叔岩》《书朱素云》等剧论，值得关注。其在现代戏剧评论史上的贡献有三。

（一）关于编剧、演剧和评剧

首先，提出"激发情绪"的剧论。他认为编剧与演剧乃戏剧两大要素，剧本之佳美与演员之天才，缺一不可。然而，无论是编剧还是演剧，"激发情绪"乃第一要务。他在《旧剧新论》中说："激发情绪，固为戏剧上之惟一要素，然亦正为戏剧上之惟一难题。"凡能激发观众之情绪者，则必然受到大众之欢迎。那到底如何"激发情绪"呢？"治剧艺者，要当辟变化于规则之中，通神明于矩匠之外。发扬剧本之个性，以博观众之强悟"，"编者运其匠心，于关键所在，出以闲暇之笔，以激发观众之情绪，殊足称已"。[①]如此，观众方能被激发情绪，获得精神上的极大共鸣。

其次，关于如何编剧。他认为好的演剧必须有良好之剧本，这样编剧与演剧才会相得益彰。编制剧本，若能与演者体貌相合，则尤其至难，也最为可观。"历观编剧之法，素少完书，不成专学，故编者多以其智力经验以为之。"[②] 当然，也有编者虽得良材，但见闻不周，乐律不精，即使文字灿烂，却不适合演剧。盖其心目中未尝有专定指演之人，则角色揣摩，无从假借。所以，一方面，编者要研究观众心理，观察社会趋向，揣摩演者声情体貌、举止姿态，发挥其天才艺力；另一方面，演者也须根据演剧之经验，提出建设性意见，编者和演者两相结合，则必有佳作。在赵尊岳看来，演剧、编剧皆佳者莫如《太真外传》，其堪为典范。编者胡伯平、齐如山、黄秋岳、李释戡诸人，取此绝妙史迹，旁征博引，穿插贯穿，斐然成章；演剧者梅兰芳世所共赏，毋庸溢美，可谓一洗固陋，尽掩前失。

最后，关于如何评剧。他在《告评剧者》中提出了评剧的十三大原则，其中部分论述颇有见地，如：（1）观众要有鉴别能力，不必本其艺事，笼

① 赵尊岳：《旧剧新论》，《申报月刊》第2卷第1号，1933年。

② 赵尊岳：《编制剧本之成功》，《申报》1926年1月1日元旦增刊。

统立言，要当于其艺术造诣精微之处，细为抉择；（2）评剧者要并重其实际和内景，通于剧情，知其所以从而表演之者，即使令人望文生义之处，自己也要了然于胸；（3）还要精通律学，熟知前辈典型、梨园掌故，以针砭来者；（4）新旧并陈，不可拘泥于今古，评者要博闻多识，通晓各地方言土语、风俗人情，他山攻错，尤为可益；（5）还要宣扬国音，通之四海，师法西方先进管理经验，改良国故；（6）评者要有火眼金睛，不媚时俗，推崇后进，引导观者之目光，导入正规；等等。这些，既能为演者、编者之写作表演提供借鉴，又能提升观者的鉴赏能力，确实为经验之谈。

（二）对梅兰芳、齐如山的评价

晚清民国剧坛，人才辈出，为世所交口称誉者，有王斌芬、温小培、张铭、武小杨、孙瑶琴、孟鸿茂、彭春珊、常春恒、刘玉琴、明海山、周五宝、粉菊花、小兰春、吕美玉、李桂芳、林树森、小孟七、安舒元、潇湘云、王又宸、白牡丹、赵君玉、韩长宝、小三麻子、杜文林、冯志奎、盖大元、崇鹤年、张笑芳、王丽卿、赵月樵、王福连等，赵尊岳几乎无不与之熟识相交，并为其写了一系列剧评，如《论余叔岩》《书朱素云》等，其中最为其所称道者则非梅兰芳莫属了。

众所周知，赵尊岳号称"梅党健将"。他不但在《中报》撰有系列"梅讯"，还对梅兰芳的行踪、表演艺术及历史贡献发表卓见，如《梅兰芳渡美记》《梅兰芳出洋演剧之讨论》《梅兰芳出洋方略》《梅兰芳出洋演剧之标准》《梅兰芳归国贡献之预期》《梅兰芳在粤光荣史》《梅兰芳艺术一斑序》《南天剧况》《梅兰芳专辑序》《梅兰芳游美记序》等。特别是在梅兰芳即将出演日本、美国、苏俄等地时，赵尊岳经纬万端，斟酌审定，以极大的篇幅记录其筹备剧务、交通人员、出洋路线、材料准备、风俗调查、剧团管理，以及卫生、预算、交流等一切事物之策划，事无巨细，考虑周详。在他看来，宣扬梅氏之出洋，并非浅薄人士之短见——"捧角"，而是为中国光大剧界之创举。"且其关系国家文化艺术之宣传尤大"，"足以为发扬光大中国戏剧之一人也明矣"，"开一新纪元"，"开一新境界"。其记录一方面是为了宣传东方艺术，另一方面也是为了采西洋之精华。在他看来，中国旧剧所短处，如构造、精神、布景、管理等，可择西洋之精华而师之，在场面位置、砌末应用、侍役俭场等方面，西洋更有良好的管理经验可以学习，其如此力为改良，厚志可嘉。

在《世界艺人梅兰芳评传》中，赵尊岳精辟地分析了梅兰芳在戏剧方面取得巨大成就的原因：天分、学力和修养。他对梅兰芳的人格魅力和道德修养有精辟的议论。他认为梅兰芳有五大修养。第一，为人厚道。“他对人家，自然也就发生一种好感，从这好感上，进一步结成友谊以后，那就一天一天的发展下去。所以他的朋友，一年比一年多。他更不分阶级，不分贫富，不问得意或是失意，永远保存着深厚的友情。”第二，敬重朋友。虽然梅兰芳在文学创作上没有下太多的功夫，但却有较高的鉴赏力，在多处赞美民初遗民词人樊樊山（增祥）、易实甫（顺鼎）、朱古微（祖谋）、况夔笙（周颐）等。第三，崇尚气节。讲到梅兰芳与杜月笙夫人同台演戏，并不因为对方权高势大，而折节下膝。甚至在得知角色临时更换时，能义正辞严，卸装拒演，明知得罪闻人而毫不顾忌。第四，做事有恒心。他每天吊嗓子，毫不间断，练太极拳几十年，也是风雨无阻，从不间断。还有，他学画画很早，因为演出的缘故，时有断续。但是，他凭自己坚强的意志，战胜了贪懒的习性，终于画成功了。赵尊岳感慨说，这真是意想不到的一件事，可谓“有志者事竟成”。第五，爱护后辈，无微不至。后辈们常去求教他，他不需任何条件，有问必告，详细委婉，还随时放下口中的香烟，在客座前教授身段。再有人介绍，只要是前途有希望的人材，他都愿意收为弟子，等等。

在《国剧大师齐如山》中，赵尊岳对齐如山的戏剧贡献做了比较客观的论述，该文首列其十大汗马功劳：从小潜心研究，毕生精力贡献于剧艺；制定了中国剧艺的最高原则——“无声不歌，无动不舞”，以及各种详细的分类制度；脚踏实地收罗各种道具、脸谱、剧本，和伶界名人接触，殷勤探索，召集同志，创立国剧学会，撰写剧本以及几十部关于中国剧艺的书籍，并凭借个人力量使其出版流通；培植后进，无微不至；等等。特别是他与梅兰芳的关系，一直为人所议论，赵尊岳认为齐如山与梅兰芳是事业、学问上志同道合的朋友，二人最终获得的成功就是将中国戏剧艺术、传统文化发扬光大了。而齐如山之所以在剧界有如此成就，全部源于其对戏剧的痴爱。“他喜的是中国戏剧，从此大步跨入了世界舞台，不但可使西洋获得观摩的益处，更可使中国戏剧的优点，流传出去，借此使世界各剧种，更加进步。惧的是演得不好，不能达出优点，反使西洋看轻中国的戏剧。因此，他独力编绘图案，手写说明，请人翻译英文，前后足足忙了一年半之久，不要说废时失业，真可算用尽心血。”[①]

（三）探讨中国戏剧之文化精神

在《中国戏剧艺术之成功》中，赵尊岳指出，“文化乃立国之精神、立国之资格”，戏剧为传统艺术所包括之一，人所共喻，“而其以表演之长，有待于精神物质两方面之策励者，尤足以为文化蜚英之要端”。在他看来，中国戏剧，肇端甚早，源统有自，简册甚明。唐宋以还，曲艺最盛，元明而降，厥体唯繁。无论是剧本之编制，还是服饰之布局，多成窠臼，落入成套，是为“不完全之戏剧”。他认为能够打破此种格局者非梅兰芳莫属，梅氏“以艺心之长，工戏剧之学”，“造新意，立别格，复古舞，制古装，继绝存废，光大发明”，最终异军突起，一变成法，“以丹青为蓝本而制古装，脱去寻常旧剧之蹊径而别立新剧，又思古代之所以为舞者，而揣摩之、考索之，以成其舞。始谐于律吕，中于歌咏，而后歌舞乃复并备。斐然大观，竭其心力，以倖致成功，迄于今者，非特国人引为同调，即外人亦复相继内向，以其凡少少研究中国历史艺术者，征于其服装歌舞之道，而引为足以为代表文化之一端，而后群相就之也”。[②] 直到今日，在梅氏之前，西方多不知中国有戏剧，而梅氏之立新派，中国戏剧才开始迈入世界舞台。此说虽有拔高之嫌，却也道出梅兰芳在中西戏剧文化交流与传统戏剧改良中确有不可忽视的作用。

他在《中国戏剧与东方文化》中，从中西文化之差异出发，揭示了中西戏剧表演艺术的不同特点。他指出，西方文化思想以单纯易见为主，而东方文化思想以神秘繁缛为主；西方文化如同白色纸张，而东方文化如五色彩纸。这种文化差异在戏剧上也有表现，如西方人观中国剧，以为中国剧矫揉造作，不合真情实景。“中国戏之不天然，固也，矫揉造作，固也，

---

① 赵尊岳：《国剧大师齐如山》，香港《大人》1973年6月15日第38期。

② 赵尊岳：《中国戏剧艺术之成功》，《申报》1927年1月1日元旦增刊。

然天下之事正有以不天然为美者，矫揉而得其类真为美者。”“此正西人之所斥而中国之所自尊也。”而这种“不天然而能神似”“矫揉造作而得以乱真”，恰恰就是东方戏剧之所长，为东方文化之所主。相反，西方戏剧之布景，处处求形似，真枪实弹，既缺乏意境，又浪费钱财，中国戏剧“以轮为车，以楫为舟”，追求深思，也是“东方神秘文化思想之高”的表现。[1]

在《中国戏剧的优点——音乐效果》中，赵尊岳还专门探讨了中国戏剧音乐的问题，指出中国传统戏剧用音乐来做补充说明，早已运用得非常巧妙纯熟了。音乐可以使观众在不知不觉中，受到启发，有时观众光听音乐的提示，就能知剧情的发展，明白情节的曲折隐微与细腻，省掉场面上不少时间和说白，所以，音乐的运用，对于编剧来说，至关重要。中国旧戏中音乐的应用，如暗场武戏对音乐的运用，包括三通金鼓、四面雷鸣、风云叱咤的声浪、孩子的哭声、老鼠的声响、鬼叫等，这些音乐不光是衬托唱念表演，加重气氛，辅助场面，更可以减少重复唱腔，省去了不少无聊的场面，“中国戏的象征性和一切戏剧完全把他歌舞化而成的”，音乐更是成为戏剧不可或缺、不可剥离的一部分。[2]

总而言之，无论从社会交往、文学创作，还是文学（诗词、戏剧）评论而言，赵尊岳在民国文学与文论史上都应该有一席之地。因为道德或政治的原因，他逐渐从人们的视野中淡出，亦是必然。但是，从学术史或文论史角度看，他的词学、戏剧学研究，对于推动现代学术进步，促进现代词学戏剧学走向学科完善，是做出了重要的贡献的。

---

① 赵尊岳：《中国戏剧与东方文化》，《申报》1925 年 1 月 1 日，第 13 版。

② 赵尊岳：《中国戏剧的优点——音乐效果》，新加坡《斑苔学报》1962 年第 1 期。

夏承焘治词业绩及其成就简论

夏承焘（1900－1986），字瞿禅，晚号瞿髯，别号梦栩生，浙江永嘉（今温州）人。1918年从温州师范学校毕业后，任教于任桥小学、温州布业国民小学，1921年夏赴北京任《民意报》副刊编辑，是年冬转任西安中学教员和西北大学讲师。1925年夏返温州，先后任教于瓯海公学、温州第十中学、宁波第四中学、严州第九中学。1930年秋开始在之江大学执教，1938年秋至1942年夏随校迁居上海，同时兼任无锡国学专修学校和太炎文学院教席。1942年上海沦陷后，携家入雁荡山，先后在雁荡山乐清师范、温州中学任教，是年冬转任浙江大学龙泉校区教授，抗战胜利后随校返杭，继任浙江大学中文系教授。1949年以后，先后任浙江大学、浙江师范大学、杭州大学教授。1952年曾任调整后的浙江师范学院中文系主任，1963年在北京大学、北京师范大学短期讲学，1972年到1975年在杭州大学病休，1975年7月末转至北京疗养，1979年以后为中国社会科学院文学研究所特约研究员，1986年逝世于北京。

夏承焘一生跨越晚清、民国、中华人民共和国三个历史时期，历经辛亥革命、五四运动、抗日战争、新中国成立、“文化大革命”、改革开放等重大事件，他主要活动在教育界，从事的是教书育人与著述治学的工作，对于他行谊事迹的考察也应该以治学活动为主。从温州师范毕业后，为了开阔自己的视野，他积极参与温州当地诗社——慎社与瓯社，广交诗友，还游历北京与西安，实地考察过古代长安诗人的行踪。在西安期间，他曾对阳明心学和颜李实学有过钻研，也涉猎过小学、诸子学及“宋儒思想”。从陕西返回浙江后，他更是利用在温州和严州等地任教的机会，遍读温州图书馆和严州中学藏书，这一经历为他后来治学打下了坚实的基础。他把这一时期称作在治学道路上“多方面探索的阶段”。从 1927 年开始，夏承焘初步确立了以词学为志业的人生规划，“走上全力治词的道路”，从 1928 年到 1937 年的整整十年，是他从事词学研究的第一个黄金十年。这一时期，他广泛联络词友，或是以书信的方式向朱祖谋、吴梅求教，或是亲自拜访夏敬观、陈匪石、马一浮等文坛前辈，更与龙榆生、任二北、唐圭璋等同辈词人保持密切联系，基本形成了自己的学术网络。他几乎是把全部精力投入到唐宋词籍考证、唐宋词人年谱及白石道人歌曲研究中，先后撰写了范成大、朱敦儒、温庭筠、韦庄、王衍、孟昶、李璟、李煜、冯延巳、和凝、孙洙、张元幹、刘辰翁等词人的年谱，并发表有《白石歌曲旁谱辨校法》《白石道人歌曲考》《白石道人歌曲斠律》《姜白石议大乐辨》《与龙榆生论陈东塾译白石词谱书》《与龙榆生论白石词谱非琴曲》等关于姜夔词乐考证的系列论文。1938 年到 1949 年，因为战乱，他的活动主要是读词、交友、填词，从事古典文学教学，同时亦有《词四声平亭》《词韵约例》《白石词乐疏证》等已刊之论著，及《词律三议》《四声绎论》《唐宋词字声之演变》等未刊之论文。1949 年到 1965 年为其专力治词的第二个黄金时期，这一时期，他的学术实力得到全面展示，一方面，继续发扬其考据之学的专长，出版《唐宋词人年谱》《姜白石词编年笺校》《词源校注》等重要著述；另一方面，开始关注理论研究，以新的思想与方法分析唐宋词，有《唐宋词论丛》《月轮山词论集》《瞿髯论词绝句》等作品问世。他还特别注意词学研究的普及工作，在《大公报》《浙江日报》《文汇报》上发表《唐宋词欣赏》《湖畔谈词》《西溪词话》《月轮轩说词》等一系列关于唐宋词的鉴赏文章。不仅如此，他还非常重视词学人才的培养，先后指导了任铭善、吴熊和、牟家宽、刘金城、陆坚等多名研究生，并与这些青年学者合作编著《龙川词笺校》（与牟家宽合作）、《放翁词编年笺校》（与吴熊和合作）、《韦庄词校注》（与刘金城合作）、《读词常识》（与吴熊和合作）等。从 1966 年到 1976 年，夏承焘的学术研究基本处于停滞状态，从 1977 年到 1986 年则是他学术人生最后的十年辉煌时期，他在助手和学生的帮助下，先后编选有《唐宋词选》《金元明清词选》《域外词选》等重要的传世选本，并将《唐宋词欣赏》《月轮山词论集》《天风阁学词日记》等旧时书稿和日记整理出版，对引领新时期词学研究事业的繁荣和发展起到了推动和促进的作用。

夏承焘一生治学勤奋，著述宏富。1997年，吴战垒曾整理《夏承焘集》八册，凡13种，由浙江古籍出版社出版，但还有大量的手稿未能收入该集。2010年以来，受浙江古籍出版社委托，浙江省社会科学院文学研究所吴蓓研究员在其父吴战垒整理本的基础上重编《夏承焘全集》，增收了《词例》《词林系年》《永嘉词征》《唐宋词人年谱续编》《姜白石诗编年笺校》《白石丛稿》《域外词选》等重要著作，“完善了夏承焘先生词学体系的呈现”①。

作为现代词学三大家之一，夏承焘为中国词学由传统向现代转型做出了突出的贡献。他不但开创了词人谱牒之学，笺校韦庄、姜夔、陆游、陈亮诸家词集，而且他对词的声律和表现形式的深入研究、关于唐宋词史的理论研究和传统词论的现代批评等，向来是作为中国现代词学的“典范”为人所称道的。程千帆说：“此老之于词学有不可及者三：用力专且久，自少至老，数十年如一日。平生旁搜博考，悉资以治词，比之陈兰甫之偶考声律，王观堂之少作词话，而毕生精力初不在此者大相径庭，一也。以清儒治群经子史之法治词，举凡校勘、目录、版本、笺注、考证之术，无不采用，以视半塘、大鹤、彊村所为，远为精确。前修未密，后出转精，当世学林，殆无与抗手者，二也。精于词学者，或不工于作词；工词者又往往不以词学之研究为意，故考订词章，每难兼擅，而翁独能兼之，三也。”②

在夏承焘之前，词坛之巨擘为朱祖谋、郑文焯、况周颐，朱氏侧重词籍考证，郑文焯热衷于词源斠律，况周颐以词学批评见长，他们的治学对于晚清民初的东南词坛影响甚巨。在上述三人中，夏承焘与朱祖谋有过较多接触，《天风阁学词日记》多处记载了他与朱祖谋交往的情况，他在晚年撰写的《我的治学道路》中也提到：“我们通了八九回信，见了三四次面，每次求教，老人都十分诚恳给予开导。”由王鹏运到朱祖谋，词籍校勘之学渐趋完善，他们辑校有《四印斋所刻词》《彊村丛书》，而且还创建了“五例”“七法”的校词规范，这对于治词初期的夏承焘来说是有影响的，在

---

① 吴蓓主编《夏承焘全集》“前言”，浙江古籍出版社2017年版，第19页。

② 程千帆：《论瞿翁词学》，载《词学》第6辑，华东师范大学出版社1988年版，第254页。

《月轮山词论集》一书的“前言”中，他特地提到自己在二十岁左右把朱祖谋《彊村丛书》和王鹏运、吴昌绶诸家的唐宋词丛刻翻阅多次。“三十多岁，札录的材料逐渐多了，就逐步走上校勘、考订的道路。”从夏氏早年发表在《之江学报》的几篇论文看，如《〈四库全书〉词曲类提要校议》《吴仲方虚斋乐府辨伪》《白石歌曲旁谱辨校法》《白石道人歌曲考证》《〈词旨〉作者考》等，便都是有关词籍校勘考辨的成果。但他并不满足于此，而是把朱祖谋的校勘之学向前推进了一大步，从词籍校勘转向作者生平考证与作品系年，难度更大，要求更高，这方面的代表成果就是《唐宋词人年谱》了。这部年谱最大的特点就是将史学的谱牒之学引入词学，以史证词，以词证史，为不见经传的词人制谱作传，开创了词人谱牒之学。“遂使谱主交游经历，朗若列眉，为后之论次词史者辟其疆理，俾得恣采伐渔猎其中，岂徒备博闻之资而已！”[①] 它不仅仅为一人一家作传，而且为一朝一代词人作传，故而有论者称“十谱并行可代一部词史”[②]。的确如此，夏承焘还有一个编制《词林系年》的长远规划，这是一部“以年代为经，词人事迹为纬”“涵盖面更广”的唐宋金元词人系年总谱，他想通过编年纪事的方式来展现历代词史之演进，遗憾的是这部规划中的著作断断续续编了几十年，最终未能成书。据悉，该书稿本将由浙江古籍出版社影印出版。

正如前文所说，夏承焘对词籍校勘是下过很深功夫的，实际上他在词集笺注上也花费了很多时间和心血。据《天风阁学词日记》记载，在写作唐宋词人年谱的同时，他曾拟仿江宾谷注《山中白云词》、《蘋洲渔笛谱》之例，为姜夔、张炎、辛弃疾、黄庭坚、秦观、周邦彦、柳永、刘过、苏轼、欧阳修诸大家词作疏证，名曰《十种宋人词疏证》。这一计划也未能全部得到落实，已成书的只有《姜白石词编年校笺》和《龙川词校笺》两种。在他之前，已有朱祖谋四校《梦窗词》和编年笺注《东坡乐府》等成果，他继承和发展了朱氏校勘笺注词籍的优良传统，全方位运用校勘、辑佚、编年、笺注等方法，把传统的词籍校勘之学向前推进了一步。相对于一般笺校著作而言，《姜白石词编年校笺》的主要贡献是体例的创新，它不但作

① 程千帆：《唐宋词人年谱序》，载《夏承焘集》第1册，浙江古籍出版社1997年版，第1页。

② 夏承焘：《天风阁学词日记》，1935年2月4日记赵百辛语。

笺注，出校记，而且还有辑传、编年目、辑评、版本考、各本序跋、白石道人歌曲校勘表、行实考、集事、酬赠、承教录等，既有对词人的研究，又有对词作及其相关问题的探讨，“大凡一首词之典故、评语、交游、版本等都有详细记载”①。因为过去关于姜夔事迹的记载并不多见，《姜白石词编年校笺》以其搜罗史料的宏富，讨论内容的全面，“成了对姜白石的综合研究著作”②，获得学界的一致赞誉，被有些学者称为研治姜夔的“小百科全书”③。另外，夏承焘词籍笺校成果还有《梦窗词集后笺》《龙川词校笺》《放翁词编年笺注》等，前一种乃“踵彊村翁小笺而作”，“汰其习见，增所新获”，凡50条，确有弥补朱笺之阙的效果；后两种则是他与吴熊和合作之成果，既继承了《姜白石词编年校笺》的特点，又在体例和内容上做了适当调整，比如《放翁词编年笺注》不再按词作年代先后编排顺序，而是遵从原刻本顺序，只是在每一首之下注明作年，辑评也不再另行列出而是附录于词作之后等。

夏承焘对现代词学的另一重要贡献是关于《白石道人歌曲》的研究，他在40年代撰有《白石歌曲旁谱说》《白石歌曲旁谱辨》《白石歌曲旁谱考》《白石歌曲旁谱浅说》等，到60年代其还在前稿基础上推出《姜白石词谱与校理》《白石道人歌曲校律》《姜夔词谱学考绩》《白石十七谱译稿》等重要成果。《白石道人歌曲》在南宋有嘉泰二年（1202）钱希武刊本，元至正十年（1350）有陶宗仪据此本过录的手抄本，而后此本沉寂近四百年，直至乾隆八年（1743）始有陆钟辉据陶抄本刊刻之诗词合集本。这本《白石道人歌曲》与常见刻本最大的不同是，其中有17首词作缀有旁谱。“这些旁谱是研究宋词音乐的珍贵资料，故引起历代词学家和音乐史家的高度重视，不少学者对此倾注了极大的学术热情和精力。”④ 这些学者包括清代之方成培、凌廷堪、戈载、戴长庚、陈澧、张文虎，近代之郑文焯、曹元忠、吴梅、唐兰，夏承焘对于其中几位重要学者研究之得失做了评议，然

① 唐圭璋：《瞿禅对词学之贡献》，载吴无闻等编《夏承焘教授纪念集》，中国文联出版公司1988年版，第16页。

② 这一点参考了曹辛华教授的相关论述，见曹辛华《中国词学研究》，福建人民出版社2006年版，第174页。

③ 施议对：《建国以来新刊词籍汇评》，《文学遗产》1984年第3期。

④ 刘崇德、龙建国：《姜夔与宋代词乐》，江西人民出版社2006年版，第2页。

后提出了自己的看法，并将其全部转译为工尺谱。“虽然，这项破译是吸引了古代、近代和同代中外学人的成果，引用了近代的考古学新发现和传于国外的古籍文献，但先生的考证发明，折冲论断，则是大成之集。”① 在研究词乐的基础上，夏承焘对词的声调也展开了深入的研讨，着重探究了词的字声与声情的关系。如《唐宋词声调浅说》一文，讨论了词与音乐、声调与文情、字声与词调的关系，谈到创作过程中择调和字声的运用等问题；《“阳上作去”“入派三声”说》是一篇关于唐宋词字声论述的专题论文，指出“阳上作去”“入派三声”之说，并不始于元曲，宋词实已有之。“大抵四声之分清浊，不由时代古今之殊，实由地域南北之异，非古疏而今密，实南密而北疏。”这一字声规律的揭示，“打破了前人由元曲探讨四声分化的做法”②，对于重新认识“阳上作去”“入派三声”说的起源有重要意义。又《唐宋词字声之演变》一文指出，自万树《词律》强调严守四声之论出，后之词家，或奉为准绳，不敢违越；或病其拘泥，欲一律摧毁之。其实，填词对于四声的要求有一个过程，在晚唐温庭筠已分平仄，北宋晏殊“渐辨去声，严于结构”，柳永“始分上去，尤谨于入声”，周邦彦用四声富于变化，南宋时方千里、杨泽民则过于拘泥，到宋末诸词家不但辨五音而且分阴阳，“守之者愈难，知之者亦鲜矣”，这是一条“由疏趋密，由辨平仄而四声、而五声阴阳”的演进历程。基于这样的认识，夏承焘提出了今人论词作词的两条原则：“一曰不破体，一曰不诬体。”因其论述的精到及主张的务实，这篇“专明词之四声嬗迁之迹”的论文成为20世纪词学研究之经典。

夏承焘关于词体研究的重要成果，除了以上有关词的声律论之外，还有大量的论述词之形态的成果，如《填词四说》《词调约例》《词韵约例》等，其集大成者为《词例》一书。《夏承焘集》整理者吴战垒说：“先生对于词的四声、用韵、字法、句法、换头等艺术形式规律也进行细心研究，仿俞樾《古书疑义举例》，拟成《词例》一书，包括字例、句例、片例、辞

---

① 王延龄：《天籁人声，尽在抑扬吟咏中——夏承焘先生的词乐研究》，载吴无闻等编《夏承焘教授纪念集》，第58页。

② 曹辛华：《20世纪中国古代文学研究史》（词学卷），东方出版中心2006年版，第292页。

例、体例、调例、声例、韵例诸门，规模宏阔，洵为巨制。”[①] 日前浙江古籍出版社已将《词例》稿本影印出版，凡七册，第一册字例，第二册片例，第三册换头例，第四册调例、体例，第五册辞例，第六册声例，第七册韵例。“因手稿只注明了该条词例所在的书名页码，需要对照原参考书寻索抄录得来，而如今当初的参考资料已散失不存，有些书可寻，而版本未必合符契。”[②] 这样的影印本只是一种半成品，还需要读者根据线索查验原词例。

对唐宋词的批评和唐宋词史的研究，也是夏承焘词学体系的重要组成部分，这方面成果有《唐宋词论丛》《月轮山词论集》《瞿髯论词绝句》。《瞿髯论词绝句》以韵文的形式开展文学批评，是夏承焘对中国文学批评传统继承与发扬的重要方式之一。“用韵文形式表达文学思想或进行文学批评是唐宋以来文学批评史上的常见样式”，“论词诗在元明并不多见，至明末清初逐渐兴起，清代乾嘉以后蔚为大观，沿至民国，依旧兴盛”。[③] 夏承焘《瞿髯论词绝句》写作之最初动因，是朱祖谋对他论辛词“青兕词坛一老兵”所做的鼓励，而后他断断续续写了 100 首，至 1983 年 2 月由中华书局出版了修订本。该书由论历代词人及词人作品组成，其中论唐代 5 首，五代 4 首，北宋 17 首，南宋金元 42 首，明清及民国 22 首，论及历代词人凡 54 家，每首之下有注释有题解，论其人亦论其词，有的还谈到其人在词史上的地位，从历史发展角度看它实际上就是一部以韵文形式写作的历代词史。其实，夏承焘在 30 年代就有编写词史的计划，“在 30 至 40 年代，陆续札写《词史》，并且已写成初稿，至少是一个篇幅巨大的资料长编”[④]。50 年代，他曾思考用苏联文学史体例撰写的构想，甚至打算用八年时间完成唐宋词史四部稿：“分年代学之部、声律学之部、目录学之部、作家论之部。”[⑤] 据吴战垒回忆，夏承焘尝拟撰写一部《词史》，“已完成唐五代、温韦数篇，并于两宋词的发展脉络，自具独识”。[⑥] 这些或构想，或已经启动的《词史》，大多未能落实下来或成为正式书稿，但是他也通过撰写一系列专题论

---

① 吴战垒：《夏承焘集》“前言”，第 3 页。

② 吴蓓：《词例》“出版说明”，浙江古籍出版社 2018 年版，第 5 页。

③ 孙克强、裴喆编著《论词绝句二千首》“前言”，南开大学出版社 2014 年版，第 1 页。

④ 钱志熙：《夏承焘词史观与词史建构评述》，《文艺理论研究》2016 年第 3 期。

⑤ 夏承焘：《天风阁学词日记》（1956 年 12 月 28 日），载《夏承焘集》第 7 册，第 578 页。

⑥ 吴战垒：《夏承焘集》“前言”，第 5 页。

文来讨论词史现象和评论有关词人，这方面成果就是《月轮山词论集》和《唐宋词欣赏》了。

50年代发表的《唐宋词叙说》《唐宋词发展的几个阶段及其风格》二文，是夏承焘对自己词史观第一次比较集中的表述。他先是讨论了词的起源，而后按时代先后顺序、不同社会状况，谈到晚唐五代文人词与民间歌曲的差异、慢词在两宋的兴盛和发展、两宋词在创作风格上的差异及其社会原因，并把唐宋词史发展的规律总结为四个时段：兴起于初盛唐，中晚唐以后由民间转入文人手中，北宋范仲淹、苏轼走上诗词合一的道路，南宋初年是豪放派声光大振的时代，后来由于时代的原因词风则摧刚为柔、敛豪放为婉约。这一时期，他还做了三件事：一是在《文汇报》《浙江日报》《大公报》上发表了一系列以“湖畔谈词”“西溪词话”“唐宋词欣赏”为题的鉴赏文章，对一些重要词史现象和代表词人词作做了绍介与普及的工作，这些文章后来被结集为《唐宋词欣赏》，由百花文艺出版社出版；二是他先后指导盛静霞和张璋编选了《唐宋词选》和《金元明清词选》两部选本，前者由中国青年出版社1959年12月出版，后者由人民文学出版社1983年1月出版，虽然注释及鉴赏文字为盛静霞和张璋所撰，但是选目应该是经过夏承焘的指导和审定的，这两部词选便以选本的方式集中地展示了夏承焘的词史观；三是他与研究生一起为两宋重要词人词集作笺注，并在此基础上撰写了一系列论文，包括对韦庄、李清照、辛弃疾、陆游、姜夔、陈亮等人作品的评论，后来论文大多被收入《月轮山词论集》（中华书局1979年版），这些词集笺注与词人评论一起成为夏承焘词史研究之“作者论”的重要部分。上述成果都是在20世纪50年代后产生的，它表明夏承焘词学研究的内容与方法有了较大的变化，这一点与时势变迁和工作需要有关。他说：“解放以后，由于朋友的鼓励和教学的需要，我开始试写几篇作家作品论。我的文艺理论知识很浅薄，所以这几篇词论大都只是以资料作底子，以旧时诗话词话镶边，论李清照、陆游、辛弃疾、陈亮诸家词往往只肯定他们的作品在历史上的地位和意义。”[①]

夏承焘上述成就的取得，与他早年治学的目标明确与中年治学的精神

① 夏承焘：《月轮山词论集》，载《夏承焘集》第2册，第240页。

专一密不可分。从温州师范毕业后，他花了十年时间探索人生发展方向，最后得出的看法是："自惟事功非所望，他种学问亦无能为役，惟小学及词，稍可自勉。"1927 年七八月间，他已决定集中精力专治词学："拟以四五年功夫，专精学词，尽集古今各家词评，汇为一编。再尽阅古今名家词集，进退引申之。"（《日记》1927 年 10 月 4 日）接着，他拟定的研究计划有：《中国词学史》、《历代名家词评》、《名家论词书牍》（《日记》1927 年 11 月 11 日），而后又有《词学史》、《词学考》、《词林续事》、《词林年表》、《学词问话》的撰写计划（《日记》1927 年 12 月 1 日）。十多年后，他再次提到拟以十年时间撰成《词学史》《词学志》《词学考》三书，"志分人物、典籍等目"（《日记》1937 年 1 月 15 日），"《词学考》分作家考、典籍考、乐律考（宫调音谱等等）、名物考（人物方言甲子等附）、年表等各考"（《日记》1939 年 2 月 4 日）。

在上文提及的《词史》编纂的过程中，夏承焘也在不断地思考怎样由词史的研究拓展到对词学的研究。"拟扩大词史范围为词学六书，一词史，二词史表，三词人行实及年谱，四词例，五词籍考，六词乐考。"（《日记》1939 年 12 月 22 日）这表明经过十多年的探索与思考，夏承焘已建构起他独特的词学体系，即以考证之学为其词学治学之本，涉及词史、词人、词籍、词乐、词谱、词例、词论等领域，这就是夏承焘在传统学术的根基上建立起的现代词学体系。过去，人们常以龙榆生《研究词学之商榷》一文之发表为现代词学走向成熟的标志，其实夏承焘关于词学体系的思考及其实践，对于推动中国词学由传统走向现代更具有示范意义，他的《唐宋词人年谱》开启了词人谱牒系列研究的先河，他的《白石道人歌曲》研究成为唐宋词乐研究的集大成，他的《词例》则代表着现代唐宋词体学研究的最高水平，他的《词林系年》也对传统纪事体批评方式做了新的发展和推进。诚如吴蓓研究员所言："现代词学系统的建立，正以夏承焘先生以经史之术别立词学为代表，它是在西学分科的背景影响下，以传统学术为手段，体系腾挪、别立新科而形成的。"①

---

① 吴蓓：《夏承焘全集》"前言"，第 14 页。

唐圭璋对传统词学批评方法的发扬

唐圭璋（1900-1990）是现当代著名的词学大师，对于词学文献学的学科建设贡献巨大，先后编纂《全宋词》《全金元词》《词话丛编》等大型词学文献。关于这一点，谢桃坊《中国词学史》、施议对《民国四大词人》、王兆鹏《论唐圭璋师的词学研究》、曾大兴《二十世纪词学名家研究》、曹辛华《20世纪中国古代文学研究史》（词学卷）等都有涉及，但是关于唐圭璋对传统词学批评方法的继承与发扬，过去相关的研究涉及不多，尚有进一步讨论的空间。在笔者看来，唐圭璋能在现代词学研究上取得巨大成就，与他对传统词学批评方法的继承与发扬密切相关，这种继承与发扬具体表现在词人传记、词林纪事、选本批评、作品笺释等方面①，他的词学批评方法对于现当代词学研究也产生了较为深远的影响。

一　传记批评：词人小传与评传

所谓传记批评，是指对词人生卒、行迹、仕履、著述等的考辨、评论与研究，这些内容既关乎文本的理解和意义的阐释，也是从事词史研究或文学史研究的重要基础。一般说来，它在外在形态上包括词人小传的撰制、词人评传的书写及词人年表或年谱的编订等。

自南宋黄昇《唐宋诸贤绝妙好词》《中兴以来绝妙好词》问世以来，历朝历代编纂的词选大多在正文列有“小传”或卷首卷末标明“氏籍”。但在

① 唐圭璋20世纪40年代在《中央日报》上发表有《梦桐室词话》的系列论词札记，但内容上偏于考证，不是词学批评。2010年其弟子朱崇才辑有四卷本《梦桐室词话》，包括旨法、知人、品藻、辨证等，已完全超出了唐圭璋原本《梦桐室词话》之范围。从词学批评角度而言，原本《梦桐室词话》似不必讨论。

明清时期出现的各类选本之姓氏或小传大多比较简略，且错讹甚多，或是里爵与人不相称，或是著述与人不相符。从朱彝尊《词综》开始，学界对词人传记的体例与撰写提出严格的要求，即先书字号，再标氏籍，后著仕履，最后为著述，有的还有词评，这一体例或为《历代诗余》所发扬，或为列朝《词综》所沿袭，成为清代撰写词人小传之惯例。时至民国，撰写词人小传不但成为选本编纂之通则，而且被有的学者独立出来，勒为专书，有季灝《两宋词人小传》、周庆云《历代两浙词人小传》等，况周颐《历代词人考略》更把考辨历代词人小传发展为一种专门之学。

无论是在总集的编纂上，还是在选本的编纂上，唐圭璋都非常重视对词人生平的考辨与小传的书写。词人小传，字数不多，篇幅有限，看起来只是一个小节问题，但在唐圭璋看来却是关乎词人活动年代和作品系年的大问题。其一，词人生卒年的确定，决定着不同词人排序的先后。他在《全宋词》“凡例”中指出，明清词选对词人先后的排序存在多种问题，比如朱彝尊《词综》将晏几道列于张先、柳永之前，将王安礼列于王安国之前，将林少瞻列在北宋，将陈从古列在宋末，均有不妥；《御选历代诗余》将陆游列于刘克庄、岳珂之后，将石孝友、李肩吾、林正大等列于南宋最末，更有甚者将北宋赵君举、杨彦龄列于南宋之末，均为失考。其二，词人姓氏字号的混杂也是问题多多，“或误加分合，或以此作彼，或不辨鲁鱼”。[①] 像陶梁《词综补遗》题陈韡为陈抑斋、王炎为王公明、薛燧为薛子新、雷应春为雷北湖，又把金华王淮与天台王淮视为同一人，以虞刚简、虞珏父子当作虞祺、虞允文父子，等等，均存失误。此类情况，在《词综》《词综补遗》《历代两浙词人小传》中也随处可见。如果对这些问题不做考辨，就必然会张冠李戴，对词史的认识存在偏差。其三，关于词人行实问题，《词综》等已有论述，唐圭璋再做深入考辨，取得了更大收获。比如《词综》《历代诗余》均把王安礼、王安国兄弟顺序颠倒，《四库全书总目》将南宋人周煇误为北宋人周邦彦之子，沈雄《古今词话》将元人周玉魁误作北宋人周邦彦之从子等，都存在着不同程度的疏失。“今钩稽丛脞，正误

① 唐圭璋：《全宋词》“凡例”，中华书局 1965 年版，第 12 页。

补阙，撮为小传，著于词人姓氏之下。”[①]

正因为唐圭璋对两宋词人生平做过仔细考辨，结论可信，所以后出之各类选本、辞书、文学史大都吸收采用了《全宋词》关于词人小传的考辨成果。但是，唐圭璋对于词人生平的考辨与小传的书写，不仅体现在《全宋词》《全金元词》这种大型词学文献中，也体现在由他主持编选的各种选本中，如《唐宋词选注》《历代爱国词选》《唐宋词鉴赏辞典》等，这些小传对于巩固已有研究成果，并将学术成果转化为唐宋文学知识起到了推广作用。

如果说词人小传体现了唐圭璋扎实的考证功夫，那么词人评传则表征着他敏锐的感知和批评的谨慎。自 20 世纪 20 年代以来，学界就有一股浓厚的为词人撰写传记或评传的风气，如况周颐《王鹏运传》、陈铨《清代第一词家纳兰性德略传》、胡云翼《李清照评传》《词人辛弃疾》《北宋四大词人评传》、胡适《朱敦儒小传》、滕固《纳兰性德》等，像唐圭璋词友赵尊岳有《朱祖谋》《沈曾植》《况周颐外传》，龙榆生有《周清真评传》《清季四大词人》，唐圭璋于词人评传亦是用力甚勤，撰有《李后主评传》《柳永传》《范仲淹》《秦观》《民族英雄陈龙川》《南宋词侠刘龙洲》《姜白石评传》《纳兰性德评传》《蒋鹿潭评传》等。此外，唐圭璋还撰写有《辛弃疾》的传记读物，在《南唐二主词汇笺》卷首有《南唐二主年表》。他曾在《历代词学研究述略》中谈到“词人传记”是包括小传、年表、年谱等内容的。

通观唐圭璋撰写的词人评传，除了继续进行词人生平行迹的考证外，最重要的内容是分析人物和评价词作。在分析人物这部分，比较关注传主的才华、性情和命运，比如谈李煜时讲到他工音律，善书画，禀赋天才，在性情上是一个风流天子，文学造诣高而命运不佳，最后落得一个头足相就而死的结局。谈柳永时也讲到他有俊才，善为淫冶曲调，“为举子时，多游狭邪，教坊乐工，每得新腔，必求之为词，始行于世”[②]。但这一声誉让他连遭仁宗皇帝和宰相晏殊的鄙弃，一直沉沦于下僚。又如谈姜夔时着重

---

① 唐圭璋：《全宋词》“凡例”，第 13 页。

② 唐圭璋：《柳永传》，《词学季刊》第 3 卷第 4 期，1936 年 12 月。

讲他的性情和才华，说他人品高绝，耻于干谒，又说他好学、好客、好藏书，“其诗、文、词、书法、音律，无一不工”[1]。再如谈到刘过时，讲到他的时代氛围，更讲到他的性情和命运，指出：“刘龙洲以布衣终老，身世最苦。生无养身之所，死无葬身之地，流落江湖，仅靠几个朋友资助。可是他志大心雄，学问也博。通经史百家，明古今治乱……一讨论国事，便怒发冲冠……所作诗词，也是大声疾呼，血泪迸发的文字。只可惜他这样一代的人豪，后来就奄奄的困死了。”[2] 从这些内容，可见出唐圭璋在传记写作时，是继承了“知人论世”的文学批评传统的，而且对于人物的分析能抓住人物的关键点来写，或是时代，或是性情，或是才华，或是交游等。在评价作品部分，他主要从创作风格和创作手法入手，分析不同词人所独有的创作特色。比如对李煜的评价，先引用历史上诸家评说，而后谈自己对李煜在抒情和描写上独创性的理解。对于柳永的词，他则从题材与手法两个方面分析，说他的词在内容上反映都市繁荣、描写青楼生活、抒写羁旅行役，在表现手法上语言通俗、音节响亮、气魄雄伟、结构完整。谈姜夔着重讲他的创作内容，如纪游、送别、怀归、伤乱、感遇、咏物等。谈纳兰性德的词则主要从创作手法入手，讲他在咏物、写景、抒情等方面的特色。而谈蒋春霖的创作特色，除了比较常见的抒情手法的分析外，还注意到意境的分析。从唐圭璋对作品的评价看，他的分析主要从题材、手法、风格、意境等角度入手，充分地吸收了当时学界最新的理论研究成果。

自司马迁《史记·屈原贾生列传》问世以来，正史中的文苑传在中国古代文学批评史上扮演着非常重要的角色，而由一般作者撰写的作家传记，不但成为人们了解传主生平的重要史料，也成为人们从事文学批评最重要的表达方式之一。在近现代以传记的形式进行文学批评曾经广为流行，像李长之的司马迁、李白、杜甫批评即是这样的杰出代表，对于词学而言亦是如此，如王国维《清真先生遗事》、梁启超《辛稼轩先生年谱》便是近现代词学传记批评的典范，唐圭璋撰写的一系列词人评传正是对这一文学批评传统的继承与发扬。

---

① 唐圭璋：《姜白石评传》，《新中华杂志》第1卷第6期，1943年6月。
② 唐圭璋：《词侠刘龙洲》，《建国月刊》第12卷第1期，1935年1月。

二　词林纪事：《宋词纪事》的编纂及意义

“纪事”作为一种批评方式发端较早，在唐代有孟棨《本事诗》，之后相继有《唐诗纪事》《宋诗纪事》《元诗纪事》《明诗纪事》《清诗纪事初编》等著述问世。“断代诗歌纪事实际上是对诗话资料的一种系统整理，这类著作以记述性内容为主，多言具体诗篇的创作本事，包括：创作的动机目的、环境背景、具体过程以及原型情况等等，大都具体生动、信而有征。”① 这种纪事体式，表达上多为纪述型，内容上兼涉作家与作品，所纪之“事”必须是与作品相关联的，如果没有本事则无论作品质量如何都不得载入。从文学批评角度而言，本事对于作品本义的理解有重要作用，对于理解作品之意义与作者之意图均有参考价值。

关于词的纪事，虽然在宋代笔记、诗话、词序中也偶有所载，但有意识并成规模的纪事性词话，当以杨绘《时贤本事曲子集》的出现为标志。不过，此书今不存，近人赵万里有辑录，从其内容和体例看应是仿孟棨《本事诗》而作，后来，类似专书有杨湜《古今词话》、毛奇龄《西河词话》、徐釚《南洲草堂词话》、杜文澜《憩园词话》、蒋敦复《芬陀利室词话》等。在清代纪事体式又出现两种新的形态，一种是从历代笔记、诗话、词选中辑录各类纪事材料而成的，如徐釚《词苑丛谈》、叶申芗《本事词》、冯金伯《词苑萃编》等；另一种是针对以往有本事记载的作品辑录成一部词选，如张宗橚《词林纪事》（当代杨宝霖有《词林纪事补正》），厉鹗笺释南宋《绝妙好词》时也辑录有相关本事。无论是词话型的“纪事”，还是词选型的“纪事”，它们都有一个共同特色，即作品与本事互不分离，也都有一个共同目标，就是强化对于作品意义的准确理解，诚如厉鹗在《绝妙好词笺》中所云：“词中之本事，词外之佚事……俾读者展卷时，恍然如聆其笑语而共其游历也。”②

但是，由清人编纂的词坛纪事之作存在的问题也不少，像叶申芗《本事词》“既剪裁旧文，亦不注出处”，张宗橚《词林纪事》“虽注出处，但

① 彭君华：《中国古典文学文献的特殊体式——纪事》，《中国典籍与文化》1995年第2期。
② 厉鹗：《绝妙好词笺》，上海古籍出版社1984年影印版，第1b页。

不尽依原文”，“是皆不能无憾也”。[①] 在唐圭璋看来，张氏之书虽然排比分卷，最为整齐，优于叶氏之书，但也有三大失误。

> 任意增删原文，致失本来面目，一也。征引本事，不直取宋人载籍，而据明清人词书入录，二也。书名纪事，而书中辄漫录前人评语，或掇拾词题，以充篇幅，三也。[②]

此外，还有不少细节上的失误，如所载之词与其本事不符，或史有纪事却未能收录，等等。正因为这样，他发愿重编词林纪事，其所编之原则是以宋证宋，遵循史实，照录原文，绝不像明清时期那样随意剪裁，而且将收录范围从张氏的全史转向只录宋词纪事。唐圭璋这一严谨的治学作风，为其《宋词纪事》带来赞誉之声，如吴梅称其有三善：“征引诸籍，多宋贤撰著，明清纪载逡录殊鲜，一也；荟集原文，不加增损，一言一字，可以覆核，二也；补苴遗逸，多前人所未及，张皇幽渺，殚见洽闻，三也”，并进而发表感叹说，“寻绎此书，可悟作述之体矣！”[③] 这主要是从文献学角度讲的，如果从文学批评角度看，《宋词纪事》有两方面价值，一是为部分作品的理解提供了可为征信的“本事”，二是进一步完善了“纪事”这一述学文体的表达方式，即以“事”为主，以“评”为辅，无事者概行齐去。

唐圭璋对有些唐宋词的解读，也注意到对其本事的引用。如他早年的论著中提到范仲淹《渔家傲》（塞下秋来风景异）时说，此为公守边日作，末句直道将军与三军之愁苦，大笔凝重而沉痛，故欧公称这首词为“穷塞主”之词，为实录也，这显然是采用了魏泰《东轩笔录》中的本事。他又谈到柳永的《望海潮》（东南形胜）写足了杭州的豪华美丽，也引用了罗大经《鹤林玉露》中有关此词的本事，说词中“三秋桂子，十里荷花”，甚至引起金人侵略的野心。在他与潘君昭、曹济平合作的《唐宋词选注》中，更注意结合本事来解读词中意旨，如评苏轼《临江仙》（夜饮东坡醒复醉），就讲《避暑录话》记载了该词的写作过程和影响，“有助于我们对于苏轼贬

---

① 唐圭璋：《宋词纪事自序》，载《宋词纪事》，上海古籍出版社 1982 年版，第 3 页。

② 唐圭璋：《宋词纪事自序》，载《宋词纪事》第 3~4 页。

③ 吴梅：《宋词纪事序》，载《宋词纪事》，第 1 页。

谪生活和思想活动的了解”，又在讲周邦彦《少年游》（并刀如水）之前，先引出张端义《贵耳集》有关此词的本事，认为“本词是记叙宋徽宗在妓女李师师家的故事”；分析无名氏《水调歌头》（平生太湖上）时，也是直接引用曾敏行《猛醒杂志》有关此词的本事，指出：“这首词之所以受到统治者的注意和不满，是由于其中洋溢着慷慨悲歌的爱国豪情，这对当时急于跟敌人议和的统治者来说是一种强有力的鞭挞与讽刺。”[①] 很显然，在唐圭璋看来，本事对于作品意义的理解是大有帮助的，甚至是至为关键的，不可轻视。

很显然，纪事作为一种批评方式，在词人传记之外提供了一种新的意义阐释途径。如果说传记批评是以“人”为中心展开对作品意义的阐释，那么纪事批评则是以“事”为中心展开对作品意义的阐释。以“人”为中心的传记批评，其意义的解释路径是通过人的才情和性格来解读作品之意义，可谓“知人”的解读方式；以“事”为中心的纪事批评，其意义的解释路径主要是事件，包括作品写作的背景、过程及其影响，它既有助于了解作品之原初意义，也有助于了解它在传播过程中产生的新义，因此，它所传递的意义是多重的，不仅有作者创作的原初之义，而且有在传播过程中衍生出来的新义。更值得注意的是，纪事作为一种“故事”，有很强的叙事性，而词本身却是抒情的，抒情的文本与叙事的本事之间形成一种张力，达成一种互文关系，对作品意义之生成有非常重要的价值。从某种程度看，相对于“词”来说，“纪事”是一种副文本，词之“意义”生成，需要多种途径去激活，作为副文本的“本事”就是激活正文本的一种重要方式。它通过营造一种氛围，把读者引入它所创造的意义域，一种新义就在这种意义域中生发出来，并对读者的理解产生一定的规定性。因此，“本事”对于作品意义的生成所发生之影响是双重的，一方面它创造了一种意义，另一方面又对新意义的生成产生了限定性。因为自从“本事”发生以来，后来的读者多少会受其影响，朝着它所指定的方向去理解和解读，这对于作品新意义的生成带来了不利的影响。唐圭璋是一位实证主义者，而“本事”在很多情况下带有较强的虚构色彩和传说意味，正因为这样，尽管《宋词

① 唐圭璋、潘君昭、曹济平：《唐宋词选注》，北京出版社 1982 年版，第 663 页。

纪事》一书编成在三四十年代，但无论是在早期的《唐宋词简释》中，还是在晚期的《唐宋词选注》中，他都非常谨慎地使用“本事”来解读词作。

因为唐圭璋《宋词纪事》的开拓之功，或在其影响和感召下，杨宝霖对于张氏《词林纪事》做了补证工作，纠正了张氏之书的错讹，完善了张氏之书的体例，丰富了张氏之书的内容[①]；或是在其直接指导下，由门下弟子及词界同行共同完成了《唐五代词纪事会评》（史双元）、《金元词纪事会评》（钟陵）、《明词纪事会评》（尤振中、尤以丁）、《清词纪事会评》（尤振中、尤以丁）、《近现代词纪事会评》（严迪昌），把纪事批评的体式上推到一个新的高度。

三　选本笺释：从《唐宋词简释》到《全宋词简编》

在中国文学批评史上，选本是一种非常重要的文学批评方式。[②] 这一方式最早出现在春秋时代，代表成果是由孔子编选而成的《诗三百》，自从《诗三百》被提升为经书之后，萧统《昭明文选》就成了这一批评方式的重要代表。选本批评在唐代甚为发达，出现了大量诗选，在词走向繁盛的两宋时期，也涌现出数量不少的词选，在明清两朝编纂词选可以说是蔚成风气，不但有大量的“当代”词选刊行，而且还编选出数量相当可观的唐宋词选或历代词选，比较有影响的是朱彝尊《词综》、张惠言《词选》、周济《宋四家词选》、戈载《宋七家词选》等，到民国时期，流行的有朱祖谋《宋词三百首》、胡适《词选》、龙榆生《唐宋名家词选》等。正如有的学者所说：“选本不仅具有批评色彩，且在文学作品的传播接受过程中扮演着重要角色……从词选的选择标准、意图等方面可以考察各个时代词学观念的演变。”[③]

在现当代，笺注与选本常常相伴而行，因为唐宋时代已经较为遥远，

① 据杨宝霖《词林纪事补正自序》：“《补正》引书一千余种，增词人二百三十三家（所有佚名，仅算一家），为《纪事》百分之五五点七；补词（连断句）九百五十七首，为《纪事》百分之九三点四；补词事、词评一千六百八十四条，为《纪事》百分之一二九点二；加按语一千零五十五条，为《纪事》之六倍。”

② 张伯伟：《中国古代文学批评方法研究》，中华书局2002年版，第277页。

③ 丁放、甘松、曹秀兰：《宋元明词选研究》，商务印书馆2012年版，第1~2页。

用语、用典、用事以及表达习惯皆与现当代存在一定距离，笺注对于现当代读者而言自然不可避免。陈澧说："盖时有古今，犹地有东西南北。相隔远，则言语不通矣。地远则有翻译，时远则有训诂。"① 对于词的笺注，最早是傅干注坡词，接着有陈元龙注清真词、胡犀注陈与义词，这是词家专集的笺注，至于选本的笺注则有黄昇《花庵词选》和何士信《草堂诗余》，到明清时期为唐宋词别集或选本作注更是形成风气，比较有代表性的是厉鹗《绝妙好词笺》和江昱《山中白云词疏证》。"有清一代，学人之笺注宋词，成绩卓异。"② 到了近现代，在时代、学术、社会思潮等多种因素的影响下，词集笺注成为一种风尚，涌现了一大批优秀成果，比如朱祖谋《梦窗词小笺》、沈曾植《稼轩词小笺》、陈秋帆《阳春集笺》、龙榆生《东坡乐府笺》、李冰若《花间集评注》、华钟彦《花间集注》、姜亮夫《词选笺注》、唐圭璋《宋词三百首笺注》等。一般说来，近现代词集笺注之内容，除了训字义、注典故、明用事之外，对于词之章法也时有揭示，也就是说，笺与评是相生相成的，它们表征着注者对于作品的理解和批评。

选本批评在唐圭璋的词学研究中扮演着十分重要的角色，他先后编选有《唐宋词简释》《唐宋词选注》《全宋词简编》《历代爱国词选》等选本，出任过多家出版社（上海古籍出版社、江苏古籍出版社）组织的《唐宋词鉴赏辞典》的主编、顾问或撰稿人，对于推动唐宋词在当代的普及与传播发挥过重要作用，当然这些选本的编纂也传递了他的词学理念。唐圭璋对于词籍笺注是非常重视的，他指出："词集既相继问世，为着发明词旨，帮助读者了解，笺注工作也随之而开始。"③ 他既有《南唐二主词汇笺》这样的别集笺注成果，也有《宋词三百首笺注》这样的选本笺释成果，还有把选本与笺释结合起来的《唐宋词简释》。在 80 年代成书的《唐宋词选注》《历代爱国词选》，采用的都是选、注、评相结合的笺释方式。总的说来，《南唐二主词汇笺》《宋词三百首笺注》还是沿袭自清代而来的汇笺汇评的笺注方法，注解也仅仅止于疏通字义和揭明典故，基本不涉及作品的作法和意境。但从《唐宋词简释》开始，这一情况发生了较大变化，作法和意

① 陈澧：《东塾读书记》卷十一，上海古籍出版社 2012 年版，第 204 页。

② 唐圭璋：《历代词学研究述略》，载《词学论丛》，上海古籍出版社 1986 年版，第 828 页。

③ 唐圭璋：《历代词学研究述略》，载《词学论丛》，第 827 页。

境分析占了绝对的主导地位，其后成书的《唐宋词选注》《历代爱国词选》则把上述两种体例合而为一，呈现注评结合的新形态。

此外，这一变化也体现在观念与趣味上，从《唐宋词简释》到《唐宋词选注》和《历代爱国词选》，表现出一种新的迹象：从重体格到主立意。《唐宋词简释》是唐圭璋 20 世纪 40 年代在中央大学授课的讲义，受其师吴梅及当时词学大师朱祖谋、况周颐影响甚深。首先，它在选目上以朱氏《宋词三百首》为主要依据；其次，它的批评标准是况周颐所标榜的“重拙大”；最后，分析文本特别关注其章法结构如起结、过片、层次、转折等①，这正是吴梅《词学通论》所反复强调的，所谓“作词之法，论其间架构造”是也。对于“重拙大”，时人论之甚多，兹不赘述，这里重点讨论其章法结构论。唐圭璋在《论词之作法》中指出，词之组织无非字法、句法、章法之三者，因此，《唐宋词简释》对于唐宋词的分析于字法、句法、章法论之甚详。兹举周邦彦《瑞龙吟》（章台路）一词之分析为例以说明之：

> 此首为归院后追述游踪之作……第一片记地，“章台路”三字，笼照全篇。“还见”二字，贯下五句，写梅桃景物依稀，燕子归来，而人则不知何往，但徘徊于章台故路、愔愔坊陌，其怅惘之情为何如耶！第二片记人，“黯凝伫”三字，承上起下。“因念”二字，贯下五句，写当年人之服饰情态，细切生动。第三片写今昔之感，层层深入，极沉郁顿挫缠绵宛转之致。“前度”四句，不明言人不在，但以侧笔衬托。“吟笺”二句，仍不明言人不在，但以“犹记”二字，深致想念之意。“知谁伴”二句，乃叹人去。“事与孤鸿去”一句，顿然咽住，盖前路尽力盘旋，至此乃归结，既以束上三层，且起下意。所谓事者，即歌舞、赋诗、露饮、闲步之事也。“探春”二句，揭出作意，唤醒全篇。前言所至之处，所见之景，所念之人，所记之事，无非伤离意绪，“尽是”二字，收拾无遗。“官柳”二句，写归途之景，回应篇首“章台路”。“断肠”二句，仍寓情于景，以风絮之悠扬，触起人情思之悠

① 曾大兴：《20 世纪词学名家研究》，中华书局 2011 年版，第 287~291 页。

扬，亦觉空灵，耐人寻味。①

首先，这段话注意到结构，指出全词分三片，第一片记地，第二片记人，第三片写今昔（时间）之感。其次，注意到章法，比如“章台路”三字，笼照全篇。“还见”二字，贯下五句。“黯凝伫”三字，承上启下。“因念”二字，贯下五句。“探春”二句，揭出作意，唤醒全篇。“官柳”二句，写归途之景，回应篇首“章台路”。最后，注意对笔法的分析，如讲“前度”四句，不明言人不在，但以侧笔衬托。唐圭璋这一分析，不但弄清了全词脉络层次，而且讲清了具体的表现手法，以及一些重要句子在全词中所发挥的作用，是一篇非常精彩的词体结构章法论。这一做法是对其师吴梅思想的继承，也是晚清以来词法问题渐受重视的具体表现。②

但是，1949 年以后，他对作品的选择和意义的解释更强调其内容的现实性。如《全宋词简编》之“凡例”，讲到这一选本作品入选之七大准则，就非常具有代表性：

一、是编选词，以富有爱国思想者为主流，其有艺术特色，足资借鉴者，亦俱录入。北宋如苏轼、贺铸等，亦间有豪情壮志之词。南宋经过靖康之乱，仁人志士无不慷慨激昂，抒写大量爱国词作，其中辛弃疾尤为特出。

二、词中摹写农民劳动与农村丰收景象以及表达与农民情谊的篇什，至为可贵。此在苏、辛词中多有反映。若无名氏之《九张机》，写纺织工人之辛苦，亦为难得之作。

三、汴京为北宋首都，临安为南宋首都，一时经济富裕，文艺随之发展。每逢岁时佳节，辄有反映民风习俗之作，如观灯、观潮、赏月、赏雪，尤多佳构。柳永咏杭州繁荣，有“三秋桂子，十里荷花”之句，至引起金主完颜亮南侵野心，可见影响之大。

四、祖国湖山壮丽，足以开拓胸襟；园林水木清华，足以悦性怡

---

① 唐圭璋：《唐宋词简释》，上海古籍出版社 1981 年版，第 123~124 页。

② 参见肖菊香《清代词法论研究》，武汉大学博士学位论文，2021 年。

情。此类自然景色，宋人描绘既多且美。如“红杏枝头春意闹”尚书与“云破月来花弄影”郎中，已成为千古佳话。他如苏轼之咏杨花，周邦彦之咏荷花，陆游之咏梅，姜夔之咏蟋蟀，史达祖之咏燕，王沂孙之咏蝉，张炎之咏孤雁，亦均形神兼胜，寄托遥深。

五、词人怀才不遇，累经贬谪，抒写身世飘零、离情别绪之作，真挚生动，感人至深。如秦观、周邦彦、姜夔、吴文英等，各有艺术特色，为世所景仰。至如女词人李清照伤逝怀旧之作，尤为凄惋（婉）动人。

六、清人金应珪谓游词、鄙词、淫词为词中三蔽，今从其说，不录三蔽之词，此在黄庭坚、秦观、周邦彦等词中，亦往往有之，柳永尤多，是编尽行屏弃。南宋如刘过咏美人指甲、美人足，皆市井庸俗之作，亦不采录。

七、词有集句、隐括、歇后、嵌字、回文各体，均属游戏笔墨，并非正途。如苏轼以“郑容落籍，高莹从良”首字入词，黄庭坚以“女边着子，门里挑心”影射“好闷”二字，王安石好为集句，林正大好为隐括，均不足取。①

相对于《全宋词》求“全”而言，《全宋词简编》重在求“精”。相对于《唐宋词简释》重视文学作品的内部结构而言，《全宋词简编》则偏重于呈现文学作品的外部风貌。通观上述条例，可知其主要标准是内容的现实性：爱国主义、关心民生疾苦、描写都市繁华、刻画自然景色、抒写文人情怀。艺术上则反对以游戏笔墨为词，这些与《唐宋词简释》在观念上迥异其趣。如果说《唐宋词简释》是告诉读者怎样从作品内部理解词法，以体会词人创作之用心的话，那么《全宋词简编》则是想通过入选之作品，让读者知道宋词写了哪些健康的内容，并通过这些作品来正面引导读者，是把文学当作社会生活的载体和化育人心的工具。这一点，可以说是唐圭璋在多年后（1984）对徐调孚在《全宋词》“前言”（1964）中批评其“注意了搜辑的完备和考订的缜密，而多少忽略了应有的选择和批判”、“所收录的近两万首作品中，还有相当大的一部分，一望而即可决其糟粕，像色

① 唐圭璋：《全宋词简编》“凡例”，上海古籍出版社 1995 年版，第 1~2 页。

情的描写、贺喜祝寿的应酬、对哲理禅机质木无文的阐释、冲举飞升的幻想和欺骗等等"[①]的一个具体回应了。《唐宋词选注》《历代爱国词选》亦大致能遵循这样的原则[②]，但在选词评词时各有侧重，如前者重在反映词史变迁，后者突出爱国主义主题等。从这些方面看，唐圭璋对于传统的词集笺注有较大的发展，一是体例上创造了选、注、评三者相结合的形式，二是内容上兼顾思想与艺术，更重视思想，强调其对现实的关切。

四　小结

唐圭璋在现当代词学史上重要地位的确立，最主要的是由其词学文献整理成就奠定的，但他所进行的词学批评也是其全部词学活动的重要组成部分，正如其词学文献学是对清代乾嘉朴学优良传统的发扬一样，其词学批评也是对宋代以来词学批评传统的继承与发扬。

总的说来，他对古代词学传统的发扬，坚持了一个最重要的原则：去粗取精，去伪存真。在传记批评方面，他论述的对象是有所选择的，或是艺术成就很高，对词史贡献很大，如柳永、苏轼、姜夔、吴文英词；或是情调感伤，哀婉动人，如李煜、纳兰性德、蒋春霖词；或是豪迈慷慨，合乎时代精神，如范仲淹、李纲、辛弃疾、陈亮、刘过词等。在词选编纂笺评方面，他对作品的选择和阐释，尽可能发掘艺术价值较高且思想健康的作品，如《历代爱国词选》之"前言"说，"兹编意图选取历代爱国优秀词作，以为进行爱国主义思想教育之一助"。《全宋词简编》之"凡例"说，"是编意在吸取精华，屏去糟粕，以供鉴赏"。其《宋词纪事》一书主要体现的是"去伪存真"之精神，他说："余既惜宋人词话之失传，又慨夫明清人所述之词话，多剪裁节取，不尽依宋人书籍原文，因重辑此书，以宋证宋，以供研究词学者之参考。"[③]也就是说，他在研究上既实事求是，又有

① 徐调孚：《全宋词》"前言"，载唐圭璋《全宋词》，第3~4页。

② 《唐宋词选注》"前言"："关于篇目的挑选，我们注意了内容题材的丰富多样，着重选注了以下内容的词作：一是反映爱国思想、人民苦难以及对腐朽集团的揭露；二是抒发个人身世之感和羁旅行役之苦；三是描绘祖国山水景色、农村风貌和都市繁华；四是抒写男女恋情和离愁别恨。"

③ 唐圭璋：《宋词纪事自序》，载《宋词纪事》，第4页。

所取舍；他的词学批评既是历史的，也是美学的，是对传统诗教批评的现代改造，较好地体现了现代词学批评的“时代精神”。

我们认为，唐圭璋在词学批评方法上还形成了一定的规模，具有系统性。传记批评从“人”的角度入手，以知人论世为目的，着重考察作为创作主体的“词人”，包括他的生平、性情、人格和创作特色。纪事批评从“事”的角度入手，以回归创作现场为目的，着重呈现词人创作某一作品的具体背景和创作过程，其中涉及的人和事，对于理解作品的意义都有非常重要的价值。选本笺评从“文”的角度入手，以把握意义为目的，通过字义疏释、事典揭示、词法分析等方式，让读者进入文本内部，了解一种文本内在的深层结构。正是通过对“人”“事”“文”等要素的把握，唐圭璋建构了自己的词学批评体系：知人论世、回归现场、把握意义。这也为后来者从事唐宋词学批评提供了一种研究范式。特别是他关于词人传记和词林纪事的批评方式在后来产生了很大影响，比如曹济平《张元干词研究》、杨海明《张炎词研究》、钟振振《北宋词人贺铸研究》、王筱芸《碧山词研究》、钟振振主编《历代词纪事会评》等，都是在他的直接指导下完成的，研究方法也明显受到他的影响。

王达津先生之龙学研究及其启示意义

王达津先生（1916-1997）是南开大学中文系中国文学批评史学科创始人，从20世纪60年代开始在南开大学中文系讲授“中国文学批评史”，从事古代文论研究，并在长期的教学与研究基础上编写有《中国古典文论选》和《古代文学理论研究论文集》，对于《文心雕龙》先后撰有一系列专题论文，这些论文有的写于60年代，有的成于80年代，前后跨越了几十年的时间，体现了王达津先生对《文心雕龙》认识的逐步深化。

王达津先生公开发表的第一篇《文心雕龙》研究论文，是1961年8月20日《光明日报》“文学遗产”专栏上刊载的《刘勰论如何描写自然景物》，第二年他又在《天津日报》《文学遗产增刊》《新港》上发表3篇关于《文心雕龙》的研究论文，这是他研究《文心雕龙》的第一个高峰期。1977年以来，他先后在《文学评论丛刊》《古代文学理论研究》《文心雕龙学刊》等上发表《文心雕龙》研究论文6篇，这是他研究《文心雕龙》的第二个高峰期。1983年7月在《文心雕龙学刊》创刊号上发表的《〈文心雕龙〉中的美学观点》是他有关《文心雕龙》研究的最后一篇论文，也是他关于《文心雕龙》研究心得的全面总结。1985年8月，在即将跨入古稀之年的时候，王达津先生将他从60年代到80年代撰写的古代文论研究论文结集为《古代文学理论研究论文集》（南开大学出版社1985年版），其中收有《文心雕龙》及相关研究论文12篇，并对这些论文做了新的排序，这个排序不是按发表时间来排的，而是按照他对《文心雕龙》的理论认识来排的，体现了他的一些理论思考。

宁宗一教授有一篇回忆王达津先生的文章，提到王达津先生注重新的文艺基础理论和文艺思想的学习与实践，在给学生讲授中国散文史时特别注意理论结合实际，“以新的理论之矢去射作品实际之的”①。其实，他对《文心雕龙》的研究也是这样，他能运用当时文艺理论界正热烈讨论的“形象大于思想”的理论分析刘勰的文艺思想，指出“这一部书确是紧密地抓住了形象思维的特点来谈文学的”。在《〈文心雕龙〉概说》一文中，他强调刘勰“就是把文学当作人类思维的一个独具的特点来谈的”，并重点论述了刘勰是如何从形象思维的角度谈创作规律的。比如《神思篇》论述作者如何进行形象思维，《情采篇》讨论作品中内容与形式的关系，《附会篇》讨论文学作品中的形神关系，《体性》《定势》《风骨》《通变》等谈文学风格，以及在《熔裁》《章句》《声律》《夸饰》《比兴》中谈表现手法和创作技巧，认为刘勰无时无刻不在提醒人们要重视形象思维，以及形象思维对于文学创作的重要意义。不仅如此，王达津先生还运用了当时理论界讨论比较热烈的唯物论与唯心论、浪漫主义与现实主义的理论分析刘勰的文艺思想，比如分析《正纬篇》时指出，刘勰是根据前代有唯物观点的学术家的看法来批判宋齐盛行的谶纬迷信的，“在政治思想上他是批判统治者有天命特别是篡位者欺骗人民的理论根据，而在文学上就扫除朝廷上唯心的阿谀统治者的陈文烂套”，从这个角度看，“《正纬篇》实是他的文论中具有唯物观点和现实意义的一个重要纲领”。再如分析《辨骚篇》时他肯定刘勰对于屈原《离骚》浪漫主义特征的揭示，认为从刘安、司马迁、班固到王逸围绕屈原及其《离骚》展开的论争，都是以儒家思想为判断是非的立脚点，只有刘勰完全从屈原作品本身的特点来总结其创作特征，使《离骚》的浪漫主义特征得以彰显。而在一篇论述《文心雕龙》文体论的论文中，他特地讨论了刘勰文体论中的现实主义与浪漫主义因素，认为刘勰分析文体特质和品评作家时是闪烁着现实主义与浪漫主义的光辉的。进入80年代以后，随着文学研究自律论的日渐兴起，王达津先生又能及时调整自己的理论方向，将他的目光转向对《文心雕龙》创作论、文体论、鉴赏论和美学思想的研究，先后撰有《刘勰的构思论》《刘勰论如何描写自然景物》《论〈文心雕龙〉的文体论》《〈文心雕龙〉

① 宁宗一：《智者达老——跟随王达津先生45年》，载《王达津文粹》，南开大学出版社2006年版，第3页。

中的鉴赏论义证》《〈文心雕龙〉中的美学观点》等系列论文，展开对文学内部规律的讨论，特别是后三篇论文更代表着王达津先生对自己既往研究的一种学术超越。《论〈文心雕龙〉的文体论》从大处着眼，既回顾了《文心雕龙》以前的文体学史，更重点论述了刘勰对于文体问题一般规律的认识，他还以专论的方式讨论了刘勰文体论的现实主义与浪漫主义因素和刘勰文体论所展现的美学思想，并把它与《文选》的文体论进行比较分析；《〈文心雕龙〉中的鉴赏论义证》则对《知音篇》提出的"六观"说做了细致的梳理和解说，《〈文心雕龙〉中的美学观点》从美的本质到美的形态，从自然美到艺术美，从美的创造到美的欣赏等方面，全面地总结了刘勰《文心雕龙》的美学思想及其理论认识的深刻性，是新时期以来第一篇从美学思想的角度讨论《文心雕龙》的重要文章，对于当时的龙学研究和美学研究是有影响的。

王达津先生不但在思想上能紧跟时代，与时俱进，而且在研究方法上能把传统考证与理论阐释有机结合起来。先生有着深厚的国学功底，父亲王孝慈是故宫博物院馆员，王达津先生自幼接受中国传统文化的熏陶，1936 年考入武汉大学中文系，师从刘永济、朱光潜、高亨等，毕业论文为《荀子笺正》；1941 年考入西南联大北京大学文科研究所，师从唐兰、汤用彤等，毕业论文是以金文甲骨文证《尚书》；他不但形成了良好的国学修养，而且也获得了比较扎实的考据工力，当他在 60 年代把研究领域转向中国文学批评史后，自然也会把他的考据工力引到文学批评史的研究上来。这一考据工力也体现在他的《文心雕龙》研究上，如《刘勰的卒年试测》《论〈文心雕龙〉品评作家迄于东晋》《论〈文心雕龙·隐秀篇〉补文真伪》《〈文心雕龙〉中的鉴赏论义证》即是这方面的代表作。《刘勰的卒年试测》一文是针对范文澜、杨明照之说提出自己的看法，以为范氏认为刘勰卒在普通三年（522）稍早，杨明照认为刘勰卒年非大同四年（538）即大同五年（539）似为过晚，一个核心的问题是刘勰在奉命撰经后去向何在？王达津先生通过引证《历代三宝记》《续高僧传》《御讲般若经序》等材料，指出："他于大通二年或三年初证功完毕之时，恰值萧统之死，便借此时出家，以示哀痛，以证空无。"刘勰在出家之后，才在定林寺去世，这已是一年以后的事，故他把刘勰的卒年定在中大通四年（532）。《论〈文心雕龙〉品评作家迄于东晋》一文中，针对以往学术界对于《文心雕龙》何以不论陶渊明发表自己的新见，认为刘勰论及各时代的作家都是以东晋作家为断限的，对于“近代”以来的作家如谢灵运、颜延年、鲍照等一概没有提及，“自然也就不会评及陶渊明了”，而《文心雕龙·隐秀篇》却突然冒出了“彭泽之□□”的句子，也证明它是后人之伪作，原因是伪作者“实在是不了解《文心雕龙》之体例”。《论〈文心雕龙·隐秀篇〉补文真伪》一文，则是针对詹锳先生的《论〈文心雕龙·隐秀篇〉补文的真伪问题》提出的《隐秀篇》非伪作发表自己的看法，从内容、文句两个方面论证了《隐秀篇》为伪作，认为《文心雕龙》思路严密，文词准确，而伪作则前后矛盾，不符刘勰本意，最后他还是坚持了自纪昀以来“为明人所伪造”的观点，认为“这一判断是长期以来人们所接受的”。王达津先生虽以严密的考证为治学之本，但在中国文学批评史研究特别是《文心雕龙》研究的过程中却能引出大量有意义的理论话题，往往能把考据的结果上升到一个理论高度，做到了考据与阐释的完美结合。宁宗一教授说：“在中国学术史上，考据与理论研究往往相互隔阂，甚至相互排斥，结果二者均得不到很好的发展，达老却能自如地把二者纳入历史和方法的体系中加以审视，从而体现了考据和理论的互补相生，互渗相成。”（《智者达老》）王达津先生在 80 年代撰写的几篇论文明显地体现了这一特点，如《〈文心雕龙〉中的美学观点》一文谈到刘勰对于美的问题的看法，把它放在先秦到南北朝美学思想演进的历程中考察，谈刘勰认为自然美和艺术美的产生是自然规律的观点来自王充，谈刘勰重视风格美是受到魏晋南朝审美观的影响，谈刘勰对于自然美的关注和重视是受到了老庄思想的影响，谈刘勰对于“神思”的讨论是建立在陆机《文赋》论述的基础上，谈刘勰对于“风骨”的论述也是建安以来对风骨美崇尚与追求的结果，此外，刘勰论比兴、论夸饰和隐秀、论声律和对偶都是立足于魏晋文论而提出来的。在《古代文论中有关形象思维的一些概念》一文中，他更是把刘勰的风骨论、体性论、体势论放在中国古代文论的发展史上考察，进而奠定了刘勰在中国文学批评史上的重要地位和贡献，即如宁宗一教授所说的，是把古代文论纳入历史和方法的体系中加以审视。

在20世纪60~80年代从事《文心雕龙》研究的学者中，王达津先生的研究成果并不算多，却有特色。首先，他的研究富有浓郁的历史感，王达津先生一直强调古代文论研究要放到历史语境中去理解，他从事中国文学批评史研究特别强调要着眼于“史”的立场，认为一个概念的出现或一个观点的提出多是在特定语境下生成的，他曾经教导我们说，理论问题其实也是一个历史问题，一个作家的创作倾向或一个理论家的思想观点，都不能脱离其所处的时代。他认为研究文学批评史必须了解一个时代的精神风貌，研究一个理论家的思想更是要读读他的年谱，了解他的创作倾向，这样的研究才会不脱离现实，不违背历史，也就不会发无根之谈。先生的每一篇论文都体现着他的这一指导思想。其次，他的研究充满着强烈的时代感，王达津先生研究《文心雕龙》的论文，很多是针对当时学术界存在较大争议的话题而有的放矢的，比如关于刘勰卒年的考证，关于风骨问题的新解，关于《辨骚篇》与马茂元先生的讨论，关于《隐秀篇》真伪与詹锳先生的辩论，这些论文都有很强的针对性，以史料和事实为依据，这也体现了第一点所说的他的研究有强烈的历史感，更有强烈的现实感。从今天看来，读王达津先生的研究论文，就是在追溯一段学术史，读他的论文必须了解当时的学术语境，了解他所论争对象的研究论文，这样才能感受到先生文章的力度。最后，他的研究以深厚的学养为根基。王达津先生自幼饱读诗书，对于传统文化典籍熟稔于心，在南开大学有一个传说，有人拿出一篇古诗文来，抹去它的作者，王达津先生根据这篇诗文的措辞造句和神理气味，能辨别出它的时代和它的作者。他的这一功夫也表现在对《文心雕龙·隐秀篇》真伪的辨析上，他根据伪作的用语及文章构思等方面的漏洞，给它下了这是一篇伪作的判断。因为王达津先生的研究立足于深厚的国学根基，他的文章有很强的说服力，他提出的观点也得到了学术界比较多的认同。他比较认同述而不作的传统，强调治学乃是为己之学，文不轻发，发则如剑出匣，锋芒如拭，尽管他的《文心雕龙》研究论文并不多，但影响却很大。

王达津先生从50年代初开始在南开大学任教，60年代招收研究生，80年代招收博士生，门下弟子从事《文心雕龙》研究者无数，代表成果有罗宗强先生《读〈文心雕龙〉手记》以及《魏晋南北朝文学思想史》第六章到第八章“刘勰的文学思想”，还有杨清之教授《〈文心雕龙〉与六朝文化思潮》、汪春泓教授《〈文心雕龙〉的传播和影响》、陈允锋教授《〈文心雕龙〉疑思录》，这些成果或是承其师说，或是自铸新论，或是将北大学风与南开学统相结合，彰显了王门弟子的学术品格，也表征着 21 世纪以来《文心雕龙》研究的学术进步。

主要参考文献

（按作者音序排列）

一　学术史著述

陈平原主编《20世纪中国学术文存》，湖北教育出版社2002~2008年版。

陈水云：《二十世纪清词研究史》，丽文文化事业股份有限公司2007年版。

陈文新主编《中国学术档案大系》，武汉大学出版社2011~2019年版。

陈友冰：《海峡两岸唐代文学研究史（1949—2000）》，广西师范大学出版社2001年版。

董乃斌、薛天纬、石昌渝主编《中国古典文学学术史研究》，新疆人民出版社1997年版。

傅璇琮主编《20世纪中国人文学科学术研究史丛书》，福建人民出版社2005-2006年版。

龚鹏程主编《五十年来的中国文学研究（1950—2000）》，（台北）学生书局2001年版。

郭延礼：《20世纪中国近代文学研究学术史》，江西高校出版社2004年版。

黄霖主编《20世纪中国古代文学研究史》，东方出版中心2006年版。

江岚：《唐诗西传史论——以唐诗在英美的传播为中心》，学苑出版社2009年版。

邝健行、吴淑钿编选《香港中国古典文学研究论文选粹（1950—

2000）》，江苏古籍出版社2002~2003年版。

李凤亮等：《移动的诗学：中国古典文论现代观照的海外视野》，暨南大学出版社2012年版。

李晓峰主编《中国少数民族文学学术史》，辽宁师范大学出版社2020年版。

林淑贞：《近五十年台湾地区古典诗学研究概况——以1949~2006年硕博士论文为观察范畴》，（新北）花木兰文化出版社2007年版。

刘敬圻主编《20世纪中国古典文学学科通志》，山东教育出版社2012年版。

梅新林、曾礼军、慈波等：《当代中国古代文学研究（1949—2009）》，中国社会科学出版社2013年版。

王万象：《中西诗学的对话：北美华裔学者中国古典诗研究》，（台北）里仁书局2009年版。

王晓路主编《北美汉学界的中国文学思想研究》，巴蜀书社2008年版。

徐志啸：《北美学者中国古代诗学研究》，上海古籍出版社2011年版。

乐黛云、陈珏编选《北美中国古典文学研究名家十年文选》，江苏人民出版社1996年版。

张海惠主编《北美中国学：研究概述与文献资源》，中华书局2010年版。

张燕瑾、吕薇芬主编《20世纪中国文学研究》，北京出版社2001年版。

张燕瑾、赵敏俐主编《20世纪中国文学研究论文选》，社会科学文献出版社2010年版。

赵敏俐、杨树增：《20世纪中国古典文学研究史》，陕西人民教育出版社1997年版。

左东岭主编《中国诗歌研究史》，人民文学出版社2020年版。

二 现代研究著作

蔡钟翔、黄保真、成复旺：《中国文学理论史》，北京出版社1991年版。

陈国球：《中国抒情传统源流》，东方出版中心2021年版。

陈国球、王德威编《抒情之现代性：“抒情传统”论述与中国文学研究》，生活·读书·新知三联书店2014年版。

陈水云、黎晓莲整理《赵尊岳集》，凤凰出版社2016年版。

陈业东：《中国近代文学论稿》，澳门近代文学学会1999年版。

陈锺凡：《中国文学批评史》，中华书局（上海）1927年版。

邓红梅：《女性词史》，山东教育出版社2000年版。

董文成主编《清代满族文学史论》，中国文联出版社2000年版。

傅庚生：《中国文学批评通论》，商务印书馆（上海）1947年版。

龚笃清：《中国八股文史》，岳麓书社2017年版。

龚鹏程：《近代思想史散论》，（台北）东大图书公司1991年版。

顾宪融：《填词百法》，崇新书局（上海）1924年版。

郭绍虞：《中国文学批评史》，上海古籍出版社1979年版。

贺光中：《论清词》，（新加坡）东方学会1958年版。

黄海章：《中国文学批评简史》，广东人民出版社1962年版。

蒋英豪：《传统与现代之间——中国近代文学论》，文德文化事业有限公司1991年版。

蒋英豪：《近代文学的世界化：从龚自珍到王国维》，台湾书店1998年版。

蒋英豪：《王国维文学及其文学批评》，香港中文大学崇基学院华国学会1974年版。

柯庆明、萧驰主编《中国抒情传统的再发现——一个现代学术思潮的论文选集》，台湾大学出版中心2009年版。

龙榆生：《中国韵文史》，商务印书馆（上海）1934年版。

刘永济：《词论》，上海古籍出版社1981年版。

刘永济：《文心雕龙校释》，中华书局1962年版。

罗根泽：《中国文学批评史》，商务印书馆（重庆）1943年版。

罗宗强：《隋唐五代文学思想史》，上海古籍出版社1986年版。

罗宗强：《魏晋南北朝文学思想史》，中华书局1996年版。

马清福：《八旗诗论》，延边大学出版社1989年版。

孙克强：《清代词学》，中国社会科学出版社2004年版。

谭正璧：《女性词话》，中央书店（上海）1934年版。

唐圭璋主编《词话丛编》，中华书局1986年版。

唐圭璋：《词学论丛》，上海古籍出版社1986年版。

王达津：《古代文学理论研究论文集》，南开大学出版社1985年版。

王达津：《王达津文粹》，南开大学出版社2006年版。

王国维：《人间词话》，人民文学出版社2018年版。

王建生：《蒋心馀研究（上、中、下）》，台湾学生书局1996年版。

王建生：《增订本吴梅村研究》，（台北）文津出版社2000年版。

王建生：《增订本郑板桥研究》，（台北）文津出版社1999年版。

王建生：《赵瓯北研究（上、下）》，（台北）学生书局1988年版。

王易：《词曲史》，神州国光社（上海）1932年版。

王运熙、顾易生主编《中国文学批评通史》，上海古籍出版社1996年版。

魏仲佑：《晚清诗研究》，（台北）文津出版社1995年版。

吴梅：《词学通论》，商务印书馆（上海）1933年版。

吴无忌编《王国维文集》，北京燕山出版社1997年版。

吴战垒等编《夏承焘集》，浙江古籍出版社、浙江教育出版社1997年版。

谢正光：《清初诗文与士人交游考》，南京大学出版社2001年版。

谢正光、佘汝丰编著《清初人选清初诗汇考》，南京大学出版社1998年版。

徐承：《中国抒情传统学派研究》，中国社会科学出版社2015年版。

徐珂：《清代词学概论》，大东书局（上海）1926年版。

许结：《汉代文学思想史》，南京大学出版社1990年版。

严迪昌：《清词史》，江苏古籍出版社1990年版。

严迪昌：《清诗史》，（台北）五南图书出版有限公司1998年版。

曾伯华：《八股文研究》，（台北）文政出版社1970年版。

张宏生编《明清文学与性别研究》，江苏古籍出版社2002年版。

张宏生：《清代词学的建构》，江苏古籍出版社1998年版。

张佳生：《清代满族诗词十论》，辽宁民族出版社1993年版。

张少康、刘三富：《中国文学理论批评发展史》，北京大学出版社1995年版。

张堂锜：《从黄遵宪到白马湖：近现代文学散论》，（台北）正中书局1996年版。

章益新：《忧国淑世与写实创新：龚定盦、黄遵宪、胡适作品探源》，（台北）时报文化出版公司1982年版。

周法高：《钱牧斋吴梅村研究论文集》，（台北）“国立”编译馆1995年版。

周勋初：《中国文学批评小史》，长江文艺出版社1981年版。

〔美〕陈世骧：《中国文学的抒情传统：陈世骧古典文学论集》，生活·读书·新知三联书店2015年版。

〔美〕高友工：《中国美典与文学研究论集》，台湾大学出版中心2004年版。

〔美〕高友工、梅祖麟：《唐诗的魅力——诗语的结构主义批评》，李世耀译，上海古籍出版社1989年版。

〔美〕林顺夫：《中国抒情传统的转变——姜夔与南宋词》，张宏生译，上海古籍出版社2005年版。

〔美〕刘若愚：《中国文学理论》，杜国清译，（台北）联经出版事业公司1979年版。

〔美〕梅维恒主编《哥伦比亚中国文学史》（上、下册），马小悟等译，新星出版社2016年版。

〔美〕浦安迪主编《中国叙事：批评与理论》，吴文权译，上海远东出版社2021年版。

〔美〕孙康宜：《词与文类研究》，李奭学译，北京大学出版社2004年版

〔美〕孙康宜：《古典与现代的女性阐释》，（台北）联合文学出版社有限公司1998年版。

〔美〕孙康宜：《文学的声音》，（台北）三民书局2000年版。

〔美〕孙康宜：《文学经典的挑战》，百花洲文艺出版社2002年版。

〔美〕孙康宜、宇文所安主编《剑桥中国文学史》（上、下卷），刘倩

等译，生活·读书·新知三联书店2013年版。

〔加〕叶嘉莹：《清代名家词选讲》，北京大学出版社2007年版。

〔加〕叶嘉莹：《迦陵论词丛稿》，上海古籍出版社1980年版。

〔加〕叶嘉莹：《中国词学的现代观》，（台北）大安出版社1988年版。

〔加〕叶嘉莹：《唐宋词十七讲》，北京大学出版社2007年版。

〔加〕叶嘉莹：《清词丛论》，河北教育出版社1997年版。

〔美〕宇文所安：《初唐诗》，贾晋华译，生活·读书·新知三联书店2004年版。

〔美〕宇文所安：《盛唐诗》，贾晋华译，生活·读书·新知三联书店2004年版。

〔美〕宇文所安：《晚唐：九世纪中叶的中国诗歌（827-860）》，贾晋华、钱彦译，生活·读书·新知三联书店2011年版。

〔美〕宇文所安：《中国文论：英译与评论》，王柏华、陶庆梅译，上海社会科学院出版社2003年版。

〔美〕宇文所安：《中国早期古典诗歌的生成》，胡秋蕾、王宇根、田晓菲译，生活·读书·新知三联书店2012年版。

〔美〕宇文所安：《中国"中世纪"的终结：中唐文学文化论集》，陈引驰、陈磊译，生活·读书·新知三联书店2006年版。

〔美〕宇文所安：《追忆：中国古典文学中的往事再现》，郑学勤译，生活·读书·新知三联书店2004年版。

三　工具书

安平秋、安乐哲主编《北美汉学家辞典》，人民文学出版社2001年版。

邝健行、吴淑钿编《香港中国古典文学研究论文目录（1950—2000）》，上海古籍出版社2005年版。

李南晖主编《中国古代文体学论著集目（1900—2014）》，北京大学出版社2016年版。

林玫仪主编《词学论著总目（1901—1992）》，（台北）中研院中国文哲研究所1995年版。

刘扬忠、王兆鹏、刘尊明主编《词学研究年鉴（1995—1996）》，武汉出版社 2000 年版。

马钊主编《1971-2006 年美国清史论著目录》，人民出版社 2007 年版。

宋隆发编《清代文学论著集目》（正编、续编），（台北）五南图书出版有限公司 1996、1997 年版。

王伟勇编《中外词学硕博士论文索引（1935—2011）》，（台北）里仁书局 2016 年版。

周惠民主编《1945—2005 年台湾地区清史论著目录》，人民出版社 2007 年版。

四　期刊

曹虹、蒋寅、张宏生主编《清代文学研究集刊》，人民文学出版社 2008~2013 年版。

华东师范大学中文系主编《词学》，华东师范大学出版社 1981~2022 年版。

上海嘉定博物馆、厦门大学考试研究中心编《科举学论丛》，中西书局 2009~2021 年版。

台湾“国家”图书馆“汉学研究中心”编《汉学研究通讯》，（台北）国科会人文学研究中心 1982~2023 年版。

台湾书目季刊编辑委员会主编《书目季刊》，书目季刊社 1966~2022 年版。

五　英文著作

Andre Levy. *Chinese Literature: Ancient and Classical*. Trans. by William H. Nienhauser, Jr. Bloomington: Indiana University Press, 2000.

Andrew H. Plaks. *The Four Masterworks of the Ming Novel: Ssu ta ch'i-shu*. Princeton: Princeton University Press, 1987.

Anna M. Shields. *Crafting a Collection: The Cultural Contexts and Poetic Practice of the Huajian Ji (Collection from Among the Flowers)*. Combridge: Harvard University Asia Center, 2006.

Beata Grant. *Daughters of Emptiness: Poems of Chinese Buddhist Nuns*. Wisdom Publications, 2003.

Birch. Cyril. *Anthology of Chinese Literature (Volume 1): From the Early Times to the Fourteen Century*. New York: Grove Press, 1965.

Birch. Cyril. *Anthology of Chinese Literature (Volume 2): From the 14th Century to the Present Day*. New York: Grove Press, 1972.

Burton Watson. *The Columbia Book of Chinese Poetry: From Early Times to the Thirteenth Century*. New York: Columbia University Press, 1984.

C. T. Hsia. *The Classic Chinese Novel: A Critical Introduction*. New York: Columbia University Press, 1968.

Christina K. Gilmartin, eds. *Engendering China: Women, Culture, and the State*. Cambridge: Harvard University Press, 1994.

Dorothy Ko. *Teachers of the Inner Chambers: Women and Culture in Seventeenth-Century China*. Stanford: Stanford University Press, 1994.

Ellen Widmer & Kang-I Sun Chang. *Writing Women in Late Imperial China*. Stanford: Stanford University Press, 1997.

Ellen Widmer. *The Beauty and the Book: Women and Fiction in Nineteenth Century China*. Harvard University Asia Center, 2006.

Grace S. Fong & Ellen Widmer. *The Inner Quarters and Beyond: Women Writers from Ming Through Qing*. Leiden, Boston: Brill, 2010.

Grace S. Fong. *Herself an Author: Gender, Writing, and Agency in Late Imperial China*. Honolulu: University of Hawaii Press, 2008.

Hans H. Frankel. *The Flowering Plum and the Palace Lady: Interpretations of Chinese Poetry*. New Haven: Yale University Press, 1976.

Herbert Allen Giles. *A History of Chinese Literature*. New York: D. Appleton And Company, 1901.

Irving Yucheng Lo & William Schultz. *Waiting for the Unicorn: Poems and Lyrics of China's Last Dynasty, 1644 - 1911*. Bloomington: Indiana University Press, 1986.

James J. Y. Liu. *Chinese Theories of Literature*. Chicago: University of

Chicago Press, 1975.

James J. Y. Liu. *Language-Paradox-Poetics: A Chinese Perspective*. Princeton: Princeton University Press, 1988.

James J. Y. Liu. *The Art of Chinese Poetry*. Chicago: University of Chicago Press, 1962.

James J. Y. Liu. *The Interlingual Critic: Interpreting Chinese Poetry*. Bloomington: Indiana University Press, 1982.

James J. Y. Liu. *Major Lyricists of the Northern Sung, A. D. 960 - 1126*. Princeton: Princeton University Press, 1974.

John Minford & Joseph S. M. Lau. *Chinese Classical Literature: An Anthology of Translations (Volume 1: From Antiquity to the Tang Dynasty)*. New York: Columbia University Press & Hong Kong: The Chinese University Press, 2000.

Jonathan Chaves. *The Columbia Book of Later Chinese Poetry: Yuan, Ming and Ch'ing Dynasties*. New York: Columbia University Press, 1986.

Julie Landau. *Beyond Spring: Tz'u Poems of the Sung Dynasty*. New York: Columbia University Press, 1994.

Kang-I Sun Chang & Haun Saussy. *Women Writers of Traditional China: An Anthology of Poetry and Criticism*. Stanford: Stanford University Press, 1999.

Kang-i Sun Chang & Stephen Owen. *The Cambridge History of Chinese Literature*. Cambridge University Press, 2010.

Kang-I Sun Chang. *Six Dynasties Poetry*. Princeton: Princeton University Press, 1986.

Kang-I Sun Chang. *The Evolution of Chinese T'zu Poetry: From Late Tang to Northern Sung*. Princeton: Princeton University Press, 1980.

Kenneth Rexroth & Ling Chung. *The Orchid Boat: Women Poets of China*. New York: McGraw Hill, 1972.

Mann Susan. *Precious Records: Women in China's Long Eighteenth Century*. Stanford: Stanford University Press, 1997.

Marsha L. Wagner. *The Lotus Boat: The Origins of Chinese Tz'u Poetry in*

T'ang Popular Culture. New York: Columbia University Press, 1984.

Nanxiu Qian & Grace S. Fong & Harriet Zurndorfer. *Beyond Tradition and Modernity: Gender, Genre, and Cosmopolitanism in Late Qing China*. Leiden & Boston: Brill Academic Publishers, 2004.

Patricia Buckley Ebrey. *The Inner Quarters: Marriage and the Lives of Chinese Women in the Sung Period*. Berkeley: University of California Press, 1993.

Patrick Hanan. *The Chinese Short Story: Studies in Dating, Authorship and Composition*. Cambridge: Harvard University Press, 1973.

Patrick Hanan. *The Chinese Vernacular Story*. Cambridge: Harvard University Press, 1981.

Paul Rouzer. *Articulated Ladies: Gender and the Male Community in Early Chinese Texts*. Cambridge: Harvard University Asia Center, 2001.

Pauline Yu. *The Reading of Imagery in the Chinese Poetic Tradition*. Princeton: Princeton University Press, 1986.

Pauline Yu. *Voices of the Song Lyric of China*. Berkeley: University of California Press, 1994.

Ropp Paul. *Banished Immortal: Searching for Shuangqing, China's Peasant Women Poet*. Ann Arbor: University of Michigan Press, 2001.

Rulan Zhao Pian. *Song Dynasty Musical Sources and Their Interpretation*. Cambridge: Harvard University Press, 1967.

Sherry J. Mou. *Gentlemen's Prescriptions for Women's Lives: A Thousand Years of Biographies of Chinese Women*. Armonk, N Y: M. E. Sharpe, 2004.

Shun-fu Lin. *The Transformation of the Chinese Lyrical Tradition: Chiang K'uei and Southern Sung Tz'u Poetry*. Princeton: Princeton University Press, 1978.

Stephen C. Soong. *Song Without Music: Chinese Tz'u Poetry*. Hongkong: The Chinese University Press, 1980.

Stephen Owen. *An Anthology of Chinese Literature: Beginnings to 1911*. New York: W. W. Norton & Company, 1996.

Stephen Owen. *Readings in Chinese Literary Thoughts*. Cambridge: Harvard

University Asia Center, 1992.

Stephen Owen. *Remembrances: the Experience of the Past in Classical Chinese Literature*. Cambridge, Mass. & London: Harvard University Press, 1986.

Stephen Owen. *The End of the Chinese"Middle Ages": Essays in Mid-Tang Literary Culture*. Stanford: Stanford University Press, 1996.

Stephen Owen. *The Great Age of Chinese Poetry: The High Tang*. New Haven: Yale University Press, 1981.

Stephen Owen. *The Late Tang: Chinese Poetry of the Mid-Ninth Century (827-860)*. Cambridge & London: Harvard University Press, 2006.

Stephen Owen. *The Making of Early Chinese Classical Poetry*. Cambridge: Harvard University Asia Center, 2006.

Stephen Owen. *The Poetry of the Early Tang*. New York: Yale University Press, 1977.

Stephen Owen. *Traditional Chinese Poetry and Poetics: Omen of the World*. Madison: University of Wisconsin Press, 1985.

Victor H. Mair. *The Columbia Anthology of Traditional Chinese Literature*. New York: Columbia University Press, 1994.

Victor H. Mair. *The Columbia History of Chinese Literature*. New York: Columbia University Press, 2001.

William H. Nienhauser, Jr. *The Indiana Companion to Traditional Chinese Literature*. Bloomington: Indiana University Press, 1986.

William H. Nienhauser, Jr. *The Indiana Companion to Traditional Chinese Literature* (*Volume* 2). Bloomington: Indiana University Press, 1998.

Wilt Idema & Lloyd Haft. *A Guide to Chinese Literature*. Ann Arbor: Center for Chinese Studies, The University of Michigan, 1997.

Wilt L. Idema & Beata Grant. *The Red Brush: Writing Women of Imperial China*. Cambridge: Harvard University Press, 2004.

Wu-chi Liu & Irving Yucheng Lo. *Sunflower Splendor: Three Thousand Years of Chinese Poetry*. Bloomington & London: Indiana University

Press, 1975.

Wu-chi Liu. *An Introduction to Chinese Literature*. Bloomington & London: Indiana University Press, 1966.

Yenna Wu. *The Chinese Virago: A Literary Theme*. Cambridge & London: Harvard University Press, 1995.

Zong-qi Cai. *How to Read Chinese Poetry: A Guided Anthology*. New York: Columbia University Press, 2008.

后 记

这是一本关于学术史研究的著作。2003年夏，武汉大学召开“刘永济与词学国际学术研讨会”，我提交了名为《刘永济〈词论〉与〈文心雕龙〉之相关性考辨》的论文。此为我从事古代文学学术史研究的起始。后来，应学界前辈之约撰写“20世纪清词研究史”，我便把学术史研究作为自己近20年来学术研究的一个重要方向，本书便是我多年来从事学术史研究的一个结晶。

在学术史研究道路上，曾有这么三个特殊的机缘值得一提。一是2008年的时候，在院长尚永亮教授的安排下，我到美国访学一年。其间，得到著名汉学家涂经诒教授的关照，结识了浦安迪教授的高足詹富国先生，他帮助我搜集了大量的海外汉学研究资料。这次机缘，让我获得许多海外的学术信息和研究成果，后来我多次承担武汉大学“海外人文社会科学研究发展年度报告”的撰写任务。二是2013年秋冬学期，我受邀到高雄中山大学客座半年，利用这难得的机会，搜集和阅读了不少港台学者研究词学的论著。三是近年来曾应彭国忠、陈斐、李昊泽等朋友的推荐或邀约，参加了对王国维、顾宪融、赵尊岳、夏承焘等近现代词学名家著作的整理工作，基于此对这些名家著作有了一次细读的机会，我也陆续把自己的阅读心得通过各种方式表达出来，这就是本书第三部分所涉及的主要内容。

收入本书的大部分内容，是由我和我指导的研究生共同完成的。2009年以来，我相继承担了国家、教育部和武汉大学社科基金项目，已经难以抽出太多时间专门做学术史研究了。这时，我尝试把撰写学术研究报告作为培养研究生的重要途径之一，先后安排柳倩月、吴妮妮、昝圣骞、王翼飞、邓明静、吴莹、白忠俊等参与这一研究任务，大家也都非常配合，及时完成了任务。这些研究报告大多经过我与承担写作任务的学生的共同讨论、修改和润色，并以我和诸位学生共同署名的方式在各类学术期刊或集刊上发表过。对学生来说，在他们学术研究的起步阶段，以此为契机得到了一定的学术训练；于我而言，则是借此机缘与他们有较多接触的机会，与他们建立了良好的师生关系，顺利完成了研究任务。

兹将相关内容的执笔人列述如下："欧美地区中国文学史研究及其特点、启示""北美'中国抒情传统'学说及其反响"由邓明静（湖北大学）撰写；"北美地区中国文学性别研究概观"由王翼飞（西南政法大学）撰写；"北美地区中国词学研究综述"由昝圣骞（江苏师范大学）撰写；"20世纪中国文学批评史研究的现代品格"由柳倩月（湖北民族大学）撰写；"20世纪以来的满族诗学理论研究"由吴莹（深圳越疆科技有限公司）撰写；"20世纪后半期港台地区清诗研究述评"由白忠俊（在读博士生）撰写；"1960~2010年港台地区八股文研究述评"由吴妮妮（清华大学）撰写；"前言""20世纪以来清词研究范式的演进""20世纪以来的清代女性词研究""20世纪后半期港台地区清词研究述评""《人间词话》'境界说'及其理论体系""顾宪融《填词百法》及其词学史意义""刘永济《词论》与《文心雕龙》之相关性""赵尊岳词学戏剧学研究成就述略""夏承焘治词业绩及其成就简论""唐圭璋对传统词学批评方法的发扬""王达津先生之龙学研究及其启示意义"由陈水云（武汉大学）撰写，其中王萌（在读博士生）为"20世纪以来的清代女性词研究"第四部分提供了部分初稿和研究资料。

参与研究的这些学生大多已经毕业，有的成了单位的业务骨干，有的已是教授、副教授，且开辟了各自的研究领域。但我相信这一段研究经历对他们来说，也是美好的回忆。时入深秋，楼下的桂树正散发着浓浓的芳香，山上的枫叶也开始红起来，这是一个收获的季节，姑且将本书的出版作为我们这一段合作经历的一个美好的纪念吧！

本书能够顺利出版，要感谢武汉大学人文社会科学研究院张发林处长的热心帮助，还有出版社老师的精心编辑，以及邓明静、白忠俊在校对和统稿过程中的辛苦付出。

本书是我承担的"武汉大学研究生导师育人方式创新项目"的结项成

果，也是我目前承担的国家社科基金项目“海峡两岸中华词学发展史（1945—2018）”的阶段性成果。

有必要说明的是，书稿成于众手，写作时间不一，资料掌握的多寡不尽相同，在行文风格上也有较大差异，或以述为主，或以评为主。尽管我们在统稿过程中力图克服以上种种不足，但难免挂一漏万，故殷切期望得到专家的批评指正。

陈水云

2021 年 10 月 30 日于珞珈山

图书在版编目(CIP)数据

异域新知与传统新探 :20 世纪以来中国古代文学研究史论集 / 陈水云等著. -- 北京 :社会科学文献出版社, 2023.7

ISBN 978-7-5228-1700-2

Ⅰ.①异… Ⅱ.①陈… Ⅲ.①中国文学-古典文学研究 Ⅳ.①I206.2

中国国家版本馆 CIP 数据核字(2023)第 066884 号

异域新知与传统新探:20 世纪以来中国古代文学研究史论集

著　　者 / 陈水云 等

出 版 人 / 王利民
责任编辑 / 王小艳
文稿编辑 / 王　倩
责任印制 / 王京美

出　　版 / 社会科学文献出版社 · 当代世界出版分社 (010) 59367004
地址:北京市北三环中路甲 29 号院华龙大厦　邮编:100029
网址:www.ssap.com.cn
发　　行 / 社会科学文献出版社 (010) 59367028
印　　装 / 三河市尚艺印装有限公司

规　　格 / 开　本:787mm × 1092mm　1/16
印　张:25.75　字　数:418 千字
版　　次 / 2023 年 7 月第 1 版　2023 年 7 月第 1 次印刷
书　　号 / ISBN 978-7-5228-1700-2
定　　价 / 168.00 元

读者服务电话:4008918866